한국 근대문학과
동아시아 1

일본

|필자| (가나다순)

가게모토 츠요시(影本 剛, Kagemoto Tsuyoshi) 연세대학교 국어국문학과 박사과정

곽형덕(郭炯德, Kwak Hyoungduck) 카이스트 인문사회과학부 연구교수

권은(權垠, Kwon Eun) 한국교통대학교 한국어문학과 조교수

김도경(金度京, Kim Dokyoung) 경북대학교 기초교육원 강의초빙교수

김재용(金在湧, Kim Jaeyong) 원광대학교 국어국문학과 교수

배상미(裵相美, Bae Sangmi) 고려대학교 국어국문학과 박사수료

아이카와 타쿠야(相川拓也, Aikawa Takuya) 성균관대학교 동아시아학술원

윤영실(尹寧實, Youn Youngshil) 원광대 글로벌동아시아 문화콘텐츠교실 책임연구원

이상경(李相瓊, Lee Sangkyung) KAIST 인문사회과학부 교수

이소가이 지로(磯貝治良, Isogai Jiro) 일본 문학평론가

이정욱(李正旭, Lee Jungwook) 전주대학교 한국고전학연구소 연구교수

한국 근대문학과 동아시아 1-일본

초판인쇄 2017년 2월 5일 **초판발행** 2017년 2월 10일

엮은이 김재용·윤영실 **펴낸이** 박성모 **펴낸곳** 소명출판 **출판등록** 제13-522호

주소 06643 서울시 서초구 서초중앙로6길 15, 1층

전화 02-585-7840 **팩스** 02-585-7848 **전자우편** somyungbooks@daum.net **홈페이지** www.somyong.co.kr

값 25,000원   ⓒ 김재용·윤영실, 2017

ISBN 979-11-5905-143-2 93810

이 저서는 2016년 교육부의 산업연계 교육활성화 선도대학(PRIME)사업의 재원으로 수행된 것임

한국
근대문학과
동아시아

MODERN KOREAN LITERATURE AND EAST ASIA :
JAPAN

김재용 · 윤영실 엮음

1

일
본

소명출판

책머리에

　한국 근대문학 연구의 폭과 깊이가 더해 가면서, 한국 내부에만 고정되었던 시선을 돌려 동시대의 세계 및 세계문학과의 관련 속에서 한국 근대문학을 재조명하려는 시도가 늘고 있다. 2000년대 이후로는 특히 한국과 세계의 매개항인 '동아시아'에 대한 관심이 급증했다. 지역의 인접성에 따른 역사적 기억의 중첩과 충돌, 중화문화권이 공유해온 문화유산과 습속들은 동아시아라는 범주에 일정한 근거를 부여한다. 더욱이 근대 초기 서구와 조우하는 과정에서 재구성된 '동양'으로서의 공통감각(서구의 타자로서의 동양)과 내적 차이들(제국-반식민지-식민지)은 한국 근대문학 안에도 깊은 흔적을 남기고 있다. 따라서 동아시아는 한국문학이 당대의 불균등한 세계체제와 맺는 관계를 폭넓게 조명하고, 한국문학 안에 주름처럼 말려든 겹겹의 세계사적 의미망들을 펼쳐낼 수 있는 유용한 창구가 될 수 있다.

　이런 문제의식 아래 원광대 프라임 사업팀인 글로벌동아시아 문화콘텐츠 교실은 '한국 근대문학과 동아시아'라는 교과목을 구성하고, 그 첫 결실로『한국 근대문학과 동아시아-일본』을 편집, 출간하게 되었다. 한국 근대문학에서 일본은 여러 가지로 의미가 각별하다. 21세기 들어 연구가 가장 활발하게 진행된 분야 중 하나가 일본과의 비교, 검토인 점도 이런 사정을 반영한다. 일본은 구한말과 대한제국기 개화지식인들이 근대 문물을 가장 직접 접촉하고 수용하는 통로였다. 이인직, 이광수, 염상섭, 김동인 등 한국 근대문학 초창기의 대표 문인들은 대개 일본근대문학을 통해 근대 '문학'의 관념과 형식을 익혔고 일본어로 습작기를 거쳤다. 정지용, 박태원, 이상, 윤동주 등의 길고 짧은 일본 유학이나 체류는 그들의 문학작품에서 중요한 경험적 원천으로 반복해서 등장한다. 무엇보다 제국-식민지라는 특수한 관계 속에서 한국 근대문학은 오랫동안 조선어 / 일본어의 이중어환경에 놓여있었고, 조선인 / 일본인의 경계 또한 격한 동요를 거쳐야 했다. 한국 근대문학에서 일본이란 단순히 외적 비교의 대상이라기보다 텍스트 이해를 위해 필수불가결한 사회, 역사적 맥락이요, 근대 세계와 만나는 매개적 환경이요, 때로는 분리불가능할 정도로 깊숙이 내재하는 타자였다.

요컨대, '일본'은 '한국 근대문학'의 기본 전제 중 하나인 '한국'이라는 범주의 안정성을 근본에서 뒤흔드는, '익숙하면서도 낯선(uncanny)' 타자다. 해방 이후 반세기에 걸친 '한국' 근대문학 연구에서 '일본'이 의도적으로 망각되거나 삭제되어 왔던 이유가 여기에 있을 것이다. 제국 일본의 지배를 받았던 수치스러운 과거에 대한 기억만이 아니라 한국 근대문학 안에 여전히 남아있는 내적 연루의 흔적들이야말로, 그토록 덮어두고 싶었던 치욕이 아닐까. 그런데 '민족-네이션'의 자명성에 도전하는 탈민족주의라는 판도라상자가 열린 이래 한국 근대문학 연구에서도 마침내 그 불길한 타자의 흔적들이 한꺼번에 튀어나오고 있는 것이다. 근대의 개념들과 서양 문명의 중요 텍스트들이 번역되었던 장면들마다, 한국 근대문학의 기원과 종언이 선포되었던 국면들마다, 개별 작가들의 삶과 개별 텍스트가 참조하는 상호텍스트들의 갈피들마다, 일본의 존재는 선명한 상흔처럼 도드라져 보인다.

그러나 동시에 이런 질문들도 꾸준히 제기되어 왔다. 한국 근대문학에서 일본이라는 타자의 흔적을 반복해서 적발해내는 것만으로 충분한 것일까? 제국 중심부에서 식민지라는 주변부 문학을 향해 일방적으로 행사되는 영향관계를 추적하거나, 한국 근대문학의 특정 개념이나 사상, 텍스트의 '원본'이 실상 제국 일본에 있었음을 찾아내는 작업은 그 자체로 식민주의의 태도와 관점을 답습하고 강화하는 것은 아닐까? 무엇보다 식민지 민족의 자기동일적 정체성을 비판하며 거듭 발견해야 할 '타자'가 그저 피식민 주체를 구성하는 제국이라는 '대타자(the Other)'에 불과하다면, 이를 진정한 의미에서 타자성(otherness)의 복원이나 지배담론의 '해체'라고 말할 수 있을까?

이런 질문들이 단지 탈민족주의에 맞서 피식민 민족의 순결한 정체성을 회복하자는 주장이 아님은 물론이다. 그것은 탈민족주의가 '민족'을 청산하려다 성급히 놓아버린 몇 가지 원칙들을 재확인하고, 민족주의와 탈민족주의 사이에서 진자 운동하는 사상 구도를 벗어나 새로운 출구를 모색하기 위한 물음들일 것이다. 친일/반일의 민족주의적, 도덕적 분할을 초극하려다가 식민지 지배 관계의 적대적 사회 구조마저 삭제해버리지 말 것. 피식민자와 식민자의 '협력'이나 '공모'를 파헤치려다가 모든 저항의 가능성을 원천적으로 봉쇄해버리지 않을 것. 민족들을 구성하는 표상과 담론구조의 상동성에 주목하다가 제국과 식민지 민족들 사이에 엄존했던 차별과 폭력을 간과하지 않을 것. 무엇보다 문학이 궁극적으로 지향하는 삶의 구체성, 텍스트의 개별성, 윤리의 근소한 차이들에 대한 분별에 민감할 것. 이런 원칙들 위에서 한국 근대문학 연구는 '민족'의 협소한 틀을 깨고 더 다양한 타자들을 향해 개방될 것이며, 한국문학이라는 좁은 영토를 넘어 더 넓은 세계로 시야를 확장할 수 있을 것이다.

　본서는 비교적 최근의 연구성과들 중 이런 문제의식에 공명하는 논문들을 선별하여 묶은 것이다. 한국 근대문학을 일본과의 관련 속에서 살피되, 다양한 차이들에 주목하는 연구들을 선택하였다. 작가들과 텍스트들 각각의 정치적이고 윤리적인 차이, 근대가 구현되는 과정에서의 식민지적 차이, 사상과 텍스트가 서로 다른 조건들 속에서 번역될 때 만들어지는 차이, 민족, 계급, 성적 정체성들이 교차하고 충돌하며 만들어내는 차이 등등. 그간 축적된 연구 성과들을 집대성하기에는 부족하지만, 각각의 논문들의 문제의식이 일정한 방향을 향하고 있음을 드러내는 데는 충분하지 않을까 여겨진다. 귀한 원고를 싣도록 허락해 준 필자들께 깊은 감사를 드린다.

1부_작가편

2부_주제편

1부

작가편

『혈의 누』와 『모란봉』의 거리

이인직의 개작의식과 정치적 입장의 상관성

김재용

1. 『혈의 누』 판본에 대해서

소설 『혈의 누』의 판본은 매우 복잡하다. 작품에 대한 불만으로 작가들이 자신의 작품을 고치는 일반적인 개작과는 다른 양상이 개입되었기 때문에 판본 문제가 한층 복잡하다. 일제 강점을 전후한 시기에 개작이 이루어졌기 때문에 정치적 입장이 강하게 드러나 있는 것이기 때문에 일반적인 개작과는 상황이 다르다 할 수 있다. 따라서 이것에 대한 정확한 연구 없이는 올바른 작품 이해와 작가 연구에 도달할 수 없기에 한층 더 깊은 주의가 요구된다. 그동안 알려져 있는 『혈의 누』 관련 판본은 다음 6가지이다.

① 1906년 『만세보』에 연재한 것
② 1907년에 광학서관에서 단행본으로 발행한 것—『혈의 누』(상)

③ 1907년 『제국신문』에 연재하다 중단한 『혈의 누』(하)

④ 1912년 『혈의 누』(상)을 개작하여 동양서원에서 단행본으로 발행한
   것 —『모란봉』(상)

⑤ 1913년 『매일신보』에 연재하다 중단한 『모란봉』(하)

⑥ 1940년 『문장』지에 발표된 『혈의 누』

이 중에서 ④는 그동안 발견되지 않았기 때문에 본격적인 연구의 대
상이 되지 못하였다. 전광용 교수에 의해 일찍이 이 판본에 대한 중요
성이 언급되었지만, 실물이 없었기 때문에 본격적인 연구가 이루어지
지 못하고 추론만 무성하였다. 전광용 교수는 ⑥의 판본이 이것이 아
닌가 하는 추측을 하였고 이것에 기반을 두고 최원식 교수가 두 판본을
비교한 바 있다.[1] 그런데 이번에 그동안 추측만 난무하던 ④의 판본이
발견됨으로써 『혈의 누』 판본에 대한 전체적 윤곽을 파악할 수 있게 되
었고 이에 기반하여 본격적인 연구가 이루어질 수 있게 되었다.

④의 판본은 ②의 판본을 개작한 것이다. 다지리 히로유끼가 이미
밝힌 것처럼[2] 『혈의 누』는 1911년에 총독부 당국에 의해 출판을 금지
당했다. 『혈의 누』는 기본적으로 부국강병에 입각한 작품으로 독립국
가의 전망을 가지고 있었다. 따라서 이러한 내용은 일제 강점 이후의
현실과 상충하게 되고 그렇기 때문에 일제 총독부 국가권력은 이를 금
지한 것으로 보인다. 이인직이 자신의 작품 『혈의 누』가 금지당했기 때
문에 더 이상 그대로 출판할 수 없다는 사실을 알았을 때 대응할 수 방

---

1 최원식, 「애국계몽기의 친일문학—『혈의 누』 소고」, 『한국 근대소설사론』, 창작사,
   1986.
2 다지리 히로유끼, 『이인직 연구』, 국학자료원, 2006, 97쪽.

법은 세 가지이다. 하나는 작품을 개작하지 않고 그대로 내버려두는 것이다. 자신이 계속하여 독립국가의 전망을 갖고 있을 때에 가능한 대응 방법이다. 두 번째는 검열을 피해가면서 자신의 작품을 살리려고 개작을 하는 경우이다. 독립국가의 전망을 숨겨 가면서 자신의 지향하는 바를 드러내려고 할 때 선택할 수 있는 방법이다. 셋째는 총독부의 검열에 동의하면서 개작을 하는 경우이다. 자신 스스로 독립국가의 전망을 포기하게 되었을 때 과거의 정치적 입장이 강하게 들어 있는 이 작품은 이제 의미가 없어지고, 게다가 검열에까지 걸렸으니 이를 해결하는 방법은 독립국가의 전망을 드러내는 부분을 없애면서 강점 직후의 현실과 상충되지 않는 범위 내에서 작품을 개작하는 것이다. 개작한 작품을 살펴보면 둘째의 가능성의 흔적을 읽어내기 어렵다. 그런 점에서 이인직은 총독부의 검열에 동의하여 개작을 한 것으로 볼 수밖에 없다.

이 글에서는 ②와 ④를 비교할 것이다. 일제 강점 이전과 이후의 개작양상을 통하여 그의 정치적 입장이 어떻게 변화하였는가를 추적할 수 있을 것이다.

2. 개작의 내용과 그 의미

이인직이 『혈의 누』를 『모란봉』으로 개작하면서 많은 대목을 바꾸었다. 마음에 들지 않는 표현들을 바꾸는 것도 많지만 이보다 중요한 것은 내용을 바꾸는 것이다. 내용을 개작하는 방법으로 이인직은 두 가지를 사용하였다. 하나는 치환이다. 정치적 입장의 변화로 인해 고쳐야 하지만 그 부분을 빼버린다면 작품 전체의 전개에 손상을 주기 때문에 다른 새로운 내용으로 바꾸어 넣는 것이다. 다른 하나는 삭제이다. 마음에 들지 않는 대목을 빼더라도 작품 전체의 전개에 손상을 주지 않을 경우 다른 것으로 대체하지 않고 그냥 빼버린 채 내버려두는 것이다. 이인직은 치환과 삭제 두 방법을 통해 작품을 개작하였다.

1) 치환

치환이 이루어진 것 중에서 가장 대표적인 장면은 수구 양반층의 행태에 대해 평소 갖은 불만을 갖고 있던 옥련의 부친 김관일이 근대 문명을 배우기 위해 미국으로 건너가기로 결심하는 대목이다.

②-a
김씨는 혼자 빈 집에 있어서 밤새도록 잠들지 못하고 별생각이 다 난다. 북문 밖 넓은 들에 철환 맞아 죽은 송장과 죽으려고 숨넘어가는 반송장들은 제각각 제 나라를 위하여 전장에 나와서 죽은 장수와 군사들이라. 죽어도 제 직분이어니와, 엎드러지고 곱들어져서 봄바람에 떨어진 꽃과 같이 간 곳마다 발에 밟히고 눈에 걸리는 피란꾼들은 나라의 운수런가. 제 팔자 기박하여 평양 백성 되었던가. 땅도 조선 땅이요 사람도 조선 사람이라. 고래 싸움에 새우 등 터지듯이, 우리나라 사람들이 남의 나라 싸움에 이렇게 참혹한 일을 당하는가. 우리 마누라는 대문 밖에 한걸음 나가 보지 못한 사람이요, 내 딸은 일곱 살 된 어린아이라 어디서 밟혀 죽었는가. 슬프다. 저러한 송장들은 피가 시내 되어 대동강에 흘러들어 여울목 치는 소리 무심

히 듣지 말지어다. 평양 백성의 원통하고 설운 소리가 아닌가. 무죄히 죄를 받는 것도 우리나라 사람이요, 무죄히 목숨을 지키지 못하는 것도 우리나라 사람이라. 이것은 하늘이 지으신 일이런가, 사람이 지은 일이런가. 아마도 사람의 일은 사람이 짓는 것이다. 우리나라 사람이 제 몸만 위하고 제 욕심만 채우려 하고, 남은 죽든지 살든지, 나라가 망하든지 흥하든지 제 벼슬만 잘하여 제 살만 찌우면 제일로 아는 사람들이라. 평안도 백성은 염라대왕이 둘이라. 하나는 황천에 있고, 하나는 평양 선화당에 앉았는 감사이라. 황천에 있는 염라대왕은 나이 많고 병들어서 세상이 귀치않게 된 사람을 잡아가거니와, 평양 선화당에 있는 감사는 몸 성하고 재물 있는 사람은 낱낱이 잡아가니, 인간 염라대왕으로 집집에 터주까지 겸한 겸관이 되었는지, 고사를 잘 지내면 탈이 없고 못 지내면 온 집안에 동토가 나서 다 죽을 지경이라. 제 손으로 벌어 놓은 제 재물을 마음 놓고 먹지 못하고 천생 타고난 제 목숨을 남에게 매어 놓고 있는 우리나라 백성들을 불쌍하다 하겠거든, 더구나 남의 나라 사람이 와서 싸움을 하느니 지랄을 하느니, 그러한 서슬에 우리는 패가하고 사람 죽는 것이 다 우리나라 강하지 못한 탓이라. 오냐, 죽은 사람은 하릴없다. 살아 있는 사람들이나 이후에 이러한 일을 또 당하지 아니하게 하는 것이 제일이다. 제 정신 제가 차려서 우리나라도 남의 나라와 같이 밝은 세상 되고 강한 나라 되어 백성 된 우리들이 목숨도 보전하고 재물도 보전하고, 각도 선화당과 각도 동헌 위에 아귀 귀신 같은 산 염라대왕과 산 터주도 못 오게 하고, 범 같고 곰 같은 타국 사람들이 우리나라에 와서 감히 싸움할 생각도 아니하도록 한 후이라야 사람도 사람인 듯 싶고 살아도 산 듯싶고, 재물 있어도 제 재물인 듯하리로다. 처량하다, 이 밤이여. 평양 백성은 어디 가서 사생중에 들었으며, 아귀 같은 염라대왕은 어느 구석에 박혔으며, 우리 처자는 어떻게 되었는고. 우리 내외 금실이 유명히 좋던 사람이요, 옥련이를 남다르게 귀애하던 가정이라. 그러하나 세상에 뜻이 있는 남자 되어 처자만 구구히 생각하면 나라의 큰일을 못 하는 지라. 나는 이 길로 천하 각국을 다니면서 남의 나라 구경도 하고 내 공부 잘한 후에 내 나라 사업을

④-a

김씨가 적적한 빈 집에서 혼자 밤을 새우는데 등잔불 희미하고 쥐장난 바스락바스락 하는 안방 아랫목에 가만히 앉아 생각하니 측량치 못할 것은 사람의 일이라 오늘 아침까지 이 방안에서 세 식구가 솥발 같이 늘어앉았었던 그 모양을 다시 볼 수 없이 되었구나싶은 마음뿐이라 고개를 푹 수그리고 한숨을 휙 쉬기도 하고 천장을 쳐다보며 선웃음을 허허 웃기도 하고 지향없이 군소리도 한다. "여보 마누라 술 한잔 데여주오. 이애 옥련아 담뱃대 집어 오너라" 하더니 주먹으로 방바닥을 한번 탁 치고 주정군 넘어지듯 모로 툭 쓰러지며 목침도 아니 베고 누웠더라. 서름도 서름이어니와 하루 종일을 숨이 턱에 닿도록 쏘다니던 사람이라 어찌 피곤하던지 쓰러진 채로 잠이 잠깐 들며 꿈을 꾸었더라. 꿈에도 생시같이 마누라와 옥련이를 잃고 찾으러 다니는데 걸음이 걸리지 아니하여 애를 쓰다가 죽을 힘을 다들여서 몸을 움직이니 몸이 가뿐하여지며 새가 되어서 아무 마음 없이 공중으로 훨훨 날아다니다가 모란봉 산비탈에 우뚝 선 고목 위에 내려앉아 처량히 우는데 새는 꾹꾹이라 꿈을 깨니 다시 김관일이라. 관일이가 그 꿈을 깨어 생각하니 그 신세가 꾹꾹이 타령하게 된 신세이라 아무리 생각하여도 처자는 정녕 이 세상에서 다시 만나보지 못하게 된 사람 같은 지라 한숨을 또 한번 내리 쉬며 "응 할일없는 일이로다. 하나님 계명을 받아 이몸이 생겼으니 궁하든지 달하든지 하나님 처분이라 전생에 적악하고 이생에 죄를

받는 것을 오늘이야 깨달았다 누구를 원망하며 무엇을 한탄하리오 그러나 내가 이집에 있으면 잘살든지 잘 못살든지 눈에 밟히는 것은 처자의 형용이요 처자의 발자춰라 차라리 고국 산천을 떠나서 이 세계 활동하는 구경이나[3]

위의 인용 대목 중 앞의 것은 ②의 판본에서 따온 것이고, 뒤의 것은 ④의 판본에서 따온 것이다. 『혈의 누』 중에서 이 대목은 가장 독립국가의 전망이 강하게 드러난 부분이다. "제 손으로 벌어 놓은 제 재물을 마음 놓고 먹지 못하고 천생 타고난 제 목숨을 남에게 매어 놓고 있는 우리나라 백성들을 불쌍하다 하겠거든, 더구나 남의 나라 사람이 와서 싸움을 하느니 지랄을 하느니, 그러한 서슬에 우리는 패가하고 사람 죽는 것이 다 우리나라 강하지 못한 탓이라"라고 할 수 있는 것은 독립국가의 전망이 분명할 때만이 가능한 발언이다. 청나라와 일본이 남의 나라인 조선에 와서 전쟁을 하게 되면 결국 피해를 볼 수밖에 없는 것은 조선의 백성들인데 이것은 나라가 강하지 못하기 때문에 발생하는 것이다. 이러한 비극을 없애기 위해서는 나라를 부강하게 만드는 길밖에 없다는 주장이다. 고래 싸움에 새우 등 터지는 비참한 형국을 피하기 위해서는 자기 안위에만 여념이 없는 수구 양반층이 아니라 일반 백성들이 하루바삐 근대 문명을 배워 국력을 강화시키는 길밖에 없다는 것이다. 따라서 일제 강점 이후 독립국가의 전망을 포기한 이인직이 보기에 이 대목은 지나칠 수 없는 것이 되었다. 그리하여 이인직은 이 대목을 빼고 다른 것으로 대체하였던 것으로 보인다. 물론 이인직은 삭제만으로 문제가 없으면 그렇게 했을 것이다. 하지만 이렇게 했을

---

3   이인직, 『목단봉』, 동양서원, 1912, 19~20쪽.

때 전체의 맥락에 손상을 줄 수 있다. 김관일이 외국으로 나가는 동기가 작품 속에 나오지 않게 되는 것이다. 따라서 이인직은 빼는 것에 그치지 않고 새로운 내용을 삽입하였다. 개작전의 작품인 ②에서는 김관일의 외국행 동기는 나라를 구하고 부강하게 만들기 위한 것인 반면, 개작후인 ④에서는 국내에 있으면 처자식이 자꾸 눈에 밟히기 때문에 이를 피하기 위한다는 극히 개인적인 것으로 바뀌어져 버린 것이다.

두 번째로 치환이 이루어지는 장면은 김관일의 장인인 최항래가 딸과 손녀를 확인하기 위해 부산에서 평양으로 올라와서 텅빈 집에서 한탄하는 대목이다.

②-b

난리가 무엇인가 하였더니 당하여 보니 인간에 지독한 일은 난리로구나. 내 혈육은 딸 하나 외손녀 하나뿐이러니 와서 보니 이 모양이로구나. 막동아, 너같이 무식한 놈더러 쓸데없는 말 같지마는 이후에는 자손 보존하고 싶은 생각 있거든 나라를 위하여라. 우리나라가 강하였던면 이 난리가 아니 났을 것이다. 세상 고생 다 시키고 길러 낸 내 딸자식 나 젊고 무병하건마는 난리에 죽었구나. 역질 홍역 다 시키고 잔주접 다 떨어 놓은 외손녀도 난리중에 죽었구나." "나라는 양반님네가 다 망하여 놓셨지요. 상놈들은 양반이 죽이면 죽었고, 때리면 맞았고, 재물이 있으면 양반에게 빼앗겼고, 계집이 어여쁘면 양반에게 빼앗겼으니, 소인 같은 상놈들은 제 재물 제 계집 제 목숨 하나를 위할 수가 없이 양반에게 매였으니, 나라 위할 힘이 있습니까. 입 한번을 잘못 벌려도 죽일 놈이니 살릴 놈이니, 오금을 끊어라 귀양을 보내라 하는 양반님 서슬에 상놈이 무슨 사람값에 갔습니까. 난리가 나도 양반의 탓이올시다. 일청전쟁도 민영춘이란 양반이 청인을 불러왔답니다. 나리께서 난리 때문에 따님아씨도 돌아가시고 손녀아기도 죽었으니 그 원통한 귀신들이 민영춘이라는 양반을 잡아갈 것이올시다" 하면서 말이 이어 나오니, 본래 그 하인은 주제넘다고 최씨 마음에 불합하나, 이번 난리중 험한 길에 사람이 똑똑하다고 데리고 나섰더니 이러한 심란중에 주제넘고 버릇없는 소리를 함부로 하니 참 난리난 세상이라. 난리중에 꾸짖을 수도 없고 근심중에 무슨 소리든지 듣기도 싫은 고로 돈을 내어 주며 하는 말이, 막동아 너도 나가서 술이나 싫도록 먹어라. 홧김에 먹고 보자 하니 막동이는 밖으로 나가고

④−b

막동이가 대답하고 나가더니 어디 가서 밥을 사서 먹고 게름 부릴대로 부리고 돌아오니 최씨가 깜깜한 방속에서 혼자 앉아 술만 따라 먹는지라 막동이가 도로 돌쳐나가더니 백납초 몇가락을 사가지고 당성냥을 그어 불을 켜니 최씨가 푹 수구리고 앉았던 고개를 번쩍 들며 "이애 막동아 밝은 것같이 좋은 것은 없고나 불빛만 보아도 슬픈 생각을 좀 잊을 것 같다" 하더니 술 한잔을 또 따라 먹는다. 막동이는 본래 그 상전이 무슨 근심이 있든지 행락을 하든지 제게 아무 상관없고 다만 얼떨한 판에 상전이 무슨 홍성이나 시키면 돈푼 떼어먹는 재미만 달게 여기던 자이라 그대 최씨의 말이 귀에 들리는지 마는지 어서 행랑방에 가서 잠이나 자러 나가려하니 최씨가 어찌 고적하든지 막동이를 말벗이나 삼으려고 말을 이어 꺼낸다. "이애 막동아. 난리난 세상에 상전이니 종이니 분별은 차려 무엇 하겠느냐 오늘밤에 내 술친구나 되어다고 난리가 무엇인구 하였더니 당하여 보니 인간에 참혹한 것은 난리로구나. 내 혈육은 딸 하나 외손녀 하나뿐이러니 와서 보니 이 모양이로구나" 하면서 술 한잔을 따라서 막동이에게 준다. 막동이가

입이 떡 벌어지며 엉큼한 생각이 나는데 삼간집이 다 타더래도 빈대 타죽는것만 재미있다는 말과 같이 난리가 나서 세상이 다 우둠하게 수구리고 팔은 활줌통 내미드시 뻐쳐서 최씨에게 술잔을 전하면서 "나리 한잔 잡수시오. 음지가 양지되고 양지가 음지 되고. 부귀빈천이 물레바퀴 돌아다니듯하고 양반은 타구박 앉고 상놈은 웅덩춤 추고 막동이는 최주사 나리 술친구 되고 응…… 오냐 대포소리만 자주자주 나거라 관쓰고 곤댓짓하던 대가리는 자라목 움추려지듯 한다. 허허허 어ー이집이 맴돈다" 하면서 쓰러지는데 최주사의 마음에 어찌 창피하고 당단하든지 막동이를 달래고 꼬여서 간신이 행랑방으로 내보내고[4]

인용한 것 중에서 앞의 것은 ②에서 따온 것이고 뒤의 것은 ④에서 따온 것이다. 저촉이 되었던 부분은 최주사가 막동이에게 이야기하면서 했던 "이후에는 자손 보존하고 싶은 생각 있거든 나라를 위하여라. 우리나라가 강하였더면 이 난리가 아니 났을 것이다"라고 말한 대목으로 보인다. 나라의 힘이 없는 탓에 개개인들이 죽어나갔기 때문에 사람이 제대로 살려고 하면 나라가 강하여야 한다는 것이다. 나라가 강해야 한다는 것은 독립된 국민국가를 전제하는 것이다. 따라서 일제 강점 이후 독립국가에 대한 전망을 포기하였을 때 이 대목은 문제가 될 수밖에 없었을 것이다. 하지만 이것을 삭제한다고 했을 때 작품 전체의 맥락에 손상이 올 수 있다. 최주사가 평양으로 올라와서 하루 종일 헤매다가 밤중에 집을 찾아온 딸을 만나는 것으로 설정할 수 있지만 최주사가 실의에 젖어 한탄하는 과정이 없이 딸을 만나는 것으로 했을 경

---

4   위의 책, 40~44쪽.

우 우연성이 강조될 수밖에 없다. 따라서 이인직은 이 부분을 다른 것으로 대체하게 되었던 것으로 보인다.

치환의 세 번째는 구완서가 오사까에서 옥련을 만나 학비를 대주겠다고 하면서 유학을 권유하는 장면이다.

②-c

우리들이 나라의 백성 되었다가 공부도 못 하고 야만을 면치 못하면 살아서 쓸데 있느냐. 너는 일청전쟁을 너 혼자 당한 듯이 알고 있나 보다마는, 우리나라 사람이 누가 당하지 아니한 일이냐. 제 곳에 아니 나고 제 눈에 못 보았다고 태평성세로 아는 사람들은 밥벌레라. 사람이 밥벌레가 되어 세상을 모르고 지내면 몇 해 후에는 우리나라에서 일청전쟁 같은 난리를 또 당할 것이라. 하루바삐 공부하여 우리나라의 부인 교육은 네가 맡아 문명길을 열어 주어라.

④-c

내 집에 형세가 유여하고 우리 부모가 나를 금옥같이 사랑하여 내가 욕심 내는 것이 있으면 하늘에 있는 별이라도 따다가 주려하시는 작정이라 내가 공부할 동안에 돈 주럽들 리는 만무하니 네 학비는 내가 대어 줄 터이니 걱정 말고 공부만 잘 하여라[5]

인용된 것 중에서 앞의 것은 ②에서 따온 것이고 뒤의 것은 ④에서 따온 것이다. "너는 일청전쟁을 너 혼자 당한 듯이 알고 있나 보다마는,

---

5   위의 책, 102쪽.

우리나라 사람이 누가 당하지 아니한 일이냐. 제 곳에 아니 나고 제 눈에 못 보았다고 태평성세로 아는 사람들은 밥벌레라. 사람이 밥벌레가 되어 세상을 모르고 지내면 몇 해 후에는 우리나라에서 일청전쟁 같은 난리를 또 당할 것이라"고 구완서가 말한 대목 역시 부강한 독립국가를 상정할 경우에만 가능한 이야기이다. 나라가 약하기 때문에 청일전쟁과 같은 일을 겪었지만 국력이 강해지지 않고 여전히 그대로 머물 경우 또 그런 일을 당할 수 있다는 것을 경고하는 말인 것이다. 이것을 좀더 확대시켜 보면 대한제국이 힘이 약할 경우 일본의 보호국에서 식민지로 떨어질 수도 없음을 말하는 것이기도 하다. 이러한 것은 일제 강점 이후의 상황에서는 쉽게 받아들이기 어려운 대목이었을 것으로 보인다. 독립국가의 전망을 포기한 이인직에게 그것은 삭제해버리고 싶은 대목이었을 것이다. 그렇지만 이 대목을 단순히 빼버리기만 하면 구완서가 옥련이에게 학비를 대주고 옥련이가 미국으로 유학가는 계기가 제대로 드러나지 않아 작품 전체의 구성에 파탄이 올 수 있기 때문에 삭제에 그치지 않고 새로운 내용으로 대체했던 것으로 보인다.

2) 삭제

이인직은 『혈의 누』를 『모란봉』으로 개작하면서 치환 대신에 삭제를 선택한 경우도 확인할 수 있다. 치환과 달리 삭제의 경우에는 빼고 다른 내용을 집어넣지 않는 것이다. 이 삭제의 방법이 제일 편한 방법이기 때문에 이인직은 이것을 주로 사용하고자 했을 것이다. 하지만 삭제만으로 개작이 이루어지려면 문제되는 대목을 빼버렸을 때 전체

줄거리 구성에 심각한 훼손이 이루어지지 않아야 한다. 가령 앞에서 거론한 세 장면의 경우 그냥 빼버리면 작품의 구성과 전개가 제대로 되지 않는 결과를 야기한다. 하지만 다음 두 대목은 그냥 빼버리더라도 작품 전체의 전개에 손상을 주지 않는다는 판단으로 그냥 해당 대목을 삭제만 행한 경우이다.

삭제의 대표적인 경우는 구완서와 옥련이 혼인 언약을 하는 장면이다.

②-d

구씨의 목적은 공부를 힘써 하여 귀국한 뒤에 우리나라를 독일국(獨逸國)같이 연방도를 삼되, 일본과 만주를 한데 합하여 문명한 강국을 만들고자 하는 비사맥 같은 마음이요, 옥련이는 공부를 힘써 하여 귀국한 뒤에 우리나라 부인의 지식을 넓혀서 남자에게 압제받지 말고 남자와 동등권리를 찾게 하며, 또 부인도 나라에 유익한 백성이 되고 사회상에 명예 있는 사람이 되도록 교육할 마음이라. 세상에 제 목적을 제가 자기하는 것같이 즐거운 일은 다시 없는지라. 구완서와 옥련이가 나이 어려서 외국에 간 사람들이라. 조선 사람이 이렇게 야만되고 이렇게 용렬한 줄을 모르고, 구씨든지 옥련이든지 조선에 돌아오는 날은 조선도 유지한 사람이 많이 있어서 학문 있고 지식 있는 사람의 말을 듣고 이를 찬성하여 구씨도 목적대로 되고 옥련이도 제 목적대로 조선 부인이 일제히 내 교육을 받아서 낱낱이 나와 같은 학문 있는 사람들이 많이 생기려니 생각하고, 일변으로 기쁜 마음을 이기지 못하는 것은 제 나라 형편 모르고 외국에 유학한 소년 학생 의기에서 나오는 마음이라. 구씨와 옥련이가 그 목적대로 되든지 못 되든지 그것은 후의 일이거니와, 그날은 두 사람의 마음에는 혼인 언약의 좋은 마음은 오히려 둘째가 되니, 옥련 낙지(落地) 이후에는 이러한 즐거운 마음이 처음이라.

인용한 대목은 구완서와 옥련이 자유 의사로 결혼을 언약한 다음 미래에 대한 포부를 밝히는 것과 이것에 대한 작가의 논평이 가해지는 부분이다. 이 부분 중에서 "귀국한 뒤에 우리나라를 독일국(獨逸國) 같이 연방도를 삼되, 일본과 만주를 한데 합하여 문명한 강국을 만들고자 하는 비사맥 같은 마음이요, 옥련이는 공부를 힘써 하여 귀국한 뒤에 우리나라 부인의 지식을 넓혀서 남자에게 압제받지 말고 남자와 동등권리를 찾게 하며, 또 부인도 나라에 유익한 백성이 되고 사회상에 명예 있는 사람이 되도록 교육할 마음이라"라고 한 대목이 문제가 되었을 것이다. 대한제국과 일본과 만주가 연방을 이룬다고 했을 때 그것은 기본적으로 각 나라의 독립을 전제로 한 것이다. 당시 이인직이 생각하였던 연방제는 대한제국의 독립을 전제로 하여 각 나라들이 연방을 이루는 방식이었다. 그렇기 때문에 일본에 의해 일방적으로 이루어지는 합방과 같은 것은 생각할 수 없는 것이었다. 하지만 현실에서 일본에 의한 대한제국의 합방이 일방적으로 이루어졌기 때문에 『혈의 누』에서 이인직이 강하게 내세웠던 연방국가안은 허공에 사라져 버린 것이다. 따라서 개작하려고 했을 때 이 대목도 지나칠 수 없는 것이 되었을 것이다. 또한 이것을 삭제했을 때 전체 작품 전개에 있어 큰 손상이 없기 때문에 다른 내용을 집어넣지 않고 그것으로 마무리되었던 것으로 보인다.

삭제의 두 번째 경우는 강유위를 언급한 문장이다. 이 대목은 강유위에 대해 언급하는 한 문장만 빠졌기 때문에 맥락을 이해하기 위해 그 전후를 함께 인용할 필요가 있다.

②-e

청인이 다시 서생을 향하여 필담으로 대강 사정을 듣고 명함 한 장을 내더니 어떠한 청인에게 부탁하는 말 몇 마디를 써서 주는데, 그 명함을 본즉 청국 개혁당의 유명한 강유위(康有爲)라. 그 명함을 전할 곳은 일어도 잘하는 청인인데, 다년 상항에 있던 사람이라. 그 사람의 주선으로 서생과 옥련이가 미국 화성돈에 가서 청인 학도들과 같이 학교에 들어가서 공부를 하고 있더라.

"그 명함을 본즉 청국 개혁당의 유명한 강유위라"라고 하는 문장만 삭제하였다. 흔히 『혈의 누』를 비판하면서 정상과 같은 일본 군의가 옥련을 구하여준다든가 옥련이가 맞은 총알이 청인이 쏜 것이 아니고 일본인이 쏜 것이기 때문에 빨리 나을 수 있다고 하는 것 등을 들어 일본 식민주의에의 협력을 말하곤 한다. 하지만 이인직은 일본인 중에서도 정상의 부인과 같은 인물은 아주 나쁘게 그리고 있으며 청나라 사람 중에서도 강유위와 같은 인물은 조선에서 온 사람을 도와주는 좋은 인물로 그리고 있다. 이런 것을 보면 이인직은 일본을 미화하고 청을 폄하하는 태도를 가진 것이 아니라 어디까지나 근대와 전근대와의 긴장 속에서 그러한 평가를 행하고 있음을 확인할 수 있다. 그렇기 때문에 청나라 사람 중에서도 강유위와 같이 독립적이고 부강한 근대국민국가를 만들기 위해 노력하는 인물에고 대해서는 아주 좋게 그리고 있는 것이다. 나라를 부강하게 만들기 위해 미국에 와서 근대를 공부하는 조선인들에게 강한 연대감을 가지면서 도움을 주는 인물로 강유위를 그릴 수 있었던 것이다. 그런데 이것이 강점 이후에는 문제가 된 것이다. 따라서 이 문장만 삭제해버린 것으로 판단된다.

이상의 분석에서 잘 알 수 있는 것처럼 ②와 ④는 기본적으로 전혀 다른 지평 위에 놓여 있음을 확인할 수 있다. ②가 독립국가의 전망 위에 놓여 있는 것이라면, ④는 일본 식민주의 지배 체제에 대한 협력을 바탕으로 한 것이다.

3. 개작의식과 정치적 입장의 상관성

『혈의 누』와 『모란봉』은 각각 다른 정치적 입장 위에 서 있다. 『혈의 누』가 비록 '보호독립국론'에 입각한 것이기는 하지만 어디까지나 독립국가의 전망에 기반한 것이라면, 『모란봉』은 독립포기에 기초한 것이다. 1906년과 19012년 사이에 어떤 변화가 이인직 내부에 일어났기에 이러한 변모가 이루어질 수 있었던가? 『혈의 누』가 1906년 만세보에 연재되었고 1907년에 광학서관에서 단행본으로 나왔으며 1908년에도 재판이 나왔을 정도로 이 시기에는 이인직이 동일한 정치적 입장을 가지고 있었다. 만약 그 시기에 정치적 의식에 있어서 변화가 나타났다면 책을 재판을 거듭하면서 찍지 않았을 것이다. 그렇기 때문에 1906년부터 1908년까지는 이인직의 정치적 의식에서 있어서 큰 굴절이 없었던 것으로 판단된다. 이인직이 국채보상운동을 적극적으로 지지하였던 만세보 시절뿐만 아니라 그 이후 『대한신문』을 발행하던 시절까지 종합적으로 고려하여야 이러한 변모를 확인할 수 있다. 특히 1907년 이후 이인직이 발행했던 『대한신문』에 대한 탐구가 이루어져야만 이인직의 그러한 의식의 변화를 추적할 수 있다. 하지만 현재 『대한신문』은 볼 수 있는 것이 퍽 적기 때문에 이 시기 이인직의 의식 변화를 구체적으로 추적하는 것은 어렵다. 그렇더라도 제한된 범위 내에서 당시의 상황을 재구성하고 하고 이에 바탕하여 이 시기 이인직의 변화를 읽어내는 작업이 필요하다.

『대한신문』은 『대한매일신보』나 『국민신보』와는 일정 부분 다른 논조를 가졌던 것으로 보인다. 당시 『대한매일신보』는 '보호국'을 식민지로 간주하면서 잃어버린 국권을 찾기 위해서는 일본 제국주의에 맞서 투쟁해야 한다고 생각하였다. 그들은 독립과 근대 문명을 위한 실력양성의 과제가 결코 분리시켜 이해할 수 없는 성질의 것이라고 생각하였다. 그런 점에서 『대한매일신보』 측에서는 보호국화를 받아들이고 있는 『국민신보』나 『대한신문』은 매양 같은 정체성을 가지고 있는 존재라고 보았고 이들을 비판하였다. 그 둘 차이는 있다 하더라도 별로 의미 있는 것이 아니라고 생각하였다. 왜냐하면 보호국화를 받아들이는 한 그것은 일본의 식민주의에 협력하는 것이라고 생각하였기 때문이다. 그 점에서 『국민신보』와 『대한신문』은 별반 차이가 없다고 생각할 수 있다. 『대한신문』과 『국민신보』는 보호국을 받아들인다는 점에서는 같지만 그것을 어떻게 바라보고 있는가에 따라서 차이가 난다. 『대한신문』은 '보호국'화를 받아들이는 입장이었다. 갑신정변과 청일전쟁을 겪은 이후 내부적으로 개혁을 수행하였다면 보호국과 같은 것이 필요 없을 터인데 그렇지 못하였기 때문에 결국 우리 손으로 근대국민국가를 만들어간다는 것은 어렵다고 판단하였다. 따라서 외부 즉 일본이 보호를 해주는 동안 시간을 벌어 근대문명의 실력을 양성하여 향후 제대로 된 근대국민국가를 만들어가야 한다는 논리였다. 그렇기 때문에 불가피하게 보호국을 받아들일 수밖에 없다는 것이었다. 그렇다고 해서 미래의 독립을 포기하는 것은 아니었다. 그 점에서 『국민신보』와 다르다. 『국민신보』는 『대한신문』과 마찬가지로 보호국화를 받아들인다. 『국민신보』의 경우 보호국을 일본화되는 것의 전제로 바라보았던 것 같다. 『국민신보』는 조선인들이 스스로의 역량을 길러 근대문명화에 성공할 수 없는 것이라면, 차라리 일본의 영토가 되어 근대화에 이르는 것이 2,000만 조선의 백성들의 삶을 낫게 만드는 것이라고 생각하였던 것으로 보인다. 이처럼 『대한신문』은 『대한매일신보』와 『국민신보』와 다른 입장에 서 있었다. 즉 『대한신문』은 보호국화는 받아들이지만 그것은 독립국가를 달성하기 위한 과정으로 보았던 것이다.

이인직이 독립국가에 대한 전망을 언제부터 포기한 것인가? 필자가 보기에 그것은 이토 히로부미의 죽음을 계기로 한 것이 아닌가 생각한다. 이인직에게 이토 히로부미의 죽음은 매우 심각한 타격으로 다가왔다. 이토 히로부미의 죽음이 당시 이인직이 구상하던 '보호독립론'에 얼마나 큰 충격으로 다가왔는가를 이해하기 위해서는 이토 히로부미의 죽음 소식을 듣고 난 다음에 이인직이 『대한신문』에 쓴 글에서 어느 정도 짐작할 수 있다.

余가 본래 아국의 일진회원을 국민동포라 하였더니 금에 기 행위를 보고 아국민이 아닌 것을 지하였소. 然而 일진회원이 작일에 政合邦 성명서를 하였는데 회원 수효를 號曰 백만이라 하였으며 且曰 국민대표라 하였으니 백여명쯤 되는 일진회원이 백만이란 말도 허황한 말이고 일반 국민 중에서 국민동포로 인정치 아니하는 일진회원이 국민대표된다는 말도 可笑의 황설이오 정당이라 자처하니 일진회가 학문이 있소 무엇이 있소 무슨 자격으로 정당이라 자처하오. 우리 국민은 일진회를 정당으로 認許치 아니하오. 然而 금일에 여차한 소요가 일어남은 皆 안중근의 사변을 因함이라. 안중근의 사변으로 言하건대 안중근은 아국에 큰 죄인이라. 伊藤 太師가 사람은 일본사람이나 然이는 아국 태자 태사이라 아황제폐하께서 황태자 전하 교육을 위하여 이등공으로 아국 태자태사의 작을 봉하시고 황족 친왕의 與 하였으니 즉 아국 태자태사 친왕전하이라 然則 아국 태자태사 친왕전하게 가해한 안중근은 我國家에 죄인이라 然而 근일 소위 사죄단이 有하여 渡日 사죄하려는 협잡배가 유하다 하니마는 안중근을 대표하여 죄를 사할진대 아국에 謝함이 可할 뿐이라. 폐일언하고 일진회는 즉 제2 안중근이오 사죄 단은 제3안중근이라 何者오. 안중근은 아국 태자태사 이등공에게 가해한 아국 죄인이오 일진회는 이등공 遭變함을 時機로 認하여 소위 정치 변동의 운동의 협잡이 不一하니 고로 왈 제2의 안중근이오 사죄단도 또한 아태자 태사 조변한 機를 乘하여 자칭 사죄단원이라 제반 협잡이 유하니 고로 왈 제3안중근이라. 우리 국민은 당당한 국민 자격으로 彼 협잡배들을 크게 성 토함이 가하오. 余는 본래 설변이 부족하고 또 시간도 短促함으로 此에 止 하오.

인용된 이인직의 연설문은 『대한신문』 1909년 12월 7일 잡보란에 실린 「국민의 심득(心得)」이다. 이 연설문은 일진회의 합방 성명에 대 해 반대하는 세력들이 원각사에서 행한 국민대연설회에서 이인직이 행한 것으로 이 시기 '보호독립론'의 내면을 읽을 수 있는 극히 드문 글 중의 하나이다. 이인직은 이토 히로부미를 일본 제국의 합방론을 제어 하는 방어벽 역할을 하고 있다고 그를 대단히 높이 평가하고 있다. 이 토 히로부미가 당시 일본 군부계통의 급진적 합방론자들과는 달리 점 진적인 합방론였음에도 불구하고 이를 간과한 것이다. 안중근이 이토 히로부미를 죽인 것을 사죄하기 위하여 일본으로 건너가는 사람들을 맹비판하는 데서 당시 그가 이토 히로부미를 어떻게 생각하고 있었는가를 단적으로 알 수 있다. 그는 이토 히로부미를 비록 일본인이지만 대한제국을 위해 일하는 사람으로 보고 있었다. 그렇기 때문에 합방을 주장하는 일진회를 비판할 뿐 아니라 방어벽 역할을 하던 이토 히로부미를 죽인 안중근에 대해서도 비판하게 되는 것이다. 일진회와 안중근을 동시에 비판하는 이러한 논리는 언뜻 보면 쉽게 이해할 수 없는 것처럼 보인다. 일진회를 비판하게 되면 안중근을 옹호하게 되고, 안중근을 옹호하게 되면 일진회를 비판하게 되는 것이 자연스럽게 보이는 것이다. 하지만 이인직은 안중근을 비판하면서도 동시에 일진회를 비판하고 있다. 이것은 당시 이인직이 견지하고 있던 '보호독립론'을 이해하지 않고서는 제대로 접근하기 어려운 성질의 것임에 틀림없다. 이인직식으로 보면, 대한제국은 내부 역량이 튼튼하지 못하기 때문에 국권을 잃어버린 것이다. 하지만 상실한 국권을 회복하기 위해서는 직접적인 독립운동보다는 실력양성을 통한 자강이 앞서야 우선해야 한다는 것이다. 그러기 위해서는 대한제국이 비록 국권을 잃었지만 완전한 식민지로 전락되는 것을 막아야 하고 이 시간 동안 힘을 길러 국권을 회복해야 한다는 것이다. 이를 위해서는 일본 내의 군부계통에서 주장하는 즉각적인 합방을 막아야 하고 이를 위해서는 이토 히로부미와 같은 인물과 연대해야 한다는 것이다. 이인직은 이토 히로부미를 대한제국에 호의적인 인물로 보았기 때문에 더욱 그러한 생각을 강하게 하였다. 이러한 것이 '보호국화' 이후 이인직이 견지하였던 핵심적인 정치적 전망이었던 것으로 보인다. 이인직의 이러한 판단은 이토 히로부미의 정체를 비롯하여 일본 내부의 정세를 제대로 읽어내지 치명적인 한계에서 비롯된 것이기는 하지만 그가 주관적으로는 독립을 결코 포기하고 않았음을 분명하게 보여주는 증거이다. 그런 점에서 이 시기의 이러한 정치적 입장은 작품『혈의 누』의 그것과 상통한다고 볼 수 있다.
『혈의 누』에서 반복되어 강조되고 있는 것은 나라가 힘이 약하기 때문
에 다른 나라들이 이 땅에 와서 전쟁을 하고 그 와중에 불쌍한 백성들
만 피눈물 나는 참화를 겪고 있다는 것이다. 지금이라도 정신 차려 나
라의 힘을 강하게 만들어야 하며 그러기 위해서는 근대 서구의 문명을
하루바삐 배워 이를 바탕으로 부국강병을 해야 한다는 것이었다. 러일
전쟁의 참화를 겪은 직후의 시점에서 청일전쟁을 바라보면서 이러한
작품을 쓸 수 있었던 것은 보호국화 이후에도 계속해서 독립에 대한 전
망을 잃지 않고 있었던 것을 말해주는 것이다. 그런 점을 고려할 때『혈
의 누』와 '보호독립론'의 정치적 입장은 서로 상통하는 것이라고 볼 수
있다.

　그러면 어떤 과정을 통하여 이인직은 '보호독립론'을 포기하기에 이
르렀고 지난 날 보호독립론에 입각하여 썼던 작품『혈의 누』가 더 이상
마음에 들지 않기에 이를 개작하여『모란봉』으로 만들었는가? 이를 추
적하는 것은 그렇게 쉬운 일은 아니다. 이인직이 관여하였던『대한신
문』이 제대로 구비되어 있지 않기 때문에 더욱 그러하다. 그러나 당시
의 정황을 고려할 때 다음과 같이 추론할 수는 있다. 대한제국의 내부
역량은 매우 미약하기 때문에 이토 히로부미와 같은 외부 일본 사람들
의 도움을 받아 자강의 시간을 벌자는 생각에서 보호국화를 받아들였
다 그런데 안중근에 의해 이토오 히로부미가 제거되자 일진회와 일본
군부의 급진적 합방론자들이 연합하여 합방을 추진하였다. 이런 마당
에 그가 이전과 같은 정치적 전망을 가지기는 어려웠다. 이토 히로부
미를 대체할 만한 사람과 정치적 집단을 구하기 위하여 동분서주했겠
지만 결코 쉽지 않았을 것이다. 그렇기 때문에 그는 미래의 독립이라

는 국권회복에 대한 희망을 접을 수밖에 없었던 것이다. 이때부터 이인직은 일제에 대한 협력의 길에 들어서게 되는 것으로 짐작된다. 만약 이인직이 일제 강점 이후에도 독립에 대한 희망을 포기하지 않았다면 『혈의 누』가 금지당했을 때 이를 개작하지 않았을 것이다. 금지된 채로 내버려두었다면 이인직이 여전히 독립에 대한 전망을 가지고 있다고 미루어 짐작할 수 있는 여지가 있지만 이를 오늘날 우리가 보고 있는 『모란봉』으로 개작하였다는 것은 그 스스로 독립에 대한 전망을 포기하였다는 것을 의미한다.

이토 히로부미 사망 이후 이인직은 독립에 대한 전망을 포기하고 일제에 협력하게 되었는데 그 구체적 방향은 현재 확인하기 어렵다. 일본의 식민주의 지배는 두 가지의 방향으로 이루어졌다. 하나는 '연장주의'이고 다른 하나는 '자치주의'이다. 연장주의는 새롭게 획득된 식민지의 영토를 일본 본국의 연장으로 생각하고 기존의 일본의 지역처럼 대하는 것이다. 새로운 식민지의 백성들이 일본 제국의회의 중의원으로 선출되고 참정권을 행사할 수 있는 기회를 마련하는 것 등의 활동을 한다. 자치주의는 새롭게 획득된 식민지의 영토를 일본 주권의 영역으로 간주함에도 불구하고 기존의 일본 영토 내에서 행해지던 것과는 다른 형태로 지배하는 방식이다. 참정권을 준다 하더라도 제국의회에 중의원으로 선출될 수 있는 그런 선거제도를 시행하는 것이 아니고 조선에 자체 의회를 설치하여 스스로 자치를 행하는 방식이다. 이 두 가지 지배 방식 어느 것에 호응하느냐에 따라 협력의 방식도 다르게 된다. 전자 즉 연장주의의 지배방식을 목표점으로 삼고 협력할 경우 그것은 식민지 본국과 식민지 사이의 일체를 지향하는 일체형 협력 방식을 선택하게 되고, 자치주의의 지배방식을 목표로 삼고 협력할 경우 그것은 일본의 국민이라는 정체성을 가지면서도 일본의 문화와 피식민지 문화의 혼재 속에서 살아나가는 방식인 혼재형 협력 방식을 선택하게 된다. 이인직이 이 둘 중에서 어느 쪽을 선택했는가 하는 것을 단정짓기는 어렵지만 자치주의에 경사되었던 것이 아닌가 한다. 중요한 것은 그 어느 경우이든 독립의 전망을 포기한 것이며 식민주의에 협력한 것이라는 점이다. 바로 이러한 정치적 전망에 서 있었기 때문에 『모란봉』과 같은 작품이 나올 수 있었다.

『소년』의 '영웅' 서사와 동아시아적 맥락

윤영실

1. 서론

'동아시아'가 오늘날 하나의 '전망'으로서 유효한 개념인지를 둘러싸고는 여러 이론(異論)이 존재하지만, 한국 근대문학, 특히 근대 전환기 문학 연구에서 '동아시아'라는 '참조틀'을 피해가기는 어려워 보인다. 확실히, 최근 수년 간의 한국문학 연구는 동아시아라는 참조틀을 통해 그 시야와 지평을 비약적으로 확대해왔다. '문학'을 비롯한 일련의 근대 번역어들이 동아시아 3국의 공통 어휘로 자리 잡았음은 물론이요, 속성(速成) 근대화의 교본(敎本)이라 할 수많은 서적들이 3국의 경계를 넘어 활발히 유통되었다. 이러한 동아시아적 '맥락'을 괄호친 채 일국 문학사의 틀 안에서 텍스트에 접근할 경우, 과잉해석이나 과소해석에 떨어질 위험이 다분하다.

한국에서 이른바 '역사전기소설'로 불려 왔던 일련의 텍스트들, 그

중에서도 '영웅전기 서사'의 범주에 드는 텍스트들은 동아시아적 맥락 속에서 재해석되어야 할 대표적 사례다. 한국문학 연구에서 이들은 대체로 문학사적 연속성 위에 자리매김되거나(전근대의 傳 양식 → 근대계몽기 역사전기소설 → 20, 30년대 역사소설), 애국계몽운동의 '특수한' 사상적 산물로 이해되곤 했다. 그러나 알려져 있다시피, 이들 서사는 대개 일본과 중국을 거쳐 번역·번안되었고 그 연원은 서구에까지 거슬러 올라갈 수 있기에, 일국문학사의 연속성만으로 설명되기 어렵다. 더욱이 한 대상의 특수성은 다른 대상과의 비교를 통해서만 드러나는 것이라고 할 때, 한국의 영웅전기 서사가 지닌 특수성은 번역의 연쇄성과 번역을 통해 빚어지는 '차이'로만 규명될 수 있다. 그 조망이 단순히 텍스트 상의 '차이'만이 아니라, 각각의 텍스트가 놓인 맥락의 '차이'까지 포괄해야 함은 물론이다. 텍스트 상의 차이란 각 시대, 각 나라의 맥락상의 차이로부터 빚어진 선택적 번역의 결과이며, 역으로 각각의 텍스트들은 그 고유한 맥락에서 서로 다른 효과를 빚어내기 때문이다.

특히 서구가 비서구에, 혹은 제국이 식민지에 '번역'되는 과정을 연구하는 궁극적 목적은, 단순히 서구(제국)의 근대가 비서구(식민지)에 '이식(移植)'되었음을 재삼 확인하는 것이 아니라, '번역'을 통한 '반역'(탈식민)의 가능성을 모색하는 것에 있을 것이다. 이런 점에서 근대전환기 조선의 영웅서사가 동아시아라는 틀 속에서 비로소 온전히 조명될 수 있는 것과 마찬가지로, 동(同) 시기의 동아시아 영웅서사 연구는 식민지 조선의 경우를 조명함으로써 비로소 완결된 문제틀을 구성하게 된다. 조선은 동아시아 영웅서사의 연쇄적 번역 과정에서 한 종착지였기에, 역으로 그 일련의 번역 연쇄 과정을 소급적으로 재구성하기 위한 출발점이 될 수 있다. 이를 통해 식민지 조선의 영웅서사는 식민지(조선)와 반식민지(중국), 동양의 제국(일본)과 서구 제국까지, 근대 세계체제의 각 지점들이 지닌 '거리'를 가늠해보는 하나의 기준점으로 작동할 수 있다.

본고는 이런 관점에서 국권 상실을 전후한 시기 조선에서 발간된 잡지 『소년』(1908.11~1911.5)의 영웅서사들을 중심으로 동아시아 영웅서사의 한 궤적을 그려보고자 한다. 『소년』에는 짤막한 전기와 영웅 및 위인에 관한 수많은 논설, 「피터대제전」(1908.11~1909.2), 「나폴레옹대제전」(1908.12~1910.6), 「이탈리를 통일시킨 가리발디」(1909.4~1909.11) 등 장편의 영웅전기 서사들이 수록되어 있음에도, 그간의 영웅서사 연구에서는 그리 주목받지 못했었다. 조선의 영웅서사에 대한 연구가 대개 애국계몽운동의 일환으로, 특히 신채호, 박은식 등의 번역 및 창작물에 초점을 맞춰왔던 것에 비해, 최남선과 『소년』은 이로부터 조금 떨어진 자리에 놓여 있었기 때문일 것이다. 나아가 『소년』의 영웅서사들은, 피터 대제, 나폴레옹, 가리발디 등 기존 영웅서사의 단골 주인공들을 표제로 내세우고 있지만, 「피터대제전」을 제외하고는 영웅서사의 형식을 제대로 갖추고 있지 못하다. 그러나 바로 그 때문에, 『소년』의 불완전한 영웅서사들은 한 때 동아시아를 풍미했던 그 많던 영웅서사들이 어떻게 종언을 고했는가, 혹은 어떻게 변모해갔는가를 보여주는 흥미로운 사례가 될 수 있다.

『소년』지가 발간된 1910년 전후의 시점은 일본과 중국은 물론, 조선에서도 영웅서사의 전성기가 한 차례 지나간 시점이었다. 민우사(民友社)를 중심으로 발간된 일본의 영웅서사들이 1890년대에 전성기를 맞았고, 양계초의 영웅서사 번역은 1900년대 초에 집중되어 있었으며, 조선에서는 이보다 뒤늦은 1907, 1908년경에 가장 많은 영웅서사들이 번역, 창작되었다. 이러한 '시차(時差)'는 일본, 중국, 조선에 근대의 충격이 가해졌던 시간적 간격을 보여주는 것일 터이다. 그러나 그 파동(波動)의 종착역인 조선이 일본이나 중국이 앞서 갔던 길을 차곡차곡 되밟아갔던 것은 아니다. 예컨대, 메이지 30년간을 거쳐 온 도쿠토미 소호가, 혹은 변법자강운동 이래 10여 년을 지나온 양계초가, 통시적 흐름 속에서 구축해왔던 사상들이, 1900년대 말 조선의 최남선에게는 공시적으로 주어진다. 이들은 애초의 맥락에서 탈구(脫臼, dislocation)되어 식민지 조선의 현실적 맥락에 따라 선별되고 재배치된다. 『소년』의 영웅 서사들에는 일본과 중국의 서로 다른 시간대에 놓여 있던 이질적 텍스트들이 동시적인 흔적을 남기고 있는 바, 이들은 때로 충돌하고 때로 연접하며, 새로운 계열화를 통해 새로운 의미와 효과를 창출한다. 따라서 『소년』의 영웅서사 속에 새겨진 그 겹겹의 텍스트들을 소구(遡究)하는 과정은 식민지 조선뿐 아니라 동아시아 근대가 그려온 어떤 궤적을 드러내 보인다.[1]

2. 근대 영웅론의 세 갈래 − 19세기 서구 영웅론을 중심으로

'영웅'이란 애초에 신화적 세계의 산물이다. 서구에서 '영웅(hero)'은 신화와 서사시의 주역이었으며, 동아시아의 고전적 '영웅(英雄)'서사 또

---

[1] 『소년』영웅서사 및 수신담론의 내재적 분석 및 전개 양상은 졸고, 「최남선의 수신(修身)담론과 근대 위인전기의 탄생」, 『韓國文化』 42, 2008에서 상세히 다룬 바 있다. 본고에서는 내용상 중복되는 부분은 가급적 간단히 요약하고 최남선의 영웅서사와 수신담론을 동아시아적 맥락에서 재조명하는 데 초점을 맞출 것이다.

한 천상과 지상이 교호하는 신화적 세계를 배경으로 한다. 그러나 신화적 고대성에 뿌리를 둔 '영웅'은 19세기 중후반 서구에서, 서로 다른 세 가지 맥락으로 재소환되었다. 하나는 근대의 세속화된 세계에 맞서 신성한 가치의 담지자로서 영웅을 상기하는 것이었다. 근대 초기 동아시아에서 '역사는 영웅들의 전기(傳記)'라는 격언으로 유명했던 토마스 칼라일(Thomas Carlyle)에게, '영웅'이란 무엇보다 신에 대한 복종과 도덕적 감화 등 정신적 자질을 통해 규정되었다. 칼라일의 '영웅'은 예수를 원형으로 하여 시인, 성직자, 문인 등을 아우르고 있었으며, 왕으로서의 영웅으로 제시된 인물도 근대적 제정일치를 기획했던 크롬웰이었다. 칼라일의 영웅론은 물질주의와 종교적 회의주의로 지향을 상실한 당대인들에게 일종의 종교적 계시로서 받아들여졌다는 점에서, 근본적으로 '영적(spiritual) 영웅'에 대한 추구였다.[2]

다른 하나는 국민국가를 중심으로 급속히 재편되고 있던 정지 상황에서 네이션(nation)의 일체감을 고조시키기 위한 국가 표상(national icon)으로 영웅을 부각시키는 것이었다. '국가적 영웅'에는 나폴레옹이나 비스마르크처럼 전쟁이나 혁명을 통해 근대 국민국가 창출에 이바지한 정치 지도자들이 선택되었다. 국가적 영웅 숭배는 영웅의 동상이나 초상, 사진 등을 일종의 성상(聖像)으로 제작하거나 영웅의 탄생지나 묘역을 성소(聖所)화하는 등 일련의 유사 종교적 의례를 수반했다.[3] 국가적

---

2 토마스 칼라일은 진실한 영혼의 소유자였던 크롬웰을 고평하는 한편, 나폴레옹에 대해서는 야망으로 진실을 혼탁하게 만든 협잡꾼의 요소가 있다고 비판한다. 이러한 나폴레옹의 한계는 그가 "신을 믿지 않는 시대"의 인물이라는 데 기인한다. Thomas Carlyle, 박상익 역, 『영웅숭배론』, 한길사, 2003, 359~367쪽.

3 19세기 이래 서구에서 국가적 영웅을 창출하는 과정은 박지향 외, 『영웅만들기』, 휴머니스트, 2005; Christian Amalvi, 성백용 역, 『영웅은 어떻게 만들어지는가』, 아카넷, 2004 등 참조.

영웅이란 세속화된 종교로서의 내셔널리즘이 창출한 세속화된 성인(聖人, Saint)에 다름 아니었던 것이다. 이처럼 고대의 신화적 존재였던 '영웅'은 어떤 방식으로든 그 신성성(神聖性)을 간직함으로써만 근대 세계에도 존속할 수 있었다.

그런데 같은 시기, 이른바 '자조(自助)'라는 근대적 윤리를 정립한 것으로 유명한 Samuel Smiles(1812~1906)의 『자조론(Self-Help)』(1859)에서 근대적 영웅론의 또 다른 판본을 볼 수 있다. 수많은 영웅들의 전기를 포함하고 있는 『자조론』은 근면과 노동, 부단한 노력으로 개인의 입지를 다지고 근대의 문명 발전에 이바지한 인물들을 부각시키고 있다는 점에서, 앞선 두 개의 영웅론과 차별화된다. 『자조론』이 제시하는 영웅 역시 '신성성'을 간직하되, 그 신성성은 근대의 세속 윤리로 완전히 융해된다. 그 역설적 과정은 베버가 『프로테스탄트 윤리와 자본주의 정신』에서 예리하게 통찰했던 바와 정확히 대응된다. 신이 예정한 구원 여부(신의 섭리)가 인간에게 미지의 영역으로 남아있는 것처럼, 신은 결코 초월적 신이(神異)로 영웅의 현세에 개입하지 않는다. '숨은 신'의 시대에 인간이 근면과 노동을 통해 자신의 구원을 입증해야 하는 것처럼, '영웅'은 스스로를 도움(自助)으로써만 신의 도움을 이끌어낼 수 있다("신은 스스로 돕는 자를 돕는다"). 신의 초월성이 근면과 성실이라는 세속의 윤리로 완전히 내재화되었듯, 영웅은 어떤 초인(超人)적 존재가 아니라 범인(凡人)들이 수행을 통해 도달할 수 있는 훌륭한 사람, 즉 '위인(偉人, the great man)'이 된다. 프로테스탄트의 윤리야말로 자본주의 정신의 근간을 이루는 것처럼, 자조론이 강조하는 '영웅(위인)'이란 무엇보다 '근면(industry)'을 신조로 삼는 자본주의의 산업 역군, 곧 '산업적 영웅(industrial hero)'[4]이다. 프로테스탄티즘과 『자조론』은 봉건적 신분질서가 해체되던 시기에 자본주의적 시민 윤리로서 일정한 진보성을 띠고 있었지만, 자본주의 체제 내에서는 중하층 계급의 신분 상승 욕망을 자극하는 입신출세주의나 빈곤을 개인의 나태 탓으로 돌리는 보수적 이데올로기로 작용했다.[5] '숨은 신'의 자리에 자본주의가 대신 들어앉은 것처럼, 신성한 영웅은 어느덧 자신의 노동력을 팔아서만 삶을 영위할 수 있는 근대인의 비속한 일상 자체를 지시하게 되었다.

19세기에 싹 튼 세 종류의 근대 영웅들은 각각의 영토 안에서 21세기인 오늘날까지 존속하고 있으나, 가장 큰 지배력을 획득한 쪽은 산업적 영웅이다. 영적 영웅은 종교와 신화학[6] 안에서 명맥을 유지하고, 국가적 영웅은 국가주의나 파시즘이 팽배할 때마다 돌출하지만, 산업적 영웅(위인)은 근대인의 삶의 모델로서 가장 폭넓은 각광을 받고 있다. 그렇기에 비록 오늘날 '영웅(hero)'과 '위인(the great man)'이라는 말이 유의어로 혼용되고 있다 해도, 그 함의에 있어서는 '영웅'에서 '위인'으로의 전환이 일어났다고 봐도 좋을 것이다. 과거 영적 영웅이나 국가적 영웅으로 추앙받던 인물조차 대개는 산업적 영웅으로의 각색을 거쳐

---

4   Samuel Smiles, *Selp Help*에는 'heroic industry', 'heroic labour', 'indutrial hero' 등의 표현이 자주 쓰이는데, 특히 다음과 같은 구절에서 기존의 영웅상과는 차별화된 '산업적 영웅'의 등장을 엿볼 수 있다. "Men such as these are fairly entitled to take rank as the Industrial heroes of the civilized world. Their patient self-reliance amidst trials and difficulties, their courage and perseverance in the pursuit of worthy objects, are not less heroic of their kind than the bravery and devotion of the soldier and the sailor, whose duty and pride it is heroically to defend what these valiant leaders of industry have so heroically achieved." "CHAPTER III – THE GREAT POTTERS – PALISSY, BÖTTGHER, WEDGWOOD" 마지막 단락(http://www.gutenberg.org/dirs/etext97/selfh10h.htm(2010.10.25)).

5   박지향, 「빅토리아 시대의 가치관」, 『영국사 – 보수와 개혁의 드라마』, 까치, 1997 참조.

6   예컨대 신화학자인 조셉 캠벨에게 '영웅'은 입문-시련-재생의 과정을 통해, 현대인들이 잃어버린 근원적 신성을 회복하도록 돕는 안내자로 의미화된다. Joseph Campbell, 이윤기 역, 『천의 얼굴을 가진 영웅』, 민음사, 1999 참조.

서만, 오늘날 무수히 편찬되는 근대 '위인 전집'의 반열에 들 수 있다. 영적 영웅이 간직하고 있던 종교적 신성성은 수신(修身)이라는 세속 윤리(근면, 성실, 정직 등)로 대체되고, 국가적 영웅을 통해 드러내고자 했던 특정 국가의 위대함이나 영광보다는 개인이 갖춰야 할 덕목으로서의 애국심이나 사회 공헌이 강조되는 식이다.

3. '국가적 영웅'과 '국민' 만들기
─ 한중일의 이탈리아 건국담과 무명영웅론을 중심으로

서구의 영웅론들은 주로 일본이라는 매개를 거쳐 중국과 조선에까지 전파되었으나 그 선택과 수용의 맥락은 동일하지 않았다. 1900년대 중후반 조선에서 영웅이라는 기표가 유행했을 때 그것은 대개 '국가적 영웅'을 지시하는 것이었다. 내적 수양을 강조하는 구시대의 도덕도, 서구 지식의 수용에만 초점을 맞춘 앞 세대(『독립신문』)의 문명담론도, 임박한 국망을 피할 방도가 될 수 없다는 팽배한 위기의식이, 자연스럽게 상무(尙武)의 강조와 영웅대망론으로 이어졌다. 1900년대 초반 양계초 역시 국가 존망의 위기를 돌파하려는 의도로 메이지 일본에서 출간된 영웅서사들을 번역해냈던 바, 1900년대 후반 그것이 다시 조선으로 중역되었던 것이다. 이로써 대략 서구→일본→중국→조선으로 이어지는 번역의 경로가 일단락된다.

조선에서 영웅서사의 번역과 창작이 가장 활발했던 때는 1907, 8년 무렵인데, 『소년』은 그보다 뒤늦은 1908년 11월 창간되어, 일련의 영웅전기를 비롯한 영웅 관련 글들을 꾸준히 게재했다. 그러나 『소년』지 영웅서사의 대체적인 경향은 서사양식으로서의 전기(傳記)가 해체되는 양상을 보이고 있다. 첫 작품인 「피터대제전」이 영웅의 일대기라는 전형적 영웅서사의 형식으로 구현되었던 것에 비해, 가장 오랜 기간 연재된 「나폴레옹 대제전」은 나폴레옹 출현 이전 프랑스 혁명의 사회문화사로 일관하고 있다. 「이탈리를 통일시킨 가리발디」는 「나폴레옹 대제전」보다 뒤늦게 시작되었다가 가리발디의 행적이 본격적으로 다뤄지기 전 4회 만에 중단되고 만다. 연재분의 대부분은 '애국적 국민'의 자세에 대한 서술자의 논평으로 채워졌다. 이처럼 서사양식으로서의 '傳'이 해체되는 양상은 최남선의 관심이 '영웅'에서 영웅을 배태하는 사회문화적 맥락인 '시세'로, 나아가 영웅을 대체할 '무명의 영웅'인 '애국적 국민'(민족)으로 이동하는 과정과 연동한다. 이를 한, 중, 일 3국에 두루 번역되었던 『이탈리아건국삼걸전』 및 영웅담론과 비교해보면, 최남선의 문제의식이 더욱 선명하게 드러날 수 있을 것이다.[7]

전술했듯, 서구에서는 혁명을 통해 창출된 네이션의 일체감을 고조하기 위해 자국의 국가 지도자를 영웅화했다. 그러나 서구의 국가적 영웅담론이 건국기의 지도자를 영웅으로 '기념'하는 것이었다면, 국민국가 수립이라는 지상 과제를 앞둔 동아시아에서는 바로 그 과제를 짊어질 영웅의 출현이 '대망(待望)'되었다. 서구의 영웅 만들기는 과거의 기

---

7 기존의 연구들을 통해 밝혀진 『이태리건국삼걸전』의 '번역' 경로는 다음과 같다. ① J. A. R. Marriott, The Makers of Modern Italy, ② 히라타 히사시[平田久], 『伊太利建國三傑』, 民友社, 1892, ③ 梁啓超, 「意大利建國三傑傳」, 『飮氷室文集』, 廣智書局, 1902, ④ 신채호, 『伊太利建國三傑傳』, 광학서포, 1907, ⑤ 주시경, 『이태리건국삼걸전』, 박문서관, 1908. 이들 간의 상세한 비교는 손성준, 「『이태리건국삼걸전』의 동아시아 수용양상과 그 성격」, 성균관대 석사논문, 2007 참조.

억을 재구성하는 작업이었다면 동아시아의 영웅 만들기는 아직 오지 않은 미래를 부르는 작업이었다. 서구에서 과거의 국가지도자들은 일련의 유사(類似) 종교적 의례를 통해 '영웅'으로 만들어졌다. 그러나 동아시아에서는 아직 오지 않은 영웅을 어떻게 만들 것인가가 문제였다. '시세와 영웅' 및 '무명영웅론'을 둘러싼 고뇌가 이로부터 비롯된다.[8]

중국과 조선에 앞서 근대를 기획했던 일본에서 '시세와 영웅'이나 '무명영웅론'이 운위되었던 것은 1870~80년대였다. 시세가 영웅을 만드는가, 영웅이 시세를 만드는가. 이 물음에 Henry T. Buckle은 『영국문명사』(1857)에서 시세가 영웅을 만든다고 답했고, 이 논리가 후쿠자와 유키치의 『문명론의 개략』(1875)에 이어지고 있음이 밝혀진 바 있다.[9] 후쿠자와는 버클을 따라, '시세'를 당대 사람들의 기풍이자 그 시대 국민들 사이에 두루 퍼져있는 지덕의 상황으로 정의하며, 특히 지육(智育)을 덕육(德育)에 앞세운다.[10] 시세가 영웅을 만든다는 것은 문명 발전이 한두 사람의 특출한 영웅에 의해서가 아니라 민지(民智)의 전반적인 향상을 통해 이뤄질 수 있다는 논리였으며, 그 실천론이 '학문을 권함'이었던 것이다.

한편, 「무명의 영웅」(1889)론은 후쿠자와의 문명론을 비판적으로 계승했던 도쿠토미 소호에 의해 제출되었다. 그에 따르면, 영웅이란 다수의 무명 영웅들을 대표하는 것이며, 영웅의 배출은 무수한 무명 영웅

---

8 근대전환기 한중일 3국에서 시세와 영웅 및 무명영웅론에 대한 논의들은 다음 글에서 폭넓게 소개되고 있다. 이헌미, 「한국의 영웅론 수용과 전개─1895~1910」, 서울대 석사논문, 2003. 본고에서는 후쿠자와 유키치, 도쿠토미 소호, 양계초, 신채호, 최남선으로 이어지는 영웅담론의 변이 과정에 초점을 맞추어 독자적인 해석을 전개하고자 한다.

9 백지운, 「자유서를 구성하는 텍스트들」, 『중국현대문학』 31호, 2004.

10 福澤諭吉, 정명환 역, 『문명론의 개략』, 홍성사, 1986, 60~81쪽.

에 의해 이뤄질 수 있다. 그렇다면 무명영웅이란 어떤 이들을 지칭하는 것일까.[11] 이에 답하기 위해서는 도쿠토미의 초기 저작들을 좀 더 살펴봐야 한다. 그의 출사표라 할 수 있는 「將來之日本」(1886)[12]에서 도쿠토미는 '무비(武備)기관'과 '생산기관'이라는 사회 유형론을 통해 역사의 대세를 점쳤다. 그에 따르면, 역사의 초창기에는 평상시에 생업에 종사하던 사람이 전시에 무사의 역할을 겸했지만, 점차 생산과 무비의 기능이 분리되면서, 각 사회마다 어떤 기능이 승한가에 따라 독특한 기풍을 형성하게 되었다. 무비기관이 지배하는 곳은 정권(政權)과 지식이 소수에 집중된 귀족주의, 전제주의 사회로, 인민이 국가를 위해 존재하며, 강박과 위력이 횡행하고, 남을 희생하여 자신의 이익을 취하는 약탈경제로 운영된다. 생산기관이 지배적인 곳에서는 정권과 지식이 다수의 인민들에게 있고, 국가는 인민을 위해 존재하며, 자유, 권리, 평화의 기풍이 진작되고, 자신의 이익으로써 타인도 이롭게 하는 교환경제로 운영된다(54~56頁). 19세기는 표면적으로 무비기관이 그 어느 때보다 팽창한 완력의 세계이지만, 막대한 경비가 소요되는 전쟁은 필연적으로 생산기관의 팽창을 가져오며, 나아가 평민사회로의 이행을 촉진할 것이다. 이처럼 도쿠토미는 무력에서 평화로, 경쟁과 전쟁에서 상품의 교환과 화합으로 나아가는 근대의 대세를 점치고 있었다. 그에 따라 일본의 장래도 구래의 무비기관적 사회 체제를 탈피하여 생산기

---

11 도쿠토미 소호의 「무명지영웅」을 번역, 소개했던 양계초는 무명영웅이 유명영웅을 만든다는 것은 시세가 영웅을 만든다는 의미라고 해석한다. "飮氷主人이 曰 德富氏의 此論은 所謂 時勢가 英雄을 造흐다는 說이라." 梁啓超, 「無名之英雄」, 『飮氷室自由書』, 搨印社, 1908, 101쪽. 그러나 앞으로 살펴볼 것처럼, 시세와 영웅론과는 달리 무명영웅론은 시세를 만들 주체에 대한 모색으로 이어지고 있다는 점에서, 동아시아 3국의 상황에 따라 상이한 양상으로 전개되어 간다.

12 德富蘇峰, 「將來之日本」, 『德富蘇峰集』, 筑摩書房, 1974 참조. 이하 본문에 쪽수만 표기.

관을 위주로 한 '평민사회'로 나아가야 한다고 주장했다.

「新日本之靑年」(1887)에서는 평민사회를 담당할 주체로 '청년'을 호명한다. 동양적 도덕만을 강조하는 복고주의가 시세에 대적하고, 서구적 지육만을 강조하는 편지주의(偏知主義)가 시세에 아첨하며, 서구적 지육과 동양적 덕육을 조화시키고자 하는 절충주의가 시세에 끌려다니는 것에 불과하다면(147頁), '진보의 벗'인 청년들이야말로 시세를 개혁하는(154頁) 무명영웅의 역할을 부여받는다. 청년들은 지덕일체의 완전선미한 인성을 배양하고 각 산업 분야에서 자신의 직분을 다함으로써 평민사회의 주축을 이뤄야 한다.[13] 이러한 논리적 전개에서 도쿠토미의 관심이 몇몇 위대한 지도자로서의 '국가적 영웅'에 있지 않음은 물론이다. 후쿠자와의 시세 / 영웅론이 민지의 계발이라는 '시세' 조성에 놓여있는 것처럼, 도쿠토미의 유명 / 무명영웅론은 무명영웅 자체를 강조하는 것이었다. 나아가 청년으로 대표되는 무명영웅은 근면과 노동으로 각 분야의 산업기관을 담당할 '산업적 영웅'을 지칭하는 것이었다.[14]

도쿠토미 소호의 평민사회론은 근대 문명의 핵심이 자본주의 경제체제임을 예리하게 꿰뚫고 있었지만, 제국주의의 무력 침탈이 바로 그 자본주의적 생산양식의 필연적 결과임을 간과하고 있었다. 또한 그는 평민사회와 무비사회가 절대적인 우열의 관계라기보다 '시절'과 '경우'

---

13 예컨대, 도쿠토미 소호는 교육의 목적을 선량한 소학교사, 민달(敏達)한 상인, 숙련된 농부, 교묘한 직공, 기타 각종 전문가를 양성하는 데 두고 있다. 德富蘇峰, 「新日本之靑年」, 『德富蘇峰集』, 筑摩書房, 1974, 141쪽.

14 이 시기 도쿠토미가 주목한 유명의 영웅은 Richard Cobden이나 John Bright 등 영국의 급진적 자유주의자들로, 도쿠토미는 바로 이들로부터 생산기관 중심의 사회상, 곧 자유주의적 자본주의 사회상을 학습했다. 梅津順一, 『文明日本と市民的主体』, 聖學院大學出版會, 2001, 131쪽.

에 따라 그 효용이 달리 평가될 수 있는 것이라고 보았다. 문명세계의 인류에게는 자유가 필요하지만 야만세계의 인민이 문명의 민(民)으로 진전되기 위해서는 억압이 필요하다든가, 완력이 지배하는 세계에서 평민사회는 인근 완력국의 먹잇감이 될 뿐(81頁)이라고 평가하는 식이다. 이런 점에서 도쿠토미 소호가 청일전쟁 전후의 냉엄한 국제 정세 속에서 '力의 복음'으로 전환한 것은 그리 놀라운 일이 아니다. '무비적 기관이 역사적 시효를 다했다'는 판단이 너무 때 이른 것이었다면, 여전히 완력만이 팽배한 이 '시절'과 '경우'에 맞춰 일본 역시 '무비기관화'해야 한다는 것은 당연한 논리적 수순이었다.

도쿠토미의 영웅상이 '산업적 영웅'에서 '국가적 영웅'으로 이동한 것도 이 시점이었다. 도쿠토미는 자신이 주관하는 민우사를 통해 서구의 국가 영웅들을 소개함으로써 일본의 국권 확립을 위한 개혁 모델을 찾고자 했다. 그 첫 결실인 『伊太利建國三傑』(1892.10)에 붙인 서문에서, 도쿠토미는 이탈리아의 수립을 가능케 한 것은 "마치니의 열성, 카부루의 식략(識畧), 가리발디의 용협(勇俠), 임마누엘 왕의 영의명달(英毅明達)" 등 유명영웅들의 활약이었다고 단언한다. 나아가 "천의(天意)가 대세를 낳고 대세가 위인을 일으키며 위인이 서민을 움직인다"[15]고 주장, 수 년 전 자신이 제창한 무명영웅론의 논리를 뒤집고 있다. 유명영웅으로서의 '국가적 영웅'에 대한 강조는 '천황제 사상체제 내의 마지막 사상적 야당'[16]인 평민주의의 해체와 맥을 같이 한다. 메이지 20년대의 평민주의와 무명영웅론이 '국가'로부터 상대적으로 자유로운 '시민적 주체'를 양성하고자 한 기획이었다면, 메이지 30년대 민우사의 '사전류(史

---

15 德富蘇峰,「序」,『伊太利建國三傑』, 民友社, 1892, 3쪽.
16 家永三郎 編, 수유+너머 일본근대사상팀 역,『근대일본사상사』, 소명출판, 2006, 98쪽.

傳類)' 편찬은 천황을 중심으로 한 국가주의의 산물이었다. 『伊太利建國三傑』에서 급진적 공화주의자였던 마치니의 활동이 결국 에마누엘레 2세를 중심으로 한 강력한 이탈리아를 가능하게 했다고 강조하는 것처럼, 민권의 신장은 국권과 대립하는 것이 아닌 근왕(勤王)과 국권 강화의 한 과정으로 수렴된다.

후쿠자와의 시세와 영웅론(1876)에서 도쿠토미 소호의 무명영웅론(1889)까지, 다시 도쿠토미의 정치적 변화와 민우사의 영웅서사 출간(1890년대)까지 20여 년이 흘렀고, 이들 사이에는 현격한 논리적 간극이 존재했다. 후쿠자와와 도쿠토미가 문명의 지식과 산업을 발달시켜 '시세'와 '무명 영웅'을 만들자고 했을 때는 강력한 '국가적 영웅'의 출현이 기대되지 않았고, 강력한 '국가적 영웅'의 모델을 찾고자 했을 때는 이미 '시세'(일본의 국력 신장)가 조성되어 있었다. 반면 1900년대의 중국과 조선에서는 이런 논의들이 거의 한꺼번에 소개되었고, 국가 안팎의 정세는 일본이 메이지 30년 간 이뤄낸 '시세'를 조성할 시간적 여유를 허락지 않았다. 이 시점에서 시세가 영웅을 만드는가, 영웅이 시세를 만드는가는 양자택일이 가능한 물음이라기보다 차라리 풀 길 없는 아포리아였다. 시세가 영웅을 만든다 해도, 그 오지 않은 시세를 당겨오기 위해 먼저 영웅이 필요할 것이다. 영웅이 시세를 만든다 해도, 그 오지 않은 영웅을 낳기 위해 먼저 시세를 조성해야 할 것이다. '시세'의 의미를 반전시켜 '난세가 영웅을 낳는다'는 식의 논리적 돌파구를 모색하기도 했지만[17] 난세에 영웅을 내려줄 '天'[18]이 작동하지 않는 냉엄한 근대

---

17 梁啓超, 「文明與英雄之比例」, 『飮氷室自由書』, 搭印社, 1908; 「영웅을 갈망함」, 『황성신문』, 1908.2.26; 「영웅산출의 시대」, 『대한매일신보』, 1909.4.9.

18 난세에 빠진 나라를 구하기 위해 하늘이 때맞춰 영웅을 내려보냈다는 논리는 당시의 영웅 논설이나 영웅전기에서 흔히 쓰이는 상투어였다. 「이순신전」, 『대한매일신보』,

세계에서 이는 한낱 공허한 바람일 뿐이었다. 그 바람이 간절할수록, 시대의 어둠은 짙어 가는데 영웅은 어디에 있는가라는 비관적 탄식 역시 깊어졌다.[19]

영웅과 시세론이 논리적 아포리아에 빠져 공전하고 있었던 것에 비해, '무명의 영웅'론은 '영웅'을 대체할 역사적 주체의 모색으로 이어졌다. 양계초는 도쿠토미의 무명영웅론을 소개하는 글에서 무명영웅론이란 곧 시세가 영웅을 만든다는 설이라며 시세와 무명영웅을 동일시했다. 또 도쿠토미와는 달리, "시세가 진실로 영웅을 만들"지만 "영웅이 또한 시세를 만들"기도 하니, 영웅이 되고자 하는 자 먼저 '무명의 영웅'을 조성하라고 주장한다.[20] 이때 '영웅'이란 당대의 지식인층이며, 이들이 조성해야할 '무명의 영웅'은 개화 지식인에 의해 계몽되어야 할 '인민'들에 다름 아니다. 그러나 인민의 민지를 개발하여 시세를 조성하는 데는 기나긴 시간이 필요하되 위기는 당면해 있다는 것이 문제였다. 그 결과 양계초의 무명영웅론은 다시 한 번 뒤집힌다. 그에 따르면, 시세가 만든 영웅이 있고 시세를 만드는 영웅도 있다. 전자가 일을 성취하고 그 결실을 거두는 자인 유명의 영웅이라면, 후자는 씨앗처럼 자신을 희생하여 후일의 결실을 도모하는 자인 무명의 영웅이다.[21] 양계초는 유명 영웅의 예로 카부르를, 무명 영웅의 예로 마치니를 든다. 또 『意大利建國三傑傳』의 소결부에서는 "이태리를 만든 것은 세 영웅이나 저 두 영웅을 만든 것은 바로 마찌니"[22]라 하여 무명의 영웅인 마치

1908.6.13; 『聖彼得大帝傳』, 광학서포, 1908, 3쪽.

19 「이십세기신동국지영웅-(속)」, 『대한매일신보』, 1909.8.19.

20 梁啓超, 「無名之英雄」, 『飮氷室自由書』, 搭印社, 1908, 102쪽.

21 梁啓超, 「豪傑之公腦」; 「英雄與時勢」, 『飮氷室自由書』, 搭印社, 1908.

22 "造意大利者三傑也. 而造彼二傑者瑪志尼也." 梁啓超, 『意大利建國三傑傳』, 『飮氷室專集之十一』(『飮氷室合集』 6권, 中華書局, 1989), 25쪽.

니에게 가장 큰 의의를 부여하고 있다.[23] 여기서 무명영웅은 단순히 인민 일반이 아니라 실패와 좌절을 통해 훗날의 성공에 밑불이 된 실패한 혁명가를 지칭한다. 양계초는 여러 글들에서 변법자강운동의 좌절로 처형당한 담사동의 죽음을 강력히 환기시켰고, 열사(烈士)들에 대한 찬양과 추모는 당시 중국 인민의 애국주의를 고양하는 효과적 수단으로 자리잡았다.[24] 양계초에게는 무명의 영웅, 즉 열사들의 죽음이 불러일으키는 강력한 충격이야말로 시세를 조성하는 데 걸리는 시간을 단축시켜줄 효과적인 기폭제로 여겨졌던 셈이다.

1900년대 중후반 조선에서도 무명영웅론이 제출되었다.[25] 그것은 때로 도쿠토미 소호의 무명영웅론처럼 각 분야의 직능인[26]의 모습으로 구체화되기도 했지만, 산업 발전은커녕 국가 존립마저 위태로운 시점에서 이는 아직 때 이른 논의였다. 한편, 신채호의 『이태리건국삼걸전』(1907)에서 무명의 영웅은 '애국자'로 지칭된다. '애국자'란 누워서도 앉아서도 나라 생각뿐이요, 나라를 위하는 정신이 우주에 가득 차 해와 달을 꿰뚫을 수 있는 자다.[27] 도쿠토미 소호의 무명영웅이 각 분야에서 직분을 다하는 산업 역군을, 양계초의 무명영웅이 혁명에 투신하여 스러져간 열사를 호명하고 있었던 것에 비해, 신채호의 무명영웅론은 애국의 '정신'에 대한 뜨거운 수사(修辭)들로만 채워져 있다. 애국동포가

---

23 한편 『意大利建國三傑傳』의 마지막 부분인 총괄부는 삼걸 모두를 고르게 강조하고 있는데, 이는 양계초가 미국 방문을 계기로 공화정에서 입헌왕정제로 사상 변화를 겪었기 때문이라는 해석도 있다. 松尾洋一, 「梁啓超と史傳」, 『梁啓超―西洋近代思想收容と明治日本』, 東京 : みすず書房, 1999, 270~272쪽.
24 吉澤成一郎, 정지호 역, 『애국주의의 형성』, 논형, 2006, 195~240쪽 참조.
25 「무명의 영웅」, 『대한매일신보』, 1908.9.15; 「논설」, 『황성신문』, 1909.7.29.
26 「인심숭배의 관계」, 『황성신문』, 1908.12.10; 「偉人工業本好愛」, 『신한민보』, 1909.3.10.
27 신채호, 『이태리건국삼걸전』, 광학서포, 1907, 1~3쪽.

나날이 삼걸이 되기를 바란다면 적어도 삼걸의 시조나 삼걸을 따르는 자는 될 수 있다고 보는 점에서, 신채호의 애국자론은 무명의 영웅이 유명의 영웅을 만든다는 기존의 논리를 답습하고 있다.

그러나 식민지 상황을 앞둔 시점, 조선의 무명 영웅들에게는 더 큰 의미가 부과된다. 신채호는 양계초의 글을 거의 그대로 번역하면서도 자신이 특별히 강조하고자 하는 부분에 방점을 찍고 있는데, 이를 통해 원문의 맥락은 미묘하게 변화한다. 앞서 살펴보았듯 마치니가 퇴장하는 9절의 소결부에서 양계초는 마치니를 다른 두 영웅에 앞세움으로써 혁명 열사로서의 무명영웅을 부각시켰다. 그러나 신채호가 방점을 찍는 것은 "나라의 존망은 그 정신에 있는 것이지 그 형질에 있는 것은 아니"라는 부분이다. 그렇기에 마치니가 죽은 후에도, 심지어 로마 공화국이 멸망한 후에도, "이태리는 존재하고 있다."[28] 이러한 강조를 통해 신채호가 국망을 앞둔 조선을 향해 던지는 메시지는 분명하다. 무명 영웅들의 애국정신만 있다면 대한제국이 멸망해도 조선은 살아남으리라는 것이다. 일본의 『삼걸전』이 액면 그대로 유명 영웅들의 성공담이었고, 중국의 『삼걸전』이 마치니나 담사동처럼 훗날의 성공을 위해 몸을 바치는 혁명가(무명영웅)를 기리고 있다면, 조선의 『삼걸전』은 국망의 시기에도 국가를 유지시켜줄 '정신상의 국민'(무명영웅, 애국동포)을 향해 발화되고 있었다.

『삼걸전』은 이처럼 일본, 중국, 조선으로 번역되는 과정에서 제국의 서사에서 식민지의 서사로 전환되었다. 식민지 상황을 앞둔 조선에서 이태리 건국담은 성공의 모델이라기보다 '고난의 역사'[29]를 어떻게

---

28   위의 책, 42~43쪽.
29   위의 책, 4쪽.

견딜 것인가의 모델로 받아들여졌다. 최남선의 「이탈리를 통일시킨 가리발디」(『소년』, 1909. 4~11)에서 이 점은 더욱 선명히 드러난다. Marriott의 원작과 일본의 민우사 판본이 카부르를, 양계초가 소결부에서는 마치니를 총괄부에서는 삼걸 전체를, 신채호가 마치니를 부각시켰던 데 비해,[30] 최남선은 삼걸 중 유독 가리발디를 내세운다. 그 이유는 삼걸 중 가리발디가 "가장 艱會를 많이 당하고 가장 곤경을 많이 지내"되 부단한 원기와 용력으로 "애국자의 대표적 성격"[31]을 보였기 때문이다. 최남선은 이탈리아, 그 중에서도 가장 간난신고를 많이 당했던 가리발디를 통해 "국민의 정신"과 "민족적 자중"이 있는 한 "어떠한 경우"에도 "그 국가를 경솔히 쇠망하였다고 단언치 못"[32]한다는 점을 강조한다. 따라서 최남선에게도 중요한 것은 유명의 영웅이 아니라 무명의 영웅으로서의 '애국자'였고, '애국자'가 존재하는 한 국가는 망해도 망한 것이 아니라는 점이었다. 최남선은 양계초와 신채호의 『삼걸전』에서 유독 다음의 구절을 인용한다. 이탈리아 통일은 "일개인 혹은 수개인의 사업이 아니라" "여러 애국자의 協心戮力하야 限死力戰한 共同功利"이며, 一朝一夕의 성취가 아니라, 일·이십 년, 혹은 일·이십 세대의 "期世苦營한 共同實果"[33]라는 것이다. 이처럼 수 세대, 혹은 수십 세대에 걸친 애국자의 노력을 강조하는 논리에서 유명 영웅의 역할이란 부차적일 수밖에 없다. 그렇기에 영웅서사의 표제를 걸고 나온 「가리발디」는 영웅서사가 해체되는 양상만을 보이다가 결국 중단될 수밖에 없었다.

---

30 손성준은 신채호가 양계초 원본에 첨삭을 가함으로써 서술의 강조점을 마치니로 향하게 했다고 밝힌다. 손성준, 앞의 글, 125~130쪽.
31 「이탈리를 통일시킨 가리발디」, 『소년』 6호, 1909. 4, 60쪽.
32 「이탈리를 통일시킨 가리발디」, 『소년』 9호, 1909. 11, 82쪽.
33 「이탈리를 통일시킨 가리발디」는 최남선의 창작으로 보이는데, 이 구절만은 신채호의 『삼걸전』을 인용부호 안에 넣어 그대로 인용하고 있다.

최남선의 관심은 조성된 시세를 어떻게 이용할 것인지(일본)나 뒤쳐진 시세를 어떻게 단축할 것인가(양계초)에 놓여 있지 않았다. 오히려 그는 "衰頹한 運數를 挽回하고 新健한 時勢를 做出"하려면 "힘은 얼마나 들며 時日은 얼마나 걸리"는지를 강조한다.[34] 물론 세월이 흐른다고 저절로 일이 성사되는 것은 아니다. 최남선은 일의 성공에 '天時, 地理, 人物' 세 가지가 모두 필요하다는 점을 상기시킨다. 논리적 공전 상태에 빠져있던 '시세와 영웅'론은 이 세 가지 항의 관계 속에서 새롭게 배치된다. 천시가 '기회'요, 지리가 '땅의 처지'라면, 인물은 유·무명의 영웅을 모두 포괄하는 개념일 수 있다. 땅의 처지로서의 '지리'란 나라 안팎의 정세를 포괄함으로써, 서구나 일본, 중국과도 다른 조선의 객관적 처지, 곧 국망의 상황을 환기한다. '기회'로서의 천시란 인간의 의지를 넘어선 하늘의 뜻에 달려 있다. 그런데 최남선은 이탈리아 독립의 성취보다는 그에 앞선 무수한 좌절 속에서 하늘의 뜻을 적극적으로 읽어낸다.[35] "하늘은 반드시 크게 수고시킨 뒤에 좋은 보수를 주시며 어렵게 시험하신 뒤에 많은 상을 내린"다는 것이다. 이러한 논리는 「스마일즈 서절록」이라는 부제가 붙은 글에서도 강조된다. 지금의 고난은 "하늘이 우리 국민에게" '자강할 능력'과 '독립할 정성'과 '견인지구하는 힘'이 있는지를 시험하기 위해 내린 시련이기에, 오히려 그 시련 중에서 신의 "중대하고 고귀한 사명"을 깨달아야 한다는 것이다.[36]

하늘의 뜻이 그러하다면 인간이 담당할 영역은 '견인지구'로써 '자

---

34 「이탈리를 통일시킨 가리발디」, 『소년』 9호, 1909.11, 58쪽.
35 「이탈리를 통일시킨 가리발디」에는 다음과 같은 구절들이 자주 나온다. "하늘이 무정하심인가 때가 공교로움인가", "그만큼 애쓴 것으로는 하늘이 아직도 대업을 완성하는 영예를 주지 아니하려하심인지"
36 「이런 말삼을 드러보게(스마일쓰 서절록)」, 『소년』 4호, 1909.2, 41~42면.

강'과 '독립'을 도모하는 것일 터이다. 개개인은 이러한 노력을 통해 스스로가 '인물'이 될 수 있는 바, '인물'이란 비단 몇몇 유명의 영웅이 아닌 무명영웅으로서의 애국적 국민 전체를 지시한다. 신채호의 『이태리건국삼걸전』이 '애국정신'을 강조하여 정신상의 국민을 호명하는 데서 멈추었다면, 최남선의 「가리발디전」은 한 걸음 더 나아가 애국자의 구체적 실천 방침을 제시한다. 그것은 지금의 처지[地理]에 절망하지 않고 그 고난 가운데 있는 신의 사명[天意]을 깨닫는 것, 나아가 일순간도 낭비하지 않고 '든든한 실력'과 '꿋꿋한 용기'를 '준비'[人物]하는 것이다. 그렇기에 "벼룩 한 마리 잡을만한 힘과 끈기도 준비치 아니하면서 공연히 주야장천 울고 부는" '口舌的 애국자'는 혐오의 대상이 된다. 양계초가 담사동의 죽음을 기념함으로써 중국의 잠든 인민을 깨우고자 했던 것에 비해, 최남선은 민영환의 자결조차 '공연히 소란한 인심을 더욱 소란케 할 뿐'이라며 평가절하한다. 이러한 차이는 조선이 처한 상황이 몇몇 열사의 죽음으로 돌이킬 수 있을 정도가 아니라는 판단에 따른 것이다. '국망'이라는 처지(지리)가 당장 돌이킬 수 없는 것이라면, 언젠가 올 기회(천시)를 붙잡기 위해 현재의 고난을 견디고 미래를 준비하는 것이 중요했다.[37] 견인(堅忍)과 역작(力作)을 신조로 삼는 수신(修身)담론은 그

---

[37] 1917년 단행본으로 출간한 『洪景來實記』(南岳主人, 신문관, 1917)에서 최남선은 '영웅' 과 '시세'론을 다시 한 번 반복한다. 이 책은 지금까지 별로 주목받지 못했을 뿐더러 심지어 고소설의 일부로 다뤄져왔지만(신태수, 「古小說의 時間 敍述 技法」, 『고소설연구』 5집, 한국고소설학회, 1998; 오춘택, 「고소설의 작자에 대하여」, 『한국 고소설의 시각』, 국학자료원, 1996 등), 근대계몽기 영웅담론 및 영웅전기의 연장선에서 재고될 필요가 있다. 이 책의 「序」에서 최남선은 "영웅과 시세는 고기와 물처럼 서로 써나지 못훌" 관계라고 전제한 후, "하늘의 박정흐고 잔인훔"으로 '시세'를 만나지 못한 '영웅' 들에 대해 길게 한탄한다. 홍경래는 이처럼 "시셰로 흐야 랑패 본 여러 눈물 영웅" 중의 대표적 인물로서, "텬하의 단단흐고 눈물 업다는 이"조차도 "시셰와 영웅의 서로 어긔는 결과"를 슬픔과 눈물 없이 볼 수 없으리라는 것이다. 여기서 '영웅'은 더 이상

렇게 하여 영웅서사 속으로 들어왔고, 마침내 '영웅'의 형상 자체를 변모시켰다.

4. '산업적 영웅'과 제국 / 식민지의 수신(修身)
— 도쿠토미 소호, 후쿠자와 유키치, 최남선의 수신담론을 중심으로

『소년』에서 수신담론이 본격화된 것은 최남선이 안창호를 매개로 '청년학우회'에 관계했을 때부터인데, '청년학우회'는 '무실역행'을 추구하는 인격수양단체임을 표방하고 있었다. 이는 조선에서 문명담론의 '智'(1890년대)와 상무담론의 '體'(1900년대 중반)를 거쳐 '德'의 중요성이 부각(1900년대 말)되는 담론상의 변화를 보여준다. '청년학우회'의 기관지 역할을 자임했던 『소년』의 수신담론은 유교의 사상 전통을 '정신적 문명'으로 재발견하되, 유교에 한정되지 않는 동서고금의 폭넓은 자원을 활용하고 있다. 『소년』지 수신담론의 대략은 '독립자존'이라는 목표와 '견인역작(노력)'이라는 방법으로 요약될 수 있다.

근대적 수신담론의 부상은 조선에 고유한 현상만은 아니었다. 메이지 정부는 1870년대 이래 서구 문명 일변도의 교육 정책을 전환하여 '충효'라는 유교적 가치를 천황 중심의 국체(國體)를 강화하는 데 활용했고, 1900년대 초중반 중국과 조선(대한제국)에서도 일본을 모델로 삼은 국가주의적 수신 교육이 도입된 바 있다. 그러나 다른 한편 한, 중,

---

존경이나 모방의 대상이 아니라, "同情으로써 一讀"(「홍경래 실기 광고」, 『청춘』8호, 1917. 6)해야 할 '슬픔'과 '연민'의 대상으로 전락한다.

일 각기 국가주의적 수신담론과는 다른 차원에서 근대적 수신론이 모색되었는데, 이들이 공히 영웅담론과 교차하고 있었다는 점이 주목된다. 양계초는 '무명의 영웅'론에서 한 걸음 나아가 '新民'을 구성하기 위한 윤리로 '公德'과 '私德'을 탐색했다. 일본의 경우 도쿠토미 소호의 평민사회론에 무명영웅론과 수신론이 함께 결합되어 있었다. 앞서 살펴보았듯, 조선에서는 『소년』의 영웅서사가 해체되는 것과 맞물려 '애국적 국민'을 양성하기 위한 방법론으로 수신담론이 도입되었다. 양계초의 수신담론이 불교적 색채를 강하게 띠고 있었던 것에 비해,[38] 『소년』의 수신론에는 주로 일본, 특히 도쿠토미 소호와 후쿠자와 유키치의 영향이 엿보인다.

도쿠토미는 「新日本之靑年」(1887)에서 기존의 문명론이 서구의 외형적 물질문명을 학습하는 데 치우쳐 있었다고 비판하면서, 오히려 그 이면의 '정신적 문명'(121頁)을 배울 것을 주장한다. 물질문명이 지식의 습득으로 이뤄진다면, 정신적 문명은 도덕을 요체로 삼는다. 물질문명을 가능케 하는 원동력이 정신적 문명에 있으며, 지와 덕은 애초에 분리 불가능한 것이기에, 서구의 지만을 배우려는 편지주의(偏知主義)도, 서구의 지와 동양의 덕을 융합시키고자 하는 절충주의도 한계를 지닐 수밖에 없다. 도쿠토미는 『소학』, 『근사록』 등의 유교적 도덕을 대신할 "태서자유주의 사회에 유행하는 도덕법"으로 특히 사뮤엘 스마일즈의 "자조론 품행론"(149頁)을 들고 있다. 나아가 "만약 생활을 짓고자(做) 한다면 원컨대 태서 자활적 인간이 되라"[39]는 기치 아래, '勞作, 力作, 自愛, 自信, 自尊' 등의 윤리를 거듭 강조한다.

---

38 천진, 「20세기 초 중국의 지덕담론과 文의 경계」, 연세대 박사논문, 2009 참조.
39 德富蘇峰, 「新日本之靑年」, 『德富蘇峰集』, 筑摩書房, 1974, 120쪽.

사뮤엘 스마일스의 *Selp-Help*가 나카무라 마사나오[中村正直]에 의해
『서국입지편』으로 출간된 것이 1871년이었으니, 도쿠토미는 청년기에
그 세례를 받은 세대에 해당한다.[40] 메이지 청년 세대의 대표주자였던
도쿠토미에게 『자조론』은 단순히 입신출세주의로 환원될 수 없는, 자
본주의적 시민 윤리로 받아들여졌다. 산업기관 중심으로 사회 체계를
개편하고자 했던 도쿠토미의 평민사회론은 애초에 『자조론』의 '산업
적 영웅'상과 공명할 수 있는 부분이 컸다. 도쿠토미의 자조적(自助的)
도덕률은 「교학성지」(1878) 이래 메이지 정부가 추구해왔던 국가주의
적 수신담론(충효)[41]과 대립하면서, 메이지 20년대까지 일정 정도의 진
보성을 띠고 있었다.

그러나 도쿠토미가 국가주의로 전향한 이후에는 그의 수신담론도
변질되고 만다. 청일전쟁의 승리에 고무된 도쿠토미는 진취적이고 활
달한 일본인의 '팽창적 국민성'을 강조하며, 일본이 이러한 국민성을 발
휘하여 식민지 개척에 힘쓸 것을 주장한다.[42] 팽창적 국민성을 배양하
기 위한 국민교육의 방침도 구체적으로 제시된다. 첫째는 무비적(武備的)
교육으로 국민의 전쟁 수행능력을 향상하기 위한 체력과 정신력을 기
르는 것이다. 둘째는 직업적 교육으로 국민 개개인이 스스로 생활을 영

---

40 마에다 아이[前田愛]는 『서국입지편』(1871)과 『학문을 권함』(1876)이 출간된 시기를
기준으로, 부모 세대와 동생 세대(당시 유소년)가 이들 텍스트를 입신출세주의로 수
용했던 것에 초점을 맞추고 있다. 반면 청년 세대들에 대해서는 그들이 『학문을 권
함』을 민권론의 바탕 위에서 수용했으며, 『서국입지편』의 "자폐적인 도덕률"에 진정
으로 공명했는지는 의심스럽다는 짧막한 평가만을 내리고 있다. 요컨대, 청년세대에
게 이들 텍스트가 단지 입신출세주의로 환원되지 않는 의미를 지녔음을 시사하면서
도 이 점을 본격적으로 분석하지는 않는다. 前田愛, 유은경 외역, 『일본 근대독자의
탄생』, 이룸, 2006, 123쪽.
41 일본의 국가주의적 수신담론에 대해서는 김순전 외, 『수신하는 제국』, 제이앤씨, 2004,
2~15쪽.
42 德富蘇峰, 『大日本膨脹論』, 『德富蘇峰集』, 筑摩書房, 1965.

위할 수 있도록 실용적 기술 교육을 강화하는 것이다. 셋째는 시민적 교육으로 국민의 '자치적 정신'과 '공공심'을 배양하는 것인데, 무엇보다 역사 교육을 통해 '국민적 자존심'을 고무하는 방안이 제시되었다.[43] 팽창적 일본론은 평민사회론이 설정했던 생산기관과 무비기관의 위계를 역전시켜 병영(兵營)으로서의 국가 아래 생산기관을 종속시켰고, '자활적' 시민 윤리를 국가에 복속된 국민, 혹은 신민(臣民)의 윤리로 전용했다.

한편, 한때 도쿠토미에 의해 지성만을 강조하는 편지주의자로 비판받았던 후쿠자와 유키치도 "일본의 근대화에 반(伴)한 국민의 도덕수준"을 향상시키기 위해 『수신요령』(1898)을 집필했다. 모든 것을 '국민 / 신민'의 윤리로 환원하는 도쿠토미에 비해, 후쿠자와의 수신론은 개인 ―가족―사회―국가―인류로 확장되는 구조를 띠고 있었고, 매 층위에서 일관되게 '獨立自存'의 원리를 강조한다. 스스로 노동하고 신체의 건강을 유지하고 호감활발(豪敢活潑)·견인지구(堅忍持久)의 정신과 사려판단의 지력을 키움은 개인의 독립자존을 위함이다. 남녀평등, 일부일처, 친자간의 사랑과 자녀 교육에 힘씀은 가족의 독립자존을 이루기 위함이다. 사적인 설욕을 경계하고 각자의 사업에 충실하며 신(信)과 예로 사귀고 추기급인(推己及人)함은 사회가 독립자존하는 기풍을 기르기 위함이다. 조세와 입법, 국방과 국법 준수의 의무를 지킴은 국가의 독립자존을 위해서다. 나아가 후쿠자와는 개인 간에 자타의 독립자존이 동일하게 존중되어야 하듯 국가 간에 자타의 독립자존이 똑같이 중시되어야 한다는 인류적 이상을 제시하기도 한다.

『소년』의 수신담론에는 이 이질적 텍스트들이 각각의 맥락에서 절

---

43 「征淸の大役と國民敎育」, 『國民之友』 26호, 명치 28년 2월, 15~16쪽(梅津順一, 『文明日本と市民的主體』, 聖學院大學出版會, 2001, 246~247쪽에서 재인용).

단되어 조선의 필요에 따라 재배치되고 있다. 최남선은『소년』4호에서 후쿠자와의「수신요령」을 소개하는 것으로 본격적인 수신담론을 펼치기 시작한다. 또『수신요령』전체를 번역하여 단행본으로 출간하고 다시 이이(李珥)의『擊蒙要訣』출간시 그 부록으로 게재하기도 했다. 후쿠자와가 문명적 국민 / 시민윤리로 강조했던 '독립자존'은 최남선의 수신론에서 특히 국가의 '독립'을 강하게 환기시키는 저항의 윤리로 유용되었으며, 그 원칙은 1910년대까지 지속된다. 최남선의 수신담론을 떠받치는 또 하나의 축인 '근로역작', '견인역작', '노력' 등은『자조론』의 윤리이자 도쿠토미가 평민사회론에서 제창했던 덕목들이었다. 최남선은 수신담론의 출발점에서「스마일스서절록」이라는 제목으로 자신의 수신론과 영웅론을 피력했으며, 스마일스의『인격론』의 일부를「스마일스 용기론」으로 발췌, 번역하고, 1917년에는『자조론』상편을 번역·출간했다. 도쿠토미에게 '자조'란 산업사회의 시민 윤리였지만,「가리발디」에서 볼 수 있듯 최남선의 '자조'란 무엇보다 국망의 상황을 이겨낼 '독립 준비론'이었다.

근대계몽기 조선의 영웅서사는 국가의 위기에 대응할 '국가적 영웅'을 갈망하는 것으로 시작했고 상무담론과 강하게 결합되어 있었다. 그러나 이러한 출발점을 공유하고 있던 최남선의 영웅서사는 국망의 시세와 수신담론의 영향을 받으면서 점차 '산업적 영웅'들로 그 폭을 넓혀가고 있었다. 그러나 식민지의 저항을 위해 도입되었던 '자조'와 '노력'이 그 자체로 절대화될 때, 그 저항성은 거세되고 어떤 목표를 위해서도 봉사할 수 있는 맹목성을 띠게 된다. 일본에서 그러했던 것처럼[44]

---

44 일본에서 러일전쟁 이후 양명학,『채근담』,『자조론』등의 수신론이 개인의 입신출세주의나 교양, 정치성이 거세된 '安心'을 위한 방편이 되었던 것에 대해서는 吉田公

식민지 조선에서 『자조론』의 논리는 '국가'나 '민족'이 아닌 '개인'의 '입신출세'를 위한 처세술로 변질되고 있었으며,[45] '노력'의 가치는 "근로와 직업에 충성스러운" 식민지인을 양성하려는 제국의 지배담론[46]으로 활용되기도 했다. '수신'이 더 이상 저항의 주체가 아닌 식민지 근대 주체 양성의 기제가 되어버린 현실. 1918년 『자조론』 상권의 출간으로 정점에 올랐던 최남선의 수신담론이 1920년대 이후 더 이상 이어지지 않고, 심지어 육당이 3·1운동으로 수감되었던 옥중에서 『자조론』 하권을 번역하고도 끝내 출판하지 않은 것은 이러한 현실을 목도했기 때문이었다.

5. '영적 영웅'으로 발견된 식민지 '민족'

—우치무라 간조와 최남선의 지리론을 중심으로

『소년』의 영웅서사에는 서구—일본—중국—조선으로 이어지는 '번역'과 사상연쇄의 과정이 선명하게 새겨져 있다. 그러나 그 과정은 단순히 앞선 쪽의 경로를 그대로 되짚어 가는 것은 아니었다. 근대의 후

平, 정지욱 역, 『일본양명학』, 청계, 2004 참조.

45 1920년대 '자조'론 등의 수신담론이 개인의 입신출세주의로 변질되는 양상에 대해서는 최희정, 「한국 근대지식인과 '자조론'」, 서강대 박사논문, 2004 참조.

46 조선총독부의 수신담론에 대해서는 최근 번역 작업이 활발하게 이뤄지고 있는 조선총독부 발행 초등학교 수신교과서들을 참조할 수 있다(김순전 외역, 『(조선총독부) 초등학교수신서』 1~5, 제이앤씨, 2007). 한편 조선총독부 발행 수신교과서들을 중심으로 '근면'한 식민지인 양성을 위한 식민담론을 분석한 연구로 이병담, 「근대 일본과 조선총독부 수신교과서 비교 연구」, 전남대 박사논문, 2006 참조.

발주자가 '지연된 근대'를 따라잡는 '시간과의 경주'는 어떤 의미에서 시간 자체를 뒤틀고 교란시킨다. 식민지의 텍스트 속에서 뒤엉킨 시간들은 문명을 향해 일직선으로 흐르는 역사(History) 자체를 의문시한다. 한편『소년』의 영웅서사는 서구와 일본, 중국의 서로 다른 시간 속에서 직조된 이질적 텍스트들을 공시적 평면 위에 늘어놓고 그 파편들을 마치 브리콜라쥬(bricolage)처럼 임의로 구성하고 해체하고 재구성한다. 그 일련의 과정은 매번 조선의 어떤 특정한 상황에 대한 응답이었다. 번역의 연쇄에서 후발 주자가 선발 주자를 반복하는 것은 항상 다른 배치(맥락) 속에서의 반복이기에, 동일성의 이식이 아니라 차이의 생산이다.

물론 식민지는 제국을 모방하는 가운데 스스로 제국이 되고자 하는 전도된 욕망을 키운다. 도쿠토미의 '팽창적 일본'은 최남선의 '팽창적 신대한'[47]으로 이어지고, '국민적 자존심'을 고조시키려는 제국의 국민윤리와 '민족적 자중심'과 '민족적 영예'[48]를 드높여 시련을 극복하려는 식민지의 대응도 그 거리가 멀지 않다. 그렇기에 식민지 '민족'이 제국의 거울반사라는 지적은 일면 타당하다. 그러나 식민지 민족은 제국의 거울이되, 제국 자신의 분열과 모순을 비추는 '깨진 거울'이다. 중심에서 주변으로 확장되어 갔던 세계체제의 수립 과정은 그 흐름을 따라 문명의 지식이 '번역'되는 과정일 뿐 아니라, 중심의 모순이 주변을 향해 체계적으로 전가되는 과정이기도 하다. 따라서 식민지라는 깨진 거울은 식민지의 고유한 한계(결여)를 보여준다기보다, 세계체제가 식민지에 이중, 삼중으로 전가한 현실의 질곡들, 그리고 이 모순을 은폐하고 있는 제국 사상의 취약성을 비춰준다.

---

47 「해상대한사(5)」,『소년』 5호, 1909.3, 14쪽.
48 「이탈리를 통일시킨 가리발디」,『소년』 12호, 1909.11, 82쪽.

청일전쟁 전후 도쿠토미 소호의 텍스트들은 『소년』이라는 식민지의 텍스트 위에 나란히 기입됨으로써 그 분열과 모순이 더 날카롭게 부각된다. 도쿠토미가 평민사회론에서 품고 있던 이상이란 산업 발달로 인민의 자유와 민권이 신장되고, 국가 간의 자유로운 교역을 통해 상호이익이 증진되는 세계였다. 도쿠토미는 그 이상을 영국의 급진적 자유주의로부터 배웠다. 자유, 평등, 박애라는 혁명적 가치의 실현, 부의 증진과 역사의 진보, 자유무역을 통해 평화와 상호이익을 도모하는 세계……. 그러나 도쿠토미의 고백에 따르면 청일전쟁 전후의 국제 정황, 특히 일본에 대한 삼국간섭(러, 독, 프)은 그의 "인생행로를 바꾸어 놓았"다. "힘의 뒷받침 없이는 어떠한 올바른 행위도 그 정당성을 인정받지 못"한다는 것을 깨닫고 이른바 "힘의 복음에 의하여 세례를 받았다"[49]는 것이다. 서구 자유주의의 한계, 곧 제국의 시민이 구가하는 자유란 식민지의 자유를 침해함으로써만 보장된다는 인식이 도쿠토미로 하여금 본격적으로 국가주의자이자 제국주의자의 길로 나아가게 한 것이다.

그러나 식민지라는 깨진 거울에는 현실의 모순을 넘어서는 어떤 비전 또한 희미하게 투영되어 있다. 자신의 구원을 위해 / 통해 세계의 구원을 도모할 수밖에 없는 것이 식민지의 처지이기에, 질곡으로부터의 해방을 꿈꾸는 식민지의 비전에는 제국에서 좌절되었거나 폐기되었던

49　德富猪一郎, 『蘇峰自傳』, 中央公論社, 1935, 310쪽(한상일, 『아시아 연대와 일본 제국주의』, 오름, 2002, 93쪽에서 재인용). 하지만 도쿠토미가 제국주의자로 '전향'한 시점을 단순히 삼국간섭 이후로 보기는 어렵다. 그는 이미 청일전쟁 이전부터 『대일본팽창론』에서 '征淸'과 '개전'을 부르짖고 있었다. 이 책의 출간시점은 1894년 12월이지만, 序에서 그 스스로 밝히고 있듯 『국민지우』, 『국민신문』 등에 게재되었던 글들을 모은 것이고 특히 책 전체의 취지를 압축하며 청나라와의 대결을 촉구하는 1편 「일본 국민의 팽창성」은 청일전쟁 이전에 쓰인 것이다. 德富蘇峰, 植手通有 編, 「大日本膨脹論」, 『德富蘇峰集─明治文學全集』 34, 筑摩書房, 1974, 245쪽.

가능성들이 포개져 있다. 우치무라 간조의 지리론이 15년의 시간과 제국/식민지의 간극을 뛰어넘어 『소년』 위에 재기입될 때, 식민지는 제국에서 좌절된 가능성을 '상기'한다. 우치무라 간조가 『地理學考』를 출간한 것은 1894년이었는데, 최남선은 1909년 11월 그 중 1장에 해당하는 「지리학 연구의 목적」을 번역하여 『소년』에 게재한다. 그러나 『지리학고』의 영향은 이미 「해상대한사」 6회(『소년』 8호, 1909.7) 연재분부터 감지된다. 「해상대한사」는 『소년』 창간호(1908.11)부터 연재되어 5호(1909.3)에서 중단된 후 『소년』 8호부터 재개되는데, 그 전후의 논점이 크게 달라진다. 전반부는 「삼면 環海한 우리 대한의 세계적 위치」라는 표제 아래 '바다'(세계)를 향해 뻗어갈 '팽창적 신대한'을 주창하면서, 도쿠토미 소호의 '팽창적 일본', 곧 제국이 되고자 하는 식민지의 역설적 욕망을 드러낸다. 반면 『소년』 8호부터 재개된 「해상대한사」 6회 이후의 연재분은 「반도와 인문」이라는 표제 아래 '반도' 조선이 갖는 특상점들, 즉 해륙문화의 전달, 보지(保持), 성장, 융화, 집대성에 대한 반도 조선의 기여를 길게 서술한다. 그런데 이처럼 해륙의 접점에 위치한 조선 반도의 지리적 위치에서 하늘이 부여한 세계사적 사명[50]을 읽어내는 논리는, 우치무라 간조의 '일본의 천직'론을 변용한 것이다.

우치무라 간조의 일본의 천직론은 이미 1892년 「일본의 천직과 소망」에서 제기되었다. 히말라야에서 기원한 인류 문명이 각기 동진과 서진을 거듭하여 태평양 두 연안(미국과 중국)에서 정점을 이루는데, 그 접점에 위치한 일본은 "동서양의 중재자"로서 "기계적인 구미를 이상

---

50 "하날은 우리 반도에 대하야 처음부터 큰 것을 바라시며 완전한 것을 구하시니 신의 智能하심이 우리의 지리적 처지로써 큰 준비를 하기와 완전한 일을 하기에 가장 적당하도록만 하실새" 「해상대한사(11)」, 『소년』 15호, 1910.3, 46쪽.

적인 아시아에 소개하고, 진취적인 서양으로 하여금 보수적인 동양을 "개화"시킴을 천직으로 삼는다는 것이다. 이런 내용은 1894년 『지리학 고』의 마지막 부분에도 반복되며 우치무라 지리론의 요체를 이루게 된 다. 그 함의는 양가적이다. 민족의 천직을 '인류의 진보 및 발전'을 위 한 기여에서 찾고 '무력'보다는 '평화'적 수단을 강조한다는 점에서 코 즈모폴리타니즘의 면모를 띠고 있으되, "미약한 아시아를 이끌고, 오 만한 구미를 꺾어"[51] 버리고자 하는 결의에는 대동아공영론의 섬뜩한 위험성이 감지되기도 한다. 청일전쟁 시기까지도 이 양가성은 불안하 게 유지되었다. 청일전쟁이 "중국을 각성시켜 그 천직을 알게 하고 그 들이 우리와 협력하여 동양의 개혁에 종사하도록 하는"[52] '의전(義戰)'이 라고 추켜세우는 우치무라의 논리는, '征淸'을 통해 "약소국(조선-인용 자)의 독립을 돕고 폭국의 압제를 물리침은 협사(俠士)와 의인, 인자의 사업"[53]이라고 역설했던 도쿠토미 소호의 입장과 구분하기 어렵다.[54]

---

51 內村鑑三, 「日本の天職と所望」, 『六合雜誌』, 1892.4; 번역은 內村鑑三, 김유곤 역, 『내촌 감삼전집』 10, 크리스천서적, 2001, 560쪽.

52 內村鑑三, 「淸日戰爭の義」(정응수, 「우치무라 간조의 '비전론'의 향방」, *The Journal of Namseoul Univ.* 5, 1999에서 재인용).

53 德富蘇峰, 植手通有 編, 「大日本膨脹論」, 『德富蘇峰集―明治文學全集』 34, 筑摩書房, 1974, 250쪽.

54 도쿠토미와 우치무라의 사상의 진위를, 혹은 메이지초기의 아시아연대론에서 일제 말의 대동아공영권에 이르기까지 사상의 진위를 분별하려는 인식적 노력이 반복적 으로 부딪치는 물음이 있다. "그것은 '진정한' 해방의 기획이었던가, 아니면 침략의 명 분에 불과했는가." 프랑스혁명의 이상이 세계시민주의와 (배타적) 민족주의 사이에 서 동요하고 있던 나폴레옹 전쟁 당시, 유럽의 자유주의자들도 같은 질문에 당면했 다. 그러나 이에 섣불리 답하기 보다는 '이것 아니면 저것'이라는 물음의 형식을 바꿔 야 하는 것이 아닐까. 현실을 넘어서려는 유토피아 충동이 그 현실의 덫에 다시 걸려 들 때 이데올로기로 화하는 것이라면, 또한 '이데올로기란 유토피아의 황홀경에 제동 을 가함으로써 정치적 궤도로 되돌리는' 것(칼 만하임)이라면, 우리가 주목해야 할 것 은 오히려 (이데올로기에 의해) 유토피아 충동이 속박되는 바로 그 지점, 혹은 (유토 피아 충동에 의해) 이데올로기가 균열되는 바로 그 지점이 아닐까. 유토피아와 이데

두 사람의 입장이 선명하게 갈라지는 것은 청일전쟁의 사후처리 과정에서였다. 전술했듯 도쿠토미 소호는 청일전쟁 후 특히 삼국간섭을 거치면서 '힘의 복음에 세례'를 받아 확고한 '현실주의자'의 길을 걷는다. 교토의 '이총(耳塚)'[55] 앞에서 "征韓役(임진왜란—인용자) 당시 선조들의 용감무쌍함을 상찬하는 동시에 그 용무가 단지 우에스기 켄신[56]적이었을 한탄"하는 도쿠토미는 "수단보다 목적을 중시"하고(즉 목적을 위해 수단을 불문하고), "명분보다는 실익에 힘써" 청일전쟁 "승리의 결과를 구가"하자고 촉구한다. 그 구체적 방법은 물론 조선의 식민지화였다. 반면 우치무라 간조는 청일전쟁이 애초의 명분과는 달리 침략전쟁으로 화하고 있다는 판단 아래 급진적 비전론으로 돌아선다.[57] 청일전쟁 이후 "그 목적이었던 조선의 독립"은 "오히려 약해졌고, 중국 분할의 단서가 열렸으며, 일본 국민의 부담이 더욱 증가하였고, 도덕이 매우 타락하여 동양 전체를 위태한 지경으로까지 몰고"가는 현실을 목도하면서, 의전론(義戰論)의 오류를 공개적으로 반성하고 일체의 전쟁에 근본적으로 반대하는 입장에 선 것이다. 이때 '일본의 천직론'은 애초의 애매성을 극복하고 일체의 현실주의적 정치 논리를 비판하는 급진성을 띠게 된다.

올로기는 분리불가능한 한 쌍이지만, 각 항은 그 상대항이 실패하는 지점에서만 선명하게 분별가능하기 때문이다.

55　이총(耳塚) : 임진왜란 당시 조선인들의 코와 귀를 베어가 묻은 곳.

56　우에스기 켄신(上杉謙信) : 16세기 일본 무장으로 침략전쟁을 반대하고 의로운 방어전에만 참여하여 혁혁한 전과를 올림.

57　"정의의 전쟁이란 것이 있을 리가 없다. 나는 지금에 이르러 일찍이 「청일전쟁의 義」란 글을 졸렬한 영문으로 써서 세계를 향해 우리나라의 의로움을 호소한 일을 마음속으로 부끄럽게 생각하고 있다"(「義戰の迷信」). '의전론'에서 '비전론'으로의 변화 양상에 대해서는 정웅수, 「우치무라 간조의 '비전론'의 향방」, *The Journal of Namseoul Univ.* 5, 1999; 야가사키 히데노리, 「근대 일본 정치사상의 이상과 현실」, 『國際政治論叢』 44집 2호, 2004 등 참조.

이런 맥락에서 1909년의 최남선이 우치무라의 『지리학고』(1894)를 번역하면서 기독교의 하나님에 '단군'을 겹쳐놓고, 「해상대한사」에서 '일본민족의 천직'을 '조선민족의 천직'으로 대체할 때 '상기'되는 것은, 1894년 당시의 양가적 텍스트가 아닌 청일전쟁 이후 급진적으로 재해석된 텍스트이다. 그 일련의 기획들은 『초등대한지리고본』(1910. 4)에서 집대성된다. 식민지화가 돌이킬 수 없을 만큼 임박한 현실이 되어버리고, 신채호와 안창호 등이 후일을 도모하기 위해 망명을 선택했던 시점, 안창호의 「去國歌」와 나란히 게재된 『대한지리고본』은 창조와 타락, 구원으로 이어지는 민족사의 플롯을 통해 다음과 같은 메시지를 선명하게 새겨놓는다. 신은 조선민족에게 '동서 문화의 집대성'이라는 세계사적 사명을 부여했고,[58] 그 사명을 이루도록 온갖 지리상의 호조건을 구비시켰다. 오늘날 조선에 닥친 시련은 신의 뜻을 몰각하고 나태에 빠진 '天逆'의 대가이자, 조선을 더욱 단련시켜 마침내 그 사명을 이루게 하려는 신의 섭리다. 따라서 조선이 시련(국망)에 좌절하지 않고 자신의 사명을 달성하기 위해 '노력'하면 언젠가 자신과 세계의 구원을 이룰 수 있을 것이다.

세상의 모순과 질곡과 고난을 한 몸에 짊어진 채, 세계를 경쟁에서 화합으로, 타락에서 구원으로 이끌어갈 '조선민족'은 일종의 '영적 영웅(spiritual hero)'으로 발견된다. '국가적 영웅'의 기획이 국망으로 폐기되고, '산업적 영웅'이 입신출세의 방편으로 전락했을 때조차, 조선민족을 주인공으로 한 '영적 영웅'의 서사는 일종의 유토피아 충동으로

---

58 (반도 조선이) "세계적 공통시대(今 이후)에는 覺當한 처지상에서 영예스러운 史的 책임(동서문화의 집대성과 기타)을 다 할 양으로 장엄하게 활동할 터" 최남선, 「초등 대한지리고본」, 『소년』 16호, 1910. 4, 34쪽.

최남선의 텍스트들에 존속하고 있었다. '영적 영웅'의 서사, 그 안에 내재된 유토피아 충동은 『백두산근참기』의 '신화시적(mythopoetic) 상상력' 속에서 가장 빛을 발하지만, 30년대 중반 민족의 고난이 아닌 민족의 힘을 열망하는 가운데 급속히 이데올로기화된다. 그렇다면 「불함문화론」과 「만몽문화론」이 그토록 닮아 보이는 것은 그들이 서로의 실패를 비추고 있기 때문이다. 유토피아의 좌절과 이데올로기의 균열. 식민지의 '민족'은 그 사이를 오가며 제국의 꿈과 모순을 반복한다.

참고문헌

1. 기본 자료
『소년』, 『청춘』, 『대한매일신보』 등

2. 단행본 및 논문

Christian Amalvi, 성백용 역, 『영웅은 어떻게 만들어지는가』, 아카넷, 2004.

Joseph Campbell, 이윤기 역, 『천의 얼굴을 가진 영웅』, 민음사, 1999.

Thomas Carlyle, 박상익 역, 『영웅숭배론』, 한길사, 2003.

家永三郎 編, 수유+너머 일본근대사상팀 역, 『근대일본사상사』, 소명출판, 2006.

吉田公平, 정지욱 역, 『일본양명학』, 청계, 2004.

吉澤成一郎, 정지호 역, 『애국주의의 형성』, 논형, 2006.

김순전 외, 『수신하는 제국』, 제이앤씨, 2004.

南岳主人(최남선), 『洪景來實記』, 신문관, 1917.

內村鑑三, 김유곤 역, 『내촌감삼전집』 10권, 크리스천서적, 2001.

內村鑑三, 크라스찬서적 역, 『내촌감삼전집』 2권, 크리스천서적, 2001.

內村鑑三, 『地理學考』, 警醒社書店, 1894.

德富蘇峰, 『德富蘇峰集』, 筑摩書房, 1974.

梁啓超, 『飮氷室自由書』, 搭印社, 1908.

梁啓超, 『意大利建國三傑傳』, 『飮氷室合集』 6, 中華書局.

梅津順一, 『文明日本と市民的主体』, 聖學院大學出版會, 2001.

박지향 외, 『영웅만들기』, 휴머니스트, 2005.

박지향, 「빅토리아 시대의 가치관」, 『영국사─보수와 개혁의 드라마』, 까치, 1997.

백지운, 「자유서를 구성하는 텍스트들」, 『중국현대문학』 31호, 2004.

福澤諭吉, 정명환 역, 『문명론의 개략』, 홍성사, 1986.

손성준, 「『이태리건국삼걸전』의 동아시아 수용양상과 그 성격」, 성균관대 석사논문, 2007.

松尾洋一, 『梁啓超─西洋近代思想收容と明治日本』, 東京 : みすず書房, 1999.

신채호, 『이태리건국삼걸전』, 광학서포, 1907.

야가사키 히데노리, 「근대 일본 정치사상의 이상과 현실」, 『國際政治論叢』 44집 2호, 2004.

윤영실, 「최남선의 수신(修身)담론과 근대 위인전기의 탄생」, 『韓國文化』 42, 2008.

이헌미, 「한국의 영웅론 수용과 전개─1895~1910」, 서울대 석사논문, 2003.

前田愛, 유은경 외역, 『일본 근대독자의 탄생』, 이룸, 2006.

정응수, 「우치무라 간조의 '비전론'의 향방」, *The Journal of Namseoul Univ.* 5, 1999.

천진, 「20세기 초 중국의 지덕담론과 文의 경계」, 연세대 박사논문, 2009.

최희정, 「한국 근대지식인과 '자조론'」, 서강대 박사논문, 2004.

平田久, 『伊太利建國三傑』, 東京 : 民友社, 1892.

한상일, 『아시아 연대와 일본 제국주의』, 오름, 2002.

이광수와 문화주의적 동화형 친일협력

김재용

1. 무한삼진 함락과 문화의 동질성으로서의 '내선일체'론

무한삼진이 함락된 이후 이를 해석하는 방법은 동화형 친일 협력과 혼재형 친일협력이 각각 달랐다. 혼재형 친일협력은 주로 동아시아 신질서의 확립이라는 측면에서 이를 제기하였다. 때에 따라서는 이를 더욱 확대하여 동양이라든가 아시아를 염두에 두고 서양과의 대립을 구축하는 일도 있었다. 물론 이들에게도 '내선일체'의 구호는 중요하였다. 이것을 내선간의 차별 철폐로써 이해할 뿐만 아니라 제국 내에서의 평등으로 보았다. 그러므로 다른 동아시아 같은 것을 끌어들일 수 있었다. 동화형 친일협력의 경우 '내선일체'를 중요시하고 동아시아의 신질서와 같은 문제에 대해서는 거의 무관심하였다. 그럴 수밖에 없는 것이 이들이 이해하는 '내선일체'를 조선인과 내지인의 동질성으로 이해했기 때문이다. 그러므로 관심은 오로지 동조동근과 같은 것을 어떻게 볼 것인가의 문제로만 초점을 맞추어서 논의하고 동아시아와 같은 것은 관심을 두기 어려웠다.

동화형 친일 협력을 주장하였던 이광수는 무한삼진 함락 이후 지속적으로 차별철폐로서의 '내선일체'만을 강조하고 이를 뒷받침하기 위하여 동조동근론을 끌어들였다. 이광수는 '내선일체'를 하는 것이 내선 간의 차별을 없애는 일이고 이는 나아가 조선 민족을 위하는 일이라고 생각하였기에 오로지 여기에 매진한다.

> 네가 만일 민족주의자일진대 금후의 조선의 민족운동은 황민화운동임을 인식하여야 할 것이다. 하루라도 속히 황민화가 될수록 조선민족에게 행복이 오는 것이다. 천황의 신민으로 살아가지 아니할 수 없는 운명에 조선 민족이 있음을 아직 인식하지 못한다면 그는 우자일 것이오, 만일 인식을 하면서도 스스로 적극적으로 나서지 못하고 좌고우면하여 남들이 하는 양을 보고 있는 것은 민족애도 없고 용기도 없는 이기적이요 비열한 자라 아니 할 수 없을 것[1]

"천황의 신민으로 살아가지 아니할 수 없는 운명에 조선 민족이 있음"이라는 것은 무한삼진 함락 이후에 더는 독립의 희망이 없어졌다는 것은 의미한다. 그동안 이광수는 일본과 중국이 전쟁하게 되어 중국이 이기게 되면 조선은 자동으로 독립될 수 있다고 믿었기에 실력양성론을 펼치면서 버틸 수 있었다. 하지만 무한 삼진의 함락을 일본이 중국에 승리한 것으로 보았기 때문에 더는 중국을 비롯한 국제 사회의 도움

---

1   이광수, 「국민문학의 의의」, 『매일신보』, 1940.2.16.

으로 조선이 독립할 수 있는 길은 없어졌다고 판단하였다. 이 점을 두고 천황의 신민으로 살아가지 않을 수 없다는 절망론을 펼쳤던 것이다. 이제 남은 것은 하루빨리 황민화를 이루는 것이다. 그러기 위해서는 동조동근론을 발견하여 '내선일체'를 역사적으로 뒷받침하는 일일 터이다.

그런 점에서 1940년 2월 20일 자 『매일신보』에 발표한 「창씨와 나」는 이광수의 논리와 심정이 가장 잘 드러나는 글이라고 할 수 있다.

> 내가 향산이라고 씨를 창설하고 광산이라고 일본적인 명으로 개한 동기는 황송한 말씀이나 천황어명과 독법을 같이 하는 씨명을 가지자는 것이다. 나는 깊이깊이 내 자손과 조선 민족의 장래를 고려한 끝에 이리하는 것이 당연하다는 굳은 신념에 도달한 까닭이다. 나는 천황의 신민이다. 내 자손도 천황의 신민으로 살 것이다. 이광수라는 씨명으로는 천황의 신민이 못 될 것이 아니다. 그러나 향산광랑이 조금 더 천황의 신민답다고 나는 믿기 때문이다. 내선일체를 국가가 조선인에게 허하였다. 이에 내선일체운동을 할 자는 기실 조선인이다. 조선인이 내지인과 차별 없이 될 것밖에 바랄 것이 무엇이 있는가. 따라서 차별을 제거하기 위하여서 온갖 노력을 할 것밖에 더 중대하고 긴급한 일이 어디에 있는가. 성명 3자를 고치는 것도 그 노력 중의 하나라면 아낄 것이 무엇인가. 기쁘게 할 것 아닌가 나는 이런 신념으로 향산이라는 씨를 창설하였다.[2]

이광수는 조선인과 일본인의 차이가 완전히 없어진 상태야말로 차별이 철폐되는 것이라고 믿었다. 그리하여 창씨개명을 '최후의 차별철

2   이광수, 「창씨와 나」, 『매일신보』, 1940.2.20.

폐'[3]라고 불렀다.

그러므로 동아신질서를 생각하는 중요한 계기였던 중일 전쟁의 3주년이 되는 1940년 7월의 각 신문과 잡지의 특집에 유진오나 최재서와 같은 혼재형의 친일 협력 문인들은 동아시아론이나 동양론에 관한 글을 펼친 반면, 이광수는 여전히 '내선일체'만을 주장하는 글을 썼다. 『삼천리』 1940년 7월 성전 3주년 특집에 쓴 글에서 이광수는 그동안 '내선일체'를 통하여 내선간의 차별이 철폐되는 과정을 적고 창씨야 말로 그 정점이라고 주장하였다.

1938년 이후 조선은 줄곧 '내선일체'를 통하여 차별을 철폐하였다고 보았다. 가장 먼저 이루어진 것은 1938년 4월에 있었던 제3차 조선교육령 개정으로 인한 내선공학이다. 그동안 '국어를 상용하는 자'와 '국어를 상용하지 않는 자'의 구분을 두었던 것을 없애버림으로써 일본인 본위로 교육제도를 바꾸어 버렸다. 이를 두고 이광수는 차별철폐의 시작이라고 보았다. 다음으로는 지원병 제도이다. 그동안 조선인들은 일본 군인이 될 수 없었다. 하지만 지원병 제도가 생김으로써 보통학교를 졸업한 사람은 지원병으로 입대할 수 있었다. 이 역시 차별철폐라고 보았다. 이와 맥을 같이 한 것으로 내선통혼을 들 수 있다. 그동안 일본인과 조선인간의 결혼이 특별히 금지되었던 것은 아니다. 하지만 조선인들의 피가 섞이면 일본 혈통의 순수성이 보존되지 않는다는 차원의 여론이 만만치 않았기에 꺼림칙한 구석이 많았다. 그런데 '내선일체'가 강조되면서 내선통혼이 장려되었기에 더는 눈치 볼 필요가 없게 된 것이다. 또한, 1939년 말 조선민사령이 개정되면서 조선인들의 양자 입적도

---

3   이광수, 「성전 3주년」, 『삼천리』, 1940.7, 88쪽.

가능하게 되었다. 이 역시 내선공학이나 지원병제도와 마찬가지로 차별철폐의 일환으로 보았다.

> 우리가 무슨 공로가 있기로 내선일체의 영예를 바라겠습니까. 그런데 교육도 평등되고 국방의 영예로운 신뢰도 받게 되었습니다. 내선양족 간에 혼인과 양자가 허하여지게 되었고 공통한 씨명을 칭하게 되었습니다. 이것은 어느 치자 피치자 양민족 간에도 보지 못한 광고의 신예입니다. 이제부터는 조선인이 이 성은에 보답하도록 성의있게 노력만 하면 조선인은 모든 점에서 완전한 황국신민이 되는 것입니다. 우리 자손은 완전한 황국신민이 되는 것입니다.[4]

이렇게 이광수는 '내선일체'가 완벽하게 이루어질 때 비로소 조선인은 황국신민이 된다고 보았다. 그런 점에서 창씨개명에 대해 그가 그토록 흥분한 것은 절대 놀라운 일이 아니다. 창씨개명을 하면서 발표한 글에서 피와 살 모두 일본인처럼 되어야 한다는 주장은 너무나 자연스러운 것이다. 자기 말처럼 민족의 희망이 바로 이 최후의 차별철폐로서의 창씨개명에 있었기 때문이다.

---

4   위의 글, 87쪽.

2. '대동아공영론'과 혈통주의 비판

1940년 6월 이후 일본은 남방을 끌어들이면서 대동아를 주장하였다. 동아신질서에서 이제 아시아의 신질서로 바뀐 것이다. 적지 않은 이들이 이러한 정세의 변화를 읽고서는 새로운 방식으로 대응하기 시작하였다. 무한삼진의 함락 이후 '내선일체'를 받아들였지만 동시에 이를 제국 내 내선간의 평등으로 생각하고 동양론에 깊은 관심을 가졌던 유진오라든가, 무한삼진의 함락이 갖는 의미를 받아들이지 못하였다가 '대동아공영론'의 신체제가 이야기되자 여기에 급속하게 포섭된 최재서의 경우에는 이 시기부터는 '내선일체'보다는 동아신질서라든가 신체제에 대해서만 언급한다.

이광수는 파리 함락으로 인한 신체제라든가 '대동아공영론'으로의 확대를 통한 아시아주의와 같은 문제에 대해서 분명 알고 있었다. 파리 함락으로 인한 신체제가 갖는 세계사적 변동에 대해서 완전히 무관하지는 않았다. 이는 다음의 대목에서 확인할 수 있다.

이 글은 금년 3월 말경에 쓴 것으로 이러한 생각이 옳은가 아닌가를 지난 5개월간 음미해왔다. 최근 경성일보 미타라이 사장께서 읽어보시고 이로써 좋다고 했으나 4월 이래 내외 정세가 다소 변했다. 그 하나는 창씨가 전 인구의 8할 9분 3리에 이르렀으며 또 하나는 의무교육의 실시에 관한 것이 유유히 정식으로 발표되었다는 사실이다. 그러나 현재 그 준비를 하고 있기에 쇼와 20년 이내에 실시되리라 한다. 또한 4월 이래 변한 것으로는 유럽의 동정이다. 역사도 문화도 밝은 몇 나라가 툭툭 쓰러져 저 프랑스조차 무조건 항복했고 바야흐로 열국이라는 이백년 이래 세계를 내 것으로 해온 대제국의 문명도 아무래도 위험해지고 있다. 구질서가 일소되고 세계적으로 신질서가 생기고 있다. 이 사실은 일본의 사명을 분명히 한 것으로 생각된다. 아리타 전 외상의 성명에 의해 동양까지도 휘몰아칠 동양질서 확립이 목표로 되어 본다면 제국이 지금부터 해야 할 사업은 동아신질서보다도 배가되었다고 하겠다.[5]

이제 중요한 것은 '내선일체'와 '대동아공영론'을 어떻게 조화시킬 수 있는가의 문제였다. 그리하여 이 시기 이후 힘을 쏟는 곳은 혈통주의적 동화에 대한 비판이었다. 과거부터 조선과 내지는 같은 문화를 가졌지 절대로 같은 혈통을 가진 것은 아니라는 것이다. 피가 어느 정도 섞인 것은 사실이지만 완전하게 겹치는 것은 아니라는 것이 역사적 진실이라고 이광수는 보았다. 그렇기에 더욱 중요한 것은 혈통이 아니라 문화였다. 문화가 같으면 얼마든지 '내선일체'를 실현할 수 있다는 것이다. 즉 조선인들이 일본 정신을 배워 체득한다면, 진정한 일본인이 될 수 있고 '내선일체'를 구현할 수 있다는 것이다. 이러한 견해는 당시 일본 내에 퍼져 있었던 두 경향 중에서 혈통주의를 비판하는 다민족론과 언어 내셔널리즘에 맞닿아 있었다.

당시 일본 내에서는 일본 민족의 기원을 둘러싸고 상이한 입장이 공존하였다. 다민족론은 일본 자체가 다양한 민족으로 구성되었다고 보았는데 이들은 그런 점에서 '내선일체'를 지지할 수 있었다. 조선인이 일본어와 일본 풍습을 배우면 얼마든지 일본제국의 신민이 될 수 있다고 보았다. 다민족론과 언어내셔널리즘은 그런 점에서 통할 수 있었

5   이광수, 「동포에게 보낸다」, 김윤식 편역, 『이광수의 일어 창작 및 산문선』, 역락, 2001, 70~171쪽.

다. 이에 반해 단일민족론은 일본 민족은 단일한 혈통으로 오랜 세월 진행되었기에 순수혈통의 우수성을 견지하고 있어 결코 다른 민족 특히 식민지 피지배민족과 섞일 수 없다는 입장이었다. 단일민족론과 혈통내셔널리즘은 궤를 같이 하였다. 이러한 두 개의 입장 중에서 이광수가 기댔던 것은 다민족론과 언어내셔널리즘이었고, 비판하였던 것은 단일민족론과 혈통내셔널리즘이었다.

이처럼 혈통주의적 동화형의 친일 협력을 비판하면서 문화주의적 동화형 친일협력을 주장하였던 이광수가 행한 행동은 두 가지 방면으로 이어졌다. 하나는 조선인들에게 일본인처럼 되라고 주문하는 것이고, 다른 하나는 일본인을 향하여 조선인을 동포처럼 대해주라고 간청하는 것이다. 왜냐하면, 진정한 '내선일체'는 조선인과 일본인 양측 모두에게 입장의 전환이 요구되는 것이기 때문이다.

일본인에게 '내선일체'의 요구를 하기 위해서는 우선 조선인들부터 변하여야 한다고 생각한 이광수는 조선인들에게 강한 요청을 한다. '내선일체'를 위해서 조선인들이 해야 할 일은 지원병으로 지원하는 것과 창씨개명을 하는 것이다. 이 둘이 이루어져야 일본인들에게 '내선일체'를 요청할 수 있는 위신이 선다고 보았다. 1938년 3월 조선인들의 지원병에 관한 결정이 내려오자 이광수는 조선인이 진정한 일본인이 되고 이후 차별받지 않을 수 있는 절호의 기회라고 생각하였다. 그동안 일본제국은 조선인들에게 군대에 지원할 수 있는 것을 막았다. 일본 제국에 대한 조선인들의 충성을 믿지 못하였기 때문에 혹시나 있을 수 있는 전쟁에서의 돌발 사태를 고려하여 원천봉쇄하였다. 하지만 일본 제국이 전쟁에 돌입하면서 병력이 모자라자 조선인들의 지원을 허락하였다. 이광수는 이것이 조선인으로서는 제국의 신민이 될 좋은 기회라고 생각하여 많은 이들이 지원할 것을 독려하였다. 피를 흘려야만 내지인들이 조선인을 일본인으로 같은 동포로 대우해줄 것이라고 믿었다. 피를 흘리지 않는 조선인들을 왜 일본인들이 동포로 취급해주겠느냐 하는 것이었다. 이인석 상병이 지원하여 전사하였을 때 그에게 고맙다고 할 수 있었던 것은 바로 이러한 맥락에서 나온 것이다. 제2의 이인석을 촉구하는 시를 지었던 것은 그런 점에서 결코 낯선 일이 아니다 젊은 청년들이 일본군으로 싸움터에 나가는 것은 독립의 희망이 없는 조선의 현실에서 영원히 차별받지 않고 살아갈 수 있는 유일할 길이라는 확신이 서 있었기에 이러한 시가 가능한 것이다. 오늘날 보면 외압에 의해 어쩔 수 없이 마음이 없는 시를 썼다고 할지 모르지만, 이는 당시 이광수의 내적 논리를 이해하지 못한 소산이다. 이광수는 2천만 조선 민중의 복지를 위해 이러한 시를 썼다. 다음으로는 창씨개명이다. 성과 이름을 바꾸어야만 누가 원래 조선인이었는가 하는 것을 알 수 없게 되고 그럴 때만이 차별이 없어지는 것이라는 논리이다. 피와 살이 일본인처럼 되어야 한다고 했을 때 그것은 결코 강요된 것이 아니었다. 차별을 받지 않고 당당하게 대우받고 살기 위해서는 구분이 없어져야 한다는 것이다.

이광수의 이러한 열망은 재일조선인에게까지 확대되었다. 1941년 5월 일본 동경에 있는 중앙협화회의 이름으로 발간된 『내선일체수상록』은 재일조선인을 향한 이광수의 발언이었다. 중앙협화회는 1938년 11월의 발기인 대회를 시작으로 하여 1939년 6월 창립총회를 한 단체로 무한삼진 함락 이후 '내선일체'가 강화되면서 재일조선인들을 포섭하려고 만든 단체였다. 그동안 간헐적으로 지역 차원에서 만들어졌지만, 이 시기에 이르러 국가 차원에서 조직된 것이다.[6] 이런 단체에서 발행하는 책이기 때문에 재일조선인들을 향한 것임이 틀림없다.

이 책자에서 이광수는 자신의 유학시절을 떠올리면서 재일조선인들이 일본어와 일본 풍습을 익히는 것이 '내선일체'를 앞당기기 위해 얼마나 중요한 것인가를 설파하고 있다. 그런데 이 글에서 중요한 것은 역시 혈통내셔널리즘에 대한 비판이다.

> 일본인이란 일본정신을 소유하고 또 그것을 실천하는 자를 가리킨다. 우리 제국은 예로부터 그러했거니와 금후 한층 혈통국가여서는 안 된다. 이따금 내선은 혈통에 있어서도 적어도 전인구의 1/3의 혼혈율을 갖고 있어 보여 하나로 되고 하나의 국민을 조형함에는 참으로 좋은 형편이라고까지 말해지고 있지만 대동아공영권 건설을 위해서는 오히려 혈통이란 방해가 될 수도 있다. 항차 팔굉일우의 큰 이상으로써 전 인류를 포섭하고자 함에 있어서랴.[7]

천황의 이름으로 혈통내셔널리즘과 단일민족론을 비판함으로써 내선일체를 통한 차별극복이란 자신의 구상을 한층 강하게 설파하였다.

'내선일체'의 요구는 비단 조선인뿐만 아니라 일본인에게도 향하였다. 특히 일본인들 사이에는 혈통내셔널리즘과 단일민족론을 지지하는 사람들이 많았기 때문에 더욱 중요하였다. 동경에 있는 일본인을 향해 이광수가 내선일체를 요구한 첫 글은 「동포에게 보낸다」이다. 재조일본인을 주된 독자층으로 삼고 있었던 『경성일보』에 발표하기는 하였지만, 문맥으로 보아 비단 재조일본인에 그치는 것이 아니고 동경에

---

6   히구치 유이치, 정혜경 외역, 『협화회』, 선인출판사, 2012.
7   이광수, 「내선일체수상록」, 김윤식 편역, 앞의 책.

있는 일본인을 향해서도 발언한 것이다. 경성의 일본인을 발판으로 삼아 일본 전체에 발언하고자 했던 것이 아마도 이광수의 속내였을 것이다. "그대가 만약 동경에 살고 있다면 동경에 있는 조선학생들을 군의 가정에 맞이해 보지 않겠는가. 따뜻하고 정갈한 그대 가정의 하루는 능히 그들의 마음의 언 얼음덩이를 녹이리라. 그런데 조선에 있어서조차 내지인과 조선인 사이의 개인적 가정적 접촉은 매우 적다네. 서로가 같은 직장이나 회사에서는 친구이지만 서로가 가정에 초대받는 일은 주저하고 있는 것 같다네. 이러고서는 참된 '접촉'이라 할 수 없다네. 그대여, 내 집에 와주지 않겠는가"라는 대목을 보면 분명히 이 글은 일본에 있는 일본인과 조선에 있는 일본인 모두를 독자층으로 삼아 쓴 글이 분명하다. 그동안 조선인은 한 번도 일본에 굴복하는 태도를 가져보지 않았고 언제가 도래할 독립을 위해 반역의 정신을 키웠지만, 이제는 달라졌다는 것이다. 이광수는 자신의 마음이 바뀌게 된 결정적 계기가 중일전쟁이라고 하면서 이제부터 조선인들의 희망은 영원한 차별을 받아가면서 살아가기보다는 동등한 일본국민으로 살아가는 것이라고 주장한다.

지금 조선인에 남아있는 유일한 희망은 평등 또는 동등한 일본인이 되는 것이라네. 이를 제하면 아무 것도 없다네. 조선은 이미 일본에서 분리하려는 공상은 포기했다네. 자자손손 평등 및 동등한 일본국민으로서의 영광을 누릴 수 있다면 무엇이 괴로워 대일본제국이라는 넓디넓은 활동 무대를 버리고 답답하도록 비좁은 소국가를 세우고자 하는 생각을 일으키랴[8]

---

8   이광수, 「동포에게 보낸다」, 위의 책, 166쪽.

독립을 포기한 조선인들이 기댈 수 있는 것은 차별받지 않고 살아갈 수 있는 길이라는 것이다. 일본인들이 야마토 민족의 단일 혈통만을 고집하고 말고 조선인을 일본 신민으로 받아들여줄 것을 간청하는 것이다. 그러면 조선인은 일본국을 위해 목숨을 바치려 전쟁터에도 기꺼이 갈 것이고 일본어를 배워 일본 정신을 배울 것이며 일본인의 풍습을 따르기 위해 창씨개명도 기꺼이 할 것이라는 주장이다. 이러한 선언 이후에 이광수는 틈만 나면 일본에 살고 있는 일본인뿐만 아니라 조선에 살고 있는 일본인들을 향해서도 이러한 간청을 하게 된다.

우선 재조일본인들 향해 이광수가 한 발언부터 보자. 재조일본인을 주 대상으로 발행되던 『경성일보』에 발표한 글 「무불옹의 추억」에서 이광수는 죽은 아베를 조선인을 차별 없이 대한 대표적인 일본인으로 그리고 있다. 조선인들을 차별하는 총독부의 관료와 대립하여 분노하고 있는 아베를 인상적으로 그리고 있다. 당시 조선총독부에 와있던 한 관료가 각계각층의 조선인들을 동등하게 대하고 있는 아베를 못마땅하게 생각하여 비난하는 것을 들은 아베는 조선총독부 관료에 대한 분노로 인하여 조선을 떠나기까지 할 정도였다는 것이다. 아베는 그러한 일본인들을 건방진 사람이라고 일컬으면서 그들이 조선에서 일하는 한 조선인은 결코 동등하게 대우받을 수 없다고 강조하는 것이다.

"일본과 조선은 예부터 하나가 될 수밖에 없었다. 하나가 되는 것이 서로 좋지 않은가"라고 아무렇지도 않은 듯이 말했다. "그러려면 일본인이 건방진 생각을 버려야 해. 개인 개인이 마음으로 하나가 되어야 비로소 하나가 되는 것이다. 관리들이 위세 부리면 안 돼."[9]

조선인을 차별하는 건방진 일본인과 대조되는 일본인으로서의 아베를 기리는 것은 일본인들이 아베처럼 행동하기를 간절하게 원하는 마음에서 나온 것이다.

이광수는 기회가 닿는 대로 재조일본인에게 다민족론의 정당성을 요구하고 그 연장선에서 '내선일체'를 주장하게 되는데 여기에는 오랜 친분이 있던 아베만이 아니라 새롭게 만나는 재조 일본인 지식인도 포함되어 있었다. 경성제대 교수 松本重彦는 그 대표적인 인물이다. 이광수는 대화숙에서 강사로 왔던 松本重彦로부터 단일민족론과 혈통내셔널리즘을 비판하는 이야기를 듣고 깊은 감명을 받았다. 「행자」에 보면 당시 이광수가 그로부터 받은 인상이 얼마나 강했는가를 짐작할 수 있다.

> 모두 고마운 말씀이나 특히 고마운 것은 "일본에는 민족적 차별이란 없다. 신라나 고구려에서 귀화한 조선인은 양자로 일본인으로 되고 말았다. 혈통은 따질 것이 아니다. 대만인도 조선인도 일본인이다. 이로부터 떠나고자 하는 것은 구한국인이다. 일본은 일민족 일국가이다. 결코 일본 민족 속에는 차별이란 것이 없다. 천황 밑에 있어서는 일본인은 일체 평등하다" 라고 한 대목이오. (…중략…) 혈통의 것이란 문제가 아님을 교수는 말씀했지요. 정신만이 일본정신으로 된다면 조선민족은 양자적으로 일인으로 된다고 말씀했소.[10]

松本重彦 교수의 입론을 통하여 일본제국 내의 혈통내셔널리즘을 비판하고 있다. 이광수는 이러한 재조일본인을 그냥 내버려 두지 않고

9   이광수, 김원모 · 이경훈 편역, 『동포에 고함』, 철학과현실사, 1997, 253쪽.
10   이광수, 「행자」, 김윤식 편역, 앞의 책, 100~101쪽. 중략―인용자.

자신의 차별 극복 전략으로서의 '내선일체론'에 적극적으로 활용하였다. 아베가 죽어 없는 마당에 경성제국대학 교수의 활용 가치는 높았을 것이다. 1943년 1월 1일 『매일신보』 대담에서 이광수는 대화숙에서 강의를 들었던 1941년 초 무렵을 회상하면서 다시 한 번 자신의 입론을 선전한다. 이광수는 이 재조 일본인 교수와의 대담에서 처음에는 일반적인 이야기를 하다가 다시 이 대목을 강조하면서 대담을 마치고 있다. 다소 길지만, 당시 이광수의 '내선일체' 논리를 확인하기 위하여 인용한다.

香山씨 : 언젠가 선생은 양자라는 것에 대해서 "혈족이 아니라도 양자가 되면 그 집의 사람된다"고 말씀을 하셨고 조선인이 황국신문이 되는 것도 양자가 되는 것이라고 말씀하신 것같이 생각됩니다만.

松本씨 : 나는 역시 그렇게 생각하고 있습니다.

香山씨 : 조선인은 자기들을 내선일체라고 말은 하고 있으나 어떤지 모르게 자기들은 참으로 당당한 황국신민이 될 수 있는지 하는 의심이라고할가 불안이라고 할가 이러한 생각을 갖는 자도 없지 않다고 생각되는데 선생은 황국신민에는 차별은 없다. 모두 평등하다고 말씀하였으며 또 천황 폐하의 황민이 된 때에는 조선인도 다 같이 황민으로서 차별은 없다고 하시었는데 ……

松本씨 : 아국의 국상에 있어서는 인종의 차라는 것은 그다지 문제로 삼지 않았을 뿐 아니라 이 종족의 문화상의 차도 문제가 되지 않았습니다. 이 종족이거나 또는 이문화를 가진 민족이거나 그들이 스스로 국가에 봉사하는 자에게는 역량재간에 응하여 적당한 지위를 주고 특히 우수한 자에게는 귀인의 대우를 주어서 그 뜻을 성취케 하여 왔으니 이것은 역사가 보여주는 바와 같습니다. 아국은 이인종이나 이문화를 가진 자를 배척한다든가 또는 멸시한다는 생각은 조금도 없습니다. 오히려 우수한 외국인 우수한 이종족을 보면 도리어 존경하는 품이 과도하다고 생각되는 편입니다. 그러므로 일본인과 동근동조라고 생각되는 조선인이 우선 황국신민의 일분자로서 국가를 위하여 진력하려고 하는 생각을 가지고 있는데 이것을 멸시한다든가 혹은 배척한다든가 하는 생각은 원래 없어야 할 것입니다.[11]

만약 당시 재조 일본인들 사이에 혈통내셔널리즘이 강하지 않았다면 이광수는 이 일본 교수를 이렇게까지 등장시켜 '내선일체'를 선전하지는 않았을 것이다. 되풀이 하여 그를 불러낸 것을 보면 당시 재조일본인 사이에는 이 혈통내셔널리즘이 강했음을 알 수 있다.

일본인에 대한 요구는 비단 재조일본인에게 그치지 않고 일본에서 살고 있는 일본인들에게까지 미치고 있다. 이 시기에 '내선일체'를 지지하는 일본인을 떠올렸을 때 그가 가장 먼저 불러낸 인물은 그동안 여러 번 만나 친하게 지냈던 도쿠토미 소호德富蘇峰이다. 창씨개명을 하고 난 다음 보낸 편지[12]에서 이광수는 도쿠토미 소호에게 조선인과 내지인이 하나가 될 수 있음을 역설하고 이에 대한 동의를 구하고 있다. 당시 일본 내에서는 단일민족론과 다민족론이 각축을 벌이고 있었는데 도쿠토미 소호는 다민족론에 서 있었다는 지적[13]을 고려하면 당시 이광수가 그를 불러내고자 했던 이유를 알 수 있다.

오랜 친분이 있던 도쿠토미 소호뿐만 아니라 최근에 이르러 얼굴을 맞대게 된 고바야시 히데오에게도 자신의 입론을 동의해줄 것을 요청

---

footnote
11 『매일신보』, 1943. 1. 1.
12 김원모, 「춘원의 친일과 민족보존론」, 『한국민족독립운동사의 제문제』, 범우사, 1992.
13 오쿠마 에이지, 조현설 역, 『일본 단일민족신화의 기원』, 소명출판, 2003, 417쪽.

한다. 고바야시 히데오의 부탁으로 일본의 문학 잡지 『문예계』에 발표된 「행자」는 이를 잘 보여주고 있다. 고바야시 히데오에게 보내는 편지 형식으로 된 이 글에서 이광수는 대화숙에서 들은 경성제대 교수가 행한 감동적인 강연 내용을 전하는데 그중에서도 가장 감동을 받은 대목은 바로 혈통은 따지지 않는다는 대목이다. 당시 일본 내에서는 두 가지의 입장이 공존하였다. 하나는 조선인들을 포함한 식민지인들을 일본인으로 취급할 때 혈통적 구분은 해야 한다는 것이었고, 다른 하나는 혈통 같은 것은 따지지 말고 문화적으로 통합되면 일본인으로 받아들여야 한다는 것이었다. 전자의 경우 설령 법적으로 식민지인들이 일본의 국민이 된다 하더라도 그 내부에는 차별이 존재할 수밖에 없는 것이다. 일본 야마토 종족의 순수성을 지켜야한다고 하는 데서 나온 이러한 생각은 당시 일본 내에서 널리 퍼져 있던 견해였다. 이럴 경우 아무리 '내선일체'를 이야기한다 하더라도 조선인들은 이등국민을 벗어나기 어렵고 차별을 감내해야 하는 것이다. 이광수는 바로 이러한 생각을 불식시키는 것이 지식인으로서 선각자로서의 자기가 해야 할 의무라고 보았다. 대화숙에서 강연한 일본인 교수는 이러한 입장에 반대하면서 혈통은 따지지 말고 문화적으로 일본인이 되면 동등하게 대우해야 하고 차별을 없애야 한다는 쪽이었기 때문에 이를 고바야시 히데오에게 전하고 동의를 구하였다.

무한삼진 함락 직후 이광수는 '내선일체'에 모든 것을 걸면서 각종 글과 연설을 행했는데 초기에는 주로 혈통주의적 동화론에 기우는 듯하였다. 하지만 혈통주의적 동화론으로는 남들을 쉽게 설득시키기 어렵다는 것을 깨닫고는 변신을 하려고 하던 차에 '대동아공영론'이 대두하자 이를 적극적으로 활용하였다. 혈통주의적 동화론 대신에 문화주의적 동화론을 내세우게 된 것이다. 혈통주의를 대신할 수 있는 것이 바로 일본정신이다. 일본어라든가 일본 풍습 같은 것도 하나의 하위 변수일 뿐이고 중요한 것은 이 모든 것에 앞서 일본정신을 갖는 것이다. 그것을 가지면 일본인이 된다고 믿었다. 이 정신을 가지면 조선인과 야마토인도 하나가 되고 조선인 이외의 대동아의 어떤 민족도 일본정신을 소유하면 문제가 없어지는 것이다. 그 일본정신이란 바로 일본 천황의 자손으로 자신을 생각하는 것이고 이에 충성을 다하면서 섬기는 것이다. 혈통주의적 '내선일체'에 반대하면서 독자적인 '내선일체'를 주장하였던 이러한 이광수의 논리를 문화주의적 동화형의 친일 협력이라고 부를 수 있다.

3. 대동아문학자대회와 이광수

1942년 11월 제1회 대동아문학자대회에 참가한 이광수는 대회를 마친 후 동경, 교토 그리고 나라를 답사하였다. 이때의 기억을 바탕으로 쓴 여행기가 바로 일본에서 발간되던 잡지 『문학계』에 발표한 「삼경인상기」이다. 대동아문학자대회에서 했던 발언 못지않게 이 기행문은 매우 중요한 의미를 갖는다. 이 기행문에는 이광수가 이 대회에 참가하면서 가졌던 열망을 그대로 보여주기 때문이다. 그 요체는 바로 '내선일체'이다. 일본과 조선이 하나임을 고대사의 흔적이 남아 있는 교토와 나라에서 확인하는 것이다. 그러므로 동경은 부차적이다. 천황이 있는 곳으로서의 의미는 있지만 고대사에서 이루어진 내선간의 관계를 증명하는 데에는 동경이 부적절하고 교토와 나라가 오히려 적절하게 다가왔기 때문이다. 교토에 대한 인상을 한참 기술한 후 한 다음의 발언은 이광수가 대동아문학자대회에서 보려고 했던 것이 무엇인가를 아주 잘 말해준다.

나는 교토 인상기로 이 이상 더 많이 말할 수 없다. 다만 내가 역사 민족 특히 언어에 의해 일본과 조선 양 민족은 혈통에 있어서도 신앙에 있어서도 같은 조상 같은 뿌리이며 일본어도 조선어도 조금만 노력하면 공통시대의 어근에 이를 수 있다는 사실을 말함에 족하다.[14]

교토에서 그가 본 것은 바로 동질성으로서의 '내선일체'였다. 고대사에서 일본이 백제와 고구려와 함께 나누었던 것을 '내선일체'의 바탕으로 보려고 하였다. 이러한 노력은 비단 교토에 국한되시 않고 나라에서도 마찬가지이다. 오히려 나라에서는 호류지와 같은 절이 남아 있으므로 더욱 어렵지 않게 '내선일체'의 역사를 확인하고 있다.

호류지에 닿은 것은 정오 무렵이었다. 그 위쪽은 일면 삼림으로 생각된다. 절 주변은 경작지여서 벼가 이삭을 드리우고 있고 남대문 바로 앞까지 인가가 세워져 있었다. 절 전체의 느낌은 가볍고 우아하고 밝아서 중국이나 조선의 사찰 건축에서 풍겨지는 엄숙함이 없다. 국보 일색의 호류지다. 나 같은 자가 이렇다 저렇다 말할 데가 아니다. 오직 나는 한 조선인으로서 쇼토쿠 태자를 특히 삼가 그리워 사모한다고 말씀 올릴 이유가 있다. 그 까

---

14 이광수, 「삼경인상기」, 김윤식 편역, 앞의 책.

닭은 이러하다. 쇼토쿠 태자에게 법화경을 진상하고 강독한 것은 고구려 승려 혜자 대사이며 불상과 불각 등을 만드는 역할을 한 것은 백제 승려 혜총 대사이다. 혜총은 일명 자총이라고도 했다. 그리고 호류지의 그 유명한 벽화는 고구려의 담징이 그린 것으로 되어 있다. 쇼토쿠 태자의 부음이 고구려에 전해졌을 때 그 당시엔 고구려에 돌아와 있던 혜총 대사는 통곡하며 동해의 성인이 사라졌다 졸승도 내년 태자의 명일에 그 뒤를 따르리라고 하고 과연 그대로 입적했던 것이다. (…중략…) 현재 부여 신궁 조영지인 부여에서도 호류지와 규모가 비슷한 절의 흔적이 발굴되었다고 한다.[15]

호류지를 매개로 일본이 백제와 고구려 사이에서 행했던 문물교류를 '내선일체'의 관점에서 바라보고 있는 이광수의 이러한 태도는 교토 답사 후 행하였던 예의 발언과 일치하는 것이다.

대동아문학자대회에 참가한 이광수가 여전히 강조하고 싶었던 것은 동질성의 '내선일체'이다. 그가 친일협력을 한 이후 줄곧 가졌던 '내선일체'의 지향은 태평양전쟁은 물론이고 그 이후의 역사적 전개에서도 거의 변하지 않고 있음을 확인할 수 있다. 하지만 이광수로서는 이러한 인식에 머물기에는 주변의 현실이 급격하게 바뀌고 있었다. 대동아 공영론이 대두하자, 앞서 보았던 것처럼, 이광수는 혈통주의를 강하게 비판하면서 문화주의적 동화 협력을 주장하였다. 조선인과 내지인의 피가 중요한 것이 아니라 일본 정신을 조선인이 어떻게 체득하는가 하는 것이 관건이라는 것이었다. 이러한 것은 대동아문학자대회에 참가하면서 더욱 증폭되었다. 장혁주처럼 혈통주의적 관점에서 내선의

---

15 위의 글.

동질성을 파악한 것이 아니고 문화주의적으로 이해하였기 때문에 일본 정신이란 것을 내세울 수 있었기에 중국 등도 끌어들일 수도 있다고 판단하였다. 중국인들도 일본 정신을 배우게 되면 하나가 될 수 있다는 논리이다. 그럴 수 있는 것은 과거 중국의 좋은 정신을 이미 일본이 채용하여 이를 적극적으로 발전시켜 오늘에 이르고 있기 때문이다. 중국은 이미 잊었거나 혹은 서양의 풍물에 사로잡혀 망각하였지만, 일본은 이를 이어받아 현재에서 실천하고 있으므로 아시아 혹은 동양의 좋은 가치를 일본정신이 수용하고 있다는 것이어서 일본의 정신을 배우게 되면 중국은 잊었던 과거의 자신을 새롭게 발견하게 된다고 할 수 있다. 이광수는 "동아적 모든 문화의 연원은 전부가 일본화되어 일본에 보존되어 있다"라는 논리를 기반으로 일본 정신을 내세웠고 이를 동아를 통합할 수 있는 근거로 제시하였다. 이러한 논리는 비단 중국에만 국한되지 않는다. 석가의 인도에도 적용할 수 있다. 인도의 불교와 중국의 유교가 가진 인의를 현재 일본이 보존하고 있다는 논리이다. 그러므로 현재 일본을 잘 이해하고 배우면 이것은 비단 일본만이 아니라 동양 즉 아시아를 품는 것이라는 것이다. 이로써 이광수는 '내선일체'와 대동아를 함께 끌고 나갈 수 있었다. 대동아문학자대회에서 행한 이광수의 다음 연설은 이를 잘 보여준다.

대동아 정신은 진리 자체여야 하며, 국제연맹이 만들어 낸 것과 같은 인위적이어서는 안 된다고 생각합니다. 우리는 이 대동아 정신을 이제 수립하는 것이 아니라, 발견하는 것이라고 생각합니다. 이 대동아 정신을 가장 알기 쉽게 말씀드리면 그 기조와 진수를 이루는 것은 자기를 버리는 정신이라고 생각합니다. 이를 유교에서는 인이라고 하고 불교에서는 자비라고도 말씀하고 있습니다. 일본에서는 청명심–인자라고도 말합니다. 자기를 버리는 이 정신이야말로 서양사상과 정반대의 사상으로 가장 적절한 예는 로마사상과 일본 사상의 차이에 있습니다. 로마 사상은 자기를 추구하는 사상이므로 권리 사상이 발달했지만, 일본 정신에 권리 따위는 없습니다. 개인이라는 것이 없기 때문입니다. 이 정신은 일본만이 아니라 넓게 동아 여러 민족의 사상적 기조가 되어 있는 정신입니다. 하지만 수십 년 동안 구미 사상이 이입되어 다수의 동아인은 선조로부터 전래된 이 귀중한 정신을 벗어 던지려고 열심히 노력을 계속해 왔습니다. 그리고 구미인의 이기주의 사상을 배웠던 것입니다. 구미인은 동아인에게 그 이기주의를 심어 어떤 이익을 얻었을까요. 그들은 동아 민족을 서로 반목하게 하고 분리시켜서 그 사이에서 감쪽같이 어부지리를 취했습니다. 이기주의는 단지 동아에서만 진리가 아닌 것이 아니라 인류가 사는 전세계 어디를 가더라도 진리가 아닙니다. 인간이 가야 할 진정한 길은 자기를 버리는 길이라고 믿습니다. 그렇다면 동아의 인의의 사상은 사라졌을까요. 그렇지 않습니다. 이 사상은 서양 사상의 풍미에도 불구하고 착실히 보존되어 실행되고 있었습니다. 그것은 일본입니다. 전세계에 자비를 설했던 성자는 석가이며 공자입니다. 하지만 이 자비를 정말로 행한 분은 천황 한 분을 제하고는 아무도 없다고 나는 믿습니다. 일본인은 천황께서 자비를 행하시는 이 일에 힘을 바쳐 익찬해 올리는 것이 원칙입니다. 그것이 일본인의 생활 목표라고 믿습니다. 그러므로 일본인에게는 개인주의는 없습니다. 개인의 인생 목표는 없습니다. 인생 목표를 가지고 계신 분은 오직 천황 한 분이실 뿐입니다. 일본인은 이렇게 믿기 때문에 자기를 완전히 멸하고 있습니다. 이는 석가의 공적(空寂)에 통하며 공자의 인(仁) 사상의 궁극적인 지점이라고 믿습니다. 자기의 모든 것을 천황께 바치는 것을 일본 정신이라고 합니다. 또 천황께서 자비를 행하시는 것을 황도라고 합니다. 천황은 황도, 우리 신민은 신도입니다. 자기를 바치고 자기를 버리는 이 정신이야말로 인류의 도중에서 가장 높고, 또 완전한 진리에 가까운 것이라고 생각합니다. 왜냐하면 우리의 목표, 일본인으로서 우리의 목표는 미영처럼 자기 나라의 강대를 꾀하는 것이 아니라 이 세계 인류를 완전히 구원하는 데에 있기 때문입니다. 이는 역사를 통해 유례가 없는 일입니다. 그리고 이 목적을 달성하는 것은 우리 개인이 아니라 천황이십니다. 우리는 이 천황을 익찬해 드리면서 죽은 것입니다. 저는 자신을 완전히 버리고 자기를 모두 바친다는 정신이야말로 대동아 정신의 기본이 되지 않으면 안 된다고 생각합니다. 이곳은 국제적인 회의장이므로 제 말씀에 어쩌면 국제적 예의에 어긋나는 점이 있을지도 모르겠습니다. 하지만 지금은 국제적 예의를 운운할 시기가 아니라고 생각합니다. 지금은 전쟁중입니다. (박수) 여기 모이신 분들은 문학자입니다. 양심에 사는 문학자가 구구하게 하찮은 것에 구애된다면 진정한 문학자라고는 할 수 없습니다. 마지막으로 한 마디 더 첨가하겠습니다. 그것은 아무리 이 정신이 훌륭해도 이를 공중에 현현할 수는 없다는 것입니다. 자기를 완전히 버리는 이 훌륭한 정신을 현현하기 위해서는 국토와 민중이 필요합니다. 그 국토는 아시아이며 그 민중은 즉 십억의 여러 민족입니다. 어떻게 해서든 이 전쟁에서 이기지 않으면 안 됩니다. 그러므로 중화민국이나 만주국에서 오신 분들, 또 여기 계시지 않은 아시아 여러 민족들도 우선 이 전쟁에서 이길 수 있도록 하나가 되시지 않으렵니까. 그리하여 이 아름다운 정신을 동아에 현현하고 극락처럼 아주 살기 좋은 아시아를 건설하지 않겠습니까. (박수)[16]

---

16 이광수, 「東亞精神のに樹立に就いて」, 『大東亞』, 1943.3. 번역은 김원모·이경훈 편역, 앞의 책, 275~277쪽.

인도와 중국의 사상이 일본에 전해져 현재 잘 보존되어 있다는 논리로 대동아를 아우르려는 이광수의 생각은 이전의 그의 생각과는 많이 다르다. 하지만 이광수는 현실 즉 대동아를 일본 제국의 영향권 하에 두려고 하는 일본의 생각에 거스르지 않으려고 했기에 자기의 생각을 수정하였다. 이 정신의 탄력성이야말로 이광수의 사유의 한 특징이기도 한 것이다. 하지만 이광수는 이 대동아를 한 묶음으로 하려고 한 나머지 천황의 황도를 강조하게 되는데 이는 중국이나 만주국 등지에서 온 사람들에게는 상당한 거부감을 줄 수 있기도 하였다. 당시 대동아문학자대회를 조직한 이들 중에서는 이러한 차이를 충분히 인정하면서 느슨하게 대동아 문학자들을 묶으려고 하는 작가들이 있었는데 이들이 보기에는 이광수의 이러한 생각은 매우 위험하였다.

　　이 시기의 이광수의 이러한 생각을 잘 드러내 보여준 소설이 「대동아」이다. 이 작품에서 이광수는 카케이 박사의 입을 통하여 자기 생각을 펼치고 있다. 일본인 카케이 박사가 중국인 범우생을 어떤 논리로 설득시키고 있는가 하는가를 살펴보자.

　　우선 대동아문학자대회 이후 달라진 것은 '내선일체'의 동질성에서 벗어나 중국을 비롯한 아시아 전체가 공동의 운명체라는 인식이다. 그동안 이광수가 매달렸던 것은 줄곧 '내선일체'의 동질성이었다. 하지만 이것으로는 사태를 파악할 수 없다는 한계를 느끼면서 개발한 것이 바로 아시아의 공동운명체론이다. 다음 소설의 대목에서 카케이 박사가 하는 말은 거의 이광수의 것이나 다름없다.

　　범군. 자네 마음은 잘 아네. 그러나 내가 자네에게 하고 싶은 말은 일본인도 지나인도, 아니 아시아 모든 민족이 모두 동종, 형제라는 것, 공동운명체라고 할 수 있다는 말일세. 입술이 없으면 이가 시리다는 순치보차라는 말 이상의 관계라는 것을 알아야 해. 일본 없이는 지나가 존재하지 않는 것처럼, 아시아가 영미에게 점령당한다면 일본도 없는 거나 마찬가지야. 아시아 민족이 하나로 뭉치지 않고는 영미의 맹아에서 벗어나 밝은 아시아의 미래를 실현할 수는 없어. 장개석이 일본을 무찌르고 지나를 재건하겠다는 것은 착각이야. 정말 불행한 착각이지. 범군, 자네 조국과 일본은 사이가 좋으면 일어나고 다투면 넘어지는 상관관계에 있어. 이걸 공동운명체라고 하자. 운명공동체라는 말이 더 적절할지도 모르겠군. 자네 조국의 영토를 빼앗고 자네 조국을 넘어트리고 일본만 일어나려는 야심이 아니라는 것은 고노에 성명으로 분명해졌잖아. 자네는 고노에 성명을 알고 있겠지?[17]

하지만 이러한 논리로는 범우생을 설득시키기 어려울 뿐만 아니라 이광수 자신도 내적인 연속성이 사라진다. 그동안 주장하였던 '내선일체'의 동질성 하에서 일본 정신을 닮아가야 한다고 주장했는데 어떻게 중국이 일본과 같아질 수 있겠는가? 이광수는 자신의 논리 내부에서 혼란을 느낄 수밖에 없었다. 그러므로 고대 일본과 중국을 하나로 묶을 수 있는 논리를 개발해야 한다. 물론 이것은 많은 희생을 얻은 후에 가능한 것이다. 그동안 '내선일체'의 동질성을 주장할 때 자주 써먹은 것이 바로 동조동근론이다. 이 동조동근론의 핵심은 고대에 일본과 조선은 하나였다가 조선이 중국화되면서 이질화되었다는 것이다.

그런데 일본의 식민지 이후 조선인들이 일본정신을 배우기 시작하면서 다시 원래대로 '내선일체'의 동질성을 회복할 수 있었다는 것이

---

17 김재용·김미란 편역, 『식민주의와 협력』, 역락, 2004, 20~21쪽.

다. 그런데 고대에 일본과 중국이 하나였고 중국의 정신 즉 예를 일본이 물려받아 보존한다는 것은 앞뒤가 잘 맞지 않는 것일 수 있다. 이광수는 이 대목에서 스스로 자기비판을 하지 않고 슬그머니 '대동아공영론'에 맞는 논리를 새롭게 구사하는 것이다. 중국에서 버려진 것을 일본이 보존한다는 새로운 일본 정신론을 바탕으로 일본과 중국의 운명공동체를 설파한다.

그렇네. 아시아는 예로 돌아가야 해. 아시아 사람들 모두 원래 예를 존중하는 민족이었으니까. 법을 무시한다는 말이 아냐. 법의 근본이 바로 예에 있다. 이것이 바로 아시아의 진짜 모습이야. 자네는 자네 나라의 주례(周禮)라는 것을 알고 있을 거야. 공자님도 예로써 예를 다하면 부끄러움을 두려워하지 않는다고 했네. 이는 차선을 말한 거야. 그 다음에 공자님은 예로서 이를 다스리고 이를 다스리는 것을 정으로 한다면 부끄러움이 있다고 했네. 즉 공자님은 정(政)과 형(刑)의 정치를 하(下)로 보고 예와 정의 정치를 이상으로 삼았지. 그러나 유감스럽게도 공자님의 이상은 자네 나라에서는 퍼지지 못해 상앙(商鞅)과 관중(管仲)의 정치를 이상으로 할 뿐이었네. 자네 아버님도 그렇게 말씀하셨지. 영미의 간계와 이욕이 이상이 되어 자네 같은 지식층 사이에 유행하였지. 예는 자네 조국에서는 존재하지 않아. 간계와 이욕 뿐이네. 이것이 바로 영미 사상의 진수지. 영미는 간계와 이욕으로 손쉽게 자네 선배들을 낚은 거야. 무슨 생선처럼 낚아 버린 것이지. 장개석 일파는 지금도 날카로운 낚시바늘에 꿰인 먹이를 무는 것이 바로 구원의 길이라고 생각하고 있어. 그러나 일본은 간계를 몰라. 이욕과는 거리가 멀어. 일본의 정치에는 민중을 속이는 간계라는 것이 없어. 정은 정, 부정은 부정이다. 국가는 거짓말을 하지 않아. 국민은 솔직하게 국가를 믿네. 바로 이것이 일본 국민이라서 국제관계에 있어서도 정직하지. 그래서 일본은 잘 속아. 잘 속지만 일본은 다른 나라를 속일 수가 없네. 이게 소위 일본인의 도의성이지. 그래서 영미는 일본을 속이기 쉽다고 생각하고 있네. 그러나 말일세. 일본인은 결코 부정을 용서하지 않아. 일본은 정의가 아니라고 생각하면 검을 빼들고 일어서지. 이욕에 눈이 멀어 나서는 영미와는 근본적으로 다르다는 말이지. 자네 나라는 일본의 이런 성격을 파악하지 못한 거야. 그래서 진짜 친구, 정직한 형제를 적으로 돌려 교활한 영미의 먹이에 걸려 지나사변이라는 사건을 일으킨 거야. 여우같은 적에게 홀려 형제를 배반하는 거야. 자네들은 예로 돌아가지 않으면 안 돼. 예의 눈을 통해 일본을 다시 바라봐야 하네. 그럼으로써 자네의 조국도 아시아도 구원을 받는 거야. 자네들은 일본의 예, 즉 일본의 도의성을 확인하고 일본을 솔직하게 받아들이면 되는 거야. 그리고 과거의 역사에 대한 오만함을 버리고 일본의 우월성과 지도력을 솔직하고 겸허하게 받아들여야 해. 자네 조국의 과거의 영광은 지금 자네들의 영광이 아니야. 그건 조상의 영광이네. 자네들은 지금부터 자네들 자신의 영광을 스스로 쌓아올리지 않으면 안 돼. 그건 결코 과거를 그리워하며 현실에서 눈을 돌리는 것이 아닐 거야. 이 모든 것은 결국 거짓이니까. 있는 대로의 현실을 직시하는 것이야말로 진짜 용기야. 바로 그게 예다. 알았나? 극기복례(克己復禮)라는 말이 있지. 아시아의 모든 민족은 극기복례의 자기 수련을 바로 시작하지 않으면 안 돼. 바로 여기에서 아시아의 운명공동체가 번성하는 거야. 일본이 절규하고 있는 대동아 공영이라는 것이 바로 이거야. 이욕 세계를 타파하고 예의 세계를 세우는 것이네. 일본은 진심이야. 피로써 대의를 실현할 각오로 있어. 영미가 여전히 동양 제패의 헛된 꿈을 버리지 않는 한, 일본은 반드시 영미를 타파하기 위해 일어날 거야.[18]

범우생은 카케이 박사가 말한 일본 정신을 믿고 조국으로 돌아갔다가 일본이 영미와 싸울 뿐만 아니라 필리핀 등을 미국의 손에서 빼앗아 독립시켜주는 것을 보면서 다시 일본으로 돌아온다. 범우생이 카케이 박사와 하나 될 수 있었던 것은 일본 정신이다. 범우생이 일본을 떠나기 직전에 카케이 박사와 나누는 다음 대목에서 나오는 일본 정신을 무심코 넘길 수는 없을 것이다.

"선생님, 저 지나로 돌아가겠습니다."
라고 선언했다.
"뭘 위해 돌아간다는 거지?"
카케이 박사는 놀라지 않았다.
"뭘 위해서인지는 모르겠습니다. 그냥 이렇게 편하게 있을 수 없습니다. 조국이 부르는 소리가 귀에서 떠나지 않습니다. 그래서 돌아가려고 합니다."
범은 침통한 얼굴로 말했다.
"그렇지만 자네 아버님은 전쟁이 끝날 때까지 내게 자네를 맡겼네."
"선생님, 저는 일본 정신을 배웠습니다. 일본 정신에서 보면 아버지보다는 조국이 더 중요합니다. 그래서 돌아가려는 겁니다."
"돌아가서 어쩌려고? 병사가 되어 일본과 싸우겠다는 말인가?"
"그건 잘 모르겠습니다. 제가 유일하게 말씀드릴 수 있는 것은 선생님께 배운 것을 몸으로, 생명으로 실행하고 싶다는 것뿐입니다."
카케이 박사는 잠시 눈을 감고 범의 의중이 무엇인지 생각해 보았지만 그럴 필요가 없을 것 같아,

---

18 위의 책, 23~24쪽.

"그래. 그렇다면 말리지는 않겠네. 그러나 예만큼은 잊지 말게."
라고 부드럽게 말했다.

대동아를 일본 정신으로 묶으려고 하는 이광수의 열정이 이 작품에서 잘 드러난다. 과거에 중국을 배제하면서 '내선일체'를 주장하던 때와는 매우 다른 것이다. 어떻게 하면 중국을 동양의 틀에 묶어낼 것인가가 이 시기 이광수에게는 가장 첨예한 문제였다. 하지만 이광수의 머릿속에는 인도도 묶으려고 하였는데 이는 산문에서는 드러나지만, 소설에서는 드러나지 않았다.

4. 학병동원과 일본어 글쓰기의 강화

이광수는 학병 동원을 결전기의 시작이라고 보았다. 만약 일본 제국이 여유가 있다면 결코 대학생만큼은 군사 동원하지 않았을 것이다. 전후에 부흥해야 할 사회를 위해 군사력이 부족할 때에도 대학생만큼은 징집을 유예하였다. 그런데 제국 일본이 이 학생들의 징집 유예를 정지하고 이들을 전장에 끌고 나가겠다고 선포한 것은 그만큼 일본이 전쟁에서 심하게 패배하고 있다는 것을 반증하는 것이다. 당시 많은 비협력의 문학인들은 이 대학생의 징집 유예를 목격하면서 새로운 희망을 읽기 시작한 것도 바로 그러한 이유였다. 이제 일본의 패망이 멀지 않았다는 것이다. 김사량이 징집 유예를 보면서 일본의 패배를 점치고 1944년 동아시아와 세계의 정세를 살피기 위하여 여름에 상해로

가서 한 달간 머물렀던 것은 유명하다. 이외에도 많은 문학가들이 일본의 패배를 예측할 수 있었다. 그런데 이광수처럼 협력을 자처하고 나선 이들은 이것을 큰 위기로 직감하고 필사적으로 전쟁 동원에 뛰어들었다. 일본 제국이 대학생들의 징집 유예를 결정한 다음날 발표한 시「정지」는 그 출발이다.

> 정지, 정지, 정지!
> 폐하는 것은 아니다. 정지다.
> 결전이 끝나고 승전하기까지 정지다.
> 전력 증강에 관계없는 일은 모무 정지다.
> 결전이 끝나고 승전하기까지 정지다.
> 저택조성, 분묘장식, 회갑, 회혼, 생신
> 전승축하의 그날까지의 모든 축하
> 새 의복, 장신, 주연, 모두 정지다.
> 모든 개인적인 것, 사적인 것,
> 불긴불급의 것은 모두 정지다.
> 자진정지다. 일제정지다. 즉각정지다.
> 그리하여서 남는 노력 재력 심력을
> 모두 바처라— 결전의 전력에!

이광수는 그 이전보다 더욱 더 활발하게 창작활동을 한다. 특히 이 시기에는 조선어로 창작할 뿐만 아니라 일본어로도 열심히 작품을 발표하였다. 일본에의 협력을 맹세한 '결의'를 한 직후에도 일본어 작품을 발표한 바 있다. 『心相觸れてこそ』(『綠旗』, 1940.3~7)는 중간에서 끝

나버려 완결되지는 못하였지만 '내선일체'를 강조하려고 쓴 작품이다. 그 이후 일본어 창작을 하지 않던 이광수는 학병 동원이 시작된 결전기에 이르러 다시 일본어 창작을 하였고 줄곧 작품을 발표한다. 그 목록을 보면 다음과 같다.

「加川校長」,『國民文學』, 1943.10.

「蠅」,『國民總力』, 1943.10.

「兵になれる」,『新太陽』, 1943.11.

「大東亞」,『綠旗』, 1943.12.

『四十年』,『국민문학』, 1944.1~3.

「元述の出征」,『新時代』, 1944.6.

「少女の告白」,『新太陽』, 1944.10.

목록만 보아도 이 시기 이광수가 얼마나 일본어 창작에 매진하였는가를 알 수 있다. 결전기에 힘을 쏟은 것은 오로지 전쟁에의 독려였다. 지원병과 징병을 거쳐 이제 학도병으로 나가라고 권유하고 다닌 것이다. 이렇게 함으로써 전쟁에서 승리하는 데 일정한 기여를 할 수 있다고 생각했을 것이다. 물론 이 시기 이광수는 전쟁에의 승리가 단순히 전쟁에 군인으로 나가는 것만은 아니라고 생각하였다. 근로봉사와 같은 후방에서의 일도 전방 못지않게 중요하다고 생각하였다.

일본어 소설 「파리[蠅]」(『國民總力』, 1943.10) 는 이러한 지향을 잘 보여주는 작품이다. 나이가 들어 근로 봉사에도 나갈 수 없게 된 중년의 남자가 동네의 파리를 잡다가 앓아눕는 이야기이다. 전쟁에 이기는 것은 비단 전장에 나가는 것만이 아니라 후방에서 생산을 증산하는 것이라

는 점을 강조하는 것이다. 동네 파리를 잡았기 때문에 동네 사람들이 편안하게 근보봉사를 할 수 있게 되고, 이는 곧바로 전선에 있는 병사들을 돕는 것이라는 점을 강조하는 것이다. 이 시기에 쓴 소설들은 하나같이 이러한 전쟁을 독력하는 것들이다. 「원술의 출정元述の出征」(『新時代』, 1944.6) 역시 전쟁에서 죽는 것을 미화한 작품이다. 신라시대의 원술을 통하여 남자가 군대에 나가 죽는 것이 얼마나 당당한 것인가를 보여주려고 하였다.

이광수는 일본어 창작도 하였지만 조선어도 창작을 하였다. 조선총독부는 1943년 무렵부터 언어정책을 변화시켰다. 그 이전에는 무조건 일본어로 창작하고 읽을 것을 주문하였지만 이 무렵부터는 지식인이 접하는 매체와 일반인이 대하는 매체 사이에 구분을 짓기 시작하였다. 지식인들이 접하는 매체에서는 계속하여 일본어로 창작할 것을 요구하였지만, 일반인들이 보는 매체에서는 조선어로 쓸 것을 주문하였다. 일본 제국의 국책을 선전해야 하는데 대부분의 조선인 일반인들은 일본어를 모르기 때문에 쇠귀에 경 읽기였다. 대안으로 내세운 것이 바로 조선어로 창작하고 읽는 것이었다. 농민들이 보는 잡지였던 『반도지광』 잡지가 마지막까지 조선어로 된 것이라든가 「두 사람」이 발표된 『방송지우』 잡지가 조선어로 된 것이 그러하다. 처음에 조선 총독부는 경성방송국에서 조선어 방송을 금하였다. 하지만 일본어를 모르는 일반인들에게 선전하기 위해서는 조선어 방송이 불가피하여 다시 재개하였다. 바로 이 방송에 나갈 원고이기에 이 잡지에 실리는 것들은 하나같이 조선어였던 것이다. 기본적으로는 일본어로 창작을 했지만 이렇게 일반인 조선인들을 향해서 말을 할 때는 조선어로 썼던 것이다. 조선어에 대한 애정이나 보존과는 아무런 관련이 없었던 것이다.

『방송지우』에 1944년 8월에 발표한 조선어 작품 「두 사람」도 마찬가지이다. 홀로 둔 어머니의 자식이 징병 검사에서 당당하게 갑종을 맞고 기뻐하는 이 작품 역시 전쟁 독려이다.

또 다른 조선어 소설인 「반전」(『일본부인』, 1945) 역시 결전기의 작품이다. '갱생소설'이라고 부제가 붙어 있어 더욱 흥미롭다. 앞서 시 「정지」에서 강조한 것처럼 모든 허례허식을 정지해야 한다고 했는데 이 작품 역시 이를 강조한 것이다. 좋은 직장과 월급만을 기다리던 이들이 이제는 시국을 걱정하면서 절약하는 것이다.

일본이 전쟁에 패하고 조선이 독립을 하게 되자 이광수는 매우 난처한 상황에 처하게 되었다. 조선의 독립은 불가능하고 일본 제국이 아시아를 지도할 것이기에 조선은 하루 빨리 피와 살이 일본인이 되는 길밖에 없다고 했던 자기의 예측이 빗나갔기 때문이다. 자기의 선택이 민족을 보존하는 것이여 민족을 위한 것이라고 변병을 늘어놓았지만 아무도 그의 이야기를 들으려고 하지 않았다. 다시 속을 수는 없었기 때문이다. 반민특위에 걸려 고생을 하면서도 자신의 주장을 포기하지는 않았지만 현실적으로는 공허하였다. 냉전의 틈바구니에서 생존의 새로운 길을 모색했지만 그것조차 여의치 않고 한반도에서 사라지고 말았다.

'부흥'과 불안 염상섭 「숙박기」(1928) 읽기

가게모토 츠요시

1. '부흥'의 빛과 학살의 어둠

1923년 9월 1일의 지진 이후, 도쿄는 폐허가 되었지만 급속히 '부흥(復興)'했다. '부흥'은 재건(reconstruction)이라기보다 르네상스(Renaissance)에 가까운 개념으로, 원래 있던 것의 복원을 넘어 크게 성장시키는 것을 뜻한다. '부흥'은 재건이나 회복의 차원을 넘어 완전히 다른 신세계를 만들어내려는 것이다. 동시대 문학자의 표현을 빌리면, 지진 직후 "표현과 회화"[1]가 된 도쿄는 일 년 후에는 "지나치게 부흥"했다.[2] 지진 후 일본 정부와 사회가 내세운 '부흥'에는 재건을 넘어서는 것의 건설이라는 의미가 있었으며, 거기에는 항상 이데올로기적인 허구성이 필

---

1 田山花袋, 『東京震災記』, 東京 : 社會思想社, 1991, 32쪽.
2 夢野久作, 「一年後の東京」, 惡麗之介 편, 『天変動く 大震災と作家たち』, 東京 : インパクト出版會, 2011, 203쪽.

연적으로 포함되었다. '부흥'이라는 말이 나타날 때마다 항상 무엇이 숨겨져 있는가를 봐야 한다. '부흥'이라는 목적을 위해 사상(捨象)된 것들을 보려는 작업은 빛에 가려진 어둠을 보는 일이다.

지진 후 다이쇼大正 천황은 '부흥'을 호소했다. '부흥'이 천황의 말이기도 했다는 것은 중요하다. "문화의 초복(紹復), 국력의 진흥은 모두 국민의 정신을 기다리고 있다"[3]는 천황의 글에서 '일본국민'의 정신이 어디로 향해야 하는지 규정되었다. 그러나 이 글은 다음에 천황이 될 황태자(나중의 쇼와昭和 천황)가 쓴 것이었으며, 이 글은 다이쇼 데모크라시라고 불리는 일련의 민주주의 운동에 대한 박멸 선언이기도 했다. '부흥'의 의미는 다이쇼 데모크라시운동을 단절시키는 측면을 가졌다. 실제로 당시 사회주의운동 진영의 논객들의 글을 다수 실리던 잡지 『가이조改造』에는 지진 후 '노농노서아', '마르크스', '사회주의' 등의 문구가 사라지며, '부흥'을 전면으로 내세우게 된다.[4] 이는 '부흥'을 향해야 한다는 사회적 분위기를 가속시킨 사례이다. 또한 지진 다음 해인 1924년에는 황태자의 결혼이라는 '경사'가 있었다. 즉 '부흥'과 천황일가의 '경사'는 맞물리면서 수행되었다는 것이다. 물론 그 이면(裏面)에는 1923년 12월의 도라노몬(虎ノ門) 사건(황태자 습격사건)이 있었으며, 그 범인인 남바 다이스케[難波大輔]에 대한 사형(판결 익일 집행)이 있었다. '부흥'이란, 지진 전에 있었던 민주주의운동을 박멸하고, 천황일가에 대한 '국민적' 믿음을 '부흥'시키는 것에 다름이 아니었다.[5] 지진 후의

---

3 "文化ノ紹復, 國力ノ振興ハ皆國民ノ精神ニ待ツヲヤ"(「國民精神作興ニ關スル詔書」, 1923. 11.10). 池田浩士, 『死刑の昭和史』, 東京 : インパクト出版會, 1992, 29쪽에서 재인용.

4 黒川伊織, 『帝國に抗する社會運動-第一次共産党の思想と運動』, 東京 : 有志舎, 2014, 58쪽.

5 이 부분의 역사 기술에 관해서는 다음 책을 참조했다. 池田浩士, 앞의 책; かわぐちかいじ・竹中勞, 『新裝版 黒旗水滸伝』(전 4권), 東京 : 皓星社, 2012.

부흥이 가지는 르네상스적인 측면이란 기본적으로 천황을 정점으로 한 위계질서의 재편으로 파악해야 한다.

한 사례로 '부흥'을 묘사한 일본 소설을 참조해보겠다. 1931년 3월 15일부터 4월 16일까지 『미야코신문都新聞』에 연재된 미나카미 다키타로水上瀧太郎의 『긴자부흥銀座復興』은 무엇이 '부흥'되었는가를 여실히 보여준 소설이다. 폐허가 된 도쿄의 최대 환락 지역이던 긴자에서 문을 연 '하치마키'라는 술집의 주인은 "우리 집 옷장이나 옷은 타버려도 상관없지만, 천황 폐하께서 내려주신 훈장을 재로 만드는 건 죄송스러우니까 훈장만 가지고 피신했어요. 이것만큼은 돈 따위로 살 수 있는 게 아니라서"[6]라고 말하면서, 액자 속에 있는 훈장을 우러러본다. 그리고 그 술집에 모이는 사람들은 다음과 같이 말한다. "부흥 못 할 거라고들 하는데, 보란 듯이 부흥하는 걸 보여주지. 일본인이잖아."[7] "대일본제국만세" "긴자부흥만세."[8] 이러한 말은 '부흥'이 무엇을 향한 '부흥'인지를 잘 보여준다. '부흥'은 일본인의 노력에 대한 이야기로 귀결되었으며, '부흥'의 배경에는 천황이 있으므로 사람들이 노력할 수 있다는 것이다. 즉 '부흥'은 질서 자체가 무너진 것에서부터의 '부흥'인 것과 동시에 천황일가에 대한 믿음이 흔들리던 다이쇼 데모크라시 운동에서부터의 '부흥'이기도 했다. 즉 '대일본제국헌법' 제1조에서 명시된 통치자로서의 천황[9] 아래에서 각자에게 부여된 지위로 자주적으로 들어가, 그 질서에 어울리면서 힘차게 나아가자는 의미가 담겨져 있었다.

9월1일의 지진으로 인해 도쿄의 모든 것이 폐허가 된 후, 즉 질서 역

---

6   水上瀧太郎, 『銀座復興』, 東京 : 岩波書店, 2012, 23쪽.
7   위의 책, 30쪽.
8   위의 책, 116쪽.
9   "대일본제국은 만세일계(万世一系)의 천황이 통치한다"(대일본제국헌법 제1조).

시 붕괴한 후, 사람들은 왜 '부흥'의 길로 나아갔는가. 불안을 해소해야 했기 때문이다. 불안이라는 감정은 대상에 대한 부정으로는 정리시킬 수 없는 데에서 발생한다. 불안은 대상에게 잠식당할 수 있다는 예감을 수반한다. 예감이라는 점에서 불안은 항상 미래시제를 포함한 감정이다.[10] 그러나 '부흥'은 그러한 불안을 과거의 일로 정리하며 미래에 대한 불안을 없앤다. 거꾸로 말하면 불안을 해소하기 위해서는 '부흥'을 따라가야 한다는 것이다. 따라서 '부흥'이라고 말하기 위해서는 폐허나 붕괴상태를 시간적인 과거로 바라보아야 한다. 그러한 단선적인 시간에 모든 사람이 따라가야 하며 그렇지 못하면 '부흥'이라는 말이 성립되지 않는다. 그런데 사람들은 불안을 해소하기 위해 '부흥'에 따라가려고 하며, '부흥'에 따르지 않는 존재와 접할 때 불안을 다시 느끼게 된다. '부흥'이라는 말이 가지는 의미는 붕괴상태를 끝내야 한다는 것이며, 불안을 끝내야 한다는 것이다.

'부흥'에는 빛만 있는 것이 아니며, 빛에 가려진 어둠 역시 존재한다. 황태자의 결혼이라는 빛은 황태자를 죽이려 한 남바 다이스케의 모습을 보이지 못하게 했지만, 이러한 빛에 가려진 것 중 하나가 조선인 / 중국인 / 오키나와인 / 동북인 등 비-일본인으로 간주된 사람들에 대한 학살이었다. 이 학살의 원인은 천황을 가장 높은 곳에 위치시키는 위계질서의 흔들림에서 찾을 수 있다. 지진으로 위계 자체가 깨지며 흔들렸기 때문에 학살이 일어났다. 학살은 질서를 재정립시키기 위한 폭력과정이던 것이다. 붕괴상태는 위계질서 자체를 위기로 만들었으며, 모든 사람이 서로를 적이라 인식하게 된 상황을 불러왔다.[11] 그때

---

10 프로이트, 김숙진 역, 『새로운 정신분석 강의』, 문예출판사, 2006, 165쪽.
11 이 상황은 결코 1923년 지진 때만의 일이 아니다.

사회적 / 국가적인 적으로 간주된 대상이 바로 조선인이었다.

학살 과정에서 일본인도 학살당했다. 이는 '일본인'을 표시하는 기호 역시 붕괴되었다는 것을 의미한다. 붕괴 상태에서는 일본인이든 조선인이든 자신의 속성을 표시할 수단이 없어지기 때문에 "야 주고엔 고쭛셴이라고 말해봐!"라는 심문을 통해 '일본인'으로서의 징표를 내어 놓기를 요구받았던 것이다.[12] 그때 핵심인 것은 말의 내용이 아니라 '발음'이다. 학살의 현장, 혹은 학살 직전의 현장에서 일본어는 의미 내용으로 소통되기 전에 발음 단계에서 '일본인 / 비-일본인'을 분별하는 장치로 기능했다는 것이다. 의심스럽다고 간주된 사람이 의심받을 객관적 근거는 없었다. 왜냐하면 말의 소통 가능성은 애초부터 배제되었기 때문이다. 근거는 오로지 '의심스럽다'고 느끼는 심문자들의 주관적인 판단 일치에 있을 뿐이었다. 의심스러움의 근거는 오로지 '발음'에 있을 뿐, 객관적인 근거가 발생가능한 영역은 아예 사라진 것이다. 발음으로 인해 살인이 정당화되는 현장에서는 언어가 소리로 전락해버린 질서의 붕괴가 있는 것이다.[13] 일본인 / 조선인의 위계가 붕괴된 장에서, 즉 일본인이 일본인이라는 것을 스스로 증명할 수 없는 장에서, 일본인은 폭력을 행사했다. 왜냐하면 스스로가 일본인이라는 것을 증명할 수단이 '일본인의 적'으로 보이는 사람을 죽이는 일뿐이었기 때문이다. 일본인의 불안은 조선인을 죽이는 것을 정당화 할 만큼 높아진 것이다. '부흥'은 이러한 위계질서의 흔들림이라는 불안을 '극복'하며, 위계가 흔들리던 사건을 '과거'로 삼아야 겨우 가능해진다.

---

12 金杭, 『帝國日本の閾』, 東京 : 岩波書店, 2010, 173쪽.
13 청각장애인도 조선인으로 오인당해 살해된 사례가 있었다. 小園崇明, 「關東大震災下に「誤殺」されたろう者について」, 關東大震災90周年行事實行委員會 편, 『關東大震災記憶の継承』, 東京 : 日本経済評論社, 2014, 191~208쪽.

그러나 염상섭은 「숙박기」에서 이 폐허상황을 과거로 만들지 않았다. 그는 '부흥'을 그리지 않았으며, 폐허상황이 여전히 계속되고 있음을 보여주었다. 염상섭은 아직 위계질서가 모호한 채 남겨져 있는 상황을 가시화했다. 1928년 1월에 발표된 「숙박기」를 1923년 9월의 지진과 함께 읽어야 하는 이유는, 이 소설이 4년이라는 시간적 거리를 혼란시키기 때문이다. 염상섭은 2차 도일 직후에 쓴 「6년 후의 동경에 와서」에서 '부흥'한 도쿄를 보면서 "일본인의 힘에 놀라지 않을 수 없었다"[14]고 말했다. 그러나 2차 도일을 마치고 조선에 돌아온 후에 쓴 「숙박기」에서는 밝은 도쿄의 이미지는 아예 사라졌다. 염상섭이 지진 후 '부흥'하는 도쿄에서 생활하면서 어떤 불안을 예감했는지를 「숙박기」는 보여준다. 「숙박기」에서는 학살과 같은 육체적 폭력사건은 나타나지 않다. 그러나 육체적 폭력으로 언제든지 이행될 수 있는 불안이 거듭 그려졌다. 일본인에 대해서는 다시 일본인의 위계가 붕괴될 수 있다는 의미로, 반면 조선인에 대해서는 다시 학살당할 수 있다는 의미의 불안이 소설에서 반복되었다. '부흥'했으며 다시 위계질서가 안정됐다고 안심하는 일본인을 불안하게 만들며, 조선인 역시 그러한 '부흥'의 세계에서 살지 않겠다고 말하는 소설로 「숙박기」를 읽을 수 있다. 일본인에게 불안을 해소해주는 '부흥'이 조선인에게는 불안의 원천이다. 따라서 '부흥'을 받아들일 수 없는 것이다.

염상섭에 대한 선행연구에서 「숙박기」는 몇 가지 인상적인 구절이 인용된 경우가 많았으나, 작품 자체는 전집에 수록되었음에도 불구하고 지금까지 본격적인 주목을 받지 못해 왔다. 선행연구를 살펴보면 다

---

14 염상섭, 「6년 후의 동경에 와서」, 한기형・이혜령 역, 『염상섭 문장 전집』 1, 소명출판, 2013, 486쪽.

음과 같이 정리할 수 있다. 김윤식의 『염상섭 연구』에서는 염상섭의 재도일 시절의 상황에 대해서 여러 측면을 알려주며,[15] 김경수,[16] 시라카와 유타카,[17] 장두영[18]의 연구에서는 민족차별의 문제로 이 소설이 파악되었다. 한편 이경훈[19]은 「숙박기」는 민족차별뿐만 아니라 "돈"의 문제도 함께 논의해야 한다고 제기했다. 나병철[20]은 「숙박기」가 제국주의를 비판하면서도 제국주의의 반복이 아닌 주체, 즉 타자성을 인정하는 주체를 민족으로 발견했다고 논의했다. 이는 「숙박기」에서의 조선인과 일본인의 만남을 타자성을 통해 바라본 것이다. 본고가 「숙박기」에서 착목하고자 하는 관동대지진과의 관련에 대해서는 시라카와 유타카와 장두영이 구체적으로 주목했을 뿐이다. 쌀폭동, 3・1운동, 나카츠가와 조선인 노동자 학살 사건, 광주학생운동 등을 주목해 온 염상섭에서 질서가 깨지는 순간인 관동대지진 때의 조선인 학살은 「숙박기」에서 대상화되었다. 「숙박기」에서는 학살의 계기가 된 지진이 '여진(餘震)'으로 계속 흔들리고 있다. 그러한 논의를 통해 선행연구에서는 거의 주목 받지 못해 온 염상섭에게서의 관동대지진이라는 물음을 '부흥'과 불안의 물음과 관련시키면서 논의해 나갈 것이다.

　본고가 밝히고자 하는 것은 다음과 같다. 「숙박기」는 민족차별을 수반하는 '부흥' 덕분에 불안 상태에서 빠져나온 일본인과 그 질서에 들어간 조선인의 모습을 거부한다. 그러한 거부는 학살을 미래시제로

15　김윤식, 『염상섭 연구』, 서울대 출판부, 1987.
16　김경수, 『염상섭과 현대소설의 형성』, 일조각, 2008.
17　白川豊, 『朝鮮近代の知日派作家, 苦鬪の軌跡』, 東京 : 勉誠出版, 2008.
18　장두영, 『염상섭 소설의 내적 형식과 탈식민성』, 태학사, 2013.
19　이경훈, 「완전한 귀향」, 『어떤 백년, 즐거운 신생』, 하늘연못, 1999, 232~237쪽.
20　나병철, 「염상섭의 민족 인식과 타자성의 경험」, 『근대 서사와 탈식민주의』, 문예출판사, 2001, 317~320쪽.

계속 예감하고 있는 조선인의 불안을 해소할 계기가 된다. 이는 불안을 해소하기 위한 일본인의 조선인차별과 절대로 어울릴 수 없다. 조선인이 가진 학살의 불안에서 벗어나기 위해서는 그러한 일본인들의 '부흥' 이데올로기는 거부되어야 했다. 창작에서 계속 일본인을 등장시키고, 일본을 잘 알던 염상섭이 일본의 무엇을 거절하고 있는지를 단적으로 보여주는 소설이 「숙박기」이다. 지금까지 본격적으로 논의 대상이 되지 못했던 「숙박기」가 읽혀야 할 의미는 여기에 있다.

본고의 구성은 우선 염상섭이 관동대지진을 비롯한 질서의 붕괴에 대해서 어떻게 반응했는지를 살핀다. 다음으로 「숙박기」를 자세히 읽음으로써 「숙박기」는 일본국가와 사회가 내세우려고 한 '부흥'과는 다른 모습으로 향할 길을 열었다고 논의할 것이다. '부흥'을 통해 지진에 의한 질서붕괴는 봉합되었는데 염상섭은 오히려 봉합된 상처를 건드리며 드러낸다. 그와 더불어 '부흥'이라는 말을 내세워야 할 만큼 큰 불안이 일본인에게 깔려 있다는 것을 가시화했다. 그러나 일본인의 '부흥' 때문에 조선인은 불안해지는 것이다. 그러한 양쪽의 불안을 드러내며 '부흥'에서는 결코 불안을 해소할 수 없다고 말하는 소설로 「숙박기」를 제시할 것이다.

2. 염상섭문학에서의 질서의 붕괴

염상섭은 질서에 관해서 거듭 언급해왔다. 잘 알려진 바 3·1운동에 관해서 그는 직접 격문을 썼으며, 소설 속에서도 계속 3·1운동을 대상화해왔다. 그리고 3·1운동 이전의 '쌀 폭동'에 대해서도 그는 언급했다. 3·1운동 직후 1919년 4월의 글에서 그는 다음과 같이 썼다.

> 쌀폭동과 유학생의 행동은 그 표면은 달라도 그 생존의 보장을 얻으려는 진지한 내면의 요구에 있어서는 다른 점이 없다.[21]

이는 3·1운동을 '생존'에서 보았다는 것을 알리는 대목이다. 질서의 붕괴라는 것을 민족만을 통해 설명하는 것이 아니라 생존을 위한 사건이기도 했다고 이해한 그의 생각이 보인다. 즉 이성의 영역에 의한 투쟁만으로는 3·1운동이나 쌀 폭동을 생각할 수 없다는 것이며, 억압당한 자들이 생존을 위해 질서를 깼다는 것을 생각했다는 것이다. 이는 어떠한 목적의식만으로 쌀 폭동이나 3·1운동을 파악하지 않았다는 의미에서 '불안'의 문제와 연결된다.

1923년 9월의 관동대지진 당시 염상섭은 조선에 있었으며, 마침 『동아일보』에 「너희들은 무엇을 어덧느냐」를 연재하는 중이었다. 「너희들은 무엇을 어덧느냐」의 무대 설정은 1922년이다. 관동대지진의 보도가 『동아일보』의 지면을 가득 채웠을 때에도 신문 일면(一面)에는 「너희들은 무엇을 어덧느냐」가 아무렇지도 않게 계속 연재되었다. 염상섭은 관동대지진에 직접적인 반응을 보이지는 않았는데, 2차 도일을 마친 후의 소설(「숙박기」,『무화과』)에서는 간접적으로 이를 언급하고 있다. 염상섭이 3·1운동에 대해 계속 언급하온 것과 함께, 학살이나 예외상태에 대한 그의 관심은 다시 정리될 필요가 있다. 염상섭이 「숙박

---

21 염상섭, 「조야의 제공에게 호소함」, 한기형·이혜령 편, 앞의 책, 48쪽.

기」에서 관동대지진의 '여진'을 드러냈다시피 그에게는 3·1운동의 '여진' 역시 끝나지 않고 있는 것이다. 왜냐하면 사건을 '지난 일'로 삼는 '부흥'에서는 결코 봉합되지 않은 불안의 영역을 드러냈기 때문이다. 이러한 관점에서 염상섭을 읽을 때 중요하게 부각되는 것은 바로 질서가 붕괴될 순간에 대해서 묘사한『광분』이다.『광분』은「숙박기」의 다음 해에 신문 연재된 장편소설이다.『광분』의 질서 붕괴는「숙박기」의 문제의식과 연결되어 있다.「숙박기」에서는 질서붕괴에 대한 불안이 미래시제적인 예감 상태에 있었는데『광분』에서는 실제로 질서가 순간적으로 붕괴했다.『광분』에서는 경찰 권력의 폭력으로 질서를 다시 봉합하는 모습도 그려졌다.

다음으로『광분』을 검토하면서 염상섭의 질서에 대한 의식을 살펴보겠다. 굳이 아감벤을 인용하지 않더라도 예외상태는 질서가 있는 바로 그 자리에 있다. 거꾸로 말하면 질서가 있는 자리에는 항상 예외상태가 깔려 있다. 예외상태는 질서가 붕괴할 때 얼굴을 내민다. 달리 말하면 법이나 질서가 있다는 것 자체가 바로 그 자리에 예외상태가 있다는 증거인 것이다. 염상섭은 질서가 붕괴되는 순간에 대해 인간의 행동이 의식이 아니라 감각에서 일어나는 상황이며, 스스로를 지켜준다고 믿었던 것이 없어지는 불안으로 파악했다. 인간을 행동하게 만들던 의식의 영역이 통제되지 않는 순간을 보여준 것이다.

민중은 각개로 방임할 때에 대개는 둔감이다. 그러나 집단적 행동으로 한걸음 떼놓으면 이처럼 민감한 것이었다. 그 전신이 달팽이의 촉각으로 돌변한다. 그리하여 다만 직각적으로만 어떠한 한 각도로 후벼 파고 들어가는 것이다. 그들은 혹시 의식이 몽롱할지도 모른다. 정확한 이지적 판단을 내릴 여가가 없을지도 모른다. 그러나 마치 경주하는 사람이 신호를 할 일 초 전에 마음먹었던 목표로 향하여 전후불계하고 돌진하듯이 떼놓은 발을 갈 데까지 가지 않으면 머물 줄을 모르는 자기 자신도 모를 괴상한 힘이 솟는 것이다. 그러면서도 경마가 결승점에 저절로 달려오듯이 길이 빗나가는 일 없이 오고야 마는 것이다.[22]

인용은 『광분』에서 학생들이 문서를 뿌리려 한 9월 1일의 경성 시내 모습이다. 그 날 사람들은 "몽롱"해지고, "달팽이의 촉각"으로 돌변했다. 즉 뇌가 명령해서 행동하는 것이 아니라, 온몸의 신경이 뇌를 거치지 않고 곧바로 행동으로 반사(反射)되는 신체를 가졌다는 것이다. 이는 뇌를 통제하던 질서가 일시적으로 붕괴했다는 것이다.

이 소설에서 묘사된 9월 1일은 관동대지진이 일어난 날이었다. 『광분』의 무대 설정이 1929년인데,[23] 1929년 9월 1일은 일요일이었다. 그러나 염상섭은 『광분』에서 공휴일인 9월 1일이 학교가 개학한 날이라고 설명한다.[24] 일요일에도 불구하고 '9월 1일'에 개학한다는 '허구'의 기표는 질서가 무너진다는 기표였던 것이다.[25] 달팽이 촉각은 인간의 의식을 대신하는 기표이다. 그런데 의식적인 인간이 의식을 잃고 '달팽이'가 될 수 있다는 것은 '부흥'에서 가려져야 하는 일이었다. '부흥'은

---

22 염상섭, 『광분』, 프레스21, 1996, 211쪽(이하 '염상섭, 『광분』, 쪽수'로 표기하겠다).
23 『광분』은 1929년 10월 3일부터 1930년 8월 2일까지 『조선일보』에 연재되었다.
24 염상섭, 『광분』, 210쪽.
25 『광분』에서 묘사된 광주학생운동 역시 시기적인 허구성을 가진다. 실제로는 가을에 일어난 일련의 사건이 『광분』에서는 6월에 일어나는 것으로 설정되었다(염상섭, 『광분』, 204쪽). 이에 대한 항의문이 9월 1일에 경복궁에서 살포된 '불온문서'였다. 이는 9월 1일이라는 상징성을 극대화시키기 위한 『광분』에서의 또 하나의 시간적 허구라고 할 수 있다.

감각적 불안을 없애는 기능을 가졌다. 염상섭이 그려낸 것은 '부흥'이 봉합한 불안이 신체를 통해 현재화하는 모습이다. 즉 '부흥'이 불안을 막을 수 없다는 것을 보여주었다. 염상섭은『광분』에서 허구의 기호를 동원하면서 잊어야 하는 붕괴 상태를 다시 의식 위에 올렸다.『광분』의 질서 붕괴는 3·1운동의 '여진'이자 관동대지진의 '여진'인 것이다.

　『광분』후반부에서는 살인 사건을 조사하는 일본의 경찰 권력이 고문하고 취조를 하는데, 이것은 폭력으로 인해 새로운 질서가 만들어질 과정을 보여준 적합한 사례이다.[26] 이 과정은 마치 지진 후의 '부흥'을 연상시킨다. 실제로 1923년 도쿄에서는 9월 2일에 계엄령이 나왔으며 법은 제한되었다. 예외상태에서는 권력이 벌거벗은 얼굴을 내민다. 계엄에서 법은 정지했지만, 국가의 명령은 중지되지 않았다.[27] 염상섭은 결코 질서의 붕괴를 긍정적으로 쓰지는 않았다. 오로지 그 상황을 드러내며, 질서 붕괴라는 불안을 '부흥'으로 봉합하지 않았으며 여전히 질서가 붕괴될 수 있는 영역을 가시화시켰다. 이처럼 염상섭의 질서의 근본을 건드리는 작업은 차별을 내포하는 '부흥'의 질서에 따라가는 것과 다른 영역을 열리는 것이다.

　염상섭은『무화과』에서 다음과 같은 의미심장한 말을 했다. "동경진재 때에 하도 속아서 지진이라면 지금도 배멀미가 나는 듯이 병적으로 얼굴이 취해 오르고"[28]라는 묘사이다. 이는 구체적인 표현은 아니지

26　『삼대』역시 후반부에 경찰권력이 등장한다. 염상섭 초기 소설인「만세전」이나「제야」에서는 경찰은 하나의 장치로 등장하지만 중기 소설들에 이르면 작품에서 서사를 정리하는 특권적 권력으로 등장한다. 경찰의 권력행사는 본고에서 논의할 일본인의 '불안'과 직결한다.『광분』,『삼대』,「유서」,「똥파리와 그의 안해」,「불똥」,「실직」등에서 나타나는 경찰권력이 이에 해당하다.

27　관동대지진에서의 '계엄'의 의미에 관해서는 金杭, 앞의 책의 제8장「국가생성의 근원 －관동대진재와 조선인학살」을 참조.

만, 무언가를 감지하고 있다는 것을 보여준다. 그러한 질서의 정지에 있는 시공간을 「숙박기」는 가시화한다. "환히뎐 등불빗이 퍼진 길거리에는 아무것도 눈에 떼이는 것이 업는것 갓타얏다"[29]는 말은 바로 「숙박기」의 변창길이 빛으로는 보이지 않는 것을 보고 있다고 알려준다.

3. 「숙박기」 읽기

1) "속앗다" – 일본인의 불안

변창길은 "집도 진재후에 세윗는지 거죽으로 보아도 정갈해보이"[30]는 집에 하숙을 정했다. 그는 하숙에서 "환영"[31]을 받았다. 그러나 환영 때문에 "저편이 뭇기도 전에 가기가 조선사람이라는 것과 이러케 신사양복을 입엇을망정 은행회사 가튼대에 단이는 사람도 아니라는 말을 제풀에 끄낼수는 업섯다."[32] 즉 이미 자신의 위치는 주인여편네가 규정한 일본인이어야 하며, 그 위치에서 벗어날 가능성이 있는 자기(조선인, 은행원이 아님)는 말할 수 없는 상황에 있다. 한국 근대문학에서 "양복은 국어에 필적하는 또 다른 에크리퀴르"[33]였다는 지적에서 논의를 한다

---

28 염상섭, 『무화과』, 동아출판사, 1995, 15쪽.
29 염상섭, 『염상섭 전집』 9권, 민음사, 1987, 315쪽(이하 이 책에서 인용할 때는 '『염상섭 전집』 9권, 쪽수'만을 표기하겠다).
30 『염상섭 전집』 9권, 304쪽.
31 『염상섭 전집』 9권, 305쪽.
32 『염상섭 전집』 9권, 305쪽.
33 이경훈, 「『무정』의 패션」, 『오빠의 탄생』, 문학과지성사, 2003, 114쪽.

면, 창길은 언어에서도 복장에서도 '일본인'으로 간주될 외면을 가졌다는 것이다. 여기에서 관계를 규정하는 주도권은 주인 쪽에 있으며, 창길이 정해진 규정(일본인)을 벗어나면 관계 그 자체가 파탄나는 것이다. 창길은 조선인이기 때문에 그 관계가 파탄날 가능성을 감지하고 있으며 그것에 대한 불안감을 가지고 있다. 표면상으로는 일본인으로 보이는 창길이 일본인이 아니라는 징표를 제출한 순간, 주인은 창길을 배제하기 시작한다. 이 배제에는 일본인과 조선인의 유사성[34]보다는, 유사하다고도 말할 수 없는 구별 불가능성이 깔려 있다. 구별 불가능성은 일본인 역시 학살의 대상이 될 수도 있다는 공포체험과, 그것을 예감하고 있는 불안과 연결된다. 이 장면에서 읽을 수 있는 것은 주인여편네와 창길이 같은 장소에서 가지는 다른 종류의 불안이다.

본 절에서는 일본인의 불안을 중심으로 논의하겠다. 일본인이 스스로 일본인이라는 것을 때마다 증명하지 않아도 일본인으로 살 수 있다는 믿음이 '부흥'을 통해 확립되면서, 일본인의 위계질서가 회복됐다. 그러나 창길과 같은 존재는 그 믿음을 흔드는 자로 간주된다. 따라서 일본인에게 일본인의 징표(일본어발음과 양복)을 가지면서 일본인의 위계로 들어간 창길과 같은 자는 일본인 자신의 일본인임을 불안하게 만든 존재인 것이다. 이러한 의미에서 「숙박기」를 민족차별의 측면[35]에서만 볼 수 없다. 일본인과 조선인이라는 미리 구분된 집단 사이의 차별관계가 아니라, 조선인과의 차별을 통해 겨우 일본인은 일본인으로서의 위치를 얻는다는 것이다. 창길이 흔드는 것은 차별을 통해서 겨

---

34 안서현, 「두 개의 이름 사이 – 염상섭 소설에 나타난 언어적 혼종성의 문제」, 『한국근대문학연구』 30호, 2014, 138쪽.
35 김경수, 「작품해설」, 『염상섭 단편선 두 파산』, 문학과지성사, 2006, 458쪽; 김경수, 『염상섭과 현대소설의 형성』, 일조각, 2008, 239쪽.

우 성립되는 일본인이라는 정체성이다. 다시 말해 일본인에게는 예외상태의 기억이 창길의 존재를 통해 다시 떠오른다. 이러한 의미에서 하숙 주인여편네는 자신을 불안하게 만든 창길을 배제해야 했던 것이다.

창길과 하숙 주인여편네와의 관계에서 중요한 것은 미리 조선인이라고 말하지 않는 조선인에 대해 일본인의 "속앗다"[36]고 느끼는 감정이다. 이 "속앗다"라는 일본인의 감정 역시 '부흥'과 불안과 관련된다.[37] "속앗다"라는 감정을 논의하기 위해서는, 그 감정을 느끼는 사람의 과거와 연관시켜 생각해야 한다. 일본인이 보기에 조선인의 징표가 눈으로 보이지 않는 창길과 같은 존재는 일본인으로 보이는 이상 일본인이어야 했다. '부흥'을 통해 겨우 세워졌다고 믿었던 질서에 맞지 않는 창길이라는 존재는 질서의 틀에 매달리는 일본인을 불안하게 만든다. 과거의 일을 과거로 봉합할 수 없다는 불안이 창길 때문에 드러난다. 이러한 의미에서 불안을 해소해주는 '부흥'이라는 믿음의 체계를 깨는 창길에 대해 "속앗다"고 느끼는 것이다.

"속앗다"는 감각을 더욱 생각하기 위해 '미안하다'는 감각과 대비시켜볼 수 있다. "속앗다"라고 하면서 창길을 차별적으로 대우한 것에 비해, '미안하다'는 완전히 반대의 의미이다. '미안하다'는 과거의 자기 행동에 대해 다시 생각하려는 현재의 의도가 있으나, "속앗다"에서 과거의 자기 행동은 오로지 '지나간 일'이어야 한 것이다.[38] '미안하다'는 사건에 대해서 능동적으로 반응하려고 하는 말이다. 그러나 "속앗다"라

---

36 『염상섭 전집』 9권, 308쪽.
37 '속았다'와 관련해서 도미야마 이치로의 논의를 참조했다. 富山一郎, 『增補 戰場의 記憶』, 東京: 日本經濟評論社, 2006. 특히 2장 「전장동원」 제6절 「전장」을 참조.
38 위의 책, 141쪽; 吉見義明, 『燒跡からのデモクラシー 草の根の占領期体驗』(上卷), 東京: 岩波書店, 2014, 138쪽 이하.

는 감정에는 과거의 자신의 행동에 대한 합리화 / 정당화가 있다. "속앗다"는 봉합되어야 했던 과거를 다시 눈앞에 제시한 것으로 인해 다시 불안해지는 감정이다. 그러한 봉합이 '부흥'의 모습이자 이데올로기였다. 일본인들은 새로운 위계질서를 얻으면서 폭력의 기억을 봉합해야 했다. 물론 이때 '폭력'이란 조선인에 대한 폭력이며, 이는 동시에 일본인 스스로가 조선인으로 오인당해 학살당할 수 있다는 불안과 연결된다. 그러나 위계질서도 봉합된 기억도 엉망으로 만든 자가 창길이었다. 일본인의 "속앗다"라는 감정이 '부흥'과 불안과 관련되는 이유는 이것이다.

2) 주인여편네의 불안

주인여편네가 창길을 일본인으로 오인하는 것은 자기 스스로가 조선인으로 오인당할 가능성과 바로 연결되었다. "속앗다"라는 감정은 일본인 스스로가 일본인이 아니게 될 수 있다는 불안에서 나온 것이다.

창길이 일본인이 아님이 밝힌 것은 '변(卞)'이라는 한자 때문이었다. 주인여편네는 이 한자를 글씨로 인식하지 않으며, 모양으로 인식한다.

상투 달린 조선사람 갓기도 하구 기둥에 파리가 날라 부튼 것 갓기두 한 그런 글ㅅ자가 대관절 어대 잇달 말이냐? 헐일 업는 논도랑의 허수아비(案山子ー가까시) 갓지 안르냐! 호호[39]

---

39 『염상섭 전집』 9권, 310쪽.

주인여편네의 '변'자 해석은 '부흥'의 일 측면을 잘 보여준다. 새로운 '부흥'의 질서는 붕괴 상태에서의 학살을 완전히 가리는 빛이어야 했다. 따라서 그 질서에서 조선인은 조선인의 위치에 있어야 하며, 일본인과 같은 위치에 있으면 안된다. 이는 무조건적인 배제라기보다는 조선인은 '부흥'된 위계에서 일본인의 위치에 들어가지 말라는 의미이다. 일본인에게 조선인과 일본인은 차이가 있어야 하며, 다른 위계에 있는 것은 자연스러운 일이어야 한다. 이러한 자연성을 담보하는 것이 '부흥'의 이데올로기였다.

역사적 측면에서 보자면, 물질적 '부흥'을 위해 조선인 노동자의 노동력이 필수적이었으며, 사실 20년대 중반에는 학살의 장소인 관동지역에는 많은 조선인 노동력이 유입되었다.[40] 그러나 '부흥'은 천황의 빛을 따라가는 일본인의 위치를 확고히 매기려는 것이었으며, 조선인을 보이지 않게 만들었다. '변(卞)'은 일본에서 쓰지 않는 한자이다. '변'이라는 한자는 겨우 '부흥'한 세계에 난데없이 들어간 불협화음이었다. '변'이라는 한자는 질서를 교란시키는 불협화음이기 때문에 인식할 수 없는 것으로 삼아 배제해야 했다. 즉 '변'은 해석이 가능한 한자이면 안되는 것이며, 모양이어야 했다. '변'을 모양으로 해석한다는 것 자체가 일본인의 위계에 들어간 존재를 존재하지 않는 것, 해석 불가능한 것으로 간주하려는 것이었다. 그러한 '변'자 해석에는 "속앗다"와 유사한 감정의 회로가 있다.

이러한 주인여편네의 행동은 "히스테리ㅅ증"[41]으로만 이해할 수는 없다. 다시 말해 개인적인 증상으로만 해석할 수 없다. 여기에서는 '부

---

40 水野直樹・文京洙, 『在日朝鮮人 歷史と現在』, 東京 : 岩波書店, 2015, 30쪽.
41 『염상섭 전집』 9권, 311쪽.

흥'되고 있는 일본사회 속에서도 다른 일본인보다 많이 자신이 일본인임을 증명해야 했던 불안정한 존재로서의 주인여편네를 주목할 필요가 있다. 주인여편네는 다른 일본인보다 더 많은 불안을 가진 존재였다. 주인여편네에 대해 묘사된 성(性)적인 의미부여나, '정상적'인 가족관계가 아닌 점 등은, 질서가 붕괴될 때, 그녀가 다른 일본인보다 몇 배더 스스로가 일본인임을 증명해야 할 존재였다는 것을 보여준다.

실제로 창길도 하숙집의 가족구조에 대해서 이해하지 못해서 계속 관심을 가진다. 그는 주인여편네와 같이 있던 젊은 남자를 보고 "그자가 서방인가?"[42]라고 생각한다. 그러나 그 집의 하인 노파는 주인여편네의 남편에 대해서 다음과 같이 "홍"[43]을 내면서 설명해주었다.

잇긴 잇는데 이때껏 반년이나 되어야 코ㅅ백이도못밧세요. …… 저 ─
상야(上野)에선가 긔생첩데리구 큰려관영업을한다는데 ……[44]

노파 역시 하숙집의 가족관계에 대해서는 관심을 가지지 않을 수 없었다는 것이며, 그것을 손님인 창길과 함께 이야기하는 것을 즐긴다. 즉 주인여편네는 창길을 차별하려는 일본인임과 동시에 창길이나 노파의 호기심의 대상이 되는 존재인 것이다. 주인여편네는 단지 차별하는 자의 입장에만 있는 존재가 아니었다. 주인여편네의 불안과 '히스테리ㅅ증'은 이러한 맥락에서 읽어야 한다.

게다가 그 하숙은 다음과 같은 아마추어("시로우도")[45] 하숙이었다.

42　『염상섭 전집』 9권, 306쪽.
43　『염상섭 전집』 9권, 309쪽.
44　『염상섭 전집』 9권, 309쪽.
45　『염상섭 전집』 9권, 303쪽.

류리박은 창살문 우에 하숙영업이라고만 쓴 조고만 나무패를 춘허(簷下) 미트로 밧삭올려 부친것을 보면 다소간 행세하는 사람으로 안악네를 식혀서 은근히 하는 눈치갓기도 하다.[46]

여기에서 보이는 것은 주인여편네가 전형적인 하숙 주인도 아니었다는 것이다. 또한 전형적인 가족관계를 갖지 않은 주인여편네 역시 질서가 붕괴될 때 비일본인들과 변별되지 않는 위치에 놓이게 될 가능성을 포함하고 있다. 이는 돈의 문제와 관련된 부분이다. 창길은 돈이 많지 않기 때문에 이러한 "시로우도"하숙에 들어갈 수밖에 선택지가 없었다. 주인여편네도 창길도 서로 가난하기 때문에 이러한 서로 다른 불안을 가지는 자들의 부딪힘이 일어난 것이다. 일본인의 불안을 가장 잘 보여주는 입장에 있던 인물이 바로 주인여편네였다. 돈이 없다는 것을 매개로 '부흥'과 불안의 문제는 부각된 것이다. 도쿄의 하숙집에 사는 조선인학생들을 그리는 「여객」,[47]은 「숙박기」와 유사한 작품인데, 거기에서는 전문적인 하숙집이 무대가 되었다. 따라서 거기에서는 돈 문제는 존재하지 않고 민족차별의 문제도 부각되지 않는다. 그러나 창길은 「여객」처럼 좋은 하숙에 들어갈 수도 없었다. 그는 가난한 상태로 살 수 있는 자리를 찾으려한다.

---

46 『염상섭 전집』 9권, 304쪽.
47 염상섭, 「여객」, 『별건곤』, 1927.3.

3) 속이지 않음 - 조선인의 불안

다음으로 일본인의 불안과 전혀 다른 종류인 조선인의 불안에 초점을 맞추어 논의하겠다. 창길은 거절당하는 것을 예감하면서 하숙을 찾아다닌다. '변'자를 모양으로 해석하는 주인여편네의 하숙은 그러던 가운데 찾은 집이었다. 주인여편네는 창길을 일본인으로 생각해서 좋게 대접을 해주었다. 그러나 창길은 주인여편네가 오인하는 채 좋은 대접을 받는 것에 불안을 느끼고 있다.

> 이러케 하들감스럽게 환영을하다가 조선사람이라는 말을 듯고 금시로 태도가 변하거나하야 피차에 열적게되지나 안흘까 하는 념려가 압흘서는 것이엇다.[48]

인용문에서 '념려'로 나타난 것이 창길의 불안이다. 왜 그러한 불안을 느껴야 하는가. 창길은 일본인한테 "눈치"[49]를 받아와서 "신경이예민"[50]해졌기 때문이다. 주인여편네는 "히스테리ㅅ증"을 가져는데, 창길 역시 예민해진 신경을 가졌다. 창길에게 일본인의 눈치 가운데에서도 "제일 난처한 노릇은 자긔를 일본사람으로 보아주는 것이엇다."[51] 창길이 주인여편네한테 느끼고 있는 불안은 주인여편네가 "속앗다"고 하는 순간 현실화한다. 창길이 불안하게 생각하는 것은 일본인이 불안해지는 순간 자기에게 향하는 공격이다. 그러면 일본인을 불안하게 만

---

48 『염상섭 전집』9권, 305쪽.
49 『염상섭 전집』9권, 308쪽.
50 『염상섭 전집』9권, 308쪽.
51 『염상섭 전집』9권, 308쪽.

들지 않기 위해 계속 속이는 것도 생존전략이 될 수 있으나 창길에게 그러한 속임수는 선택지에 없었다. 하숙을 나간 후 창길은 일본인의 질서체계 속에 들어가 거기에 위치를 얻음으로써 차별에서 벗어나는 길 역시 선택하지 않았다.

> 엇던 조선학생은 자긔의성이 다행히도 리가(李哥)이기 때문에 조선귀족이라고 생세를 하야 융숭한 대접을 밧는일도 잇다고 하나[52]

이는 일본의 천황일가에 들어간 이왕가(李王家)와의 관련성을 제시함으로써 차별구조에서 벗어나려는 조선학생의 모습이다. 즉 일본인을 불안하게 만들지 않도록 속이는 일이다. 일본인을 불안하게 만들지 않으면 조선인의 불안도 현실화되지 않을 것이다. 그러한 의미에서 속이는 일은 도쿄에 사는 조선인의 불안을 일시적으로 봉합하기 위한 하나의 방법이며, 일본인의 불안 해소 방법인 '부흥' 이데올로기에 따라가는 일과 어울릴 수 있는 일이다. 그러나 이것은 결국 천황일가를 정점으로 삼는 일본의 차별구조를 그대로 받아들이는 것이다. 창길은 질서 내부에 들어가 사는 것을 다음과 같이 생각한다.

> 그러케 속이고라도 대접을 밧는 것이 마음에 편하고 아니편하고간에 그러케 하랴면 창길이는 위선 변가를 버리고 리가로 고쳐야 할 일이요 학비도 귀족집 자식만큼 써야할 노릇이다.[53]

---

52 『염상섭 전집』 9권, 313쪽.
53 『염상섭 전집』 9권, 313쪽.

인용문에서 읽을 수 있는 것은 첫째로 귀족처럼 살아서 질서 내부에 들어간다는 것은 금전적으로 어렵다는 것이다. 둘째로 이름도 바꾸어야 하고 무엇보다 일본인을 속여야 한다는 것이다. 이러한 속임에 대한 창길의 감각은 결코 "일본인으로 오인 받음으로써 누릴 수 있는 안락함"[54]에 대한 관심이 아니다. 왜냐하면 여기에서 다시 '속임'의 문제가 있기 때문이다. 창길은 '부흥'의 질서를 이미 '속임'의 문제로 파악하고 있었다. '부흥'을 성립시키려면 조선인은 일본인을 불안하게 만들지 않도록 속여야 하며, 그로 인해 일본인은 불안을 느끼지 않고 과거를 '지나간 일'로 바라볼 수 있어야 했다. 창길에게 일본인의 '자연스러운 질서'에 들어가는 일은 '속임'의 실천으로만 이룰 수 있는 것이었다. 그것을 창길은 인식했다. 그러나 창길은 위계질서 내부에 들어가서 '속임'을 관철함으로 스스로를 안정하게 지킬 수 있는 존재가 아니었다. 이왕가의 이름을 빌리는 행위를 통해 일본인의 질서에 들어가는 것은 창길에게 무엇보다 돈이 드는 일이었으며, 그리고 속임의 세계에 머무는 것이었다. 창길이 속임의 세계에 머무는 일은 일본인의 입장에서 보면 불안감을 느끼지 않기 때문에 편한 것이지만, 창길에게는 미래시제를 지니는 불안감을 계속 가지는 것을 의미했다. 또한 자기 입장을 속이는 일에 대해 일본인이 "속앗다"는 반응을 언젠가 보여줄 가능성이 있기 때문이다. 창길은 미래에 대한 불안을 없앤 후 하숙에서 살려고 한다.

창길은 돈이 있으면 '변'자를 모양으로 해석하는 주인여편네 같은 자를 만나지 않아도 됴쿄에서 살 수 있었을 것이다. 그러나 창길에게

---

54 장두영, 앞의 책, 164쪽.

는 '부흥'의 빛을 돈으로 맛보는 길 역시 없었다. 창길은 돈으로 민족차별을 가리는 것도 질서 안에 들어가는 것도 아닌 길을 모색한다. 창길이 헤매다가 도달한 곳은 어떤 "빼락"[55]이었다.

4) 과정으로서의 공간

본절에서는 「숙박기」의 장소를 '닛포리[日暮里]'지역으로 설정하고 읽기를 시도한다. 이는 「유서」(1926)의 무대와 동일한 장소이다. 「유서」에 나오는 곡중묘지(谷中墓地 / 야나카 묘지)는 다음과 같이 묘사되었다. "우에노 공원에까지 연속한 곡중묘지를 왼편에 끼고 한걸음에 달려서 교번소까지 나왔다."[56] 야나카 묘지를 가운데에 두고 우에노공원의 반대편에는 염상섭이 2차도일 무렵 하숙생활을 했던는 닛포리[57] 지역이 있다. 「숙박기」에는 "뎐차ㅅ길을 건너서서 늘 산보하는 공동묘지께로 향하엿다"는 구절이 나오는데, 선행연구에서는 지적된 바 없지만 야나카 묘지가 닛포리역 바로 옆에 위치하고 있다는 것을 생각하면 「유서」와 「숙박기」의 묘지는 같은 장소였다고 읽을 수 있다.[58]

---

55 『염상섭 전집』 9권, 313쪽.
56 『염상섭 전집』 9권, 248쪽.
57 김윤식, 앞의 책, 903쪽. 「염상섭 연보」 참조. 시라카와 유타카는 「유서」에 나오는 I역의 'I'는 닛포리[日暮里]의 조선어 한자 발음(일모리)에서 가져온 것이라 지적한 바 있다. 白川豊, 앞의 책, 88쪽. 또는 『무화과』에서도 '닛포리'를 가리키는 지명으로 '일몰리'라는 말이 등장한다. 염상섭, 『무화과』, 604쪽. 루쉰 또한 『아침 꽃 저녁에 줍다』에 수록한 「후지노 선생」에서 닛포리의 한자적 의미에 대해서 언급했다. 도쿄 외곽에 있는 '일몰'이라는 한자는 도쿄를 방문하는 한자권 지식인들에게 강한 인상을 주었다. 루쉰과 닛포리에 대해서는 駒田信二, 『新編 對の思想』, 東京 : 岩波書店, 1992, 272〜274쪽 참조.
58 「숙박기」에서는 구체적인 지명이 나오지 않기 때문에 본고의 주장은 실증이 아니다. 그러나 다음과 같은 추측을 거쳐 「숙박기」의 묘지를 '야나카 묘지'로 설정했으며, 「숙

당시 닛포리는 도쿄의 임계지역이었다. 1923년 지진 당시 닛포리는 아직 행정구역으로서의 도쿄시[東京市]에 들어가 있지 않았다.[59] 닛포리는 지진 전부터 도쿄의 무질서한 확장으로 인한 문제들을 담당하는 지역이었다. 도쿄에 있어야 하지만 중심부에 있으면 안 되는 시설들이 닛포리 지역에 잇달아 건설되었다. 그러한 지역이었기 때문에 조선인도 많이 살았다.[60] 닛포리를 등장시킨 「유서」에는 "목욕을 하고 오는 듯한 수건 보통이를 들고 조선말로 지껄이고 오는 두 여자와 지나쳤다"[61]는 구절이 나온다. 이는 이미 닛포리 지역에 조선인 단신 남성노동자뿐만 아니라 여성들도 정착했다는 것을 보여준 묘사이다. 닛포리는 일용직노동자의 지역인 산야[山谷]지역과도 인접했었다.[62] 도쿄의 외곽이자 주변에 위치하던 닛포리는 '부흥'으로 새로운 도쿄가 만들어지면서

박기」의 무대를 닛포리로 삼아 지리적인 독해를 시도했다. 시라카와 유타카는 「숙박기」의 묘지는 조시가야 묘지[雜司ヶ谷墓地]일 가능성이 있다고 주장했다(白川豊, 앞의 책, 94쪽). 장두영 역시 「숙박기」의 무대를 조시가야 묘지로 삼고 있다(장두영, 앞의 책, 158쪽). 그런데 「숙박기」에서의 묘지가 "면차ㅅ길을건너서서"라는 표기에서 생각하면 그 묘지가 조시가야 묘지든 야나카 묘지든 해당하다. 따라서 본고에서는 선행연구와 달리 「유서」와 「숙박기」의 묘지를 같은 야나카 묘지로 파악했다. 닛포리는 그 묘지에 인접하는 지역이기 때문에 「숙박기」의 무대는 닛포리라고 할 수 있다. 염상섭 역시 두 묘지를 산책한 바 있다고 회고했다(염상섭, 「문사와 묘지」, 한기형·이혜령 편, 『염상섭 문장전집』 2, 소명출판, 2013, 379쪽 이하). 따라서 구체적인 지명이 명기되지 않는 「숙박기」의 무대는 어느 묘지든 간에 개연성이 있다.

59 鈴木淳, 『關東大震災』, 東京 : 筑摩書房, 2004, 112·114쪽의 지도 참조.
60 일본패전 후 도쿄지역에서 가장 빨리 만들어진 조선학교는 바로 닛포리 지역에 건립되었다(1946). 닛포리 지역과 조선인에 관해서는 다음 논문을 참조했다. 淺野順, 「在日韓國·朝鮮人社會から見た地域社會形成−荒川區日暮里·三河島地區を事例として」, 『お茶の水地理』 38호, 東京 : お茶の水地理學會, 1997; 野田郁子, 高野智宏, 伊藤裕久, 「荒川區日暮里地區における關東大震災前後の都市空間構成−東京周緣部における近代市街地形成過程に關する研究 その2」, 『日本建築學會關東支部研究報告集』 II 74호, 東京 : 一般社団法人日本建築學會, 2004.
61 『염상섭 전집』 9권, 257쪽.
62 산야와 조선인노동자의 관계에 대해서는 다음 책을 참조. 松澤哲成, 『天皇帝國の軌跡−「お上」崇拜·拜外·排外の近代日本史』, 東京 : れんが書房新社, 2006, 198~202쪽.

1932년에 도쿄시에 합병될 것이다.[63] 「숙박기」는 '부흥'이나 도쿄의 도시 확대 계획의 대상이 된 지역을 무대로 했다. 따라서 시내의 '부흥'만으로는 보이지 않은 지진 후 도쿄의 모습을 부각시킨다.

「숙박기」의 무대를 닛포리 지역으로 읽으면 창길의 이동은 다음과 같이 설명할 수 있다.

> 창길이는 이런 생각을 하면서 면차ㅅ길을 건너서서 늘 산보하는 공동묘디께로 향하얏다[64]

이는 전차길을 건너 묘지 방면으로 향했다는 것이며, 닛포리 지역에서 도쿄시내에 들어갔다는 것이다. 창길이 도쿄시내에 들어가 얻은 하숙은 '변(忭)'자를 이름이 아니라 모양으로 해석하는 집이었다. 그 집역시 지진 후에 세워진 집이었다. 창길이 그 집을 나가겠다고 한 뒤, 새로운 하숙을 찾아 헤매는 장면을 보면 그가 시내에서 시외로 나갔다는 것을 알 수 있다. 창길은 하숙촌이 있는 시내에서 벌판인 시외로 걸어갔으며 헤매었다.

> 인가가 성긴 벌판에를 나오게 되엇다. 생전 발길도 내노아보지 못하든 곳이다 또 한참 비를 마지며 헤매이다가 불 탄 터 같은 벌판 한편에 치우쳐서 '빼락'으로 엉성히 세어노혼 조고만 하숙한 아이 눈에 띄엇다[65]

---

63 면밀히 말하면 「숙박기」의 무대는 도쿄'시'가 아니다. 그러나 「숙박기」는 도쿄의 임계지역을 무대로 하며, 시내와 시외를 횡단하면서 그 차이를 보여주는 소설이다. 즉 '부흥'의 빛과 어둠을 보여준다는 것이다. 따라서 「숙박기」는 도쿄시내에 머무는 소설보다 잘 도쿄의 '부흥'의 안팎을 보여준 소설이라고 말할 수 있다.
64 『염상섭 전집』9권, 303쪽.
65 『염상섭 전집』9권, 313쪽.

시외로 나간 창길은 '빼락'에 도달했다. '빼락'은 간이적이며, 과정으로서의 주거형태이다. 「숙박기」가 그러한 과정으로서의 지역이자, 과정으로서의 주거형태에 최종적으로 도달했다는 것은 '부흥'의 빛에 아직 포섭되지 않는 영역을 보여주는 일이다. 그것은 바로 '부흥'의 질서, 즉 '속임'의 질서를 당연시하지 않아도 되는 영역이다. 다시 말해 '부흥'이라는 빛으로 억지로 포장을 하지 않아도 되는 지역이다. 이는 어떤 목적에 도달하기 위한 과정이라기보다는 '부흥'이라는 하나의 목적으로 회수되지 않기 위한 과정이다.

그러한 과정으로서의 지역이자 주거에 들어간 창길은 일본인이 가지고 있는 불안을 생각하지 않을 수 없었다. 따라서 그는 '빼락' 집에 들어갈 때, 심문을 당하기 전에 미리 자기가 조선인이라는 것을 말했다. 왜냐하면 그렇지 않으면 나중에 일본인이 "속앗다"고 말하며 반동적인 태도를 보일 수도 있기 때문이다. 미리 조선인이라고 말하는 것은 반동적 태도를 당하지 않기 위한 수단인 것이다. 그 전까지의 하숙과 달리 불안 속에서 살지 않겠다는 의지 표현인 것이다. 동시에 이 고백은 창길 자신에게도 의미를 가진다. 즉 계속 일본인을 속임으로써 그들의 질서에서 불안을 가지면서 사는 것을 거절한다는 것이다. '빼락' 하숙에 들어가려는 창길은 물음을 받기 전에 스스로 말한다. "나는 조선사람인데 이집에 두어도조켓소?"[66] 결과적으로 창길은 그 하숙에 들어갈 수 있었다. 여기에서는 갑자기 반동적인 태도로 나서는 일본인도, 일본인 사회에서 좋은 위치를 얻으려는 조선인도 없다. 이는 하숙 주인이 우연히 좋은 사람이었다는 의미만으로는 읽을 수 없다.

---

66 『염상섭 전집』 9권, 314쪽.

닛포리 지역의 '빼락'은 '부흥'의 과정을 의미하지만 결코 '부흥'의 완성을 말하지 않는다. 닛포리에서의 '빼락'이 시내의 하숙과 비교해서 긍정적일 수밖에 없는 이유는, 일본인이 일본인임을 지킴으로써 '부흥'에 따라가야 하는 '시내'의 공간과는 다른 임계의 공간이었기 때문이다. 조선인을 다시 배제하는 위계질서의 확립으로서의 '부흥'과는 다른 영역을 '빼락'에 도달한 「숙박기」는 보여주고 있다. 「숙박기」의 마지막 장면에서 창길은 전등불에서는 아무것도 눈에 띄는 것이 없었다. 창길은 친구 집의 "뎐긔가들어온방"[67]을 혼자 나가서 비가 내리는 길을 우산을 쓰고 걸어간다. 창길이 보는 것은 빛 속에서는 보이지 않는 것, 즉 어둠이다. 이는 '부흥'이라는 빛에 가려져서 보이지 않던 것이다. 있음에도 불구하고 빛 때문에 보이지 않았던 것이다. '부흥'이 너무나 눈부신 빛을 발해야 하는 이유 역시 그만큼 너무나 어두운 면이 있기 때문이며, 일본인이라는 것은 빛으로 보장을 해주어야 할 정도로 불안정한 것이었다. 창길은 돈이 없기 때문에 민족차별을 당했지만, 돈으로 민족차별을 피하려고 하지도 않았다. 차별을 면하기 위한 것이 아니라 차별 그 자체가 생겨나는 근본을 건드리면서 헤매는 창길은 과정으로서의 "빼락"에 도달했다. 「숙박기」는 '부흥'의 빛으로는 가릴 수 없는 과정으로서의 지대를 부각시킨다. 그것은 바로 불안으로 인한 질서 세우기라는 악순환과는 별개의 영역이 바로 그 악순환이 있는 도쿄에 있다는 것을 보여준다.

---

67 『염상섭 전집』 9권, 315쪽.

4. 결론

본고는 「숙박기」를 '부흥'과 불안이라는 구도를 통해 논의했다. 다이쇼 데모크라시 운동을 박멸하고 천황일가에 대한 믿음을 '국민적'으로 만드는 것이 바로 '부흥'이었다. '부흥'의 빛을 거절하려는 작품으로 「숙박기」는 읽을 수 있다. 「숙박기」는 '부흥'의 빛 때문에 가려지는 어둠을 보여주었다. 즉 일본인이 일본인일 수 없다는, 지진 때 학살로 연결된 불안을 건드렸다. 또한 '부흥' 때문에 조선인이 느껴야 했던 불안 역시 부각시켰다. 지진 후 도쿄의 조선인을 그려낸 「숙박기」는 부흥의 빛과는 다른 어둠의 영역을 부각시킨다. 질서는 질서의 붕괴를 항상 봉합하면서 겨우 유지되는데, 「숙박기」는 질서가 봉합하고 싶어 하는 상처를 건드린다. 왜냐하면 「숙박기」는 '부흥'이라는 질서를 거부하기 때문이다. 「숙박기」는 어떤 강고한 하나의 질서에서 조선인과 일본인이 나란히 안정된 위치에 서는 것이 아닌 또 다른 영역을 가시화했다. 그 가시화를 통해 빛에 매달리는 삶과는 다른 삶의 방향을, 바로 빛이 있는 자리에서 알려준다.

'부흥'은 지진 때문에 "야박하여진"[68] 일본인의 모습을 가리는 것이었다. 「숙박기」는 돈이나 질서라는 빛으로 야박함을 봉합하는 작품이 아니다. 즉 야박함을 가리는 '부흥'에 따라가는 일이 아니라 '부흥'의 빛 때문에 보이지 못하게 되는 야박함 그 자체를 직시하고, '야박함'과는 다른 방향으로 도쿄에서의 삶의 위치를 열려는 과정을 「숙박기」는 보여준다. 염상섭은 숨이 막히는 조선인의 삶을 보여줌으로써 '부흥'의

---

68 『염상섭 전집』 9권, 308쪽.

질서를 거절했다. 그는 '부흥'의 질서와 별개의 공간을 제시하면서 '부
흥'과는 다른 가능성을 부각시켰다.

참고문헌

1. 기본 자료

『동아일보』

염상섭, 「여객」, 『별건곤』, 1927.3.

_____, 『광분』, 프레스21, 1996.

_____, 『무화과』, 동아출판사, 1995.

_____, 『염상섭 전집』 9권, 민음사, 1987.

_____, 한기형·이혜령 편, 『염상섭 문장전집』 1, 소명출판, 2013.

_____, 『염상섭 문장전집』 2, 소명출판, 2013

田山花袋, 『東京震災記』, 東京:社会思想社, 1991.

水上滝太郎, 『銀座復興』, 東京:岩波書店, 2012.

夢野久作, 「一年後の東京」, 悪麗之介 편, 『天変動く 大震災と作家たち』, 東京:インパクト出版会, 2011.

2. 단행본 및 논문

かわぐちかいじ·竹中労, 『新装版 黒旗水滸伝』(전 4권), 東京:皓星社, 2012.

駒田信二, 『新編 対の思想』, 東京:岩波書店, 1992.

吉見義明, 『焼跡からのデモクラシ__ 草の根の占領期体験』(上巻), 東京:岩波書店, 2014.

김경수, 「작품해설」, 『염상섭 단편선 두 파산』, 문학과지성사, 2006.

_____, 『염상섭과 현대소설의 형성』, 일조각, 2008.

김윤식, 『염상섭 연구』, 서울대 출판부, 1987.

金杭, 『帝国日本の閾』, 東京:岩波書店, 2010.

나병철, 『근대 서사와 탈식민주의』, 문예출판사, 2001.

鈴木淳, 『関東大震災』, 東京:筑摩書房, 2004.

白川豊, 『朝鮮近代の知日派作家, 苦闘の軌跡』, 東京:勉誠出版, 2008.

富山一郎, 『増補 戦場の記憶』, 東京:日本経済評論社, 2006.

小園崇明, 「関東大震災下に「誤殺」されたろう者について」, 関東大震災90周年行事実行委員会 편, 『関東大震災 記憶の継承』, 東京:日本経済評論社, 2014.

松沢哲成, 『天皇帝国の軌跡-「お上」崇拝·拝外·排外の近代日本史』, 東京:れんが書房新社, 2006.

水野直樹·文京洙, 『在日朝鮮人 歴史と現在』, 東京:岩波書店, 2015.

안서현, 「두 개의 이름 사이-염상섭 소설에 나타난 언어적 혼종성의 문제」, 『한국근대문학연구』 30호, 2014.

野田郁子・高野智宏・伊藤裕久, 「荒川区日暮里地区における関東大震災前後の都市空間構成-東京周縁部における近代市街地形成過程に関する研究 その2」, 『日本建築学会関東支部研究報告集』 II 74호, 東京: 一般社団法人日本建築学会, 2004.

이경훈, 『어떤 백년, 즐거운 신생』, 하늘연못, 1999.

_____, 『오빠의 탄생』, 문학과지성사, 2003.

장두영, 『염상섭 소설의 내적 형식과 탈식민성』, 태학사, 2013.

池田浩士, 『死刑の昭和史』, 東京: インパクト出版会, 1992.

浅野順一, 「在日韓国・朝鮮人社会から見た地域社会形成-荒川区日暮里・三河島地区を事例として」, 『お茶の水地理』 38호, 東京: お茶の水地理学会, 1997.

프로이트, 김숙진 역, 『새로운 정신분석 강의』, 문예출판사, 2006.

黒川伊織, 『帝国に抗する社会運動-第一次共産党の思想と運動』, 東京: 有志舎, 2014.

제국-식민지의 역학과
박태원의 '동경(東京) 텍스트'

권은

1. 서론

이 글에서는 '동경(東京)'을 배경으로 한 박태원의 일련의 작품들을 제국과 식민지의 입체적 상호관계 속에서 탐색하고자 한다. 소설은 근대 국민국가라는 '상상적 공동체'를 형상화하는 강력한 상징적 형식으로 잘 알려져 있다.[1] 그와 동시에 소설은 국제적 성격의 문학 장르이기도 하다. 산문 형식인 소설은 운문에 비해 상대적으로 쉽게 번역될 수 있기에, 인쇄매체와 근대적 유통망을 기반으로 기존의 여느 문학 장르보다 손쉽게 다른 국가로 퍼져나갔다. 그렇지만 국제적 장르로서의 소설에 관한 연구는 번안이나 번역에 관한 연구 등 일부 제한적 영역에서 이루어졌다. 대부분의 문학연구가 국민국가를 단위로 이루어졌기 때

---

1 Brennan Timothy, "The National Longing for Form", *The Postcolonial Studies Reader(2nd Edition)*, New York : Routledge, 2005, p.129.

문이다.

최근 서구에서는 '국민국가' 단위를 넘어서는 범주를 상정하여 소설의 특성을 분석하려는 시도가 이루어지고 있다. 월러스틴의 '세계체제론'에서 촉발된 이러한 논의들은 한 국가의 상황은 세계 체제라는 더 큰 범주를 상정해야만 올바로 파악될 수 있다는 전제에서 출발한다. 서구의 근대 소설이 영국이나 프랑스에서 각각 발생한 것이 아니라, 도버 해협을 사이에 두고 두 국가가 서로 영향을 주고받으며 발전해온 것이라는 주장이 제기되기도 했다.[2] 더 나아가 근대 소설은 육지가 아니라 바다를 탐험하는 '해양 모험 소설'의 형식에서 발생했다는 논의도 있다.[3] 이러한 최근 논의들의 특징은 소설의 분석 단위를 '국민국가'가 아닌 더 큰 범주(대륙이나 제국 혹은 바다)로 설정하고 있다는 점이다. 이러한 주장은 한국 근대소설의 형성과정을 이해하는 데 적지 않은 도움을 준다. 한국 근대소설이 형성·발전되어온 식민지 시기는 식민지 조선이 제국 일본에 병합된 특수한 기간이었고, 그로 인해 대부분의 소설 텍스트가 한반도의 영역을 넘어서서 펼쳐지는 특이한 현상이 두드러지게 나타났기 때문이다.

한국 근대소설은 제국과 식민지의 비대칭적 관계 속에서 발전되어 왔다. 제국의 중심지인 동경은 이토 세이, 류탄지 유, 요코미쓰 리이치, 가와바타 야스나리, 하야시 후미코 등 일본의 주요 모더니즘 작가들뿐만 아니라[4] 박태원, 이상, 이태준 등 한국의 주요 모더니즘 작가들까지

---

2   Cohen Margaret & Dever Carolyn(EDT), *The Literary Channel : The Inter-National Invention of the Novel*, Princeton, N. J. : Princeton University Press, 2001, p. 2.

3   Cohen Margaret, *The Novel and the Sea*, Princeton, N. J. : Princeton University Press, 2010, p. 13.

4   강인숙, 『일본 모더니즘 소설 연구』, 생각의나무, 2006, 73쪽.

도 끌어들였다. 식민지 조선의 작가들은 일본 모더니즘 작가들과 동시대 같은 장소(동경)에서 다른 방식으로 근대를 체험했다. 류탄지 유는 "긴자(銀座)의 풍습은 우리가 만들어냈다"[5]고 자부했지만, 박태원은 그들과는 전혀 다른 동경의 일면을 그려내고 있다.

이 글에서는 경성을 정밀하게 그려낸 대표적인 작가인 박태원의 '동경 텍스트'[6]를 분석할 것이다. '동경 텍스트'는 동경을 주요 배경으로 한 텍스트들을 집합적으로 지칭하는 개념이다. 박태원은 1930년대 한국 모더니즘 문학의 대표적 작가로 경성의 도시공간을 정밀하게 그려낸 작가로 평가받아 왔다. 그렇지만 그가 경성 못지않게 '동경'을 무대로 한 일련의 작품들을 발표했으며, 경성을 무대로 한 작품에서도 동경이 중요한 서사적 역할을 담당한다는 사실은 그리 알려져 있지 않다.

'동경'을 배경으로 한 박태원 작품은 「사흘 굶은 봄달」(1933), 『반년간』(1933), 「딱한 사람들」(1934), 「방란장 주인」(1936), 「진통」(1936), 「성군」(1937) 등 장·단편 7편에 이른다. 「구혼」(1936)은 동경을 배경으로 한 『반년간』의 인물들이 5년 후에 경성에서 재회하는 '후일담'을 다루고 있다. 이외에도 그는 「편신」(1930)과 「나팔」(1931) 등의 동경 관련 수필을 남겼다. 이 작품들이 발표된 시기는 경성을 배경으로 한 작가의 주요 작품들인 「낙조」(1933), 「소설가 구보씨의 일일」(1934), 「애욕」(1934), 『천변풍경』(1936) 등이 발표된 시기와 일치한다. 박태원은 '경성'과 '동

---

5 위의 책, 305쪽.
6 '동경 텍스트'는 포토로프의 '페테르부르크 텍스트' 개념을 차용한 것이다. 그는 페테르부르크를 배경으로 한 일련의 텍스트들이 상이한 작가들에 의해 창작되었음에도 불구하고 놀라울 정도의 상호 유사성을 갖고 있다는 사실을 토대로 '페테르부르크 텍스트' 개념을 제시했다. 각 도시는 자신만의 고유한 언어와 신화를 갖는다. 블라디미르 포토로프, 「뻬쩨르부르그와 러시아 문학에 있어서의 뻬쩨르부르그 텍스트」, 『시간과 공간의 기호학』, 열린책들, 1996, 86쪽.

경'을 각각 배경으로 한 일련의 작품들을 동시적으로 창작했던 것이다. 더욱이 「소설가 구보씨의 일일」의 '구보'이나 「낙조」의 최노인, 『천변풍경』의 한약국집 큰 아들 등이 동경 유학생 출신으로 설정된 점을 고려하면, 박태원 문학에서 '동경'이 차지하는 위상은 결코 가볍지 않다.

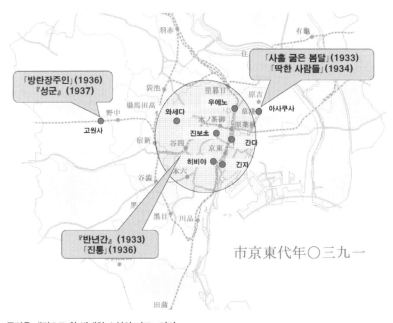

동경을 배경으로 한 박태원 소설의 지도그리기

식민지 시기 한국 근대 소설에서 '동경(東京)'은 일반적인 장소 이상의 의미를 갖는다. 한일병합 이후 조선은 일본 제국의 식민지가 되었으며, 동경과 경성은 제국의 '내지(內地)'와 '외지(外地)'로 통합되었기 때문이다. 동경은 제국과 식민지의 역학 관계와 식민지배 체계를 드러내는 필수적인 장소였다. 식민지 시기 자신의 작품 세계에서 '경성'과 '동경'을 중요하게 다룬 작가는 비단 박태원만이 아니었다. 이광수, 염상섭, 이태준, 이상(李箱) 등 상당수 작가의 작품에서도 이 두 장소는 공통적으로 중요한 의미를 갖는다.[7] 이는 이 두 장소가 단순히 작가 개인의 의식적 취향에 의해서 선택된 장소가 아님을 보여준다. 제국의 중심지인 메트로폴리스는 종종 식민지 출신의 지식인들을 강력하게 끌어당겼다.[8] '동경'을 무대로 한 작품들에서 두드러지는 것은 민족과 언어 간의 불가피한 뒤섞임과 충돌이다. 박태원의 '동경 텍스트'에는 거의 언제나 조선인 / 일본인과 조선어 / 일본어의 대립 현상이 나타나며 그 자체가 서사의 주요 사건을 이룬다.

이 글에서는 박태원의 동경을 배경으로 한 일군의 작품들의 특성을 살피고 '동경 텍스트'로의 범주화 가능성을 타진하고자 한다. 이를 통해 궁극적으로는 박태원의 문학 세계를 경성 / 동경, 식민지 / 제국의 대위법적 관점에서 바라볼 수 있는 토대를 마련하고자 한다. 박태원의 '동경 텍스트'는 도시구역에 따라 크게 세 범주로 나눌 수 있다. '신주쿠(新宿)'와 '긴자(銀座)' 등의 신시가를 배경으로 한 『반년간』이 있고, 구시가인 아사쿠사(淺草) 지역을 배경으로 한 「사흘 굶은 봄달」과 「딱한 사람들」 등이 있다. 그리고 동경 외곽 '고원사(高圓寺)' 지역을 배경으로 한 「방란장 주인」과 『성군』 등이 있다.

7　일본 모더니즘 작품에서도 제국의 '내지'와 '외지' 간의 깊은 상호의존성이 나타난다. Gardner William, *Advertising Tower : Japanese Modernism and Modernity in the 1920s*, Massachusetts : Harvard Univ. Press, 2007, p.48.

8　Thornber, Karen Laura, *Empire of Texts in Motion*, Harvard University Asia Center, 2009, p.28.

2. 의식의 흐름과 현해탄 가로지르기 – 「방란장 주인」, 『성군』

박태원은 세련된 실험적 기법을 다양하게 활용한 작가로 잘 알려져 있다. 대표적인 기법이 긴 문장이 끝없이 이어지는 '장거리 문장'이다. 구인회 동인지인 『시와 소설』(1936)에 발표된 「방란장 주인」은 단 한 문장으로 이루어진 실험적인 작품으로 잘 알려져 있다. 김윤식은 이 작품을 "이 나라 산문계에서는 처음으로 선보인 기묘한 글"이자 "최고급 작품"이라고 평가했다.[9] '장거리 문장'은 의식의 내·외부가 하나의 문장 속에 뒤섞인다는 점에서 일종의 '의식의 흐름' 기법이다. 그렇지만 이러한 혁신적 기법이 동경에 거주하고 있는 재일 조선인들의 삶을 조선 독자들에게 전달하기 위해서 고안되었다는 사실은 그리 알려져 있지 않다. 당대 독자들은 조선어로 쓰인 이 이야기가 조선의 어딘가에서 펼쳐지고 있을 것이라는 '기대지평' 속에서 이 작품을 읽기 시작했을 것이다.

그야 주인의 직업이 직업이라 결코 팔리지 않는 유화 나부랭이는 제법 넉넉하게 사면 벽에가 걸려 있어도, 소위 실내장식이라고는 오직 그뿐으로, 원래가 삼백 원 남짓한 돈을 가지고 시작한 장사라, 무어 찻집답게 꾸며 보려야 꾸며질 턱도 없이, 차탁과 의자와 그러한 다방에서의 필수품들까지도 전혀 소박한 것을 취지로, 축음기는 자작(子爵)이 기부한 포터블을 사용하기로 하는 등 모든 것이 그러하였으므로, (…중략…) 만약 참으로 이 동리의 주민들이 질박(質樸)한 기풍을 애호하는 것이라면 결코 넉넉하지 못

---

9   김윤식, 「'날개'의 생성과정론 – 이상과 박태원의 문학사적 게임론」, 『한국 근대문학 사와의 대화』, 새미, 2002, 152쪽.

한 주머니를 털어서 상보 한 가지라도 장만한다든 할 필요는 없다고, 그래 화가는 첫달에 남은 돈으로 전부터 은근히 생각하였던 것과 같이 다탁(茶卓)에 올려놓을 몇 개의 전기 스탠드를 산다든 그러지는 않고, 그날 밤은 다 늦게 가난한 친구들을 이끌어 **신주쿠(新宿)로 스키야키를 먹으러 갔던 것이나**,[10]

이야기를 따라가기 시작한 한참 후에 스치듯이 제시되는 "신주쿠(新宿)로 스키야키를 먹으러 갔던 것"이라는 대목에서 이 작품의 주요 무대가 동경(東京)이라는 사실을 독자들은 뒤늦게 깨닫게 된다. 작품의 배경 자체가 낯선 방식으로 제시됨으로써, 독자에게 놀라움을 느끼게 한다. 카페 '방란장'은 "동경 시외 ─ 외따로 떨어진 조그만 동리"인 고원사(高圓寺) 근처에 위치해 있다. 그렇지만 과거회상 시제로 쓰인 이 작품에서 이야기를 전달하는 서술자의 정체나 그가 현재 머물고 있는 장소 등은 여전히 명확하지 않다. 분명한 것은 한 문장으로 이루어진 이 이야기가 경성과 동경을 분리되지 않은 하나의 지평 속으로 이끌고 있다는 점이다. 일찍이 김윤식도 이 작품의 무대가 "식민지의 수도 '서울'이 아닌 대일본 제국의 수도 동경"이라는 사실을 지적한 바 있다. 그렇지만 그는 "서울이든 동경이든 아무런 차이도 없다"고 단정했다. 동경의 '방란장'은 경성의 '제비'의 등가물에 불과한 것으로 "초라하기 짝이 없는 식민지 서울의 다방 '제비'를 제국의 수도 동경에 옮겨 놓았다고 해서 달라진 점이 전무하다"는 이유에서다.[11] 그렇지만 문제는 단순하지 않다. 경성을 배경으로 하는 박태원의 다른 작품들에서도 동경은 등장인물들의 의식 속에 끊임없이 투사되어 나타나는 공간이며, 대부

---

10 박태원, 「방란장주인」, 『한국소설문학대계』 19, 동아출판사, 1995, 225쪽.
11 김윤식, 앞의 글, 157쪽.

분의 인물들은 중심지인 동경을 향한 '지향의식'을 숨기지 않기 때문이다. 이것은 식민지 조선이 제국 일본에 정치·경제·문화적으로 종속됨으로써 발생한 필연적 현상이었다.

이러한 기법의 의미를 좀더 면밀히 살피기 위해, 경성을 배경으로 한 작품과 비교해볼 필요가 있다. 박태원의 「소설가 구보씨의 일일」은 1930년대 한국 모더니즘 소설을 대표하는 작품으로 경성의 도시공간을 중심인물이 산책하는 과정이 한 편의 소설을 구성하는 '산책자 텍스트'로 간주되어 왔다. 그렇지만 산책 중인 구보의 의식을 끊임없이 사로잡는 것은 동경에서의 추억이다. 그는 "동경엘 건너가 공부하고 온" 유학생이다. 그는 "자기가 떠나 온 뒤의 변한 동경이 보고 싶다" 생각하고 "동경이면, 이러한 때 구보는 우선 은좌(銀座)로라도 갈 게다"라고 생각한다. 그의 동경에 관한 추억은 눈으로 직접 보고 있는 것처럼 세세하게 묘사된다.

동경의 가을이다. 간다(神田) 어느 철물전(鐵物廛)에서 한 개의 네일클리퍼(손톱깎기)를 구한 구보는 진보초(神保町) 그가 가끔 드나드는 끽다점을 찾았다. 그러나 그것은 휴식을 위함도, 차를 먹기 위함도 아니었던 듯싶다. 오직 오늘 새로 구한 것으로 손톱을 깎기 위하여서만인지도 몰랐다. 그중 구석진 테이블. 그중 구석진 의자. 통속작가들이 즐겨 취급하는 종류의 로맨스의 발단이 그곳에 있었다. 광선이 잘 안 들어오는 그곳 마룻바닥에서 구보의 발길에 차인 것. 한 권 대학 노트에는 윤리학 석 자와 '임(妊)'자가 든 성명이 기입되어 있었다. (…중략…) 소설가다운 온갖 망상을 즐기며, 이튿날 아침 구보는 이내 여자를 찾았다. 우시코메쿠(牛込區) 야라이초(矢來町). 주인집은 신조사(新潮社) 근처에 있었다.[12]

구보는 경성의 도시 공간을 이동하면서 동시에 동경의 공간을 회상한다. 이러한 과정을 통해 두 도시공간은 하나로 '오버랩'된다. 박태원은 이를 '이중노출 기법'이라 명명하기도 했는데, 이는 일종의 몽타주 기법이다. 구보의 경성 산책을 지도로 그리는 작업은 불완전한 기획이 될 수밖에 없다. 그의 의식의 상당부분은 경성을 벗어나 동경에 머물기 때문이다. 동경을 배경으로 한 「방란장 주인」에서 경성과 동경이 의식의 흐름을 통해 하나로 연결된다면, 경성을 무대로 한 『소설가 구보씨의 일일』에서는 몽타주 기법에 의해 경성과 동경이 병치된다. 몽타주는 "가능한 멀리 떨어져 있고 관련되지 않은 두 현실들을 강제로 결합시키는 것"[13]으로, 이를 통해 초현실주의적인 제3의 현실이 발생한다.

의식의 흐름은 '내부'와 '외부' 간의 경계를 허물어뜨리며 '전경'과 '후경'의 경계도 없애버린다.[14] 「방란장 주인」에서는 동경 / 경성의 경계가 사라지며 하나의 공간으로 통합되게 되는 것이다. 의식의 흐름은 개인적 정체성의 상실의 언어적 표현이며, 개인이 신비롭고 통제 불가능한 힘들의 노예가 되었음을 가리킨다.[15] 서술자의 의식이 제국의 역학적인 힘에 의해 압도당하며 제국의 중심부를 끊임없이 환기하게 되는 것이다. 「방란장 주인」은 "문득, 황혼의 가을 벌판 위에서 자기 혼자로서는 아무렇게도 할 수 없는 고독을 그는, 그의 전신에, 느꼈다"라는 문장으로 끝이 난다. 『성군』은 "무장야(武藏野) 넓은 벌판에 이미 가을도 깊어, 방란장(芳蘭莊)의 이 밤이 짝없이 소조하다, 한산하다"라는 문

---

12 박태원, 권은 편, 「소설가 구보씨의 일일」, 『천변풍경』, 현대문학, 2011, 439∼441쪽.
13 프레드릭 제임슨, 남인영 역, 『보이는 것의 날인』, 한나래, 2003, 155쪽.
14 프랑코 모레티, 조형준 역, 『근대의 서사시』, 새물결, 2001, 244쪽.
15 프랑코 모레티, 조형준 역, 『공포의 변증법』, 새물결, 2014, 264쪽.

장으로 시작되어, 이 작품이 「방란장 주인」의 속편격인 작품임을 분명히 한다. 「방란장 주인」은 장거리 문장을 사용하였고, 시공간적 맥락이 명확히 드러나지 않지만, 『성군』은 평범한 문장으로 구성되어 있으며, 시공간적 맥락도 비교적 분명하게 제시되어 있다. 『성군』에는 「방란장 주인」에 언급되지 않는 '윌리엄 텔'이라는 인물이 등장한다. 그는 색소폰을 부는 음악지망생으로 '현회의원'인 아버지의 뜻을 거스르고 음악의 꿈을 위해 집을 나와 '방란장'에서 생활을 한다. 윌리엄 텔의 아버지가 아들을 찾아 카페에 들르는 장면이 주요 사건이 된다. 독자들이 「방란장 주인」을 읽으면서 작품의 배경이 '동경'이라는 사실에 놀라게 되는 것처럼, 『성군』을 읽으면서도 다소 놀라게 될 가능성이 높다. 장소가 '동경'일 뿐 아니라 작품 속에서 인물들이 나누는 대화도 일본어로 이루어진다는 사실을 깨닫게 되기 때문이다. 더 나아가 윌리엄 텔은 '구사카베 데루오日下部輝夫'라는 이름의 일본인 청년이라는 사실도 드러난다. '방란장'에서 살아가는 인물들이 조선인임을 가리키는 명확한 지표도 나타나지 않는다. 이처럼 「방란장 주인」과 『성군』에서는 조선과 일본의 경계가 모호하게 흐릿해진 세계를 재현하고 있다.

3. 동경의 아리랑과 국경의 감각 - 『반년간』

박태원은 동경에 체류한 기간은 1930년 3월부터 1931년 7월까지로 매우 짧았다. 이 시기의 경험이 잘 반영된 작품이 미완의 장편 『반년간』(1933)이다. 이 작품은 1930년 10월부터 1931년 3월까지의 시간적 배경을 대상으로 한다. 이 시기는 만주사변이 일어나기 불과 6개월 전이기도 하다. "일천구백삼십년도식"이라는 표현이 등장하는 것에서 알 수 있듯, 이 작품은 이 시기의 시간적 특성을 드러낼 수 있는 다양한 지표들을 집약적으로 제시하고 있다. 철수가 '무사시노칸'에서 감상하는 〈미키 마우스의 모험(Steamboat Willie)〉은 세계 최초의 토키 애니메이션으로 일본에서 1930년에 개봉하였다. 소설 속에 언급되는 유행가 〈동경행진곡〉이나 레마르크의 『서부전선 이상 없다』, 히로츠 가즈오의 소설 『여급(女給)』 등도 이 시기 큰 인기를 누리던 작품들이었다.[16]

『반년간』에서는 동경을 중심으로 다양한 인물들의 이야기가 펼쳐진다. 여기에는 조선인 유학생뿐만 아니라 그들과 가까이 지내는 일본인들도 다수 포함되어 있다. 중심인물인 철수는 작가 박태원을 쉽게 연상할 수 있을 정도로 닮아 있다. 그는 동경 외곽인 '고원사(高圓寺)' 근처의 일본인 하숙집에 머물고 있다. 이곳은 앞서 논한 「방란장 주인」과 『성군』의 무대이기도 하다. 하숙집 주인의 딸인 스미에는 철수를 사모하여 그에게 영어를 배울 뿐 아니라 간단한 한글까지도 익혔다. 조선인 주인공이 일본어를 배우는 것이 아니라, 일본인 인물이 조선인 주인공에게 영어를 배운다는 설정이 이채롭다. 『만세전』의 이인화처럼 동경유학생들이 일본인들에게 일반적으로 느끼는 열등감 같은 감정은 철수에게서 거의 찾아볼 수 없다. 그는 영어, 일어, 조선어에 두루 능하다. 이 시기 일본은 '아메리카니즘'이 팽배하던 시기였는데,[17] 조선인인

---

16 참고로 1930년에 발표된 이무영의 「아내」에는 경성에 위치한 카페 '따리아'에서 〈동경행진곡〉이 흘러나오는 대목이 나온다. 이처럼 1930년대 제국의 일본의 대중문화는 동시대적으로 식민지 전역으로 퍼져나갔다.

17 요시미 슌야, 연구공간 수유 역, 「제국 수도 도쿄와 모더니티의 문화정치」, 『확장하는 모더니티』, 소명출판, 2007, 30쪽.

철수는 유창한 영어로 영문과 교수와 대화를 나누고 일본인에게 영어를 가르치기도 한다. 또 다른 인물인 최준호는 게이오 대학慶應大學을 졸업한 후 일본인 '후미꼬'와 결혼하여 오모리大森 근처에 살림을 차렸다. 그는 「제일선에 선 조선 여성들」과 같은 글을 써서 일본 잡지사에 기고하며 살아간다. 그는 재일 조선인의 처지를 일본인들에게 알리는 역할을 맡고 있는 듯 보인다. 조숙희는 도평의원의 아들로 경성과 동경을 수시로 오고가는 인물이다. 최근에는 간다神田 근처에 있는 '홍중장'이라는 '마작집'을 인수했다. 어느 날 신주쿠의 〈오모이데〉라는 카페에 미모의 조선인 여급인 '미사꼬'(신은숙)가 나타나고 조선인 남성인물들과 어울리면서 이야기는 본격화된다.

소설은 철수가 머물고 있는 하숙집의 풍경을 제시하면서 시작된다. "분명히 이삼 원은 비싼 방값에도 불구하고" 철수가 이 하숙집을 택한 것은 마당에 세 그루의 석류나무가 있기 때문이었다. 그 마당의 풍경은 그의 충신동 집의 정경을 그대로 닮았다. 그는 마당을 보며 "일종 그리움"을 느꼈다. 아침에 도착한 여동생의 편지에는 마당의 석류나무에 석류가 12개였으나 방금 하나가 떨어졌다는 내용이 담겨 있다. 철수는 그 편지를 읽으며 하숙집의 마당의 석류나무의 석류를 세어보는데 "공교롭게도 역시 그것도 열한 개"밖에 남아 있지 않다. 이처럼 동경 하숙집과 경성 고향집의 풍경은 거울 이미지와 같은 대칭을 이룬다. 이때 행길에서는 '아리랑' 곡조의 휘파람 소리가 은근하게 들려온다.

그러자 누군지 휘파람을 불며 판장 밖을 지나갔다. **휘파람 소리는 약하고 은근하였다. 그것은 '아리랑' 곡조였다.** 철수는 눈을 들어 판장 밖을 내다보았다. 열댓 살이나 그밖에 더 안 되어 보이는 아이가 멋없이 넓고 또 긴 길 위를 저편으로 걸어가고 있었다. 오직 그 아이뿐, 길 위에도 벌판 위에도 보이는 것은 아무것도 없었다.

철수는 그 아이가 오른발을 절고 있는 것을 발견하였다. 그 아이는 마치 제 휘파람에 장단이나 맞추는 듯이 오른발을 절며, 절며 점점 조그맣게 까맣게 사라졌다. 철수는 그대로 그것을 바라보고 있었다.(1회)

1930년 전후를 환기하는 다양한 시간 지표를 두루 제시하고 있는 이 작품에서 '아리랑'이 반복적으로 제시되고 있음을 알 수 있다. 지금까지 이 '아리랑' 대목은 식민지 현실에 대한 일종의 은유로 해석되어 왔다. "철수가 '본' 것이 실제의 바깥 풍경인지 아니면 철수의 환각인지는 모호"[18]하다는 이유에서다. 그렇지만 '아리랑'의 휘파람 소리는 작가가 실제로 경험한 일화일 가능성도 충분하다. 이 시기 일본에서는 신민요 '아리랑'이 큰 인기를 끌고 있었기 때문이다. 김소운은 1930년대 초반에 동경(東京)의 우에노(上野), 오쓰카(大塚), 신주쿠(新宿), 시부야(澁谷) 등에서 일본가사의 아리랑 레코드가 인기를 끌고 있었다고 회고했다.[19] 당시 동경에는 '아리랑'이라는 상호를 단 가게도 등장했다.[20]

아리랑은 조선의 고유한 민속요로 널리 알려져 있다. 아리랑은 일

18　김미지는 이 대목을 다음과 같이 해석하고 있다. "'아리랑 곡조', '어두운 벌판', '절름발이 아이'와 같은 기표들을 상징적으로 읽게 될 때, 예컨대 식민지 조선의 현실이나 조선인 유학생의 처지와 같은 맥락과 관련짓게 될 때, 이는 상투성을 피하기 어렵다. 다른 한편으로 이 작품의 미완성한 결과가 보여주듯이 그것을 청년 작가(박태원)의 미숙성과 감상성의 증거로 읽는다면, 오히려 소설 도입부의 그러한 장면 설정이 앞으로 소설 속에 펼쳐질 불안정한 조선인 유학생들의 삶을 암시하는 상징적인 장치라는 상투적인 독법 역시 무리가 없다." 김미지, 『언어의 놀이, 서사의 실험─박태원의 문학 세계와 탈경계의 수사학』, 소명출판, 2014, 104쪽.

19　오카야마 주니치로(岡山善一郎), 「일본에서의 '아리랑'의 수용」, 『한국문학과 예술』 7권, 한국문예연구소, 2011, 99쪽.

20　미리엄 실버버그, 강진석 외역, 『에로틱 그로테스크 넌센스』, 현실문화, 2014, 173쪽.

본 지배의 문화적 폭력에 저항하려는 조선인들의 유대를 강화시켜주는 역할을 담당했다. 그렇지만 아리랑은 제국 일본에서 가장 인기 있던 조선 노래이기도 했다.[21] 나운규의 영화 〈아리랑〉이 큰 인기를 끌자 주제곡이었던 '아리랑'의 인기도 덩달아 높아졌다. 특히 1930년 이후 일본이 '내선일체'를 통해 조선인의 동화정책을 강화하여 나갈 때, 일본의 작곡가, 가수 그리고 레코드 회사에서는 수많은 버전의 '아리랑'을 발표했다. 〈비상시 아리랑〉, 〈애국아리랑〉, 〈아리랑 만주〉, 〈아리랑 삼천리〉 등의 친일 아리랑이 등장하였다. 최초의 일본어 아리랑은 1931년 6월에 발매되었으며, 그 이전부터 아리랑은 일본인들 사이에서 큰 인기를 끌고 있었다. 이는 아리랑의 양가적 성격을 잘 보여준다. 아리랑에 나타나는 국가와 민족 담론이 피지배자 입장에서 저항적으로 사용되기도 하고, 이와 반대로 지배 이데올로기의 선전 도구로 사용되기도 했던 것이다.[22] 아리랑의 휘파람 곡조에는 가사가 없기 때문에 듣는 사람은 자신의 감정과 느낌을 이입시켜 듣게 될 것이다. 같은 노랫소리였지만 조선인 철수와 일본인 스미에가 느끼게 되는 감정은 전혀 다를 수도 있다.

「방란장 주인」과 마찬가지로 이 작품에서도 '동경'이라는 장소적 배경은 초반부에는 명확하게 언급되어 있지 않다. 독자는 "이번 여름에 철수가 귀국하였을 때에도"라는 문장에서 철수가 현재 머물고 있는 곳이 국외(國外)라는 사실을 알게 된다. 이후 소설에서 처음 제시되는 대화문이 "이럇사이 마스?(계십니까?)"라는 일본어 문장이라는 사실을 알

---

21 Atkins, E. Taylor, "The Dual career of Arirang", *Journal of Asian Studies* Vol.66, No.3, Association for Asian studies, 2007, p.645.

22 이소영, 「'아리랑'의 문화적 변용에 따른 음악적 특징 – 유성기 음반의 아리랑을 중심으로」, 『음악학』 24권, 한국음악학학회, 2013, 60~72쪽.

게 된 후 일반적인 독자는 다소 놀라게 될 것이다. 서술자는 일본어의 의미를 조선어로 '번역'(혹은 통역)하여 제시하고 있다. 이후에 "고멘나사이(실례합니다)"와 "아라마(어그마)" 등의 일본어 표현이 이어지지만, 얼마 지나지 않아서부터는 조선어로만 제시된다. 그렇지만 맥락을 살펴보면 철수와 스미에는 '일본어'로 대화를 나누고 있다.

『반년간』은 작가의 페르소나인 철수가 하숙하는 고원사와 짐보초[神保町]의 호세이대학교 부근, 그리고 긴자와 신주쿠 등 일본 근대의 최대 번화가를 중심으로 펼쳐진다. 작품 속에는 메트로폴리스 동경 구석구석의 근대적 면모가 가감 없이 자세히 묘사되고 있다.

> [신숙역의] 지하도 안은 백주와 같이 환하였다. 그 속이 터지게 군중들은 넘쳐흘렀다. 두 사람의 뒤에서 뒤를 이어 사람들은 경쟁이나 하듯이 빠른 걸음걸이로 두 사람의 옆으로 사이로 앞서 빠져나갔다.
> 하루 18만 명의 승강객을 삼키고 토하고 하는 이 일본 일(一)이라는 지하도는 아침부터 밤중까지 끊임없이 복작대는 것이다. 모두들 가장 시간을 아끼는 듯이 가장 볼일이 바쁜 듯이 그들은 이 지하도로 달음질치듯이 들어오고 쫓기는 듯이 나갔다.(8회)

1931년에 발표된 안도 코세이의 〈긴자 안내[銀座細見]〉는 "긴자, 긴자, 긴자, 밤의 긴자, 남자도 긴자, 여자도 긴자, 긴자는 일본이다"라는 문장으로 시작한다. 관동 대진재 이후 동경의 중심은 '긴자'와 '신주쿠'로 이동한다. 『반년간』의 서술자는 "근대적 대도회 동경 더구나 첨단적 시가 신숙 이곳의 관문인 신숙역"이라고 설명하고 있다. 신주쿠역은 동경 서부 교외 지역의 '18만 명'의 통근자들의 환승 지점으로 번영을 누리기 시작했다. 최첨단 시설이 갖추어진 동경 신주쿠역과 동경역의 면모는 『소설가 구보씨의 일일』 등에 등장하는 '경성역'과 자연스럽게 비교된다. 기존 논의를 보면 "경성역사는 완공 당시 경성 부민들의 입을 쩍 벌어지게 만들었던 건축물"로 "1, 2등 대합실이나 2층 양식당, 그 옆의 '티룸'(다방)은 서구 부르주아 문화와 모더니즘의 향기를 간신히 빨아들일 수 있었던 몇 안 되는 곳"이라는 설명이 나온다.[23] 그렇지만 『반년간』에서 묘사되는 동경의 신주쿠역과 비교해보면, 이러한 설명은 상당히 과장되었다고 볼 수 있다. 적어도 박태원과 같이 동경 유학 경험이 있었던 지식인 계층에게 새롭게 조성된 경성역사는 놀라움의 대상이 아니었을 것이다. 『반년간』에 묘사된 것처럼 동경에는 1927년에 이미 지하철이 개통된 상태였다.[24] 구보는 경성역을 바라보며 오히려 "이 낡은 서울의 호흡과 또 감정"을 느낀다. 이처럼 박태원의 '동경 텍스트' 작품들은 경성을 배경으로 한 작품들을 상대적 관점에서 바라볼 수 있게 한다.

긴자와 신주쿠의 놀라운 변모 양상은 식민도시 경성에서는 쉽게 찾아볼 수 없는 것이었다. 그렇지만 작가는 『반년간』의 근대 메트로폴리스 동경의 근대적 모습을 단순히 전달하지 않는다. 그가 메트로폴리스에서 찾고자 하는 것은 그 속에 어느새 스며들어 있는 식민지 조선의 흔적들이다. 제국 전역의 재화와 사람들은 메트로폴리스 중심부로 모여들게 된다. 그로 인해 제국의 중심부에는 다양한 식민지의 물자들과 사람들이 모여든다. 조선인과 일본인이 마주하게 되는 상황도 빈번하게 나타난다. 문제는 조선인 등장인물들이 조선어로 대화하는 와중에 일본인이 개입하거나, 반대로 일본어 대화 중에 조선어가 끼어드는 경

---

23 노형석, 『한국 근대사의 풍경』, 생각의나무, 2006, 38쪽.
24 도미타 쇼지, 유재연 역, 『그림엽서로 본 일본 근대』, 논형, 2008, 220쪽.

우이다. 작가는 조선어와 일본어 간의 융화될 수 없는 이질적 성격을 예민하게 파고든다. 최준호와 조숙희는 일본인 여자와 함께 택시를 타고 가면서 '조선어'로 은밀한 대화를 나눈다. 그러자 일본인 여자는 "무슨 얘긴지 나두 좀 알아들읍시다. 그래 그게 레이디 앞에서 취할 신사 태도요?"(27회)라며 끼어든다. 작품 속에서 '조선어'는 조선인 인물들이 내밀하게 대화를 나눌 수 있는 비밀스러운 수단이 된다. 철수는 준호와 함께 동경 신주쿠의 어느 '야끼도리야焼鳥屋'에 들어가 술을 마신다. 그곳에는 육십 넘은 노인이 야끼도리를 굽고 있고 열여덟 아홉밖에 안 된 젊은이들이 위스키를 마시고 있다. 그들은 모두 일본인들이다. 일본어로 대화를 하던 준호는 술이 취해 어느 순간부터 거리낌 없이 조선어로 말을 한다.

> 철수는 준호가 이러한 장소에서 그렇게도 꺼림없이 조선말을 사용하는 것을 좀 재미없이 생각하고, 그리고 또 그것을 듣고 아이들이 모멸가득한 눈초리로 자기들을 치어다보는 것을 불쾌하게 여겼다.
> 그리고 다음 순간 그런 것을 재미없어 여기는 제 마음을 부끄러워하고, 그리고 그런 것을 불쾌한 감정을 맛보지 않고는 견디지 못하는 자기의 약하고, 졸하고, 못생긴 성격을 침을 뱉어 욕하고 싶은 충동을 느꼈다.(14회)

철수는 동경의 공공장소에서 공공연히 '조선말'을 하는 것을 "재미 없이 생각"한다. 재일조선인으로서의 정체성이 드러나기 때문이다. 그 것을 듣고 일본 사람들이 "모멸가득한 눈초리"로 자신을 바라보는 것에 '불쾌감'을 감추지 못한다. 스스로에게는 그러한 시선에 무던하게 대처하지 못함을 책망하는 등 철수는 복잡한 심경을 드러낸다. 반면 일본어가 지배하는 동경의 공간에서 예기치 않게 등장하는 '조선어'는 조선 사람들을 한 곳으로 모아주는 구심점의 역할을 담당한다. 동경의 카페 여급으로 일하는 조선인 미사꼬는 손님인 준호가 조선말로 말하자, "이러한 곳에서 조선말을 들을 것을 예기하지 않았었던 듯이나 싶게, 그래 아주 어리둥절하여 버린 듯"(10회) 놀란다. 반복적으로 등장하는 "이러한 장소", "이러한 곳" 등의 표현은 작품의 공간적 배경이 조선말이 통용되지 않는 일본어의 공간, 즉 동경임을 암시한다.

박태원이 『반년간』에서 주목하고 있는 것은 동경 내부에서 점점 확대되어 가는 조선의 이미지이다. 박태원은 곤 와지로今和次郎의 '고현학(考現學)'으로부터 큰 영향을 받아서 자신의 창작 방법론을 발전시켰는데, 가장 구체적인 형태로 나타나는 것이 이 작품이다. 곤 와지로의 고현학과 결정적인 차이가 나는 지점은 박태원이 동경의 조선인들의 삶에 주목하고 있다는 점이다. 1930년대 동경의 근대적 풍경을 세세하게 묘사하고 스케치했던 곤 와지로였지만, 그는 "일본에 사는 조선인들의 풍속"[25]에 대해서는 거의 관심을 기울이지 않았다. 1923년 관동대진재 때 동경에서 자행된 '조선인 학살'에 대해서도 모를 리 없었지만, 그는 침묵으로 일관했다.[26] 반면 박태원은 집요하리만치 동경 안에 모여든 조선인들의 흔적들을 찾는다. 철수는 신주쿠의 한 카페인 '오모이데'의 조선인 여급인 '미사꼬'를 흠모한다. 미사꼬는 철수와의 만남을 통해 조선인 '신은숙'으로서의 정체성을 되찾는다. 그들은 '조선말'을 하고 '조선 식당'에서 식사를 하고 '김치'를 먹고 한글의 '가나다'를 하숙집 일본인 주인의 딸에게 가르쳐주기도 한다. 하숙집 밖 거리에서는

---

25   미리엄 실버버그, 앞의 책, 78쪽.
26   위의 책, 77쪽.

'아리랑' 곡조의 휘파람 소리가 들려오기도 한다. 이처럼 작가는 동경 내부에 스며들어 있는 조선의 이미지를 찾으려 한다. 이 작품에서 특히 주목할 만한 장면은 다음의 대목이다.

"고향은 어디라지요?"

"경상도 대구."

"대구라니 경성서 가까웁니까 부산서 가까웁니까?"

여자는 조선에 관하여는 경성하고 부산하고만 아는 모양이다. 준호는 쓸데없는 것을 캐어묻는 것에 일일이 대답하는 게 귀찮아서

"아마 국경 근철걸요."

하고 딴 소리를 하여 버렸다.

"어그마 ― 그럼 퍽 멀구면 그래 ……. 저 ― 조 상댁에서는 무엇을 하시나요?"

"글세 ―."(30회)

일본인 여급과 조선인 최준호가 대화를 나누고 있다. 여급은 조선에 대한 막연한 이미지만을 가지고 있고, 경성과 부산 정도를 들어본 정도이다. 최준호가 자신의 고향이 대구라고 하자, 일본인 여급은 그곳이 경성과 부산 중 어디에 더 가까운 곳인지 묻는다. 이때 준호의 대답은 의미심장하다. 그는 "쓸데없는 것을 캐어묻는 것에 일일이 대답하는 게 귀찮아서" '국경 근처'라고 대답하는 것이다. 조선이 일본의 식민지가 된 이후 일본과 조선은 하나의 공간으로 통합되었고 국경선도 사라지게 되었다. 이제 사람들은 '여권(旅券)'이 아니라 '도항증'을 갖고 현해탄을 건너 일본과 조선을 오고가게 되었다. 따라서 당시 대부분의

일본인들은 조선의 국경을 압록강 근처로 생각하고 있었다. 일본인 여급은 준호의 고향인 대구가 압록강 근처라 생각하고 무척 멀다고 생각하며 놀라게 되는 것이다. 준호는 '일일이 대답하는 게 귀찮아서'라고 했지만, 실제로는 일본과 조선 사이에 '비가시적 국경선'이 가로놓여 있다고 생각하는 것이다. 이처럼 조선인 인물들은 비록 일본의 중심부인 동경에 머물고 있지만 조선인으로서의 정체성을 잃지 않으며 그것을 은연중에 드러내고 있다.

4. 아사쿠사 그로테스크 —「사흘 굶은 봄달」, 「딱한 사람들」

『반년간』이 긴자와 신주쿠 등 근대 동경의 첨단의 시가지를 중심으로 동경유학생들의 삶을 다룬 작품이라면, '아사쿠사[淺草]' 지역을 배경으로 하는 「사흘 굶은 봄달」과 「딱한 사람들」 등은 세계대공황을 맞아 일자리를 찾지 못한 채 이국땅에서 빈곤에 허덕이는 조선인 노동자들의 비참한 삶을 다룬 작품들이다. 1928년 동경에 등록된 막노동자들의 54.7퍼센트가 조선인이었다는 통계도 있다.[27] 아사쿠사의 그로테스크한 분위기는 유흥지의 흥청거림과 소외된 사람들의 헐벗음이라는 극명하게 대립되는 이미지들이 기이하게 공존하는 데에서 두드러진다.[28] 이 작품들에서는 회상에 의해서 과거의 경성과 현재의 동경이 병치된

---

27 켄 카와시마, 「상품화, 불확정성, 그리고 중간착취 — 전간기 일본의 막노동시장에서의 조선인 노동자들의 투쟁」, 『근대성의 역설』, 후마니타스, 2009, 169쪽.
28 미리엄 실버버그, 앞의 책, 431쪽.

다. '스미다 강 건너편'은 소규모 공장의 노동자들과 도시 사회의 하층부에 해당하는 인력거꾼, 짐수레꾼, 넝마주이, 외국인들, 일용직 노동자들이 모여 사는 곳이었다.[29] 관동대진재 이후 근대 동경의 중심지는 '아사쿠사'에서 '신주쿠'와 '긴자'로 이동한다. 에도 시대의 중심지였던 아사쿠사 지역은 스미다가와(隅田川) 수변(水邊)의 다리를 중심으로 도시의 주변부에 발달했지만, 새로운 중심지인 긴자는 처음부터 자연환경과는 무관하게 인공적으로 만들어졌다.[30] 동경은 '물의 도시'인 아사쿠사와 '흙의 도시'인 긴자로 이분화되어 발달했다.[31] 대진재 이후 긴자가 부각되면서 아사쿠사는 최신 영화와 뮤지컬, 레뷰 등을 관람하기 위해, 혹은 요시하라 유곽을 찾기 위해 들르는, '값싸고 간편한' 곳으로 남겨지게 되었다.[32]

이 지역은 근대 일본 작가들에 의해서 종종 소설로 형상화되곤 했다. 가와바타 야스나리의 『아사쿠사홍단』(1930)과 나가이 가후의 「스미다가와」(1909) 등이 대표적이다. 특히 가와바타의 『아사쿠사홍단(淺草紅團)』은 "나도 제군 앞에 다이쇼 지진 뒤의 구역정리로 새로 그려 바뀐 '쇼와(昭和)의 지도'를 펼치려 한다"는 문장으로 시작하면서, 지진 이후의 아사쿠사의 변모 양상을 르포르타주 기법을 동원해 세밀하게 재현해내고 있다.[33] 이 작품은 근대 일본의 대표적인 모더니즘 소설로 손꼽

---

29 위의 책, 45쪽.
30 정형 외, 『일본문학 속 에도·도쿄 표상연구』, 제이앤씨, 2009, 211쪽.
31 Maeda Ai, "The panorama of enlightenment", *Text and the city : essays on Japanese modernity*, Durham, N. C. : Duke University Press, 2004, p.71.
32 엘리스 K. 팁튼·존 클락, 이상우·최승연·이수현 역, 「카페 1·2차 세계대전 사이 일본의 근대성의 경합장」, 『제국의 수도 모더니티를 만나다』, 소명출판, 2012, 209쪽.
33 임종석, 「가와바타의 '아사쿠사구레나이단'의 세계」, 『일본문화학보』 16, 한국일본문화학회, 2003, 241쪽.

히고 있다. 아사쿠사는 일종의 '극장'과 같은 공간으로, 비현실적 꿈의 세계에 대한 동경을 실현시켜주는 곳, 아니면 근대 도쿄의 생활에서 탈출할 수 있는 피난처와 같은 곳으로 묘사된다.[34] 이 작품에서 조선인들은 흉악한 범죄 행위를 위장하기 위해 엿장수 행세를 하는 것으로 묘사되며, 조선인과 중국인은 모두 거지나 도둑으로 간주되었다.[35] 박태원은 가와바타와 거의 같은 시기에 '아사쿠사'의 또 다른 일면을 그려내고 있다.

「사흘 굶은 봄달」은 아사쿠사 지역을 배경으로 삼은 작품이다. 동경에 거주하고 있는 조선인 노동자인 '성춘삼'은 "동경 거리의 한 개 보잘것없는 룸펜"[36]에 지나지 않는다. 신문에는 "아스카야마飛鳥山公園에 사쿠라가 한창"이라고 야단이지만, "꽃이 피든, 새가 울든, 그러한 것은 그에게 눈곱만한 흥미도 줄 수 없"다. "헐벗은 놈에게 겨울은 있어도 굶주린 놈에게 봄은 없었다"(82쪽)는 문장은 성춘삼이 처한 상황을 잘 요약해주고 있다. 꽃피는 춘삼월이지만 '춘삼'에게는 배고픔으로 허덕이는 '춘궁기'일 뿐이다. 그는 "어제 아침부터 바로 지금까지 에누리 없이 서른네 시간 동안 밥 생각만을 하여 왔던 것"(83쪽)이다. '춘궁기'의 존재는 식민지 조선뿐만 아니라 제국 일본 역시도 농업 경제에 많은 부분을 의존하고 있었음을 보여준다.

　　사지가 멀쩡하였다.
　　일이 하고 싶었다.

34　신주혜, 「나가이 가후의 '스미다가와'에 나타나는 공간 표상」, 『일본학보』 76집, 韓國日本學會, 2008, 224쪽.
35　미리엄 실버버그, 앞의 책, 473쪽.
36　박태원, 「방란장주인」, 『한국소설문학대계』 19, 동아출판사, 1995, 82쪽.

그러나 그에게 차례 올 일은 없었다.

그러니 굶어죽을밖에 …….

"이런 기막힐 일도 그래 있을 수가 있나?"[37]

그는 일을 하고 싶어도 일자리를 찾을 수 없었다. 1930년대에 접어들면서 동경에도 대공황이 찾아왔기 때문이다. 1929년 10월 미국 뉴욕을 시작으로 '세계대공황'이 세계를 강타했지만, 동경에는 그 이전부터 이미 심각한 불황 상태가 지속되고 있었다. 1920년대 중반경, 수십만 명의 조선인 노동자들은 일자리를 찾아 조선을 떠나 일본으로 건너와 살고 있었다. 그렇지만 비숙련 노동자였던 대다수 조선인들은 막노동 시장에서 비정규적인 일자리를 찾을 수밖에 없었다.[38] 1928년 동경에 거주하는 조선인 노동자는 1만 7천 명 가량이었는데 그중 무려 1만여 명이 실업 상태였다.[39]

실업자인 성춘삼은 아즈마 바시[吾妻橋]로 향하여 황혼 무렵의 스미다 가와[隅田川] 강가를 터덜터덜 걸어가고 있다. 강 건너편에는 아사쿠사가 있다. 발길 가는 대로 걸어가던 "그는 어느 틈엔가 가미나리 몽[雷門] 앞에까지 와 있는 자기 자신을"(83쪽) 깨닫는다. 이곳에는 아사쿠사의 유명한 절인 센소지[淺草寺]가 있다. 그는 문을 지나 양 옆에 펼쳐진 나카미세(상점가)를 지나쳐 안으로 들어간다. 그가 그곳을 찾은 이유는 무료로 이용할 수 있는 벤치와 "자유롭게 드나들 수 있는 동경 시내 이백열 군데의 공동변소"(85쪽) 중 한 곳이 있었기 때문이다. 그는 "이틀째

---

37 위의 글, 83쪽.
38 켄 카와시마, 앞의 글, 163쪽.
39 배경식, 『기노시타 쇼조, 천황에게 폭탄을 던지다』, 너머북스, 2008, 111쪽.

공짜 물만" 들이킨 채 굶은 상태이다. 그는 "어저께나 마찬가지로, 그저
께나 마찬가지로, 요렇게 두 다리를 옹크리고, 요렇게 두 팔을 꼬부리
고, 쓰러져 자는 밖에 다른 도리가 없"었다. 봄이 찾아오면 아사쿠사에
는 노숙자들이 갑자기 불어났다. 그곳에는 거지, 부랑인, 노숙인, 일용
잡부, 넝마주이, 매춘을 하는 불량소녀들인 고카이야 등이 모여 있었
다. 그래서 아사쿠사에는 언제나 범죄의 분위기가 흘렀고 일반인보다
형사가 더 많다라는 말도 있을 정도였다.[40] 저편에서 일본인 '순사'가
이리로 뚜벅뚜벅 걸어오는 것을 보고 춘삼이는 반대편으로 몸을 옮겼
다. 그는 이미 2번이나 '부랑죄'로 기샤가타쇼[象潟署] 유치장에 갇힌 경
험이 있기 때문이었다.

> 춘삼이는 일자 장사진을 치고 있는 로텐(노점) 앞에까지 이르러 드디어
> 걸음을 멈추고 말았다.
> 뎀뿌라, 시루코(단팥죽), 오뎅, 야키도리(새고기 꼬치구이), 우동, 소바
> (메밀국수), 이마가와야키(풀빵) …… 이러한 것들의 혼화된 냄새가 그의
> 텅 빈 창자 속으로 사정없이 스며든 까닭이다.[41]

그는 노점 앞에 펼쳐진 일본 음식들과 "참말 맛있게 먹고, 마시고,
들이켜고 하는 사람들"을 부러움 가득한 눈으로 바라본다. 그 사람들
은 일본 사람들이다. 이 대목에서 『아사쿠사홍단』에서 자주 등장하는
'명사 나열의 문체'가 유사한 형태로 나타난다. 허기에 시달리는 춘삼
의 눈에 일본 음식들이 하나하나 눈에 들어오는 것이다.[42] 음식의 이름

---

40 임종석, 앞의 글, 242쪽.
41 박태원, 「방란장주인」, 『한국소설문학대계』 19, 동아출판사, 1995, 85쪽.

들을 나열함으로써 작중인물의 음식에 대한 갈망을 효과적으로 표현하고 있다. 이처럼 제국의 중심인 동경의 물질적 풍요로움은 음식의 구체적인 형태로 조선인 노동자들의 눈앞에서 가시화된다. 이때에도 서술자는 일본 음식들의 의미를 하나하나 병기하여 조선인 독자들에게 알려주는 역할을 맡는다.

> 저편 수족관 이층 카지노 폴리에서 재즈가 들려 왔다. '가게오 시탓테(그림자를 따르며)'인지 무엇인지이다. 춘삼이는 그 소리에 새삼스러이 이곳이 아사쿠사 공원(淺草公園)이라는 것을 강렬하게 의식하며 그와 함께 이곳에 환락을 구하여 드나드는 사람이 하루에 십만 명도 더 된다는 말을 누구에게선지 들었던 것을 생각해 내고, 기운 없이 후유 ― 하고 숨을 쉬었다.[43]

춘삼은 '카지노 폴리'에서 들려오는 노랫소리를 들으며, 자신이 지금 머물고 있는 "이곳"이 동경의 대표적인 유흥지로 하루 평균 10만 명이 모여드는 '아사쿠사 공원'임을 "강렬하게" 깨닫는다. 파리의 유명 레뷰 댄스홀 '카지노 드 파리'의 이름을 모방하여 1929년에 개장한 '카지노 폴리(カジノ・フォーリー)'는 아사쿠사의 대표적인 레뷰 공연장으로 『아사쿠사홍단』에서도 주요 무대로 등장한다.[44] 김기림은 "카지노 폴리의 주악(奏樂)은 피곤해 끝이 나고 거리는 잠잠해지고 말 것을 생각지 말으세요"라고 노래하기도 했다.[45] 여기서 그는 〈그림자를 따르며[影を慕いて]〉

---

42 동경을 배경으로 한 정인택의 「촉루」(1935)에서도 "길거리로 즐비하게 늘어선 야타에미세(노점)의 야키다이후쿠(구운 복어), 토모에야키(구운 오리), 후카시이모(찐 감자), 야키토리(참새구이)"와 같이 비슷한 명사나열의 문체가 등장한다.

43 박태원, 「방란장주인」, 『한국소설문학대계』 19, 동아출판사, 1995, 86쪽.

44 Maeda Ai, "Asakusa as theater : Kawabata Yasunari's The crimson gang of Asakusa", *op. cit.*, p.146.

(1928)를 듣게 된다. 노래 가사의 일부인 "영원히 봄을 볼 수 없는 나의 운명[永遠に 春見みぬ わが運命]"이라는 대목은 그의 처지를 대변하는 듯하다. 춘삼은 "대체 그 사람들은 자기들이 술과 계집과 오락을 구하기에 바쁠 때, 같은 공원 안에 여섯 끼니 굶은 놈이 있다는 것을 알고나마 있는 걸까? 알고도 그들은 태연히 있는 걸까? 만약 그들로서 사람 본래의 따뜻한 맘을 가졌다 하면, 그에게 한 끼 밥쯤 먹이기는……" 등의 생각을 이어간다. 그의 의식을 가로지르는 것은 '그들'과 '나' 사이에 놓인 넘을 수 없는 장벽 같은 것이다. 그것은 부유한 일본인들과 헐벗고 굶주린 '조선인' 간의 격차이다.

결국 그는 "괴로운 현실을 비록 잠깐이나마 잊기 위하여 과거를 추억"하기로 마음먹는다. 『반년간』에서와 마찬가지로, 「사흘 굶은 봄달」에서는 과거와 현재의 시간적 격차가 '의식의 흐름'을 통해서 연결되는 동시에, 메트로폴리스 동경과 식민도시 경성의 공간적 거리도 사라진다. 그가 떠올리는 것은 "왜떡과 그림책 없는 세상", 즉 일본이 본격적으로 조선을 지배하기 이전의 추억이다.

춘삼이의 눈은 다시 종로의 종각을 보았다. 파고다공원의 여덟모 진 정자도 보았다.

그러나 그가 정말 본 것은 진고개의 '엇사둥둥' 놀이였다. 인간이나 한 사람들이다. 밀고, 밀리고, 넘어질 뻔, 자빠질 뻔…….

그 북새틈을 비집고 울어쌓는 갓난애를 업은 소년이 춘삼이 눈앞에 나타났다. 춘삼이는 그 아이가 열네 살 적의 자기 자신에 틀림없다는 것을 알았다.[46]

---

45   김기림, 「슈-르레알리스트」, 『조선일보』, 1930.9.30.
46   박태원, 「방란장주인」, 『한국소설문학대계』 19, 동아출판사, 1995, 88쪽.

춘삼의 머릿속에는 '종로의 종각', '파고다공원' 등도 떠오르기 시작했다. 그렇지만 그가 "정말 본 것"은 '진고개'에서 펼쳐진 일본인들의 '엇사둥둥', 즉 경성신사 마츠리[京城神社大祭]의 한 장면이다. 춘삼은 '열네 살 적의 자기 자신'의 모습을 그곳에서 발견한다.[47] 14살 무렵 경성의 일본인 거주지역인 '남촌'에서 펼쳐진 어사둥둥의 장면 속에서 "밀고, 밀리고, 넘어질 뻔, 자빠질 뻔"하는 일본인들을 보면서 그는 일본인들에 대한 동경의식을 갖게 되었는지도 모른다. "'엇사둥둥' 있은 지 한 달 뒤에 그는 황금정 사정목에 있는 조그만 철공소에서 마치질"을 배우기 시작했다. 본정과 황금정 등에서 일본인 거주지역에서 일본인 밑에서 일을 배우기 시작한 춘삼은 그렇게 동경까지 흘러들어오게 되었을 것이다.

양삿골 강주부 집 안잠자기 노릇을 하던 어머니는 춘삼의 '음력 삼월 초사흗날' 생일을 맞아 "국과 고기와 나물로 밥 한 그릇"을 차려주었다. 춘삼은 밥을 다 먹고 나서 떡을 먹고 가라고 어머니가 당시에 하시던 말씀을 생각해냈다. 어머니는 개피떡, 증편, 인절미 등의 이름을 부르면서 무슨 떡을 먹고 싶은지 묻고, 춘삼은 어서 어머니가 시루팥떡을 생각해 내기를 바랐다.

"그럼 시루팥떡?"

하고 채 묻기 전에 춘삼이는 자기 머리 위에,

"이야카네(싫단 말이야)?"

---

[47] 방인근은 '엇사둥둥' 놀이의 장면을 이렇게 묘사하고 있다. "경성재주일본인의 '어사둥둥' 놀이를 볼 때 나는 감탄의 눈물을 머금었다. 그 4~5세 어린 아이로부터 청년, 노인까지 일심으로 단결적 행동을 하는 것과 그 규모의 조직적이오 사랑이 엉키고 신앙이 엉킨 것을 볼 때 부럽기가 한량없었다." 방인근, 「최근견문(3)」, 『동아일보』, 1929. 10.31.

하는 무뚝뚝한 말소리를 듣고, 그만 생각을 깨치고 신경질하게 고개를 들어 보았다.

화복(일본옷)에 캡 쓰고 게다 신은 어떤 주정꾼 하나가, 춘삼이 코 밑에 내밀었던 한 꼬치 야키도리를 제 입에다 갖다 넣으며,

"흥! 싫다면이야 그만이지."

중얼거리고 비틀비틀 저편으로 걸어가 버렸다.

춘삼이는 자기가 왜 '개피떡'이든 '증편'이든 '동구 인절미'든 아무거나 좋으니 먹겠다고 얼른 고개를 끄덕거리지를 않았던가?—하고 그것을 크게 뉘우쳤다. 어찌 생각하여 보면 오늘쯤 자기 생일인지도 몰랐다. 만약 오늘이 아니라면 어저께든지 내일이든지 그 가량일 게다.[48]

어머니가 '시루팥떡'을 물어보려던 순간, 갑자기 서사는 동경의 현재의 순간으로 되돌아온다. '이야카네(いやかね)'라는 일본어가 느닷없이 끼어드는 것이다. "화복에 캡 쓰고 게다 신은" 일본인 주정꾼 하나가 허기에 굶주린 듯한 춘삼에게 '야키도리' 한 개를 내민 것이다. 이때부터 일본어가 서사를 지배하게 된다. 주정꾼의 "흥! 싫다면이야 그만이지"라는 중얼거림은 조선어로 표기되어 있지만 문맥상 일본어로 발화된 것이다. 이 작품은 유흥지인 아사쿠사에 운집한 일본 군중 속에서 굶주림에 허덕이는 조선인 노동자 춘삼이의 모습을 그린 작품이다. 아사쿠사에 즐비한 일본 음식들 속에서 춘삼이는 자신의 생일이 다가오고 있음을 깨닫고 다양한 조선 음식을 떠올린다. 이를 통해 이 작품은 조선과 일본 사이에 화해불가능한 간극을 드러내고 있다.

---

48 박태원, 「방란장주인」, 『한국소설문학대계』 19, 동아출판사, 1995, 89쪽.

5. 결론

지금까지 '동경'을 배경으로 한 박태원의 주요 작품들인 「방란장 주인」, 『반년간』, 「사흘 굶은 봄달」 등을 간략하게 살펴보았다. 이 작품들에서도 알 수 있듯, 동경을 배경으로 한 작품 속 인물들은 끊임없이 경성의 추억을 회상하고 환기하며, 이러한 과정을 통해 동경과 경성은 긴밀히 연결된다. 또한 동경을 재현할 때에도 '신주쿠', '긴자', '아사쿠사'와 같은 구체적인 도시구역이 등장하며 각 인물들의 직업이나 사회적 위치는 각 도시구역의 공간적 성격과 밀접한 관련을 맺고 있다. 이러한 '동경 텍스트'들은 경성을 배경으로 하는 『소설가 구보씨의 일일』 등의 텍스트들과 '거울 이미지'의 관계에 놓여 있다. 따라서 두 도시 공간을 주요 무대로 한 텍스트들을 대위법적으로 읽으면, 박태원 문학의 입체적 성격이 드러날 수 있다. 또한 동경을 무대로 한 동시대 일본 모더니즘 작품인 하야시의 『방랑기』(1930)나 가와바타의 『아사쿠사홍단』(1930) 등과도 비교해 볼 수 있을 것이다.

모더니즘 문학은 제국주의 시대의 복잡해진 역사적 상황에 대한 문학적 대응이었다.[49] 리얼리즘 시대에는 사회를 하나의 총체로 재현하는 것이 가능했지만, 제국의 본토와 외부의 식민지로 구성된 제국은 쉽게 재현될 수 없었다. 그러한 총체성의 재현 위기가 파편화된 이미지의 연합으로 구성되는 모더니즘 문학 서사를 발전시키는 주된 요인이 된다. 제국주의 시대의 사람들의 삶은 더 이상 내재적으로 파악될 수 없으며, 그러한 사회적 현실을 재현한 소설 텍스트에는 언제나 무엇인

---

49 Jameson Fredric, *Jameson on Jameson*, Durham, NC : Duke University Press, 2007, p.85.

가가 상실되거나 불완전한 결핍 상태가 나타난다. 이러한 결핍은 그 생활과 경험이 구성상 본질적으로 결여되어 있어 결코 복구되거나 보충될 수 없는 또 다른 차원, 즉 거울의 반대편과 같은 어떤 외부로 간주될 수 있을 것이다.[50] '동경 텍스트'는 일본 제국에 종속된 조선의 식민지적 현실을 문학 텍스트로 재현하려는 문학적 시도의 일환으로 이해할 수 있다.

에드워드 사이드는 제국과 식민지의 상호관련성을 고려해서 제국주의 시대의 소설 텍스트를 독해하는 '대위법적 독해(contrapuntal reading)'를 주장한 바 있다.[51] 그는 소설 텍스트에서 "나머지 한쪽을 배제한 채 재현되거나 해석되면, 제국의 실제 경험에서 비롯된 양자 간의 주요한 상충점을 놓치게 되기"[52] 때문에 제국과 식민지를 대위법적으로 읽어나가야 한다고 주장했다. 도시와 시골 간의 사회적 정치적 분화를 고려하지 않고 한 국가의 정확한 역사를 기술하는 것이 불가능한 것처럼, 제국의 본토와 해외 식민지 간의 관계를 고려하지 않고서 제국의 문화를 이해하는 것은 불가능하다.[53] 박태원의 문학 세계는 경성과 동경의 텍스트를 대위법적으로 동시에 읽을 때에 온전히 이해될 수 있다.

---

50 Jameson Fredric, "Modernism and Imperialism", *Nationalism, Colonialism, and Literature*, Minneapolis : University of Minnesota Press, 1990, p.58.

51 에드워드 사이드, 박홍규 역, 『문화와 제국주의』, 문예출판사, 2005, 156쪽.

52 빌 애쉬크로프트, 이석호 역, 『포스트 콜로니얼 문학이론』, 민음사, 1996, 182쪽.

53 Brantlinger Patrick, *Rule of Darkness : British Literature and Imperialism, 1830~1914*, Ithaca : Cornell University Press, 1990, p.15.

참고문헌

1. 단행본 및 논문

Ai Maeda, *Text and the city : essays on Japanese modernity*, Duke University Press, 2004.

E. Taylor Atkins, "The Dual career of Arirang", *Journal of Asian Studies* Vol.66, No.3, 2007.

Fredric Jameson, "Modernism and Imperialism", *Nationalism, Colonialism, and Literature*, University of Minnesota Press, 1990.

Fredric Jameson, *Jameson on Jameson*, Duke University Press, 2007.

Karen Laura Thornber, *Empire of Texts in Motion*, Harvard University Asia Center, 2009.

Margaret Cohen & Carolyn Dever(EDT), *The Literary Channel : The Inter-National Invention of the Novel*, Princeton University Press, 2001.

Margaret Cohen, *The Novel and the Sea*, Princeton University Press, 2010.

Patrick Brantlinger, *Rule of Darkness : British Literature and Imperialism*, 1830~1914, Cornell University Press, 1990.

Timothy Brennan, "The National Longing for Form", *The Postcolonial Studies Reader* (2nd Edition), Routledge, 2005.

William Gardner, *Advertising Tower : Japanese Modernism And Modernity in the 1920s*, Harvard Univ. Press, 2007.

게오르크 루카치, 김경식 역, 『소설의 이론』, 문예출판사, 2007.

김미지, 『언어의 놀이, 서사의 실험-박태원의 문학 세계와 탈경계의 수사학』, 소명출판, 2014.

김윤식, 「'날개'의 생성과정론-이상과 박태원의 문학사적 게임론」, 『한국 근대문학사와의 대화』, 새미, 2002.

노형석, 『한국 근대사의 풍경』, 생각의나무, 2006.

도미타 쇼지, 유재연 역, 『그림엽서로 본 일본 근대』, 논형, 2008.

미리엄 실버버그, 강진석 외역, 『에로틱 그로테스크 넌센스』, 현실문화, 2014.

박태원, 『반년간』, 『동아일보』, 1933.6.15~8.20.

_____, 「방란장 주인」, 「사흘 굶은 봄달」, 『한국소설문학대계』 19, 동아출판사, 1995.

_____, 『구보가 아즉 박태원일 때』, 깊은샘, 2005.

_____, 권은 편, 「구보씨의 일일」, 『천변풍경』, 현대문학, 2011.

배경식, 『기노시타 쇼조, 천황에게 폭탄을 던지다』, 너머북스, 2008.

블라디미르 포토로프, 「뻬쩨르부르그와 러시아 문학에 있어서의 뻬쩨르부르그 텍스트」, 『시간과 공간의 기호학』, 열린책들, 1996.

빌 애쉬크로프트, 이석호 역, 『포스트 콜로니얼 문학이론』, 민음사, 1996.

신주혜, 「나가이 가후의 '스미다가와'에 나타나는 공간 표상」, 『일본학보』 76집, 韓國日本學會, 2008.

에드워드 사이드, 박홍규 역, 『문화와 제국주의』, 문예출판사, 2005.

엘리스 K. 팁튼·존 클라, 이상우 외역, 『제국의 수도 모더니티를 만나다』, 소명출판, 2012.

오카야마 주니치로[岡山善一郞], 「일본에서의 '아리랑'의 수용」, 『한국문학과 예술』 7권, 한국문예연구소, 2011.

이소영, 「'아리랑'의 문화적 변용에 따른 음악적 특징―유성기 음반의 아리랑을 중심으로」, 『음악학』 24권, 한국음악학학회, 2013.

임종석, 「가와바타의 '아사쿠사구레나이단'의 세계」, 『일본문화학보』 16, 한국일본문화학회, 2003.

정형 외, 『일본문학 속 에도·도쿄 표상연구』, 제이앤씨, 2009.

조르주 풀레, 조종권 역, 「프루스트의 공간」, 『마르셀 프루스트의 문학세계』, 청록출판사, 1996.

켄 카와시마, 「상품화, 불확정성, 그리고 중간착취―전간기 일본의 막노동시장에서의 조선인 노동자들의 투쟁」, 『근대성의 역설』, 2009.

프랑코 모레티, 조형준 역, 『근대의 서사시』, 새물결, 2001.

_____, 『공포의 변증법』, 새물결, 2014.

프레드릭 제임슨, 남인영 역, 『보이는 것의 날인』, 한나래, 2003.

제국의 지도와 경성의 삶[*]

이상『12월 12일』론

아이카와 타쿠야

1. 머리말

처음으로 간행된 이상(1910~1937)의 작품이자 유일한 장편소설로 알려져 있는 『十二月十二日』[1]은 1975년에 재발견된 이래 '이상 문학의 원점'으로 간주되어 왔다. 한 남자의 방랑, 가족 간의 갈등과 애증, 그리고 죽음을 다룬 이 소설은 지금까지 이상문학의 바탕이 된 사유나 인식의 문제와 결부되면서 주로 해석되어 왔다. 『12월 12일』에 관한 선행

* 이 글은 국제어문학회 83차 국제학술대회 '동아시아 한국어문학의 교류와 교섭'(경희대학교, 2015.12.19)에서 발표한 내용을 대폭 수정한 것이다. 그 자리에서 토론을 맡아주신 와다 요시히로 선생님, 그리고 진지하고 열정적인 조언을 주신 김정훈 선생님께 감사를 드린다.

1 李箱, 『十二月十二日』, 『朝鮮』(조선문), 1930.2~12(전 9회. 8월, 11월은 휴재). 이하 이 텍스트 인용 시에는 (연재 횟수, 게재지 쪽수) 형식으로 표기한다. 인용문 중 []는 인용자에 의한 보완 및 주석을 뜻한다. 또한 가독성을 위해 인용문에 적당한 띄어쓰기를 부가했다.

연구는 비록 이상의 다른 작품에 관한 것에 비해 그 양이 많지는 않으나, 소설 중의 인간관계와 작가 이상 자신의 가족사의 연관 관계를 주요한 논제로 하면서 중요한 논의들을 산출해 왔다.

『12월 12일』이 재발견되었을 때 해제를 쓴 이어령은 이 소설의 존재로 인해 이상 연구 전체에 대한 재검토가 불가피하다고 하면서 이 소설의 문제성을 지적했다. 즉, 이상의 문학적 출발 시기에 대한 수정, '리얼리즘'의 서술 방식, 가족 간 갈등이라는 소재, 가난에 대한 공포와 불안에 기초하면서 다루어지는 죽음이라는 주제, 반복되는 '12월 12일'이라는 시간, '12'라는 숫자의 상징성, 작품을 관통하는 도덕관 등 일곱 가지이다. 이러한 점들을 거론하면서 이어령은 "우리는 〈12月 12日〉을 통해 한 어른의 어린 시절을 보듯이 李箱文學의 출발점을 볼 수 있으며 동시에 그 문학의 뿌리를 손으로 만져 볼 수가 있다"[2]고 결론한다. 작가로서의 이상의 '성장'을 전제로 하여 그 출발점에 『12월 12일』을 두는 구도는 이상의 가족사와 개인으로서의 성장 과정을 작품 내용과 면밀하게 결부시켜서 해석한 김윤식,[3] 이상의 세계 인식이나 문학적 기법의 원형을 보여주는 작품으로 『12월 12일』을 평가한 사에구사 도시카쓰[4]를 비롯한 후속 연구의 시점에 영향을 주었다.[5] 이들 연구에서 논의되

---

2   李御寧, 「李箱文學의 出發點」, 『文學思想』, 1975.9, 284쪽.
3   김윤식, 「공포의 근원을 찾아서 - 〈12월 12일〉론」, 『李箱研究』, 문학사상사, 1987.
4   三枝壽勝, 「李箱のモダニズム-その成立と限界」, 『朝鮮學報』 141, 朝鮮學會, 1991.
5   예컨대, 이상 문학에 나타난 죽음을 둘러싼 사유의 원점으로 『12월 12일』의 허무주의에 주목한 김주현, 「이상소설에 나타난 죽음의 문제」, 『이상 소설 연구』, 소명출판, 1999, 작중인물 '업'의 형상을 중심으로 작가의 이상적 자아와 현실적 자아의 상충을 논한 안미영, 「가족 질서의 변화와 개인의 성장-이상의 『십이월 십이일』연구」, 『문학과 언어』 22, 문학과언어학회, 2000, 『12월 12일』의 서사를 '모더니즘'으로 도달하기 위한 과도적인 것으로 파악한 최선영 · 이진송, 「이상의 『12월 12일』에 나타난 주제의식과 서사생성원리 연구」, 『한국문학이론과 비평』 59, 한국문학이론과 비평학회, 2013 등을 들 수 있다.

어 온 것처럼 『12월 12일』의 소설 세계가 '이상문학의 원점'으로 간주될 만한 요소들을 갖추고 있다는 것은 확실한 듯하다. 그러나 이러한 시점에 의한 연구는 『12월 12일』이라는 이상의 '처녀작'을 통해 이상의 작가적 '성장'이나 '성숙', 그 문학적 '심화'를 입증하는 논의에 귀착되고 만다는 한계를 지니고 있기도 하다.

근년에 들어 이와 다른 관점에서 『12월 12일』에 접근한 연구[6]도 등장하기 시작했다. 그 중에서도 소설 후반에서 주요한 대립을 이루는 주인공과 그 조카 '업'을 자본주의 사회가 낳은 전형적이고 극단적인 두 인물 유형을 형상화한 인물로 파악하고 그 사회가 강요하는 불행한 운명에서 주인공이 벗어날 수 있을지 여부를 실험한 것으로 『12월 12일』의 서사를 새로 해석한 송민호의 연구[7]는 주목할 만하다.

본고의 논의는 개인사 · 가족사에 치중한 『12월 12일』 해석을 넘어서려는 최근의 연구 경향의 연장선상에 위치한다. 송민호가 제출한 서사적 특징에 관한 논의를 바탕으로 본고에서 주목하는 것은 기존 연구에서 집중적으로 논의되어 오지 않았던 부분, 즉 소설 중에 재현된 경성, 일본 내지(內地), 그리고 가라후토(樺太, 사할린 남부)까지[8] 포함한 제국 규모의 지리적 영역과 그 속에서의 주인공의 유민(流民) 체험이다.

---

6 예컨대, 『12월 12일』에 담긴 사랑의 비극성을 실마리로 이상의 연애론을 재조명한 김주현, 「〈12월 12일〉과 사랑의 대위법」, 『실험과 해체―이상문학연구』, 지식산업사, 2014나 『12월 12일』을 포함한 다양한 이상 텍스트를 횡단하면서 생의 유한성의 초극이라는 보편적 주제를 이상 문학 속에서 발견하려는 방민호, 「이상 문학의 삶과 죽음」, 『이상 문학의 방법론적 독해』, 예옥, 2015 등이 있다.

7 송민호, 「뒤집힌 가족의 운명적 설계도」, 『'이상'이라는 현상―작가 이상이 경험한 동시대의 예술과 과학』, 예옥, 2014.

8 본고에서는 '경성', '내지', '가라후토', '대일본제국' 등 일본 제국주의에서 유래한 용어를 그대로 사용하기로 한다. 이것은 이들 용어를 통해 환기되는 역사적 맥락을 드러내기 위한 것이지 그 실효성을 주장하거나 일본 제국주의에 대한 지지를 표명하기 위한 것이 아니다.

이렇게까지 광범위한 지리적 영역을 재현한 이상의 텍스트가 따로 없다는 의미에서 이 점은『12월 12일』의 가장 큰 특징이다. 텍스트에 나타난 각 공간의 재현 양상을 분석하는 작업을 통해, 제국 규모의 이산의 서사와 경성에서의 파멸의 서사가 동거하는『12월 12일』의 소설 세계의 의미를 해명하는 것이 본고의 제일 목적이다.

제국 규모의 지리적 영역과 관련하여 조선총독부가 발행했던 잡지『조선』이라는 발표 매체의 문제를 거론할 수 있다. 조선총독부는 조선 통치를 목적으로 하는 행정기관이자 대일본제국의 네트워크를 구성하는 한 부서로서 조선 내외에서 거주·활동하는 조선인의 동태에 대해, '불령선인(不逞鮮人)'이라는 차별적 시선을 투영하면서 파악하는 데 애썼었다.『12월 12일』이 연재된 1930년 당시 일본어와 조선어 두 언어로 발행되었던 잡지『조선』은 제국 네트워크 안에서의 조선의 '진보'를 선전하거나, 앞으로의 '발전'을 위한 방책을 제시하는 것을 통해 통치 권력 측의 담론을 확산하는 데에 목적을 둔 매체였다.[9]『12월 12일』이 이러한 담론 공간 속에 놓인 텍스트라는 사실을 먼저 확인할 필요가 있다.

주자하다시피, 이상은 1929년부터 1933년까지 조선총독부 건축 관련 부서에서 기수로 재직했었다. 갓 스물을 넘은, 문학적 친분관계가 거의 없는 총독부 관리(官吏)에게『조선』이라는 매체는 자신의 표현 욕구를 충족시키기 위한 현실적인 선택지였을 것이다.[10] 때마침『조선』은

---

9 조선문『조선』의 개요에 대해서는 정근식,「조선문『朝鮮』解題」,『朝鮮文 朝鮮』영인본, 문현, 2011 참조. 또 조선문『조선』에 게재된 문학작품, 조선학 관련 논설, 민속 자료에 관해서는 이복규·김정훈,『국문판『조선』지 연구』, 박문사, 2013 참조.

10 백순재는『조선』에 이상의 작품이 게재된 사실에 대해, 당시『조선』지의 편집을 맡았던 시인 이해문과의 "단순한 교분관계에서 비롯된 것"이라 추측한 바 있다. 白淳在,「소경의 눈을 뜨게 만든 李箱의 長篇」,『文學思想』, 1975.9, 288쪽.

"內容을 充實히하야 面目을 改新하여 보려는"[11] 의도로 기고를 모집했으며, 1928년 6월호에 첫 "小說"[12]이 게재되자, 「(社會美談) 人情의美」(星南生, 1929.4~5), 「腰折할우습거리」(郭蘭史, 1929.6~12), 「寶源의참을人性」(星南生, 1929.7~8), 「(探偵小說) 疑問인鐵道의屍軆」(星南生, 1929.9~11), 「(連載小說) 順子의설음」(全訥齋, 1929.12~1930.1), 「(小說) 孝行」(星南生, 1930.1), 「(漫談) 千里駒－新舊生活의交響樂」(郭蘭史, 1930.2~12. 앞의 「腰折할우습거리」 개제) 등 '취미독물'의 경향이 있는 작품들이 계속 실리게 되었다.

자세히 검토할 여유는 없지만, 잡지 『조선』에 설치된 '문예'란은 무엇보다도 조선어 독자 획득을 겨냥한 기획이라는 성격이 강하다.[13] 이러한 기획의 성격을 반영해서인지, 『12월 12일』도 애초에는 "創作"[14]과 함께 "人情美談"(연재 제2회까지)이라는 목차 장르 표시 아래 게재되었다.[15] 이것은, 적어도 연재가 시작된 시점에서, 『12월 12일』이 고난에 시달리는 상황 속에서 등장인물들의 '아름다운' '인정'이 부각되는 이야기가 될 것이라는 편집자 측의 의도 또는 기대가 있었던 것을 의미할 것이다. "人情美談"이라는 장르 표시가 연재 제3회 이후 사라진 것은 연재가 진행됨에 따라 이 작품이 그러한 의도나 기대와 어울리지 않는다는 것이 분명해져 가는 과정과 관련된다고 생각할 수 있다.[16] 이 사실

---

11 「編輯室에서」, 『朝鮮』(조선문), 1928.3, 111쪽.

12 石泉, 「奇遇의男妹」, 『朝鮮』(조선문), 1928.6. 미완.

13 같은 시기 일문판 『조선』에는 한시, 와카和歌, 하이쿠가 실려 있을 뿐, 픽션의 요소를 가진 산문 독물은 별로 게재되어 있지 않다.

14 "創作"이라는 말은 1920년대 이래 잡지 『朝鮮文壇』을 중심으로 한 '신문학' 신진 작가들의 작품을 전대의 번역물·번안물과 구별하여 호칭 및 가치 부여하는 데 흔히 사용되었다. 천정환, 『근대의 책 읽기－독자의 탄생과 한국 근대문학』, 푸른역사, 2003, 292쪽.

15 이 사실에 대해서는 淺川晉, 「「十二月十二日」論」, 『朝鮮學報』 148, 1993, 106쪽에 언급되어 있다.

16 "人情美談"이라는 말은 당시 신문에서 「靈岩海岸에慘劇 물에나아갓다가죽은녀자－激

에서도 짐작할 수 있듯이 『12월 12일』은 『조선』이라는 총독부의 담론
장과 연관·길항하면서 생산된 텍스트이다. 따라서 이러한 연관·길
항 관계를 의식하면서 『12월 12일』에 대한 독해를 진행할 필요가 있다.

경성을 떠나 제국 각지를 방황한 끝에 다시 경성에 돌아와 거기서
파멸을 맞이하는 남자의 반생을 그린 『12월 12일』에는 조선총독부라
는 식민 권력 기관을 통해 대일본제국의 네트워크에 편입된 조선, 특히
경성을 중심으로 한 조선인의 삶에 관한 인식이 드러나 있다고 볼 수
있다. 송민호의 표현을 빌자면, 경성에서 전개되는 '운명적 설계도'가
제국 규모의 지리적 상상력과 연동되는 양상을 『12월 12일』을 통해 볼
수 있을 것이라는 말이다.

이하 2장에서는 소설의 구조적 특징을 지적한 다음, 소설 전반부(연
재 제1~4회)에 나타난 일본 내지 및 가라후토와 거기서 방황하는 주인
공의 신체의 재현 방식을 검토한다. 이를 통해 주인공의 제국 방황과
경성으로의 귀환이 갖는 의미를, 1920년대부터 등장하기 시작한 조선인
유민의 소설적 표상 양상[17]과 시론적으로 관련시키면서 살펴본다. 3장
에서는 소설 후반부(연재 제5~9회)에서 펼쳐지는 경성에서의 가족 간 갈
등과 파국의 양상, 그리고 소설을 마무리하는 주인공의 자살을 다룬다.
전반부의 제국 방황과 관련된 주인공의 삶과 죽음의 함의를 논하면서

浪中에 人情美談」, 『每日申報』, 1928.7.15; 「同族愛의눈물로 延命한移住災民 사랑눈물
로간신히살아－各種人情美談」, 『東亞日報』, 1929.5.16; 「故國을戀慕하는 道月里同胞
대관서돈벼러진흥회에보내－光陽의人情美談」, 『每日申報』, 1930.2.20 등 예를 찾을
수 있다. 또 "공산당피고인" 조이환(曺利煥)의 보석을 허헌, 박헌영 등이 도와준 이야
기가 「人情美談－공산당의삼일」, 『每日申報』, 1927.10.17이라는 짧은 기사로 소개된
바도 있다. 이것 자체가 흥미로운 사례이지만 본 발표의 범위를 벗어나므로 더 이상
다루지는 않겠다.

17 이에 관해서는 나병철, 「유민화된 민중과 디세미네이션의 미학－1920년대 문학을 중
심으로」, 『한국문학이론연구』 60, 현대문학이론학회, 2015 참조.

마지막으로 『12월 12일』이라는 소설에서 읽어낼 수 있는 경성의 식민지 근대적 삶에 대한 인식을 밝힌다.

2. 제국을 방황하는 신체

소설 연재 제1~3회는 특별한 절 표시가 없는 도입부, 소설의 주인공 '그'를 소개하는 제1절, '그'가 어머니와 함께 조선을 떠나는 과정을 묘사한 제2절, '그'가 친구 'M'에게 보낸 편지(1~5신), 경성에 사는 '그'의 아우 'T'의 곤경과 그의 아들 '업'의 성장을 서술하는 제3절, 오만한 업과 M과의 갈등을 전하는 제4절, 그리고 '그'의 귀향 의지가 담긴 M에게 보낸 편지 6신으로 구성된다. 연재 제4회 서두에는 '작자의 말'이 삽입되고 이후 소설 끝까지 간간이 '×××'라는 기호로 분절되면서 서사가 전개된다. 소설 내용의 구체적인 분석에 앞서 먼저 서술자 '나'가 등장하는 도입부를 통해 이야기의 제시 방법을 살펴보기로 한다.

소설은 '나'가 조선을 떠난 과거의 시점으로부터 현재까지를 회상적으로 재구성한 다음과 같은 대목으로 시작된다.

> 이때나 저때나 박행(薄幸)에 우는 내가 십유여년 전 그해도 저무려는 어느날 지향도 업시 고향을 등지고 써나가랴 할때에 과거의 나의 파란만흔 생활에도 적지안흔 인연을 가지고 잇는 죽마의구우 M군이 나를 보내려 먼 곳까지 쏘차나와 갈님을 앗기는 정으로 나의 손을 붓들고
> "세상이라는 것은 우리가 생각하는 것과 갓튼 것은 아니라네"

하며 처창한 낫빗으로 나에게 말하든 그째의 그말을 나는 오늘까지도 긔억하야 새롭거니와 과연 그후의 나는 M군의 그말과 갓치 내가 생각든바 그러한 것과 갓튼 세상은 어늬 한모도 차자내일수는 업시 모도가 돌연적이엿고 모도가 우연적이엿고 모도가 숙명적일 쑨이엿섯다. (1회, 107)

여기서 말해지는 것은 여의치 않은 세상에서 "이째나 저째나 박행(薄幸)에" 울면서 살아왔다는 '나'의 반생에 대한 자기 인식이다. 이 대목을 맺는 "모도가 돌연적이엿고 모도가 우연적이엿고 모도가 숙명적일 쑨이엿섯다"는 구절은 그 반생을 한마디로 축약한 표현이라고 할 수 있다. 이 표현은 이 소설 자체의 약간 성급하고 갑작스러운 전개에 대한 자기 언급인 동시에 소설이 제시하는 세계관의 핵심이기도 하다.

모든 일들이 "돌연적"이고 "우연적"이고 "숙명적"으로 일어났다는 '나'의 반생은 "불행한운명"(1회, 108)에 절대적으로 구속된 것이었다고 서술된다. 그리고 "불행한운명"에 속박된 '나'의 반생을 『그』라는 인격에 붓치여서 재차의 방랑생활에 흐르랴는 나의 참담을 극한 과거의 공개장으로 하랴는 것"(1회, 108)이 『12월 12일』이라는 텍스트라고 설명된다. 즉, '나'의 인격을 가탁한 '그'라는 인물이 '나'의 "과거"의 경험에서 얻어진 운명론이 지배하는 세계에서 살아가는 과정을 쓰는 일이 이 소설의 서술행위에 해당하는 것이다.

서술자는 "『그』라는 인격"을 창조함으로써 자신의 "참담을 극한 과거"의 구체적 양상을 "創作"이라는 형식으로 쓰고자 한다. 이 소설을 통해 개진되는 '그'의 이야기는 모두가 "돌연적"・"우연적"・"숙명적"이었다는 인식 아래 서술자 '나'="李箱"이라는 인물[18]이 자신의 과거를 "공개"함으로써 무엇인가를 전달하려는 의도로 쓰여진 것이라고 이해된다. 따라서 이 소설의 독해에 있어서는 "돌연"・"우연"・"숙명"이 지배하는 삶에 관한 이야기를 "공개"하는 방식과 그 효과가 무엇인지를 밝힐 작업이 요구된다.

경성을 떠나 부산에서 연락선을 타고 일본 내지로 건너간 '그'의 이야기는 전적으로 M에게 보낸 편지 형식으로 서술된다. 편지는 공간적으로 멀리 떨어진 수신자와 발신자 사이에서 이루어지는 소통의 한 형식이다. 편지는 "주고받는 사람들 사이에 형성된 공간적 거리감을 지우고, 존재의 실감을 부여함으로써 내밀한 공감을 형성"[19]하는 효과를 지닌다. 수신자는 입말을 대신할 수 있는 것으로 통용되는 '언문일치' 문체[20]를 통해 발신자의 목소리나 낯선 땅에 사는 발신자의 모습을 상상하고 가상적인 소통의 장을 구축하는 것이다. 친구 사이인 M에게 보내는 '그'의 편지는 '나'와 '자네'라는 관계성을 전제로 쓰여져 있다. 여기서 친구 혹은 벗으로서 수신자 M의 존재는 (사이가 좋지 않은 아우 T와의 사이에서는 불가능한) '그'의 직접적인 감정 전달을 가능하게 하는 프레임의 기능을 갖는다.[21] 이러한 소통 양상이 소설 본문에 글로 제시되는 것

---

18 이 '나'="李箱"이라는 등식은 물론 역사적 사실과는 상반되는 상상적인 것이다. 작품 발표 당시 "李箱"이라는 글쓴이가 조선총독부에 재직 중인 김해경이라는 젊은이임을 알고 있었던 사람은 극소수였다고 추측되기 때문에, 이 글에 적용되는 읽기 모드로 이러한 상상적인 등식이 성립될 수 있다고 생각한다. '읽기 모드'에 관해서는 스즈키 토미, 한일문학연구회 역, 『이야기된 자기-일본 근대성의 형성과 사소설담론』, 생각의나무, 2004 참조.

19 김성수, 『한국 근대 서간 문화사 연구』, 성균관대 출판부, 2014, 171쪽.

20 김성수는 편지의 문체가 본질적으로 "말과 글의 중간형태"이며 "언문일치체 문장의 실현이 근대 서간의 주요한 기능이었다"고 지적한다. 위의 책, 174~178쪽.

21 신지연, 「'느슨한 문예'의 시대-편지형식과 '벗'의 존재 방식」, 『반교어문연구』 26, 반교어문학회, 2009. 신지연은 이 글에서 1920년대 초반을 지나면서 남성 엘리트에 의한 '본격문학'이 제도적으로 정착함에 따라 "친구 간의 감정이 오롯이 자리 잡고 성장할 수 있는 자리도 사라진다"(348쪽)고 지적하는데, 당초에 "人情美談"으로 기획된 『12월 12일』의 경우처럼, '본격문학' 외의 영역에서 벗을 향한 편지의 감상성이 살아남았

은 독자가 수신자 M에게 동일화하는 것을 통해 발신자 '그'의 '목소리'를 듣고 '감정'의 토로를 받아들이게 되는 효과를 갖는다고 생각된다.

한편, 편지 형식이 구축하는 소통의 장은 가상적인 것에 불과하다. 이는 '그'의 10년 남짓한 방랑 생활이 단지 여섯 편밖에 안 되는 편지를 통해, 그때마다 달라지는 '지금-여기'에 기초하면서 비연속적으로 전달·재현된다는 점에서도 확인할 수 있다. 이러한 재현 방식은 정보 전달의 시차를 필연적으로 수반하고 안정적인 주소를 전제로 하는 우편제도의 특성이 반영된 것이라고 할 수 있다. 『12월 12일』에서 편지가 실현하는 소통의 특성은 수신자(=독자)가 자리하는 경성을 기점으로 하여 편지의 발신지인 '그'의 유동적인 거처와의 지리적인 현격을 의식하게 한다. 『12월 12일』에서 채택된 편지 형식은 경성 혹은 조선의 외부에 있는 크고 넓은 영역에 대한 인식을 자극하는 동시에, '그'의 '목소리'를 통해 각 장소를 경성과의 거리 감각에 기초하여 구체적으로 또 생생하게 상상하게 하는 장치인 것이다.[22]

이제 '그'가 M에게 보낸 편지의 구체적인 서술을 살펴보도록 한다. 방랑 생활 전반부의 무대는 고베[神戶]와 나고야[名古屋]이다.[23] 처음에

다는 사실은 간과할 수 없을 것이다.

22 송민호는 신소설에 나타난 외부 세계의 형상화 양상과 우편제도 성립의 깊은 연관성을 논한 바 있다. 송민호, 「우편의 시대와 신소설」, 『겨레어문학』 45, 겨레어문학회, 2010.

23 고베 시가 위치한 효고[兵庫] 현, 나고야 시가 위치한 아이치[愛知] 현은 오사카 부, 도쿄 부, 후쿠오카 현 등과 함께 식민지 시기 재일조선인의 인구 집중이 현저했던 지역이다. 유학생 등 노동자나 생활 곤궁자 이외의 인구도 적지 않았던 도쿄나 탄광 노동자 비율이 높았던 후쿠오카, 제주도를 포함한 전라남도 출신자가 많았던 오사카가 여기서 소설의 무대로 선택되지 않았던 것은 각 지역의 특색이 강하게 드러날 것을 염려해서인지도 모른다. 니시나리타 유타카[西成田豊]는 행정 자료에 주로 기초하여 해당 시기 재일조선인의 인구·출신지·직업 구성을 분석한 바 있다. 니시나리타가 부산-시모노세키[下關](1905년 개설), 제주도-오사카(1922, 1924, 1929년에 3사 개설)라는 도항 경로의 존재를 배경으로 "일본에 유입하는 조선인은 지인, 친구, 친척이 불

정착한 고베는 편지 속에서 다음과 같이 묘사된다.

　　나의 지금 잇는 곳은 신호시(神戶市)에서 한 일리쯤 쩌러저 잇는 산지(山地)에 갓가운 곳인데 이곳에는 수업는 조선사람의 로동자가 복음자리를 치고잇는 것일세 이 산비탈에 일면으로 움들을 파고는 그 속에서 먹고 자고 울고 웃고 썻고 빨내하고 바누질하고 하면서 복작 복작 오물거리며 살아가는 것일세 (…중략…) 고향쌍을 멀니 쩌난 이곳일세만 그래도 우리끼리 모혀사는 것 갓해서 그리 쓸々하거나 낫설지는 안흔듯해! (1회, 112)

또 다음에 거주하게 된 나고야에서 온 편지는 '그'가 "어느식당 '쑈이'"(1회, 117)가 되고 반년 만에 "헷드쿡"(1회, 117)이 된 것을 전한다. 그 "식당"이 어떤 종류에 것인지는 다음과 같이 설명된다.

　　나의 지금 목줄을 매이고 잇는 식당은 일홈이야 먹을식자 식당일세만은 그것을[sic] 먹기 위한 식당이 안이라 놀기를 위한 식당일세 이 안에는 피아노가 노혀잇고 라듸오가 잇고 축음기가 몃 개식이나 잇네 쑨만 안이라 어엿쑨 녀자(女給)가 이십여 명이나 잇스니 이곳 청등(靑燈) 그늘을 차자드는 버러지의 무리들은 '망핫탕'과 '화잇트홀스'에 신경을 마비식혀가지고 란조(亂調)의 '짜쓰'에 취하며 육향분복(肉香芬馥)한 소녀들의 불근 닙술을 보려고 모혀드는 것일세 (…중략…) 이 버러지들은 사회전반의 계급을 망

러서 오게 된 경우가 많았기 때문에[시모노세키에서 – 인용자] 산요[山陽]선으로 오사카 시까지 가는지, 고베 시에서 내리는지는 출신 도(道)의 차이에 결정적으로 의존했었다고 봐도 무방할 것"(西成田豊, 『在日朝鮮人の「世界」と「帝國」國家』, 東京 : 東京大學出版會, 1997, 45~46쪽)이라고 추측한 것을 고려하면, 경기도 출신이고 부산에서 배를 타 (아마도) 시모노세키에서 상륙한 '그'가 고베에 먼저 정착한 것은 현실감이 있는 설정이라고 할 수 있다.

라하얏스니 직업이 업는 부랑아(浮浪兒) · '살라리맨' · 학생 · 로동자 · 신문기자 · 배우 · 취한 그러한 여러 가지 계급의 그들이나 그러나 촉감(觸感)의 향락을 구하며 렴가(廉價)의 헛된 사랑을 구하랴 오는 데에는 다 한결가치 일치하야버리고 마는 것일세. (1회, 117~118)

편지에는 이러한 '그'의 '지금-여기'에 대한 상황 설명과 함께, 고베에서 "하루에 일원오십전"(1회, 114)을 임금으로 받으면서 술과 도박에 빠지는 심정이나 나고야의 식당에서 "밤마다 이 버러지들의 목을 축이기 위한 신경을 마비식히기위한 비료(肥料)거리와 마취제를 료리"(1회, 118)하는 일의 퇴폐함이 쓰여져 있다. 그러나 이러한 묘사는 당시 일본으로 건너간 조선인들의 생활 실태를 취재한 것이라고는 생각하기 어렵다. '그'의 편지를 통해 재현된 고베와 나고야의 모습은 오히려 경성을 비롯한 조선의 도시들에서 볼 수 있었던 식민지근대의 풍경을 상상적으로 투영한 것처럼 보인다.[24] 도시에 유입하고 땅과 집을 구하지 못한 사람들이 "산비탈에 일면으로 움들을 파고" 사는 상황은 1920년대부터 본격적으로 사회문제화되기 시작한 '토막(土幕)'의 상황을 떠올리게 한다.[25] 또 나고야의 "식당" 풍경은 1920년대 이래 경성에도 유입된

---

24 도노무라 마사루(外村大)는 위의 책에 대해 "재일조선인의 '세계'를 잡고자 한 니시나리타가 실제로 논의하고 있는 것은 재일조선인의 '세계' 그 자체가 아니라, 행정당국자나 운동의 지도자 등 그 바깥, 적어도 민중들과는 다른 자리에 위치한 자가 그것을 다룬 방식, 거기서 시도한 공작의 양상, 그리고 통계 숫자를 통해 부상되는 그 외형적인 모습일 뿐"이라는 날카로운 비판을 가한 바 있다(外村大, 『在日朝鮮人社會の歷史學的研究-形成 · 構造 · 變容』, 東京 : 綠蔭書房, 2004, 15쪽). 이러한 비판을 염두에 두면, 『12월 12일』의 '재일조선인' 재현도 조선총독부에 집적된 지배자를 위한 정보를 바탕으로 생산되었다는 한계를 지적할 수 있을 것이다. 단, 본고에서는 그러한 한계의 지적이 아니라 실제로 만들어진 재현의 효과에 논의의 초점을 맞추기로 한다.

25 토지조사사업이 야기한 조선 농민의 이농과 도시 유입은 경성에서의 과잉 도시화(over urbanization)와 도시 비공식 부문(urban informal sector)의 확대를 초래했다. 이

카페의 그것을 방불케 하는 것이다.[26]

이러한 재현 방식은 경성에서도 볼 수 있었던 '근대성'의 측면들을 제국 본국의 지리적 공간 속에 배치함으로써 제국–식민지 간의 사회적·문화적 상호침투 현상을 환기하는 것이라고 할 수 있다. 편지를 통해 전해지는 '그'의 이동은, 거처할 집을 구할 수 없는 '세민(細民)'의 생활공간과 (이성애 남성을 위한) 성적 위안과 쾌락을 제공하는 유흥 공간이라는 자본주의 체제하의 대조적인 두 공간을 횡단하는 것이다. 경성의 식민지근대 문화가 조선인에 대한 선택적 배제와 혼종성을 특징으로 하는 것이었다면,[27] '그'의 이동은 그러한 '식민지근대'가 일본 내지에서도 비슷한 방식으로 조선인에게 작용하는 것임을 암시한다. 이때 '그'의 신체는 일본이라는 "이국의생활(異國生活)"(1회, 113) 속에서 모순적으로 중첩되는 근대의 경험이 각인되는 장으로 해석 가능하다.

고베와 나고야에서 '그'가 각각 직면하게 되는 친한 사람의 죽음은 이러한 이동과 횡단이 '그'의 자기결정을 압도한 것임을 시사한다. 고베에서의 어머니의 죽음을 '그'는 "운명의 끝임업는 작란"(1회, 114)이라고 인식하며 "일로부터 자유로히 세상을 구경하며 그날그날을 유쾌하게 살아가랴고 하는 것"(1회, 116)이라고 말한다. 또 나고야에서 친하게

러한 상황 아래 산기슭, 강가, 공한지에 간단한 집을 짓고 사는 '토막민'이 사회문제화 됐다. 橋谷弘, 『帝國日本と植民地都市』, 東京 : 吉川弘文館, 2004, 48~65쪽 및 孫禎睦, 『日帝强占期 都市社會相 硏究』, 一志社, 1996, 251~282쪽 참조.

26 경성의 '모던'한 유행을 상징하는 시설로서의 카페에 대해서는 김진송, 『현대성의 형성–서울에 딴스홀을 許하라』, 현실문화연구, 1999나 신명직, 『모던쏘이, 京城을 거닐다–만문만화로 보는 근대의 얼굴』, 현실문화연구, 2003을 비롯해 수많은 연구 축적이 있다. 최근의 성과로는 시각 자료와 담론 자료를 통해 조선인의 카페 경험을 조명한 우정권, 「1930년대 경성 카페 문화의 스토리 맵에 관한 연구」, 『한국현대문학연구』 32, 한국현대문학회, 2010이 주목할 만하다.

27 김백영, 『지배와 공간–식민지도시 경성과 제국 일본』, 문학과지성사, 2009, 497~519쪽.

사귄 친구의 죽음은 "세상이 허무라는 이 불후(不朽)의 법측"(1회, 117)을 '그'로 하여금 상기시키고, "오즉 운명이 가저올 다음의 작란은 무엇인지 기다리고 잇슬 짜름"(1회, 119)이라는 심경에 이르게끔 만든다. 여기서 언급된 "운명"의 "작란"이란 "돌연적"이고 "우연적"이고 "숙명적"인 '그'의 반생을 추동하는 힘이라고 할 수 있다. '그'의 방황과 근대 경험의 축적은 '그'의 삶이 "운명"의 "작란"에 농락되면서 안정성을 잃어가는 것과 동시적으로 진행된 것임을 여기서 알 수 있다.

가라후토에서 '그'가 입게 되는 상처는 그러한 삶의 안정성의 결여가 구체적인 흔적으로 '그'의 신체에 각인된 것이라고 볼 수 있다. M에게 보낸 네 번째 편지에는 "북극권(北極圈)에 갓가운 위경도(緯經度)의 수ㅅ자를 소유한 곳"(2회, 107)에서 '그'가 경험한 "재생(再生)"(2회, 107)이 서술된다. 가라후토에서 광부가 된 '그'[28]는 광산차 사고 때문에 사경을 헤매면서 "환계(幻界)갓흔 꿈"(2회, 110) 속에 빠진다. 그 "꿈"은 '그'의 과거를 청산하는 것으로 다음과 같이 의미화된다.

---

28 가라후토에서는 1910년대 말부터 1920년대에 걸쳐 조선인 인구가 급증하여 경찰 당국이 '우려'를 표시할 정도였다(樺太廳警察部, 「樺太在留朝鮮人一班」(1927), 在日朝鮮人運動史研究會 編, 『在日朝鮮人史資料集』 1, 東京 : 綠蔭書房, 2011, 439~440쪽). 제1차 세계대전 후에 늘어난 가라후토 산 펄프 수요로 인해 1920년대에 시루토루(知取, 현 러시아 사할린 주 마카로프), 에스토루(惠須取, 현 러시아 사할린 주 우글레고르스크) 등 공업 도시가 건설됐다. 이에 따라 토목건축, 목재 공급, 그리고 화력발전소 연료로 필요한 탄광 개발 등 분야에서 대량의 노동력이 필요하게 되어 내지나 조선에서 건너온 조선인 노동자가 증가했다. 또 같은 시기 사할린 북부를 점령했던 일본구의 철수로 인해 조선에서 연해주를 거쳐 사할린 북부에 거주했던 조선인들이 일본 영토인 가라후토(사할린 남부)로 피란ㆍ이주한 현상이 나타났다. 이 두 가지가 겹치면서 1920년대 가라후토의 조선인 인구 급증의 요인이 되었다고 한다. 三木理史, 「戰間期樺太における朝鮮人社會の形成」, 今西一 編著, 『北東アジアのコリアン・ディアスポラ―サハリン・樺太を中心に』, 小樽 : 小樽商科大學出版會, 2012. 『12월 12일』의 가라후토 재현은 이러한 사정을 바탕으로 한 것으로 보인다.

그 꿈은 나의 죽은 과거와 재생 후의 나 사이에 형상지여저 잇는 과도긔에 의미 깁흔 꿈이엿네 하여간 니를 갈아가며라도 살아가겟다는 악지가 나의 생에 대한 변경식히지 못할 신렴이엿네 다만 나의 의미업시 쏘 광명업시 그대로 삭제(削除)되여바린[sic]과거 ―― 나의 인생의 한부분을 설一쩨 조상(吊喪)하얏슬 짜름일세. (2회, 111)

'그'는 사고를 계기로 삶의 세계로부터 "환계(幻界)갓흔 꿈", 즉 죽음의 세계를 엿본 체험을 겪음으로써 "재생"을 지향하게 된다. 이 대목에 동원된 "죽은과거"를 "조상"한다는 수사법에서도 '그'가 받은 충격의 성질을 알아차릴 수 있다. 여기서 주목해야 될 것은 '그'가 삶의 임계점에 도달한 장소인 가라후토가 "북극권(北極圈)에갓가운 위경도(緯經度)"에 위치한, 말하자면 사람이 이동 가능한 영역의 임계점인 것처럼 재현되어 있는 점이다. 이것은 '그'의 "재생"이라는 것이 단지 대일본제국의 국경 내부에서만 상상될 수 있는 것임을 암시한다. '그'의 의식이 대일본제국의 영역 내부에 갇혀 있다는 것, 바꿔 말하면 대일본제국의 외부에 대한 지리적 상상력이 봉쇄되어 있다는 것은 『12월 12일』에 나타난 삶에 대한 인식과 깊은 관계를 맺는다(후술).

가라후토에서 당한 사고의 결과로 '그'는 왼쪽 다리를 심하게 다치고 후유증을 입는다. 즉, '그'의 "재생"은 왼쪽 다리에 입은 상처를 대가로 이루어진 것이다. 이 상처는 "완전한 절쑥발이로 울면서하든[도쿄에 갈 것이라는]예언에 어긔지 안은채 다시금 동경시가에 낫타낫"(2회, 115, 강조―인용자)다고 하는 '그'의 말에서 알 수 있듯이, 이제 도쿄에서 살아가려는 '그'의 정체성을 지배하게까지 된다.

도쿄에서 '그'는 하숙집 주인과 친해져서 "주객(主客)의굴네"(3회, 118)

나 "경제문제(經濟問題)를 버서난 가족"(3회, 119)과 같은 관계가 되었다고 말한다. "나는 아즉 아모데로도 옴길 생각이 업"(2회, 116)다며 "자네는 안심하고 이곳으로 편지하야 주기를 바라네"(2회, 116)라고 M에게 전하는 것을 보면 '그'는 도쿄에서 확실한 주소와 안정적인 삶을 얻은 것처럼 보인다. 그렇지만 그 '안정'은 하숙집 주인의 죽음과 그 유산의 상속이라는 "돌연"한 "운명에 조우(遭遇)"(3회, 119)함에 따라 상실된다. 이 사건을 계기로 하여 '그'는 재산을 얻는 동시에 "고향에 도라가"(3회, 120)려는 지향을 갖게 된다.

일본 내지에서 고생 끝에 재산을 얻고 조선으로 귀향하는 '그'의 이동은 한 피식민자의 입신출세 환상과 표면적으로 일치하는 것 같기도 하다. 그러나 『12월 12일』의 '그'에게 주어진 것은 왼쪽 다리에 상처를 받은 훼손된 신체이며, 그 재산은 하숙집 주인의 죽음이라는 "돌연적"인 "운명"이 '그'에게 가져다준 것에 불과하다. 경성으로 가는 기차 안에서 "남의 것"(4회, 117)을 "횡재"(4회, 122)했다는 의식이 '그'를 사로잡는 것은 '그'의 귀향을 둘러싼 이러한 경위 때문이다. 다리를 다쳐서 '정상적으로' 걸어갈 수 없게 된 '그'의 신체[29]와 생활의 경제적 기반이 될 돈을 "횡재"로 얻었다는 불안은, 이후 전개될 경성에서의 삶이 안정성과 정당성을 결여한 것이 될 수밖에 없다는 것을 예시(豫示)한다.

제국 규모의 지리적 영역 안에서 이동하고 생활하고 노동하고 다치고 재산을 얻은 '그'의 궤적은 편지라는 전달 방식을 통해, "아모리 그

---

29 잘 알려져 있듯이, 이상 작품에서 '절뚝발이' 혹은 '절름발이'라는 모티프는 시 「BOITEUX · BOITEUSE」(1931)나 소설 「날개」(1936) 등에서 보조가 맞지 않는 남녀의 이미지로 등장한다. 제국 영역을 횡단하는 한 남자의 삶의 불안정성이라는 주제가 남녀관계의 부정합(不整合)이라는 형태로 변주된 것으로 보이는데, 이 점에 대해서는 다른 기회에 상론하겠다.

적빈을 버서나려고 애써왓스나 (…중략…) 오늘까지도 역시 그 적빈을 면할 수는 업섯다"(2회, 116)고 하는 경성의 폐색 상황과 대비된다. 경성에 있는 M을 수신자로 하는 편지에 쓰여진, 멀리 떨어진 낯선 '이곳'들은 경성, 나아가 조선의 외부에 대한 상상력을 자극하면서 '그'의 신체가 이동하는 제국의 지도를, 재산의 획득이라는 '성공'의 환상과 함께 형성한다. 이러한 말하자면 '환상의 유민 서사'는 식민지 지배자의 생체권력과 죽음정치가 만들어낸 식민지 민중의 유이민 상태와 그 문학적 표상의 계보 속에 집어넣을 수 있을지도 모르겠지만, 현진건의 「고향」(1926) 등에서 나병철이 읽어낸, 산포된 네이션 / 네이션의 산포(disse-miNation)에 기반한 연대가 생성한 "해방된 삶을 소망하는 보이지 않는 네트워크"[30]와는 별개의 상상을 불러일으킨다.

'그'가 훼손되고 불균형한 신체와 "횡재"라는 불안과 함께 얻은 돈을 가지고 경성에 돌아오는 것은, 제국 각지를 '순례'하는 과정을 거쳤더라도 (혹은 그 이동이 제국 영역을 벗어나지 못하는 한) 안정적인 삶의 실현이 불가능하다라는 것을 암시한다고 할 수 있을 것이다. '그'의 이동이나 '그'가 직면한 사건이 모두 "운명"·"우연"·"돌연"의 결과로, 즉 늘 삶의 불안정성을 야기하는 것으로 의미화되어 있다는 것이 이것을 방증한다.

이렇게 생각하면, 연재 제4회에 삽입된 "李〇"(4회, 115)의 말은 의미심장하다.

나에게 나의 일생에 다시 업는 행운이 돌아올 수만 잇다 하면 내가 자살할 수 잇슬 때도 잇슬 것이다 그 순간까지는 나는 죽지 못하는 실망과 살지

---

30 나병철, 앞의 글, 264쪽.

못하는 본수(復讐)[sic. 이하 인용에서는 '복수'로 수정] ── 이 속에서 호흡을 계속할 것이다.

나는 지금 희망한다 그것은 살겠다는 희망도 죽겠다는 희망도 아모 것도 안이다 다만 이 무서운 긔록을 다 써서 맛초기 전에는 나의 그 최후에 내가 차지할 행운은 차자와 주지 말앗스면 하는 것이다 무서운 긔록이다. (4회, 115)

느닷없이 삽입된 이 '작자의 말'이 이상의 각혈이라는 개인사적 사건과 관련된 것이라는 기존의 견해는 타당할 것이다. 그러나 이것을 『12월 12일』이라는 소설의 내용과 유리된 것이 아니라, 그 내적 맥락 속에서 해석할 수도 있을 것이라고 생각된다.

삶의 임계점으로 의미화된 가라후토에서 '그'가 "재생"했다는 것은 반대로 말하면 삶의 임계(=제국의 임계)를 넘어 죽음의 세계로 도달하지 못했다는 것이기도 하다. 그리고 죽지 못한 것을 "재생"이라고 인식했다고 하더라도, '그'의 불안정한 신체와 "횡재" 의식이 암시하듯이 경성에서의 삶 역시 위태로울 수밖에 없을 것이다. 이렇게 생각하면, '작자의 말'이 삽입된 이후 『12월 12일』 후반의 서사는 죽지도 못했고 살지도 못할 경성에서의 삶이 어떻게 망가져 가는가를 "긔록"한 것으로 읽을 수 있을 것이라 생각된다.[31] 다음 장에서는 '그'의 삶의 파멸을 초래하는 불의 이미지와 최종적인 '그'의 죽음을 중심으로 소설 후반부를 검토하기로 한다.

---

31 송민호, 『'이상'이라는 현상 ─ 작가 이상이 경험한 동시대의 예술과 과학』, 예옥, 2014, 21쪽에서는 "이 소설이 무서운 긔록인 것은 다름 아니라 결국 이것이 그가 운명에 대해 패배하지 않을 수 없는 긔록이기 때문"이라고 지적되어 있다. 바꿔 말하면, 이 소설은 폐색 속에서 파멸되어 가는 운명의 "긔록"으로 읽힌다는 말이 될 것이다.

3. 경성의 폐색된 삶

유산을 가지고 경성에 돌아온 '그'는 의사인 M과 함께 병원을 개업한다. 소설 후반부에 나타난 '그'와 조카인 업의 갈등은 그 병원에서 일하는 간호사 'C'를 둘러싸고 벌어진다. C는 '그'가 나고야에서 친하게 사귀다가 죽어 버린 친구의 여동생으로 설정된 인물이다. 역시 "우연적"인, 그리고 "숙명적"인 인연으로 맺어진 C에게 '그'는 은근히 호의를 갖는다. 한편, 방탕 생활에 빠져서 자취를 감췄던 업이 "찌는듯한 여름 어느 날"(7회, 111)에 C와 함께 '그' 앞에 나타난다. C와 "우연히"(7회, 115) 사귀게 됐다고 하는 업이 둘이서 해수욕을 가는 것을 허가해 달라고 청하는 것에 대해, '그'는 다음과 같은 행동에 나선다.

"잘알앗서 나는 —— 그러면 나로서는 혹 용서하야 줄 점도 잇겟고 혹 용서하지 아니할 점도 잇슬 테닛까"

"그럼 무엇을 용서하시고 무엇은 용서하지 아니하실 터인지요?"

"그것은 보면 알 것이 아닌가"

그의 말곳에는 가벼운 경련이 갓치 쌀핫다 책상우에 끄집어내여 싸하노흔 해수욕도구(道具)는 꽤 만흔 것이엿다 그는 그 자그만한 산(山)우에 '알콜'의 소낙비를 나리웟다 성냥 끗에서 옴겨붓는 불은 검붉은 화렴(火焰)을 발하며 그의 방 천정을 금시로 식검엇케 끄실리워 노핫다 소리 업시 타올으는 직물류, 고무류의 그 자그만한 산은 보는 동안에 문허저가고 문허저가고 하얏다 그 광경은 맛치 쑴이 아니면 볼 수 업는 동작이 잇고 음향이 업는 반환영(半幻影)과 갓탯다 벽 우의 시게가 가만히 새로 한시를 첫다 업의 얼골은 초일초 분일분 샛파랏케 질리워갓다

(…중략…)

'푸지직' 소리를 남기고 불은 꺼젓다 책상을 덥허쌋든 '클로드'도 책상의 '봐니수'도 나타나고 눌엇다 그 우에 그 해수욕 도구들의 다 타고남은 몃 줌의 검은 재가 엉기여 잇섯다 (7회, 115)

이러한 '그'의 충동적인 행동은 "우연"으로 맺어진 '그'-C-업의 삼각관계와 "숙명"으로서의 '그'-업-T의 혈연관계를 각각 파멸로 향하게 하는 "돌연적"인 사건으로서 서사의 흐름 속에 배치되어 있다. 여기서 제시된 "동작이 잇고 음향이 업는 반환영(半幻影)"과 같은 불의 이미지는 그들의 파멸을 서사하는 장치로 변주되어 간다.

업은 그 후 정신을 잃고 쇠약해져 간다. "해수욕복을 사주람니다 또 무슨 아루콘(알콜?)——"(7회, 116)이라는 업의 어머니의 말, 그리고 C가 '그'에게 보낸 긴 편지를 통해 '그'는 "역시 모一든죄는 나에게 잇다"(7회, 120)고 깨닫는다. 겨울이 되고 병세가 악화되는 가운데 업은 '그'를 불러모아둔 대량의 해수욕 도구에 불을 지르라고 '그'에게 명령한다. 이 행동은 다음과 같은 서술을 통해 "복수"로서의 의미를 부여받는다.

[T 일가가 업의 소원으로 새집으로 이사한 지] 사흘되든 날 아츰(그 아츰은 몹시 치운 아츰이엿다) 업은 해수욕을 가겟다는 출발이엿대sic] 새 옷을 갈아입고 방문을 죄다 열어놋코 방 웃목에 싸여잇는 해수욕 도구를 모도 다 마당으로 쓰집어내게 하얏다 그리고는 그 우에 적지 안흔 헤수욱[sic]도구의 산에 '알콜'을 들어부으라는 업의 명령이엿다.

"큰 아버지쎄 작별의 인사를 드리겟스니 좀 오시라고 그래주시요 어서々々곳——지금곳"

그와 업의 시선이 오래 —— 참으로 오래간만에 서로 마조치엇슬 째 쌍
방에서 다 창백색의 린광을 발사하는 것 갓탯다.

"불! 인제 게다가 불을 질으시요"

몽々한 흑연(黑煙)이 둔한 음향을 반주식히며 차고 건조한 천공을 향하
야 올나갓다 그것은 한 괴긔(怪氣)를 씌운 그다지 성(聖)스럽지 안은 광경
이엿다.

가련한 백부의 그를 립회식킨 다음 업은 골수에사 못친 복수를 수행하얏
다 (이것은 과연 인세의 일이 안일까? 작자의 한 상々의 유희에서만 나올
수 잇는 것일까?) 뜰 가운데에 타고 남아잇는 재부시럭이와 조곰도 못함이
업슬 째까지 그의 주름살 잡힌 심장도 아조 색쌈앗토록 다 탓다. (7회, 121)

이 인용문에서 업의 명령에 의해 '그'가 지른 불은 전의 인용문과 달
리 "둔한 음향을 반주식히"면서 "차고 건조한 천공"으로 올라가는 것으
로 묘사된다. 첫 번째 불이 업에게 트라우마를 각인한 환영 혹은 악몽
이라는 성질을 가지고 있다면, 이 두 번째 불은 "인세의 일"이라고 "작
자"마저 믿기 어려운 "괴긔(怪氣)"를 수반한 그로테스크한 사건으로 형
상화된다. 이 사건 직후에 업은 죽는데, "상두군의 입곱은 소리가 차고
놉흔 하늘에 울엿다"(7회, 121)라는 표현과의 연동성에서도 알 수 있듯
이 이 불은 분명히 '죽음'과 결부될 수 있는 이미지로 변용된다.

업을 잃어서 자포자기에 빠진 T는 '그'와 M의 집과 병원에 알콜을
뿌려 불을 붙인다. 불길은 일순간에 번지면서 경성 "북부"(8회, 129)[32]를

---

32 여기서 파국의 지리적 범위가 경성 '북촌'에 한정되어 있는 점은 주의를 요한다. 이는
    이 소설이 말하려고 하는 경성의 삶, 혹은 운명의 지시 범위가 북촌, 즉 조선인들의 공
    간에 한정되어 있다는 것을 시사할 것이다. 식민지 시기 조선문학에 있어 경성의 공간
    적 분할과 그 재현 (불)가능성에 관해서는 다음 논문들을 참조. 윤대석, 「경성의 공간

불바다로 만든다.

> 북부에는 하로밤에 두 곳 —— 거의 동시에 큰 화재(火災)가 잇섯다. 북
> 풍은 집々의 풍령(風鈴)을 못견듸게 흔드는 어느날 밤은[sic] 이 뜻하지 안
> 이한 두 곳의 화재로 말미아마 일면의 불바다로 화하고 말앗다 바람 차게
> 불고 치운 밤임에도 불구하고 사람들은 원근에서 몰녀드러와서 북부시가
> 의 모든 길들은 송곳 한 개를 드러세울 틈도 업슬만치 악마구리 끌틋 야단
> 이엿다 경성의 소방대는 비상의 경적을 란타하며 총동원으로 두 곳에 난호
> 아 모혀들엇다. 그러나 충천의 화세는 밤이 깁허갈사록 점々 더하야가기
> 만 하는 것이엿다 (…중략…) 기와々 벽돌은 튀고 문허지고 나무는 쓴숫이
> 되고 우지직 소리는 끈일 사시[sic] 업시 나고 기둥과 들보를 닐흔 집들은
> 착々으로 문허지고 한 채의 집이 문허질 적마다 불쏭은 천길만길 튀여오르
> 고 완연히 인간세게에 현출된 활화지옥(活火地獄)이엿다 닙도 붓지 안이
> 한 수목들은 헐버슨 채 그대로 다 타 죽엇다. (8회, 129)

여기서 불은 바람에 나부끼는 "풍령(風鈴)", "악마구리 끌틋"이 떠도
는 사람들, "경성의 소방대"가 울리는 "비상의 경적", 도처에서 들려오
는 집이 무너질 때의 충격음과 나무가 탄화될 때의 "우지직" 소리 등의
"음향"과 함께, 경성 북촌에 출현한 "활화지옥(活火地獄)"을 연출한다.
이 불은 경성 주민들에게 삶을 위협하는 것임에 틀림없지만, '그'는 "벌
서 타버렷서야 올흘 것이 여지썻 남아 잇섯지"(8회, 130)라 생각하면서

분할과 정신분열」, 『국어국문학』 144, 국어국문학회, 2006; 황호덕, 「경성지리지, 이중
언어의 장소론－한 젊은 식민지 영화감독의 초상」, 『벌레와 제국－식민지말 문학의
언어, 생명정치, 테크놀로지』, 새물결, 2011; 이혜령, 「식민자는 말해질 수 있는가－염
상섭 소설 속 식민자의 환유들」, 『대동문화연구』 78, 성균관대 대동문화연구원, 2012.

이 불길을 "시원하게"(8회, 130) 느낀다. 이는 조선인의 공간으로서의 경성을 죽음의 공간으로 만듦으로써 "예정된 운명의 파국"[33]이 성취되었음을 고하는, 악마적이라고도 할 수 있는 아이러니로 읽힌다.

세 번에 걸쳐 등장한 불은 모두 등장인물 간의 관계, 그리고 그 관계의 집합체로서의 삶을 파괴하는 것이라고 할 수 있다. 불의 이미지가 반복되는 가운데 업이 죽고 "희유의 방화범!"(8회, 131)으로 T가 체포되며, '그'는 더 이상 살아갈 의욕을 잃어버린다. 그러면 왜 파멸을 초래하는 계기로 불의 이미지가 활용되어야 했는가. 여기서 주목하고 싶은 것은 『12월 12일』이라는 소설에서 불의 이미지가 경성 시가지의 화재로 이어져 가는 역사적 맥락이다.

이 문제와 관련하여 이 소설의 서술행위의 장으로 명시되어 있는 "義州通工事場"(4회, 115; 5회, 132; 6회, 121)의 의미에 대해 생각해 보고자 한다. 어느 증언에 의하면 이상은 "스무 살 때였던지 스물한 살 때였던지 (…중략…) 그 계절이 늦은 봄이었던 것 같고 그가 총독부에 재근하던 때"에 "전매국 신축장의 현장감독으로 나가던"[34] 일이 있었다고 한다. 1925년 여름에 준공된 조선총독부 전매국 의주통공장[35]은 1928년 1월에 대규모 화재를 맞았다.[36] 그 후 1929년 가을부터 공장 신축 공사

---

33 송민호, 『'이상'이라는 현상—작가 이상이 경험한 동시대의 예술과 과학』, 예옥, 2014, 49쪽.
34 문종혁, 「심심산천(深深山川)에 묻어주오」, 김유중·김주현 편, 『그리운 그 이름, 이상』, 지식산업사, 2004, 84쪽. 첫발표는 『여원』, 1969.4.
35 「專賣局工場竣成—八月上旬頃」, 『每日申報』, 1925.7.1.
36 「專賣煙草工場燒失—의주통전매공장이칠일새벽에겻소」, 『每日申報』, 1928.1.8; 「火海일운義州通一帶—專賣局煙草工場灰燼」, 『東亞日報』, 1928.1.8; 「義州通煙草工場發火建物千五十坪灰燼—器具併損害五十餘萬圓」, 『朝鮮日報』, 1928.1.8. 이들 신문 모두 화재 현장 사진을 게재했으며, 같은 날 중림동, 서대문, 와룡동, 나아가 전주나 함남 장진 등 조선 각지에서 일어난 화재 뉴스를 함께 전했다.

가 시작되며 1931년 5월 말에 완공되었다고 한다.[37] 이상은 당시 이 공사를 맡았던 것으로 추측된다.

텍스트 생산의 현장으로 제시된 "義州通工事場"은 멀지 않은 과거에 일어난 대화재의 현장이며, 작가 이상 / 총독부 관리 김해경이 일하는 현장인 것이다. 중요한 것은 의주통 전매국 공장의 대화재가 "하루걸러 한번씩 큰 불이 났다"[38]고 할 정도였던 당시 경성의 현실을 상기하게 한다는 점이다.[39] 이것은 "火神에 咀呪밧는 京城"[40]으로 표상되었던 도시의 특질과 소설의 등장인물들의 파멸 과정이 연동적인 것임을 뜻한다고 볼 수 있다. 즉, '나'라는 1인칭 대명사로 몇 번 서사 전면에 나타나는 서술자의 서술행위를 통해 그들의 파멸이 "咀呪"로서의 경성의 불이라는 맥락 속에 자리매김되는 것이다.

마지막으로, 파국에 이른 '그'의 자살에 대해 살펴보도록 한다. 소설서두에서 서술자 '나'의 분신(分身)으로서 "인격"을 부여된 '그'는 연재제8회 말미에 있는 다음과 같은 서술을 통해 마침내 죽음을 맞이할 것이 예고된다.

(모든 사건이라는 일홈 붓틀만한 것들은 다 — 꾸낫다 오즉 이제 남은 것

---

37 「專賣局工場落成」, 『每日申報』, 1931.5.23.

38 孫禎睦, 앞의 책, 105쪽.

39 1930년 전후 사회문제로서의 화재에 관한 주된 신문 기사는 다음과 같다. 「昨年中市內火災 損害七十一萬圓－재작년보다삼십만원증가 放火만二十一件」, 『每日申報』, 1929.4.17; 「京城府內火災被害 總六十五萬圓－회수로는二三月의 첫봄철이가장만허」, 『每日申報』, 1930.1.3; 「各學校生徒를通하야 大大的防火宣傳－방화에관한순회강연을한다 警察과消防署活動」, 『每日申報』, 1930.12.2; 「昨年中火災統計 損害五十五萬圓－불조심의 사상선전을」, 『東亞日報』, 1931.1.16.

40 「火神에咀呪밧는京城 今曉梨峴市場大火－하로건너한번씩큰불이나서 배오개시장이타버리고말아 卅三戶燒失損害五萬圓」, 『東亞日報』, 1930.3.9.

은 '그'라는 인간의 갈길을 그리하야 갈곳을 선택하며 지정하야주는 일쑨이다 '그'라는 한 인간은 이제 인간의[sic] 인간에서 넘어야만 할 고개의 최후의 첨편에 저립하고 잇다 이제 그는 그 자신을 완성하기 위하야 그리하야 인간의 한 단편으로서의 종식(終熄)을 위하야 어늬 길이고 것지 안이하면 안이될 단말마(斷末魔)다.

작자는 '그'로 하야금 인간 세계에서 구원밧게 하야보기 위하야 잇는대로 긔회와 사건을 주엇다 그러나 그는 구조되지 안앗다 각재[sic. '작자']의 잘못는 령혼을 인정한다는 것이 안이다 (…중략…) 그러나 그에게 령혼이라는 것을 부여(賦與)치 안이하고는 ── 즉 다시 하면 그를 구하는 최후에남은 한 방책은 오즉 그에게 령혼(靈魂)이라는 것을 부여하는 것 하나가 남엇다.) (8회, 131)

'그'의 자살은 '그'에게 "령혼"을 부여하여 '그'를 구하기 위한 "방책"이라고 설명된다. 이는 '그'가 기차에 치인 직후에 "령혼"으로 화하여 하늘로 올라가는 모습을 묘사한 환상적인 서술과 대응한다. 이와 동시에 지상에 남겨지는 것이 "쩌러진 팔과 다리 동구(瞳球) 간장(肝臟)"(9회, 105)과 같은 산산이 부서진 '그'의 신체이다. 그리고 '그'의 신체의 철저한 파괴와 함께 "분골쇄신된 검붉은 피의 지도(地圖)"(9회, 106)가 출현한다.

여기서 "지도"라는 비유가 사용되어 있는 것은 주목할 만하다. 이 표현은 소설 전반부에서의 '그'의 방황의 흔적, 즉 경성에서 편지라는 매체를 통해 상상된 제국의 지도와 조응관계에 있는 것이라고 할 수 있다. 이 "피의 지도"가 그려진 철로는 경성 혹은 조선을 그 외부 세계와 연결하는 것이지만, 그 철로를 달리는 기차에 치여 땅바닥에 새겨진 "피의 지도"는 철로가 환기하는 '외부'에 대한 환상을 의심스럽게 만든다. 그것은 조선의 외부이자 제국의 내부인 영역의 지도가 각인된 신체가 파괴된 결과로, 즉 대일본제국의 네트워크에 연결된 신체가 결국에는 그 삶의 가능성을 부정된 결과로 현출된 것이기 때문이다.

나아가 서술자는 '그'의 죽음을 "너무나 우연한 인과(因果)"(9회, 106)에 둘러싸인 것으로 서술한다. '그'의 자살 장면을 목격한 사람이 "그가 십유여년 방랑생활 끗테 고국의 첫발길을 실엇든 그 긔관차 속에서 만낫든 그 철도국에 다닌다든 사람인지도"(9회, 106) 모르고, "그 박휘가 그의 허리를 너머간 그 긔관차 가운데에는 C간호부가 타 잇섯다"(9회, 106)는 것이다. 이러한 지극히 비현실적인 배치는 그 자체가 모순인 "우연한 인과"라는 설명도 제어도 불가능한 "운명"의 힘에 의해 폐색 당한 삶과 죽음의 의미를 강조하기 위한 것인 듯하다. 이 소설이 암시적으로 제시하는 것은, 위협되고 불안정하고 예측 불가능한 경성의 위태로운 삶의 폐색이 경성을 포위한 제국의 네트워크와 일체적인 것이며, 그 폐색으로부터 벗어나는 일이 불가능하다는 인식이라고 생각할 수 있다.

4. 맺음말

본고에서는 이상의 개인사나 작가로서의 '성숙' 과정에 치중하여 흔히 해석되어 온 『12월 12일』에 대해, 소설 중에 재현된 제국 규모의 지리적 영역에 주목하면서 기존 연구와는 다른 각도에서 접근하고자 했다. 본고의 논의는 아래와 같이 정리할 수 있다.

서술자 '나'의 "인격"을 형상화한 소설의 주인공 '그'는 경성을 떠나 제국 각지를 방황한다. 그 과정은 경성에 있는 '그'의 친구 M에게 편지라는 형식으로 비연속적으로 전달된다. 소설에 재현된 고베, 나고야, 가라후토, 도쿄에서의 '그'의 경험은 조선인에게 작용하는 식민지근대의 양상을 제시하는 동시에 대일본제국 내에서의 이동 가능성의 한계를 구획 짓는 것이다. 거기서는 '그'의 의지나 자기결정을 압도하는 사건의 연속이 "운명"으로 파악되면서 '그'의 방황을 추동한다. 이러한 '그'의 이동은 『12월 12일』이라는 작품 성립의 근거지인 조선총독부의 권력이 작용되면서 만들어진 제국 규모의 조선인 이산 현상에 의해 맥락화될 수 있으면서도, 매우 환상적인 색채를 수반하여 서사화된다.

방황 과정에서 예측 불가능한 "우연"성을 띠면서 "돌연"적으로 발생하는 사건들의 결과로 '그'는 "숙명"인 것처럼 경성으로 되돌아오게 된다. 훼손된 '그'의 신체와 남의 재산을 "횡재"했다는 '그'의 불안이 상징하듯이, 경성의 삶은 안정성이 결여된 위태로운 것이다. 현실의 경성을 위협했던 화재와 연결된 소설 중의 불 이미지는 등장인물 간의 인간관계와 생활을 파괴하는 것으로 기능하고 최종적인 파멸로 '그'를 이끌어간다. 이 지점에서 '그'의 운명을 둘러싼 예고된 파멸은 '불에 저주받은 도시'로서의 경성과 접속된다. 서술자에 의해 연출된 '그'의 철도 자살은 제국의 네트워크에 연결되면서도 경성의 폐색으로부터 결코 벗어날 수 없는 삶에 대한 인식을 "피의 지도(地圖)"로서 형상화한다.

서술자가 말하는 "무서운 기록"을 쓰겠다는 서술행위의 동기는 이러한 삶에 대한 인식을 소설의 형태로 표현하는 일과 관계될 것이다. 『12월 12일』이라는 소설은 살아갈 수 없는 삶을 살아야 한다는 모순적인 감각에 대해, 대일본제국의 네트워크에 편입된 경성이라는 장소에서의 삶의 감각을 바탕으로 사유한 결과물이라고 할 수 있다. 조선총독부와 그 기관지『조선』은 제국의 네트워크와 연결된 조선의 현황과 제국 영역으로 이산한 조선인의 삶을 일면적으로, 즉 지배자의 입장에서 조망할 수 있는 장이었다. 그러한 장에서 이루어진 절망적인 삶에 대한 사유이니만큼『12월 12일』에 재현된 압도적인 운명의 힘과 악몽과도 같은 삶의 파탄은 문제적이라고 할 수 있다. 말하자면,『12월 12일』이 그려내는 세계는 "人情美談"이라는『조선』지 편집진의 애초의 기대를 노골적으로 배신하는 것이다. 조선총독부가 마련한 담론장으로부터 일탈하는 듯한 '무서운 기록'이라는 지향성은, 일찍이 논평된 것처럼 이 소설에 어떤 "충격력"[41]을 부여하는 요인이라고 할 만하다.

기존 연구에서 논의된 것처럼『12월 12일』이 젊은 작가 이상의 극히 개인적인 동기로 쓰인 것임은 아마 틀림없을 것이다. 한편, 본고에서 논한 것처럼 이 소설을 대일본제국의 식민지로서 조선이 놓인 현실과 거기서 생겨나는 환상이 그로테스크하게 뒤얽힌 작품으로 읽을 여지도 있다.『12월 12일』에 대한 논의에만 집중한 것은 분명히 본고의 한계이지만, 여기서 시도한 독해는「지도의 암실」(1932)에 각인된 상하이[42]와 함께, 만년의 이상이 집착했던 성천─경성─도쿄의 심상지리, 혹은 '현해탄 콤플렉스'에 대한 또 다른 사색의 가능성을 여는 것으로 여겨진다. 앞으로 고민해야 할 과제로 남겨두겠다.

---

41 三枝壽勝, 앞의 글, 167쪽.

42 란명,「이상〈지도의 암실〉을 부유하는 "상하이"─동아시아 현대문학생성의 시점에서 본 요코미쓰 리이치 수용」, 蘭明 외,『李箱的 越境과 詩의 生成─『詩と詩論』수용 및 그 주변』, 역락, 2010 참조.

참고문헌

1. 기본 자료

『東亞日報』, 『每日申報』, 『朝鮮日報』

『文學思想』, 『朝鮮』(조선문 / 일본문)

김유중·김주현 편, 『그리운 그 이름, 이상』, 지식산업사, 2004.

김주현 주해, 『정본 이상문학전집』 2, 소명출판, 2009.

在日朝鮮人運動史研究會 編, 『在日朝鮮人史資料集』 1, 東京 : 綠蔭書房, 2011.

2. 단행본 및 논문

橋谷弘, 『帝國日本と植民地都市』, 東京 : 吉川弘文館, 2004.

今西一 編著, 『北東アジアのコリアン・ディアスポラ―サハリン・樺太を中心に』, 小樽 : 小樽商科大學出版會, 2012.

김성수, 『한국 근대 서간 문화사 연구』, 성균관대 출판부, 2014.

김윤식, 『李箱硏究』, 문학사상사, 1987.

김주현, 『이상 소설 연구』, 소명출판, 1999.

_____, 『실험과 해체―이상문학연구』, 지식산업사, 2014.

김진송, 『현대성의 형성―서울에 딴스홀을 許하라』, 현실문화연구, 1999.

나병철, 「유민화된 민중과 디세미네이션의 미학―1920년대 문학을 중심으로」, 『한국문학이론연구』 60, 현대문학이론학회, 2015.

蘭明 외, 『李箱적 越境과 詩의 生成―『詩と詩論』수용 및 그 주변』, 역락, 2010.

방민호, 『이상 문학의 방법론적 독해』, 예옥, 2015.

김백영, 『지배와 공간―식민지도시 경성과 제국 일본』, 문학과지성사, 2009.

三枝壽勝, 「李箱のモダニズム―その成立と限界」, 『朝鮮學報』 141, 朝鮮學會, 1991.

西成田豊, 『在日朝鮮人の「世界」と「帝國」國家』, 東京 : 東京大學出版會, 1997.

孫禎睦, 『日帝强占期 都市社會相 硏究』, 一志社, 1996.

송민호, 「우편의 시대와 신소설」, 『겨레어문학』 45, 겨레어문학회, 2010.

_____, 『'이상'이라는 현상―작가 이상이 경험한 동시대의 예술과 과학』, 예옥, 2014.

스즈키 토미, 한일문학연구회 역, 『이야기된 자기―일본 근대성의 형성과 사소설담론』, 생각의나무, 2004.

신명직, 『모던쏘이, 京城을 거닐다―만문만화로 보는 근대의 얼굴』, 현실문화연구, 2003.

신지연, 「'느슨한 문예'의 시대―편지형식과 '벗'의 존재 방식」, 『반교어문연구』 26, 반교어문학회, 2009.

안미영, 「가족 질서의 변화와 개인의 성장—이상의 『십이월 십이일』 연구」, 『문학과 언어』 22, 문학과언어학회, 2000.

外村大, 『在日朝鮮人社會の歷史學的硏究—形成・構造・變容』, 東京 : 綠蔭書房, 2004.

우정권, 「1930년대 경성 카페 문화의 스토리 맵에 관한 연구」, 『한국현대문학연구』 32, 한국현대문학회, 2010.

윤대석, 「경성의 공간분할과 정신분열」, 『국어국문학』 144, 국어국문학회, 2006.

이복규・김정훈, 『국문판 『조선』지 연구』, 박문사, 2013.

이혜령, 「식민자는 말해질 수 있는가—염상섭 소설 속 식민자의 환유들」, 『대동문화연구』 78, 성균관대 대동문화연구원, 2012.

천정환, 『근대의 책 읽기—독자의 탄생과 한국 근대문학』, 푸른역사, 2003.

淺川晉, 「「十二月十二日」論」, 『朝鮮學報』 148, 1993.

최선영・이진송, 「이상의 『12월 12일』에 나타난 주제의식과 서사생성원리 연구」, 『한국문학이론과 비평』 59, 한국문학이론과 비평학회, 2013.

황호덕, 『벌레와 제국—식민지말 문학의 언어, 생명정치, 테크놀로지』, 새물결, 2011.

문예통제기 일본문단과 식민지

식민지에서 지방으로

곽형덕

1940년 전후 내지문단에는 중일전쟁을 계기로 해서 '일본적인 것[日本的なもの]'에 관한 언설이 강력히 대두돼, 그것이 일본의 국민문학(國民文學)에 대한 논의로 이어졌다. 조선에서도 내지의 움직임에 연동하는 형식으로 잡지 『국민문학(國民文學)』이 창간됐다. 김사량의 일본어 창작은 바로 문예통제기에 이어 등장한 전쟁문학의 범람과 내지와 조선에서의 국민문학론(國民文學論)에 관한 담론, 그리고 외지붐을 둘러싼 로컬리티(locality) 언설과의 대립 및 대화 과정 하에서 창출된 것이다.[1] 1939년 이후 김사량은 내지에서 조선의 문화와 문학을 일본어로 번역해서 소개하는 조선문학붐과 함께 조선문학을 일본어로 창작하라는 강요에 가까운 움직임을 동시에 겪었다. 이처럼 그는 조선문학이 내지

---

[1] 미야자키 야스시는 김사량이 당시 일본의 사상적 자장 가운데 어떻게 "차이의 표상이라는 시도"를 했는지를 분석하고 있다. 宮崎靖士, 「非共約的な差異へむけた日本語文學のプロジェクト──一九四一～四二年の金史良作品」, 『日本近代文學』 83, 日本近代文學會, 2010.

에서 번역을 통해서 재발견되고, 번역의 필요성이 그 어느 때보다 높아진 와중에 신인으로 일본문단에 데뷔했다. 조선인 및 조선문화(문학)이 새롭게 인식되는 시기, 김사량은 민족적 아이덴티티를 고뇌한 「빛 속으로」와 조선문화의 특수성을 주창한 「천마」를 발표하면서 당대의 언설과 직접적으로 맞부딪쳤다. 그 시대에 가장 첨예한 문제를 직시하고 그것과 정면으로 맞서 부딪치는 자세야말로 김사량문학을 이루는 핵심 중 하나라 하겠다.

김사량은 1932년 가을부터 1936년 봄까지 규슈에서 보낸 3년 수개월 간 그리고 1936년 봄부터 1942년 1월 말까지 도쿄 근교에서 7년 간, 도합 10년 수개월 동안 각종 동인 활동[2]을 시작으로 당대 일본문단에서 신인작가로 촉망받기에 이르기까지 끊임없이 일본이라는 문화 및 정치 현실과 접촉하며 생활했다. 그런 만큼 김사량문학은 쇼와(昭和) 10년대(1935~45)의 문학사 및 사상사와 밀접히 연관돼 있기에 그 관련성을 살펴보는 것은 필수적이다.[3] 쇼와 10년대 일본문학사를 보면 일본

---

2   김사량은 사가고교 시절(1933~1935)에는 『創作』 동인, 도쿄제국대학 시절(1936~1940)에는 『堤防』, 졸업과 동시에 『文藝首都』의 동인으로 활동했다.

3   平野謙, 『昭和文學史』, 筑摩書房, 1965 참조. 히라노 켄의 분류에 따르면 쇼와 10년대 문학의 소재파는 일본프롤레타리아 문학 운동이 내세운 문학의 정치성이라는 테제와 방향만 다를 뿐 접근 방식이 거의 흡사하다. 반면 예술파는 가와바타 야스나리, 코바야시 히데오 등이 『문학계』를 1933년 10월 창간하면서 내세운 문학의 독자성을 말한다. 이 두 세력은 사실 문학적으로 대립 / 상생 관계라고 할 수 있는데, 소재파인 프로문학이 몰락한 이후 예술파 세력은 일시적이었지만 문단의 주류 세력이 된다. 1934~35년이 문예부흥기(文藝復興期, 프롤레타리아문학 패퇴기)라고 불리는 이유는 여기에 있다. 하지만 문예부흥기는 1935년을 기점으로 당국의 개입이 노골화 되면서, 점차 국책(시국)문학으로 변해갔다. 특히 하야시 후사오(林房雄)의 동아작가연맹론(東亞作家連盟論)은 동아협동체론(東亞協同體論)의 영향 하에 제창된 것으로 일본문단의 외재적 방향성을 가장 극단적으로 드러낸 시도 중 하나였다. 이처럼 중일전쟁 이후 일본(어)문학은 야자키 탄 등이 당대 문학을 전형기 문예(轉形期文藝)라고 정의한 것에 단적으로 드러나듯이 시국의 변화에 발맞추어 나갔다. 야자키 탄의 논의에 대해서는 다음 책을 참조. 矢崎彈, 『轉形期文藝の狩搏き―昭和日本文藝の展望』, 小澤

프롤레타리아 문학의 몰락 이후 도래한 짧은 문예부흥기를 끝으로 문학의 독자성이 힘을 잃고, 문학의 정치성이 전면에 부각돼갔다. 1930년대 초반 프롤레타리아 문학자들의 전향이 강권에 의한 신념 / 내면의 변화였다고 한다면, 중일전쟁 이후는 일본 제국의 전쟁 수행에 문학이 적극적으로 활용돼 갔다는 차이점이 존재한다. 쇼와 10년대 일본문학은 전통(문학)을 중심으로 일본 제국의 권역을 총망라한 범민족적 개념(동아공동체 사상)으로 통합하려는 움직임이었다. 일본 문단에 식민지 문학이 등장한 것은 이와 밀접히 연관돼 있다. 문예단체와 미디어, 자본의 재편성을 통해 구체화된 이러한 동향은 쇼와 10년대의 문예통제를 상징하는 것이다. 예를 들어 이는 내지 문단을 뜨겁게 달궜던 1930년대 후반 대륙열(大陸熱, 외지붐)으로써 구체화 되며, 1940년대의 대동아문학자 대회에서 절정에 이른다. 내지문학자(內地文學者)의 방향전환을 보여주는 전형적인 예는 문학자의 권익 보호를 내걸고 1926년 1월에 창립된 문예가협회(文藝家協會)가 일본문학보국회(日本文學報國會, 1942.5 창립, 이하 보국회로 약칭한다)로 변모해 갔던 것이다. 중일전쟁 이후 내지 문단에서는 시국과 관련된 글만을 출판한 것이 아니라 중국전선에 펜부대[ペン部隊]를 파견하는 등 적극적으로 군부의 침략 정책을 지원하는 활동을 전개해 나갔다.[4] 보국회에서는 1942년 「창작가이드라인(목적 및 사업)[創作ガイドライン(目的及事業)]」을 설정하고 전시기 문예가 나아갈 방향을 17개 항목으로 제시했다.[5] 이 가이드라인은 국가총동원법(國家總

築地書店刊, 1941.

4 櫻本富雄, 『文化人たちの大東亞戰爭―PK部隊が行く』, 靑木書店, 1993 참조.

5 櫻本富雄가 쓴 『日本文學報國會―大東亞戰爭下の文學者たち』(靑木書店, 1995, 81쪽)에 따르면 「창작가이드라인(목적 및 사업)」 일부를 보면, "1. 황국문학자[皇國文學者]로서의 세계관의 확립 2. 문예정책의 수립 및 수행에 대한 협력 3. 문학에 의한 국민정신의 앙양" 등으로 이뤄져 있다.

動員法, 1938) 제정 이후 출판신체제(出版新体制)[6] 하에서 문학을 제국의 정치에 완전히 종속시키려는 의도를 가지고 제정된 것이다. 김사량은 바로 대륙열이 일본문단을 뒤덮고, 중일전쟁 이후 외지로 문학을 확장하려던 시기에 일본어 창작 활동을 개시했던 것이다.

1. 새로운 가치 체계의 확립 과정

김사량은 일본문단에서 문예통제(文藝統制)가 확립돼 전쟁 및 시국과 관련된 작품이 문학상을 수상해가던 시기에 일본문단에 등장했다. 1935년 전후의 문예통제가 검열이라는 수단을 써서 집필 과정에 개입해 많은 작가들에게 자기검열 의식을 심었다고 한다면, 아시아태평양전쟁 시기에는 시국과 전쟁, 식민지(외지)에 관한 작품이 일본 문단에서 높은 평가를 받는 체계가 구축됐다.[7] 다시 말하자면 이 체계를 구축하려고 했던 측(정보부, 정부와 군부)은 독자에게 손상(복자화)된 텍스트를 유포하거나 유포시키지 않는 단계를 넘어서, 문학 텍스트를 둘러싼 제작과 유포, 그리고 독서를 둘러싼 환경 자체를 바꿔놓으려 했다. 이는 1936년 당시에는 문예통제에 대한 문학인들의 반발로 나타났다.

---

6   이는 전쟁물자 부족을 이유로 용지제한(用紙制限) 등으로 책의 유통이 제한되고, 동인지마저 통제되던 시기와 맞물려 있다. 1944년에는 내지의 모든 동인지가 『일본문학자(日本文學者)』 하나로 통폐합되기에 이른다. 紅野謙介, 『書物の近代－メディアの文學史』, 筑摩書房, 1999, 261~288쪽 참조.
7   紅野謙介, 『檢閱と文學－1920年代の攻防』, 河出書房新社, 2009 참조.

문예통제, 문예에 대한 국가 권력의 직간접적인 통제 작용에 대해 문학
계가 지금처럼 반발하는 외침을 한 적이 없다. (…중략…) 오늘날 순문학의
창조 정신이 쇠미했다는 것은 즉 반역의 정신이 쇠망했다는 것과 똑같은 말이다.[8]

1936년 시점에 쓰인 이 글에는 문학자들의 깊은 우려가 명확하게 표
출돼 있다. 문예통제에 대한 문학자들의 위기의식은 비단 기성 작가뿐
만이 아니라 작가 지망생에게도 미쳤다. 김사량이 동인으로 활동했던
도쿄제국대학 동인지 『제방(堤防)』(제2호, 1936.10) 의 「편집후기」(쓰루마
루 다쓰오 편집 호)를 보면 "최근 가장 괴롭게 생각하는 것은 검열에서 복
자(伏字)를 엄금한다는 뉴스다. 복자를 강요당하는 것만으로도 상당히
음울한 기분인데 그 복자도 안 된다는 것이라면 또 다른 수단이 발견됐
다는 것인데 이렇다 할 기준도 없는 검열 방침에 당면해 우리들은 어떻
게 대처해야 할 것인가"라며 원칙 없는 검열에 대해 우려하고 있다. 이
처럼 검열과 통제가 대학 동인지에까지 미치면서 개인적 차원에서의
안전 및 문학 전반의 존속에 대한 위기의식은 더욱 깊어졌다. 그 결과
일본문단은 권익을 지키는 방향으로 점차 변화해 가서 문예통제에 단
순히 협력하는 차원이 아니라, 스스로 발 벗고 나서서 전시기 문예를
주도하려 했다. 물론 일본문단을 이루고 있는 다양한 세력을 생각할
때 일본문단을 하나의 총체로서 단일화할 수는 없겠으나, 중일전쟁 이
후 극히 일부의 반전주의 작가를 제외한 대다수의 문인들이 시국문학
을 장려하는 길로 나아간 것은 주지의 사실이다. 특히 문예춘추사의
사장 기쿠치 칸(菊池寬)은 누구보다도 군부 세력과 적절히 타협하면서

---

8   「文藝統制の諸問題―著作權審査委員會と文藝懇話會」, 『文藝年鑑』, 文藝家協會, 1936,
     39~43쪽.

문학자들이 전시 중에도 활약할 수 있는 장을 만들어 나간 인물이다. 기쿠치 칸은 그런 의미에서 그 누구보다도 일찍 문예의 정치적 유용성에 눈을 떴던 셈이다.

일제 말 문예의 유용성이 중시되면서 문예통제는 보다 직접적인 방식으로 작가들의 쓰는 행위를 압박하기 시작했다. 그런 의미에서 '식민지 엘리트' 출신의 조선인 작가들의 쓴다는 행위는 더 이상 문예라는 이름으로 불릴 수 없는 정치 행위(전시기의 문예동원)로 여겨졌다. 출판 신체제 하에서 전시 체제에 비판적인 언설의 출판물은 엄격한 제한을 받았지만, 전쟁을 고무하는 출판물은 국책 사업의 일환으로 쉽게 출판되는 상황이 일본 제국이 패전하기 전까지 이어졌다. 특히 일본이 진주만을 공습한 1941년 12월 7일 이후 상황은 그 전과는 확연히 달랐다. 시국에 비판적인 거리를 견지하던 일본 작가들마저도 일본이 수행하고 있는 전쟁에 적극적으로 참여하는 등의 방향 전환을 했다. 바로 이 시기, 김사량은 일본 군부로부터 남방으로 종군을 갈 것을 종용 당했지만 이를 거부하고 조선적 특수성을 일본어 소설에서 추구했다. 1942년 이후부터 일본 제국의 패전까지 김사량은 이전 시기에 썼던 식으로 일본 제국과 조선을 상대화하는 글쓰기를 더 이상 할 수 없는 상황에 놓여있었다. 김사량문학은 시기적으로는 1932년부터 '조선전쟁(朝鮮戰爭)'이 발발한 1950년까지, 지역적으로는 일본 내지와 식민지 하의 조선, 그리고 중국 등 동아시아 세 지역에서 펼쳐졌다. 다만 습작기를 거친 1932년부터 5~6년과 1945년 태항산에서 보낸 짧은 시기를 제외하면 김사량문학은 문예통제와 정면으로 맞닿아 있었다.[9]

---

9 김사량의 일본어 언어 전략에 대해서는 다음 글을 참조. 五味渕典嗣, 「テクストという名の戰場」, 『日本文學』 64, 2015.

그렇다면 문예의 정치성 / 유용성이 대두된 것은 언제부터였을까? 야자키 탄은 "일본의 위정자가 문학의 영향력이라는 것을 의식하기 시작한 것은 사변(事變) 후의 일이라고 해도 과언이 아니다. 무엇보다 그들이 눈치챈 것은 문학의 영향력이라기보다 문학의 효용가치라고 하는 것이 적절하지만 ……. (…중략…) 이 경우 정치적 효과라는 것은 국민대중의 대륙 의식이나 비상시 의식을 선악과는 관련 없이 일단 각성시키는 정도"[10]라고 하며 중일전쟁 직후 일본문단의 변화가 문학의 영향력이라는 문제와 복잡하게 관련돼 있음을 놀라울 정도로 정확하게 분석하고 있다. 이는 일본 제국이 나치스의 문화통제 정책 등을 참고해서 전시기의 문화를 프로파간다의 수단으로 활용하려 했던 시대적 배경이 깔려있다. 이에 연동해 대다수의 문학자 또한 처음에는 통제에 반발하다가 문예의 새로운 가치(정치적 유용성)를 새롭게 자각하고, 문단의 안전(security)을 도모하는 쪽으로 방향전환을 해갔다. 하지만 '문학자'의 효용 가치가 높아지면서 — 야자키 탄은 '문학'의 효용가치보다는 '문학자'의 효용가치가 훨씬 높았다고 말한다 — 문학자의 반역 정신(비평 정신)은 문단의 주류 매체에서 주변 매체로, 그리고 마지막에는 사적인 기록(일기)으로 점차 밀려나가게 됐다.[11]

---

10 矢崎彈, 앞의 책, 2쪽.
11 '문예단체의 난립'과 '블랙리스트'에 대해서는, 都築久義가 쓴 『戰時下の文學』(大阪 : 和泉書院, 1985)과 巖谷大四의 『非常時日本文壇史』(中央公論社, 1958)를 참조했다.

2. "절호의 기회"로서의 전시기

전시기(戰時期) 『문예연감(文藝年鑑)』(1940년 전후)을 보면 당시 내지의 비평가들이 무엇보다 한탄한 것이 신인의 부재[新人の不在]와 비평정신의 부재[批評精神の不在]였음을 알 수 있다. 이러한 문제 설정은 시국에 관한 글이 범람한 것과 무관하지 않다. 예를 들어, 가와카미 데쓰타로 [河上徹太郎]는 내지문단에 전쟁 및 시국과 관련된 작품이 범람하는 상황을 1930년 전후 프롤레타리아 문학의 폭로소설에 비견하면서, 사무적 관찰 보고서 대신에 심리적 표현 및 이상주의적 관념을 회복해야 한다고 주장한다.[12] 마찬가지로 오카다 사부로[岡田三郎]는 "지나(支那)에서 지나의 병사들과, 아무리 전쟁을 하고 있다고 해도, (…중략…) 그것만으로는 이미 따라잡을 수 없게 됐다. 문학은 현실을 끊임없이 따라다니기만 해서는, 언제나 시대에 뒤처진다는 것은 이미 잘 아는 사실이며, 그런 면에서는 신문 기사를 당해 날 수 없다"[13]며, 문학의 기록성 강화 대신 창조성의 회복을 주문하고 있다. 다만, 1939년 전후 내지문단에서 "문학이 정치적으로 이용당해 실패"[14]한 것이 강조되기는 했을지언정, 그것은 시국문학을 포기해야 한다는 것이 아니라 시국문학을 문학답게 써야 한다는 논리였다. 하지만 시국문학이 문학성을 확보해야 한다는 주장도 결국에는 문학의 시국성을 강화하는 결과로 나타날 수밖에 없는 한계를 지닌 것이었다. 결국 이는 시국문학을 써서는 문학의 자립성과 예술성을 동시에 확보하는 것이 힘들다는 것을 보여주고 있을

12　河上徹太郎, 「事變物の弱点—戰爭文學の正しき實踐」, 信濃每日新聞, 1939. 1. 16.

13　岡田三郎, 「戰爭文學の行方」, 『北海タイムス』, 1939. 9. 1.

14　尾崎士郎, 「事變を反映する二つの表情に就て」, 『讀賣新聞』 夕刊, 1939. 11. 26 참조.

따름이다. 바로 이 시기에 식민지 출신 작가들의 작품이 일본문단에 대폭 수용된 것은 문학의 외재성이 강조되던 흐름과 무관하지 않았다.

한편 전향자인 아사노 아키라[淺野晃]는 조금 다른 각도에서 시국문학을 분석하고 있다. 그는 이 시기의 문예가 "절호의 기회[絶好の機會]"[15]를 맞이하고 있다며 문학이 갖는 유형의 가치(효용성)가 그 어느 때보다도 일본에서 높아지고 있는 상황을 역설적으로 표현하고 있다. 에드워드 맥(Edward T. Mack)은 이 시기의 전쟁문학이나 전쟁과 관련된 것이 일본 사회와 식민지 안에서 문학이 가지고 있는 잠재성을 발휘할 수 있는 힘을 최대한 촉진시켰다고 하고 있다.[16] 내지 문학장(literary field)에서 텍스트를 둘러싼 평가 기준은 전시기에 들어 급격한 변화를 맞이해서, 자유주의나 개인주의를 주장하는 반시국적인 글쓰기는 문단(글쓰기 동료)으로부터 내부 고발을 당하기에 이른다. 이는 내지 문학자들에게는 신변의 위협을 느낄 수 있을 정도로 심각한 것이었다. 예를 들어 영미문학에 조예가 깊었던 이토 세이[伊藤整]는 1943년 가을에 남긴 일기에서 영미문화의 소개자였던 자신의 경력 때문에 닥쳐올지 모를 재난을 걱정하고 있다.

> 오늘 나온 『문예일본(文藝日本)』에 도가와 사다오[戶川貞雄] 씨가 야마모토 유조[山本有三]와 기시다 쿠니오[岸田國士]의 작품을 비일본적(非日本的)이라고 호되게 비난하고 있다. 이런 종류의 논란은 요즘 곳곳에서 보인다. 야마모토, 기시다 두 사람은 어느 쪽이냐 하면 문예춘추파다. 도가와는

---

15 淺野晃, 『國民文學論』, 高山書院, 1941, 84쪽.
16 Edward Thomas Mack, *Manufacturing Modern Japanese Literature : Publishing, Prizes, and the Ascription of Literary Value*, Durham and London : Duke University Press, July 2010, p.3.

지금 문예보국회에 있으며 그 모임은 문예춘추 파 사람이 많다. 하지만 그 문예춘추, 문학계 계통에 명확하게 반대 입장을 요즘 주장하는 문예일본에 원고를 쓰고 좌담회에 나가서, 문학보국회 그 자체에 대한 비판을 하고 있다. 어쨌든 현재 문예일본은 가장 국수적인 문학자들이 모여서, 일반 문단을 두려움에 떨게 하고 있다. 시대가 시대인 만큼 공격을 받을 만한 약점을 가지고 있지 않은 문학자는 극히 드물다. (…중략…) 나처럼 과거 서구문학으로부터 많이 배운 자의 입장 등은 그러한 소용돌이 가운데서는 더욱더 그러하다. (…중략…) 이러한 풍조가 문단 내부에서 일어나고 외부로부터는 출판을 구속하는 일이 더해진다. 아무튼 이러한 시기에 나는 어떻게 작가로서 생활을 해가야 할 것인가 하고 때때로 생각한다.[17]

전시기 일본문단 안에 일본문학보국회보다도 한층 더 국수적인 문학자들이 자유주의 사관을 지닌 문학자는 물론이고 심지어는 문예춘추파에 속하는 문인들까지도 비판하면서, 이들 중 일부가 작가로서의 명맥까지 걱정해야 하는 상황에 이르렀음을 알 수 있다. 또한 문예통제가 문단 밖(군부, 정부)의 일방적인 통제가 아니라, 문학자 사이에서 자발적으로 행해졌음도 드러난다. 이처럼 전시기 일본 문단에서는 문예통제만을 놓고 봐도 내부와 외부를 구별할 수 없을 만큼 통제를 받던 대상이 통제를 자발적으로 수행하는 주체로 탈바꿈해 가고 있었다. 문예일본파와 같은 문화적 다양성보다는 일원적인 일본주의를 내세운 세력이 득세하고 있던 상황이 바로 전시기 문예통제기였다.

---

17 伊藤整, 『太平洋戰爭日記』 2, 新潮社, 1983, 71쪽.

3. 지방과 식민지 사이에서 – 조선문학붐을 둘러싸고

전시기 일본문단은 일본 제국의 확대돼 가던 영토를 시야에 넣고 아시아태평양 지역으로 그 영향력을 확대하는 방향으로 나아갔다. 그하나의 예로 1930년대 말에 일어난 외지붐을 들 수 있다. 내지 미디어는 외지 / 식민지의 풍속, 사회, 문학 등을 대대적으로 다루면서, 독자들의 관심을 사로잡았다. 하지만 외지붐 당시 일본인 작가와 식민지 출신 작가들의 교류는 1920년대 말 전성기를 맞이했던 프롤레타리아 작가의 인터내셔널리즘에 입각한 교류 — 비록 그것이 지배와 피지배, 민족 간 갈등을 넘어서지 못한 것이라도 해도 — 와는 성격이 달랐다. 프롤레타리아 문학자들 사이의 교류가 민족을 뛰어넘어 일본의 제국주의 타파라는 공동의 이상 하에 행해졌다고 한다면, 외지붐 당시의 교류는 제국주의에 기여하는 역할을 했다. 또한 외지붐은 이국적인 외지의 풍물과 풍습 그리고 문학 등을 통해서 내지 독자에게 외지 / 식민지에 대한 심상(心象) 지리의 외연을 확장시켜 나갔다.

외지붐은 외지에 관한 정보를 대중 독자에게 제공해 일본 제국의 국경선(방위선)을 재인식시킨 것만이 아니라, 내지와 외지 지식인 사이의 인적 네트워크를 확충하는데도 기여했다. 권나영은 외지문학붐의 하나인 조선문학붐이 중국전선에서의 전쟁수행과 관련된 총후의 인식으로 이어지는 일본 제국의 정치적 기획이라고 하면서, 도쿄(metropole)에서 외지 관련 콘텐츠를 국경을 넘어 유통시킨 것이라고 파악하고 있다.[18] 외지붐이 내지 안에서만이 아니라 일본 제국 전체에 걸쳐 영향을

---

18 Nayoung Aimee Kwon, "Translated encounters and empire : Colonial Korea and the literature of exile", Ph. D. dissertation, Los Angeles : University of California, 2007.

미쳤음을 알 수 있다. 오쿠보 아키오大久保明男가 조사한 것에 따르면 장혁주의 「춘향전(春香伝)」(外文 譯, 『藝文志』, 1939.6.18)과 김사량의 「월네[月女]」(鄒毅 譯, 『濱江日報』, 1941.10.24~26, 3회 연재)는 일본어에서 중국어로 번역돼 만주국에 2차 전파돼 나갔다.[19] 외지붐은 이처럼 일본어를 매개로 해서 일본 제국 내에서 생산된 콘텐츠가 제국의 권역 내에서 전파돼 나갔던 과정이었다. 만주국에서 조선문학 중에 「춘향전」과 「월네」가 선택된 것은 그것이 일본어로 번역 / 창작됐기에 가능했다. 물론 이러한 중역은 김재용이 지적하고 있듯이 호풍(胡風)이 편집한 『산령─조선대만단편집(山靈─朝鮮臺灣短篇集)』(上海文化生活出版社, 1936), 왕혁(王赫)이 편집해 신경에서 나온 『조선단편소설선집(朝鮮短篇小說選)』(新時代社, 1941) 등에서도 적용되며 "중국이 일본 제국의 식민지로 전락"하고 있는 것에 대한 각성이라는 요소도 배제할 수 없다.[20]

일본문단에서는 1940년 무렵부터 외지와 지방을 둘러싸고 새로운 인식을 촉구하는 문학자의 글이 발표됐으며 외지문학붐(조선문학붐)은 이러한 논의의 촉매 역할을 했다. 그 가운데서 하야시 후사오林房雄와 미야모토 유리코宮本百合子, 그리고 기쿠치 칸은 각기 다른 식민지 / 지방 인식을 보여준다. 우선 하야시 후사오는 외지에 관한 문단의 이상할 정도로 높은 관심에 주목하면서 "이 이상한 또한 정상적인 대륙열 가운데 무언가 문학적 결과가 탄생하리라는 것은 분명한 것으로 누구

---

19 大久保明男, 「만주국에 있어서의 조선문예에 관한 고찰─중국어신문, 잡지를 일별하며」, 『제29회 식민지와 문학 국제심포지엄 자료집』, 2013. 한편 岡田英樹는 『續 文學にみる「滿州國」の位相』(研文出版, 2013)에서 만주국에서 이뤄진 일본문학 번역 소개 등을 구체적으로 조사해 제시하고 있다.

20 하타노 세쓰코波田野節子 교수가 주도하는 「식민지조선의 문학・문화와 일본어의 언설공간2」(일본 니이가타현립대학, 2014.7.5~6)에서 김재용이 발표한 「제국의 언어로 제국 넘어서기─일본어를 통한 조선 작가와 중국 작가의 상호소통」 참조.

나 예상할 수 있지만, 이미 그것이 나타난 가운데 다소 의외의 결과 가운데 하나가 만주문학에 이어서 조선문학이 내지 일본인의 관심을 끌기 시작했다는 것이다. (…중략…) 그것을 내지의 우리들이 몰랐다고 하는 것은 다만 언어가 다르다고 하는 점으로만 그 원인을 돌릴 수는 없다. 우리들의 관심의 농도와 마음 씀씀이를 크게 반성해야 함은 틀림없다"[21]고 하고 있다. 하야시의 분석에는 외지 문학이 내지에서 관심의 대상조차 아니었음이 드러난다. 이는 무기명으로 쓰인 글에서 "아쿠타가와상 차석에 든 김사량의 「빛 속으로」라는 소설이 나온 것도 최근으로 조선문학에 대한 국내적 관심을 높이는데 기여했음이 틀림없다고 생각한다. (…중략…) 현대 조선문학이 조선어로 쓰였다는 것을 국내에서는 주의를 기울이지 않으면 어쩌면 생각이 미치지 못했던 것이 아닌가"[22]라는 기술과 겹쳐진다. 요컨대 외지붐이 유행하기 이전에는 조선문학이 어떠한 언어로 쓰인 문학인지조차 일본 사회 일반에서는 인지되지 못했던 상황이었다.

한편 미야모토 유리코는 나카무라 무라오가 쓴 「문학의 지방분산文學の地方分散」(『文藝』, 1940.6)을 메타로 해서 나카무라가 일본문학이 조선, 만주 등으로 분산돼 가는 것을 다양성의 일종으로 파악하는 것에는 찬동하면서도, 소재주의를 지양하는 방법으로써 기질(temperament)을 강조하고 있다. 미야마토는 "기존 문학이 중앙에만 집중했으며, 또한 거기서 유형화돼 쇠약해진 것으로 보인다. 그러한 현재, 문학의 지방분산이라는 정세가 당도하고 있는 것은 조선, 만주 등의 문학적 동세에 대한 중앙 문단의 관심을 보더라도 규슈문학九州文學, 칸사이문학關西文

---

21 林房雄, 「文芸時評─東洋の作家たち」, 『文藝春秋』, 1940.4.
22 無記名, 「新潮評論─評論の不振を言ふ勿れ」, 『新潮』, 1940.5.

誌 등의 활발함을 보더라도 기존 문학에 다양성과 풍부함을 가져오는 것이니 대단한 것으로 봐야 할 것이라는 논지에는 동감"[23]한다고 하면서, 외지붐(대륙열)을 문학의 지방분산과 연동된 움직임으로 파악하고 있다.

끝으로 기쿠치 칸은 조선 문인들과 경성에서 갖은 좌담회에서 "자네(이광수─인용자) 쪽에서 잡지를 내거나 해서 좋은 작품이 실리게 된다면, '내지'에서도 상당히 팔릴 것이라 보네. 그러한 점에서 처음 1, 2년은 어느 정도 손해가 있더라도 좋은 잡지로 자리 잡으면 '내지'에서 상당히 팔려서 상업적으로도 성립되겠지"[24]라는 대단히 독특한 시점을 제시한다. 즉 조선문학자가 잘 팔리지 않는 조선문학 잡지를 내기보다는 일본어로 잘 팔리는 문학 활동을 할 것을 주문하고 있는 것이다.

외지붐에 대한 위 세 논자의 반응은 각기 긍정적인 견해(미야모토), 동아공동체론과의 연계(하야시), 조선문학자가 조선에서 상업적 논리로서 일본어 문학을 할 수 있는 기회(기쿠치)로 갈려있다. 하지만 그렇다 해도 조선문학을 일본문학의 지방문학으로 위치시키려 했던 것은 세 논자의 공통점이다. 외지붐은 내지문단의 지향성의 변화를 구체적인 형태로 표출시킨 것으로 일본문학 내의 식민지 내러티브가 중일전쟁 이후부터 내지 미디어의 중심으로 자리 잡아간 것을 드러낸 것이기도 했다. 이처럼 외지에 대한 새로운 관심은 전시기 내지의 대중 독자들에게 내지와 외지를 사상, 정치, 경제, 군사 등 모든 면에서 긴밀하게 연결된 실체로서 인식시키려는 기획 하에서 나타난 것이다. 하지만 그

---

23 宮本百合子, 「文學と地方性」, 『文藝』 朝鮮特輯号, 1940.7, 155쪽.
24 「文人の立場から菊池寛氏等を中心に─半島の文芸を語る座談會 1~7」, 『京城日報』, 1940. 8.13 ~18・20. 인용은 15일 연재분.

렇다고 하더라도 내지인들이 조선을 비롯한 외지를 오사카 등의 지방과 등가로 인식한 것은 아니었다. 식민지인 동시에 지방이라는 것이야말로 내지인들이 외지 식민지를 대하는 기본적인 인식이었다. 다나카 히데미쓰(田中英光)가 조선을 "완전한 일본의 한 지방"이라고 하면서도, 그 속에서 이국정서(exoticism)를 느꼈다고 하는 것에 이러한 인식은 단적으로 드러나 있다.[25]

한편 조선문학붐에 대해 당시 조선문단은 자신들의 권리(저작권 등)를 침해당하고 있다는 불만과 의혹의 눈초리를 보내고 있었다.

> 이리하여 朝鮮文壇이 內地의 各 雜誌 編輯者의 注目의 對象이 되어온 것이지만 그것은 오히려 表面的인 現象으로 看做할 수도 있다. 웨그러냐 하면 色다른 文學이 一時 져―나리즘 위에 歡迎을 받다가 그만 時代의 흐름과 더부러 자최를 감추고 마는 實例를 우리는 잘 알고 있기 때문이다. (…중략…) 從來로 朝鮮文學은 말하자면 朝鮮만의 文學이었다. 內地人은 처음부터 이를 알려아니하고 朝鮮作家는 구태어 內地人讀者를 想像치 아니하였다. 가령 一例를 京城에서 든다면 內地人은 自己네 周圍에서 어떠한 文學이 行하여지고 있는지 모르고 지냈다. (…중략…) 昭和十五年은 이런 意味에 있어서 朝鮮文學이 全國的으로 問題化되는 同時에 實質化되기를 바라 마지 않는다
> ―「卷頭言―賀春」, 『人文評論』, 1940.1, 2~3쪽

조선인 문학자들은 조선문학붐이 이국정서의 일환이라는 것을 놀라울 정도로 냉정하게 인식하고 있었다. 임전혜는 조선문학붐이 조선

---

25 田中英光, 「朝鮮を去る日に」, 『國民文學』, 1942.12.

문단에서 어떻게 받아들여졌는지를 분석한 선구적인 논문에서 조선문학붐이 조선어 말살계획을 위한 프로그램이며 조선문학을 일본어로 번역한 것이 전부 조선인이라는 것이 그 증거라는 시점을 내세우고 있다. 또한 조선문학붐 당시 신건(申建)이 편역한『조선소설대표작집(朝鮮小說代表作集)』(敎材社, 1940.2)이 조선과 일본문학자의 우호를 증진하는 대신에 저작권 문제를 불러일으켰다고 쓰고 있다.[26] 다만 조선문학붐이 조선어 말살 계획을 위한 것이었다는 것에 대해서는 좀 더 면밀한 검토가 필요해 보인다. 당시 번역자가 조선인이었다고 해도 편집 과정이나 중개 과정을 생각해 볼 때 일본인과의 공동 작업이 이루어졌다. 또한 조선인이 조선어를 일본어로 번역했다는 것이 직접적으로 조선어 말살 계획으로 이어지는 경위가 잘 설명되지 않는다. 번역이라는 것은 양쪽 언어를 다 알아야 할 수 있는 것이며, 조선문학이 일본어로 번역된다고 해서 조선어가 말살되지는 않기 때문이다. 임화는 위 「권두언」이 발표되고 다섯 달 후 조선문학붐이 갑자기 내지에서 유행하는 것에 대해 "朝鮮文學을 급작스러히 밝은 脚光앞으로 끄으러내인 것은 亦시 東京文壇의 새로운 環境이다. 勿論 그것은 時局이다"라고 그 원인을 규명하면서 "이 点을 錯誤하고 오즉 朝鮮文學이 이제야 眞價를 發揮할 때가 왔다고 생각는 사람이 있다면 後日 他人의 우슴을 살 것이다"[27]라고 쓰고 있다. 임화는 이처럼 조선문학붐을 시국의 변화에 따라 생겨난 인위적인 이벤트로 파악하면서도 "이것은 國策에 便乘한것도 아니요 「엑조틔즘」도 아닌 純正한 文學的氣運이라고 나는 생각한다. (…

26 任展慧, 「朝鮮側から見た日本文壇の「朝鮮ブーム」一九三九〜一九四〇年」, 『海峽』 12, 1984.3, 11〜16쪽.

27 임화, 「東京文壇과 朝鮮文學」, 『인문평론』, 1940.6, 40쪽.

중략…) 또 日本 現代文學의 植民地的 出張所도 아닌 世界文學이 이 二十世紀라는 時代에 地方的으로 開花한 近代文學의 一種이라는 것을 똑똑히 말할 수 있다"[28]라는 취지로 가와카미 데쓰타로가 쓴 『문학계』 편집 후기에 대해서는 높게 평가하고 있다. 임화는 조선문학붐이 시국 이라는 인위적인 이벤트임을 강조하면서도 가와카미와 같이 조선문학 을 일본문학의 일부가 아니라 근대문학의 하나로 파악하는 견해에 대 해서는 동조하고 있으나, 이는 김사량의 견해와는 미묘하게 달랐다. 김 사량은 내지에 몸을 두고 활동했기 때문에 조선문학붐을 이용해 조선 문학의 독자성을 내세우는 동시에, 일본어로 조선문학을 번역해 일본 과 세계의 독자에게 알리고자 했다. 예를 들어, 김사량이 번역클럽의 필요성을 제안하면서도 "조선 작가에게 응할 수 없는 상담을 해서 일 본어로 쓰라고 하는 것은 부당"[29]하다는 입장을 취했다. 이는 조선 내 조선문학자가 일본어로 창작을 하는 것에 대해서는 명확히 반대하면 서도, 일본 내의 이중어 창작이 가능한 조선문학자가 일본어로 글을 쓰 는 것에 대해서는 찬성하는 이중의 전략이었다.

임화는 한식, 장혁주, 김사량이 이 시기에 쓴 조선문학에 관한 평론 에 대해 "(이 셋의 글은-인용자) 우리에게 興味도 적고 또 益하는 바도 적 을뿐더러 그中에는 不正確한 紹介까지 있어 別로 取할바가 적다"[30]고 혹평하고 있다. 이는 조선 내의 조선문학자와 일본 내의 조선문학문학 자가 각기 다른 언어로 창작하면서 빚어진 어긋남이기도 했다. 그런 의미에서 각기 다른 독자와 언어로 쓰인 조선인 문학자의 작품은 작가

---

28 위의 글, 49쪽.
29 金史良, 「朝鮮文學風月錄」, 『文藝首都』, 1939.6.
30 임화, 앞의 글, 42쪽.

가 어디에 서서 누구를 향하여 어떠한 시기에 발언하느냐에 따라서 글이 갖는 맥락이 달라지는 것을 상징적으로 보여주고 있다. 이처럼 조선문학붐에 대한 인식은 장소와 인물에 따라 그 수용 방식이 대단히 달랐지만, 조선인 지식인들에게서 공통적인 사항은 조선문학을 이 기회에 일본 제국 내에 '전국적'으로 확실히 인식시키고 싶다는 것이었다.

4. 전시기의 아쿠타가와상(芥川賞)과 외지

1940년 전후의 일본문단은 외지의 문학조직을 내지의 문학조직—1942년 이후는 일본문학보국회의 주도하에—산하에 두고 통합하기 위한 방식으로 나아갔다. 그 일환으로 현지에 있는 일본인 청년들을 이용해 새로운 문학 단체를 만들어서 대동아 담론의 선전장으로 활용했는데 그 대표적인 것이 몽강문예간담회(蒙疆文藝懇話會)였다. 전시기(1939년 이후) 내지에서는 외지에 관한 내용을 형상화한 작품이 각광을 받을 가능성이 점차 높아져 갔다. 이는 일본에서 최고 권위의 순문학(純文學)에 수여하는 아쿠타가와상 수상작과 후보작의 내용이 패전 이전까지 외지와 밀접한 관련을 맺은 작품으로 채워져 간 것만 보더라도 명확하다. 가령 반전문학이 이 시기에 기적적으로 많이 창작됐다고 하더라도 그것이 대대적으로 다뤄져서 일반 대중 독자에게 읽힐 가능성은 그리 높지 않았다. 많은 문학자들이 공개적으로 발표할 수 없는 전쟁 및 문학에 대한 자신의 지론을 사적인 형태의 일기 형식으로 쓴 것은 문학을 둘러싼 가치 평가 시스템의 변화와 밀접한 관련이 있다.[31]

횟수(발표일)	저자(탄생-타계) [외지체험]	작품명	초출지	배경
16회(1943.2)	구라미쓰 토시오(倉光俊夫, 1908~85) [아사히신문 특파원 북지 파견, 연도 미상]	연락원 (連絡員)	『正統』, 1942.11	중국, 만주
17회(1943.8)	이시쓰카 기쿠조(石塚喜久三, 1904~87) [1940년 몽고행]32	전족의 무렵 (纏足の頃)	『蒙疆文學』, 1943.1	몽골
18회(1944.2)	도노베 카오루(東野邊薫, 1902~61) [미상]	화지 (和紙)	『東北文學』, 1943.10	내지(福島)
19회(1944.8)	야기 요시노리(八木義德, 1911~99) [대학졸업후 만주행]33	유광복 (劉廣福)	『日本文學者』, 1944.4	만주(奉天)
	오비 주조(小尾十三, 1909~79) [조선 및 만주]34	등반 (登攀)	『國民文學』, 1944.2	조선, 신징(新京)
20회(1945.2)	시미즈 모토요시(清水基吉, 1918~08) [없음]	안립 (雁立)	『日本文學者』, 1944.10	중국, 내지(東京)

전시기 아쿠타가와상 수상작을 정리해 보면 거의 모든 작품이 일본의
전쟁 수행 및 외지와 직간접적으로 관련된 작품이었다.

　표를 보면 대동아문학자대회 전후에 발표된 아쿠타가와상 작품의
배경이 거의 모두 '외지'임을 알 수 있으며(『화지(和紙)』의 경우도 중국이 등
장), 직간접적으로 '아시아 태평양전쟁'과 결부돼 있음을 확인할 수 있

31　도날드 킨은 「日本人の戰爭—作家の日記を讀む」(『文學界』, 2009.2)에서 "이 전쟁이 일
　　본의 역사 가운데 대단한 사건이 될 것이 분명하다고 믿고" 많은 작가가 이에 대한 기
　　록을 일기로 남겼다고 쓰고 있다. 다만 이는 역사의 중대성 때문도 있지만 언론이 통
　　제되고 있었던 상황이 더 직접적인 이유였을 것으로 보인다.

32　장가구철로국(張家口鐵路局) 근무 및 몽강문예간담회 간사. 패전직전 석가장(石家莊)
　　철로국으로 전근. 석가장에서 패전을 맞이해 포로수용소에서 내지로 돌아옴. 이시쓰
　　카는 패전 이후 자신의 시국 활동을 「戰中戰後《文壇には出たけれど》」(『新潮』, 1956.2)
　　에서 상세하게 쓰고 있다.

33　만주이화학공업주식회사(滿州理化學工業株式會社)에서 근무, 그 후 동아교통공사(東
　　亞交通公社)로 전근된 후, 1944년 현재 출정 중(『文藝春秋』, 1944.9, 아쿠타가와상 수
　　상자 경력 참조).

34　조선 상업학교 교사로 있다가 1944년 현재 모리나가식량회사(森永食糧會社) 사원으
　　로 근무(『文藝春秋』, 1944.9, 아쿠타가와상 수상자 경력 참조).

다. 이 외에도 김사량의 「빛 속으로」가 최종 후보작에 뽑힌 제10회 아쿠타가와상 수상작(1940.2 발표)을 보더라도 수상작 사무가와 고타로가 쓴 「밀렵자(密獵者)」의 배경이 사할린이며, 제13회 수상작(1941.8 발표) 인타다 유케[多田裕計]가 쓴 「장강 델타[長江デルタ]」의 배경은 상하이와 난징이다. 이처럼 1940년 이후 아쿠타가와상 수상작의 내용은 작가들의 외지 체험이 가장 중요한 요소임은 부정할 수 없다. 아쿠타가와상 선고위원들이 시국성과 문학성이라는 문제를 어떻게 인식하였는지는 선고평 곳곳에서 확인된다. 「전족의 무렵[纏足の頃]」에 대한 선고평을 살펴보자. 가타오카 뎃페[片岡鐵兵]는 "예술작품으로서는 표현이 숙성되지 않았"[35]지만 몽강의 문학 활동을 세상에 소개하기 위해서 이 작품을 수상작으로 결정했다고 쓰고 있다. 한편 제19회 수상작 선고평을 보면 가와바타 야스나리[川端康成]는 "외지의 작품을 이번에 동시에 두 편이나 뽑게 된 것은, 예상치 못한, 그러나 필연적인 결과"였다고 하고 있고, 가타오카는 이러한 결과를 두고 "심사의 목표나 표준이 점차 새로운 방향으로 움직이고 있는 것이 매회 느껴진다"고 하고 있다.[36] 이는 아쿠타가와상 선고 기준이 시국의 추이와 깊이 연관돼 있었음을 선고위원 스스로 밝힌 예이다. 이처럼 시국적인 배려가 작품성 보다 앞서 있음이 확인된다.

1940년 이후 발표된 아쿠타가와상의 특징 가운데 또 다른 하나는 외지 미디어에 발표된 일본인 작가의 소설이 수상작에 선정된 것이다. 일본어를 매개로한 미디어가 외지로 향해간 것은 근대 이후로 일본문학보국회가 창립된 이후 그 규모 및 범위는 더욱 확장됐다. 제2회 대동아

---

35 「芥川賞銓衡感想」, 『文藝春秋』, 1943.9, 86쪽.
36 「芥川賞選考評」, 『文藝春秋』, 1944.9, 38~39쪽.

문학자대회(大東亞文學者大會)[37]의 주요 의제 가운데 하나가, 외지와 내지 간의 교류 확대 및 외지에서 출판 미디어를 확충하는 것, 그리고 관계 기관의 신설이었다는 점은 이러한 방향성을 잘 드러낸다. 아쿠타가와상 가운데 외지 미디어가 초출인 작품은 타다 유케의 「장강 델타長江デルタ」(『大陸往來』, 1941.3)로 대륙왕래사(大陸往來社)는 상하이에 본거지를 두고 있었다. 두 번째는, 이시쓰카 기쿠조[石塚喜久三]의 「전족의 무렵」이고, 세 번째는 오비 주조[小尾十三]의 「등반(登攀)」이다.[38] 「전족의 무렵」은 제1회 몽강문학상 수상작(1943.1)으로 중국인과 몽골인 사이에서 태어난 혼혈아의 문제를 '전족'이라는 구시대적 전통을 전면적으로 다루면서, 몽골이 당시 직면하고 있던 민족 간의 갈등을 전경화한다.[39] 제1회 몽강문학상(蒙疆文學賞) 선고 과정(1943.1)에는 내지문학자 요코미쓰 리이치[橫光利一]와 가와바타 야스나리가 참여하는 등 보국회와 긴밀한 연계가 엿보인다.[40] 이처럼 이시쓰카의 아쿠타가와상 수상은 내지의 문학상을 중심으로, 외지에는 그 위성(衛星)에 해당하는 지역별 문학

---

37 대동아문학자대회 제1회 대회는 1942년 11월 3일부터 10일까지 도쿄와 오사카에서, 제2회 대회는 1943년 8월 25일부터 28일까지 도쿄에서, 제3회 대회는 1944년 11월 12일부터 15일까지 중국의 남경에서 열렸다.

38 「등반」은 만주문예춘추사(滿州文藝春秋社)(주소 : 新京特別市羽衣町四ノ二八)에서 발행한 오비주조의 작품집 『걸레선생[雜巾先生]』(1945.2.5)에도 초출이 그대로 수록돼 있다. 이 작품은 패전 이후 『芥川賞全集第6卷』(小山書店刊, 1949.11)에 수록될 때는 시국적인 내용이 대폭 삭제된다. 『雜巾先生』 초판은 한때 고서 수집가들의 전설로 남았었는데, 간다 소재 나카노서점[中野書店]에서 1987년에 복각됐는데 그 과정은 「雜巾先生刊行しおり」(中野書店, 1987.8.15)에 상술돼 있다.

39 다만 『몽강문학(蒙疆文學)』(蒙疆文藝懇話會, 1942.6~1944.8)을 보면 내지인, 중국인, 몽고인, 회교족 네 인종을 중심으로 몽골의 지역적 의미와 그 역할을 강조하는 내용이 주로 실렸지만 실제적으로 필자는 거의 내지인이었다. 이 잡지의 발행처는 "張家口興亞大街和光莊二十號"로 나와 있다(『蒙疆文學』, 1943.2 참조). 한편, 『몽강문학』에 대해서는 아리태[阿莉塔]의 선행 연구를 참조했다.

40 橫光利一, 「短編小說選評」, 『蒙疆文學』, 1943.2.

상을 신설해 가는 과정과 직접적으로 연동된 것이었다.

한편 위 표에 열거한 아쿠타가와상 수상 작가 가운데 이시쓰카 기쿠조는 유일하게 제2회 대동아문학자대회에 출석했다.[41] 대회 석상에서 직접적인 발언을 한 흔적은 회의록에 남아있지 않지만 몽골 대표 아오키 히라키[青木閣]는 『몽강문학』이 아쿠타가와상을 배출한 것을 반복해서 강조하며 보국회의 몽골에 대한 관심과 지원을 요청한다. 『몽강문학』을 보면 대동아문학자대회의 주요 의제였던 "각 지역 문화단체와 연락 제휴"[42]의 흐름을 일부 확인할 수 있다. 『몽강문학』의 「오르도스오르도스」[43]란은 시국의 추이와 내지문단과의 연계 움직임이 매우 상세하게 드러나는 기획이다. 1943년 9월호에서는 이시쓰카가 아쿠타가와상을 수상한 것에 대해 몽강친화회 전체의 기쁨이라고 하면서 "만주에도 아직 건너가지 않고, 북지마저도 뛰어넘어 멀리 새외(塞外, 중국의 북방 국경 너머)에 온 아쿠타가와상!"(68쪽)이라는 상징적인 감회가 씌어있다.[44] 여기에는 보국회가 아쿠타가와상의 권위를 이용해 외지의 각 문학 단체들과 어떻게 관련을 맺었는지 혹은 외지의 문학단체가 아쿠타가와상에 어떻게 자신의 욕망을 투영했는지가 드러나 있다.

---

41 尾崎秀樹, 『近代文學の傷痕－旧植民地文學論』, 岩波書店, 1991, 53쪽.
42 『文學報國』, 1943.9.10, 7쪽. 1943년 10월호에는 王承琰이 쓴 제2회 대동아문학자대회 기행문도 실려 있다.
43 오르도스는 근세 이후 나타난 유목민의 부족집단을 뜻한다.
44 「芥川賞誌上祝賀會」, 『蒙疆文學』, 1943.9, 70~73쪽 참조.

식민주의와 여성문학의 두 길[*]

최정희와 지하련

이상경

1. 머리말

이 글은 1930년대 후반 중일전쟁 이후, 문학인의 전쟁 동원이 본격화 된 시기[1]의 여성작가 중 최정희와 지하련의 작품 활동을 대상으로 식민주의와 여성문학의 관계를 밝히는 것을 목표로 한다.

보통 근대여성의 해방이란 국민국가 건설이라는 공적 영역에 참여하면서 시작된다. 공적 영역에의 참여가 동등한 공민권을 획득이라는 평등의 강조로 갈 수도 있고, 차이를 강조하면서 국가에 모성 보호를

---

*   이 글은 원래 「植民地主義と女性文學の二つの道—崔貞熙と池河連」이라는 제목으로 『朝鮮學報』 Vol. 202, 2007.1에 일본어로 발표된 것이다. 이는 그것의 한글본으로 몇 군데 숫자와 표현을 바로 잡았다.

1   좀 더 구체적으로는 1938년 7월 1일 국민정신총동원 조선연맹의 창립부터라고 볼 수 있는 전시 총동원 체제 하, 작가의 입장에서는 1939년 10월 29일의 조선문인협회의 창설 이후를 가리킨다.

요구하는 쪽으로 갈 수도 있다. 어느 쪽이든 국민국가라는 공적 영역에 여성이 참여하면서 봉건적인 억압으로부터 해방을 추구하지만 국가주의의 영역에 갇힌 여성은 타 민족을 억압하는 데 동참하면서 자신의 완전한 해방도 이루지 못하게 된다. 그런가 하면 피식민지에서는 민족주의가 여성을 식민 제국의 서구적 근대화에 맞서는 민족의 상징으로 내세워 여성을 전통적인 억압의 상태에 머물러 있게 하거나 혹은 전통적인 상태로 회귀시키고, 민족해방 투쟁의 장에서도 여성의 영역으로 생각되어 온 역할만 하게 하고서는, 정작 해방이 이루어졌을 때는 다시 고정화된 자리로 회귀시키기도 했다. 이 같은 역사적 경험으로부터, 여성의 해방을 지향하는 여성주의는 민족주의 혹은 국가주의의 경계를 넘어서야 한다는 주장이 나오게 되었다.

그러나 이런 주장은 여성주의와, 민족주의로 대표되는 반식민주의를 전형적으로 이분화시키는 문제가 있다. 특히 식민 상태로부터의 해방과 가부장제의 억압으로부터의 해방이라는 두 가지 목표를 함께 추구했던 개별 식민지 여성의 경험에서는 여성주의와 민족주의는 일방적이지도 않고 이분화된 것도 아닌, 서로의 요구를 수용해 가면서 타협해 가는 다면적인 과정이었다.

이런 과정에서 산출된 여성문학 역시 그런 다면적인 과정을 담고 있으며, 또한 개별 작가가 가졌던 성별 차이에 대한 판단과 그 해결 방안에 대한 전망의 차이는 식민주의의 억압에 대한 인식과 그 극복 방안에 대한 차이로도 드러난다. 특히 일본이 식민지 조선에서 적극적으로 내선일체의 동화정책을 펼치고 여성까지 전쟁에 동원해 가는 1940년대 전반에는 이런 차이가 분명하게 드러난다. '모성'이라는 기존의 윤리(가부장제에서 여성에게 요구하는 자질)와 '여성'이라는 각성한 주체의 요구(여성 자신의 욕망과 자기 결정 가능성 등)가 균열하는 지점을 포착해온 여성작가들 중, 기존의 관념과 타협을 하면서 그 균열을 봉합한 경우는 일제 말기 군국주의 모성으로 쉽게 전이해 간 반면 자율적인 여성의 삶을 추구하면서 기존의 가부장적 질서에 대해 근본적인 비판을 한 경우는 식민주의에 대한 저항 또한 확고하다. 전자의 대표적인 경우로 최정희와 후자의 경우로 지하련의 작품활동을 비교하면서 철저한 여성의식이 식민주의에 대한 저항으로 이어지고 있음을 살펴보겠다.

2. 일제 말기의 여성문학의 과제

이 시기의 여성문학의 상황을 본다면 제2기의 여성작가 중 박화성, 강경애, 백신애가 더 이상 작품 활동을 하지 못하는 상황에서[2] 소설가로는 최정희, 이선희, 장덕조가 많은 작품을 발표했으며, 신진작가로 지하련, 임순득, 임옥인이 등단하여 활동을 했다. 시인으로는 모윤숙과 노천명이 활동을 했다.[3] 그런데 지금까지 이 시기의 여성문학을 논할 때는 보통 최정희, 모윤숙, 노천명이 중심에 놓여왔다. 이들은 이미 1930년대 전반에 등단하여 문인으로서의 입지를 굳혔을 뿐 아니라 잡지사나 방송국, 신문사의 기자로서 작품 발표와 다른 사회 활동을 활발하게 하여 각종 저널리즘에 자주 등장했고 해방과 전쟁을 거치면서 남쪽 사

---

2   박화성은 재혼을 하여 목포에서 큰살림을 꾸려나가느라 작품 활동을 하지 않았고, 강경애는 신병이 악화되었고, 백신애는 1939년 병으로 사망했다.
3   이러한 여성작가의 계보에 관해서는 이상경, 「1930년대의 여성작가와 신여성의 계보」, 『여성문학연구』, 2004 겨울 참고.

회 여성 문단의 중심부에 있게 되었기 때문이다.[4] 특히 작가 최정희는 긍정적 의미에서든, 부정적 의미에서든, '여류작가'의 대표로서 일제시대나 그 이후 남한의 문학사에서 '여류문학' 논의의 중심 대상이었다.

그런데 일제 말기 최정희, 모윤숙, 노천명의 활동이 결국은 일제에 적극 협력하는 것으로 귀결되었기에, '친일문학'을 논할 때면 곧잘 이들 여성 문인의 이름이 전면에 나오게 되었다. 그리고 유명했던 여성 문인 모두가 '친일 협력'의 길을 걸었다는 점이 여성으로서 사유하는 것과 민족 구성원으로 사유하는 것은 서로 배치될 수밖에 없다는 주장의 유력한 증거가 되었다. 그리하여 민족주의의 입장에서는 '여성'의 문제를 사유하는 것은 민족을 분열시키는 것이라는 비판이, '여성주의' 입장에서는 여성작가의 '친일문학'이란 '민족'의 허약한 엘리트 남성에게 반발하는 원초적 페미니스트 감정을 바탕에 깐 것을 고려해야 한다는 일부 긍정이 나오게 되었다.[5]

그러나 이것은 여성주의와 민족주의, 혹은 여성주의와 국가주의를 이분화하는 기존의 전형적인 틀로 이 시기 여성문학을 재단하고 그 구체적 양상에 대한 고찰을 소홀히 한 탓이 크다. 신진 작가라고 부를 만한 임순득과 지하련의 작품을 보면 '여성'임을 강조하는 것이 '민족'의 문제를 사유하는 것과 전혀 배치되지 않는다. 임순득은 등단 작품부터가 민족적 현실의 맥락 속에 여성 문제를 놓고 사고하는 것이었으며, 그가 일본어로 쓴 소설들도 식민주의에 저항하는 자세 속에서 새로운

---

4 이선희, 임순득, 지하련은 해방과 전쟁기에 북쪽을 선택함으로써 1990년대의 남한문학사에서는 지워졌고, 장덕조는 대구에 살면서 서울 중심 문단과는 거리가 있었기에 이런 측면이 더 강화되었다.

5 최경희, 「친일문학의 또 다른 층위 ― 젠더와 「야국초」」, 박지향 외편, 『해방전후사의 재인식』 1, 책세상, 2006.

여성과 모성의 모습을 추구한 것이었다.[6] 다만 임순득은 등단작 「일요일」에서 잠깐 비춘 것 말고는 연애든 결혼이든 남성과 여성의 관계를 직접 다룬 작품은 없었다. 그런 점에서 결혼 이후의 남성과 여성의 관계를 소재로 남성의 '자기중심주의'를 폭로하고, 그런 철저한 '여성'의 눈으로 일제 말기의 지식인 군상을 그린 지하련[7]의 작품은 임순득의 작품과는 또 다른 측면에서 파시즘의 시대를 '여성'으로 견뎌내는 것이 무엇인지를 보여준다.

지하련이 작가로 등단한 것이 1940년 12월인데, 이때는 이미 일제가 전시 총동원 체제를 구축하기 시작한 이후였다. 특히 1939년 10월의 조선문인협회 결성은 일제가 조직적으로 작가들에게 '국책'에 적극 협조하라고 강요하고 각종 선전에 작가를 동원하기 위해 이루어진 것이었다. 식민지 시대 내내 일제는 검열을 통해서 식민지 조선의 작가들에게 무엇인가를 쓰지 못하게 억압해 왔지만, 이 시기가 되면 거기에 더하여 이제는 총동원 체제의 선전물이 될 무엇인가를 쓰라고까지 억압을 가하기 시작한 것이다. 둘 다 작가에게 억압적이지만, 그에 대한 저항의 행동 양식은 달라질 수밖에 없다. 무엇인가를 쓰지 못하게 검열하고 억압할 때, 저항하는 방법은 각종 방해를 무릅쓰고 무엇인가를

---

6 이에 대해서는 이상경, 「식민지에서 여성과 민족의 문제—최정희와 임순득」, 『실천문학』69, 2003을 참고할 것.
7 지하련(池河連, 1912~?)의 본명은 이현욱(李現旭)이고 지하련은 필명이다. 경남 거창의 지주 집안의 서녀로 태어났다. 소학교를 마치고 일본으로 가서 동경 소화고녀와 동경여자경제전문학교를 다녔다고 한다. 근우회 동경 지회 회원으로 활동했으며, 1935년 경 시인이자 평론가인 임화와 결혼해서 아들을 낳았다. 1940년『문장』지에 단편 소설 「결별」로 등단했고 해방 후에 창작집 『도정』을 펴내었다. 해방 후에 발표한 단편소설 「도정」은 1946년의 조선문학상 수상 후보가 되었다(수상은 이태준의 「해방전후」가 했다). 해방 후 언젠가 월북한 것으로 보인다. 지하련에 대한 전반적인 개괄은 장윤영, 「지하련 소설 연구」, 상명대 석사논문, 1997을 참고. 지하련의 작품은 서정자 편, 『지하련 전집』, 푸른사상, 2004에 대부분 들어 있다.

쓰고 전달하는 것이다. 그런데 쓰고 싶은 것을 쓰지 못할 뿐 아니라 내키지 않는 무엇인가까지 쓰라고 억압받는 상황이 되면 작가의 저항은 겉으로는 강요받는 것을 쓰는 척하면서 이면으로는 딴 소리를 하든가, 아니면 시국과는 전혀 상관없는 이야기를 쓰거나, 아예 아무것도 쓰지 않고 침묵하는 것이다.

조선문인협회 결성 이후 최정희와 지하련의 작품활동을 비교해 보면 최정희는 1939년 11월 이후 1945년까지 '친일'적인 소설 6편 외, 「적야」, 「천맥」과 「백야기」, 「밤차」 해서 모두 11편의 소설을 발표했다. 지하련은 1940년 12월 단편소설 「결별」로 등단하여 해방 전에 「양」 (1943.5)[8]에 이르기까지 모두 6편의 단편소설을 발표했다. 최정희는 '국책'과 크게 관계없는 남녀의 연애 문제를 다룰 때 인습적 현실에 순응하는 부계혈통 중심주의와 '모성'의 승리로 귀결을 짓더니 그 연장선상에서 '국책'에 부응하는 총후 부인의 제 모습을 제시하는 소설들을 썼다. 반면, 지하련은 '국책'과는 전혀 관련 없어 보이는 남녀의 연애문제를 다루면서는 남성의 자기중심주의와 현실 타협적 자세를 비판했고, 나아가 일제 말기를 살아가는 지식인의 자세를 문제로 삼을 때는 쓸모 없는 삶을 선택하여 사회로부터 자신을 유폐시킨 우울하고 절망적인 삶을 애정을 담아 그렸다는 점에서 최정희와 뚜렷이 대비된다.

조선문인협회 결성 이후의 최정희와 지하련의 소설 작품 발표 상황을 정리하면 다음과 같다.

그런데 지하련의 등단시기인 1940년 12월부터 마지막 작품 발표시

---

8   이 소설은 1943년 5월 『춘추』에 발표되었다. 해방 후의 창작집 『도정』에 실린 작품 중 「종매」만이 아직 발표 지면을 밝히지 못하고 있지만 해방 전에 어딘가에 발표한 작품이라 짐작된다.

연도	최정희	지하련	기타 사항
1939년	9월「지맥」 10월「초상」		10월 29일 조선문인협회 결성
1940년	4월「인맥-별의 전설」 4~6월「밤차」 9월「적야」	12월「결별」 (등단작)	10월 12일 조선문인협회 소속 문인 육군지원병훈련소 방문
1941년	1월「환영 속의 병사」(원제 : 幻の兵士, 日本語) 1~4월「천맥」 5월「정적기」(日本語) 7월「백야기」	3월「체향초」 11월「가을」	12월 7일 일본군 진주만 공습
1942년	4월「2월 15일 밤」(원제 : 2月15日の夜, 日本語) 5월「여명」 7월「장미의 집」 11월「야국-초」(원제 : 野菊-抄, 日本語)	3월「산길」 (?)「종매」	2월 15일 일본군 싱가포르 함락 시킴 5월 1944년부터 조선에 징병제 시행할 것을 결정.
1943년		5월「양」	4월 17일 조선문인협회가 조선문인보국회로 개편.
1944년			
1945년	2월「징용열차」		

기인 1943년 5월까지로 끊어서 비교하면 최정희는 7편, 지하련은 6편을 발표한 셈이다.[9] 그리고 최정희의 7편 중 5편이 당시의 국책에 부응하는 소설이다. 소설 뿐 아니라 나머지 수필류에서도 최정희는 「문사부대와 지원병」(『삼천리』, 1940.12), 「군국의 어머니」(『대동아』, 1942.7), 「군국모성찬」(『半島の光』, 1944.7)과 같이 '시국'의 요구에 부응하는 다수의 글을 발표하고 있는 반면, 지하련은 「통김치」(『신시대』, 1941.12), 「겨울이 가거들랑」(『조광』, 1942.2), 「회갑」(『신시대』, 1942.9), 「희(姬)께」(『신시대』, 1943.7) 등과 같이 시국적 색채는 전혀 드러내지 않고 개인의 일상사만 이야기하는 그런 글을 쓰고 있다.

9　최정희의 「정적기」는 그 이전에 발표했던 것을 일어로 번역한 것이어서 발표 편수에 넣지 않았다. 지하련이 신인인 것을 고려하면 상당히 많은 작품을 발표한 셈인데, 그만큼 작가로서의 역량을 인정받았다고 볼 수 있을 것이다. 물론 임화의 부인이었다는 것도 작용을 했을 것이다.

3. 식민주의에 순응하는 여성문학 – 최정희

1) 갈등을 봉합하는 현실순응적 여성주의

　최정희가 전주사건으로 검거되어 9개월간 감옥살이를 하고 나온 후 발표한 「흉가」(1937)는 1930년대 전반, 등단 초기 최정희가 시도했던 바, 계급이 처한 조건 속에서 사회적 존재로서의 여성의 삶을 드러내는 방식에서 벗어나 남편이나 자식이라는 가족 관계 속에 갇힌 여성 화자의 내면의 목소리를 담는 데 주력한 작품이다. 「흉가」는 환경과의 관계 속에서 인물의 심리 변화의 계기나 필연성 같은 것을 드러내는 대신, 주어진 상황을 '운명'으로 여기고 자학적으로 반응하는 여성의 내면을 생생하게 묘사했다. 이 작품이 호평을 받으면서 여성 화자의 고백체를 활용한 「정적기」(1938.1)와 「인맥」을 창작했고, 「지맥」, 「천맥」 역시 여성 인물의 복잡한 내면 묘사에 주력한 작품이다.

　「정적기」는 '여성적 경험'에 대한 진솔한 기록이다. 남편이 미워서 '나'는 시집에다가 아이를 데려가라고 한다. 내심으로는 아이를 내어줄 생각이 없었는데 정작 시어머니가 와서 아이를 키우라고 하니 순간적으로 화가 나서 아이를 보낸 다음, 또 아이가 그리워서 어쩔 줄 몰라 한다는 이야기이다. 자식을 떼어 보내고 그리워하는 어머니의 마음뿐만 아니라 '홧김'에 본래 마음과 반대로 행동하는 '미묘한 여성 심리', 불합리하고 욕망에 어긋나는 것을 운명이라고 여기고 순응하는 자세는 1930년대 말 '여류문학' 논의에서 기준이 되었던 최정희의 '여류스러움'의 주요 내용이다. 「지맥」(1939.9)은 모성과 부계 혈통을 우선시하면서 여성으로서의 욕망(애욕)을 접는 이야기이다. 은영은 남편이 죽은 뒤

아이 둘을 데리고 온갖 고생을 하면서도 결혼하자는 상훈의 호소를 뿌리친다. 아이들의 성을 바꿀 수가 없었고 상훈 또한 의붓아들을 얼마나 사랑할 수 있을지 신뢰가 가지 않아서이다. 「인맥」(1940.4) 역시 애욕을 쫓아 방황하지만 결국 모성으로 애욕을 억누르는 이야기이다. 선영이는 친구의 남편인 허윤을 사랑하며 방황하다가, 당구장의 공 같은 여자가 되지 말란 허윤이 말에 도로 집으로, 남편 곁으로 돌아온다. 아이가 태어나자 그 아이에게서 남편이 아닌 허윤의 얼굴을 보면서, 그 아이를 위해서 살겠다고 한다. 「천맥」(1941.1~4)은 아이를 위해 재혼했으나 오히려 아이를 괴롭히는 꼴이 되자 아이를 데리고 보육원의 교사로 들어가 자기 아이에 대한 사랑과 보육원 원장에 대한 사랑을 보육원생에 대한 사랑으로 승화시킨다는 내용이다. 이렇게 '삼맥'의 여성 인물들은 아이 때문에 다른 남성에 대한 사랑을 포기한다.

이런 최정희 소설의 여성 고백체 및 모성 제일주의로 회귀하는 인물 성격에서 풍기는 '여성성'을 찬양한 것이 1930년대의 '여류문학론'이었다. 반면 1990년대의 여성문학 연구에서는 그런 최정희 작품에서 드러나는 '여성과 모성의 갈등'이 모성의 승리로 귀결되는 '결말'에 주목하여 최정희 작품이 견고한 모성 중심의 여성관을 옹호한다고 비판하는 측과 '여성과 모성의 갈등'의 '과정'에 주목하여 기존의 보수적 여성관에 균열을 내는 것으로 의의를 인정하는 측으로 연구자의 입장이 나뉘어졌다.[10]

이런 논란에 대해서는 이 시기 최정희 작품을 최정희 창작 과정의 전후 관계 속에서 그 의미를 분석하는 것과 공시적으로 동 시기 다른

---

10 박정애, 「최정희 소설에 나타난 여성적 글쓰기의 특징 연구」, 서울대 석사논문, 1998.

여성 작가들이 '총후 여성'의 문제에 어떻게 반응했는가를 함께 보아야 만 좀 더 설득력 있는 평가가 가능할 것이다. 즉 이런 '여류문학'적 작품 이후 최정희가 어떤 작품을 썼는가, 또 최정희가 여성의 애국반 활동과 군국의 모성을 그리는 동안 다른 여성 작가는 무엇을 어떻게 그렸는가 를 함께 보아야 한다는 것이다. 실제 그 이후 최정희는 이러한 현실 순 응적 여성성을 바탕으로 쉽게 '국책'이 요구하는 '총후 여성'과 '군국의 어머니'의 이상을 그리게 된다. 최정희는 소설로 수필로, 일제의 총동 원 체제에 부응하는 '군국의 어머니'상을 그려내었다.

2) 남성중심주의에서 국가주의로

일본 남성과 조선 여성의 연애를 통해 내선일체의 이상을 구현하는 최정희의 소설 「환영 속의 병사」(1941.1)[11]에서는 남녀가 서로에 대한 개인적인 이해를 바탕으로 그 공감의 폭을 개인이 속한 공동체에까지 넓혀가는 것이 내선일체의 길이라고 쓰고 있다. 이런 논리는 조선적인 것을 없애고 일본인과 똑같아질 때 조선인에 대한 차별이 없어질 것이 라고 하는 이광수 식의 내선일체론과는 다르다. 그러나 한 개인을 통 해, 그가 속한 공동체 전체를 느끼고 그에 융합되어간다고 하는 연애의 최대치를 이야기하면서도, 일본 남성 야마모토는 내선연애를 통해 동 양 전체를 자기 것으로 느끼는 반면, 조선 여성 영순이는 일제가 치르 는 전쟁을 자기 자신의 전쟁으로 느끼게 된다. 여성의 희생과 헌신이

11 여기서는 김재용・김미란 편역, 『식민주의와 협력』, 역락, 2003에 실린 번역판을 참 고했다.

라는 미명으로 그 전쟁에 휩쓸려 희생당하는 식민지인의 운명을 호도하고 있는 것이다. 「여명」(1942.5)은 서양인이 경영하던 여학교를 다녔던 혜봉이가 서양 사람이었던 교장과 영어 선생에 대한 그리운 추억 때문에 일제가 부르짖던 '영미귀축(英米鬼逐)'에 쉽게 동조하지 못하자, 같은 경험을 가진 여학교 동창 은영이가 학교에서 철저한 군국주의 교육을 받고 있는 아이들을 위해서, 즉 아이들이 아무런 의혹 없이 학교생활을 잘하고 황국신민으로 거리낌 없이 자랄 수 있도록 '군국의 어머니' 역할을 받아들이라고 설득하는 작품이다. 「2월 15일 밤」과 이것을 확대한 「장미의 집」은 아내가 가정 안의 일에 충실할 것을 요구하는 남편에 맞서, 싱가포르 함락을 계기로 애국반 반장일을 맡고 나서는 이야기이다. 그 이전의 '신여성'을 사치와 허영에 들떠 가정을 돌아보지 않는 나쁜 여자로 치부하는 것은 남편이나 아내나 마찬가지였다. 그런데 남편은 아내더러 그러니까 나대지 말고 집에 있으라 하는 반면, 아내는 애국반 활동은 가정을 제대로 돌보면서도 가능하고 또 '국민'으로 여성이 당연히 해야 할 일이라고 주장한다. 1920년대 부러움과 질시의 대상이었던 신여성이 이제 사회적으로 비판받고 퇴출당하는 지점에서 여성들이 새로운 활동을 모색하는 형국인데, 이 시기 전쟁 동원에 자발적으로 여성이 나서게 되는 기제를 보여준다는 점에서 흥미로운 작품이다. 그러면서도 그 참여의 폭이 식모를 내보내고 집안일을 직접 하며 절약하고, 그런 것을 다른 가정에도 권유하는 애국반 활동에 제한되어 있다는 점에서 최정희류의 가족 중심주의와 순응주의를 볼 수 있다. 「야국-초」(1942.11)는 자기를 버리고 떠난 유부남의 아이를 낳아 키우던 여성이 아이와 함께 지원병 훈련소를 견학한 뒤, 강인한 어머니가 되겠다고 다짐하는 내용이다. 「여명」에서와 마찬가지로 아들이 씩씩

한 군인으로 자랄 수 있도록 여성 스스로가 아들이 죽더라도 눈물의 흘리지 않을 '군국의 어머니'로 거듭남으로써, 자기를 버린 남성에게 복수하고 그에게서 벗어날 수 있다는 것이다.[12]

그런데 이렇게 최정희가 식민주의의 총동원 체제에 협력하면서 쓴 작품에 등장하는 여성 인물의 태도는 그 이전 시기의 최정희 작품에 등장하는 여성 인물들의 남성중심주의와 내적 연관성을 가지고 있다는 점에서 최정희 식 여성문학의 문제성이 드러난다. 이들은 교육 정도나 생활 방식으로 보아 1930년대의 신여성인 셈인데 이들의 가족-부계 혈통과 모성-회귀는 1920년대 신여성의 퇴행이다.[13] 이에 대해서 '모성'으로 회귀하는 겉 이야기 속에 다른 남자에 대한 애정의 일탈을 담고 있다는 점에서 이것을 최정희의 여성적 글쓰기 전략으로 평가하는 견해도 있다. 그러나 최정희 작품의 여성 인물들은 잠시 일탈하지만 자신의 욕망을 끝까지 밀고 나가지 않고 지배담론에 순응하여[14] 남성 중심의 관계로 되돌아온다는 점에서 '남성중심주의'를 극명하게 드러내고 있다.

또한 최정희의 여성 인물이 회귀하는 것처럼 보이는 모성은 더 문제적이다. '삼맥'뿐 아니라 「여명」에서도 그렇듯이 최정희 작품의 남성중심주의 아래에서 아이들은 부차적인 것으로 된다. 최정희 소설의 여성 인물은 아이를 독립된 개체로 인정하지 않고 다른 남성 — 남편이나 연인 — 의 대체물로 바라보고 있다. 「야국-초」의 마지막 대목은 이 점을 더 극명하게 보여준다.

12　이들 작품에 대한 자세한 논의는 이상경, 「일제 말기의 여성 동원과 '군국의 어머니'」, 『페미니즘연구』 2, 2002를 참고.

13　일찍이 나혜석이 감행한 가족으로부터의 탈출(「경희」)이나 모성의 해체(「모된 감상기」)와 비교하면 이 점은 분명하다.

14　다음 장에서 논의할 지하련 식으로 표현하면 '비굴'해지는 것이다.

저는 아이의 손을 더욱 꽉 쥐었습니다. 아이도 잡힌 자기 손으로, 제 손을 꽉 쥡니다. 그 힘찬 손의 감촉은, 당신에게 잡혀서 외나무다리를 건넜을 때와는 다른, 힘찬 그 무엇이 있었습니다. 당신의 손 이상으로 제게 희망을 갖게 하는 손입니다. 당신의 손 이상으로 제게 기쁨을 안겨주는 손입니다.[15]

이제 저는 아무것도 생각하지 않고, 승일이를 키우듯이 승일이를 위해 들국화를 아름다운 꽃, 강인한 꽃으로 가꾸기로 했습니다. 그게 제게 하셨던 당신의 행위에 대한 복수가 될 테니까요. 그럼 안녕히.[16]

아들의 손으로 남성의 손을 대신하고, 남성에 대한 복수로 내가 강한 어머니가 되어 아들을 황국의 병사로 키운다는 것이 최정희 작품의 모성의 귀착점이다. 실상 아이를 통해 여성이 남성 — 아이의 못난 아버지 — 에게 복수한다고 하는 생각은 이미 「곡상」(1938.8)에서 그 문제성을 드러낸 바 있다. 삼년만 고생하고 있으면 돈 벌어 돌아오겠다고 했던 인표는 아편중독자가 되어서 돌아왔다. 삯바느질을 하면서 문수를 키우던 남이는 처음에는 남편이 돌아온 것만 반가워 온갖 수발을 들었으나 곧 남편이 아편중독자란 사실을 알게 되었다. 남이는 남편이 미운 나머지 아들 문수가 인표 비슷한 모습을 보일 때는 이성을 잃고 문수를 때리고는 곧 후회하는 행동을 반복한다. 마음속으로는 '문수를 잘 키워서 남편의 복수까지 하리라'고 중얼거리면서도 실제 생활에서는 남편에 대한 배신감으로 아이를 학대하는 형국인 것이다. 그런데 이런

---

15 최정희, 「야국-초」, 김규동·김병걸 편, 『친일문학작품선집』 2, 실천문학사, 1986, 183쪽.
16 위의 책, 186쪽.

남이의 마음속을 알지 못하는 아들 문수는 그런 엄마가 계모라고 생각하고 친엄마에게 보내준다는 아버지의 꾐에 빠져 부잣집에 팔려간다. 문수가 부잣집 아이의 병 치료를 위해 죽게 될 것임을 암시하면서 소설은 끝난다. 이런 비극의 핵심에 「곡상」의 남이가 아들을 보며 남편을 떠올리고 '아들을 통해 남편에게 복수'하기를 꿈꾸는 대목이 있다. 남이에게 아들 문수는 그 자체로서 사랑의 대상이 아니라 남편의 대체물이다. 문수를 미워하는 것도 문수가 인표 닮은 짓을 해서이고, 문수를 잘 키우겠다고 다짐하는 것도 인표와는 다른 종류의 인간으로 키우겠다는 다짐에서이다. 이런 마음가짐의 현실적 결과는 아이를 때리고 과도한 노동으로 학대하고 결국은 죽음의 길로 몰아넣는 것이다.

여기서 최정희 식 모성의 특색이 드러난다. 아이는 언제나 아이 자체가 아니라 남성,[17] 혹은 그것으로 대표되는 이념의 대체물이다. 모성은 아이 자체에 대한 사랑과 생명의 가치를 실천하는 것이 아니라 그 아이가 표상하고 있는 다른 어떤 것에 대한 지향일 뿐이다. 그리고 그 아이가 전시 총동원 체제의 학교 교육을 통해 국가주의 이데올로기를 체현할 때, 남성 대신이었던 아이의 자리에 아이가 표상하는 국가주의가 쉽게 들어오게 되는 것이다. 이러한 최정희 소설에서의 '모성'의 성격을 일찍이 그 자신 작가이자 평론가였던 임순득은 다음과 같이 평가한바 있다.

(최정희의 작품에는-인용자) 여자 혼자서 살아가는 데에 따르는 정신과 물질의 양면의 생활에서 생기는 마찰 — 불안, 동요, 오뇌를 추구하려는

---

17 「지맥」에서는 남편, 「인맥」에서는 친구의 남편인 허윤이고, 「야국-초」에서는 나를 버린 남자이다. 실제 삶에서 최정희가 김유영에 대한 미움을 그 사이에서 난 아들에게 발산한 아픈 경험이 이런 구절을 낳았으리라고 개인사를 이해하는 것과 그것의 작품 속에서의 해석은 별개의 문제이다.

성실이 보이는가 하면, 어느덧 씨는 교묘히 '모성'이란 미명 아래 은둔소(隱 遁所)를 만들었다. 그 은둔소에 숨는 것은 씨의 자유라고 하지만 화를 입는 것은 아이 — 생명과 동일한 아이였다. 우리들의 이상(理想)할 수 있는 어 머니들은 자신의 불행에 대하여 자녀 앞에서 한 번도 과장하거나 푸념한 일이 없던 것을 생각할 때 최 씨의 추구하는 모성애에 길들인 아이의 장래 가 우리는 우려되는 것이다.[18]

이 여성평론가가 우려하였던 그 '아이의 장래'는 「야국-초」에서 황 국 신민의 병사가 되는 것이고 어머니는 웃으면서 아이를 죽음의 길로 보내는 것으로 되어버렸다.

이처럼 최정희 작품의 여성인물들은 언제나 남성을 중심에 놓고 사 고하면서 모성과 여성의 갈등을 남성 중심의 모성으로 봉합한다. 이것 은 기존에 구성되어 있는 여성상과 타협하면서 갈등을 무화시키거나 봉합하는 측면이 강한 것이다.[19]

---

18 임순득, 「불효기의 조선여류작가론」, (『여성』, 1940.9)은 아직 「천맥」은 발표되지 않 은 시기에 「지맥」과 「인맥」을 논했는데 최정희의 그 이후의 작품 세계까지 예견한 글 이 된 셈이다.
19 이에 대한 자세한 논의는 이상경, 「식민지에서 여성과 민족의 문제—일제 파시즘 하 의 최정희와 임순득」, 『실천문학』 69, 2003 봄 참고.

4. 식민주의에 맞서는 여성문학 ─ 지하련

1) 남성의 '자기중심주의'와 '비굴'에 대한 비판

지하련이 잡지 지면에 처음 모습을 드러낸 것은 「나의 거문고 ─ 자식에 대하여」(1939.4)라는 제목으로 '신식 어머니'에 대해 쓴 짧은 글이다. 지하련은 이후 다른 소설이나 수필에서 '모성'에 관해서는 전혀 언급하지 않기에 지금 볼 수 있는 유일한 언급인 셈이다.[20] 신식 어머니들이 너무 지나치게 아이에게 엄격하거나 혹은 과잉보호하는 것을 비판하고 독립된 개체로서 존중하기를 바라는 내용이다. 아이에게 어머니의 다른 욕망을 투사하지 말라는 말도 되겠다. 아이를 독립적인 존재로 존중하라는 것은 일반적인 육아론으로 볼 수도 있겠지만 최정희식 모성과는 거리를 두고 있다는 점은 분명하다.

지하련이 공인으로서 '여성문제'에 대해 발언하는 것은 1939년 9월의 한 좌담회 자리이다. 아직 작가로 등단하기 이전, 지하련은 '임화 씨 부인 이현욱'의 자격으로 「남성폭격좌담회」[21]에 참석했다. 남성들의

---

20 이 수필은 서정자 편, 『지하련 전집』, 푸른사상, 2004에 들어있지 않기에 전문을 제시해 둔다.
"밖에 나가지 않으니 무슨 이렇다 할 좋은 포부가 있을 리 없는 게고 그저 기껏해야 집안에 대한 것이나 애들에 대한 것이 아니면 바깥분에 대한 말이겠는데 바깥분에 대한 이야기는 자칫하면 주책없기 쉽고 살림이나 애들에 대한 것도 내가 무슨 그리 덕이 높아서 남이 간수해야할 좋은 주장이 있겠습니까만, 그래도 굳이 하라시면 '애기'를 어떻게 적당하게 보살폈으면 좋겠다는 것인데, 이건 딴 게 아니라 애기를 학대하고서도 좋은 개성을 가졌다고 자랑하는 '어머니'가 되어도 딱한 일이고, 반대로 '우리애기'라면 그만 안고 지고 눈물을 흘리고 하는 허다한 신식 어머니들에게서, 흔히 야만인의 모성이 보이는 것 같아서 될 수 있으면 어머니들은 특별히 '우리애기'라고 해서 과장을 하지 말고 그저 병나잖게 해주고 쓸쓸해하지 않게 해줄 정도면 무엇이고 좋지 않을까 생각하옵니다."(지하련, 「나의 거문고 ─ 자식에 대하여」, 『여성』, 1939.4)

차림새, 남성들의 가정생활, 남성들의 사랑법을 두고 여성들이 남성들을 비판하는 자리인데, 이 자리에서 이현욱은 제일 많이 그리고 적극적으로 발언하고 있다. 말이 많고 활달했다는 지하련의 면모[22]를 볼 수 있는 글이다.

이 자리에서 지하련이 남성 일반을 비판하는 핵심은 그들의 '자기중심주의'와 '비굴' 그리고 '농녀주의(弄女主義)'이다. 남성의 '자기중심주의'란 남성들이 "주장을 하든지 해석을 하는 걸 보면 죄다 자기네들 중심"인 것이고, 또 "이해(利害) 관념에서 우러나는" 것이다. '비굴'이란 "어디까지든지 정열을 다해볼 용기가 없"는 것이며, 따라서 비굴한 남성은 여성에 대해서도 "본질적인 근기가 있는 정열로써" 하지 못한다. 농녀주의는 여성의 생리적 차이를 약점 잡아 여성을 농락하는 것이다. 이 좌담을 염두에 두고 지하련의 소설을 읽으면 소설의 많은 부분이 훨씬 명료하게 해석된다.

지하련의 등단 작품인 「결별」은 바로 이 남성의 '자기중심주의'와 '비굴'을 정면에서 폭로하는 작품이다. 「결별」에서 형예가 남편에게 자기가 다른 남자 ─ 친구 ─ 의 남편에게 마음을 빼앗겼다고 고백했는데 무심한 남편은 "괜히 평지에 불을 일궈 튀각태각하면, 그 모양이 뭣 되우. 그저 당신은 아무 것도 아닌 것 가지고 이러지 말우에. 내 암말도 않으리다"라고 말한다. 아내가 온 생을 걸어 하는 생각, 하는 일에 대해 남편은 자기 편할 대로만 해석하는 '자기중심주의'를 드러내 보인 것이다. 그런 남편에 대해 아내는 "관대하고 인망이 높고 심지가 깊은 '훌륭

---

21 이 좌담은 『신세기』 1939년 9월호에 실려 있다. 좌담회의 참석자는 다음과 같이 소개되어 있다. 조선일보사 이선희, 학예사 최옥희, 임화 씨 부인 이현욱, 신세기사 곽행서, 신세기사 이주홍. 뒤의 두 사람은 남성으로 화제를 던지는 역할만 하고 있다.

22 정태용, 「지하련과 소시민─신간 평을 대신하여」, 『부인』, 1949. 2, 3합호.

한 남편'이 더할 수 없이 우열한 남편으로, 한낱 비굴한 정신과 그 방법을 가진 무서운 사람"으로 생각되었고 아내는 "완전히 혼자인 것을 깨닫는다." 그래서 제목이 '결별'일 것이다. '관대'해서 문제의 본질에 대면하기를 피하는 '비굴'한 남성과 완전히 결별한 '편협'하고 '정열'적인 여성의 고독이다.

지하련 소설의 여성은 '고독'을 느끼지만 모성이나 가족 제도의 안정성으로 그 고독을 대체하거나 갈등을 봉합하려고 하지 않는다. 남의 신망을 받는 남편이 있고 사랑스런 아이가 있어도 그것으로는 채워지지 않는 부분이다. 그러니 그 고독이란 개체화된 '여성'이 느끼는 자각인 셈이다. 이 자리에 주체로서의 근대 여성이 서게 된다. 앞서의 좌담에서는 그런 남성의 자기중심주의 때문에 남녀관계는 그저 여성 쪽에서 "늘 속을 썩이고서 평화를 유지하는" 그런 것이라고 하고 있다. 지하련의 작품은 그렇게 겉으로 평화로워 보이는 부부의 이면에 남성의 '자기중심주의'로 하여 언제라도 깨어질 수 있는 불안정성이 있다는 것을 폭로하는 데 초점을 두고 있는 것이다.

「가을」은 아내의 친구 정예로부터 사랑한다는 고백을 받은 남성이 자신의 '비굴'을 자각하고 스스로 비판하는 작품이다. 아내가 살아 있을 때부터도 정예는 이미 친구의 남편인 자기에게 감정을 솔직하게 드러내었다. 그런 정예가 아내가 죽은 뒤에 굳이 찾아와서 '젤 고약하고 숭없는 나의 이야기를 단 한 분 앞에서만 하고 싶었어요'라고 고백을 하고 갔다. 여성으로서의 욕망을 가졌고 자기 욕망에 솔직했다가 현실에서 패배한 정예를 보며 그는 정예가 '흉악'하기는 하지만 '비굴'하지는 않다고 생각한다. 이때 '비굴'은 자기 욕망이나 정열을 끝까지 추구하지 않고 중도반단으로 타협하는 것, '흉악'이란 자기 욕망이나 정열을 추구하면서 현실과의 갈등 속에서 패배하는 것이다. 그는 '허다한 여자가 한껏 비굴함으로 겨우 흉악한 것을 면하는 거라면 여자란 영원히 아름답지 말란 법일까?'라고 생각한다.

여기서 작가 지하련은 '비굴'에 반대되는 개념으로 '흉악'을 내세웠다. 이것은 우리의 통상적인 단어사용법과는 좀 다른데, 지하련의 '흉악'은 여성 등장인물에게만 사용되는 것으로, 부정적 의미를 가진 말은 아니다. 오히려 작가가 공감하고 긍정하는 인물의 분위기를 표현하는 말이다. 작가는 긍정적으로 보지만, 다른 사람들은 쉽게 공감하기 어려울 뿐만 아니라 나아가 부정적으로 보고 비난하는 그런 성격을 겉으로는 비판하는 척하면서 에둘러 옹호하는 단어이다. 이 소설에서 작가 지하련은 오히려 그런 '흉악'해 보이는 여성을 옹호하고 있다. "후회하지 않는 얼굴–싸늘한 밝은 눈으로 행위했고, 그 눈으로 내일을 피하지 않는 얼굴"[23]이라든지, "한 소녀의 당돌한 욕망이 이보다는 훨씬 사나운 현실에 패한 그 폐허"에 대해서 '흉악'이란 단어를 쓰는 것으로 보아, 여성이 자기를 주장하고 개성을 추구하는 것이 남성 일반이나 관습적 시선에서는 흉악하게 보이리라는 것까지 객관화시켜서 제시한 것이다.[24] 그리고 「가을」 제일 마지막에서 남성은 자신이야말로 '어느 거지 같은 여자보다도 더 거지 같다'고 차가운 가을바람에 부딪치는 것처럼 자신의 비굴함을 선명하게 느낀다. 남성 자신에 의해 남성의 '비굴'을

---

23 이하 지하련 작품의 인용은 원문에서 하되 철자법과 띄어쓰기는 현행 맞춤법에 따랐다.
24 「종매」에서는 '숭없다'는 표현을 사용한다. 석희가 태식을 거부한 누이 정원의 모습을 묘사한 단어이다. "문득 눈앞에 원이 떠올랐다. 역시 가냘프고 맑은, 서먹서먹 사람을 대하는 눈을 가진 얼굴이다. 그러나 다음 순간, 얼마나 고약한 또 하나의 모습인가? ― 인색하다기보다는 훨씬 탐욕적인 그 용모는 아무리 보아도 숭없었다." 여기서 '탐욕'이나 '숭없음'은 자기 욕망에 충실하면서도 남성에게 휘둘리지 않고 자기주장이 뚜렷한 여성을 묘사하는 단어이다.

폭로한 것이다.

「산길」에서 남편은 '생활의 질서'를 소중히 여기며 '닥쳐온 불행을 겪는 데 지혜'가 있는 사람이다. 아내의 친구와 관계를 가졌던 남편은 아내더러 자기의 행동이 실수일 수도 연애일 수도 있지만 아무튼 사과한다고 무마한다. 그 순간 아내는 "당신 걔헌테도 나한테도 나쁜 사람"이라고 비난한다. 남편은 아내의 그 말도 맞다고 또 가볍게 넘기려고 한다. 이 사단에서 아내와 아내의 친구인 두 여성이 받은 상처에는 아랑곳없이 이 남자는 '경험' 하나만 더했을 뿐이라는 태도인 것이다. 이 소설에서 한 남자를 사이에 둔 두 여성, 아내 순재와 애인 연희가 만나서 주고받은 대화는 자유연애를 이상으로 삼는 여성이 자유연애와 결혼제도가 충돌하는 지점에서 어떻게 해야 하는가에 대한 고민을 보여준다.

> [연희는–인용자] "그분은 누구보다도 자기 생활의 질서를 소중히 아는 사람입니다. 설사 당신에 비해 나를 더 훨씬 사랑하는 경우라도 결코 현실에서 이것을 표현하지는 않을 겁니다."
> 하고, 제 말을 계속 했다.
> 이리 되면 세상 못할 말이 없다. 순재는 이젠 당황하기보다도 대체 무슨 까닭으로 이런 말을 하는지가 알 수 없다. 그러나 불행히도 그는 이 욕된 경우에 있을 말의 준비가 없었다. 평소 남편의 사람됨을 보아 이것이 정말일지도 모르기 때문이다.
> 순재가 아연 잠자코 있는 것을 보자 이번엔,
> "아내인 것을 다행으로 아세요?"
> 하고 연희가 다시 재쳤다.

순재는 더 참을 수가 없었다.

"꿈에두요!"

"정말요?"

"네."

"왜요?"

"아내가 아닌 당신과 꼭 같은 위치에 나란히 서 보고 싶어서요."

"자유로운 선택이 있으라구요?"

"네." (「산길」)

여성들은 이렇게 '자유연애'의 원칙을 끝까지 추구하고자 하는 데 반해, 남성은 이들을 "당신네들 신성한 연애파"라고 조소하고, 또 연애란 "분별 있는 사람들이 오래 머물 순 없는 일"이라고, "어른들이란 훨씬 다른 것에 많은 시간이 분주해야 하는" 사람이라고 눙치려고 든다.

이런 남편을 아내는 '천길 벼랑에 차 내뜨려도 무슨 수로든 다시 기어나올 사람들'이라고 생각한다. 그리고 아내는 침묵으로 부부생활을 '평화'롭게 유지하지만, 속으로는 자기 감정을 분명하게 밝히고 행동한 친구 연희야말로 '누구보다도 성실하고 정직했다'고 생각하는 것이다. 이 소설에서 남성은 남편으로서도 애인으로서도 불성실하고 자기 편한 대로 세상을 해석하는 자기중심적 인물이며 그런 남성에 의해 여성은 그가 애인의 자리에 있든 아내의 자리에 있든 상처받는 동류이다.

이렇게 지하련은 철저하게 '여성'의 입장에서 남성의 '자기중심주의'와 원칙 없는 '비굴'을 폭로하고 문제의 근본, 절망의 바닥에까지 담대하게 이르는 '여성의 자율성'을 추구했다. 자기 개인의 욕망이나 정열, 원칙에 충실하고 환경과 타협하지 않는 것 ─ 이것이 지하련이 그 시대에 소망한 여성의 자세였다. 그리고 그것이 일반 사람의 눈에는 '흉악' 해 보일 것이라는, 환영받지 못하는 것이라는 것까지 각오하고 있었다.

이렇게 '시국'과는 전혀 관계없어 보이는 남성과 여성의 자유연애 문제에 대해 원칙을 지키는 여성의 '흉악'함을 옹호한 지하련의 '여성'적 시선은 전시 동원 체제에 타협하는 남성 인물의 '비굴'을 비판적으로 드러내는 것으로 이어진다. 생산적이고 건강하고 명랑한 문학을 요구하는 전시 총동원 체제하에서 지하련은 그와는 정반대로 쓸모없고 병약하고 우울한 인물들의 '지리한 날의 이야기'[25]를 쓰는 것으로 저항의 자세를 드러낸다.

2) 파시즘에 맞서는 여성주의

지하련의 소설은 발표된 시기가 1940~1943년임을 염두에 두고 읽어야 하는 암호투성이 글이다. 사실 등단 소감을 밝히는 자리에서 이미 지하련은 쓰고 싶은 것을 쓰지 못할 뿐 아니라 쓰고 싶지 않은 것까지 쓰도록 강요받는 상황(찌그러지고 구속받은 애꾸눈)이지만 그래도 최선을 다해 진실을 보고(눈이 흐리지 않고), 억압받아 메마르게 된 존재들을 제대로 그려내어 사람들의 공감을 얻게 하고 싶다(천대하지 않도록 하고 싶다)고 밝힌 바 있다.

> 허나 내게는 별것이 없어, 무릇 색채가 풍부한 찬란한, 생생한, **문학**은 결코 없을 것 같습니다. 설사 내가 그것을 아무리 바란다고 해도 도저히 가망

---

25 「종매」의 부제이다.

이 없을 것만 같습니다.

　단지 내게 있다면 어디까지 찌그러진 한껏 구속받은 **눈**이 있겠는데 물론 내 이 눈이 무엇을 보고 어떻게 받아들이느냐는 것을 알 수가 없으나 그저 바라는 바는 되도록 내 애꾸눈이 흐리지 말았으면 그래서 욱박질린 메마른 내 인간들을 너무 천대하지 말았으면 하고 생각할 뿐입니다. (굵은 글씨 강조―원문, 이하 같음) (「인사」, 『문장』, 1941.4)

　특히 앞에서 살펴보았던 남성과 여성의 관계를 다룬 작품보다 그 시대를 살아가는 지식인의 자세를 다룬 「체향초」, 「종매」, 「양」은 시대를 우회하는 발언으로서 좀 더 섬세하게 읽을 필요가 있다. 소설은 '불행한' 과거를 가졌지만 시대에 대면하는 자세가 달라진 두 인물을 대비하여 제시한다. 한쪽은 쓸모없는 삶을 선택한 어리석고 편협하고 유폐되어 메마른 성격의 인물이고, 다른 한쪽은 약삭빠르고 관대하여 쓸모 있는 삶을 선택하고 세상으로 나아가는 풍족한 성격의 인물이다. 「체향초」에서 삼회는 오빠의 메마른 삶에 동질감을 느끼고 존경을 표한다. 「종매」에서는 석희가 사촌누이 정원의 갈등을 지켜본다. 「양」에서 성재는 주변 사람들이 모두 돌아서 버리고 완전히 고립된 상태에서 무력감과 절망을 느낀다.

　「체향초」는 건강 때문에 친정으로 요양을 하러간 삼회[26]의 눈으로 오빠와 오빠의 친구 태일이를 비교한다. '한때 불행한 일'을 겪은 오빠는 세상에 대해 조소하고 방관적인 태도를 취하면서 돼지를 치고 농사

26　이 소설에 나오는 월영동이라든지 산호리 같은 지명은 지하련의 고향 동네로 실제 오빠들이 살고 있던 곳이며, 오빠가 오랫동안 감옥살이를 하고 나왔다든지, 삼회가 아이를 떼어놓고 요양하러 내려왔다든지 하는 상황은 지하련의 개인사와 거의 겹친다는 점에서 「체향초」는 자전적 요소가 강한 소설이다.

짓는 일에만 몰두하고 있다. 삼희가 보기에 오빠는 편협하고 태일이는 무엇이든 포용할 수 있는 "겹으로 된 사람" 같다. 오빠의 자화상은 "머릿박이 유난히 크고 수족이 병신처럼 말라빠진" 형국인 반면 태일의 자화상은 "머리칼이 거칠고 수염이 짙어 눈이 더욱 빛나"는 형국이다.

그런 태일이가 구축한 것이 어른스러운 '남성의 세계'라면 오빠의 세계는 편협한 '적은 창조물'의 세계이다.

> "역시 태일 군 같은 사람이 살아 있는 사람일지도 몰라."
> (…중략…)
> "**자랑**을 가졌으니까. 생명과 육체와, 또 훌륭한 사나이란 자랑을 가졌으니까."
> 하고 오라버니는 말했다. 삼희는 오라버니의 이러한 말에는 진작 대척이 없이 맘속으로 **사나이, 생명, 육체** 하고 되풀이해 봤으나 그렇다고 이것이 그에게 별다른 감동을 주지는 않았다. 오라버니는 다시,
> "그는 저와 상관되는 일체를 자기 의지 아래 두고 싶은 야심을 가졌으면서도, 그것을 위해 스스로 비열하지 않고 , 아무 것도 배타하지 않는 — 이를테면 풍족한 성격일 뿐 아니라, 이러한 성격이란 본시 남성의 세계이니까 —" (「체향초」)

> "하지만 그 어린애라는 곳이, 혹은 어리석다는 곳이 — 이를테면 지극히 **넓은 것**, 완전히 풍족한 것과 통하는 것이라면?
> 하고 말하면서
> "이런 건 다 너희들 적은 창조물들이 알 순 없을 거다."
> 하고 여전 농쪼로 웃었다. 삼희는 어쩐지 불쾌했다. 무슨 모욕을 당했을 때

처럼 갑자기 불쾌했다기보다도 오라버니에 대한 이상한 의심이 일종 야릇한 불쾌를 가져왔다. 그러고 보니 그런지, 어째 얼굴이 희고 몸이 가냘픈 거라든지, 손발이 이쁜 것까지 모두가 의심쩍었다. 그래서

"지극히 어진 이가 스스로 그 어진 바를 모르듯, 오라버니도 응당 몰라야 할 것을, 이미 안다는 것은 어찌된 일이예요."

하고 그도 짐짓 농쪼로 말을 해 봤다. 그랬더니, 오라버니는 거반 싱거울 정도로

"그럼 나두 그 적은 창조물의 하나란 말이지?"

하면서

"그럴지도 몰라 —"

하고 말했다. 조금 후에 삼희가 자기 방으로 돌아오려니 파뜩, 오라버니의 이상한 모습이 떠올랐다.

　이른바 **거인**도 죽고 **천사**도 가고 없는, 소란한 시장의 아들로 천상 태어나 적고 초라하게 자라서 한 올에도 능히 인색한 — 그러면서도 상구 **고향**을 딴 데 두어 더욱 몰골이 사나운 — 우스운 형상으로 나타났다. 그러나 삼희는 이런 모습에 오히려 정이 가는 것을 어찌할 수가 없었다. (「체향초」)

　오빠는, 입으로는 아니라고 하지만 스스로 삼희와 동류임을 인정하고, 또 "몰골이 사나운" "흉물스런 인상"을 풍기며, 그 '흉물스러움'은 「가을」에서의 '흉악'[27]과 통하는 것이기에 '여성적'이다. 오빠와 태일 사이에서 삼희는 잠시 태일에게 매혹되기도 하나 그것은 위압감을 동반

27　또 이 소설에서는 오빠의 입을 통해 '비굴'이란 "불량자이거나 파렴치한 것과도 다르게, 옳은 건 옳고 그른 건 그른 것이라고 하지 못하는 것"이라고 좀 더 분명하게 밝히고 있다.

한 것이었고, 태일이가 사관학교에 갈 계획을 가지고 있다는 말을 들은 삼희가 "사관학교는 좀 걸작인데요 ……"라고 조소하는 것으로 해서 이 소설은 작가의 '여성적' 시선을 분명히 드러내고 있다.

「종매―지리한 날의 이야기」(1942.4)에는 정원과 철재, 정원의 사촌 오빠 석희, 석희의 친구인 태식, 4명의 인물이 등장한다. 석희는 수년 간 감옥살이를 하고 나온 인물이다. 어렸을 때부터 친하게 지낸 사촌 누이 정원이가 방학이 되었는데 집으로 오지 않고 운각사라는 절에서 석희더러 오라는 편지를 보냈다. 가보니 정원이는 철재라고 하는 병든 화가 청년을 데리고 와서 섭생을 시키는 중이었다. 철재의 건강이 조금씩 회복되면서 정원이와 철재의 사이는 약간 서먹해지고 석희와 철재가 더 친해진다. 그때 석희의 친구 태식이가 나타나는데 태식이는 석희와 정반대의 성격이다. 석희는 주변이 없고 내성적이고 침울한 반면 태식이는 웅변이고 개방적이고 화려하다. 석희는 강한 자기 주장은 있지만 겉으로 강하게 표현하지는 않는 편인데 태식이는 내놓고 표현한다. 철재는 병약하기도 하거니와 석희와 유사한 성격으로 한 편이 "가을엔 우리 마구 돌아다닙시다" 하면 다른 편에서 "바깥엔 다녀 뭘 하겠소"라고 시무룩하게 대답하고 함께 마음이 어두워지는 사람들이다. 요컨대 "가슴 속 어느 한 곳에 무엇으로도 메꿀 수 없는 커다란 구멍이 하나 뚫어져 있는" 상태이다.

여러 가지 암시로 보아 철재나 태식이나 석희 모두 1930년대 중반까지 특별한 사상운동에 관여했던 인물인데 이제 석희(가 돌보는 철재를 포함하여)와 태식은 일제 말기의 시점에서 세상을 대하는 두 가지 상반되는 태도를 대표하고 있다.

[태식이는 석희더러 - 인용재

"아무렇기로 자네가 산 속에서 십 년을 살아서야 **어데 쓰겠나.**"

"**쓰다니 어데다 써?**"

"그럼 못 써야 허나?"

그도 태식이를 따라 웃고 말았으나, 태식이는 곧 말을 이었다.

"아무튼 나는 곧 서울로 가기 작정했네. 그래서 한번 세상과 싸움을 해 볼 작정일세."

"돈을 한번 모아보겠단 말이지?"

"맞었네. 위선 내가 먼저 살아야 한다고 생각했네."

(…중략…)

조금 후 석희는, 결국 자유를 위한 용기가 아니거든 치우치지 말 것을 역설하였으나 태식이는 좀체 수그러지지 않았다. 심해서는 석희의 이야기를 허영이요, 도피요, 자기 못난 것에 대한 합리화라고까지 말을 했다. (…중략…) 두 사람의 생각은 너무도 거리가 먼 것이었다. 가령 옳든 그르든, 한 삶은 정열과 **희망**을 가지려는 대신, 같은 기간과 같은 하늘 아래 살면서 오히려 따로 **절망**하는 마음이 있다면, 이것은 어찌할 수 없는 하나의 두려운 사실이었다. (고딕 - 인용자, 이하 같음)

파시즘의 시대에 쓸모가 있는 삶과 쓸모가 없는 삶 중에서 지하련은 쓸모가 없는 삶에 애정을 기울이고 있다. 희망과 절망 중에서 절망 쪽이 진실하다고 생각한다. '같은 기간과 같은 하늘 아래 살면서' 전혀 상반되는 두 가지 삶의 자세가 있다고 하는 것이 일제 말기 가장 힘든 시기에 작품 활동을 시작한 지하련의 작가적 문제의식이다. 삶의 태도로서 희망 / 절망은 쉽게 어느 한편이 더 옳거나 더 진실하거나 더 좋다고 말할 수 없는 것이다. 그러나 이런 문제를 제기하는 시기가 일제 말기라는 것은 좀더 특수한 독해를 요구한다. 파시즘으로 치달으면서 병, 나태, 어두움, 절망 같은 것들이 '악덕'으로 치부되는 시기에 철저한 절망을 이야기한다는 것은 그러한 파시즘에의 저항 혹은 적어도 비협력의 의미를 내포하기 때문이다. 반면 건강하고 밝고 약삭빠르게 쓸모 있는 삶을 살겠다는 인물은 당시의 시대 분위기에 발맞추어 혹은 잘 적응하며 사는 인간군상이다.[28]

이렇게 지하련이 지식인의 삶의 자세를 주제로 하여 쓴 「체향초」, 「종매」, 「양」에서 여성의 '존경'을 받는 어리석은 인물들은 자신을 유폐시키고 살고 있다. 지하련은 이들의 유폐된 삶을 '승천'을 꿈꾸는 이무기에 비유하고 있다.

> 강물은 마치 **대망**이 지날 때처럼 징하고 끔찍했다. 그러나 질펀히 퍼대진 평야를 뚫고 말없이 흐르는 강물은 또한 얼마나 장한 '풍족'한 모습인가? (「체향초」)

> 웅얼웅얼, 허공에서 몸부림치다가, 어느 먼 산기슭에 머처지는 육중한 음향은 마치 **대망**이 신음하듯, 어둡고 초조한 그런 것이었다. (「종매」)

'대망(大蟒)'이란 이무기로서 전설상에 나오는 뿔이 없는 용이다. 어

---

28 그런데 「종매」에서 정원이 선택하는 인물이 환자인 철재인지 건강한 태식인지에 대해 장윤영은 태식을 선택하는 것으로 읽고 있다. 기존의 연구와 다른 본고의 독해를 뒷받침해 주는 것이 지하련이 해방 후에 쓴 「도정」의 인물이다. 석재와 대비되는 인물로 기철이가 나온다. 기철이는 해방 전에는 돈 번다고 돌아다니던 인물인데 해방이 되자마자 당을 조직하고 나섰고, 석재는 그런 그에 대해 불쾌감을 가진다. 기철이는 해방 전 소설에서 태식이(「종매」) 혹은 태일이(「체향초」)와 동일한 유형의 인물이다.

떤 저주에 의하여 용이 되지 못하고 물속에 사는데 그는 용이 되어 승천하기를 천년 동안이나 기다리고 있다. 전설 속에서 이무기는 욕심을 버리고 용이 되기도 하고, 공력이 미치지 못해 하늘로 반쯤 오르다가 떨어져 죽기도 한다. 그런 이무기가 '승천'한다고 하는 것은 유폐된 공간에서 벗어나 세상으로 나갈 수 있게 되는 것이다. 지하련의 소설에서 유폐되어 초조하게 승천을 기다리는 존재로서의 이무기는 엄혹한 시기를 양심을 지키며 살아가고자 하는 지식인의 자기 상징이며, 이무기의 육중한 신음소리는 처절하게 고독해진 이들의 비명이다. 이 점은 다음 수필에서 더 분명하게 서술된다.

순간 나는 죽음처럼 몰려오는 고독 때문에 눈앞이 아찔했다. 귓속이 윙하니 울었다. 그리고 그것은 마치 대망이 신음하듯 육중하고 어두운 음향이었다. 급기야 나는 참을 수 없는 초조 때문에 두 손을 휘저어 사람을 찾았다. 그러나 아무도 옆에서 대답하는 사람은 없었다. (「회갑」)

그래서 일제시대 발표된 마지막 작품 「양」에서는 친구도 사랑하는 여성도 서로 믿지 못해 철저하게 고립된 상황이 고통스럽게 그려지고 있다.

"천치 같은 놈이, 그래 백주에 끽 소리 한 마디 못 지르고 …"
그는 양의 잔등에 덥석 손을 얹은 채 어찌할 바를 몰랐다. 기왕 죽을 테면 얼마나 아픈지 소리나 좀 질렀으면 차라리 시원할 것 같다. (「양」)

어디를 들어왔는지 문득 길이 막히고 앞에 높은 언덕이 가로 놓였다. 잠간 망설이고 있노라니 어데서인지 솔방울 하나가 잡목 틈으로 바시시 굴러 떨어진다. (…중략…) 완전히 썩은 것이고, 죽은 것이었다. 꼭 딱쟁이 같았다. 이미 저 거대하고 오만한 체구엔 손톱만치도 필요치 않은 무슨 종기에 딱정이 같은 그러한 것이었다.(「양」)

위의 인용문에서 전자는 「양」의 첫 부분에서 성재가 꿈에 양이 범에게 물려 무력하게 피만 쏟고 있는 것을 보고 거기에 자기를 투사시킨 대목이며, 후자는 소설의 마지막 부분에서 친구였던 정래와 사랑했던 정인로부터도 거절을 당한 성재가 쓸모없어진 솔방울에 자기를 투사시킨 대목이다. 죄어오는 현실 앞에서 느끼는 무력감과 절망감 그리고 자기혐오가 범벅이 된 상태인 것이다. 그리고 성재가 '승천'을 꿈꾸는 것은 낭만적 초월이기보다는 현재 처해 있는 곳이 절망적인 '지옥'임을 강조하는 반어법으로 사용된 것이다.

마침내 그는 깊은 졸음 속으로 흘러들며 ― (그래서 그곳에서 '승천'을 하게 되면 해도 좋고 ……) ― 라고 …… 벗의 말도 그의 말도 아닌 먼 곳에의 이야기를, 가만히 입속으로 외어보는 것이었다. (「양」)

이 절망은 절필로 이어진다.

일제시대에 지하련이 마지막 발표한 글인 편지투의 수필 「희께」(『신시대』, 1943.7)에서는 작가 자신의 목소리로 이제 더 이상 작품을 쓸 수 없음을 비통하게 토로하고 있다.

이제 나는 아무 것에도 오해할 줄을 모른다. 전혀 까다롭지가 않다. 까마득한 하늘가에 노고지리를 찾아 헤엄치듯 즐거운 마음이 상기[29] 내게 남았

을 리가 있느냐. 이것은 원이한테만이 아니라 너라도 매한가지다. 네가 ◯
◯◯을 입고 길가에서 술을 판대도 나는 별로 격하지 않을 거다. 희야! 내
가 언제 이렇게 늙었단 말이냐? 왜 이렇게 눈이 잠복[30] 흐리기만 하냐? 마
구 어둠이 몰려와 암만 애를 써 눈 비벼 봐도 바로 앞에 선 소나무 하나 제
대로 가려낼 수가 없구나. 내게 종다리는 없단 말이냐? 너와 함께 어디로
날아갔단 말이냐? 얼마나 야속한 것이기에 내 노여움과 함께 즐거움마저
가져갔단 말이냐?

등단 당시에 이미 찌그러지고 구속된 애꾸눈이긴 했지만 그래도 눈
을 맑게 가지겠다고 다짐했는데 이제는 어둠이 몰려와 아예 볼 수 없게
된 상태라는 것이다. 그러니 작가는 더 이상 쓸 수도 없게 되었다. 늘
'비굴'보다는 '흉악'을 택하고자 했던 작가 지하련은 이 지점에서 더 이
상 작품을 발표하지 않았다.[31]

---

29 '아직'의 방언.
30 원문대로. '잔뜩'의 방언인 듯.
31 이 시기의 모든 지면을 다 본 것이 아니므로 단언하기는 어렵지만, 마지막 소설과 수
    필의 분위기로 미루어 충분히 짐작할 수 있는 일이다. 그리고 만약 새로운 작품이 발
    굴되더라도 그 이전까지와 다른 방향의 작품일 가능성은 거의 없을 것이다. 고독과
    절망에 의한 자기 유폐, 현실 도피였기에 해방 이후에 쓴 「도정」에서는 쓸모 있는 삶
    을 찾아 체제에 동원되기를 자처한 '비굴'했던 인간들을 비판하는 한편 자조적으로 방
    관한 자신도 '악덕'했다고 자기비판한 것이다.

5. 식민주의와 여성문학의 두 길

이상에서 살펴본 것처럼 일제 말기 남녀 사이의 애정문제를 소재로 한 최정희의 작품이 강요된 여성성으로부터 일탈을 꿈꾸었지만 결국 은 기존의 모성으로 회귀하는 것에 반해, 지하련은 일탈을 끝까지 밀고 나가며 그를 통해 남성의 가부장 의식과 위선을 폭로한다. 이런 바탕 위에서 '국책'을 선전하는 문학이 요구되었을 때 최정희는 '강한' 어머 니를 추구하며 군국주의 모성을 찬양하는 데로 나아가는 반면, 지하련 은 바깥세계와의 관계를 단절하고 자신을 유폐시킨 우울하고 '병약'한 인물들의 내성의 세계를 파고들다가 결국 절필함으로써 '시국'에 대한 비협력의 자세를 견지한다.

이 점에서 지하련이 「육필 서한」에서 최정희를 비난하고 있는 것[32] 의 정체를 미루어 짐작할 수도 있다.

---

32   지하련과 최정희는 개인적으로 상당히 가까운 사이여서 서로 주고받은 편지가 당시 지면에 발표되기도 했고, 또 최정희의 유품 중에 지하련에게서 받은 편지도 남아 있 었다. 이 「육필 서한」은 지면으로 발표된 적은 없고 최정희 사후 공개된, 지하련이 최 정희에게 보낸 사신이다. 이 「육필 서한」을 근거로 서정자 교수는 『전집』에서 지하련 과 최정희의 갈등이 지하련 자신이 겪은 가정사 — 친구가 자기의 남편을 사랑하는 것 — 를 최정희가 「인맥」으로 만들면서 남편의 애인을 옹호하는 것을 쓴 것에 대해 힐난한 것이라고 해석했다. 그러나 지하련의 「결별」을 읽어보면 주제는 한 남자를 둘 러싼 두 여성(아내와 애인) 간의 문제가 아니라 두 여성 모두에게 진실하지 못한 남성 (남편)의 '자기중심주의'와 '비굴함'을 드러내는 것이다. 다른 작품에서도 마찬가지로 남성의 '비굴'함에 대한 폭로가 핵심이다. 서정자 교수는 최정희의 「인맥」이 '(신여성) 애인의 서사'인 것과 비교하여, 지하련의 소설을 '(신여성) 아내의 서사'라고 했다. 그 러나 애인이든 아내든 이런 해석은 남성을 중심에 놓고 사고하는 것으로서 지하련의 본의와는 거리가 멀다. 지하련의 소설에 등장하는 여성은 그의 처지가 아내이든 애인 이든 간에 자기의 욕망과 정열을 당당히 표현하고 추구하며, 그렇지 못한 남성을 '비 굴'하다고 비난하는 입장에 서 있다. 그런 점에서 남성의 애인이나 아내가 아닌 '여성 주체의 서사'라고 해야 할 것이다.

너는 나처럼 어리석진 않았다. 물론 이러한 너를 나는 나무라지도 미워하지도 않는다. 오히려 이제 네가 따르려는 것 앞에서 네가 복되고 밝기 거울 같기를 빌지도 모른다.

(…중략…)

당신 앞엔 나보다는 기가 차게 현명한 벗이 허다 있는 줄을 알었기 때문입니다. 그래서 단지 나도 당신처럼 약어보려구 했을 뿐입니다.

그러나 내 고향은 어리석었던지 내가 글을 쓰겠다면 무척 좋아하던 당신이, 우리 글을 쓰고 서로 즐기고 언제까지나 떠나지 말자고 어린애처럼 속삭이던 기억이, 내 마음을 오래도록 언짢게 하는 것을 어찌할 수가 없었습니다.[33]

지하련은 자신이 어리석고 최정희가 약다고 말했다. 이때 '어리석음'과 '약음'이란 지하련의 소설에서 말하는 어리석어서 원칙에 충실하느라 '흉악'한 얼굴을 가질 수밖에 없는 여자와 약삭빠르게 현실과 타협하여 '비굴'하지만 아름답게 보이는 여자 사이의 선택을 말한 것이 아니었을까. 또한 '어리석음'과 '약음'이란 지하련이 파시즘기를 살아가는 지식인의 자세를 문제 삼았던 세 편의 소설에서 일제 말기를 살아가는 지식인의 대비되는 두 자세이기도 하다. 그리고 지하련은 그렇게 어리석어서 흉악해 보이는 여성의 얼굴로 파시즘의 전쟁 동원에 저항하면서 일제 말기를 견뎠다.

지하련의 전기적 사실에서 특징적인 것은 그가 유명한 문인 임화의 부인이었다는 것이지만 작가로서의 지하련의 형성에 더 중요한 사실

---

33 『전집』에서는 지하련이 편지를 보낸 시기를 1940년 12월로 추정하고 있다.

은 지하련 자신의 지향이다. 지하련이 이현욱이었던 시절인 1928~1929년 이현욱은 일본 동경 유학생으로 근우회 동경 지회의 회원이었다. 근우회 회원으로서 이현욱은 1928년 여름 방학 때 귀국하여 서울 천도교 회관에서 신간회 근우회 동경 지회가 공동주최한 여성문제 강연회에 연사로 참여하여 대중 앞에서 '현 계단의 부인 문제'를 연설했으며, 1929년에는 근우회 중앙집행위원회 위원으로 뽑혔다. 이런 활동 사항으로 봐서 이현욱은 근우회의 열성 회원이었으며, 이미 여성문제에 나름대로의 인식을 가지고 활동했음을 짐작할 수 있다. 또한 오빠와 언니 남동생이 모두 사회주의 운동과 관련하여 경찰서 문을 드나들었고 징역살이까지 한 가족관계도 중요하다. 기존의 지하련 관련 연구에서는 오빠인 이상조(1905~?)의 사회주의 활동만 기술되어 있는데 바로 위의 오빠인 이상북(1907~) 역시 조선공산주의자협의회 부산경남대표부 사건으로 1931년 피검되어 1933년에야 받은 재판에서 징역 3년을 선고받고 1935년 말쯤 출옥한다. 이상북의 혐의 중에는 제1차 카프검거사건의 고경흠에게 출판 자금을 지원한 죄목이 들어 있다. 동생인 이상선(1913~?)도 1930년과 1935년 두 번에 걸쳐 피검되어 각각 징역 1년씩을 선고받았다. 「체향초」, 「종매」, 「양」에 등장하는 오누이는 지하련과 그의 오빠의 관계가 투영된 것으로 읽을 수 있으며, 거기서 오빠들은 출옥한 후 병약하지만 양심을 지키고 살아가려는 강한 고집을 가진 인물로서, 비슷한 과거를 가졌지만 바뀐 세상에서 적절하게 타협해서 '생활'을 찾아가는 과거의 친구와 대비되어 있다. 누이동생은 그런 오빠와 거의 비슷한 입장에서 병약하지만 양심을 지키려는 이와 건강하고 화려하게 생활에 타협하는 이 사이에서 갈등하다가 결국은 오빠의 입장과 같은 편에 선다.

최정희는 제2차 카프 검거 사건과 관련하여 기소된 유일한 여성문인으로 8개월여의 옥고를 치르기까지 했다. 그런데 이런 최정희의 행적이 자기의 의지에 의한 것인지에 대해서는 의문이 많다. 당시의 최정희의 작품 세계와 최정희 자신의 진술을 종합해 보면 최정희의 '동반자'적 행적은 남편 김유영과 그가 표방했던 이데올로기에 순응하면서 이루어진 것이며, 이런 면모는 일제 말기 김동환과의 관계 속에서 각종 '친일 협력'의 문학 활동을 한 것으로 이어진다. 언제나 자기보다 강한 대상인 남성을 중심에 놓고 사고하며, 그 남성적인 대세에 순응하는 것을 미덕으로 삼는 여성주의가 그것이다. 그러한 남성중심주의와 현실 순응주의는 결국 식민주의를 긍정하고 적극 선전하는 데까지 나아가게 했다.

요컨대 식민지에서 여성의 의식과 삶의 조건은 그리 쉽게 민족적 현실을 넘어설 수 없는 것이며, 여성적 자의식에 충실할수록 민족적 자의식 역시 분명해지는 측면을 최정희와 비교하여 지하련의 작품 세계를 통해 알 수 있었다.

2부

주제편

관동대지진의 기억과 서사

김도경

1. 지진에 대한 두 개의 기억

'위험해', '조심해' 등 누군지도 모를 컴컴한, 움직이는 군중들 속에서 사람들이 외치며 움직였다. 그런데 얄궂게도 우리가 그곳을 지나갈 때 땅이 흔들리기 시작했다. '아아아' '아아아'라고 여자들이 외쳤다. 나도 순간 '아이고, 누가 다치지 않아야 할 텐데'라고 생각했다. 그러나 서둘러 그곳을 빠져나오려고 해도 앞이 보이지 않아 사람들은 앞을 밀어도 나아갈 수가 없었다. 마침 내 앞에는 어머니와 처가 있었다. '괜찮아. 괜찮아요. 되도록 이쪽에 무너진 집 쪽을 밟듯이 해서 걸어요'라고 나는 어머니에게 말했다. 그리고 그때 지진은 꽤 긴 간격으로 일어났다. 우리들이 겨우 그곳을 빠져 나와 전차가 다니는 십자로로 나왔을 때까지 지진이 계속되고 있었던 것이다. 컴컴한 십자로 한가운데에서 앞으로도 뒤로도 가지 못하고 작은 새처럼 서로 밀면서 엉켜 있는 무수한 군중은 떨리는 목소리로 '묘법연화경'을 합창했다.[1]

이상은 일본 사소설 작가로 잘 알려진 우노 고지가 잡지 『개조』의 요청으로 지진특집에 싣기 위해 쓴 산문의 일부이다. 지진 직후인 9월 12일에 쓴 이 글에서 작가는 지진이 일어났던 9월 1일의 혼란스러운 풍경을 묘사하고 있다. 집이 무너지고 화재가 발생하면서 사람들은 짐을 싸 피난을 떠나게 된다. 전차가 다니는 곳으로 나오기 위해 사람이 몰리면서 뒤엉켜 앞으로 나아가지도, 뒤로 물러나지도 못하는 상황 속에서 군중은 떨리는 목소리로 불경을 합창했다. 우노의 글에는 초유의 재해 앞에 패닉에 빠진 군중의 모습이 잘 드러난다. 당시 일본인들에게 관동대지진은 관동 일대뿐 아니라 일본 전체를 혼란에 빠뜨린 유사 이래의 대참사로 기억되었다.

그렇다면, 식민지 조선인들에게 관동대지진은 어떻게 기억되었을까? 조선인들에게 관동대지진은 좀 더 복합적인 의미를 가지고 있다. 당시 일본에 체류 중이던 조선인 노동자나 학생 중 상당수는 대지진 직후 조선으로 돌아와야 했다. 몇몇 문인들의 소설, 회고 등에서 관동대지진으로 유학을 중단하고 조선으로 귀국할 수밖에 없었던 상황이 서술되어 있다. 이기영의 「가난한 사람들」이라는 소설에서 주인공은 해외유학을 번번이 실패하고 고향에 돌아와 있는 인물이다. 그가 유학에 실패한 이유는 겨우 목숨만 건져서 돌아와야 했던 대지진 때문인 것으로 드러나는데, 이것은 이기영의 전기적 사실과도 일치한다.[2] 김기진 역시 『별건곤』의 한 기사에서 졸업 이후 구직활동을 설명하며 지진 탓에 일본에 돌아가지 못하고 조선에 눌러앉게 되었다고 회고하였다.[3]

---

1 宇野浩二, 「九月一日・二日」, 『文學的散步』, 新潮社, 1924, 149~150쪽.
2 이기영, 「가난한 사람들」, 『개벽』 제59호, 1925. 5, 59~85쪽.
3 김기진, 「卒業하고 나서 職業을 求하기까지, 土月會에서 나와서 原稿로」, 『별건곤』 제5호, 1927. 3. 이 글에서 김기진은 귀국 이후 토월회 활동이 틀어지자 동경으로 돌아가

이 외에도 한설야, 채만식 등이 대지진 이후 학업을 중단하고 귀국하였다. 일본에서 공부하던 많은 조선 지식인들에게 관동대지진은 자신의 날개를 꺾어 앉힌 좌절의 경험이었다. 또한 관동대지진은 더욱 직접적으로는 죽음의 공포를 안겨 준 강렬한 경험이기도 했다. 관동대지진 당시 일본 도처에서 조선인에 대한 폭력과 학살이 일어났고, 이 때문에 일본 내에 거주 중이던 많은 조선인들은 쫓기듯 귀향해야 했던 것이다.

그러나 이러한 경험을 말하거나 글로써 발표하는 것은 엄격하게 금지되었다. 지진이 일어나고 열흘 남짓 지난 1923년 9월 13일『동아일보』 1면 논설에 의하면, 총독부 당국자는 금번 대지진으로 인해 일본 내에서 발포된 폭리취체령, 지불연기령 및 유언비어취체령 등 삼대 긴급칙령이 조선에서도 당연히 적용될 것이라고 성명했다.[4] 일본에서 계엄령이 내려지고 유언비어 등에 대한 단속이 엄격해진 것과 동시에 조선에서도 9월 10일을 기하여 유언비어에 대한 단속이 더욱 엄격하게 이뤄지게 되었다. 지진과 학살의 공포를 체험하고 귀국하여 고향으로 돌아가던 유학생들은 기차 안에서 자신이 보고 들은 것을 말했다는 이유만으로 고향에 채 도착하기도 전에 체포되어 구류에 처해지기도 하였다. 당시『동아일보』의 한 기사는 귀향 중이던 유학생들이 유언비어 죄로 구류에 처해졌던 사건을 다루고 있다.

평안남도 안주군 안주면 청교리 일백사십구번디 동경일진영어학교 생도 변산조(安州郡 安州面 淸橋里 一九四 東京日進英語學校 生徒 邊山朝)(二

고자 하였으나 지진 때문에 결국 조선에 머물게 되었다고 언급하고 있다.

4 「朝鮮에 緊急勅令의 施行 解釋上 疑意」,『동아일보』, 1923.9.13. 이 글의 논자는 조선에 폭리취체령 및 유언비어취체령이 헌법상 중대한 의의(疑意)가 있다고 지적하며, 정책이 발표된 시기에 의문을 표하였다.

四)와 평남 순천군 자산면 청룡리 조도전공수학교 생도 차뎡빈(順天郡 慈山面 靑龍里 早稲田工手學敎 生徒 車貞彬)(二四), 함경남도 함흥군 함흥면 하서리 이백이십륙번디 동경일진영어학교 생도 김충(咸南 咸興郡 咸興面 荷西里 東京日進英語學校 生徒 金忠)(二四) 세 학생은 동경으로부터 고향에 도라가는 도중 부산 대구 사이에서 동경진재에 대한 말을 하다가 류언비어(流言蜚語)라 하야 대구경찰서의 손에 걸니어 각 구류 이십 일식에 처하얏다는대 모다 구류집행은 대구형무소에서 행한다더라[5]

이 외에 10월 1일, 10월 2일자 『동아일보』에서도 각각 기차 등에서 관동대지진에 대해 언급하였다가 유언비어취체령에 걸려 구류 처분을 받았다는 내용의 기사를 찾아볼 수 있다. 이 기사에서도 이들의 대화 내용은 구체적으로 드러나지 않으며 다만 지진에 관한 내용이라고 뭉뚱그려 언급되어 있다. 이처럼 대지진, 특히 지진 당시 발생했던 조선인 학살에 관련된 내용에 대해 기차 등 공적인 장소에서 발화하는 것은 엄격히 금지되었다.

긴급칙령이 거둬지고 나서도 조선 내에서 조선인 학살에 대해 다루는 것은 엄격히 검열되었다. 이 때문에 식민지 시기 조선에서 발표된 글 가운데 조선인 학살 문제를 언급하고 있는 글은 매우 드물다. 그러므로 조선인 학살에 대한 서사를 다룬 연구는 더욱 드물 수밖에 없다. 일본 문인의 시선에 포착된 조선인 학살에 관한 연구는 일본문학 연구자들에 의해 어느 정도 진행되어 왔다.[6] 그러나 앞서 살펴보았듯 일본

---

5 「學生 三名 拘留 일본 진재 말하고 『류언비어』 죄로」, 『동아일보』, 1923.9.24.
6 이지형, 「관동대지진과 시마자키 도손島崎藤村」, 『일본문화연구』 제13집, 동아시아 일본학회, 2005, 91~114쪽; 강소영, 「관동대지진과 조선인 학살을 향한 시선―에구치 캔江口渙 「차 안에서 생긴 일[車中の出來事]」의 야마토 다마시이[大和魂]」, 『일어일

과 조선에서 각각 조선인 학살 문제가 기억되고 서술되는 방식은 상이할 수밖에 없다. 최근 일본, 중국, 조선에서 각각 관동대지진과 조선인 학살 문제가 어떤 식으로 서사화되고 있는지를 비교하는 연구와 김동환의 장편 서사시를 중심으로 대지진의 문제를 살피고 이러한 문제의식을 확장하여 관동대지진과 2011년 일본에서 일어났던 후쿠시마 지진의 의미를 동시에 검토하는 연구가 이루어졌다.[7] 이 글에서는 이러한 선행 연구의 성과를 바탕으로 하여 식민지기에 발표된 회고와 소설 등을 통해 식민지라는 제한된 상황 속에서 조선인들이 관동대지진을 기억하고 서사화하는 방식을 고찰하고, 또한 이것이 이후 식민지인의 의식에 어떤 영향을 미쳤는지 살펴보고자 한다. 이러한 작업은 관동대지진과 조선인 학살이라는 특수한 사건에 대한 서사를 다루는 동시에 식민지 권력관계에 대한 당시 지식인들의 의식을 추적하는 작업이 될 것이다.

2. 대지진의 미담과 "예외"상태

이미 많은 자료를 통해 잘 알려져 있듯 관동대지진 직후 자경단에 의해 일본 각지에서 조선인들이 학살되었다. 일본 내에서 이를 보도하

문학 연구』 제83집 2권, 한국일어일문학회, 2012, 275~291쪽.

7　김양수, 「관동대지진을 응시하는 세 개의 시선-郭沫若·李箕永·中島敦」, 『중국문학연구』 제39집, 한국중문학회, 2009, 109~129쪽; 황호덕, 「재난과 이웃, 관동대지진에서 후쿠시마까지-식민지와 수용소, 김동환의 서사시 「국경의 밤」과 「승천하는 청춘」을 단서로」, 『일본비평』 제7호, 서울대 일본연구소, 2012, 46~79쪽.

는 것은 계엄령에 의해 금지되었으며, 자경단에 의한 조선인 폭행 및 학살에 대한 기사가 해금되었던 것은 지진이 일어나고 거의 두 달이 지난 10월 20일이었다. 그 이전까지는 일본 내에서 조선인 학살에 대한 기사는 금지되었고, 이를 어기고 글을 싣는 경우 행정적인 제재가 가해지기도 했다.[8] 일본에서 해금이 된 이후에도 국내 매체에서 조선인 학살을 다루는 것은 여전히 금기였다. 이 시기는 물론 지진 이후 상당한 시간이 흐른 20년대 후반에도 신문 및 잡지에서 조선인 학살에 대한 기사 혹은 그와 관련된 회고는 드물다. 그리고 일본의 많은 작가들이 지진의 경험을 소설화했던 것에 반해, 당시 지진을 체험했던 조선인 작가들이 관동대지진의 상황이나 조선인 학살문제를 작품에서 다루는 것은 거의 불가능했다.

그런데 지진이 일어난 지 만 1년이 되는 1924년 9월 『개벽』에는 관동대지진 당시 일본에서 지진을 체험한 HY생의 회고가 실렸다. 이 글에서 필자는 대지진의 참상과 일본인들의 조선인에 대한 감정 등을 비교적 소상하게 다루고 있다. 물론 이 글에서도 여전히 다뤄질 수 없는 부분은 존재한다. 필자는 지진이 발생한 지 나흘이 지난 오후에 어떤 광경을 목격하였으나 그에 대한 언급은 지금도 할 수 없다고 하며 서술을 피하고 있다. 필자는 지진이 일어나자 일본 내무성 사회국으로 찾아가서 구호반에 참여했던 경험을 주로 서술하였다. 그 과정에서 자신

---

8 成田龍一, 서민교 역, 『근대 도시공간의 문화경험 – 도시공간으로 보는 일본근대사』, 뿌리와이파리, 2011, 299쪽. 또한 고노 겐스케에 의하면, 당시 자경단뿐 아니라 일본의 경찰에 의해 무고한 조선인과 중국인들이 학살당했으며, 이에 대한 보도 및 논평금지가 계엄령이라는 특수한 정세 아래 각 미디어에 엄격하게 전달되었다. 이 시기 『개조』 등의 잡지에서는 지진의 피해와 관련된 특집을 마련하였는데, 여기에서 조선인 학살 문제와 관련된 부분은 대부분 복자 처리되었다고 한다. 紅野謙介, 『檢閱と文學』, 河出書房, 2009, 68~69쪽 참조.

도 자경단의 폭력에 노출되기도 하지만, 일본인 지인의 도움으로 무사히 벗어나게 되고, 이후 일본인을 돕는 역할을 하게 되었다.

　　나는 이에 한마듸 하야 두고저 한다. 나는 民族主義者는 안이다. 나의 本主義는 또 다른 곳에 잇지만 그 方面으로 말하자면 人類主義者이다. 震災통의 ××××××× 悲慘한 事實에 대하여서는 眞心으로의 熱淚를 禁치 못하는 터이나 또한 當時의 混沌한 情狀과 混錯한 心理狀態를 생각하야 엇지할 수 업는 彼此의 不幸으로 돌녀둘 수 밧게는 업지 안이한가 생각한다. 第4日의 午後에 나도 엇더한 光景을 目睹하고 엇더헌 感情이 잇섯는지 지금에 그것을 말할 수도 업스나 日本이나 露國이나 中國 米國을 勿論하고 다 갓흔 同胞로 보는 눈으로는 또한 저편의 當時 情狀을 돌려 생각하야 주는 것이 반듯이 무슨 安協이랄 것이 안이며 所謂 무슨 親日派라는 名目아레 辱하지 안아도 조흐리라고 생간한다. 그것도 亦 一種의 群衆心理라 할는지 헛소문(이것이 第一原因이지만)이나 或은 非常한 境遇에 이러난 악에 밧쳐 한 것이라고 할 수 밧게 ─愛子를 일흔 父母의 마음은 몰나도 멧 번 죽을 번 하다 말은 나쯤은 그만하면 足하리라고 생각한다. 안이 足이니 不足이니가 안이라 서로히 不幸으로 돌리고 말 수 밧게 업다는 것을 ─이야기가 조금 느젓스나 한마듸하여 둔다.[9]

　그런데 이와 같은 서사 속에서 조선인에게 가해진 폭력의 문제는 인간애라는 가치를 통해 희미하게 문질러진다. 필자는 조선인 학살을 다소 모호하게 다루면서 글 말미에 "當時의 混沌한 情狀과 混錯한 心

9　HY生, 「一年이 되여 온 震災통─日記와 그때의 回想」, 『개벽』 제58호, 1924.9, 38~39쪽.

理狀態를 생각하야 엇지할 수 업는 彼此의 不幸으로 돌녀둘 수 밧게는 업"다는 언급을 덧붙이고 있다. 즉 스스로 민족주의자가 아니라, 인류주의자라 자처하며, 지진 당시의 조선인 학살 사건이 당시의 혼란스러운 정서와 심리상태를 고려하면 "피차의 불행"으로 돌릴 수밖에 없는, 불가항력적 사건이라 논평하고 있는 것이다. 필자는 같은 인류, 동포의 입장에서 당시 일본인들의 정서를 이해하는 것이 필요하며, 조선인, 일본인 모두의 불행이라는 식으로 조선인 학살을 뭉뚱그려 표현하고 있다. 이러한 방식을 통해 가해자와 피해자는 모호해지고 학살된 조선인들은 가해자 없는 피해자가 된다. 즉 이 글의 필자는 인류애적 차원에서 피차의 불행으로 조선인 학살 사건을 다룸으로써 결과적으로는 학살의 가해자를 다시 대지진의 피해자로 구성하고 학살 문제를 애매모호하게 얼버무렸다.

일본인에 의해 가해진 조선인 학살을 일시적인 패닉에 의한 돌발적이고 특수한 상황으로 분석하는 것은 일본 내에서의 분위기를 반영한 것이기도 했다. 일본 내에서 조선인 학살과 관련된 기사가 해금된 이후 조선인 학살이 보도되고 그 재판과정 등이 전해지면서 관련기사는 조선인을 구한 미담이 주를 이루게 되었다. 조선인 학살 문제를 다룬 조선인들의 글이 매우 드물긴 하지만, 이들의' 글에서도 미담의 방식은 공통적으로 드러나고 있다. 이 미담을 통해 조선인 학살은 매우 예외적이고 돌발적인 현상으로 축소하여 제시되었고, 인간애, 인류애와 같은 추상적인 가치가 강조되었다.

관동대지진이 지나고 거의 7년의 시간이 흐른 후 발표된 박진의 글 역시 이와 유사한 특징을 드러낸다. 이 글은 여러 명사들이 죽을 뻔했던 경험을 다룬 잡지 『별건곤』의 특집에 포함되어 있다. 이 특집에서 현상윤은 자신이 중병에 걸렸다 겨우 회복한 이야기를 쓰고 있으며, 이태준은 홍수로 압록강에서 빠져 죽을 뻔했던 경험을 서술했다. 이러한 경험담 외에도 각종 회생담이 실리는데, 이 가운데 가장 많은 분량을 차지하고 있는 것이 박진의 관동대지진 체험담이다. 이 글에는 대지진 당시 벌어졌던 조선인 학살의 상황이 매우 생생하고 긴박하게 묘사되어 있다. 조선인 학살 사건에 대해 이렇듯 세밀하게 묘사했던 만큼 검열의 시선을 피해가기는 어려웠다. 이 글에서는 조선인이 일본인에게 붙들려 폭행을 당하는 부분이나 심문을 당하는 장면 등 총 다섯 군데가 삭제를 당했을 뿐 아니라, "조선인", "일본인" 등의 민족을 드러내는 표지 역시 복자 처리되어 있다.

그런데 흥미로운 것은 이렇게 부분 삭제와 복자처리를 당하면서도 이 글이 발표되었다는 사실이다. 『별건곤』은 발간 당시부터 취미잡지를 표방하며 정치 및 역사적 내용을 배제하겠다고 천명하였지만, 그럼에도 불구하고 검열의 눈을 피해가기란 어려웠다. 『별건곤』에서는 몇 호 연속 「削除一束」이라는 난을 따로 마련하여 전문삭제된 글 제목을 따로 게시할 만큼 전문삭제되는 글이 적지 않았다. 그렇다면, 이처럼 전문삭제가 드물지 않은 상황에서 박진의 글이 군데군데 삭제와 복자처리를 거쳐 발표되었다는 것은 눈여겨 볼 필요가 있을 것이다. 많은 부분을 덜어내었음에도 불구하고 전문이 삭제되지 않고 발표될 수 있었다는 것은 이 글의 전반적인 서술이 검열 당국의 기휘에 저촉되지 않는 방향이었다는 것을 반증하는 것이기 때문이다. 이 글에서 대지진의 체험은 주로 미담으로 구성되어 있다. 박진은 주로 일본인 지인 N씨 가족에게 도움을 받아 피난했던 내용을 서술하고 있다.

그는 한참동안이나 헐썩어리드니 턱에 닷는 숨을 모아가며 겨오 이러한 말을 하엿다.

"지금 각처에서 야단이 낫스니 大久保로 올 생각도 말고 위험하드라도 집안에 드러가서 꼼짝말고 잇서야 합니다 지금 내가 오면서도 별별 참혹한 꼴을 다 보고 왓슴니다"

그는 그대로 늣기여 울고 만다. 내가 그곳으로 避難할 것을 미리 짐작하고 그곳도 위험할 쑨더러 그곳까지 가는 中途의 위험을 넘려하여서 N氏 夫人이 自己쌀을 달려 보내엿든 것이다 얼마나 고마운 마음세이냐[10]

위의 인용문에서 N씨 부인은 나를 걱정하여 자기 딸을 미리 오쿠보 [大久保]로 보내어 상황을 살펴보게 한 다음 나에게 위험을 알려 준다. 이를 알게 된 나는 N씨 가족들의 아름다운 마음씨에 감격한다. 박진의 글은 "나의 生命을 救해 준 N氏 家族에게 一生을 通하야 感謝를 드린다"라는 인사로 마무리되고 있다. 이렇듯 관동대지진 당시 일본인에게 공격을 당해 죽을 뻔했던 경험은 일본인 지인에 의해 구사일생으로 목숨을 부지했던 미담의 방식으로 서술된다. 이러한 미담을 통해 부각되는 것은 자신의 가족의 위험도 무릅쓰고 조선인인 나를 구해 준 일본인 지인의 온정이다.

이에 반해 미담 속에서 조선인을 공격하는 일본인들은 비정상적인 상태로 제시되고, 이들의 행위 역시 예외적이고 돌출적인 것으로 그려졌다. 그리고 이 같은 돌발적 행위는 대지진과 관련된 미담을 끌어내는 계기로써 활용되었다. 대지진 당시를 다룬 소설에서도 이러한 상황

---

10 박진, 「絶處逢生 죽엇든 生命이 살아난 實談集, 天崩地陷하는 大震災통에서 九死一生한 回顧錄」, 『별건곤』 제20호, 1929.4, 65쪽.

은 잘 드러난다. 유진오는 1930년 『별건곤』에 「귀향」이라는 소설을 3회에 걸쳐 연재한다. 이 소설의 서두에서 서술자는 대지진 당시의 급박한 상황을 묘사하였다.

　여섯 해 전.
　땅이 함부로 흔들니며 집이 되는대로 넘어갓다. 밤이 되면 하늘을 찌르는 불꼿이 이 세상의 결말을 지을 듯이 인구 이백만의 큰 도회를 뭇질넛다. 사람의 목숨이 일전자리 고무풍선보다도 더 헐하게 최후를 지엿다. 번적이는 쇠끗과 색감안 긔게의 구멍. 어둠에서 내어미는 등불. 난데 업는 총소리. 어느 백작의 집 담 박에서는 산양총을 든 젊은 사내가 아츰마다 아츰마다 길로 향한 이집 이층의 한방ㅅ문을 치어다 보고 혀를 툭툭치며 왔다 갓다 하엿다. 방ㅅ속에는 얼골이 기다란 바다를 건너온 M귀족의 아들이 자고 잇섯다. '월급' 삼십 원을 주고 사드린 노파는 우리들 세 사람의 생명의 할머니엿다. 노파는 우리를 위하야 량식을 팔어다 주고 반찬을 준비하엿다. 그러나 우리들의 꿈은 아즉도 어수선하엿다. 어느 때는 한밤중에 현관문을 흔드는 사람이 잇섯다. 노파를 압세우고 벌벌 떨며 나아간 우리들의 눈압혜는 우리의 붉은 가슴 한복판을 향한 색감안 쇠구멍이 잇섯다. 우리는 손이 발이 되도록 빌엇다. 무엇을 생각하엿든지 복면의 사내는 놉흔 우슴소리를 던지고 어둠 속으로 사러저 버리엿다.[11]

　1930년에 발표된 이 소설은 "여섯 해 전"으로 시작된다. 이 여섯 해 전이라는 표현은 당시 이 소설을 읽는 독자들에게 1923년 관동대지진을 상기시켰을 것이다. 서술자는 소설의 첫머리에서 땅이 함부로 흔들

11　유진오, 「귀향(上)」, 『별건곤』 제28호, 1930.5, 134쪽.

리며 "이 세상의 결말을 지을 듯이" 화재가 여기저기에서 발생하고, 사람의 목숨이 일 전짜리 고무풍선보다도 헐하게 사라져 가는 대지진의 상황을 다분히 시적으로 묘사하고 있다. 이렇듯 혼란스러운 틈을 타 한 사내가 조선인들이 하숙하는 집에 총을 들고 들어와 위협을 하는데, 이들은 하숙집에서 부리던 일본인 노파 덕택에 겨우 목숨을 부지할 수 있었다. 일본인 노파는 대지진으로 어수선한 가운데서도 조선인 학생들을 위해 양식을 마련하여 이들을 돌본 "생명의 할머니"이다. 이뿐 아니라, 도쿄에서 생명의 위협에 시달리던 주인공에게 한 일본인 친구는 평화스러운 농촌, S촌으로 몸을 피할 수 있도록 주선해 준다. 친구는 그에게 S촌에 가거든 일본인으로 행세하라고 조언하며, 이를 꿈에서라도 잊으면 안 된다고 당부한다. 친구는 그에게 "에시마"라는 일본인 이름을 준다. 주인공은 S촌의 사람들에게 자신을 일본인 에시마로 소개하고, 시골에서 영어 등을 가르치며 일본인들과 가까워지게 된다. 이들은 주인공의 잠꼬대를 통해 그가 일본인이 아니라고 짐작하지만 결코 그 사실을 들춰내지 않는다.

이렇듯 HY생, 박진의 회고, 그리고 유진오의 소설에서 관동대지진은 인간애와 인류애가 발휘되는 일종의 미담의 장이 된다. 이러한 서사 속에서 대부분의 일본인들은 조선인의 구원자로 그려지며, 일본 도처에서 발생했던 학살 사건은 극히 부분적인 것으로 축소되게 된다. 미담은 늘 이와 같은 은폐를 동반하고 있었던 것이다.[12] 이는 관동대지진 1주년이 되는 시점에 HY생의 글이 어떻게 『개벽』에 실릴 수 있었는지,

---

12 나리타 류이치는 관동대지진을 둘러싼 미담 속에서 자경단의 폭행은 주인공의 미담을 끌어내는 역할 이상을 맡지 않았고, 조선인은 항상 이야기의 대상으로서만 존재하게 되어 당사자의 목소리를 들을 수 없었다고 비판했다. 成田龍一, 앞의 책, 299~303쪽 참조.

박진의 글이 여러 군데 삭제를 거치면서도 발표될 수 있었는지, 유진오의 소설은 또한 어떻게 소설의 서두에서부터 관동대지진과 조선인 학살문제를 다루면서도 3회에 걸쳐 연재될 수 있었는지를 보여준다.

한편 지진 때문에 조선으로 돌아온 한 유학생은 지진 직후의 일본의 상황을 "무경찰 무정부상태"[13]라고 표현하였다. 폭동이 난무하고, 조선인뿐 아니라 일본인마저 무차별적인 폭력에 노출되었던 관동대지진 이후의 상황은 법적 질서가 효력정지된 일종의 "예외상태"[14]라고 할 수 있다. 지진이 일어나면서 민중들은 일거에 패닉에 빠지게 되고, 경찰권도 정부의 행정 조치도 법률도 모두 무화되는 예외상태가 발생하게 된다. 일부 일본인들은 조선인들을 대상으로 거리낌 없이 폭력을 행사하였으며, 이와 같은 상황에서 법적인 제재도 그 효력을 상실하게 되었다. 이것이 가능했던 것은 제국의 묵시적인 허용이 있었기 때문이었다. 자경단에 의해 조선인이 학살되거나 폭행당하는 과정에서 일본 경찰은 이를 묵인하거나 방조하였다.

그런데 관동대지진 관련 서사에서 조선인의 학살과 관련된 내용은 앞에서 살펴본 바와 같이 조선인을 구한 일본인의 온정을 강조하는 미담으로 소비되거나, 혹은 대지진을 수습하는 과정에서 일본 경찰의 공평무사함을 드러내는 방식으로 서술되었다. 『매일신보』에는 10월부터

13　「지옥 중의 일주야―집 문허지고 사람 죽는 중에 안전한 곳으로만 몸을 피해 참해 당시의 혼돈한 동경」, 『동아일보』, 1923.9.7.

14　조르조 아감벤, 김항 역, 『예외상태』, 새물결, 2009. 아감벤은 법적 질서의 효력이 정지되고, 순수폭력이 행사되는 아노미적 상황을 "예외상태"라는 말로 표현하였다. 일제는 법적 질서가 붕괴되어 폭력이 만연한 관동대지진 상황을 제국의 예외상태로 파악하였으며, 대지진 직후 일본에서 발간된 매체에 실린 서사에서는 이러한 예외상태가 어떻게 정상적이고 일상적인 상태로 수습되는지를 주로 다루었다. 지진으로 인한 국가적 패닉을 예외적인 것으로 파악하고, 이 같은 무질서를 수습하여 정상화하는 과정에서 제국의 권능은 더욱 강력하게 드러나게 되는 것이다.

조선인 학살에 대한 기사가 실리는데, 이 기사에서는 조선인을 보호하는 일본 경찰의 모습이 강조되었다.

> 지는 구월 스일 오전 십일시경에 동경부 하남천쥬신뎡동(東京府下南千住新丁通)에서 천주경찰셔 슌스 반총정일(飯塚精一)이가 됴선인 로동단톄 상이회(相愛會)의 간부 김영일(金英一)과 밋 비동수(裵東洙) 두 명을 보호하고 잇던 중 그 등뒤에서 몽동이와 칼로써 중상을 입게 하야 드듸여 김영일을 죽게 한 스건이 잇섯는대 그 후 경시텽과 밋 남천쥬셔는 셔로 협력하야 범인을 수스한 결과 남천쥬 자경단원 슝본등길(松本藤吉) 외 일곱 명의 소위 임이 판명되야 지는 십월 삼십일에 살인상해죄(殺人傷害罪)로 긔소되야 목하 시곡(市谷) 형무소에 수감 중이라더라(東京)[15]

위의 기사에서는 순사 이즈카 세이치[飯塚精一]에 의해 보호를 받고 있던 조선인 노동단체 간부 김영일과 배도수가 지진이 일어난 지 나흘째 되던 날 자경단에 의해 칼을 맞아 죽은 사건을 다루고 있다. 이후 경시청과 해당 경찰서가 서로 협력하여 범인을 수소문하여 찾아내고, 살인 상해죄로 기소하여 수감하였다는 것이 기사의 골자였다.

이렇듯 경찰이 나서서 자경단의 폭력에서 조선인의 목숨을 구하는 내용은 한편으로는 지배 권력의 정당성을 뒷받침하는 것이기도 했다. 대지진과 그 이후의 경찰의 활약을 통해 경찰권이 정상화되고 또한 관동대지진이라는 초유의 비상사태가 어떻게 수습되고 있는지를 보여주고 있는 것이다. 자경단의 폭력은 별개로 논의되었고 일본 경찰이 자

---

15 「自警團? 刺頸團? 사람 잘 죽이는 자경단원은 됴선인 살희죄로 긔소수감」, 『매일신보』, 1923.11.4.

경단의 폭력에서 어떻게 조선인을 보호하였는지가 강조되었다. 일본 경관은 조선인을 자경단의 폭력에서 보호하고 무사히 본국으로 귀환하게 돕고, 또한 가해자를 엄격하게 처벌하는 것으로 묘사되었다. 이러한 기사는 앞서 제시되었던 미담의 또 다른 형태로, 조선인을 상대로 이루어졌던 폭력과 학살 사건 및 이에 가담한 일본인들을 예외적인 것으로 처리하면서 조선인을 보호하는 경찰권과 제국의 법질서 회복을 부각시켰다. 조선 내 신문 기사에서는 자경단의 행태를 비판하는 기사가 종종 실렸는데, 단, 이는 일본 내에서 지진을 수습하는 과정에서 자경단이 법적인 처분을 받으면서 가능해진 것이었다. 이들의 행위를 묵인하거나 방조했던 일본 경찰은 이들을 처벌하고 조선인을 보호하는 주체로 기사에 등장하였다.

자경단의 양민학살이 신문기사에서 본격적으로 다뤄지는 것은 일본과 유사하게 한 달 이상이 지난 시점이었다. 『동아일보』나 『매일신보』의 몇몇 기사에서 지진 당시 일본인에 의해 조선인 학살이 자행되었다는 사실과 그들이 현재 일본의 법률과 경찰에 의해 응분의 처벌을 받고 있다는 내용이 신문 매체를 통해 보도되었다. 또한 식민지 시기 매우 드물기는 하지만, 이와 관련된 회고 및 서사에서 대지진은 일본인의 온정을 드러내는 미담의 장으로 다루어졌다. 즉 조선인 학살 문제를 극단적인 상황에서 이성을 잃은 일부 일본인에 의해 일어난 사건, 다시 말해 비정상적인 예외상태로 규정하며, 이것이 대다수 일본인들에 의해 다시 정상화되는 과정을 미담으로 구성하여 제시하였던 것이다. 극단적인 폭력의 위협에 노출되어 있는 조선인을 도와주는 일본인을 부각하여 관동대지진 관련 미담을 구성하는 방식은 이 예외상태를 그야말로 "예외"적인 것으로 보이게끔 만들었다.

3. 대지진의 트라우마와 예외상태

앞장에서 살펴본 바와 같이 HY생, 박진, 유진오 등의 글에서 지진은 미담의 장으로 묘사되고 있다. 즉 미담이라는 형식을 통해 조선인에 대한 폭력과 학살은 부분적인 것으로 축소, 은폐하고 조선인들을 보호하는 일본인의 의리와 인간애를 강조하는 것이다. 그러나 이 미담을 뒤집어 보면, 결국 근대적 법질서가 정지된 예외상태 속에서 조선인의 생사여탈이 겨우 일본인의 호의에 달려 있다는 의미가 된다. 즉 근대적 법질서나 제국은 이들을 지켜주지 못하고 / 않고 단지 개개인의 가변적인 호의에 의해 조선인의 생사가 결정되는 것이다.

일체의 법질서가 무너지는 극단의 체험과 기억은 미담으로 갈무리되지 않는 트라우마의 흔적을 텍스트에 새긴다. 앞서 살펴본 글에서 박진은 일본인 군중이 들끓는 대지진의 상황을 "악마굴", "수라장"으로 표현하였다. 그는 일본인 지인과 피난을 가던 도중에 노상에서 십여 명의 무리를 만난다. 그들은 우르르 몰려들어 나를 손닿는 대로 움켜쥐고 일으킨다. 이러한 상황은 "한간통이 멀다고" 반복되었다. 지인과 그의 아들 등이 나를 위해 변명을 하지만 이미 그들은 나를 의심하고 뒤를 밟아 왔기에 일체의 변명이 통하지 않았다. 이때 내가 조선인이라는 것을 아는 야채장사와 헌병이 함께 나타나는데, 나는 헌병까지 데리고 왔으니 이제 더 이상 방법이 없다고 생각하고 겁을 먹는다.

> (…此間 7行 削除…) 姓名 住所 行方을 뭇는다. 일홈을 무엇이라고 대일가, 황망한 중 「中村」이라고 대고 말엇다. (…중략…) 한간통이 멀다고 붓잡아 뭇는다. 그러나 그대로 뭇기만 하엿스면 조호렷만은 먼저 한 번 때리

는 것도 무슨 수단인 듯하다. (…중략…)

그러나 그 안심이 아모 소용도 업섯다. 우루루 발소리가 나드니 10여명의 무리가 덤비여서 나를 손닷는대로 웅켜쥐고 니르켯다.

'아! 인제는 ……' 하고 겁도 아니나고 반항도 아니하고 따라스랴 하얏다. N 부인은 물론 그집 주인노파 그의 아들들이 무리의 손을 잡고 나에 대한 변명을 하얏다. 그러나 그들은 듯지를 아니하얏다. 新宿서부터 나를 의심하고 뒤쪼차온 무리이엿다. 그러나 나는 말이 업섯다. N 부인과 여러 사람은 변명을 하얏다. N부인은 울면서 변명을 하얏다. 그러나 무리들은 나를 다리고 갓다가 XX人이 아니면 도로 보낸다는 것이엿다. 할일업시 무리에게 잡아 끄을니어 한거름을 옴겨노흐랴 할 때이다. 그때에 별안간 무섭게 거르는 목소래로 '待て!' 하는 외마대 소리와 함끠 칼소리 나는 憲兵과 나타나는 사람은 날마다 야채를 팔러오든 야채장사이엿다. 나는 그때야 겁이 낫다. 그 야채장사는 내가 XX人이라는 것을 너무나 잘 알 것이다. 헌병까지 다리고 온 것을 보니 인제는 더 변명할 재조도 업고 소용도 업섯다.[16]

이렇듯 피난의 과정에서 필자는 거듭 생사의 기로를 넘나든다. 이 글의 말미에서 필자는 귀국하는 과정에서도 다른 더 "끔찍한" 이야기가 있지만 더 자세한 것을 쓰기에는 거북하니 붓을 놓는다고 쓰고 있다. 그 끔찍한 이야기란 아마도 일본인의 무리를 만나 생명의 위협을 당했던 내용으로 짐작된다. 끔찍한 이야기는 필자에 의해 얼마간 생략되었고 적나라한 표현은 검열에 의해 여러 군데 삭제되었음에도 불구하고 박진의 글에는 조선인 학살의 상황이 비교적 구체적으로 잘 드러

---

16 박진, 앞의 글, 66~67쪽.

나 있다.

또한 당시 검열에 걸려 발표되지 못했지만『동아일보』의 한 기사에서는 요코하마의 청년회원들이 조선인 학살 사건을 자수하여 수사를 한 결과 청년회뿐 아니라 경찰관 중에서도 연루자가 있었다는 사실이 드러난다.[17] 자경단만이 아니라, 경찰마저 조선인의 학살에 가담했다는 것은 대지진 당시 발생했던 조선인 학살을 그저 예외적인 인물에 의해 돌발적으로 발생한 사건으로 볼 수 없다는 의미이기도 하다. 제국의 경찰까지 공모한 학살의 위협은 일본 도처에 존재했고, 절체절명의 위기는 귀향의 순간까지 몇 번이고 반복되었다. 당시 신문 기사에는 정확하게 무엇 때문인지 구체적으로 드러내지는 않았으나 조선으로 귀향하는 가운데 여러 번 죽을 고비를 넘겼던 유학생들의 경험이 실리기도 하였다.

자경단은 조선인과 일본인을 판별하기 위한 기준으로 언어를 활용했다. 쓰보이 시게지는「十五円五十錢」이라는 시에서 대지진 당시 벌어졌던 조선인 학살의 참상을 그려낸 바 있다.[18] 당시 자경단은 일본인과 조선인을 판별하기 위해 조선인들은 하기 힘든 "쥬고젠고짓센[十五円五十錢]" 등의 발음을 요구하고, 이를 발음하지 못하면 조선인으로 간주하여 학살했던 것이다. 대지진 상황에서 조선인과 일본인을 판별하는 기준이 언어였다는 것은 어찌 보면 매우 당연하게 느껴진다. 아무리 오랜 시간 일본에서 체류했다고 하더라도 제국의 언어를 완벽하게 구사하는 것은 쉽지 않기 때문이다. 박진의 글에서 필자는 친구와 자

17　○○○ 학살사건 경관도 관계호(關係乎),『동아일보』, 1923.10.22(정진석 편,『일제시대민족지압수기사모음』I, LG상남언론재단, 1998, 161쪽에서 재인용).

18　壷井繁治,「十五円五十錢」,『日本プロレタリア文學集』34, 新日本出版社, 1988, 29~34쪽(초출은『新日本文學』2권 4호, 1948, 新日本文學).

신의 일본어 실력 때문에 조선인이라는 사실이 발각될까봐 두려웠다
고 기술하였다.

유학을 통해 습득한 제국의 언어와 이를 통로로 익힌 근대적 지식
은 유학생 지식인들의 정체성의 중요한 축이었다. 특히 제국의 수도에
서 근대적 학문과 제국의 언어를 습득하는 경험은 이들의 정체성에 큰
영향을 끼치게 된다. 이들은 식민지인이면서 동시에 근대적 교육과 사
상의 수혜자였는데, 이 사이의 균열은 곧잘 조선을 대표하는 지식인이
라는 엘리트 의식을 통해 서둘러 봉합되었다. 그런데 앞서 유진오의 소
설에서도 드러나듯 대지진의 경험은 조선인 유학생들과 그들이 월급
을 주고 부리는 하숙집 노파와의 관계를 단번에 역전시킨다. 이로써 근
대적 학문과 제국의 언어 습득을 통해 겨우 봉합되었던 그들의 지위는
그 틈새를 드러낸다. 그들이 아무리 제국의 언어를 말해도 제국인과
같을 수는 없었고, 근대적 법률이 정지된 이 예외상태에서 제국인 같을
수 없음은 그들의 생존을 위협하기에 이른다.

박진의 글 역시 이러한 사정을 잘 보여준다. 서술자는 생명의 위협
을 피해 닛코日光로 피난을 떠나게 되었는데, 피난을 떠나면서도 친구
R군을 염려한다.

　"××人을 내여 보내라!"

　이 群衆의 소래가 門 밧게서 波濤 닐 듯 할 제 별안간 天地가 문허지는 듯
하엿다 무리는 지나갓다

　"쌜리 나오시오! 이짜지 집은 탈대로 타라고 日光으로 갑시다" M은 그밧
게 말이 업섯다 나는 生命을 내여 노흔 지 임의 오래 되엿슴으로 大膽하야
젓다 그러나 生에 愛着心이 업서진 것은 아니다

冊가방에 쌀 한 말을 담어지고 나아왓다 그러나 나보다도 R君이 근심스러웟다 그는 東京留學四五年 동안에 암만 해도 忠淸道 사투리 그대로의 **조선일본말**이엿슴이다 — 그러나 내가 그보다 日本말을 잘햇든 것은 아니다[19]

R군은 동경 유학 생활이 4~5년이나 지났지만 일본말이 능숙하지 못하다. R군이 서툰 일본어 때문에 위험에 처할까 봐 서술자는 몹시 걱정한다. 그는 충청도 사투리가 고스란히 묻어나는 R군의 일본어를 '조선일본말'이라 표현한다. "암만 해도" 숨길 수 없는 조선일본말은 그들의 생사를 가르는 역할을 하게 된다. 이 글에서 박진은 충청도 사투리가 그대로 묻어 나오는 자신의 친구 R군을 염려하는 한편, 자신 역시 일본말이 완벽하지 않다는 사실을 곧이어 덧붙였다. 4~5년 혹은 그 이상을 일본에서 공부하여도 조선말의 흔적은 사라지지 않으며, 아무리 능숙한 일본어라도 그것은 결국 "조선일본말"이라는 기괴한 혼성에 지나지 않았던 것이다.

이때 조선일본말이란 매우 의미심장한 표현이다. 일본말이되 조선식인, 어느 쪽도 아니게 혼성된 언어는 제국에서 교육을 받으며 살아가는 그들의 정체성을 근원적으로 표상하는 것이었다. 식민지 지식인들, 특히 제국의 수도에서 근대적 학교 교육을 받고 있는 이들은 근대적 지식과 매너를 선취하고 있지만 여전히 식민지인이라는 사실을 부정할 수 없었다. 관동대지진이라는 이 초유의 비상상태는 '조선일본말'과 같이 혼성되어 있는 식민지 지식인들의 정체성을 극단으로까지 심문하는 계기로 작동했다. 관동대지진은 혼성된 식민지인의 정체를 폭로하

19　박진, 앞의 글, 66쪽.

고 이러한 정체성을 근거로 그들의 생존을 위협함으로써 식민지를 경영하는 제국의 가장 적나라한 근저를 드러내게 된다.

대지진이 석 달 정도 지난 시점에 『동아일보』에 실린 글은 조선인 학살 사건이 당시 일본에 거주하던 유학생의 의식에 어떤 영향을 미쳤는지를 뚜렷이 보여준다. 이 글의 필자는 추운 겨울 밤 잠을 이루지 못하고 이리저리 뒤척이다 머릿속에 떠오르는 생각을 편지로 쓰고 있다. 그는 새벽에 자경단이 동네를 순찰하며 두드리는 "닥닥이"[20] 소리에 "센징"(조선인)이라는 독기 어린 소리를 떠올린다.

우득허니 쓸 한복판에 거문 그림자와 가치 서 잇슴니다 차듸찬 새벽바람에 석기여 우러오는 먼 村自警團에 『닥닥이』(拍子) 소래가 意識 업시 서 잇는 나의 고막을 울리고 지나갈 째─번개 가튼 무슨 생각이 나의 어린 心臟을 칼로 버이는 듯한 압품을 쌔닷게 한다! 나는 지진이 잇슨 후로는 저 소래를 들을 째마다 뒤로(센징)하는 독기 잇는 소래를 다시 한번 기억에서 찾는다! 형님? 저는 쌍 한복판에 그대로 주저 안젓슴니다![21]

닥닥이를 두드리는 소리를 듣고 대지진을 떠올린 그는 심장을 칼에 베인 듯한 아픔을 느끼고 그대로 주저앉았다고 서술하였다. 이렇듯 대지진을 경험한 조선 유학생은 자경단이 순찰하는 소리에서 그들이 "센징"을 학살하던 대지진의 기억을 떠올리게 된다. 관동대지진은 당시 학살을 경험한 이들의 신체에 각인되어 오래도록 트라우마로 작용하였다. 그리고 이 트라우마는 실로 사소한 자극으로도 촉발되어 글을 쓰

---

20 밤에 마을을 순찰하는 순찰꾼이 화재경보 등을 위해 두드리던 판목(板木)을 의미함.
21 在東京 海星, 「故鄕의 C兄쎄」, 『동아일보』, 1923.12.17.

는 현재 시점까지 글쓴이를 괴롭히고 있다.

관동대지진의 체험은 당시 유학생을 비롯하여 일본에 체류 중이던 조선인들에게는 총체적인 좌절과 낙담의 기억인 동시에 신체에 새겨진 위협, 불안, 트라우마로 작용하게 된다. 이는 당연하게도 일본인들의 지진 체험과는 상당히 다른 것이었다. 일본인들의 지진 체험이 이후 집단의 기억이자, 민족 수난사로 기억되고 기록되었다면, 학살의 공포를 체감했던 조선인들에게 이것은 개인의 체험이자 실존적 죽음의 문턱이었기 때문이다. 식민지인들에게 지진의 기억은 종료되지 않았다. 박진의 글에서 알 수 있듯 지진이 지난 후 6~7년이 지난 시점까지 그 기억은 두려움과 공포로 남아 있으며, 자유롭게 기억을 발화하는 것역시 여전히 불가능하다.[22] 대지진과 학살의 기억은 절멸의 공포, 트라우마로 식민지인의 신체에 각인되었다. 관동대지진 이후에도 여전히 동경에서 공부를 하고 있는 윗글의 필자는 이제 나무판자를 치는 소리만 들어도 공포를 느끼게 된다. 대지진의 트라우마는 이 예외상태 자체를 그들의 일상으로 만들었던 것이다.[23] 제국의 법적 질서가 정지하고

---

22 『삼천리』에 지진 당시 『동아일보』의 편집국장으로 있던 이상협이 일본으로 건너가 취재를 했던 것에 대한 회고가 실리는데, 이 글 역시 "여기에 따르는 그때 에비쏘―드 가 만헛스되 모다 割愛(이 글에서는 일본어 かつあい, 즉 생략한다는 의미로 사용된 것으로 보인다) 하노라"라고 마무리되어 있다. 이처럼 대지진 이후 10여 년이 지난 시점에도 조선인 학살에 관련된 내용을 서술하는 것은 금기시되었던 것이다. 「名記者 그 時節 回想(2), 東京大震災때 特派」, 『삼천리』 제6권 9호, 1934.9, 83쪽 참조.

23 아감벤은 이와 같은 예외상태가 실제로는 법질서를 구성하는 패러다임으로서의 본성을 담지하고 있으며, 종종 국가의 존속을 위해 법과 질서의 희생이 사소하게 여겨진다고 분석하면서 예외상태가 상례가 되고 있다는 점을 지적한다. 물론 관동대지진과 조선인 학살 사건이 국가가 예상했던 상황은 아니었지만, 이 속에서 벌어졌던 폭력은 제국의 묵인과 암묵적인 조장 속에서 이루어졌으며, 또한 이는 결과적으로 제국의 질서를 안정화하는 데 기여했다. 이러한 측면에서 조선인 학살 문제와 이후 식민지에서 공공연히 벌어졌던 폭력은 제국의 예외상태인 동시에 식민지인들에게는 언제고 현재화될 수 있는 위협이었다. 조르조 아감벤, 앞의 책, 23~65쪽 참조.

폭력이 난무한 예외상태가 현재화되는 것을 체험한 이후, 이것은 원체험이 되어 그들의 일상을 구속하게 된다. 더 정확히 말하자면, 지진의 체험과 그로 인한 트라우마가 예외상태를 상례로 만든 것이 아니라, 그것이 식민제국 속에서 혹은 식민지 속에서 식민지인들이 살아내야 하는 일상이라는 것을 폭로한 것이다.

4. 봉합되지 않는 트라우마와 식민지의 삶

관동대지진이 일본인들에게 초유의 자연재해였다면, 조선인들에게 관동대지진이란 식민지인이라는 정체성을 추궁당하는 심문장이자, 그 심문 결과에 따라 삶과 죽음이 갈리는 즉결심판장이었다. 즉 조선인이라는 사실만으로 생존의 위협을 받게 된 것이다. 이러한 위협과 공포는 작은 자극에도 되살아날 정도로 신체에 각인되는 한편, 겨우 살아남은 이후에도 입 밖으로 내어서는 안 될 금기가 되었다. 식민지의 검열 상황 속에서 그들의 기억은 입에 올려지거나 매체에 발표되기 어려웠고, 설령 발표된다 하더라도 여전히 말할 수 없는, 말해서는 안 될 부분들이 존재하게 된다. 서술자의 의도와 상관없이 이 말해질 수 없는 공백들은 텍스트 속에서 부재하는 현존으로서 독자들에게 끊임없이 환기되었다.

관동대지진은 당시 조선인 학살을 목격하고 체험한 이들에게는 식민의 원체험이자 트라우마로 각인되었다. 검열을 거쳐 발표되는 지진 서사는 미담의 방식을 통해 학살의 경험을 예외적인 것으로 만들어내어 일상을 봉합하려 하였다. 그러나 실상 식민지인의 신체에 새겨진 공포와 트라우마는 지진 미담에 균열을 만들어냈다. 또한 이 균열된 틈새에서 드러나는 것은 관동대지진 당시 연출되었던 예외상태가 예외적인 것이 아니라, 실제로는 식민지인의 삶 그 자체라는 사실이었다.

참고문헌

1. 기본 자료

『개벽』, 『별건곤』, 『매일신보』, 『동아일보』, 『삼천리』

정진석 편, 『일제시대민족지압수기사모음』 I, LG상남언론재단, 1998.

2. 단행본 및 논문

Giorgio Agamben, 김항 역, 『예외상태』, 새물결, 2009.

강소영, 「관동대지진과 조선인 학살을 향한 시선-에구치칸[江口渙] 「차 안에서 생긴 일[車中の出来事]」의 야마토 다마시이[大和魂]」, 『일어일문학 연구』 제83집 2권, 한국일어일문학회, 2012.

김양수, 「관동대지진을 응시하는 세 개의 시선-郭沫若・李箕永・中島敦」, 『중국문학연구』 제39집, 한국중문학회, 2009.

成田龍一, 서민교 역, 『근대 도시공간의 문화경험-도시공간으로 보는 일본근대사』, 뿌리와이파리, 2011.

新日本出版社 編, 『日本プロレタリア文学集』 34, 1988.

宇野浩二, 「九月一日・二日」, 『文学的散歩』, 新潮社, 1924.

이연, 「관동대지진과 언론통제-조선인 학살사건과 보도통제를 중심으로」, 『한국언론학보』 제27호, 한국언론학회, 1992.

이지형, 「관동대지진과 시마자키 도손[島崎藤村]」, 『일본문화연구』 제13집, 동아시아일본학회, 2005.

紅野謙介, 『検閲と文学』, 河出書房, 2009.

황호덕, 「재난과 이웃, 관동대지진에서 후쿠시마까지- 식민지와 수용소, 김동환의 서사시 「국경의 밤」과 「승천하는 청춘」을 단서로」, 『일본비평』 제7호, 서울대 일본연구소, 2012.

식민자와 피식민자의 연대(불)가능성

나카노 시게하루의 「비내리는 시나가와역」과 임화의 「우산 받은 요꼬하마의 부두」

배상미

1. 『무산자』와 조·일 노동계급 연대

한국 사회주의 운동사에서 1929년은 1928년 말 승인이 취소된 조선
공산당의 재건운동이 본격적으로 시작되는 시기이다. 코민테른이 채
택한 12월 테제 이후 조선공산당은 공식적 지위를 상실했고, 12월 테제
에서 지적받은 조선공산당의 한계를 극복하기 위해 조선의 사회주의
자들은 조선공산당 재건운동에 뛰어든다. 재건운동은 국내 뿐 아니라
국외에서도 일어나지만, 1국 1당 주의를 견지하는 코민테른의 입장에
의거한다면 국외의 조선인 사회주의자들은 해당 지역의 공산당에 입
당해야 마땅했다. 그러나 조선 밖에서 활동하던 사회주의자들은 코민
테른의 입장에 순응하기 어려웠다. 실제로 1929년이 되면 국외에서 조
선공산당을 지지하던 대부분의 사회주의자들은 조선공산당 재건운동
에 뛰어든다. 중국에서 활동하던 김찬은 중국공산당 입당을 거부하고

조선공산당을 재건하기 위한 활동을 계속해야 한다고 주장하면서 "조선인의 입당은 중국혁명에만 몰두하는 것을 의미하므로 조선혁명운동에 아무런 도움이 되지 않는다"[1]는 의견을 냈다.

조선공산당 재건운동은 일본에서도 활발하게 일어났다. 초기에는 고려공산청년회 일본부의 주도로 이루어졌지만, 상해의 고려공산청년동맹의 영향 하에 무산자사라는 출판사를 기반삼아 재건운동을 벌이려는 일파도 나타났다. 조선 프롤레타리아예술동맹 도쿄지회의 주요 성원인 김두용과 이북만이 무산자사 성립을 주도하자 도쿄지회는 곧 무산자사로 흡수되었다. 무산자사는 기관지를 발행하여 12월 테제에서 지적된 조선공산당의 결함들을 개선해나갈 방향을 모색하고자 했다. 이 기관지가 바로『무산자』였다.『무산자』는 1929년에 두 호를 발간하고 이후 더 이상 간행되지 못한다. 1930년 후반기에 접어들면 무산자사 내부에서 코민테른의 1국 1당 원칙 수용을 둘러싸고 논쟁이 벌어진다. 무산자사의 존속을 주장하는 고경흠, 김치정, 김두용 등은 무산자사는 일본이 아닌 조선에서의 사회주의 운동에 관여하는 단체이며 단지 조선에서 행해지는 총독부의 엄혹한 탄압을 피해 그 근거지를 일본에 두었을 뿐이므로 1국 1당 원칙을 기계적으로 적용하지 말아야 한다는 입장이었다. 정희영과 김동하 등은 그럼에도 불구하고 무산자사의 존재 자체가 1국 1당 원칙에 위배되기 때문에 해체해야 한다고 주장했다.[2] 결국 1931년에 무산자사는 해체되고,『무산자』역시 더 이상 발행되지 못한다.

무산자사 해체파는 코민테른의 지령을 따라 해체의 당위성을 주장

---

1   이준식,『조선공산당 성립과 활동』, 독립기념관 한국독립운동사연구소, 2009, 273쪽.
2   김인덕,『식민지시대 재일조선인운동 연구』, 국학자료원, 1996, 263~265쪽 참고.

했었지만, 그들이 옹호한 1국 1당 원칙이 완전무결했었는지는 의문이다. 조선인들의 잡지인『무산자』를 일본에서 간행해야 하는 상황 자체가 1국 1당으로 환원될 수 없는 식민종주국 내 피식민자들의 실상을 반영하기 때문이다. 자국에서 자행되는 식민자의 억압을 피해 언론의 자유를 찾아 식민본국으로 이주하는 피식민자들의 역설적인 상황은 그들이 간행한 잡지에 반영되어 있었을 것이다. 무산자사 활동의 주역인 고경흠, 김치정, 김두용, 이북만 등은 모두 일본에서 활동했었고, 이들은 조선인이라는 존재규정에서 자유롭지 않았으며, 특히 일본에 거주하는 조선인 이주노동자들의 현실을 외면하지 않을 수 없었다. 무산자사가 아무리 간행물의 대상 독자를 조선에 거주하는 조선인들로 잡았다고 하더라도,『무산자』에는 일본공산당의 활동이 모두 포섭하지 못하는 일본에 거주하는 조선인들의 실상이 반영되어 있었을 것이며, 이는 코민테른의 원칙을 순순히 따르기 어려운 조선인들의 일본 공산당에 대한 심리적 거리감을 반영한다. 무산자사가 해체된 이후, 일본 정부에 의해 검거되지 않았던 일파들은 여전히 일본에서 활동하는데, 김두용 등은 동지사를 결성했고 윤기청 등은 노동계급사의 전신인 노동예술사준비회를 조직한다. 일본에 거주하는 조선인의 입장에서 조선공산당 재건운동을 이어가려는 움직임은 조직의 형태를 바꿔가며 그 명맥을 지속적으로 이어나간다. 일본 사회주의자들과는 다른 '조선인' 사회주의자로서의 이들의 감각은 조선공산당이 재건된 이후 기관지로 삼을 예정이었던『무산자』에 실린 글들에서도 나타날 것이다.

『무산자』에 게재된 글들에서 이 매체가 상정하는 독자가 조선에 거주하는 조선인 노동자와 사회주의자임을 어렵지 않게 간취해낼 수 있다.[3] 정세를 분석한 글들은 대개 일본이 아니라 조선의 상황을 분석 대상으로 삼고, 문예에서도 투쟁의 배경은 조선이었다. 그러나 어떤 글들은 일본에 거주하는 편집자들의 위치성을 반영하기도 한다. 논설의 영역에서는 「상애회 가와사키 지부의 폭행사건 진상」과 후세 다쓰지의 「재일 조선동지제군에게」가, 문예작품에서는 나카노 시게하루의 「비내리는 시나가와역」이 대표적이다. 이 글들은 수신자를 조선에 거주하는 조선인들이 아닌 일본에 거주하는 조선인들로 설정하고, 일본의 조선인들이 일본인들과 동등한 지위에서 노동하지도, 투쟁하지도 못하는 '특수한' 지위를 점한다는 가정 하에 작성되었다. 이것은 일본에서 투쟁하고 있는 조선 사회주의자들이 일본 사회주의 운동에 완전히 동화될 수 없는 상황을 반영한다.

1920년대 중후반의 일본에서 조선인 노동자들이 일본 노동운동에 미친 영향력은 무시하지 못할 수준이었다. 1925년에 조직된 재일본조선노동총동맹은 해를 거듭할수록 조합원 수와 활동 면에서 성장세를 보였고, 일본 노동자·농민들과 연대투쟁을 진행하여 일본 사회주의 운동에서 일익을 담당했었다. 이들이 일본 노동운동의 한 분파로 발전하지 않고 조선노동총동맹 산하 재일본조선노동총동맹의 형태로 활동한 이유는 조선공산당 재건운동이 조선 외부에서도 진행된 맥락과 유사할 것이다.

3　한기형은 조선에서 출판되었던 사회주의 잡지 『조선지광』과 일본에서 출판되었던 카프 기관지 『예술운동』의 목차를 비교하면서 후자가 더 직접적으로 사회주의 색채를 드러내고 혁명에 대한 지향을 표현한다고 지적했다. 이는 조선에서보다 일본에서 사회주의를 표현할 수 있는 '서술가능성의 임계'가 더 높았기 때문에 가능했다. 물론 일본에서 출판된 한국어 간행물들은 조선으로 수입되는 과정에서 검열이라는 높은 장벽을 통과해야했지만, 조선에서의 유통이 불가능하지는 않았다(한기형, 「'법역(法域)'과 '문역(文域)'－제국 내부의 표현력 차이와 출판시장」, 『민족문학사연구』 44호, 2010, 318~321쪽 참고). 이러한 이점으로 인해 일본에서 출간된 한국어 잡지는 조선 사회주의자들이 조선에서 미처 시도하지 못했던 보다 급진적인 담론들을 생산할 수 있었다.

본고는 일본에서 사회주의 운동을 했던 조선인들이 계급적 연대로 만 환원되지 않는 식민지인으로서의 감각을 지니고 있었다는 전제 하에, 『무산자』에 실린 조선인들과 일본인들의 노동계급연대를 주제로 삼은 나카노 시게하루의 「비내리는 시나가와역」과 무산자사의 일원으로 활동한 경력이 있는 임화가 유사한 주제로 창작한 시 「우산받은 요꼬하마의 부두」를 중심으로 일본 사회주의자들과는 다른 재일 조선 사회주의자들의 감각이란 무엇이었는지 분석해보겠다. 이 작업은 1920 년대 말 당시 국외에서 활동했던 사회주의자들이 코민테른의 지시로 인해 해당 국가의 공산당으로 편입되어야 했으나 그럴 수 없었던 내면적 저항의 근원을 분석해내는 단초가 될 것이다. 나아가 계급의식만으로 환원되지 않는 민족문제를 당시 사회주의자들도 감득하고 있었으며 식민자와 피식민자의 계급연대라는 구호를 형상화해낸 것처럼 보이는 작품들에서 나타나는 균열의 규명에도 기여하리라고 기대된다.[4]

나카노 시게하루의 「비내리는 시나가와역」과 임화의 「우산받은 요꼬하마 부두」는 선행연구자들에 의해 두 시에서 나타나는 상호텍스트성의 측면에서 연구되어왔다. 김윤식[5]은 「비내리는 시나가와역」과 「우산받은 요꼬하마의 부두」 사이에 서로 대응되는 시구들에 주목했다. 이 연구는 나카노의 시에서 1929년에 도일한 임화가 겪은 체험과 유사한 점을 도출하고, 이 시가 식민본국에서 겪을 수밖에 없는 피식민자의

---

4 본고의 문제의식을 해명하는 과정에서 두 시가 놓인 사회적 상황과 두 시를 비교분석하는 작업 외에 당시 일본에서 활동하던 조선 사회주의자들의 활동이나 같은 시기에 간행되었던 조선인 사회주의자들의 잡지를 검토하는 작업 역시 더 필요한 것으로 보인다. 그러나 첫째, 논의의 초점이 흐려질 수 있다는 점, 둘째, 하나의 소논문으로는 이 모든 작업을 수행하기 어렵다는 점을 감안하여 추후 추가적인 연구를 통해 미진한 부분을 보완하고자 한다.
5 김윤식, 『임화연구』, 문학사상사, 1989, 244~270쪽 참고.

역사체험을 반영한다고 분석했다. 권성우[6]는 「우산받은 요꼬하마의 부두」가 「비내리는 시나가와역」의 답시라는 전제 하에, 두 시가 프롤레타리아 국제주의라는 이념에 기초한 조·일 노동계급연대를 그리고 있고, 전자의 경우는 임화 시에서는 최초로 식민지인이라는 자각이 명확하게 나타난다는 점을 강조했다. 정승운[7]은 「비내리는 시나가와역」과 「우산 받은 요꼬하마의 부두」의 시어를 서로 비교하여 두 시의 상호 보완적 성격을 규명하고, 후속세대 프롤레타리아 양성까지 염두에 두는 후자의 화자가 이별하는 조선인 동지에게 자신의 염원을 맡기는 전자보다 더 선견지명을 갖추었다고 해석했다. 신은주[8]는 두 시가 상동성을 가진다는 김윤식의 논의를 수용하고 임화가 나카노의 시의 혁명적 측면을 서정적으로 변용시켜 혁명성을 격하시켰다고 보았다.

두 시를 상호텍스트성의 측면이 아닌 검열의 측면에서 분석한 연구도 존재한다. 한기형[9]은 일본과 조선에서 검열수단의 기준이 영향력을 미치는 범위인 법역과 법역에서 허용되는 서술범위인 문역의 차이를 분석한 후, 두 시에서 정치적인 발언과 혁명적 전망이 서로 다르게 나타난 원인을 두 국가에서 허용되는 '서술가능성의 임계'에서 찾는다. 일본보다 더 제한적인 조선의 문역은 임화의 시가 나카노의 시처럼 본격적으로 정치성을 담아내지 못하게 만드는 결정적인 장애였다. 임화가 조선에서 발표한 시와 일본에서 발표한 시에서 드러나는 정치성의

---

6 권성우, 「임화 시에 나타난 "탈식민성" 연구」, 『한국문예비평연구』 24집, 2007, 314~316쪽 참고.

7 정승운, 「「비날이는 品川驛」을 통해서 본 「雨傘밧은 『요꼬하마』의 埠頭」」, 『일본연구』 6집, 2006, 294~303쪽.

8 신은주, 「나카노 시게하루와 한국 프로레타리아 문학운동-임화, 이북만의 관계를 중심으로」, 『일본연구』 제12호, 1997, 190~201쪽.

9 한기형, 앞의 글, 314~327쪽.

정도차이는 이 연구의 주장을 뒷받침하는 근거이다. 이밖에 본 연구의 대상이 되는 시를 연구하지는 않았지만 김응교[10]는 임화와 나카노의 시를 비교하면서 임화의 단편서사시가 나카노의 시를 모방했을 가능성을 타진하는 동시에, 나카노에 대한 모방으로 환원되지 않는 임화 시의 특성도 동시에 논한다.

한기형의 연구[11]를 제외한 선행연구들은 임화와 나카노 시 사이의 상동성에 주목하고, 나카노의 시와 변별되는 임화 시의 특성에 주목한다. 각 연구는 피식민자의 역사체험, 식민지인이라는 자각, 후속세대 프롤레타리아트 양성, 격하된 혁명성에서 임화 시의 특성을 찾는다. 임화와 나카노의 시를 다룬 연구들은 두 시에 드러난 조선과 일본 노동계급 연대라는 주제를 분석하지만 서로 다른 지역적 소속감을 가진 화자에 의해 그 주제가 발화되는 과정에서 발생하는 효과는 분석하지 않는다. 본고는 두 시의 화자가 모두 노동계급이라는 같은 지위를 공유하고 노동계급 연대에 동의한다고 하더라도, 화자의 위치가 식민자인지 피식민자인지에 따라 연대를 상상하는 방식이 다르다는 점에 주목한다. 임화와 나카노 모두 사회주의자이고, 민족보다 계급이 우선한다고 믿어 의심치 않는다고 공언하지만,[12] 직접 창작한 작품 안에서도 그러한지 검토해보아야 한다. 나아가, 임화가 그의 시에서 반복적으로 발

---

10 김응교, 「임화와 일본 나프의 시」, 『현대문학의 연구』 40집, 2010, 387~398쪽.

11 한기형의 연구는 문학 텍스트 분석과정에서 '검열'의 문제를 항상 염두에 두어야 할 필요성을 제시하였다. 본고의 논의를 분석하는 과정에서 검열을 의식하는 한기형의 관점은 중요하게 다루어질 것이다.

12 나카노는 1975년에 「비내리는 시나가와역」을 창작했던 당시를 회고하며 쓴 글에서 이 시가 "민족에고이즘", 즉 일본민족의 입장만을 내세우는 시각에서 창작된 흔적이 엿보인다는 언급을 한 바 있다(정승운, 앞의 글, 285~286쪽 참고). 그의 회고는 시의 표면적인 주제와는 별도로, 시에서 드러나는 식민자와 피식민자 표상을 분석해야 할 필요성을 보여준다.

화하는 일본과 조선 노동계급의 국제적 연대, 그리고 전 세계 노동계급의 연대가 구호로서는 존재할지는 몰라도 현실에서는 달성하기 어려운 과제임을 앞서 언급한 두 시의 분석을 경유해 연구하고자 한다.

임화와 나카노의 시에서 나타난 식민지 조선과 제국 일본 노동자간의 연대가 가지는 함의를 연구하기 위해 우선 나카노의 시 「비내리는 시나가와역」[13]을 분석하고자 한다. 조선인들의 혁명운동에 깊은 관심을 가지고 있었던 나카노의 과거 경력을 소개한 뒤, 그가 시의 주제인 조·일 노동계급 연대를 형상화한 방식과 일본인 화자가 조선인 동지를 바라보는 시선에서 일본인과 조선인의 연대를 이해하는 그의 감각을 분석해보고자 한다. 그리고 임화의 시에 나타난 여성인물양상을 분석하여 임화 시에 나타난 여성인물의 특징을 밝히고, 이 같은 맥락에서 「우산받은 요꼬하마의 부두」에 등장하는 여성청자의 의미를 규명할 것이다. 마지막으로 임화와 나카노의 시에서 각각 나타난 조선인과 일본인의 관계를 비교하면서 조·일 노동계급연대의 불가능성을 야기한 요인을 분석해보고자 한다. 이 연구는 사회주의적 노동계급 연대에도 제국주의의 그늘이 드리워져 있었고, 1930년대 중반 일본 사회주의자들이 대거 전향하면서 "조선의 작가는 전향해도 돌아갈 조국이 없다"[14]라는 선언을 예비하고 있었던 전사(前史)를 보여줄 수 있을 것이다.

---

13 이 시는 단행본으로 묶여 나오던 1931년과, 2차 세계대전 종전 이후 다시 단행본으로 간행된 1947년, 총 두 번 개작되었다. 본고에서는 단행본에 실린 일본어 판본이 아닌 1929년 5월 『무산자』에 한국어로 번역되어 실린 판본을 분석의 대상으로 삼는다. 이 판본은 나카노가 1929년 2월 『개조(改造)』에 발표했을 당시 복자로 처리되어 알아보기 어려웠던 시구들을 상당부분 복원하였으며, 번역을 통해 조선인이 이 시를 수용한 방식을 보여주고 있으므로 이 글의 취지에도 원시보다 더 적합하다고 판단하였다.

14 林房雄, 「전향에 대하여」, 湘風會, 1941, 14쪽(김윤식, 『한국 근대문학사상사』, 한길사, 1984, 278쪽에서 재인용).

2. 일본의 사회주의 혁명운동과 조선 사회주의자

　　나카노는 식민지 조선 문제에 대해 상당한 관심을 보였던 일본의
문인 중 하나였다.[15] 그는 다양한 논설, 소설, 그리고 시에서 조선 문제
를 다루었다.[16] "×××記念으로李北滿 金浩永의게"라는 부제가 붙은
「비내리는 시나가와역」 역시 조선에 대한 그의 관심을 엿볼 수 있는 작
품이다. 문인인 이북만[17]과 노동운동가인 김호영[18]은 서로 활동무대가

15　신은주, 앞의 글; 이한창, 「재일동포 문인들과 일본문인들과의 연대적 문학활동-일
　　본문단 진출과 문단활동을 중심으로」, 『일본어문학』 제24집, 2005, 291~294쪽 참고.
16　시로는 「비내리는 시나가와역」(『개조』, 1929.2), 「조선의 처녀들」(『무산자신문』,
　　1927.9)이 있고, 논설로는 「일본프롤레타리아예술연맹에 대하여」(『예술운동』, 1927.11),
　　소설로는 「모스코바를 향하여」(『무산자 신문』, 1928.10.5~11.1)가 있다.
17　이북만은 일본으로 이주한 뒤 본격적으로 문예활동을 시작하였다. 1926년 3월부터는
　　김두용과 함께 카프 동경지부 기관지 『예술운동』 발행에 참여하기도 했고, 일본프롤
　　레타리아예술동맹의 기관지 『프롤레타리아 예술』에 글을 기고하기도 했다. 이북만
　　은 1927년 9월호 『프롤레타리아 예술』에 게재한 「조선의 예술운동-조선에 주목하
　　라朝鮮の芸術運動-朝鮮に注目せよ」라는 글에서 제3전선파의 강연회에 관한 내용
　　을 소개한 뒤, 조선인들이 피식민지인으로서 겪는 고통을 언급하고 일본인들에게 연
　　대의 손길을 뻗친다. 이북만은 이후에도 몇 차례 『프롤레타리아 예술』과 관계를 맺는
　　데, 임화의 시 「탱크의 출발」을 번역하기여 싣기도 하고(「タンクの出發」, 1927.10), 조
　　선인의 입장에서 조선에서의 일본 총독부 행태를 비판하는 글을 게재하기도 한다
　　(「야마나시 총독을 맞이할 즈음하여山梨總督を迎えるに際して」, 1928.2). 이북만이
　　쓴 조선에서 조선인들의 저항운동을 소개한 글을 소재로 나카노가 시를 창작하기도
　　하는 등 이북만의 활동은 일본 사회주의 문인들에게 영향을 미쳤다. 이북만은 일본공
　　산당기관지인 『적기(赤旗)』의 1928년 9월호에 1928년 11월에 시행될 천황 히로히토
　　의 즉위식을 앞두고 조선인들을 강제 추방하는 정부의 시책을 분개하며 고발하는 글
　　「추방(追放)」을 발표하기도 했었다(사이키 카쓰히로, 「제3전선파의 프롤레타리아 예
　　술운동 연구-일본 프롤레타리아 예술운동과의 관계를 중심으로」, 부산대 석사논문,
　　2009, 34~54쪽 참고).
18　김호영이 재일본조선노동총동맹 중앙위원으로 활동하던 당시인 1929년 4월 26일, 가
　　와사키에 있는 동경조선노동조합 동부지부를 상애회가 습격한 사건으로 인해 가해
　　자가 아닌 피해자인 동부지부의 조합원이 구속되는 사태가 발생한다. 상애회는 재일
　　조선인들에게 일자리를 알선하거나, 재일조선인 노동자와 일본인 고용주 사이에 쟁
　　의를 중재하는 역할을 담당하는 조직이었으나 실상 일본정부에 협력적이고 조선 노

달랐지만, 모두 도일한 이후 사회주의적 활동을 시작했고, 천왕 즉위식을 전후한 시점에 자행된 일본의 조선인 차별정책에 반감을 드러내었다는 공통점을 가진다.

1928년과 1929년에 이북만과 김호영을 둘러싼 사건들은 나카노가 「비내리는 시나가와역」의 부제로 두 사람의 이름을 삽입한 이유가 되었을 것이다. 일본 정부는 1928년 히로히토 천황의 즉위식[19]을 앞두고 조선 사회주의자들을 비롯한 '불령선인(不逞鮮人)'들을 단속한다. 아무리 정부를 비판하고 전복할 계획을 꾸미더라도 일본 사회주의자들은 일본의 '국민'이기 때문에 일본 국내에서 처벌받았지만, '국민'의 자격이 없는 '불령선인'들은 국외로 추방당해야 했다. 일본의 사회주의 문예잡지에 조선인이 글을 투고하고, 조선의 사회주의 문예잡지에 일본인이 글을 투고할 때에는 마치 서로 동등해보였던 이들이 제국 권력에 의해 한쪽은 국민으로, 또 다른 한쪽은 비국민으로 호명되는 현실은 식민자와 피식민자간의 위계가 명시적으로 드러나는 계기가 된다. 「비내리는 시나가와역」은 바로 그 미묘한 긴장을 소재로 삼았다.

「비내리는 시나가와역」의 공간적 배경은 비가 내리는 기차역이다.

동자들을 부당하게 착취하고 학대하는 역할을 수행했다. 상애회는 재일본조선노동총동맹 조합원들을 그들의 조직으로 포섭하려는 전략이 실패하자, 그 사무실을 습격해버린다. 김호영을 비롯한 재일본조선노동총동맹원들은 상애회가 재일 조선노동자들에게 위협적이라는 판단 하에 가와사키에 있는 지부뿐만 아니라 다른 지역의 상애회 지부도 공격하는 활동을 이어나갔다. 그러나 일본정부를 등에 업고 있는 상애회를 자극한 행동은 재일본조선노동총동맹에 대한 탄압과 조합원 체포로 이어졌다. 결국 김호영은 이 사태를 야기한 책임을 지고 중앙위원 자리를 사퇴한다(이상 「川崎相愛會襲擊事件眞相」, 『무산자』, 1929.7, 19~21쪽; 서동주, 「「비내리는 시나가와역」과 탈내셔널리즘」, 『일본연구』 12, 2009, 212~213쪽 참고).

19　전후 나카노의 회고에 따르면 복자처리되어 보이지 않는 부제의 'ＸＸＸ'는 천황의 즉위식을 일컫는 '어대전'이 들어갈 자리였다고 언급된 바 있다(김윤식, 『임화연구』, 문학사상사, 1989, 260쪽 참고).

일본인 화자는 타의에 의해 조선으로 돌아가야만 하는 조선인 동지들을 배웅한다. 비와 기차역, 그리고 이별이라는 소재는 슬픈 시의 정조를 자아낼 수도 있겠지만, 이 시는 전혀 그렇지 않다. 오히려 추방이라는 상황은 그들의 투쟁의지를 더욱 북돋운다. "비에 저저서 그대들을 쫓처내는 일본의 ××을 생각"[20]한다는 시구에서 사용된 '비'라는 단어는 일본의 탄압을 상징한다. 일본에 거주하는 한, 조선인들은 일본정부의 권력망에서 자유롭지 못하고, 정부의 탄압은 하늘의 비처럼 갑작스럽게 그들에게 쏟아진다. 쏟아지는 비를 그저 맞을 수밖에 없지만 이 비는 그들을 굴복시키기보다 "검은 눈동자가 번적"[21]하도록 그들의 전투성을 더 북돋운다. 이 시에서 비나 바다같이 유동하는 물은 시 속의 인물들과 적대관계에 있지만 그들이 대결해볼만한 대상으로 등장한다. 더 위험한 것은 유동하지 않고 고정된 물이다.

> 그대들의 나라의 시냇물은 겨울 치위에 얼어붓고
> 그대들의 ×× 반항하는 마음은 떠나는 일순에 굿게 얼어[22] (3연)

물은 흐르는 것이 본성이지만 조선의 물은 흐르지 않고 얼어있다. 유동하는 물에 대해서는 대결할 수도 있고 비를 맞으면서도 날아다니는 비둘기(4연)처럼 자유의지를 발현할 여지가 남아있지만 얼어있는 공간에서는 "반항하는 마음은 떠나는 일순에 굿게 얼어"버린다. 나카노는 일본을 혁명을 꿈꾸고 기획해나갈 수 있는 공간이라고 생각했지만,

---

20 中野重治, 「비날이는 品川驛―×××記念으로李北滿 金浩永의게」, 『무산자』, 1929.5, 6쪽.
21 위의 글.
22 위의 글.

조선은 혁명을 발화할 수도 없는, 심지어 총독부의 폭압에 불만조차 토로할 수 없는 공간으로 간주했다. 조선은 일본에 의한 통치의 연장선 상인 총독부의 통제 하에 있지만, 일본보다 더 억압적인 상태이고, 조선에 거주하는 사람들은 강한 억압 아래 의식의 성장조차 이루지 못하고 일본 제국주의 권력에 그저 순응하는 삶을 살아간다는 것이 나카노가 파악한 조선의 상태이다.

억압적인 조선의 상태를 깨뜨리기 위해서는 일본에서 의식의 성장을 이룬 조선인 투사들의 도움이 필요하다. 나카노 시의 헌사 대상인 이북만과 김호영은 모두 조선에서는 뚜렷한 사회주의적 활동을 하지 않다가 일본에 와서 사회주의 혁명에 복무하는 투사로 성장한 사례이다. 나카노는 일본으로 이주한 후 자본주의와 제국주의에 비판적인 의식을 키워나가는 조선의 지식인 혹은 노동자들을 보면서 일본이 피식민자들의 사회비판적 의식을 키워주는 일종의 학습소 역할을 수행한다고 생각했을 것이다. 의식이 성장한 이들은 식민자인 일본인들이 절대 감득하지 못하는 피식민자가 겪는 모순까지 해결하는 투사로 성장한다.

오오!
조선의 산아이요 계집아인 그대들
머리끗 뼈끗까지 꿋꿋한 동무
일본 푸로레타리아-트의 압짤이요 뒷군
가거든 그 딱닥하고 듯터운 번질번질한 얼음장을 투딜여 깨ㅅ쳐라
오래동안 갓치엿든 물로 분방한 홍수를 지여라
그리고 또다시

해협을 건너뛰여 닥처 오너라

(…중략…)

그의 ×믹바로거긔에다 낫×을견우고

만신의 쒸는 피에

쓰거운복×의환히속에서

울어라! 우서라!²³ (9연)

조선으로 돌아간 재일조선인들은 일본인들의 힘으로는 불가능한 "얼음장을 투딜여 깨"는 행위를 실천한다. 이들은 "얼음장"으로 상징되는 엄혹한 통제에 저항하여 다시 강에 물을 흐르게 만든다. 얼음에서 흐르는 물로의 변화는 조선이 노동운동을 실천하고 사회주의 담론이 유통될 수 있는 공간, 혁명을 준비할 수 있는 공간으로 바뀌는 과정을 상징한다. 그러나 이 조선인들이 수행해야 할 궁극적인 임무는 조선의 변화가 아니다. 그들은 다시 "해협을 건너뛰여 닥처" 일본으로 돌아와 어떤 사람을 살해해야 한다. 이 시가 어대전을 "記念"하여 씌어졌음을 감안할 때, 그들이 살해하는 인물은 행사의 주인공인 천황으로 추측된다. 당시는 3·15사건²⁴과 어대전을 앞두고 일어났던 조선인들의 추방 및 사회주의자에 대한 검속 때문에 일본에서 사회주의 활동이 주춤해진 시기였다. 천황은 일본 제국주의의 특수한 상황을 반영하는 상징적 존재임에도 불구하고 나카노가 조선인들을 천황을 제거할 주체로 상

---

23 위의 글.
24 1928년 제1회 보통선거에서 일본 공산당이 공개적으로 당을 선전하는 과정에서 천황을 파괴한다는 내용이 들어간 선전문이 배포되었다. 이 선전문에 큰 충격을 받은 일본 정부는 치안유지법을 근거로 공산당 관련기관을 대대적으로 수색하고 당시 공산당원의 수 400여 명을 훨씬 웃도는 1,500여 명을 검거하였다(정혜선, 「전전(戰前) 일본의 저항운동과 천황제」, 『인문과학』 32집, 2002, 147~150쪽 참고).

정한 이유는 무엇인지 생각해볼 필요가 있다.

한기형은 「비내리는 시나가와역」이 처음 『개조』에 실렸을 때에는 알아볼 수 없을 정도의 수많은 복자로 본문이 가려졌지만, 『무산자』에는 거의 원문 그대로 실린 것에 주목한다. 그는 일본의 합법출판물인 전자의 경우 출판자본이 합법시장에서 이 시를 게재한 잡지를 유통시키기 위해 편집진과 국가검열기관이 간행물 출판 전에 서로 합의하여 내열을 거쳤고, 후자는 상업출판물도 아니고 합법시장에서 유통되지 않았던 까닭에 내열을 거치지 않은 상태로 게재한 것이 이 같은 차이를 낳았다고 분석했다. '비국민'인 재일조선인들의 위치덕분에 역설적으로 '국민'들이 감행할 수 없었던 더 급진적인 담론을 생산할 수 있었던 것이다.[25] 나카노는 조선인들의 이 같은 '비국민'적 성격에 주목했던 것으로 보인다.

당시는 3·15탄압 이후 일본 사회주의 운동이 위축되어있던 시기였다. 일본 사회주의자들은 '천황'에 일본인이라는 정체성을 가지고 맞선다는 일이 엄청난 저항을 불러온다는 것을 실감하였지만 사회주의 혁명을 추종하는 그들이 천황제를 인정할 수는 없었다. 그래서 나카노는 '국민'이 아닌 '비국민'을 천황제를 제거하는 용감한 투사로 내세운다. "일본 푸로레타리아─트의 압짭이요 뒷군"[26]이라는 구절은 이 같은 나카노의 생각을 반영한다. '국민'으로서의 이점을 완전히 버리기를 주저하는 일본 사회주의자들 대신, 일본 사회주의를 정신적 지주로 삼아 그 안에서 사회주의적 의식의 성장을 이루었고, 이미 '배제된 자'로서 국

---

25 한기형, 앞의 글, 323~326쪽.
26 이 구절은 여러 논자들에 의해 나카노 시게하루가 조선인들을 타자화한 증거로 인용된다(김윤식, 『임화연구』, 문학사상사, 1989; 정승운, 「「비날이는品川驛」을 통해서 본 「雨傘밧은『요꼬하마』의 埠頭」」, 『日本研究』6, 2006, 285~286쪽).

가와 타협할 여지도 없는 조선 사회주의자들은 누구보다도 천황제에 맞서는 일본 사회주의 운동의 선두에 나서기에 적합해보였던 것이다. 그러나 선두에 나서서 천황제에 저항하는 사회주의 투사는 조선인이 기는 하지만, 일본 제국주의에 맞선 사회주의 운동의 헤게모니는 일본 측의 것이었다. 나카노가 조선인들을 호명한 이유는 일본 사회주의 운동을 위해서였지 조선의 해방을 목적으로 삼지는 않았다.[27]

이 시가 1국 1당 원칙에 저항한『무산자』에 번역되어 실렸다는 사실은 매우 흥미롭다. 이 시는 일본중심적인 시각에서 일방적으로 조선인들을 천황제 타파라는 일본공산당 만의 특수과제에 복무하게하려는 일부 일본 사회주의자들의 의도가 담겨있다. 조선 노동자들이 일본 사회주의 운동에 함께해야하는 당위를 강조한 이 시는 역설적으로 조선 사회주의자들이 일본공산당에 흡수되기를 거부하고 독자적인 조직을 구성하려는 노력을 멈추지 않는 이유를 보여준다.

3. 여성과 조·일 노동계급연대

「비내리는 시나가와역」이『무산자』에 번역되어 실린 같은 해 9월, 임화의「우산받은 요꼬하마의 부두」가『조선지광』에 발표된다. 두 시

---

27 김윤식은 나카노 시게하루의 회고를 인용하면서 당시 일본공산당은 식민지 독립운동의 독자성을 인정하지 않았으며, 피식민자들이 제국주의적 자본주의로부터 해방을 원한다면 일본 내의 노동조합 또는 정당에 가입해야 한다는 입장을 고수했고, 나카노의 시 역시 이 같은 일본공산당의 맥락 위에 있었다고 보았다(김윤식,『한국 근대문학사상사』, 한길사, 1984, 337쪽 참고).

의 발표된 시기가 거의 비슷하다는 점, 모두 조선과 일본의 노동계급 연대를 다루고 있다는 점, 임화도 무산자사 소속이었기에 나카노의 시를 읽었을 가능성이 높다는 점을 근거로 이 글에서는 임화의 시가 「비내리는 시나가와역」의 영향을 받았으리라고 가정한다. 그러나 임화 시의 구도는 나카노의 시와 차이를 보인다. 「우산받은 요꼬하마의 부두」의 화자는 일본에서 사회변혁운동에 참여하다가 일본의 검거선풍으로 인해 조선으로 추방당하는 조선 남성이다. 그는 일본을 떠나야만 하는 자신의 안타까운 상황을 청자에게 토로하는데, 이때 청자는 함께 선두에서 투쟁하던 동지가 아니라 후방에서 투쟁을 보위해주던 일본 여성이다. 국제주의 노동계급 연대를 지지했던 임화가 일본인과 조선인들의 동지애를 시 속에서 그리려고 했다면, 후방의 지원자보다 선두에서 함께 투쟁하던 일본인을 시 안에 형상화하는 것이 더 효과적이었을 것이다. 따라서 그의 시가 일본인을 혁명적 투사가 아닌 지원자로 그려낸 이유가 무엇인지 고찰해볼 필요가 있다. 우선 「우산받은 요꼬하마의 부두」가 창작되기 이전에 임화의 시에서 여성인물이 등장한 맥락과 재현된 양상을 살펴보고, 그 연장선상에서 이 시에서 여성인물의 역할과 그것이 가지는 의미를 분석해보겠다.

1929년 1월 『조선지광』에 발표된 「네거리의 순이」를 시작으로, 임화는 연애 대상인 여성, 혹은 누이동생을 소재로 삼거나 화자로 설정하는 시를 잇달아 발표한다.[28] 당시 프로문학 진영은 프롤레타리아 혁명

---

28 「네거리의 순이」, 「우리 오빠와 화로」, 「우산 받은 요꼬하마의 부두」가 이에 속하고, 본고의 논의 대상이 된다. 「어머니」는 여성이 청자로 등장하나 이 시에서 어머니에 대한 화자의 감정은 거의 드러나지 않고 어머니라는 호칭을 매개하여 자신의 감정을 토로하는 내용이 주를 이루고 있어, 여성인물의 재현 양상 분석을 목적으로 하는 본고의 연구에 맞지 않는다고 판단하여 제외했다.

을 선동하는 내용을 담은 시를 창작하기에 급급했고, 그 내용을 프롤레타리아 문학의 독자로 가정된 노동자들과 농민에게 전달하는 방식에 대해서는 크게 고민하지 않았다. 그러나 1928년부터 카프 논자들 사이에서 독자들에게 더 효과적으로 다가갈 방식을 고민해야한다는 평론들이 제출되었고, 1929년에는 이 논의가 매우 활발하게 전개되었다.[29] 민족주의 문학 진영에서도 프롤레타리아 시의 도식성을 비판했었다.[30] 카프 진영에서나 민족주의 진영에서나 모두 프롤레타리아 시의 창작 경향을 전환해야 할 필요성을 느끼던 상황에서, 화자의 주관적 정서가 개입한 서사시의 형식을 갖춘 임화 시는 소위 '단편서사시'라고 불리면서 프롤레타리아 혁명의 주제의식을 견지하면서도 대중들이 공감하기 용이한 가족과 연애와 관련된 내용들로 구성되었다. 임화의 '단편서사시'는 뒤에 논의될 김기진에 의해 형식과 내용 면에서 대중으로부터 외면 받던 프로문학이 대중에게 보다 가깝게 다가갈 수 있는 유효한 전략이라는 상찬을 받기도 했다. 그러나 그의 '단편서사시'들은 이전까지 사회주의 혁명에 대한 의지를 강한 어조로 노래한 이전의 시 창작 경향과는 사뭇 다르다. 그의 이러한 갑작스러운 변화는 조선 문단 내부적 상황뿐만 아니라 당시 문단을 강하게 통제하고 있던 외부적 요인, 즉 총독부에 의한 검열과도 밀접한 관련을 가지고 있을 것이다.

29　소위 '대중화 논쟁'이라고 불리는 이 논의에 대해서는 김철, 「1920년대 한국프로문학의 전개와 사회운동과의 관계―방향전환론 및 대중화론을 중심으로」, 『비평문학』 3, 1989, 67~80쪽; 박정선, 「카프 목적의식기의 프로시 대중화 연구」, 『어문논총』 40, 2004, 153~183쪽을 참고하라. 김철을 비롯하여 한국문학사를 논한 대부분의 연구에서는 김기진 등과 벌인 대중화 논쟁을 계기로 카프 도쿄지부 맹원들이 카프 안에서 패권을 쥐게 된다고 분석한다.
30　박정선, 「한국 근대문학사와 임화의 단편서사시」, 『서정시학』 22집 2권, 284~254쪽 참고.

1920년대에 총독부는 조선인들에게 매체발행을 허가하면서 동시에 검열체제도 재정비한다.[31] 허가제이기는 했으나 조선인들 스스로의 힘으로 매체를 기획하고 발행할 수 있다는 점은 지식인들에게 큰 매력으로 다가왔고, 수많은 매체들이 쏟아져 나왔다. 그러나 매체발행이 허가되었다고 해서 내용적 측면에서 무제한의 자유가 부여되지는 않았다. 총독부는 1920년에 신문지법을 개정하는 과정에서 이전보다 더 검열체계를 강화하여, 매체에 게재되는 글들에 복자처리와 삭제를 무차별적으로 감행했다. 그 결과 내용을 이해하기 어려울 정도로 온전치 못한 글이 잡지에 실리는 경우도 발생했다.[32] 특히 일본의 식민지 지배체제의 전복까지 염두에 두고 국제적인 노동자 연대를 통한 자본주의 혁파를 외치는 사회주의 그룹은 더욱 엄격한 검열의 대상이 되었을 것이다.[33] 이 같은 상황을 고려해볼 때, 1928년과 1929년 사이에 전개된 문예 대중화론 관련 논쟁은 표면적으로는 카프 문학의 대중화를 논하고

31 한기형, 「문화정치기 검열체세와 식민지 미디어」, 『대동문화연구』 제51집, 2005, 71~76쪽 참고.
32 고화산은 「푸로문학을 논한 김경원군에 여함」(『동아일보』, 1926.11.3)에서 "朝鮮之光에 실닌 作品을 보아라 半以上이나 削除當치 안었더냐!"라고 통탄했었다. 박영희는 「무산계급문예운동의 정치적 역할―『비통한 호소에서 발척한 투쟁에』」(『문학예술』, 1927.11)과 「조선제가의 견해(4)―전체적 당면 문제・창작의 문제 문제・대중 획득의 문제」(『중외일보』, 1928.6.28)에서 각각 "無産階級文藝運動에 잇서서도 이 政治鬪爭 過程을 過程하기 위해서 抑壓이 심한 檢閱制度 밋헤서나마 만혼 同志들의 이 理論樹立을 위해서 한 가지로 理論鬪爭의 火蓋을 열엇든 것을"과 "朝鮮文壇이 全體的으로 當面한 重大한 問題는 무엇보다도 出版의 自由를 獲得하는 것이다"라고 했다. 두 사람의 글을 통해 검열에 의해 문인들의 창작 자유가 상당히 제약당하고 있었던 당시 상황을 추측해볼 수 있다(박정선, 「식민지 매체와 프로문학의 매체전략」, 『어문논총』 53집, 2010, 360쪽 참고).
33 1922년 사회주의 잡지 『신생활』이 폐간된 이유도, 1920년대 종합사상지의 역할을 수행했던 『개벽』이 1926년 갑작스레 폐간된 이유도 모두 사회주의 관련 기사들이 직접적인 원인이 되었다(한기형 「식민지 검열정책과 사회주의 관련 잡지의 정치 역할」, 『한국문학연구』 30집, 2006, 173쪽 참고).

있었지만 사실은 검열을 피해 그들의 창작활동을 보다 자유롭게 펼칠 방법론에 대한 고민에서 시작되었을 가능성도 있다.[34]

이 시기에 출연빈도가 늘어난 임화 시의 여성인물들도 검열의 문제와 관련시켜볼 수 있을 것이다. 물론 임화는 문예 대중화 논쟁에서 분명하게 부르주아 문예형식을 참고한 대중화 전략을 반대한다.[35] 임화는 대중을 카프 문예독자로 끌어들이고 엄혹한 정세 속에서 살아남기 위해서는 대중들에게 인기 있는 기존의 문예 형식들을 참고할 필요가 있다는 김기진의 주장[36]은 오히려 문학의 혁명성과 투쟁성을 후퇴시키고, 나아가 카프 문학의 정체성이 약화될 수 있다고 우려했었다. 그러나 김기진에 의해 임화의 시 「우리 오빠와 화로」가 대중화된 카프 문학의 대표적인 사례로 언급되었을 만큼,[37] 그의 작품에는 대중성과 검열을 의식한 흔적이 드러난다. 특히, 임화가 1929년에 발표한 시들은 직접적으로 계급투쟁의지와 국제 노동자 연대의 메시지를 담아내었던 이전의 시들과는 달리 여성인물들을 등장시켜 간접적으로 계급투쟁의지와 국제 노동자 연대에의 의지를 천명한다.

---

34 이와 관련된 논의는 한기형, 「선전과 시장 – '문예대중화론'과 식민지 검열의 교착」, 『대동문화연구』 제79집, 2012, 133~137쪽 참고.

35 임화는 "'연장으로서의 문학'은 그 정도를 수그리어야 한다"는 김기진의 「변증적 사실주의」에 대해 "원칙의 치명적 무장해제적 오류", "합법성의 추수", "의식적인 퇴각"이라고 신랄하게 비판한 후, "아무러한 더 재미없는 정세에서라도 현실을 솔직하게 파악하여 엄숙하고 정연하게 대오를 사수하는 것이 정당히 부여된 역사적 사명"이라고 주장한다(임화, 「탁류에 항하여」, 임화문화문학예술전집 편찬위원회 편, 『임화문학예술전집 4 – 평론 1』, 소명출판, 2009, 140~141쪽).

36 김기진, 「변증적 사실주의 – 양식문제에 대한 초고」, 홍정선 편, 『김팔봉문학전집 – I. 이론과 비평』, 문학과지성사, 1988, 71~71쪽 참고.

37 김기진, 「단편서사시의 길로 – 우리의 시의 양식 문제에 대하여」, 위의 책, 139~143쪽; 김기진, 「예술의 대중화에 대하여 – 신년은 이 문제의 해결을 요구」, 위의 책, 169쪽 참고.

우선 계급투쟁의지를 간접적으로 드러낸 「네거리의 순이」(1929)와 「우리 오빠와 화로」(1929)부터 검토해보겠다. 「네거리의 순이」에는 순이의 애인이자 화자의 동지인 "산아희"라는 청년이 반복적으로 언급된다. 시에서 "산아희"가 어떤 인물인지 정확하게 언급되지 않으나, 시에 나와 있는 몇 가지 정보로 사내의 신분을 추측해볼 수 있다.

順伊야 누이야

勤勞하는靑年 勇敢한산아희의戀人아 ············

생각해보아라 오늘은 네貴重한靑年인勇敢한산아희가

젊은날을 싸홈에보내든 그손으로

지금은 젊은피로 벽돌담에다 달曆을 그리겟구나

그리고 이 추운밤 가느다란 그다리가 피아노줄갓치썰니겟구나

쏘 이봐라 어서

이산아희도 네크다란옵바를 ············

남은것이라고는 째무든 넥타이 한아쑨이아니냐

오오 눈보라는 도락구처럼 길거리를 다라나는구나

자 좃타 바루鐘路네거里가아니냐 ──

어서 너와나는 번개갓치 손을잡고 쏘다음일을計劃하러 쏘남은동모와함께 거문골목으로 드러가자

네산아희를찻고 쏘勞動하는 모 ── 든 女子의戀人인 勇敢한靑年을차즈러 ············

그리하야 쓰느지 안는 새롭은用意와 계획으로젊은날을보네라[38] (5~9연)

"勇敢한", "貴重한" 등의 어휘가 사내를 수식하는 것으로 보아 화자는 사내를 상당히 긍정적으로 평가하고 있다. 사내는 "勤勞하는靑年"이자 "젊은날을 싸홈에 보내든", 노동계급투쟁의 선두에 섰던 인물이다. 그러나 사내의 노동자로서의 자질과 전력으로 투쟁했던 지난날의 활동이 그를 "벽돌담"이 있는 곳으로 보내버린다. "벽돌담"은 외부와 철저하게 격리된 공간이다. "벽돌담"에서 피로 달력을 그리는 사내의 모습은 벽돌담을 떠나고 싶은 그의 간절함을 보여준다. 아마 사내는 노동운동을 하다가 총독부에 의해 검거되었을 것이다. 사내의 행동이 교도소에 갈 만하다고 판단하는 현실은 엄청난 양의 눈이 붙어 닥치는 것과 같이 화자와 누이에게도 엄혹하다. 이 시점에서 화자와 누이는 "네거里"에서 앞으로의 삶의 방향을 결정해야하는 기로에 놓인다. 엄혹한 현실을 이겨내는 방법에는 여러 가지가 있을 수 있다. 그러나 화자가 선택한 길은 사내가 선택한 길, 엄혹한 현실에 정면으로 저항하는 길이다. 화자는 자신 뿐 아니라 누이도 이 길을 선택해야한다고 판단하는데, 그녀가 사내의 연인이기 때문이다. 여기서 사내의 연인은 순이를 넘어서서 "勞動하는 모 ― 든 女子"로 확대된다. '연인'이라는 단어는 여성 노동자들이 믿고 따라야 할, 일종의 이데올로그로서의 성격을 지닌 이를 지칭하는 수사적인 표현으로 사용되었다.

전위적인 남성 노동자를 따르라는 메시지를 여성 노동자들에게 선전하고 있는 이 시가 이전의 임화 시와는 다르게 전투적으로 느껴지지 않는 이유는 이데올로그인 사내와 그를 따르는 순이가 연인관계이기

---

38 임화, 「네街里의順伊」, 『조선지광』, 1929.1, 137~138면.

때문이다. 순이가 다른 노동계급과 연대하는 이유도 계급적 동질성이
아니라 "네산아희"를 위해, 즉 사랑을 위해서이다. 사적인 연애관계는
노동계급 연대를 혁명 사업을 위한 연대가 아니라 애정관계로 그려내
어 그것의 혁명성을 감춘다. 실제로 이 시와 「우리 오빠의 화로」는 복
자와 생략 표시가 난무했던, 임화의 작품을 포함한 동시대의 프로문학
들과는 달리 원문 그대로 잡지에 게재된다.[39]

　「우리 오빠와 화로」는 나이 어린 여성 노동자 화자의 목소리로 남매
의 애정을 경유하여 노동계급투쟁의지를 형상화해낸다. 「우리 오빠와
화로」는 여성 화자가 오빠를 떠올리며 오빠에게 편지를 보내는 형식으
로 구성되어 있다. 오빠의 몸에서 "신문지 냄새"가 났다는 시구는 오빠
의 직업이 인쇄노동자였음을 알려준다. 오빠가 사라지기 전날 사색에
잠긴 채 담배를 피워낸 장면은, 그가 '큰 일'을 앞두고 느꼈을 복잡한 심
경을 드러낸다. 시 본문에 등장하는 '피오닐'[40]이라는 단어로 오빠가 마
르크스주의에 입각한 혁명적 노동운동에 관여했던 과거를 추측해볼 수
있다.

　오빠와 여성화자는 모두 공장노동자이지만, 두 남매는 서로의 몸에
서 나는 "신문지 냄새"와 "누에 똥내"를 탓하며 장난을 치기는 했을지언
정 각자의 사업장에서 일어나는 구조적 모순은 논의하지 않았다. 누이

39　한기형은 1920년대 후반기에 임화가 일본에서 발표한 시와 조선에서 발표한 시를 비
　교하면서, 일본에서 발표한 시는 뚜렷한 정치성을 드러내는 데 비해 조선에서 발표한
　시는 투옥된 자와 미래로 유예된 혁명만이 그려져 있다고 분석했다. 그는 이 현상의
　원인을 조선과 일본에서 서로 다르게 적용되었던 검열기준에서 찾는다(한기형, 「'법
　역(法域)'과 '문역(文域)' ─ 제국 내부의 표현력 차이와 출판시장」, 『민족문학사연구』
　44호, 2010, 309~314쪽 참고). 본고 역시 한기형의 논의에 동의하나 임화가 검열을 피
　하기 위해 여성인물을 활용한 전략을 좀 더 면밀하게 탐구해보고자 한다.
40　'피오닐'은 '개척자'라는 뜻의 영어 'pioneer'와 상통하는 러시아어로, 공산소년당원을
　뜻한다.

는 오빠가 구속된 구체적인 이유는 알지 못하지만 오빠가 그동안 보였던 행동으로부터, 그리고 오빠의 동지들로부터 들은 이야기를 바탕으로 오빠의 사상을 유추해낸다. 화자는 오빠를 "세상에 위대하고 용감"하다고 생각하고 그와 뜻을 같이하는 동지들에 대해서도 "세상에 가장 위대한 청년"이라고 보지만 그녀 스스로 오빠와 동지들의 계승자를 자처하지 않는다. 오빠의 뜻을 이어받을 사람은 그녀가 아니기 때문이다.

옵바―― 그러나 염려는마세요

저는 용감한이나라靑年인 우리옵바와 피ㅅ줄을갓치한 게집애이고

永男이도 옵바도 늘 칭찬하든 쇠같은 거북紋이火爐를사온 옵바의 동생이아니에요

그리고 참 옵바 악가 그젊은남어지옵바의친구들이왔다갓습니다

눈물나는 우리옵바동모의消息을 傳해주고갓세요

사랑스런勇敢한靑年들이엇습니다

世上에 가장偉大한 靑年들이엇습니다

火爐는 째어저도 火적갈은 旗ㅅ대처럼남지안엇세요

우리 오빠는 가섯어도 貴어운『피오니르』永男이가잇고

그리고 모―든 어린『피오니르』의싸듯한누이품 제가슴이 아즉도더움습니다[41] (6연)

화자는 "모― 든 어린 『피오니르』" 전체를 호명하며 10대 초반의 남자아이들을 청년세대들이 주도하는 노동운동을 이어나갈 계승자로 상

---

41 임화, 「우리옵바와 火爐」, 『조선지광』, 1929.2, 118~119쪽.

정한다. 그리고 화자는 앞으로 투쟁의 선두에 나설 남동생 또래의 소년들을 후방에서 따뜻한 가슴으로 지지해주는 심정적 지지자의 자리에 자기 자신을 둔다. 심정적 지지자는 소년들을 돌보는 일 외에도 9연에서 나타나듯 수감된 투사들을 위해 따뜻한 옷을 병감에 넣어주는 일을 담당한다. 수감되거나 혹은 현장에서 전위적으로 투쟁하는 이들을 보위하는 일 역시 "싸홈"으로 명명되지만, 선두에 서서 투쟁하는 이들과 동등한 위상을 가진다고 할 수는 없을 것이다. 이 시는 후방에서 투쟁을 지원하는 자의 시각을 채택하기 때문에 남겨진 동지들이 수감된 투사의 뜻을 계승하겠다는 의지보다 오히려 오빠는 수감되고 남동생을 홀로 돌보아야 하는 여성 노동자의 안타까운 모습이 강조된다. 자연히 시 안의 투쟁적 메시지는 약화되고, 혈연의 애정과 안타까운 화자의 사연이 전면에 부각되면서, 임화는 검열을 피해 혁명의식을 계승하겠다는 의지를 시에 담아내었던 것이다. 여성 노동자들이 남성들의 지도 아래 그들의 뜻을 이어받고, 투쟁의 후방에서 그들을 물질적 혹은 심정적으로 지원하는 역할을 담당하는 앞의 두 시의 구도는 조선과 일본의 노동자 계급 연대의 메시지를 담은 「우산 받은 요꼬하마의 부두」에서도 반복된다.

「우산 받은 요꼬하마의 부두」는 화자인 조선 남성이 요꼬하마 부두에서 그의 연인이자 동지인 일본 여성과 이별하는 심정을 담은 시이다. 조선 남성은 일본에서 "근로하는" 사람으로서의 정체성을 가졌고, 이 정체성을 내세워 다른 조선 노동자들과 함께 노동운동으로 추정되는 활동을 했다는 이유로 강제추방당하는 상황에 놓여 있다. 해당 시에 등장하는 일본 여성은 조선 남성들에게 혁명운동을 위한 밀회 장소를 제공하는 방식으로 그들과 연대했었다. "勇敢한산아희들의우슴과 아지못할情熱속에서그날마다를보내이든 조그만그집이 / 인제는 구두발이들어나간 흙자죽박게는 아무것도너를마즐것이업는것을"⁴²(3연)이라는 시구는 일본 여성이 화자를 비롯한 "勇敢한산아희들"에게 밀회장소를 제공했고, 검거된 남성 동지들과는 달리 이 여성만 홀로 "구두발이 들어나간 흙자죽"이 남은 그녀의 집으로 돌아가게 되었다는 것을 알려준다.

그녀가 "반역靑年"들에게 아지트를 제공하고도 검거선풍을 피할 수 있었던 이유는 "異國의반역靑年"들과 다르게 그녀는 일본 '국민'이었기 때문이다. "조희우산"이라는 은유적 표현은 그녀의 국적이 일종의 보호막으로서의 기능을 수행한다는 것을 보여준다. 조선 남성은 "異國의 반역靑年", "쫏겨나는異國의靑年", "너는異國의게집애 나는植民地의 산아희"라고 거듭 피식민자로서의 자신의 정체성을 언급하며, 제국주의 권력이 세력을 떨치는 한, 두 사람의 귀속 지위에서 기인한 사회적 위계는 좁혀지지 않는다고 말한다. 이것은 일본에 거주하는 조선인들이 '조선인'이라는 자신들의 정체성을 끊임없이 의식해야하는 현실의 반영이기도 하다. 임화는 같은 노동자라 하더라도, 제국 '국민'의 범주에 포섭되느냐 그렇지 않느냐에 따라 제국의 공권력이 다르게 적용되었던 현실을 의식한 것이다. 그러나 제국에 의한 식민자와 피식민자의 분할은 두 사람의 연대, 나아가 사랑을 가로막는 장벽이 되지는 못했다.

거긔에는 아모짜닭도업섯스며

우리는 아모因緣도업섯다

---

42 임화, 「雨傘밧은『요꼬하마』의 埠頭」, 『조선지광』, 1929.9, 3쪽.

덕우나 너는異國의게집애 나는植民地의산아희

그러나 — 오즉한가지 理由는

너와나 — 우리들은 한낫勤勞하는兄弟이엇든째문이다

그리하야 우리는 다만 한일을爲하야

두개다른나라의목숨이 한가지밥을먹엇든것이며

너와나는 사랑에사라왓든것이다[43] (5연)

화자와 일본 여성이 가지고 있는 "한낫勤勞하는兄弟"라는 정체성은 두 사람의 귀속적 지위 차이를 무화시키는 강력한 연대의 코드이다. 동시에 노동자 계급 정체성이 가지고 있는 강력한 통합력은 더욱 강조된다. 그러나 노동자 계급이라는 정체성은 두 사람의 연대와 사랑의 토대가 되었을지는 몰라도 공권력은 여전히 그들을 차별한다. 일본 여성은 일본 국민이라는 "조희우산"을 가지고 있었기에 일본의 압제를 상징하는 바람과 빗소리, 파도소리로부터 어느 정도 보호받을 수 있었다. 화자도 그것을 알고 있었고, 이 "조희우산"을 가진 일본 여성은 일본에 남아 자신과는 다른 역할을 해내리라고 생각했다.

가보아라 가보아라

나야 쫓기어나가지만은 그젊은勇敢한 녀석들은

쌈에저즌옷을입고 쇠창살밋혜 안저잇지를안을게며

네가잇든工場엔 어머니누나가 그리워우는北陸의幼年工이 잇지안으냐

너는 그녀석들의옷을쌔러야하고

43 위의 글, 4쪽.

너는 그어린것들을 네가슴에안어주어야하지를안켓느냐—

『가요』야! 『가요』야 너는 드러가야한다

벌서 『싸이렌』은 세번이나울고

검정옷은 내손을 멧번이나 잡어다녓다

인제는가야한다 너도가야하고 나도가야한다[44] (7연)

화자는 일본 여성에게 함께 투쟁하다가 감옥에 갇힌 동지들의 옥바라지와 북륙,[45] 즉 한반도에서 온 유년공들을 돌보아주고 빨래를 해 주는 등의 뒤치다꺼리들을 부탁한다. 후방의 조력사업은 혁명 사업을 이어나가기 위해 필요하기는 하지만, 혁명을 직접적으로 추동하는 원동력이라고 보기는 어렵다. 일본 여성은 화자와는 다르게 운동의 선두에 나서지 않으며, 전위들을 보조하는 역할에 머물러있다. 화자가 부재한 일본에서 그의 투쟁은 그의 연대 대상인 청자에 의해 이어지지 못한다.

---

44 위의 글.

45 '북륙(北陸)'은 일본의 호쿠리쿠 지방을 지칭하는 단어이기도 하다. 호쿠리쿠 지방은 공업이 발달했기 때문에, 식민지시기 많은 조선의 노동자들이 이주하였고, 노동운동을 하기도 했었다. 이 글을 민족문학사연구소 주관의 학술대회 '식민지 지식장의 변동과 사회주의 문화정치학'(2013.10.5)에 발표하였을 당시, 토론자 안용희는 '북륙'이라는 시어를 호쿠리쿠로 해석할 가능성을 타진하였으나 본고에서는 그것보다 한반도를 지칭하는 단어로 해석하는 것이 더 타당하다고 주장한다. 첫째, 시의 공간적 배경이자 화자와 청자가 활동했던 지역은 요꼬하마인데, 요꼬하마와 호쿠리쿠는 혼슈의 각각 최북단과 최남단에 위치하여 두 지역 간의 거리는 상당히 멀다. 지리적인 거리를 고려해보았을 때 호쿠리쿠의 소년들이 요꼬하마까지 일자리를 얻기 위해 이주했을 가능성은 매우 희박하다. 둘째, 이 시에서 화자와 함께 투쟁했던 동지들은 청자를 제외하고 모두 조선인으로 설정되어 있다. '호쿠리쿠의 유년공'으로 해석하게 되면 유년공들의 민족이 모호해지는데, 일본인과 조선인의 차이를 강하게 의식하는 이 시의 정황상 북륙을 한반도로 해석하여 유년공들을 조선인이라고 확실하게 규정하는 것이 시의 이해에 더 도움이 될 것이다. 셋째, 당시에 '북륙'이라는 단어는 호쿠리쿠를 지칭하기도 했으나 일본에서 바라본 북쪽 육지, 즉 한반도 일대를 지칭하기도 했다.

청자는 다만 그의 운동이 한때 존재했었음을 증명해주고, 그와 관련된 주변 사람들이 그를 기다릴 수 있도록 힘을 주는 역할만을 수행할 뿐이다. 이것을 두고 치열한 형태의 조·일 노동계급 연대를 제대로 형상화하지 못하였다는 비판을 할 수도 있겠다. 그러나 임화가 국제적 노동계급 연대를 혁명의 현장이 아니라 후방의 조력사업에 초점을 맞추어 문학 속에 형상화했기 때문에, 검거선풍을 피해 작품의 내용을 온전히 게재할 수 있었을 것이다.

만약 임화가 조선과 일본의 남성 노동자간의 연대양상을 그려내었다면 애정관계가 아닌 노동자계급성이 더 부각되었을 것이고, 조선 남성이 남은 일본 남성에게 당부하는 말 역시 제국에 직접적으로 저항하는 혁명 사업에 관한 내용이 되었을 것이다. 그러나 연대의 대상이 후방에서 투쟁을 조력하는 '여성'이다 보니 당부의 말도 혁명과 관련된 내용이 아닌 돌봄과 관련된 내용이 주를 이룬다. 결국 검열을 피해 온전한 형태의 시를 게재하려는 임화의 욕망은 복자로 뒤덮여있기는 했지만 투사들 간의 이별장면을 전면에 내세워 조·일 노동계급연대를 형상화해낼 수 있었던 나카노의 시와는 달리, 남녀의 연애를 통해 그 연대를 우회적으로 드러난다. 화자가 조선인이라는 사실 역시 임화의 시가 조·일 노동계급연대를 연인간의 사랑으로 형상화해낸 또 다른 이유이다.

근대 사회계약론은 자연상태의 여성을 임신과 출산으로 인해 그 자율성이 '자연적으로' 남성보다 열등하다고 간주하여 사회계약의 주체를 남성으로 설정하고, 여성은 결혼계약을 통해 사적영역에서 남성에게 종속된 형태로 사회계약을 맺는다고 가정하였다. 사회계약의 시초부터 여성은 돌봄노동과 재생산노동의 전담자로서 존재한다. 이러한 가정으로 인해 여성들은 임노동을 하여도, 심지어 생계부양자로서 노동해도 사회계약의 주체로서 공적 영역에 참여할 수 없는 '여성'이라는 이유만으로 남성들보다 열악한 임금과 노동조건에 시달려야만 했다.[46] 여성들이 공적 자유의 주체가 될 수 없다는 생각은 임화도 공유했었다. 그의 시에서 여성들은 모두 돌봄노동과 재생산노동을 남성 노동자들에게 제공하는 방식으로 노동 운동에 참여한다. 임화의 「우산받은 요꼬하마의 부두」는 민족적 격차와 성별 격차가 역전된 형태로 나타난다는 점에서 흥미롭다. 임화는 이 시에서 사랑으로도, 노동자 계급성으로도 지워지지 않는 화자와 청자 사이의 명백한 민족격차를 인식한다. 그러나 화자는 청자를 지도하는 위치에서 그가 부재하는 동안 해야 할 일을 지시한다. 민족적 위계는 그가 열세였을지언정, 혁명지도자로서의 자질은 그가 우세였던 것이다. 동지들을 떠나보낸 청자는 혼자 남아서 조선 남성들이, 그리고 화자가 기획했던 운동을 지속해나갈 능력이 없다. 그녀의 활동력은 화자에 대한 사랑에서 기인했기 때문이다.

> 異國의게집애야!
> 눈물은 흘니지말어라
> 街里를흘너가는 『데모』속에 내가업고 그녀석들이쌰젓다고─
> 섭섭해 하지도마러라
> 네가工場을나왓슬째 電柱뒤에기다리든 내가업다고─
> 거기엔 또다시젊은勞動者들의물결노 네마음을굿세게할것이잇슬것이며
> 사랑의주린幼年工들의 손이너를기다릴 것이다 ─[47] (8연)

---

46 캐럴 페이트만, 이충훈·유영근 역, 『남과 여, 은폐된 성적계약』, 이후, 2001, 80~81·196~203쪽 참고.

화자는 청자가 자신의 부재 때문에 정서적 혼란을 겪을 것을 우려한다. 청자는 '데모' 속에서도, 퇴근 후에도 화자를 발견하는 기쁨에 살아왔었다. 청자의 화자에 대한 애정은 이 시 전반에 걸쳐 드러나지만, 혁명에 대한 신념은 보이지 않는다. 이별해야만 하는 상황으로 슬픔에 젖은 청자를 화자가 달래는 방법도 화자에 대한 애정을 북륙의 유년공에게 대신 쏟으라고, 즉 자신에 대한 사랑을 그의 사업을 이어받는 것으로 표현해달라는 당부로 나타난다. 10연에서도 화자는 청자에게 사랑하는 사람을 잃은 이별의 아픔을 "그얼골에다 그 대가리에다 마음껏 메다 처버리"는 투쟁의지로 전환하라고 독려한다. 11연에서 화자는 청자가 일본에서 투쟁을 이어간다면, 이것은 다시 화자가 일본으로 돌아오는 데에도 기여한다는 점을 들어 청자와의 훗날을 기약한다. 화자가 청자에게 건네는 위로의 말은 같은 혁명동지로서가 아니라 연인으로서의 위안에 그친다. 청자가 혁명 관련 사업에 참여하는 이유도 사랑하는 화자를 위해서이지, 그녀의 혁명의지에서 기인한 것이 아니다. 이 시 안에서 여성 청자는 철저하게 화자와의 사적인 관계, 즉 연인관계라는 정체성 안에서 활동하는 인물로 그려진다.

근대국민국가에서 근대적인 시민권을 가지고 근대적 주체로서 행동할 수 있는 사람은 남성으로 상정되어 있었다. 그러나 조선의 남성은 일본의 남성과 달랐다. 조선은 일본과는 달리 근대 국민국가도 아니었고, 인민과 국가 간의 자유로운 사회계약도 불가능했으며, 따라서 근대적 시민권도 형성할 수 없었다. 임화도 같은 남성이지만 조선은 일본의 식민지라는 조건 하에서 조선인과 일본인의 권리차이를 인식

47　임화, 「雨傘밧은『요꼬하마』의 埠頭」, 『조선지광』, 1929.9, 5쪽.

했었다. 또한 아시아에서 선진적으로 근대화를 진행한 일본은 조선에 서보다 사회주의 이론과 투쟁전술의 측면에서 더 많은 결과와 경험을 가지고 있었다. 실제로 사회주의의 발흥과 성립과정에서 조선은 일본 으로부터 엄청난 영향을 받았다. 조선인 남성이 일본에서 일본 남성과 '동지적 관계'를 맺기는 불가능하기 때문에 그는 우선 연대의 대상으로 일본 '여성'을 찾는다. 그녀가 아무리 일본 국민이라는 "우산"을 가지고 있더라도, 사적영역의 존재에 지나지 않는 그녀는 남성 노동자를 보조 하는 역할 이상을 담당할 수 없기 때문이다. 또한 그들이 '연애관계'라 는 사적인 관계로 맺어져있기 때문에 그들 사이에 놓인, 지울 수 없는 식민자와 피식민자라는 거리는 흐려질 수 있었다.

4. 노동계급연대 안에 감추어진 식민자 / 피식민자 위계

나카노와 임화의 시는 표면적으로는 노동계급의식으로 하나 되는 조선과 일본의 노동자 연대를 말하고 있으나 그 이면을 들여다보면 둘 모두 식민자와 피식민자 사이의 뛰어넘기 어려운 간극을 노출한다. 나 카노는 그의 시에서 조선의 동지들을 일본의 사회주의 혁명투사로 호 명했었다. 임화 역시 검열을 우회하기 위한 수단으로 여성인물을 끌어 와 표면적으로 조·일 노동계급연대를 형상화했지만, 일본 여성과 조 선 남성에 의한 연대구도는 일본 사회주의자들과 동등하게 연대하기 어려운 조선 사회주의자들의 감각이 반영되어 있다. 일본 사회주의자 들이 조선 사회주의자들과의 연대를 논할 때, 일본 사회주의 혁명의 승리를 위해서 조선인들에게 연대를 요청하는 장면은 어렵지 않게 포착할 수 있다.

　나카노는 『예술운동』에 게재한 「일본 프로레타리아예술연맹에 대하야」라는 글에서 "일본푸로레타리아-트의 승리를 위하야 조선동지의 힘이 얼마나 거대한 도움이 되는가 내가 여러 말 할 필요가 업슬 것"[48]이라고 언급한 바 있다. 이 구절은 조선인들을 일본인들과 함께 노동계급 승리를 이끌어나갈 동반자가 아니라 일본 노동계급 혁명을 위한 조력자로 바라보는 나카노의 시각을 반영한다. 조선인들을 이와 같이 바라보는 시선은 나카노 뿐 아니라 다른 논자들의 글에서도 발견된다. 후세 다츠지는 1929년 7월호 『무산자』에 실린 「재일본조선동지 제군의게」에서 지주에 의해 착취당하는 일본 농민들의 투쟁은 조선인들이 일본지주에게 착취당하는 구도와 유사하므로 조선 농민들은 일본인들을 동정하는 마음으로 연대투쟁에 임해야 한다고 주장한다. 시민권이 확보된 일본인들과는 달리, 어느 것 하나 제대로 된 권리를 보장 받지 못하는 조선인들이 일본인들을 동정한다는 구도도 우습거니와, 일본인들의 투쟁에 조선인들이 일방적으로 도와야 한다는 후세의 주장은, 일본인들이 조선인들을 공동의 목표를 가지고 투쟁하는 동반자가 아니라 자국의 혁명을 달성하기 위한 조력자로 간주했다는 가설을 뒷받침한다.

　일방적으로 조선 사회주의자들을 일본 사회주의 운동에 복속시키는 나카노나 후세와는 달리 임화는 평등한 전 지구적 계급연대와 그것에 의거한 계급해방의 이상을 가지고 있었다. 미국에서 일어난 사코와

48　나카노 시게하루, 「일본 프로레타리아예술연맹에 대하야」, 『예술운동』 창간호, 1927.11, 29쪽.

반제티 사건[49]에 대항하는 국제적 연대를 소재로 삼은 「疊(답)－1927」
은 그가 사회주의자들의 국제 연대에 가지고 있었던 상당한 관심과 기
대를 반영한다. 사회주의적 국제 노동자 조직인 인터내셔널이 노동자
들을 일방적으로 착취하는 기계의 시대를 종식해주리라는 기대를 담
은 시 「탱크의 출발」은 조선의 혁명운동과 국제적인 혁명운동을 동궤
에 놓은 임화의 사유를 보여준다.

> 사라졌던 기계는 심야 차고 속에서
> 새로운 기관차를 만들고 있다
> ─얼굴의 노란
> ─얼굴의 흰
> ─얼굴의 검은
> 등
> 등
> 등
> 인터내셔날의 탱크는 어느 날 차고의 문을 열고
> 괴물처럼
> 비상한 속력으로 크레믈린을 나섰다
> ─세기 중에 산재한 수많은 기계를 싣고[50] (2연)

---

49 사코와 반제티 사건은 이탈리아계 미국인이자 아나키스트인 니콜라 사코와 바르톨
  로메오 반제티가 뚜렷한 증거 없이 살인을 저지른 무장 강도로 몰린 사건이다. 이들
  의 구속이 아나키스트에 의한 선입견에서 기인했다는 판단 아래 많은 좌익 운동가들
  이 두 사람의 구속과 처벌에 반대하는 성명을 발표하고 저항했지만, 결국 이 두 사람
  은 처형당했다.
50 임화, 「탱크의 출발」, 임화문화문학예술전집 편찬위원회 편, 『임화문학예술전집─
  시 1』, 소명출판, 2009, 43쪽.

「탱크의 출발」은 일본의 프로문예잡지 『프롤레타리아 예술』에 실리기도 했던 만큼 노동자계급의 국제적 연대가 잘 드러난 작품이다. 임화는 다양한 피부색의 노동자들이 대량생산라인에서 노동하는 현실이 결국 혁명의 전조를 만들어낸다는 마르크스주의 사상을 짧은 시상 안에 효과적으로 담아낸다. 이 시에서 노동자를 착취하는 / 착취한 결과물인 "기계"와 착취의 시대를 종결시키고 새 시대를 이끌어나갈 "새로운 기관차"는 서로 대비되는 이미지를 이루고, 노동자들을 착취하는 노동과정이 종국에는 혁명으로 이어질 것이라고 전망한다. 또한 자본주의에 의해 이룩된 기술의 발달이 사회주의적으로 전유되면 또 다른 생산관계를 만들어나가리라는 기대감 역시 비상한 속력으로 전진하는 "인터내셔날의 탱크"라는 상징 속에 녹아있기도 하다.

임화의 시에서 드러나는 그의 국제주의적 지향은 나카노나 다른 일본인 필자들의 글을 참고하면 단지 이상에 불과한 것이었다. 「탱크의 출발」은 일본 잡지에 실릴 정도로 국제연대를 잘 형상화해낸 작품이고, 일본인들에 의해서도 공감을 얻을 만했다. 그러나 그 '공감'은 단지 이론적인 수준에 그쳐있다. 실제 운동의 영역에서 그들은 일국사회주의 지침에 따라 일본사회의 변혁만을 최우선시 했으며 조선의 사회주의자들은 그들의 목적을 위해 이용되는 대상이었다. 겉으로는 끊임없이 국제연대를 내세우는 임화 역시 일본 사회주의자들의 인식을 모르지 않았다. 「우산받은 요꼬하마의 부두」에서 일본 남성이 아닌 일본 여성과의 연대를 형상화해낸 것 또한 일본 남성과 동등한 연대가 불가능한 현실적 조건을 인지했기 때문이다.

이 시에서 일본 여성은 아지트를 제공해주는 방식으로 재일조선인들의 혁명운동에 관여하지만 이 혁명운동에서 일본 남성은 찾아볼 수 없다. 화자가 걱정하는 대상은 "北陸의 幼年工"일 뿐 일본 노동자는 언급되지 않는다. 화자는 "지금은가는나도 벌서 釜山, 東京을것처럼동모와 갓치 『요꼬하마』를왓슬째다"[51](12연)라고 하면서 자신의 활동 터전을 일본으로 상정하고, 당장은 조선으로 떠나야하지만 언젠가는 일본에 돌아와 미처 달성하지 못한 임무를 완수하겠다는 의지를 보인다. 그가 완수하려는 임무는 일본만의 사회주의 운동과는 관련이 없다. 그의 연대대상은 "北陸의 幼年工"을 비롯한 조선 동지들로 한정되고, 이들의 목적은 합법적인 활동범위가 보다 넓은 일본에서 조선의 변혁을 가능하게 할 운동의 기획이다. 이것은 전 세계적 혁명과 연결될 수는 있지만, 일본의 일국적 혁명과는 이어지지 않는다. 후자만으로는 조선인들의 계급해방 및 식민주의로부터의 해방도 요원하기 때문이다.

국제연대를 강하게 지지하던 임화이지만, 그 '국제'의 범위가 구체적으로 조선과 일본의 관계에 대입되었을 때, 일상에서 체감하는 제국주의의 강고함 때문에 국민과 비국민의 장벽을 뛰어넘은 연대를 쉽게 상상할 수 없었을 것이다. 「우산받은 요꼬하마의 부두」는 일본에 거주하는 조선 노동자들 사이의 연대를 최우선시하며 일본 노동자와의 연대는 노동운동 전선의 선두에 있는 남성 노동자와의 연대가 아니라 일본 여성, 그것도 연애관계라는 친밀한 사적 관계를 매개해야만 조선과 일본과의 연대를 그려낼 수 있었던 피식민자 임화의 정체성을 반영한다. 나카노 시에 대한 응답의 성격을 가진 임화의 이 시는 일본에서도 조선인들의 독자적 운동은 이어질 것이며, 이 운동에서 연대가능한 일본인은 제국주의자로서의 자격미달이고 사적 영역에서의 돌봄을 담당

---

51 임화, 「雨傘받은 『요꼬하마』의 埠頭」, 『조선지광』, 1929.9, 5쪽.

하는 노동계급 여성뿐이라는 메시지를 통해 나카노의 제국주의 시선에 맞서 일본 사회주의 운동 흐름에 포섭되지 않는 독자적인 조선인 사회주의 운동을 기획하겠다는 의지를 표명한다고 할 수 있다.

5. 결론

이 글은 나카노 시게하루의 「비내리는 시나가와역」과 임화의 「우산받은 요꼬하마의 부두」를 비교하여 두 시에 나타난 조·일 노동계급연대의 이면을 분석해보고자 했다. 나카노 시게하루의 시가 실린 『무산자』는 12월 테제이후 와해된 조선공산당의 재건을 위한 목적을 가진 무산자사가 간행한 사회주의 잡지이다. 주로 조선에 거주하는 조선인들을 독자로 상정하는 이 잡지에서, 수신자를 재일조선인으로 상정하는 글도 몇 편 발견된다. 나카노의 시 「비내리는 시나가와역」도 그 중 하나이다. 주제는 조·일 노동계급연대이기는 하지만, 조선 사회주의자들을 일본 사회주의 운동에 일방적으로 동원하는 내용의 이 시가 『무산자』에 실림으로서 역설적으로 일본에서도 일본 공산당에 포섭되지 않는 독자적인 조선 사회주의 조직의 필요성을 보여준다. 무산자사의 일원인 임화는 나카노의 시가 『무산자』에 게재된 지 얼마 지나지 않아 유사해 보이는 주제의식을 담은 시 「우산받은 요꼬하마의 부두」를 발표한다. 시가 발표된 정황상 이 시는 임화가 나카노의 시를 의식하면서 창작했을 가능성이 높다. 이 글은 표면적으로는 조·일 노동계급연대를 내세운 나카노와 임화의 시가 내면적으로는 조·일 노동계급

연대의 불가능성을 드러낸다는 가정 아래, 이를 논증하기 위해 나카노와 임화의 시가 창작된 저변의 상황을 연구하여 두 시의 위상을 점검했다. 그리고 이 연구가 사회주의적 노동계급 연대에도 드리워져 있었던 제국주의의 그늘과, 전향 후 일본 사회주의자들이 제국주의자로서의 모습을 노골적으로 드러낸 맥락을 제시할 수 있으리라고 기대했다.

「비내리는 시나가와역」의 부제에는 이북만과 김호영에게 이 시를 바친다는 헌사가 붙어있다. 두 사람은 일본으로 건너간 이후부터 사회주의자로 성장했다는 공통점을 가진다. 나카노는 그의 시에서 앞의 두 사람처럼 일본에서 사회주의를 학습해야만 조선인들도 사회주의적 자각이 가능하다는 메시지를 담아낸다. 또한 그는 조선의 사회주의자들이 그들을 사회주의자로 성장시켜주었을 뿐 아니라 활동터전까지 제공한 일본에서 '일본의' 사회주의 혁명을 위한 운동에 참여해야 한다고 생각했다. 이 같은 맥락에서 나카노는 '비국민'인 조선인들을 일본 '국민'과 공고한 이데올로기적 유착 때문에 사회주의 운동에 큰 걸림돌이 되고 있는 천황을 제거하기에 가장 적절한 집단으로 그려내었다. 조선 사회주의자들을 일방적으로 일본의 사회주의 운동에 동원하는 그의 시에서 식민자의 시선을 쉽게 읽어낼 수 있다.

나카노의 시에 영향을 받아 창작된 임화의 「우산받은 요꼬하마의 부두」의 의미를 이해하기 위해서는 엄혹한 검열을 돌파하는 창작을 고민했던 당대 카프 성원들의 논의를 참고할 필요가 있다. 임화는 1928년과 1929년 사이에 검열 회피와 독자 획득을 위한 방편으로 논의되었던 문예 대중화 논쟁에서 부르주아 문예양식을 참고한 김기진의 대중화 방식에 분명히 반대하는 의견을 표하지만, 오히려 임화의 시는 김기진에 의해 '대중화'를 달성한 모범으로 칭송받는다. 강한 정치적 색채를 드러낸 이전의 시에 비해 1929년에 창작된 임화의 시는 여성인물을 활용하여 이전과 다른 논조를 드러낸다. 임화 시의 여성인물은 사회주의 혁명의 메시지를 후경화하는 수단으로서 사용된다. 「우산받은 요꼬하마의 부두」 역시 여성인물을 등장시켜 조·일 노동계급 연대를 조선 남성과 일본 여성과의 사랑 뒤에 감춘다. 그러나 조선 남성은 혁명운동의 선두에 나서서 투쟁하는 전위로 그려지는 반면, 일본 여성은 후방에서 투사들을 보위하는 역할을 담당한다는 점에서 이 시의 계급연대는 실상 '동지적' 연대라고 보기 어렵다.

임화의 시에서 조·일 노동계급 연대구도가 이와 같이 그려진 이유는 나카노를 포함한 여타 일본 사회주의자들의 조·일 노동자계급 연대담론에서 드러난 제국주의적 시선의 영향도 있었을 것이다. 그는 일본 제국주의 권력이 현현하는 한 조선의 사회주의 투사와 일본의 사회주의 투사가 동등하게 연대하지 못한다는 구조적 모순을 깨닫고, 조선과 일본의 노동계급이 '동등하게' 연대하는 장면을 그려내려면 일본 '국민'이지만 공적 영역에서는 2등 시민을 면치 못하는 여성과의 연대에서만 가능하다는 결론에 도달한다. 그러나 이 '동등함'은 여성의 자리를 항상 사적 영역에만 위치시키는 성차별적 관념에 기댈 때에만 가능하다.

나카노 시게하루의 「비내리는 시나가와 역」과 임화의 「우산받은 요꼬하마의 부두」는 국제주의 연대를 표방하는 사회주의자들 사이에서조차 제국주의 권력관계는 작동되어 식민자와 피식민자간의 위계가 나뉘고, 동등한 연대가 불가능한 상황이 발생한다는 것을 보여준다. 그러나 연대불가능성의 상황을 돌파하기 위해 임화가 호출한 여성이라는 표상은 오히려 자본주의 사회에 존재하는 민족모순, 계급모순, 게

다가 성별모순까지 노출시켜 연대불가능성의 모순을 더욱 더 심화시켰다. 사회주의와 국제적 노동계급연대라는 이름 아래 두 시인의 시에서 드러난 각종의 모순들은 이 시기 사회주의 운동의 변혁성을 재검토해보게 만드는 계기를 제공한다. 두 시인들은 그들의 시에서 의도치 않게 그들의 해결 과제인 민족모순과 계급모순의 돌파구를 마련하기는커녕 이것들이 착종되어있는 사회주의 운동 내부에 화해하기 어려운 갈등을 노출하고 말았다.

참고문헌

1. 기본 자료

『조선지광』, 『예술운동』, 『무산자』

김기진, 홍정선 편, 『김팔봉문학전집-I. 이론과 비평』, 문학과지성사, 1988.

임화, 임화문화문학예술전집 편찬위원회 편, 『임화문학예술전집』 1~5, 소명출판, 2009.

2. 단행본 및 논문

고영란, 김미정 역, 『전후(戰後)라는 이데올로기-일본 전후를 둘러싼 기억의 노이즈』, 현실문화, 2013.

권성우, 「임화 시에 나타난 "탈식민성" 연구」, 『한국문예비평연구』 24집, 2007.

김윤식, 『한국 근대문학사상사』, 한길사, 1984.

_____, 『임화연구』, 문학사상사, 1989.

김응교, 「임화와 일본 나프의 시」, 『현대문학의 연구』 40집, 2010.

김인덕, 『식민지시대 재일조선인운동 연구』, 국학자료원, 1996.

박정선, 「식민지 매체와 프로문학의 매체전략」, 『어문논총』 53집, 2010.

_____, 「한국 근대문학사와 임화의 단편서사시」, 『서정시학』 22집 2권, 2012.

사이키 카쓰히로, 「제3전선파의 프롤레타리아 예술운동 연구-일본 프롤레타리아 예술운동과의 관계를 중심으로」, 부산대 석사논문, 2009.

서동주, 「나카노 시게하루와 타자의 정치학」, 『일본근대학연구』 19집, 2008.

_____, 「「비내리는 시나가와역」과 탈내셔널리즘」, 『일본연구』 12집, 2009.

신은주, 「나카노 시게하루와 한국 프로레타리아 문학운동-임화, 이북만의 관계를 중심으로」, 『일본연구』 제12호, 1997.

이준식, 『조선공산당 성립과 활동』, 독립기념관 한국독립운동사연구소, 2009.

이한창, 「재일동포 문인들과 일본문인들과의 연대적 문학활동-일본문단 진출과 문단활동을 중심으로」, 『일본어문학』 제24집, 2005.

전명혁, 『1920년대 한국사회주의 운동연구-서울파 사회주의그룹의 노선과 활동』, 선인, 2006.

정승운, 「「비날이는 品川驛」을 통해서 본 「雨傘밧은 『요사하마』의 埠頭」」, 『일본연구』 6집, 2006.

정혜선, 「전전(戰前) 일본의 저항운동과 천황제」, 『인문과학』 32집, 2002.

캐럴 페이트만, 이충훈·유영근 역, 『남과 여, 은폐된 성적계약』, 이후, 2001.

한기형, 「문화정치기 검열체제와 식민지 미디어」, 『대동문화연구』 제51집, 2005.

_____, 「식민지 검열정책과 사회주의 관련 잡지의 정치 역할」, 『한국문학연구』 30집, 2006.

_____, 「'법역(法域)'과 '문역(文域)'—제국 내부의 표현력 차이와 출판시장」, 『민족문학사연구』 44호, 2010.

_____, 「선전과 시장—'문예대중화론'과 식민지 검열의 교착」, 『대동문화연구』 제79집, 2012.

제국 일본과 식민지 조선의 『춘향전』

무라야마 도모요시[村山知義]를 중심으로

이정욱

1. 들어가며

1938년 3월 23일부터 4월 14일까지 일본의 쓰키지 소극장[築地小劇場]에서 상연된 신협극단(新協劇團)의 〈춘향전〉은 일본인 무라야마 도모요시[村山知義][1]의 연출로 공연된 조선의 첫 고전작품으로 대성공을 거두었다. 무라야마의 말을 빌리면 이 작품은 '일본의 신극이 다룬 최초의 동양적 고전에 기초한 역사극'이자, '조선의 풍속, 인정 및 문화적인 전

---

[1] 무라야마 도모요시(村山知義, 1901~1977) : 도쿄에서 의사의 아들로 태어난 무라야마는 도쿄제국대학 철학과에 입학한 후, 1921년 원시 종교 연구를 위해 독일로 유학한다. 하지만 당시 유럽에서 유행했던 구성주의 미술운동을 체험한 후, 일본에 돌아온 무라야마는 미술단체인 「마보」를 통해 활동을 시작했다. 1926년 이후 프롤레타리아 연극을 접한 이후, 연극을 중심으로 활동하며 생애 3번에 걸쳐 감옥생활을 경험하기도 했다. 1945년 3월부터 12월까지 조선에 체재하며 연극, 영화, 그림 등 다양한 활동을 하며 조선의 수많은 문화인과 교류를 나누기도 했다. 약 1,000편에 이르는 연출·희곡 작품 활동으로 프롤레타리아 연극에서 그의 존재는 독보적이다. 또한 2편의 영화를 제작한 감독으로도 활동했다.

통의 소개'[2]로 의의를 가졌다. 실제로 도쿄뿐만 아니라 오사카, 교토에서도 상연되어 일본인에게 조선의 전설을 소개했다는 '문화적 의의'[3]의 역할을 이루었다. 무라야마 연출의 〈춘향전〉 공연과 장혁주의 『춘향전』(신쵸사, 1938.4)의 출판에 의해 같은 해 일어난 '춘향전 붐'은 이후 일본에서 조선영화의 상연,[4] 조선을 무대로 한 영화제작,[5] 잡지 『모던 일본』의 조선판 출간, 일본문인들의 조선여행으로 이어지는 원조 '한류'라고 해도 과언이 아닐 것이다. 단, 이러한 '조선 붐'은 어떤 면에서는 '내선일체'와 '황국신민화'가 계획된 시대의 풍조와 그 맥을 함께 했다는 점에서는 비판을 면하기 어려울 것이다. 또 조선의 전통 문화를 제국 일본 지방의 이국적인 특이문화로 접목시켰으며, 제국 문화를 조선에 주입함과 동시에 혼합하고자 했던 측면 또한 있었다는 점에도 주의가 필요하다.

---

2   무라야마 도모요시, 「『춘향전』여담−경성에서도 상연하고 싶다」, 『경성일보(京城日報)』, 1938.5.31, 6면.

3   오구마 히데오외小熊秀雄, 「신극의 무계통『춘향전』과 부인객[新劇の無系統『春香伝』と婦人客], 『신판, 오구마 히데오 전집』 제5권, 創樹社, 1991, 223쪽.

4   이 시기 일본에서 상연된 조선영화는 〈군용열차〉(서광제 감독, 조선성봉영화원과 일본 도호영화사 합작, 1938.8.4), 〈어화〉(안철영 감독, 조선극광영화제작소와 쇼치쿠 합작, 1938.5.6), 〈한강〉(방한준 감독, 반도영화사, 1939.7.19), 〈수업료〉(최인규 감독 고려영화협회, 1940), 〈지원병〉(안석영 감독, 동아영화제작소, 1940.8.1), 〈집 없는 천사〉(최인규 감독, 고려영화협회, 1941.10.1), 〈성황당〉(방한준 감독, 반도영화제작소, 1941.11.9), 〈반도의 봄〉(이병일 감독, 명보영화사, 1942)로 1940년 전후에는 조선의 문화를 전하는 영화가 중심적이었다. 연월일은 일본에서의 상영일이다.

5   일본의 감독과 영화사에 의해 만들어진 작품은 〈조선 레뷰[朝鮮レヴュウ]〉(관광유치 목적의 문화영화, 1939.12.13), 〈경성(京城)〉(시미즈 히로시[淸水宏] 감독, 대일본 문화 영화제작소, 1940), 〈그대와 내[君と僕]〉(허영(許泳) 감독 조선군 보도부, 1941.11.15), 〈망루의 결사대[望樓の決死隊]〉(이마이 다다시[今井正] 감독, 도호영화사, 1943.4.15), 〈젊은 모습[若き姿]〉(도요타 시로[豊田四郎] 감독, 조선영화제작주식회사, 도호와 다이에쇼치쿠 합작, 1943.12.1), 〈사랑과 맹세[愛と誓ひ]〉(이마이 다다시, 최인규 감독, 조선영화사와 도호영화사와의 합작, 1945.5.24) 등이 있다. 이처럼 1940년대 들어서면 전쟁에 협력하는 영화가 중심을 이루었다.

연극 〈춘향전〉은, 같은 해 10월 25일부터 '2천 명의 대관중이 모인'[6] 경성 부민관 공연을 시작으로 11월 6일까지 조선 전국을 순회하며 상연되었다.[7] '내지'인 일본으로부터 연극이라는 공연예술을 통해 조선에 왔던 최초의 작품 『춘향전』은, 조선의 고전이 일본인에게 어떻게 해석되었는가를 볼 수 있다는 점에서 조선에서도 관심의 대상이 되었다.[8]

하지만 조선의 연극관계자로부터는 '몽룡역을 여성이 연기한 점', '조선의 전통적인 문화와 일본의 전통적인 문화인 가부키[歌舞伎]가 혼합된 점', 춘향이 고문당하는 장면이 생략된 것과 '옥에서 나온 춘향이 화려한 한복으로 갈아입는' 장면이 관객들에게 위화감을 주었다고 지적했다.[9]

암행어사가 된 몽룡을 맞이하는 춘향을, 오랜 옥중생활로 누더기를 걸쳤어야 함에도 불구하고 무라야마는 이를 따르지 않고 클라이맥스인 것을 감안하여 가부키가 그렇듯 가장 화려한 모습으로 연출한 것이다. 이러한 비판에도 불구하고 전통과 현대의 대립과 분열, 신극과 오페라 등의 장르의 차이를 뛰어 넘어, 『춘향전』을 무대, 스크린 위에 표

---

6 『매일신보(每日新報)』, 1938.10.26, 4면(조간).

7 〈춘향전〉 상연은 1938년 3월 23일부터 4월 14일까지 도쿄의 쓰키지 소극장, 오사카(오사카 아사히회관, 4.27~30)와 교토(교토 아사히회관, 5.1~3)에서 이루어졌다. 같은 해 10월부터는 조선의 경성(부민관, 10.25~27)을 시작으로 평양(금천대야, 10.29~30), 대전(대전극장, 11.1), 전주(제국관, 11.2), 군산(군산극장, 11.3), 대구(대구극장, 11.5~6), 부산(태평관, 11.7~8)을 돌며 상연했다. 공연에는 조선인도 관계했으며, 안영일이 조연출로 안영일과 허달, 그리고 도쿄학생예술좌의 단원들이 배우로 참가했다.

8 무라야마 도모요시, 「조선과의 교류[朝鮮との交流]」, 『아사히신문[朝日新聞]』, 1938.9.15, 7면(조간).

9 당시, 조선총독부 문서과에 근무하고 있던 신태현(申兌鉉)은 『춘향전』에서 가장 중요하다고 생각되는 두 장면이 연극에서 생략되었다고 말하고 있다. 정절을 지키기 위해 춘향이 변학도의 수청을 거절함으로써 매질 당하는 장면과 '춘향이 모든 시련을 이겨낸 후, 암행어사 몽룡에 의해 마지막으로 정절을 시험당하는' 장면의 생략이다. 신태현, 「춘향전 상연을 보고[春香傳上演を觀て]」, 『조선(朝鮮)』, 1938.12, 60쪽.

출하려한 무라야마의 기획은, 역사의 대전환을 맞이하며 좌절에 부딪힌다.[10]

이처럼 우리의 고전인 『춘향전』에 주목하여, 오랜 기간 연극, 영화, 오페라의 장르를 넘나들며 작품 활동을 해온 무라야마의 연극과 영화 시나리오를 통해 다음 두 가지 점을 중심으로 살펴보려고 한다.

첫째, 연극 〈춘향전〉이 식민지 상황아래, 특히 1930년 후반 이후의 '내선일체'운동의 시대에 상연되었다는 점에 주목한다. 소견에 의하면 일본문화와 조선 문화를 융합시켰다고 생각되는 무라야마 연출의 〈춘향전〉은 조선을 일본에 동화시켜 황민화를 꿈꾸었던 일본의 문화정책으로 생겨난 작품이라 할 수 있다. 사실, 무라야마의 〈춘향전〉을 '내선융화를 위한 새로운 노력'[11]을 주입시킨 것으로 이해하는 동시대의 평도 있다. 하지만 무라야마의 〈춘향전〉에는 그와 같은 패권적인 식민지 문화정책에 저항을 의도한 측면도 있다는 것을 본서에서는 주장하고 싶다. 연극 〈춘향전〉 속에 그려진 봉건시대의 양반과 상놈과의 신분차별, 계급대립은 식민지 상황아래에서 일본인의 조선인에 대한 차별을 암시적으로 그리고 있으며, 변학도의 농민에 대한 억압은 지배자의 농민에 대한 억압의 암시로 인식될 수도 있다는 것이다. 즉, 무라야마의

---

10 1945년 3월부터 같은 해 12월까지 조선을 활동의 근거지로 삼은 무라야마는, 또다시 오페라 〈춘향전〉을 기획하였고, 8월 19일 첫 공연을 위한 연습 도중, 일본의 항복으로 상연이 불가능하게 되었다. 무라야마의 일기에 의하면, 그는 일본의 패전직전까지 〈춘향전〉의 영화제작준비(1945.7.4), 조선어에 의한 오페라 〈춘향전〉의 상연준비 (1945.7.7~8.14)를 해 왔던 것으로 보인다. 패전 후인 1948년이 되어서야 무라야마 연출로 후지하라 가극단(藤原歌劇団)과 조선 총련의 협력에 의해 〈춘향전〉(유라쿠좌, 1948.11.20~26)이 일본에서 결국 오페라화를 시킨 것이다. 또한 1955년에는 전진좌 (前進座)에 의해 전국순회공연이 이뤄졌다. 1972년(도쿄 도시센터홀)과 73년(전국순회공연)에는 예술적인 작품을 주로 상연해 온 문화좌(文化座)가 또다시 무라야마 연출로 〈춘향전〉을 상연했다.

11 히라타 가오루(平田勳), 「『춘향전』관극소감」, 『테아토르』, 1938.5, 29쪽.

〈춘향전〉은 고전의 현대적 해석을 통해 차별과 억압의 문제는 조선의 역사와 전통에 의해 생겨난 것이 아닌 일본의 식민지 지배가 만들어낸 것이라는 무라야마의 식민지주의 비판으로도 읽힐 수 있다는 점이다.

둘째, 1939년에 『춘향전』의 영화화를 위해 쓴 무라야마의 시나리오 「춘향전 시나리오—조선영화 주식회사를 위해[春香傳 シナリオ—朝鮮映畫株式會社のために]」(『문학계(文學界)』, 1939.1)는 조선어의 음독과 '서울[京]'에서의 몽룡의 묘사부분에서 특징적인 면이 있다. 조선어의 음독은 조선문화의 일본화를 위해 이루어진 조선어금지와 '국어'인 일본어의 강제에 의도적으로 저항한 행위였다는 점이다. 또 '무능력자를 모아 놓은 정부'[12]에 반감을 갖고 정치적인 사상에 눈을 뜨는 몽룡의 '서울'에서의 생활 장면은 무라야마에 의한 창작이다. 여기서 일본의 식민지 지배에 대한 무라야마의 비판을 읽을 수 있다. 물론 정치적인 청년 몽룡을 강조한 나머지, 시나리오상의 춘향이라고 하는 여성의 존재가 옅어져 버린 점, 즉 남성의 정치관여를 중시한 나머지 젠더문제를 상대적으로 축소시켜버렸다는 점은 지적해야 할 것이다. 그럼에도 불구하고 무라야마는 몽룡을 통해 조선의 젊은이들에게 일본의 식민지가 되어버린 조선이 정치를 '참 정치로 바꿀 것을 바라고 있음을 엿볼 수 있다.

1930년대 말부터 1940년대의 조선반도의 문화적 전통이 '내선일체 정책'과 '황민운동', 창씨개명, '국어'로써의 강제적인 일본어 사용 등의 식민지 문화정책 아래 억압되어 있던 시대에서 무라야마의 일련의 〈춘향전〉 작품군은 어떠한 의미를 갖는 것일까? 이를 추구하는 것이 본서의 목적이다.

12　무라야마 도모요시, 「춘향전 시나리오—조선영화주식회사를 위해[春香傳 シナリオ—朝鮮映畫株式會社のために]」, 『문학계(文學界)』, 1939.1, 145쪽.

2. '내지(內地)'에서 '외지(外地)'로

도쿄 학생예술좌의 연극 〈춘향전〉(유치진 각색, 주영섭 연출, 쓰키지 소극장, 1937.6)으로부터 지대한 영향을 받은 장혁주·무라야마의 〈춘향전〉은 6막 11장으로 상연되었다.[13] 공연의 특징으로는 걸인에 다름없었던 몽룡이 본래의 '양반' 신분을 인정받았다 하더라도 어떻게 변학도의 생일을 축하하는 자리에 앉을 수[14] 있었는가라는 의문이 쇄도했다. 일본인들이 품은 의문은 신분이 높은 양반과 그렇지 않는 상놈이라는 조선의 신분제도를 이해하지 못함에서 기인했다. 우리의 『춘향전』에 그려진 몽룡과 춘향, 춘향과 변학도의 관계에서도 이러한 신분의 차이에 의해 상하관계를 명확히 구별 짓고 있다. 장혁주 또한 공연 후 현대인에게는 이해되지 않는 '걸인의 모습을 한 양반과 사또와 같은 신분'[15]의 설명이 없었음을 반성하고 있다.

또한 조선의 공연에서는 '변학도와 방자의 멋진 연기', '조선의 음악과 춤을 넣은 점', 몽룡이 무대에 나올 때 '풍경(風磬)'을 사용한 점이 높이 평가되었지만, 배우의 복장과 양반의 걸음걸이, 여성이 자리에 앉는 법 등은 역사적, 문화적인 실수로 비판받았다.[16] 이러한 비판에는

13　당시의 공연프로그램에 의하면, 연극 구성은 제1막의 가인풍류(제1장 광한루 발단의 장, 제2장 광한루 애원의 장), 제2막 수원(愁怨)(제1장 춘향집의 수원의 장, 제2장 춘향집의 이별의 장), 제3막 이별(제1장 오리정 애원의 장), 제4막의 신관사또(제1장 기생점고의 장, 제2장 춘향 수난의 장, 제3장 춘향 옥중의 장), 제5막 암행어사(제1장 농촌암운의 장, 제2장 옥중재회의 장), 제6장 대단원(제1장 어사또 출도의 장)으로 상연되었다.
14　후세 다쓰지[布施辰治], 「『춘향전』을 보고」, 『테아토르』, 1938.5, 27쪽.
15　장혁주, 「춘향전 극평과 그 연출」, 『제국대학신문(帝國大學新聞)』, 1938.4.7.
16　아키타 우자쿠[秋田雨雀] 외, 「춘향전 비판좌담회(春香傳批判座談會)」, 『테아토르』, 1938.5, 66~81쪽.

『춘향전』을 잘 알고 있는 조선인은 보다 세밀한 점에 주목하고 있었기 때문에 조선인의 문화를 올바로 이해하지 않았던 일본인 제작자들의 무신경함에 대해 분함도 포함되어 있을 것이다.

본서에서 주목하고 싶은 것은 장혁주의 작품(소설)과 무라야마의 작품(연극)과의 차이점이다. 그 차이는 작게는 문자로 표현하는 문학과 공연으로 표현하는 연극이라는 장르의 차이로부터 시작된다는 점을 밝히고 싶다. 그 후에 무라야마 작품이 갖는 세 가지 특징에 주목하려 한다. 무라야마 작품에만 보이는 '조선의 풍습, 관습의 무시'라는 측면, '농민의 데모', 춘향에 대한 고문의 강조라는 점이다.[17]

우선, 조선에서 상연된 〈춘향전〉에 대한 비판좌담회에서 거론된 '조선의 풍습, 관습의 무시'를 통해 무라야마가 의도한 것은 무엇이었는가를 살펴보기로 한다.[18] 장혁주 연구자인 규슈대학九州大學의 시라카와 유타카白川豊는 『춘향전』을 '조선적인 것을 전면에 내세우려' 했던 장혁주에 비해, 무라야마는 '연출가로서 일본인을 쉽게 이해시키기 위해 변형'[19]시켰다고 지적하고 있다. 시라카와가 지적하듯 무라야마에게는 조선 문화를 잘 이해하지 못하는 일본인에게 도저히 이해시킬 수 없는 조선 문화(신분제도 등)를 연극에 넣는 것은 무리였을 것이다. 하지만 연극 〈춘향전〉에서 무라야마가 '조선의 풍습, 관습을 무시'한

---

17 위의 책, 69~70쪽.

18 1938년 10월에 경성 부민관에서 이루어진 춘향전 비판 좌담회에는 조선에서는 유치진(극작자), 서항석(극단예술연구소), 최승일(영화제작소 메트로폴리탄 아트피로), 홍해성(연출가), 송석하(고고학자), 심영(고려영화협회 배우), 정인섭(연희전문 교수), 현철(연극연구가), 유진오(작가), 일본에서는 아키타 우자쿠(연극비평가, 신협극단 고문), 미키치 아키라(경성YMCA), 하야시 후사오(작가), 장혁주, 무라야마가 참가했다.

19 시라카와 유타카白川豊, 「장혁주 작 희곡 〈춘향전〉과 그 공연(1938년)」, 『식민지기 조선의 작가와 일본植民地期朝鮮の作家と日本』, 대학교육출판, 1995, 201쪽.

배경에는 조선을 미신으로 가득 찬 이미지로 그리는 것은 일본이 조선에 대해 가지고 있던 부정적인 스테레오 타입을 재생산할 우려가 있었기 때문이지 않았을까 짐작해본다.

좌담회에서는 옥중의 춘향의 꿈을 해석해 주는 '맹인 점쟁이', 마을 입구의 양측에 서서 마을을 지켜주는 천하대장군의 존재가 연극에서는 나타나지 않았다는 점이 지적되었다.[20] 그러면 왜 무라야마는 전통적인 조선의 문화를 『춘향전』에서 생략했던 것일까?

무라야마의 〈춘향전〉에서는 조선인들이 잘 알고 있는 몇 장면이 생략되었다는 이유로 조선인 관객에게 비판을 받고 있는데 생략이 된 배경과 효과에 대해서 살펴보자.

〈춘향전〉의 조선공연에서 생략된 '장님 점쟁이'는 옥중에 있는 춘향에게 입신출세한 몽룡과의 재회를 암시하는 중요한 존재이다. 원전을 바탕으로 한 유치진의 〈춘향전〉 각본에서 점쟁이는 옥중의 춘향에게 "오늘밤 오경시(五更時)에 귀한 사람 만나 좋은 일이 생기고 오늘 일진(日辰)이 갑인(甲寅)이라 내일 유시(酉時)에 가마 탈 일 있을 테니 조금도 걱정 말라"[21]고 말하고 있다. 다음 날 죽음을 맞이하고 있는 춘향이 오전 3시부터 5시 사이에 몽룡을 만난 후, 오후 5시부터 7시경에는 가마를 탄다고 하는 점쟁이의 예언은 춘향의 운명이 결코 죽음을 의미하지 않음을 관객에게 암시해주고 있다. 또한 장혁주의 각본에서도 춘향의 운명을 알려주는 인물이 등장한다. 점쟁이의 역할을 승려로 바꿔 춘향이 아닌 몽룡을 향해 '성춘향, 신변이 불길해 옥중에 있으며 남은 생 얼마 없으니 경성에 있는 몽룡이 전라감사 또는 암행어사가 된 그를 기다

---

20 아키타 우자쿠(秋田雨雀) 외, 앞의 글, 72쪽.
21 유치진, 「춘향전」, 『동량유치진전집』, 서울예대 출판부, 1998, 188쪽.

리면 소원성취'[22]라는 승려의 대사가 이어진다. 승려는 암행어사인 몽룡의 정체를 이미 파악하고 있었으며, 이미 몽룡이 농민들로부터 '죽었다'고 전해들은 춘향이 살아있음을 알려주는 인물로 그려지고 있다. 두 명의 조선인인 유치진, 장혁주의 각본은 이미 결말을 알고 있는 조선인 관객에게 춘향과 몽룡의 미래를 알려주는 존재로 점쟁이와 승려를 택함으로써 안도감을 안겨주고 있다.

이처럼『춘향전』에서 중요한 역할을 맡고 있는 존재를 생략한 무라야마의 의도를 이해하기 위해서는 현실적인 연출자로서 그의 입장을 생각해야 할 것이다. 클라이맥스까지 긴장감을 중요시한 연출자 무라야마에게, 예언은 극의 전개상 방해물로 여겨졌을 것이다. 하지만 이러한 생략으로 인해 무라야마가 조선의 샤머니즘을 포함한 조선 문화에 대해 무지했음을 반증하는 역할을 하고 있음 또한 주의해야 할 것이다. 그가 〈춘향전〉의 일본공연 프로그램(도쿄, 오사카, 교토)에도 '조선 문화에 대해 우리들의 무지는 정말로 부끄러워해야 할'[23]것으로 밝히고 있다. 조선의 문화에 관한 '무지'를 솔직히 인정한 무라야마의 태도는 어느 정도 평가해야 할 것이다. 하지만, 무라야마의 조선 문화에 대한 '무지'는 다음 해에 쓴 영화 시나리오에 '장승(악귀퇴치, 통나무에 괴물의 얼굴을 조각한 것)', '귀신나무(부락의 신, 당산나무)'[24]를 조선어 음독으로 설명하는 것으로 보완하고 있다.

샤머니즘의 장면을 생략한 것에 대해서는 다른 관점에서 보면 보다 적극적으로 평가할 수 있다. 당시 식민지 지배자를 '문명', 피지배자를

---

22   장혁주, 「춘향전」, 『신쵸新潮』 특대호, 1938.3, 50쪽.
23   무라야마 도모요시, 「춘향전 연출」, 『춘향전』 프로그램, 신협극단, 1938.
24   무라야마 도모요시, 「춘향전 시나리오-조선영화주식회사를 위해」, 앞의 책, 162쪽.

지배자에 의해 계몽되어야 할, 미신에 얽매인 존재로써 이해했던 것이 일반적이었다. 샤머니즘을 신봉하는 것이 조선 전통의 일부였다 하더라도 조선인을 미신에 사로잡힌 존재로 그리는 것은 부정적인 스테레오타입을 강조할 위험성이 컸다. 즉, 무라야마에게 '괴이한 신에게 의지하는'[25] 조선인을 무대 위에 그리는 것은 식민지 조선의 곤란을 이겨내기 위해 현실과 싸우지 않고 기도에만 의지하려는 조선인으로 인식될 가능성이 있었기 때문이다.

두 번째로 현실과 싸우려는 무라야마의 의도를 지배자인 변학도의 착취에 반항하는 '농민들의 데모'에서 살펴보기로 한다. 원래 『춘향전』에는 사랑의 승리를 그린 연애 이야기적 요소, 정절을 중시하는 유교적 요소, 신분차별과 억압에 저항하는 사회 비판적인 요소가 포함되어 있다. 이와 같은 작품의 성격으로부터 『춘향전』이 시대에 따라 수많은 형태로 작품화 되어왔다. 예를 들면 정치적으로 안정된 시기에는 러브스토리를 중심으로 한 작품이, 민주화를 위한 움직임으로 정국이 불안정했던 1980년대에는 농민들을 강조함으로써 사회비판적인 작품이 만들어졌다. 여기서 무라야마로 돌아가면 무라야마의 조선공연은 춘향전 비판좌담회에서 연희전문학교 정인섭(鄭寅燮) 교수가 지적한 것처럼 '농민의 데모, 농민의 한이 조금 과다'[26]하게 연출된 사회비판적인 작품이었다.

농민의 투쟁이 어떻게 이루어졌으며 농민들의 한이 어떠한 것이었는가는, 당시 상연된 무라야마의 각본이 명확하지 않는 현재로써는 파악할 수 없다. 하지만 유치진과 장혁주의 작품과 무라야마의 영화 시

---

25 무라야마 도모요시, 「두 개의 민족연극[二つの民族演劇]」, 『문학계』, 1936. 2, 191쪽.
26 아키타 우자쿠[秋田雨雀] 외, 앞의 글, 69쪽.

나리오 〈춘향전〉을 참고로 예상해 볼 수는 있다. 농민을 둘러싼 유치진, 장혁주의 작품과 무라야마의 시나리오를 비교해 보면 커다란 차이점이 보인다. 유치진과 장혁주의 작품을 포함한 조선의 고전 『춘향전』에는 과거시험에 합격한 몽룡이 춘향이 있는 남원으로 향하는 도중에 농민들과 만나는 장면이 있다. 걸인 모습의 몽룡은 농민들로부터 변학도의 폭정과 춘향의 이야기를 듣는다. 걸인 모습이더라도 양반인 몽룡은 농민들보다도 자신을 위에 두며 대화를 하는데 비해, 걸인 모습이어도 고귀한 인물임을 간파한 농민들은 젊고 게다가 걸인 모습인 몽룡에게 경어를 사용한다.[27] 이는 조선에 있었던 신분제도로부터 생겨난 것이다.

하지만 무라야마의 시나리오에서 몽룡은 농민에게 '입니까ですが', '해 주세요上さい'('下さい'의 오자로 여겨짐), '없습니까ありませんか', '고맙습니다ありがとうございます'[28]와 같은, 농민에 대해 자신을 위에 두고 하는 말이 아닌 경어를 사용하고 있다. 이처럼 무라야마의 시나리오는 신분이 높은 몽룡이 농민들에게 경어를 사용하고, 농민은 몽룡의 정체를 알지 못했기 때문에 자연스레 보통의 평상어(젊은이에게 사용하는 말)를 사용하고 있다. 무라야마 시나리오상의 언어 사용에 대한 문제는 무라야마가 조선의 신분제도에 '무지'한 것이 아니라 오히려 계급사회를 없애고 차별이 없는 사회를 꿈꾸었던 그의 이념을 반영했던 것이리라.

---

27 "몽룡 : 여보 아침 한 끼 얻어먹고 가세, 농민 : 읍에 가면 부잣집들 많은데 하필 여기 와서 왜 이러오?" 유치진, 「춘향전」, 앞의 책, 174쪽.

28 무라야마의 시나리오에는 몽룡과 농민들이 다음과 같이 그려진다. "자네는 누군가?", "예, 보시는 것처럼 걸인입니다만", "춘향의 이야기를 들어본 적이 없는가? 어지간히 얼빠진 놈 일세", "제발 말씀해 주시요" (…중략…) "여보시오 걸인! 이 근방에서 춘향을 나쁘게 말하면 사나운 꼴 당할꺼요", "예, 에 고맙습니다. 조심 하겠습니다." 무라야마 도모요시, 「춘향전 시나리오－조선영화주식회사를 위해」, 앞의 책, 184쪽.

다음으로 무라야마 연출의 〈춘향전〉의 특징인 춘향이 곤장을 맞는 고문 장면에 대해 살펴본다. 이 장면은 일본에서와 조선에서의 상연이 조금 다른 점이 있었던 듯하다. 예를 들면 쓰키지 소극장에서의 공연의 모습을 단편소설로 그린 나카노 시게하루[中野重治]는「영화 여배우 이야기[映畫女優の話]」[29]에서 춘향의 매 맞는 장면을 매우 자세히 그리고 있다. 하지만 조선 공연에서는 '두 세 명의 건장한 남자가 나오더니 춘향을 묶자마자 그 중의 한 명이 곤장을 하늘 높이 쳐들며 막이 내려와 버렸다'[30]고 지적하고 있듯이, 곤장 맞는 춘향을 기대한 조선인 관객들은 조금은 아쉬운 감을 느꼈던 듯하다.

그러면 무라야마가 쓰키지 소극장 공연에서 강조한 곤장 맞는 춘향의 모습에 나카노가 주목한 것은 어떠한 사회적, 정치적, 계급적 배경이 있었던 것일까? 나카노는 〈춘향전〉 공연 중 춘향이 매 맞는 장면에 대해, 다음과 같이 묘사하고 있다.

연극의 줄거리는 말씀드리지 못하지만 그 중에서 무엇보다 감동적인 것은 주인공의 매 맞는 장면이었습니다. 젊은 여인이 묶여서 포졸에게 포승 끝을 붙잡혀 지면에 무릎 꿇게 되었습니다. 형리는 춘향의 뒤로 돌아서 곤장을 머리위로 높게 쳐들었습니다.

따아악 ……

동시에 '꺄악―'이라는 비명이 들리고 곧이어 또 한명의 포졸이 '한 대요

---

29 나카노는 1935년 프롤레타리아 문화 활동으로부터 전향했다. 또 신극 배우였던 아내 하라 센코[原泉子]는 당시 임신 중이었음에도 불구하고 〈춘향전〉에 월매역으로 출연했다. 나카노는 이 공연 전체를 높이 평가함은 물론 춘향역으로 출연했던 영화배우 이치카와 하루요[市川春代]가 임신 중에도 불구하고 춘향역을 훌륭히 소화해 낸 것에 대해 높이 평가하는 한편, 당시 영화회사의 여배우 스타 시스템의 문제점을 비판했다.
30 신태현, 앞의 글, 60쪽.

-'라며 매를 셉니다.

따아악……

'까악-'

두-울 '까약-'

세-엣

    그것이 신극의 방식이라는 걸까, 가부키의 매질장면과는 또 다른 종류의, 힘이 느껴졌으며 나로서는 본능적으로 눈을 감고 싶을 만큼 끔찍한 광경이었다.[31]

    기생은 관리의 교제와 위안을 위해 일해야 한다고 생각하고 있는 변학도에게 기생의 딸인 춘향도 당연히 기생이었으며, 그의 수청에 따라야 했다. 하지만 춘향은 그에 따르지 않는다. 그의 명령을 따르지 않는 춘향을 감옥에 넣어도 춘향의 마음은 변하지 않는다. 나카노가 여기서 논하고 있는 것은 그 후의 춘향이 당한 매질 장면을 그린 부분이다. 잘 알려져 있는 일이지만 비합법 활동으로 체포되어, 당국으로부터 고문을 받은 경험이 있는 나카노에게는 춘향에 대한 매질이 자신에 대한 고문의 기억을 되새기게 하는 것으로 이 때문에 매질 장면에서 '본능적으로 눈을 감고 싶'었던 것이다. 이처럼 나카노가 '시종 일관 박해받고, 마지막에 이르러서는 정의와 사랑으로 보상받는'[32] 춘향을 높이 평가한 것은 위장전향이었다고 하지만 자신의 주의주장을 배신한 경험을 갖고 있기 때문일 것이다. 그리고 고문 장면에 대한 나카노의

---

31 나카노 시게하루[中野重治], 「영화 여배우 이야기[映畫女優の詁]」, 『나카노 시게하루 전집』 제2권, 치쿠마쇼보[筑摩書房], 1977, 491~492쪽.

32 위의 책, 491쪽.

반응으로부터 추측하면 〈춘향전〉의 연출자인 무라야마에게도 나카노처럼 체포와 전향의 경험이 있고, 또 고문을 당한 경험이 있었기 때문에 춘향의 박해를 보며 자신이 받은 박해를 상기시켰다고 해도 좋을 것이다.

이러한 춘향의 매질 장면은 전직 프롤레타리아 운동가인 나카노에게만 강한 인상을 남긴 것은 아니었다. 예를 들면 당시 사회파 변호사로 프롤레타리아 문화운동을 지원하면서 조선인을 무료로 변호, 조선인들에게 존경받았던 후세 다쓰지[布施辰治][33]의 『춘향전』 관극평이 그것이다. '무라야마군'의 연출 〈춘향전〉에서 '신임사또가 죄인을 벌하는 장면에서 바짝 엎드린 피고의 태도'는 식민지차별을 '직접 몸으로 체험하고 있던 조선의 관객들이 하나 둘 흐느끼며 울었다'[34]고 후세는 말하고 있다. 변학도에 의해 매질 당하는 춘향은 조선인의 변호를 수없이 담당한 후세에게는 법정에 세워진 조선인 그 자체로 오버랩되었음이 틀림없다.

33　후세 다쓰지(布施辰治, 1880~1953) : 미야기현[宮城縣] 이시마키시[石卷市]에서 태어난 후세는 1902년에 메이지법률학교(현 메이지대학)를 졸업한 후, 판사검사등용시험에 합격, 우쓰노미야[宇都宮] 지방재판소에 부임하지만 얼마 후 사직하고 도쿄에 법률사무소를 개설한다. 후세는 1919년에 도쿄에 유학하고 있던 조선인 학생들에 의한 「2・8독립선언」으로 체포된 학생들의 변호를 시작으로, 1924년 황거에 폭탄을 던진 '조선의열단 사건', '박열・가네코 후미코사건[朴烈・金子文子事件]'(1926), 전라남도 궁삼면의 토지문제(조선의 법정에서 변호, 1926), '조선공산당 사건'(조선의 법정에서 변호, 1926) 등, 조선인의 독립운동가와 농민들이 관련된 재판에서 무상으로 변호해주었다. 제2차 세계대전 중, 나치스에 의해 강제수용소에 수용된 유대인들을 자신의 공장에 고용해 1,200명을 학살로부터 구한 오스카 쉰들러(1908~1974)에 빗대 '일본의 쉰들러'였던 후세는 2004년 일본인 최초로 대한민국 건국훈장을 수상했다. 연극과도 관계를 가졌던 후세는 신극에 깊은 관심을 보이며 당국에 의한 좌익연극 탄압에도 반대했다. 후세 간지[布施柑治], 『한 변호사의 생애—후세 다쓰지[ある弁護士の生涯—布施辰治]』, 이와나미서점, 1963 참조.
34　후세 다쓰지, 앞의 글, 26쪽.

무라야마의 다른 작품에서 식민지주의와 계급착취에 맞서 싸우는 조선인의 표상을 검토해 여기에서의 논의를 보강하고자 한다. 무라야마는 1931년에 공장의 집회소 등의 벽에 붙여 누구나가 짧은 시간에 서서 읽을 수 있는 '벽보소설[壁小説]' 「이(李)」라는 작품을 썼다. 이 작품에는 '나[私]'와 같은 공장에서 행동대원으로 자본가와 싸워 체포된 조선인 '이'와 '나'가 1년 반 만에 법정에서 만나는 장면이 그려져 있다. 무라야마는 '이'를 '자네는 대단해, 자네는 가장 밑바닥에 있으면서 맞아왔고, 착취당해왔다'[35]고 말하고 있다. 자본가와 싸운 조선인 노동자는 일본인 노동자와 같은 노동자이다. 게다가 '이'는 일본인 노동자인 '나'보다 훌륭한 활동을 했다는 것 또한 읽을 수 있다. 식민지화 자본에 의한 착취라는 이중의 박해 속에서도 싸움을 멈추지 않는 '이'에 대해 '나'는 찬사를 아끼지 않는다. 차별 속에서도 이에 굴하지 않는 조선인에 대한 무라야마의 존경까지 느낄 수 있다.

신협극단의 〈춘향전〉은 '반도동포와 무릎을 맞대고 일선협력의 무대'[36]라고 극찬되거나 '널리 모든 민족을 사랑하는 일본정신이 뚜렷하게 나타난'[37] 공연으로 즉 일본제국주의의 성공과 정당성을 앙양하는 공연이라고 높이 평가되었다. 하지만 사회의 모순과 제국주의 일본의 본연의 측면을 정면으로 보려한 무라야마에게 조선 문화를 대표하는 『춘향전』은 조선과 일본사회의 문제를 날카롭게 부각시키기 위한 절호의 소재로 강하게 의식되었을 것이라고 생각된다. 인습에 얽매여 있는 조선의 '괴이한 신'과 조혼제도를 비판하는 정신은 봉건적 도덕과

---

35 무라야마 도모요시, 「이(李)」, 『제국대학신문(帝國大學新聞)』, 1931.11.9, 5면.
36 미즈키 교타(水木京太), 『아사히 신문』, 1938.3.31.
37 히라타 가오루, 앞의 글, 29쪽.

신사회적 도덕이라는 상극의 한 가운데에 놓인 몽룡을 신분사회인 조선의 제도를 폐지하기 위해 스스로 행동하여 그것을 실현하는 인물로 그림으로써 선명하게 나타내고 있다.

그리고 『춘향전』이 사상통제가 엄격해지는 전시체제로 향하는 일본에게, 특히 좌익저항운동과 연결되는 문맥을 갖고 있음에 주의하지 않을 수 없다. 즉, 앞에서도 논했듯 무라야마에 의한 『춘향전』의 연출 경향에서 뿐 아니라 좌익사상 탄압 하에 있던 상연전후의 신협극단이, '내선융화'를 지향하는 작품으로 평가된 〈춘향전〉의 상연을 일부러 선택하는 것을 통해 우회적인 방법이자 당국의 탄압에 대한 저항의 자세를 나타낸 것이라고 이해할 수 있다. 신협극단의 〈춘향전〉은 1938년 2월까지 상연된 시마자키 도손[島崎藤村]의 원작 〈동이 뜨기 전에[夜明け前]〉(무라야마 각색, 구보 사카에 연출)에 이어 공연이 예정되어 있던 홋카이도의 화산폐허지에서 일어난 지주와 농민의 대립과 농촌운동을 그린 구보 사카에[久保榮]의 희곡 〈화산회지(火山灰地)〉를 대신해 예정보다 빨리 상연된 작품이다. 이는 1938년 1월 3일에 신협극단의 연출가인 스기모토 료키치[杉本良吉]가 배우인 오카다 요시코[岡田嘉子]와 함께 소련으로 망명한 사건과 깊이 연관되어 있다.[38] 둘의 망명사건으로 인해 당국으로부터 미움을 사게 된 신협극단으로써는 '전시하 저항예술의 최고봉'

---

38 "둘(스기모토와 오카다)이 모습을 감추자 우리들(신협극단)로써는 대단히 힘들었다. 당국은 신협극단이 둘을 탈출시켰다고 생각하고 있음이 틀림없었다. 그러면 극단은 곧바로 해산되고, 집행유예중인 자들은 곧바로 유예를 취소당할 것이다. 둘이 사라져 버린 것은 실로 교묘하게 이루어진 일로써 남겨진 사람으로써는 불구경하듯 가만히 있을 수는 없었다. 곧바로 스기모토의 제명을 통고했으며, 3월 공연으로 조선의 아름다운 고전인 〈춘향전〉을 상연하기로 했다." 무라야마 도모요시, 「여배우 오카다 요시코에 대해[女優岡田嘉子について]」, 오카다 요시코[岡田嘉子], 『후회 없는 목숨을[悔いなき命を]』, 광제당, 1973, 254쪽.

이었던 〈화산회지〉를 이 시점에서 상연하는 것은 극단의 강제 해산을 초래할 우려가 있었다. 이를 위해 '내선융화'를 지향하는 작품으로 평가된 〈춘향전〉의 상연이 결정된 것이다. 하지만 이미 고찰했듯 무라야마 연출의 〈춘향전〉은 사회비판적 경향이 깊이 포함된 작품이었다고 할 수 있다.

3. '외지(外地)'에서 '내지(內地)'로
조선영화주식회사와 『춘향전』

1938년 5월 3일 교토에서 공연을 마친 〈춘향전〉은 같은 달 말부터 조선의 신문에 관련 기사가 속속 등장한다. 「『춘향전』세계적 진출 무라야마 씨 영화화 설계」,[39] 「조선영화주식회사 『춘향전』기획」[40] 등의 기사가 게재되었다. 이 기획은 프롤레타리아 영화 운동을 조선(김유영(金幽影))과 일본(이재명(李載明), 김혁(金林))에서 동시에 경험한 이들이 모여 1935년에 설립한 조선영화 주식회사로부터의 요구에 무라야마가 응한 것이었다. 무라야마에게 『춘향전』 영화화의 기회가 온 것은, 말할 것도 없이 그가 연출한 연극 〈춘향전〉이 일본에서 성공한 것과 무라야마가 이미 영화감독으로 영화제작에 관계하고 있었던 경험이 높이 평가된 것일 것이다. 무라야마에 의한 〈춘향전〉은 예정라면 곧바로 제작활동이 시작되어 토키영화로 8월 하순에 도쿄에서 세트 촬영을 마

39　『동아일보』, 1938.5.29, 2면(조간).
40　『동아일보』, 1938.6.1, 4면(석간).

치고, 10월에는 완성된 작품을 전국에서 공개하는 한편, 해외에도 진출할 계획이었던 것을 알 수 있다.[41] 그럼에도 불구하고『춘향전』의 영화화는 예정대로 제작이 이루어지지 않았다. 그 이유는 현재까지 밝혀지지 않고 있지만 조선에서의 연극 〈춘향전〉의 '흥행실패'[42]에 그 원인을 지적하는 의견도 있다. 확실히 1938년 10월부터 조선에서의 공연은 대성공이라고만은 할 수 없다는 비판적인 반응도 적지 않았다.

『춘향전』영화화를 위해 무라야마는 1935년에 이명우 감독이 제작한 조선 최초의 토키영화인「춘향전을 일본에서 재상영시켜」,[43] 1938년 6월에는『춘향전』의 무대인 남원의「광한루의 현지시찰」[44]을 실행하기도 했다. 무라야마는 '현지시찰' 및 조선행의 의의에 대해 다음과 같이 말하고 있다.

이번 나의 여행은 조선영화주식회사에서『춘향전』을 영화화하기 위해 사전 준비 작업으로 인한 것이었지만 영화사의 희망은 경제적 이익을 차치하고서라도 좋은 작품을 만들고 싶어 했다. (…중략…) 최근의 조선영화처럼 일본의 영화사와의 제휴로 인해 예술적으로 불순한 것을 만들고 싶지는 않다. 이 영화로 인해 회사가 망한다하더라도 의미 있는 예술이 만들어진다면 결코 후회하지 않는다고 한다.

이 의견에 나는 매우 감격했다. 영화의 판로를 위해 내지인 배우를 기용한다든가 조선인에게 내지어를 말하게 하는 내지 사람들의 의견에 반대해

---

41 무라야마 도모요시,「춘향전 시나리오 – 조선영화주식회사를 위해」, 앞의 책, 140쪽.
42 문경은,「일제 말기극단 신협의 춘향전공연 양상과 문화 횡단의 정치적 연구」,『한국연극학』, 한국연극학회, 2010, 34쪽.
43 『매일신보』, 1938.5.29, 4면(조간).
44 『동아일보』, 1938.6.15, 6면(석간).

나는 조선인 배우가 조선어를 사용하게 하여 반드시 조선적인 영화를 만들 계획이다.[45]

경제적인 이익뿐만 아니라 예술적인 완성도를 중시한 조선영화 주식회사의 자세에 '감격'한 무라야마는 '조선인에게 내지어를 말하게 하'는 듯한 조선의 독자성을 소거하는 영화가 아니라 '반드시 조선적인 영화'를 제작할 것을 결의한다.

우선, 무라야마에게 『춘향전』의 영화화를 의뢰한 조선영화 주식회사에 주목하고 싶다. 1935년 설립된 조선영화 주식회사에는 프롤레타리아 영화동맹에서 활약한 이재명(李載明)이 제작책임자로 소속되어 있었다. 1934년에 프롤레타리아 영화동맹이 당국의 탄압에 의해 영화제작이 불가능하게 되자 이재명은 조선에 돌아와 영화감독으로 영화제작에 관계하고 있었던 것이다. 프롤레타리아 영화동맹 구성원의 이재명과 프롤레타리아 영화동맹 후원회[プロキノ友の會]의 회원으로 프롤레타리아 영화동맹을 지원했던 무라야마와는 『춘향전』을 기회로 또다시 연을 잇게 된다. 이전의 지원했던 측의 무라야마가 이번에는 지원받는 입장이 됐다고 할 수 있다. 두 명의 인연의 깊이는 무라야마가 1945년 3월부터 12월까지 조선에서의 생활 중에 남긴 수많은 초상화 속에 이재명을 그린 작품도 있는 것으로 알 수 있다.[46] 이와 같은 인적관계와 함

---

45 무라야마 도모요시, 「여행 일기[旅の日記]」, 『신쵸[新潮]』, 1938.7, 117쪽.
46 한국에서 무라야마의 연극을 연구하고 있는 정대성씨에 의하면 무라야마가 1945년 3월 29일부터 같은 해 12월 14일까지 조선인을 중심으로 그린 초상화는 71점에 이른다고 한다. 초상화의 인물은 조선의 영화인(박기채, 이병일, 이재명, 심영, 전창근, 김소영), 연극인(안영일, 황철, 김관수, 이서향, 허달, 김학상, 박춘명 외 15인), 무용인(조택원, 大田善玉), 문화인의 가족(11인), 불분명(23인)이다. 식민지 시대의 조선인 문화인을 그린 무라야마의 초상화는 당시의 화상 자료가 거의 남아있지 않은 현재 매우

께 『춘향전』 영화화를 기획한 조선영화주식회사로서는 연극 〈춘향전〉
을 일본과 조선에서 상연했던 무라야마야 말로 일본영화 시장에 진출
하기 위해 필요한 존재였음에 틀림없다.

조선의 영화회사가 일본이 영화회사와의 공동제작을 선택할 수밖
에 없었던 것은 영화제작에 경제적 기술적인 문제를 보완하기 위한 점
도 있지만 보다 더 근본적인 문제를 살펴보자. 이에 대해서는 무라야
마가 감독한 영화 〈연애의 책임[戀愛の責任]〉(PCL, 1936)에서 조감독을 맡
은 야마모토 사쓰오[山本薩夫]가 조선의 한 영화감독으로부터 공동제작
을 요구받고 1939년 가을에 조선에 갔을 때 조선영화계의 현황을 밝힌
다음의 인용으로부터 살펴보기로 한다.

조선의 영화계의 상황이 예상했던 것보다 훨씬 힘든 것이라는 것을 잘
알 수 있었다. 영화관에서는 거의 일본의 영화밖에 상영되지 않았고 조선
에서 만들어진 영화는 상영할 장소도 주어지지 않았다.[47]

막대한 자금을 투자해 영화를 제작하더라도 상영할 장소가 주어지
지 않았던 이유는 1940년 전후부터 조선의 영화관이 도호[東宝], 쇼치구
[松竹], 닛카쓰[日活], 신코[新興] 등의 일본의 영화회사에 의해 체인화되
어, 일본 자본의 하부조직으로 놓이게 되었기 때문이다. 그로 인해 조
선의 영화관에서는 일본의 영화작품 내지는 조선과 일본의 영화회사
와의 공동제작 작품만이 상영되고, '조선영화계는 내지영화가 거의 독

귀중한 자료라고 생각되지만 그 소재는 아직 확실하지 않다. 정대성, 「무라야마 도모
요시의 초상화 목록」, 『한국연극학』 15, 한국연극학회, 2000, 참조.
47 야마모토 사쓰오, 『나의 영화인생[私の映畵人生]』, 신일본출판사, 1984, 75쪽.

점한 듯'[48]했다. 그 이전 조선 영화계는 일본영화보다도 미국이나 유럽의 영화가 중심이었다. 한편 이와 같은 조선영화계의 상영 장소를 둘러싼 문제는 일본의 영화회사와의 협력에 의해 상영관의 확보와 함께 일본의 영화회사와 공동제작으로 조선영화를 일본에 진출시켜는 흐름을 만들어낸 것이다. 이와 같은 형태의 제작 구조는 이미 1920년대에 시도된 적이 있었지만 본격적으로 나타난 것은 1930년대 후반부터였다.

조선과 일본의 영화회사와의 최초의 공동제작은 1924년 11월 28일에 아사쿠사에서 상영된 〈바다의 비곡〉(이경손 감독, 조선키네마, 닛카쓰 공동제작)에까지 이른다. 이후 일본에서 상영된 〈나그네〉(이규환 감독, 조선성봉영화원, 신코키네마 공동제작, 1937.5.6, 도쿄 메이지좌), 〈군용열차〉(서광제 감독, 조선성봉영화원, 도호 공동제작, 1938.8.4, 오사카 도호 시키시마극장), 〈어화〉(안철영 감독, 조선극광영화제작소, 쇼치쿠 공동제작, 1938.5.6, 황금좌)는 모두 조선과 일본의 영화회사의 합작품이었다. 이 시기 공동제작은 경제적, 기술적인 문제의 해결을 위한 것이었지만 1940년 전후가 되면 상영관의 문제까지 더해진다. 이와 같이 조선의 영화계의 현황을 알고 있던 무라야마는 〈춘향전〉을 조선, 일본의 영화회사의 공동제작이라는 형태를 취함으로써 조선의 영화관에서의 상영은 물론 조선영화의 일본으로의 진출, 더욱이 〈나그네〉가 이뤄낸 것처럼 서양에도 그 시장 확대를 시도한 것이다. 이 시도는 그때까지 서양에서는 지나치게 변형된 형태(중국풍)로 밖에 소개된 적이 없던 『춘향전』을 조선의 이야기로 세계에 전하기 위함이었다.

하지만 무라야마의 시나리오는 영화로서 완성되지 못했다. 이에 대

---

48 「일본영화 앞 다퉈 상영[內地映畫の競映]」, 『조선일보』, 1940.2.8.

해서 영화 연구자인 요모타 이누히코[四方田犬彦]는 조선에서의 영화제작에서 "향토색'을 강조하는 것이 금지에 가깝게 되었기'[49] 때문이라고 말하고 있다. 또 1939년의 일본영화법의 시행, 또 1940년의 조선 영화령에 의해 기성의 영화회사가 모두 폐쇄되고 황민화를 찬미하는 필름을 빼고 어떠한 제작도 불가능에 가깝게 되었다는 영화계의 제작에 대한 변화도 있었을 것으로 생각된다.

4. 〈슌코덴[春香伝]〉에서 〈춘향전(春香傳)〉

무라야마의 시나리오의 특징으로 일본어의 〈슌코덴〉에서 한국어인 〈춘향전〉으로 변해 가는 것임을 지적하고 싶다.

1938년에 쓰키지 소극장에서 상연된 〈춘향전〉 프로그램에서는 〈춘향전〉을 관객에게 이해시키기 위해 대표적인 몇 몇 단어의 설명이 이루어지고 있다. 예를 들면 방자[パンジャ], 사또[サアト], 상놈[シャンノム], 양반[ヤンバン], 온돌[オンドル], 기생[キイセン] 등은 그에 대응하는 설명과 함께 한글의 음독인 채 기록되어 있다. 흥미로운 것은 1939년에 발표된 무라야마의 영화 시나리오에도 주막[スルチビ：술집], 탁주[マッカリ：막걸리] 등, 연극에서 거론했던 단어보다 더 많은, 그리 중요하지 않은 단어까지 한글의 음독으로 표기되어 있다. 『춘향전』의 '세계화'를 꿈꿨다고 하는 무라야마의 시나리오에 의한 영화 〈춘향전〉에서 한글에 의

49　요모다 이누히코, 『아시아 영화의 대중적 상상력[アジア映畵の大衆的想像力]』, 靑土社, 2003, 36쪽.

한 음독이 덧붙여진 것은 일본인과 다른 나라의 사람들에게는 오히려 위화감을 느끼게 하는 것임에 틀림없다. 하지만 그렇다하더라도 무라야마가 한글에 의한 음독을 선택한 것을 어떠한 이유일까?

이미 장혁주의 소설『춘향전』에도 방자(パンジャ), 사또(サアト), 양반(ヤンバン), 온돌(オンドル)이라는 말의 한글의 음독이 붙여진 것이 보이지만 당시『춘향전』과 조선의 문화에 조금이라도 관심이 있는 일본인이라면 누구나가 곧바로 알 수 있는 단어에 머무르고 있다. 하지만 무라야마의 시나리오에서는 조선의 지명은 물론 다음과 같은 단어까지가 음독화되어 있다.

> 京(ソウル : 서울), 裳(チマ : 치마), 上衣(チョクリ : 저고리), 道令(ドリヨンニム : 도령님), 馬夫(マブ : 마부), 面(メン : 면), 客舍(ケクサ : 객사), 行廊房(ヘンラン : 행랑), 外舍房(エサラン : 외사랑), 內舍房(ネサラン : 내사랑), 大廳(テーチヨン : 대청), 張丞(チャンスン : 장승), 鬼神木(クイシンナム : 귀신나무), 紅糸(オーラ : 오라), 朱鷺(タヲギ : 따오기), 鵲(ガチ : 까치), 藥菓(ヤクグワ : 약과), 五色餅(ヲセクトク : 오색떡), 華陽煎(ホアヤングチョン : 화양전), 海参煎(ヘエサムチヨン : 해삼전), 煎魚(チヨンヲ : 전어), 肉膾(ユクフエ : 육회), 魚膾(ヲツフエ : 어회)[50]

위 단어들은 조선 문화를 대표하는 듯한 말들이지만 실제로는 의식주에 관한 말들까지가 세세하게 거론되고 있다. 음식의 약과, 오색떡, 화양전, 해삼전, 전어, 육회, 어회로부터 주택의 객사, 외사랑, 내사랑,

---

50 무라야마 도모요시, 「춘향전 시나리오 조선영화주식회사를 위해」, 앞의 책, 142~190쪽. 인용문 중, 단어의 한글 표기-인용자.

대청이 의류의 치마, 저고리 등이 그것이다. 또한 '면(面)'에 관해서는 '최하급의 행정구획, 일본의 무라(마을)에 해당한다'는 설명이 시나리오 안에 붙여져 있다. 이와 같이 한글에 의한 음독 표기는 같은 시기에 쓰인 중편소설 「단청(丹靑)」(『중앙공론(中央公論)』, 1939. 10)에도 빈번하게 보인다.

「단청」은 조선을 방문한 무라야마의 체험을 그대로 그려낸 작품이다. 조선의 한 영화회사로부터 시나리오를 의뢰받고 조선을 방문한 '미도리가와(綠川)'의 '경성'체재의 나날이 그려져 있다. 이 작품에는 지명은 물론 朝鮮靴(シン : 신), 歌謠(ノレ : 노래), 漬物(キムチ : 김치), 笠子(カツ : 갓)[51]등 한글만으로 가능한 표현까지가 한글 음독으로 표기되고 있다. 이 작품에서는 시나리오에 나오는 上衣(チョクリ : 저고리)를 上衣(チョクサム : 적삼)과 구별하고 있듯 세세한 차이까지 이루어지고 있는 것이 눈길을 끈다. '저고리' 속에 입는 속옷을 의미하는 '적삼'과 같이 일본어에서는 구별할 수 없는 표현을 일본어 루비를 사용해 조선어의 음독을 명시해 썼다.

또한 여기서 주목하고자 하는 것으로 무라야마의 시나리오에는 『춘향전』에는 전혀 등장한 일이 없는 '지게'라는 표현이 나타나고 있다는 것이다.[52] 앞서도 말한 것처럼 한글 음독은 한자의 표현에 한글의 음독을 붙인 것에 대해서 '지게'는 그에 해당하는 한자가 없으며 한글의 음독만이 표기되어 있다. 유치진과 장혁주나 다른 한글의 『춘향전』에는 '지게'라는 표현은 전혀 나타나지 않는다. 하지만 무라야마의 시나리오에는 '지게 위에 야채 등을 실은 농부 등이 삼삼오오 초여름의 길가를

---

51 한글 표기-인용자.
52 무라야마 도모요시, 「춘향전 시나리오-조선영화주식회사를 위해」, 앞의 책, 183쪽.

힘없이 걸어가는' 모습이 그려져 있다. 우리의 '지게'라는 것은 일본에서는 니노미야 긴지로二宮金次郎가 장작을 실은 도구와 비슷하다. 당시 '지게'는 자동차가 달리지 못하는 좁은 길이나 산길에서 가장 효과적으로 사용된 도구로 농민들에게는 유일의 운송수단이다. 가난한 농민들이 주로 사용하는 '지게'를 진 농민들이 '힘없이 걸어가는' 장면에서는 험난한 노동에 쫓기는 노동자에 대한 무라야마의 공감을 엿볼 수 있다. 이렇듯 이미 조선의 '지게'를 인식하고 있던 무라야마는 이러한 소도구로부터 노동자의 험난한 상황을 적절하게 잘 표현하고 있다. 이와 같이 시나리오 〈춘향전〉에서 농민들에게 동정하는 것은 하루하루 힘겨운 노동에 내쫓긴 수많은 노동자에게 동정하는 것이기도 할 것이다.

무라야마가 '지게'라는 단어를 시나리오에 사용한 시기는 일본에서 상영된 조선영화는 물론 조선 내에서만 공개된 영화에서도 강제적으로 일본어를 사용시키기 시작한 시기와도 맞물리는 시기이다. 이와 같은 시기에 무라야마가 일부러 수많은 단어의 조선어 음독을 채용한 의미는 대단히 크다 할 수 있다.

무라야마의 시나리오 〈춘향전〉 속에서 몽룡에게 조선의 붕당파벌의 나쁜 정치를 흉탄하기 위해 '구체적인 곳으로부터'의 행동을 일으키는 일이 필요하다고 강조시켰지만 이 의미에서 무라야마의 〈춘향전〉에서의 한글에 의한 음독은 조선의 고유한 언어와 문화를 말살하는 갖가지 법률을 시행(창씨개명 : 1940.2, 조선어 신문폐간 : 1940.8)해 가는 일본의 '나쁜 정치를 흉탄하기 위해' 무라야마가 선택한 '구체적인' 반항과 개혁의 행동으로 보아도 무난할 것이다. 또한 여기서는 조선 문화를 한글 음독으로 접하고 싶어 하는 의지와 함께 일본의 관객에게 조선의 문화를 그대로 알리고 싶어 하는 의도도 작용했을 것이다.

5. '서울'의 몽룡

한글 음독과 함께 무라야마의 시나리오의 특징으로 들 수 있는 것
이 16세였을 몽룡을 19세로 바꾼 점, 몽룡의 아버지인 이준상과 변학도
가 몽룡의 어머니를 둘러싸고 경쟁관계로 묘사된 점, 그리고 남원으로부
터 떠난 몽룡의 3년간의 '서울'의 생활이 자세하게 그려진 점이다. 그
때까지의 『춘향전』에서는 전혀 그려지지 않았던 무라야마의 순수한
창작인 '서울'에서의 몽룡을 그린 부분에 중점을 두고, 무라야마에게
이것이 어떠한 의미를 가진 것인가를 살펴보고자 한다. 우선 시대배경
이 느껴지지 않는 지방인 남원으로부터 일전해서 정치의 움직임이 생
생하게 그려지는 '서울'에서의 장면의 하나를 다음 인용으로부터 보기
로 한다.

> 각하(이조판서 윤여첨—인용자)는 우리당(당시, 관리는 파벌붕당으로
> 나눠져 각각 세력을 얻으려고 서로 싸우는 일이 가장 심했다)의 커다란 기
> 둥으로 우리들의 기댈 수 있는 분이시기에 무릅쓰고 원을 청합니다만 사실
> 은 제 못난 자식, 19세 되는 몽룡으로 이번 과거시험을 보게 하려고 합니다.
> 부족한 놈이지만 부디 잘 부탁드리겠습니다.
> 식객이 뒤쪽으로 돌아가 보자 이준상의 하인이 엄청난 조류 및 짐승류의
> 진기한 물건을 옮기고 있다. (…중략…) 자네의 자식이라면 앞으로 우리 당
> 의 장래를 이끌 인재가 되어야 하기에 결코 낙제는 시키지 않겠네 라는 정
> 도의 말은 나로서도 약속할 수 있을 것 같네..[53]

---

53 위의 글, 165~166쪽.

이는 지방에서 중앙으로 부임한 이준상이 '서울'에 도착한 후 가장 먼저 취한 행동이다. 인용에서는 조선의 국정이 일부의 파벌에 의해 좌우되고 있는 것을 알 수 있다. 파벌에 의한 정치는 같은 파벌이었음에도 불구하고 권력다툼에서 진 후, '좌천'된 인물로 변학도가 그려져 있다. 남원에서는 백성에게 선정을 펼쳐, 백성의 편으로 보였던 이준상 조차도 중앙인 '서울'에서는 그 교활한 본질을 나타낸, 배가 까만 인물로서 그려지고 있다. 과거에 자식인 몽룡을 합격시키기 위해 실력자에게 뇌물을 바치는 이준상의 행위로부터 자식의 미래를 염려하는 아버지로서의 마음도 느껴지지 않은 것도 아니지만 이는 사리사욕이라 말할 수 있다. 또 과거의 관리 총책임자인 이조판서의 윤여첨의 부당한 행위의 근본에는 '우리 당의 장래'만을 우선하는 자세가 명확해, 정치가 얼마나 부패해 있는가를 알 수 있다. 이와 같이 부모사이의 더러운 '약속'과 대비해, 다음의 인용에서는 '각하'의 아들인 윤기승과 몽룡과의 대화 장면으로부터는 젊은이 사이의 정치에 관해 허심탄회한 대화를 엿볼 수 있다.

　　"지금의 정부를 자네는 어떻게 생각하나? 정부에 있는 자들은 단지 자신들의 붕당을 키워 상대 붕당을 무너뜨리는 일에 광분하고 있을 뿐이야. 권세욕과 질투. 이를 위해 어떠한 수치도 모르며 배신도 어떠한 잔악한 살육도 침 한번 뱉듯 평온함으로 일관하고 있다. 붕당의 밤낮을 가리지 않는 싸움, 그것이 지금의 정치야. 그 이외 정치는 어디에도 없네." (…중략…) "하지만 우리들은 젊네. 밝은 희망을 모두 잃고 살아갈 수야 없지 않는가. 나 또한 언젠가는 이러한 바보스러운 붕당파벌의 정치가 참 정치에 의해 바뀔 때가 올 것으로 믿네. 그리고 그때를 앞당기기 위해서라면 어떠한 작은 일이라도 힘을 다할 것이야."[54]

'바보스러운 붕당파벌의 정치'를 쥐고 있는 것은 구세대인 두 명의 아버지이지만 '참 정치에 의해 바뀔 때'를 원하고 있는 두 명의 신세대 젊은이들의 입장이 명확히 그려지고 있다. 신세대인 두 사람의 대화를 보면 '권세욕과 질투'뿐인 '지금의 정치'로서는 '밝은 희망'이 있을 리가 없다. 때문에 젊은 두 명이 '어떠한 작은 일이라도 힘을 다'할 것을 다짐하고 있다. 정치의 쇄신을 꿈꾸는 윤기승과 몽룡의 묘사는 무라야마가 1938년에 조선을 방문했을 때에 '봉건적 도덕을 고수하려고 하는 사람들과 새로운 사회적 도덕적 제 관계로 향하려는 사람들'[55]과의 먹고 먹히는 관계를 강하게 느꼈기 때문일 것이다.

이와 같이 무라야마가 '서울'에서의 몽룡을 통해 말하려고 했던 것은 일부의 구세대에 의한 '바보스러운' '지금의 정치'가 '밝은 희망'으로 가득 찬 '참 정치'로 바꾸기 위해서는 무엇보다도 젊은이의 힘이 필요함을 강조하고 있다.

6. 나가며

사회의 모순과 제국주의 일본의 본연의 모습을 인식하려한 무라야마에게 조선 문화를 대표하는 『춘향전』은 조선사회와 당시의 일본과 조선을 둘러싼 문제를 날카롭게 부각시키기 위한 적절한 소재로써 인식하기에 충분한 작품이었다. 계급문제와 식민지 조선의 젊은이에게

54　위의 글, 168쪽.
55　무라야마 도모요시, 「단청(丹青)」, 『중앙공론(中央公論)』, 1939. 10, 197쪽.

희망의 메시지를 보낸 연극 〈춘향전〉은 무라야마에게 '내선융화'의 문화정책을 교묘하게 이용하는 방법을 깨닫게 해 주었다.

하지만 무라야마의 시나리오 〈춘향전〉에서는 조선인에게 유감인 점으로 조선의 모든 사람들이 자랑스럽게 생각했던 고전의 모습이 사라졌다. 정숙한 히로인 춘향과 고난을 뛰어넘은 젊은 두 사람의 사랑의 해피엔드의 이야기는 여기에서는 깨끗이 옅어져 버렸다. 즉, 무라야마의 시나리오는 지배자인 일본인의 의해 조선사회 내부에 대한 비판으로 읽힐 가능성이 있지만, 당사자인 조선인 관객에게는 받아들이기 힘든 것이었다고 해야 할 것이다. 그럼에도 불구하고 본서는 무라야마의 영화 시나리오 〈춘향전〉이 한글 음독을 살리고 있다는 점에 주목해, 당시 조선 사회 및 제국 일본의 정치적 문제를 비판하기 위한 조치였다는 점을 높이 평가한다. 이 작품을 시작으로 이후의 무라야마 작품에는 한글 음독에 의한 단어들이 두드러지기 시작했다는 점을 감안해도 시나리오 〈춘향전〉은 무라야마가 '작은 일'을 통해서라도 조선을 이해하려고한 작품임을 알 수 있다.

마지막으로 '서울'에서의 몽룡을 통해 당시 조선사회의 구세대와 신세대의 대립을 표현한 시나리오 〈춘향전〉은 무라야마에 의해 정치적으로 이용되었다고 할 수 있으나 한국의 『춘향전』의 전통 속에 새로운 가능성을 나타냈다는 점은 높이 평가해야 할 것이다.

『춘향전』은 시대, 세대, 나라를 뛰어넘어 사랑받고 당시의 사회적인 상황에 의해 재창작되어 왔다. 하지만 패전까지의 일본에서의 『춘향전』 수용사가 조선의 『춘향전』이 그대로 번역한데 비해, 창작적 요소를 가미한 무라야마의 고전의 재해석은 현재를 되돌아보기 위한 노력이었으며 이는 높이 평가해야 마땅할 것이다.

일제 말의 이중어글쓰기와
탈식민 / 탈민족의 아포리아 김윤식의 이중어글쓰기론을
중심으로

윤영실

1. 들어가며
　　ー'한국 근대문학'이라는 범주와 일제 말기 문학 연구의 문제성

　'한국 근대문학'이란 무엇인가? 지난 10여 년 간, 한국 근대문학 연구는 자신의 존립 근거인 '한국 근대문학'이란 무엇인가라는, 근원적인 질문에 매달려 왔다. 물음은 90년대 후반 **근대**(성)에 대한 성찰로 출발하여, 2000년대 초중반 '(한국 근대)**문학**'의 '기원'에 대한 탐구로 좁혀지더니, 최근에는 '**한국**(근대문학)'이라는 '민족' 경계의 자명성을 재고하는 데까지 이르고 있다. 이광수가 '문학이란 하오'라는 물음을 내걸고 조선의 근대문학론을 정립했던 때로부터 근 한 세기, 임화가 조선 신문학사 서술을 기획했던 때로부터도 반세기가 흐른 시점. 그간 한국 근대문학의 성과가 양산되는 것만큼이나 그에 대한 연구도 축적되어, 한국

근대문학 연구는 이미 한 차례, (새로운) 연구대상의 고갈이라는 벽에 부딪치기도 했다. 그렇기에 '한국 근대문학'에 대한 근원적 물음은, 연구의 존립 기반을 허물고 학제의 안정적인 경계를 뒤흔드는 '위기'이기도 했지만, 그 위기를 통해 '한국 근대문학' 연구의 새로운 활로를 개척해가는 능동적 '모험'이기도 했다. 과연, 이 '모험'을 거치며 '한국 근대문학' 연구의 폭은 비약적으로 넓어졌다. 문학에서 문화로, 근대에서 전근대와 탈근대로, 한국에서 동아시아와 세계로, 한국 근대문학 연구의 좌표는 현기증 나는 속도로 확장되어 왔다.

그러나 연구의 폭만큼 깊이 역시 더해가고 있는 걸까? 연구의 광활한 신개지를 선점하는 데 몰두하느라, '한국', '근대', '문학'에 대한 근원적이고 비판적인 성찰이라는 애초의 문제의식은 오히려 방기되고 있는 것이 아닐까? 그렇기에 '한국', 근대', '문학'을 둘러싼 물음은 다시 한번, 더욱 철저히 던져져야 한다. 한국 근대문학의 '영토'를 확장하는 데 골몰하는 것이 아니라 그 '영토' 자체를 허무는 존재 전체를 건 모험으로 나아갈 때, 비로소 창조적 사유가 싹트고 연구의 깊이가 확보될 수 있을 것이다. 그것을 더 이상 '한국 근대문학 연구'라 이름 붙일 수 있을지는 모르지만.

이런 점에서 최근 뜨겁게 달아오르고 있는 일제 말기 문학[1] 연구는 한국 근대문학 연구의 폭과 깊이를 가늠해 볼 수 있는 유력한 장(場)의 하나이다. 이른바 '조선(한국)문학'이란 '조선인(한국인)'이 '조선어(한국어)'로 '조선(한국)의 생활감정'을 쓴 문학이라 할 때, 일제 말기 문학의

1 　중일전쟁에서 해방 직전까지의 문학은 그간 '암흑기 문학', '친일문학', '국민문학' 등 다양한 명칭으로 불려왔다. 본고는 이러한 명칭들 각각이 함축하고 있는 일련의 가치 평가로부터 거리를 두기 위해 '일제 말기'(1938~1945)라는 시기만으로 이 시대 문학을 통칭하고자 한다.

상당 부분은 이러한 범주를 벗어난다. 조선인이 일본어로 쓴 문학, 일본인이 일본어로 조선에 대해 쓴 문학, 조선인이 조선어 혹은 일본어로 황국신민(일본인)으로서의 삶을 제창한 문학 등등. 한때 '암흑기'라는 장막 속에 묻어두고자 했던 것들,[2] 간간히 '친일문학'이라는 꼬리표가 달린 채 폭로되었던 것들[3]이, 속속 발굴되거나 새롭게 조명되고 있다. 이들을 둘러싼 '해석의 갈등'도 첨예해서, 텍스트의 내재적 분석을 통해 '협력과 저항'의 새로운 경계선을 찾는다거나,[4] 식민지 민족(주의)와 파시즘의 내적 연루를 고발한다거나,[5] '양가성'이나 '전유', '혼종성'의 개념을 통해 민족으로도 파시즘으로도 회수되지 않는 식민지 국민문학의 탈식민성을 모색한다거나[6] 하는 시도들이 줄을 이었다. 한국 근대문학 연구사에서는 드물게도, 연구의 시각을 둘러싼 논전도 한바탕 치러졌고,[7] 이에 대한 일목요연한 관전평까지 나와 있는 상태지만,[8] 아

---

2 이 시기를 '암흑기'로 치부하고 다루지 않음으로써 그 시기의 민족적 '치부'를 '암흑' 속에 묻어두고자 하는 욕망은 해방 후에 쓰인 대부분의 문학사들에서 공통적이다.

3 임종국, 『친일문학론』, 평화출판사, 1963; 김규동·김병걸 편, 『친일문학작품선집』, 실천문학사, 1986.

4 김재용, 『협력과 저항』, 소명출판, 2004; 김재용 외, 『친일문학의 내적 논리』, 역락, 2003.

5 김철, 「친일문학론―근대적 주체의 형성과 관련하여」, 『국문학을 넘어서』, 국학자료원, 2000; 김철 외, 『문학 속의 파시즘』, 삼인, 2001; 김철, 『'국민'이라는 노예』, 삼인, 2005.

6 윤대석, 『식민지 국민문학론』, 역락, 2006; 한수영, 『친일문학의 재인식』, 소명출판, 2005; 정종현, 「제국, 민족 담론의 경계와 식민지적 주체―1940년대 이태준 문학에 나타난 혼종성」, 『상허학보』 13집, 2004.

7 하정일, 「한국 근대문학 연구와 탈식민」, 『민족문학사연구』 23호, 2003; 강상희, 「친일문학론의 인식구조」, 『한국근대문학연구』 7호, 2003; 류보선, 「친일문학의 역사철학적 맥락」, 『한국근대문학연구』 7호, 2003; 홍기돈, 「대척점에 선 친일문학 연구의 두 경향―지적 식민주의자 비판」, 『실천문학』, 2005 겨울.

8 김명인, 「친일문학 재론―두 개의 강박을 넘어서」, 『한국근대문학연구』 17, 2008; 하재연, 「'신체제' 성립 전후의 한국 근대문학 연구방법론 고찰」, 『한국현대문학연구』 25호, 2008.

직까지도 일제 말기 연구열은 가라앉지 않은 듯하다. 여기저기 흩어져 있는 일본어 텍스트들을 거두어 번역, 소개하는 작업[9]은 물론이요, 연구의 관점을 '젠더',[10] '언어'와 '번역' 문제[11] 등으로 예각화 하는 작업도 한창이다.

어떤 대상에 대해 수많은 해석들이 양산된다는 것은, 역설적으로 그 대상이 해석에 완강히 저항한다는 것을 보여준다. 말해도 말해도 아직 다 말하여지지 않은 어떤 것이 남아있다는 느낌, 해석들이 여전히 대상에서 빗나가거나 기껏해야 대상의 표면에서 미끄러지고 있다는 느낌. 이 시기의 문학이 텍스트 자체로만 보면 대개 소박하고 생경한 선전문학의 수준에 머무는 것임에도 불구하고, 도대체 이 해석의 미진함은 어디에서 비롯되는 것일까? 그것은 어쩌면 '문학' 해석의 수준에서 해결될 수 있는 성질의 것이 아닐지도 모른다.

여전히 해석되지 못하고 있는 그것, 그것은 '(한국 근대)**문학**'이라기보다 '**한국**(근대문학)'이 아닐까. 일제 말기 문학은 그 무엇이든 '일본인-되기'(황국신민화)라는 강력한 이데올로기적 자장 속에서만 창작되고, 배치되고, 평가될 수 있으며, 실제로 그래왔다. 이 시기 '일본인-되기'에 부응하거나 저항하는 과정에서 벌어졌던 정체성의 균열과 중첩과 봉

---

9   김재용 등이 편역한 『식민주의와 문화 총서』(역락), 당대에 일본에서 간행된 조선 작가 작품집을 재번역한 『반도작가단편선』, 『신반도문학전집』 1~2권, 그리고 이광수, 김사량, 장혁주 등 작가별 선집 등이 있다.

10   권명아, 『역사적 파시즘』, 책세상, 2005; 권명아, 『식민지 이후를 사유하다』, 책세상, 2009.

11   최근의 논의들 중 특히 황호덕과 윤대석의 '번역'과 '언어'를 둘러싼 연구 성과들이 주목된다. 황호덕, 「국어와 조선어 사이, 내선어의 존재론」, 『대동문화연구』 58집, 2007; 황호덕, 「제국 일본과 번역 (없는) 정치」, 『대동문화연구』 63집, 2008; 윤대석, 「1940년대 한국문학에서의 번역」, 『민족문학사연구』 33, 2007; 윤대석, 「조선어의 '마지막 수업」, 『한국학연구』 18, 2008; 윤대석, 「1930년대 말 임화의 언어론」, 『우리말글』 45, 2009 등.

합의 다양한 사태들은 '민족' 대 '친일'(반민족)의 구도로 말끔히 재단되지 않는다. '일본인-되기'란 어떤 의미에서 '민족'의 경계 자체를 허물고 재구성하는 문제였기에, 오늘날 '상상의 공동체'로서의 '민족'에 관한 뜨거운 논쟁과도 곧바로 맞닿아 있다. 일제 말기 문학들을 둘러싼 무성한 해석들의 쟁투는 기실 '민족(네이션)' 논쟁의 문학적 버전이라고 할 만하다.

이 글은 이러한 문제의식 아래 최근의 일제 말기 문학 연구를 되돌아보되, 김윤식 교수의 '이중어글쓰기론'을 논의의 중심으로 삼을 것이다. 그의 연구는 최근의 열띤 논전들에서는 한 걸음 비켜서 있으되, 일제 말기 문학을 경유하여 '민족'이라는 문제의 핵심으로 가장 깊숙이 육박해 들어가고 있다는 판단에서다. 이 글은 그의 논의를 실마리 삼아 일제 말기 문학과 그 해석들, '민족'을 둘러싼 분분한 논쟁들의 미궁을 더듬어나가려는 것이니 만큼, 본격적인 김윤식론도 일제 말기 연구 시론도 아닌, 그 중간의 어디쯤에 놓이게 될 것이다.

2. 민족적 주체 확립의 당위와 식민화된 무의식 넘기라는 화두—『한일 문학 관련양상』(1974)을 중심으로

김윤식 교수의 방대한 연구량이야 익히 알려진 사실이지만, 그가 2000년대 들어 특히 역량을 집중하고 있는 부분은 일제 말기 문학 연구인 것으로 보인다. 2001년 『한일 근대문학의 관련양상 신론』에서 '일본'을 한국 근대문학 연구의 중요한 주제로 끌어들였던 그는, 『일제 말기 한국 작가의 일본어 글쓰기론』(2003)에서 일제 말기 이중어글쓰기의 지형도를 정리해보인 바 있다. 『이광수의 일어 창작 및 산문선』(2007), 『최재서의 '국민문학'과 사토 기요시 교수』(2009) 등 최근의 성과들 역시 이 시기의 문학 자료를 소개하거나 각론을 심화시키는 데 주력하고 있다. 『해방공간 한국 작가의 민족문학 글쓰기론』(2006)과 『일제 말기 한국인 학병세대의 체험적 글쓰기론』(2007)도 결국은 일제 말기의 '청산' 혹은 '기억'의 문제에 맞닿아 있다는 점에서, 이 문제적 시기에 대한 그의 사유는 지난 10년간 부단한 궤적을 그려왔던 셈이다.

그러나 『한일 근대문학의 관련양상 신론』(이하 『신론』으로 약칭)의 서문에서 저자 스스로 표 나게 밝히고 있듯, 그가 '일본'을 한국 근대문학 연구의 한 참조점으로 사유하기 시작한 것은 이때가 처음이 아니다. 1974년 『한일 문학의 관련양상』(이하 『양상』으로 약칭)을 통해 이미 그러한 사유를 한 차례 정리한 바 있는 그에게, 일본이라는 존재는 적어도 식민지기 한국 근대문학에 언제나 '내적'으로 연루되어 있는 타자였다. 타자이되 주체와 분리불가능하게 결부되어 있는 타자라는 역설. 그가 『양상』을 저술한 것이 민족주의적 학문 풍토가 한창 승하던 70년대의 한가운데이고 보면, 그가 마주친 역설의 의미가 더욱 도드라진다. 70년대라면 식민주의 잔재 청산이라는 대전제 아래에서 한국의 인문사회과학 전반이 이른바 근대의 '자생성'과 '연속성'을 규명하기 위해 총력을 기울이던 때가 아닌가. 더욱이 문학 분야에서 이 과제를 전면적으로 짊어지고, 마치 '독립운동 하듯' 썼다는 것이 김윤식·김현의 『한국문학사』(1973)가 아니던가.

그 민족주의적 열정은 『양상』 곳곳에서도 감지되는 바, 한일 문학의 '관련' 양상을 다루고자 하는 『양상』의 기획 자체가 식민주의 극복과 무관하지 않다. 한국과 일본 "각각의 문화형(cultural patterns)"을 밝히고, 양자 사이에 "우열"이나 "높이"를 설정하는 식민주의적 관점을 제거하여, 그 고유한 개별문화들이 "어떻게 충돌, 수용, 변질되는가"를 따져보자는 것이다. 제국과 식민지의 위계를 파기하려는 구식민지 출신 소장학자의 자의식은 예민하고 날카롭다. 동경에서 개최된 '한국에 대해 일본이란 무엇인가'라는 심포지움이 결국 일본 측의 일방성에 갇힌 "소음과 분노"(『양상』, 21)로 전락하고 말았다거나, 藤間의 조선시 연구처럼 일본학자들이 식민지 조선의 문학에서 '과도하게' 일제의 수탈을 읽어내는 시선조차 반성의 진정성을 결여한 "경솔 내지는 자기 출세를 위한 지적 유희"(『양상, 127)에 불과하다는 비판이 그러하다. 일본의 한국(조선) 연구는 과거나 지금이나 제국주의적 자기중심성을 벗어나지 못하고 있다는 반복적인 비판에는, 가해자(제국)와 피해자(식민지)라는 견고한 이분법과 가해자 측의 어떤 발언과 행위도 한갓 포즈에 불과하다는 완강한 피해의식이 자리 잡고 있다. 한일 문학의 '관련' 양상이라는 제목이 붙어 있기는 하나, 한국(조선)을 향한 일본의 '시선'을 배제하고 한국(조선) 문학으로부터 일본이라는 타자의 흔적을 씻어내는 것이야말로 이 책의 궁극적 동기라고도 할 수 있다.

그러나 정작 흥미로운 부분은, 저자가 "한국에 대해 일본이란 무엇인가"라는 물음을 스스로를 향해, 혹은 한국인을 향해 물을 때다. 비판에서 성찰로 방향이 전환될 때, 단호하고 선명한 논리는 문득 고뇌와 주저로 뒤바뀐다. 배제해야 할 타자로서의 일본이 주체와 깊숙이 연루되어 있어, 떨어내려 해도 쉽게 떨려나가지 않는다는 것, 고뇌의 근원은 여기에 있다. 36년생인 저자의 자기 고백으로 채워진 「머리말」은 특히 인상적이다. 일제 치하의 가장 엄혹한 시기를 거쳐왔던 유년시절, 징용이나 놋그릇 공출 같은 불행한 기억도 없지 않지만, 뜻 모른 채 일본 군가 따위를 흥얼거리던 그 시절이 아련한 그리움을 동반한 추억으로 되살아올 때의 당혹감. 이것이 단지 '개인적 체험'에 그치지 않는다는 것에 저자의 문제의식이 놓여있다. 유소년기에 일제를 경험했던 이른바 "황국신민의 세대"는 공히 이와 같은 인격분열증을 겪는다는 것이다. 의식의 차원에서는 "반일감정이 역사의식으로서 엄존"하고 있지만, 무의식의 차원에서는 일제 치하의 유년시절에 짙은 향수마저 느끼는 황국신민 세대에게 있어, 이 무의식이 언제 어떻게 작용하여 "한국의 자기 이해가 일본의 어떤 일본적인 것에 의해 규정될지 모른다는 두려움"을, 저자는 "아무리 강조하여도 지나치지 않을 것"(『양상』, 142)이라고 단언한다.

김윤식은 이를 "혼(Seele)과 논리의 갈등 문제"라고 집약한다. 해방 이후 역사(민족사)를 배웠고, 마침내 '한국민족문학'이란 "근대제국주의 국가단위로서의 일본의 조직적 수탈 정책과 이에 대한 한민족의 역사 전개로서의 응전력"으로 규명되어야 한다는 민족문학의 '논리'를 구축하는 데까지 이르렀으나, 정작 이 모든 논리의 토대가 될 "민족주의의 처녀성의 본질은 마침내 혼(Seele)에 관련된 문제"(『양상』, 3)더라는 것이다. 저자가 차마 다 하지 못한 말은 이런 것일 게다. 유년시절 '일본인'으로서 살았던 체험과 그 체험을 통해 '혼'에 각인된 '일본인'으로서의 정체성이, '한민족'으로서의 '순결성'을 지울 수 없이 훼손한 것이 아니겠냐고. 민족 정체성에 있어 가장 근원적인 혼의 문제는 '논리'만으로 쉽게 극복되지 않는 것이라고. 그러할 때 이 '혼과 논리의 갈등 문제'를 도대체 어디서부터 풀어가야 할 것인가.

유명한 『친일문학론』(1966)의 저자가 그린 「자화상」에서도 이와 비슷한 고뇌를 발견할 수 있다. 1929년생인 임종국은 유소년 시절, "배낭에 99식 총과 대검을 찬 상급생들이 참 하늘만큼은 장해보였"고, "식민지교육"을 단 "한번 회의조차 해본 일이 없"었으며, 해방 후에도 김구가 조선 사람인지 중국 사람인지조차 모를 만큼 무지했다고 고백한다. "민족이라는 관념도 해방 후에 싹튼 생각"일 뿐이라는 것. 임종국의 '자화상'은 '황국신민 세대'로서의 참담한 자기 고백인 동시에, 자신이 『친일문학론』으로 나아갈 수밖에 없었음에 대한 해명이다. 『친일문학론』이란 자신을 "그토록 천치로 만들어 준 그 무렵의 일체"(6)에 대한 "증오"와 고발의 실천이었던 셈이다. 그 '일체'에는 제국 일본과 식민지 체제, 그리고 무엇보다 그 체제에 협력해 황국신민화를 외쳤던 '친일문학'의 저자들이 포함된다. 이 일체를 '타자'로 설정하여 고발하고 단죄함으로써 지난 과오를 청산하자는 것이다.

이 '일체'의 것이 '망각' 속에 묻혀 있던 시절, 『친일문학론』의 문제제기는 충분한 시대적 의의를 갖는다. 그러나 『친일문학론』으로부터 또 여러 해가 흐른 뒤인 『양상』에서 김윤식은 이로부터 한 걸음 더 나아간다. 『친일문학론』의 구도는 여전히 '논리'의 수준에 머물 뿐, '혼'의 문제가 빠져있기 때문이다. 외부의 타자를 배격하기는 비교적 쉬우나, 자기 안의 타자, 오늘날의 개념어로 말하자면 '식민화된 무의식'으로부터 벗어나는 과정은 훨씬 더 근본적이며 그만큼 더 지난하다. 이후 김윤식의 연구가 자기, 나아가 한국 근대문학에 깊숙이 자리 잡고 있는 무의식으로서의 일본을 향한 것은 당연한 귀결이다. 식민화된 무의식으로부터 어떻게 벗어날 것인가, 이것은 오랜 세월 그의 연구를 추동해 온 화두였던 셈이다.

3. 제도로서의 근대와 주체와 타자의 상호구성
─『한일 근대문학의 관련양상 신론』(2001)을 중심으로

새로움은 하루아침에 얻어지지 않으며 오랜 동안 반복과 차이를 거듭하면서 조금씩 축적될 수 있을 뿐이다. 김윤식의『한일 근대문학의 관련양상 신론』(2001, 이하『신론』으로 약칭) 역시 상당 부분은 지난 수십 년의 연구 성과들을 차곡차곡 정리해 놓은 것에 불과하다. 따라서『신론』에서 무엇이 '새로움'이며 무엇이 '원점 맴돌기'인지는 30년 전『양상』과의 비교 속에서 비로소 도드라진다. 저자가 책의 제목과「머리말」에서 굳이『한일문학의 관련양상』을 환기시키는 이유는 그 때문이다. 이 두 권의 책을 나란히 놓고 보는 것은 김윤식이라는 한 노학자의 사유의 궤적뿐 아니라, '20세기적 연구풍토'와 '21세기적 연구풍토'의 거리를 가늠해보는 것이기에 흥미롭다.

성급히 단정하자면, 그가 여전히 맴돌고 있는 '원점'이란 30년 전의 화두이며, '새로움'이란 화두를 풀어가는 방식이다.『신론』은 여전히 '식민화된 무의식'을 어떻게 넘어설 것인가라는 화두에 충실하다. 그러나『양상』에서는 그 화두를 풀어가는 논리가 '민족(주의)'라는 대전제에 의해 제어되고 있었다면,『신론』에서는 '근대성'이라는 대전제가 그 자리를 대신한다. 70년대의 글들에서도 '근대'를 문제 삼기는 했지만 '민족'의 하위범주로서만, 즉 민족의 자생적 근대를 입증하거나 민족의 근대 확립이라는 전망을 추구하는 한에서만 그러했다. 그러나 80년대 중반을 넘기면서 '근대'는 민족마저 포괄하는 상위의 범주로 확고히 자리매김된다. 한국의 근대는 (A) nation-state(국민=민족-국가)와 (B) 자본제 생산양식의 수립을 보편성으로 (C) 반제 (D) 반봉건을 특수성으로 삼는 '제도적 장치'라는 명제가 뚜렷하게 제시된 것도 이즈음의 일이다.[12] 이러한 구도 속에서 식민지 조선(나아가 비서구 일반)은 근대성의 아포리아에 맞닥뜨리게 된다. 그토록 갈망해왔던 근대(국민국가와 자본제 생산양식)가 다름 아닌 제국주의의 다른 이름이었다는 것. 따라서 (C) 반제라는 과제는 '근대' 그 자체를 넘어섬으로써만 달성될 수 있다는 것이다.

이처럼 탈식민의 과제가 곧장 탈근대의 과제와 이어짐으로써, '식민화된 무의식'을 어떻게 넘어설 것인가라는 '원점'의 의미 역시 한결 중층화된다. 나아가 김윤식이 어느 글에선가 명시적으로 밝히고 있듯, "일본이란" "단순히 특정한 국가나 민족을 가리킴이 아니고" '근대성'과 직간접적으로 관련된 것으로서, 한국 근대 "문학과 사상을 검증하는 시금석"[13]이라는 의미를 띠게 된다. 『양상』에서의 일본 연구가 '자기 안의 타자'로서의 일본이 '자기'를 지배할지도 모른다는 불안의 표정을 띠고 있었다면, 80년대 중반 이후의 일본 연구는 한국 근대문학의 기반인 '제도로서의 근대'를 훨씬 냉정하고 차분하게 탐색한다. 이 시기 김윤식의 한국 근대문학 연구는 이인직 이래 한국의 근대문학이 일본을 경유하여 가치중립적인 제도로서의 근대를 '이식'하는 과정에 모아진다.

임화의 '이식문학론' 이래 근대의 '이식'이라는 문제를 둘러싸고 문

---

12 가치중립적 제도로서의 근대론이 김윤식의 사유에서 언제, 어떠한 방식으로 꼴을 갖추갔는가는 규명해야 할 문제이지만, 한국에서 근대성론이 본격적으로 점화되기 이전인 80년대 중반에 이미 큰 틀의 구도는 그려져 있었으며, 90년대 근대성 논의와 함께 점차 체계화된 것으로 보인다. 한편, 90년대까지만 해도 '근대주의'를 '민족주의'와 피상적으로 대립시키면서 서구적(혹은 일본적) 근대 추종이 비주체적, 반민족적인 것으로 경사되게 만들었다는 식의 논의들이 있었으나, 지난 10여 년 간 진전된 '근대성' 연구로 이런 혼란은 상당 부분 극복되었다고 여겨진다. 현재로서는 '근대성의 아포리아'에 천착하지 않은 어떤 사유도 피상적일 수밖에 없다는 것이 본고의 입장임을 밝혀둔다.
13 「내게 있어 일본인이란 무엇인가」, 『김윤식선집』 5권, 솔, 1996, 470쪽.

학 안팎의 논쟁이 끊이지 않았다. 과거 '자생적 근대'니 '한국적 근대(여러 개의 근대)' 같은 논의들이 활발하게 제기되었던 바 있고 여전히 그 파장이 남아있지만, 최근에는 근대란 서구로부터 시작되어 제국주의적 팽창 경로를 따라 비서구로 확장되었기에 유일한 근대는 식민지 근대(성)이라는 입론이 설득력을 얻고 있다. 식민지근대성이라는 사태를 인식하는 것은 그것의 정당성을 옹호하는 것이 아니며, 식민지근대성을 어떻게 극복할 것인가라는 과제를 내려놓는 것도 아니다. 오히려 식민지의 모순을 제대로 극복하기 위해서는 이러한 사태의 인식에 철저해야 한다는 것이다. '근대성 / 식민성의 아포리아'는 여전히 풀리지 않았다. 근대의 '이식'을 '모방과 전유', '번역을 통한 반역'으로 파악하거나, 식민지근대성 안에서 제국과 식민지의 상호구성적 계기를 드러냄으로써 제국의 일방적 지배를 상대화하는 것이 현재까지 나온 최대치의 대안이 아닐까 싶다. 따라서 연구자 김윤식의 의의나 한계는 그가 '일본(근대)'를 시금석 삼아 진행해온 한국 근대문학 연구에 이러한 대안적 관점들이 어느 정도 구현되어 있는가를 통해 검증되어야 한다.

김윤식은 자신에게 임화의 '이식문학론'을 넘어설 능력이 없음을 고백하며, 그 과제를 패기 있는 신진연구자의 몫으로 돌린다. 그러나 '전유'니 '번역'이니 하는 개념을 표 나게 내세우지는 않아도, 그의 문학 연구는 이런 계기들을 풍부하게 함축하고 있다. 그가 이인직의 『혈의 루』에 일본식 루비가 버젓이 달려있고, 이광수가 일어로 습작기를 거쳤으며, 김동인, 염상섭의 초기 소설이 일본어로 구상하고 조선어로 쓰는 식이었음을 증명해보인 것은 80년대였다. 그러나 당시에는 이로부터 이인직의 친일 이데올로기를 읽어내는 식으로 여전히 가치론적 해석에 기울어있던 김윤식은, 90년대 이후 가치중립적, 탈이데올로기적 기호론의 관점에 더욱 철저해진다. 이에 따르면 이인직 등의 소설에 드리워진 일본의 그림자란 조선의 근대가 일본을 경유하여 스스로를 구성했음을 보여주는 무수한 사례의 하나일 뿐, 그 이상의 가치론적 함의는 없다.

그러나 김윤식이 '관념성'(보편성)으로서의 근대와 '활(活)사실(특수성)'의 변증법으로 문학사를 재구성할 때, 한국 근대문학사는 '이식'에서 '번역'의 차원으로 도약한다. 이광수가 「愛か」(1910)에서 『무정』(1917)으로 나아간 길, 김동인이 「약한 자의 슬픔」의 추상적 시공간(1919)에서 「배따라기」(1921)의 '조선적' 세계로 나아간 길, 염상섭이 '彼 / 彼女' 같은 일본어가 범람하는 초기 3부작에서 「만세전」(1924)의 식민지근대성 포착으로 나아간 길은, 일본적 근대를 '번역'하여 '차이'를 만들어내는 과정에 다름 아닐 것이다. 식민지 조선의 문학을 근대의 보편성 위에서 사유하되 그 식민지적 차이에 민감함으로써, 김윤식의 한국 근대문학 연구는 일종의 균형감각과 선명함을 획득한다. 예컨대, 이런 식이다. 김소월 등의 '민요시'나 조선혼을 낭만적으로 이상화한 '민족주의 문학'이 '활사실'의 극단적 경향으로 기울었을 때, 이를 제어하며 등장한 것이 카프문학이었다. RAPP(소련)에서 NAPF(일본)로, 다시 KAPF(Korean Artista Proletariat Federatio)로 연동되는 사회주의 문학의 흐름 속에서 근대의 보편성이 전면화되었다. 그러나 소련의 일국사회주의나 일본 사회주의자들의 '민족 에고이즘'에서 노골화되었듯 근대란 또한 네이션의 경계에 철저히 속박되어 있었다. 이 한계에 직면하여 KAPF 문학이 역사적 시효를 다했을 때, 식민지 조선의 문학은 한편으로 「무녀도」(1936)나 「승무」(1940)의 토착적 세계로, 다른 한편으로 「오감도」(1931)나 「기상도」(1936)의 '인공어'의 세계로 나아간다 …… 등등.

'관념성'과 '활사실'의 변증법으로 파악한 한국 근대문학사가 근대문학의 '이식'을 '번역'의 차원으로 끌어올렸다면, 한일 문학의 '주고받기' 과정에 대한 탐구는 근대성이 제국에서 식민지를 향한 일방적 흐름이 아니었음을 입증한다. 임화와 나카노 시게하루[中野重治]의 경우는 흥미로운 한 가지 사례다. NAPF의 중심인물인 나카노 시게하루가 「雨の降る品川驛」(1929)을 써서 조선 프롤레타리아에 연대감을 표하고, 임화가 이에 화답하여 「우산받는 橫濱부두」(1929)를 썼던 것은 한일 프롤레타리아 문학이 긴밀히 연동하고 있었음을 보여준다. 더욱이 천황에 대한 불경죄로 원문의 상당 부분이 삭제되어 있던 나카노 시게하루의 시는 뒤늦게 조선어 번역본이 발견됨으로써 그 전모가 드러난다. 이런 사실들이 한일 문학 주고받기의 표층에 머문다면 그 심층의 의미는 한결 중대하다. 조선 프롤레타리아를 "일본 프롤레타리아의 앞잡이요 뒷군[日本プロレタリアートの前だて後だて]"으로 썼던 원시(1929), 나아가 이를 "일본 프롤레타리아의 뒷잡이요 앞군[日本プロレタリアートの後だて前だて]"으로 바꿔놓은 개작(1931)에 이르기까지, 프롤레타리아의 국제적 연대라는 이상 이면에 '민족 에고이즘'이 또렷이 새겨져 있다는 것(『신론』, 165)이다. '민족 에고이즘'은 자유 평등의 가치를 옹호하며 한때 동아시아 연대론의 주장자이기도 했던 후쿠자와 유키치[福澤諭吉]의 '탈아론'에서부터, 일본인인 자신의 무의식 속에 '반한(反韓)적인 요소'가 있었을지도 모른다고 고백한 세계주의자 오에 겐자부로에 이르기까지 반복적으로 출몰하는 악령이다. 그렇기에 우리는 이렇게 말할 수 있을 것이다. '일본'(제국, 식민지 근대성의 중심부)이 한국 근대 "문학과 사상을 검증하는 시금석"[14]인 것만큼이나, '조선'(식민지, 식민지 근대성의 주변부)은 '보편성'을 참칭하는 근대가 사실 무수한 차이(차별)들로 균열되어 있음을 보여주는

하나의 시금석이라고. 따라서 근대가 추구해온 해방의 기획, 혹은 근대 그 자체를 넘어서려는 어떠한 해방의 기획도, '비서구'의 고통을 참조하지 않는 한 하나의 기만에 떨어질 수밖에 없다. 근대성 안의 차이들인 제국과 식민지는 이렇게 서로서로를 규정한다. 김윤식은 제국 일본이 조선이라는 식민지 주체의 구성에 내적으로 연루되어 있는 것만큼이나, 식민지 조선 역시 제국 일본이라는 주체 구성에 내적으로 연루되어 있음을 보임으로써, 식민주의적 위계를 넘어 '한일 문학의 관련 양상'을 상호적, 수평적으로 재구성하려는 기획에서 어느 정도 구체적인 결실을 거둔다.

4. '민족'의 흔들리는 경계와 사상의 상대성
—『일제 말기 한국 작가의 일본어 글쓰기론』(2003)을 중심으로

1) '일본인-되기'의 두 단계와 이중어글쓰기의 세 유형

『일제 말기 한국 작가의 일본어 글쓰기론』(2003, 이하『일본어 글쓰기론』으로 약칭)은『신론』의 일부분인 '이중어글쓰기론'을 심화, 확대한 것이다. 조선어와 일본어라는 두 언어를 넘나드는 글쓰기를 이중어글쓰기라고 한다면, 그것은 일본어(문학)를 경유하여 한국 근대소설을 개척했던 이광수, 김동인에서, NAPF의 맹원으로 활약하며 일본어 창작을

---

14 위의 글, 470쪽.

발표했던 백철, '인공어' 글쓰기의 한 극단으로서 일본어 시 창작에 나아갔던 이상까지 면면한 역사성을 갖는다. 그러나 일제 말기 '황국신민화'와 함께 전면화된 이중어글쓰기란 그 진폭과 함의가 각별하다. 1장에서 언급했듯, 일제 말기의 이중어글쓰기란 '한국 근대문학'이 '한국(민족)'이라는 존립근거를 전면적으로 뒤흔드는 장면들을 포함하고 있기에 첨예한 문제성을 갖는다. 일제 말기 이중어글쓰기란 무엇보다 '일본인-되기'를 둘러싼 인력 / 척력의 문제였다. "일본인이란 무엇인가? 일본인으로 되기 위해서는 어떻게 해야 하는가? 일본인이 되기 위해서는 조선인이라는 사실을 어떻게 처리하면 되는가?"[15] '일본인-되기'를 향해 결정적 일보를 내딛으며 최재서가 던졌던 이 물음이야말로 일제 말 이중어글쓰기 안에 공통적으로 내장된 문제였다.

　'nation'이 '국민'과 '민족'으로 분화되었던 식민지 조선에서 '일본인-되기'란 두 층위를 갖는다. 첫 번째 층위는 '일본-국민-되기'요, 두 번째 층위는 '일본-민족-되기'이다. 첫 번째 층위의 결절점은 조선인 지원병제의 실시였다. 조선인이 일본 군인이 될 수 있을 때, 식민지의 비국민에 머물던 '조선인'에게 '일본 국민'에 편입될 수 있는 길이 열린다. 이때 '민족'의 의미는 한 차례 조정된다. '조선민족'은 미래의 독립국가 혹은 현존하는 임시정부의 잠재적 국민이기를 포기하고 이제 '일본국민'의 일부분으로서만 존속될 것이다. 즉, '민족'의 의미 자체가 nation이 아닌 종족 집단(ethnic group) 정도로 축소됨으로써만[16] 조선인은 '조

15　최재서, 「받드는 문학」, 『국민문학』, 1944.4, 5~6쪽.
16　중화민국은 '민족' 개념에 '종족(ethnic group)' 정도의 의미를 부여함으로써 '다민족통일국가'를 구성할 수 있었다. 그러나 중국 내 소수 '민족'이 분리, 독립을 추구할 때 '민족'의 의미는 'nation화'된다. 즉 '잠재적 국민'으로서의 '민족' 개념으로 확장되는 것이다. 이 두 번째 민족 개념으로의 불온한 이행을 저지하기 위해 중국은 중화민족=중국국민이라는 새로운 단일민족 신화를 창출하는 데 골몰하고 있다. 김선자, 『만들어

선민족'인 동시에 '일본국민'이 될 수 있는 것이다. 조선인의 일본국민 되기는 형식상 전면적인 징병제와 선거권의 부여를 통해 완료될 것이 지만, 그 실현을 보지 못한 채 2차대전의 종결을 맞는다.

'일본인-되기'의 두 번째 층위는 '일본-민족-되기'이다. 고쿠고 전용과 조선어 폐기 문제를 통해 표면화되었듯, 이는 '조선민족'이기를 포기한 채 '일본민족=일본국민'이라는 새로운 정체성을 구성하는 것이다. 첫 번째에서 두 번째 단계로의 이행은 논리상 필연적인데, 잠재적 국민으로서의 '민족'이란 식민지 조선이라는 특수한 조건에서 형성된 과도기적 개념에 불과하기 때문이다.[17] '민족'과 '국민'이 '네이션'의 의미를 분유(分有)하고 있는 것이라면 '논리적'으로 정치적 독립을 통해 '조선민족=조선국민'이 되거나 일본과의 완전한 통합을 통해 '일본민족=일본국민'이 되는 두 가지 방식만이 존재한다. '조선민족'인 채 '일본국민'이 되는 것은 '민족'의 개념 자체를 '종족 집단'으로 축소하는 과정을 거쳐서만 이뤄질 수 있는 것이며, 그나마 중국이라는 '다민족국가'가 처한 오늘날의 현실이 보여주듯 언제든 다시 터질 수 있는 불씨를 안고 있는 것이었다. 식민지 조선에서는 상당기간 이러한 논리적 귀결이 유보되었다. 임시정부라는 상징적 존재, 그리고 조선인이 조선어로 조선의 생활감정을 쓰는 '조선문학'은 일본 국민과 선명히 구별되는 잠재적 국민으로서의 '조선민족' 정체성을 보장했다. 그러나 조선인에게 '일본국민-되기'의 길이 열리고 조선어 폐기가 강제되었던 일제 말기

<hr />

진 민족주의 황제신화』, 책세상, 2007.

17 nation에 내포된 역설적 측면들이 근대계몽기 동아시아 3국에서 '국민 / 민족' 개념으로 분화되었으며, 특히 '국민 / 민족'의 경계가 어긋나있던 식민지 조선에서 '민족' 개념이 독특한 과도기적 의미를 띠게 되었음은 졸고, 「'국민'과 '민족'의 분화」, 『상허학보』 25집, 2009 참조.

에 이르러, 유예의 공간은 협소할 대로 협소해졌다. 이 협착한 가능성의 공간에서 이중어글쓰기의 다양한 양상이 솟아난다.

　이상의 논의를 바탕으로 볼 때 김윤식이 제시한 이중어글쓰기의 세 유형이 좀 더 일목요연하게 이해된다. 유진오, 이효석, 김사량으로 대표되는 이중어글쓰기의 첫 유형. 그것은 일본국민-되기라는 정치 현실을 받아들이되, 일본민족-되기에는 완강히 버티는 방식이다. 이들은 현실로서의 '일본국민'임을 거부하거나 부정하지 않으면서도, '조선민족'으로서의 정체성을 고수하는 다양한 잠행(潛行)의 방식을 모색한다. 유진오에게 그것은 '현실'과 '사상'의 결합체인 문학을 통해 이중적 정체성 사이에서 아슬아슬한 줄타기를 하는 것으로 나타난다. 이것이냐 저것이냐라는 동일률을 비켜나가는 애매성의 전략. 이효석은 일단 황국신민화라는 정치적 현실과 일정한 거리를 둔 미학의 영역으로 퇴각한다. 조선인이든 일본인이든, '문학'은 아름다움을 그리기만 하면 된다는 것이다. 그럼에도 그가 '문학'을 통해 애써 환기하고자 했던 것이 '조선적 미'라는 점에서 이효석 역시 첫 번째 범주를 벗어나지 않는다. 김사량의 전략은 한층 적극적이다. 일본인 / 조선인이라는 이중적 정체성의 충돌과 모순을 선명하게 부각시켜 마침내 '일본인-되기'의 불가능함을 드러내기가 그것이다.

　그러나 '일본국민 / 조선민족'이라는 이중적 정체성은 불안한 동요, 분열의 방식으로서만 유지되는 것일 뿐, 그 자체가 적극적인 대안이 될 수는 없다. 그 불안한 동요를 끝내 견디는 것이 적극적인 체제 협력에 나서지 않게 하는 최소한의 억제 장치로 작동한다고 해도, 거기서 논리적 선명함이나 윤리적 정결성을 찾기는 힘들다. 유진오의 경우처럼 "일상성 속으로 사상을 이끌어 내"려 "유연화"하는 것이야말로 '문학'의 자리로 삼는다 해도, 그것이 역으로 "일상성 또한 고양"(『일본어 글쓰기론』, 239)시킬 수 없다면 문학의 깊이를 얻을 수 없을 것이다. 이효석은 자신이 입증하고자 했던 '조선적 미'가 제국의 오리엔탈리즘적 시선과 얼마나 떨어져있는가라는 문제에 직면하기 전에 세상을 떠났다. '일본인 / 조선인'의 이중적 정체성이 갖는 모순을 날카롭게 묘파했던 김사량은 마침내 그 모순을 돌파하기 위해 연안 탈출(일본국민-되기의 거부)을 감행했다.

이중어글쓰기의 두 번째 유형인 이광수에게는 이중적 정체성 사이의 틈새가 보이지 않는다. 이광수가 시, 수필, 평론 등을 통해 황국신민화를 제창한 것을 '가면 쓴 글쓰기'라 할 때, 이를 두고는 이미 '반민족적 친일'이니 '민족과 파시즘의 내적 공모'니 하는 다양한 해석이 제출되었던 바 있다. 반면 김윤식은 과거 『이광수와 그의 시대』에서 절정을 보여준 바 있는 전기적 재구성을 통해 이광수의 내면풍경에 육박해간다. 이 내면풍경을 '맨얼굴의 글쓰기'라 한다면 이광수에게는 '가면'과 '맨 얼굴'이 정확히 일치한다는 사실이야말로 문제적이다. 조선인 문학자들의 은밀한 고민을 염탐하려던 일본문학자들이 대취한 이광수의 '맨 얼굴'에서 '일본인보다 더 일본인다움'을 발견하고 경악하는 장면은 풍부한 논의를 불러일으킬 수 있을 터다. 내선의 '동조동근'을 뒷받침하는 고대 신화에 해박한 지식과 믿음을 가지고, 백성에 대한 자비심으로 파계를 감행한 원효와 자신을 등치시켜 '민족을 위한 친일'을 '보살행'의 실천으로 간주하며, '일본정신(대화혼)'을 골수에까지 체현하기 위해 '수행'을 자청하는 이광수에게는 한결같은 신실함과 진정성이 넘쳐흐른다. '가면 쓴 글쓰기'에 대한 다양한 해석의 '논리'는 이광수＝香山光郎의 '맨 얼굴'에서조차 드러나는 이 한결같은 진정성을 해명하지 못한다. 이광수에게 '일본민족-되기'란 애초에 '혼'의 문제였으며, 그것은 어떤 '논리'조차 초월한 종교적 신앙의 차원에 놓인 것이기 때문이다. 그것은 순전한 '논리'의 수준에서 보면 한갓 불가해한 '광기'의 모습을 띠고 있을 뿐이다. 그럼에도 한때 조선민족이라는 신을 숭배했던 그가 어떻게, 왜, 일본 민족을 향한 신앙으로 '개종'했는가에 대한 실마리를 우리는 최재서의 경우(3유형)를 통해 찾을 수 있을지도 모른다.

이중어글쓰기의 3유형, 이에 대해 김윤식은 "제1형식이 지닌 논리적 단순성과 제2형식이 지닌 복잡한 심리와 '혼'의 과제를 함께 아우르고, 그 속에서 글쓰기에 나아가는 범주"(『일본어글쓰기론』, 158)라고 정리한 바 있다. 1형식과 2형식이 각기 논리와 혼의 수준에 닿아있다면, 최재서가 보여주는 3형식이란 광기가 이성의 한가운데 도사리고 있음(『일본어글쓰기론』, 172)을 보여준다는 점에서 고유한 층위를 형성한다. 근대를 '이성의 신화'로 규정했던 아도르노의 '계몽 변증법'을 떠올린다면, 이중어글쓰기의 제3유형이란 또 다른 의미에서 근대성의 핵심에 맞닿아있는 것이다. 최재서가 일본인들을 제치고 경성제대 법문학부 수석을 차지할 만큼 총명했으며, 카프문학이 와해된 시점에 영미 주지주의로 비평계를 장악한 30년대 최고의 지성이자 40년대 초까지 서구 지성주의를 표방하는 『인문평론』의 주재자였다는 점에서, 그는 근대적 '이성'의 운명을 보여주는 일종의 대표성을 띠기에 부족함이 없을 것이다.

그런 그가 41년 11월 경성제대의 풍부한 문화자본을 바탕으로 『국민문학』을 창간한 것은 여전히 '논리'의 수준에서 설명가능한데, 그것이 '일본국민-되기'라는 정치적 '현실'에 대한 수긍이었기 때문이다. 창간호 권두논문인 「세계문화와 일본문화」의 의의에 대해 김윤식은 "그동안 국민문학의 자격으로 전개해온 조선 신문학이 부정되고 조선문학이 일 지방문학으로 또는 민족문학으로"[18] 재규정된 것이라는 해석을 내린 바 있다. 조선민족이 일본국민-되기에 적극 나설 때 제국의 이등국민으로 지위 향상을 도모할 수 있다는 것과, 조선(민족)문학이 일본(국민)문학의 일환이 될 때 세계문학의 수준으로 향상될 수 있다는 '국민문학'의 '논리'는 정확히 대응되었다. 이는 현실과의 부합 여부나 '윤리'를 떠나 최소한 '논리' 그 자체로서 매끄러웠다. 그러나 1유형의 경우에서 살펴보았듯 일본국민 / 조선민족의 이중적 정체성은 불안한 동요의 상태로서 언제든 내파될 수 있는 것이었다. 지성주의자 최재서는 이 점 역시 '논리'의 수준에서 날카롭게 인식하고 있었다.

> **문제는 언제나 간단명료했다.** 그대는 일본인이 될 자신이 있는가? 이 질문은 다시 아래와 같은 의문을 일으켰다. 일본인이란 무엇인가. 일본인이 되기 위해서는 어떻게 해야 하는가. 일본인다워지기 위해서 조선인이라는 사실을 어떻게 처리해야 좋은가. 이러한 의문은 이미 지성적인 이해와 이론적 조작만으로는 아무 소용이 없는 최후의 장벽이었다. 그렇지만 이 장벽을 돌파하지 않는 한 팔굉일우도, 내선일체도, 대동아 공영권의 확립도, 세계질서의 건설도, 통틀어 대동아전쟁의 의의도 알 수 없게 된다. 조국 관념의 파악이라 말해도 이런 의문들에 대한 명확한 해답을 갖지 않는 한 구체적, 현실적이라 할 수 없다.[19]

최재서는 일본국민 / 조선민족의 이중적 정체성이 논리적으로도 실존적으로도 유지되기 어렵다는 인식에 따라 '일본민족(=국민)-되기'의 길로 나아간다. 42년 봄 '고민의 종자'인 '조선어'를 포기하고 『국민문

18　김윤식, 『최재서의 '국민문학'과 사토 기요시 교수』, 역락, 2009, 29쪽.
19　최재서, 「받드는 문학」, 『국민문학』, 1944.4, 5쪽. 번역은 김윤식에 의거함.

학』을 '순국문(일본어)' 체재로 전환했으며, 44년 1월에는 뒤늦게 창씨개명을 단행했다. 이광수가 단숨에 '일본민족-되기'로 나아간 것에 비해 최재서의 '일본민족-되기'는 고민과 주저 속에 차츰차츰 진행되는데, '일본국민-되기'와는 달리 '일본민족-되기'에는 "지성적인 이해와 이론적 조작만으로는" 돌파할 수 없는 "최후의 장벽"이 있기 때문이다. 그 '최후의 장벽'이란 무엇일까. 오랜 길을 돌아왔거니와 이 글 전체를 관통하는 물음 또한 이 '최후의 장벽' 앞에 놓여 있다. 그것은 '민족정체성'이라는 것의 어떤 핵심적 특성을 규명하는 것과 관련된다.

알려져 있다시피 민족 정체성의 형성은 항시 시대착오(anachronism)를 동반한다. 근대의 역사적 구성체인 '민족'이 혈연, 문화, 역사, 언어 등을 바탕으로 고대부터 있어왔다는 시대착오. 그 과정에서 민족이 역사적 구성물이라는 '기원'이 망각되고 원초적, 본질적인 것이라는 '환상'이 주조된다. 이 '환상' 위에서만 유지될 수 있는 '상상의 공동체'가 민족인 것이다. 그러나 일제 말 조선인의 '일본민족-되기'에는 고유한 난점이 존재한다. 근대계몽기 이래 반세기에 걸쳐 '조선민족'의 정체성을 구성해왔던 이들이 어느 순간 스스로를 '일본민족'으로 재인식하기 위해서는, 필연적으로 '민족의 부재'라는 심연을 관통해야 한다는 것이다. '민족'이 본질적, 원초적 정체성이라는 환상을 깨트릴 때에만 '조선민족'이라는 정체성을 벗을 수 있지만, 동시에 그 환상 속에 다시 잠김으로써만 '일본민족'이라는 정체성을 획득할 수 있다는 역설. 이 역설이야말로 최재서가 "지성적인 이해와 이론적 조작"만으로는 돌파할 수 없다고 고백한 "최후의 장벽"이 아닐까.

이 역설을 훌쩍 건너뛰어 '일본민족-되기'에 이르는 것은 이미 '논리'의 수준에서 이뤄질 수 없었다. 주지주의자였던 최재서가 문득 블레

이크의 신화시적 상상력으로 비상하고, '신인(神人)'으로서의 천황 신봉에까지 나아가 마침내 "청정한 대기 속에 빨려들어, 모든 의문에서 해방된 듯한 느낌"[20]을 가졌다는 것은 이해할 만하다. 부재의 심연을 흘끗이라도 본 자가 취할 수 있는 한 가지 방식은 부재를 절대로 뒤바꾸는 것이기 때문이다. 이 절대를 향한 혼의 비약에 비할 때, 고대사나 언어학, 민속학 등을 통해 내선의 당위성을 설명하는 논리들은 오히려 부차적이라고 할 수 있다. 신학(신에 대한 이성적 설명)이란 신앙을 전제로 해서만 가능한 것처럼, 내선일체의 '논리'란 내선일체의 신앙을 추인하기 위한 사후적 과정에 불과한 것이다. 이런 면에서는 차라리 수행정진으로 내선일체의 신앙을 신실하게 가다듬어간 이광수 쪽이 한결 정직한 근본주의자였던 셈이다.

2) 사상의 상대성과 윤리적 판단중지

근대의 한 축이 국민(=민족)국가(nation-state)이며 그 식민지적 형태가 반제 민족주의라고 할 때, 일제 말기 이중어글쓰기는 민족, 나아가 근대 자체가 내파되는 장면을 생생히 보여준다는 점에서 문제적이다. 민족과 근대를 둘러싼 일제 말기의 사유를 단순히 '허위의식'으로서의 이데올로기로 치부할 수만은 없다. 내선일체론이나 오족협화론을 통해 '민족'을 상대화하고, '근대의 초극'을 내세워 이성의 한계를 돌파하자는 기치를 내건 쪽은 제국 일본이었다. 그러나 '조선민족'의 독립이

---

20 위의 글, 6쪽.

라는 정치적 전망이 보이지 않고, 사회주의라는 대안조차 근대성의 막다른 골목에 처했던 상황에서, 적지 않은 식민지인들이 제국의 기치를 진심으로 반겼다. 문제는 제국의 진심이었다. 제국에서는 한갓 지배 이데올로기거나 일종의 '제스처'로서 말해졌던 것을, 필사적인 진정성을 갖고 신앙하고자 했던 이광수는 그 '과도한' 진정성으로 제국을 향해 묻는다. "나(조선인)는 일본인-되기에 진심을 다할 것이다. 그런데 내(조선인)가 정말 일본인이 될 수 있는가?" 이러한 물음은 이광수가 수많은 글에서 거듭 강조하는 "일본인은 정직하다"라는 명제와 더불어, 제국의 심장을 겨누는 따끔한 그 무엇이 될 수도 있었을 것이다. 대취한 이광수의 맨 얼굴에서 '일본인보다 더 일본인다움'을 발견하고 경악하는 일본 문인들의 상황이란 이런 것일 터다.

현영섭이 "완전한 일본인이 되는 것 이외의 길이 조선인에게 열려 있다면 그것은 고뇌와 쇠미의 길뿐이다"[21]라고 단언하며 과격한 '조선민족 해소' 정책을 주장했을 때, 식민당국이 오히려 이를 뜯어말리는 기묘한 상황은 또 어떠한가. 제국이 식민지를 포섭하는 과정에서 펼치는 일련의 '동화' 정책이 식민지를 제국과 '비슷하지만 다르게' 만드는 '근소한 차이'를 수반한다면, 그 '근소한 차이'마저 뛰어넘어 제국과 일체가 되고자 하는 전도된 욕망은 오히려 식민지인 자신으로부터 솟아오른다. 제국의 일원이 되고 싶다는 욕망에 들린 무수한 '현룡'(김사량 『천마』의 주인공)들. 그러나 이들이 내선담론의 호명에 충실히 응하여 '완전한 일본인'이 되고자 몸부림칠수록 '내선'의 간극만이 더욱 두드러진다. '내선일체'를 향한 초청장을 보내놓고 정작 '내선일체'의 문을 열어

---

21 현영섭, 「권두언」, 『新生日本の出發』, 大阪 : 大阪屋書店, 1939.

주지 않는 제국의 이중적 지배전략. 그 닫힌 문을 두드리며 또 무수한 현룡들이 "나는 일본인이야"라고 외쳐대지 않았을까.

이 기묘한 사태에 대해 어떤 윤리적 판단이 가능할까? 우리에게 남는 질문은 이런 것일 게다. '민족'이 한낱 역사적으로 구성된 정체성이며 그 경계란 자의적인 것에 불과하다면, '조선민족'에서 '일본민족'으로 자리바꿈하는 것을 비판할 수 있는 근거란 무엇인가. 그러나 이에 대해 김윤식의 이중어글쓰기론은 일종의 윤리적 판단중지를 선언한다. 그는 대상에 대한 평가보다 텍스트의 내·외적 맥락을 가능한 치밀하게 복원하는 데 중점을 둘 뿐이다. 개개의 사상은 그것이 지닌 밀도나 성실성 같은 내적 잣대로만 평가될 뿐 파시즘 대 반파시즘, 저항 대 협력의 구도로 배치되지 않는다. 물론 그가 한국 근대문학연구에 '근대'라는 시선을 도입했을 때부터 일종의 윤리적 판단중지가 있어왔다. 근대, "그것은 윤리적인 것도 아니고, 논리 편에 속하며, 따라서 가치중립적인 것"으로서의 "제도적 장치"[22]라는 것이다. 그러나 최근의 이중어글쓰기론에서 윤리적 판단중지는 '사상의 상대성'론으로 심화된다. 김윤식이 준거로 삼고 있는 일본의 전후 사상가 요시모토 다카아키[吉本隆明]에 따르면, 인간이 의지적으로 선택할 수 있는 자유란 "인간과 인간의 관계가 강요하는 절대성"에 의해 제약된다. 이러한 '관계의 절대성'이야말로 개인의 의지를 넘어선 '객관성'으로서, 그것은 "인간의 윤리 또는 윤리사상이 도달할 수 없"[23]는 영역이다. 윤리적 책임이란 인간의 자유의지를 전제할 때만 성립되는 것이라면, 인간의 선택이 어떤 객관성

---

22 김윤식, 『김윤식선집』 5권, 솔, 1996, 470쪽.
23 吉本隆明, 『吉本隆明全著作集』 14, 勁草書房, 1972, 369쪽(김윤식, 『일제 말기 한국작가의 일본어 글쓰기론』, 서울대 출판부, 2003, 5쪽에서 재인용).

에 전적으로 구속될 때, 한낱 객관성의 효과에 불과한 개인에게 어떤 윤리적 책임을 물을 수 있을 것인가. 요시모토 다카아키는 '관계의 절대성'을 앞세움으로써, 전후에 분분했던 전쟁책임론을 비판했다. 그렇다면 김윤식은 요시모토의 입을 빌어 오늘날 한국사회에서 전개되고 있는 '친일청산론'에 대한 나름의 입장을 밝히고 있는 셈이다. '친일'을 개개인의 도덕성 탓으로 돌리는 데서 '사상'의 내적논리로 심화시킨 것이 오늘날 '친일문학론'의 진일보한 점이라면, 김윤식은 그 사상조차 개인의 자유로운 선택이라기보다는 '관계의 절대성'으로부터 주어진 것이기에 '윤리'의 문제와는 분리해야 한다는 것이다.

그러하기에 김윤식이 일제 말의 작가들을 보는 시선은 '비극'적이다. 개인의 영욕만을 추구했던 자, 사상적 줏대도 없이 시류에 편승했던 자는 애초에 논외의 대상이다. 그의 시선에 포착되는 대상은 비극의 주인공처럼, 자신의 고귀함에도 불구하고, 혹은 그 고귀함으로부터 비롯된 어떤 오만함(hybris)으로, '운명'(관계의 절대성)에 농락당한 자들이다. 유진오의 지식인으로서의 균형감각, 이효석의 미에 대한 하염없는 동경, 이광수의 도덕적 정결성, 최재서의 논리적 명료함, 바로 그것이 그들을 '친일'로 이끌어간 것이다. '친일'은 그들에게 운명처럼 주어졌다. 이들의 비극적 운명이 보여주는 인간이라는 존재의 아득한 심연 앞에서, '공포와 전율'을 느끼는 것. 김윤식의 발걸음은 일단 여기서 멈춰 선다.

5. 멈춤, 그 이후의 발걸음 — 사상의 상대성을 넘어

형께서 자화상을 쓰는 말미에다 자기는 천치였다는 것, 신라·고구려의
후손임을 모르게 한, 자기를 천치로 만든 '일체의 것'을 증오한다고 적었습
니다. '일체의 것'이란 무엇일까. 개인의 힘으로는 어쩔 수 없는 그런 것이
사람의 삶을 알게 모르게 천치로 만들기도, 슬기롭게 만들기도 한다는 것.
또 다르게 말하면 '관계의 절대성' 혹은 '사상의 상대성'이 개인의 주체성에
앞선다는 그런 뜻이 아니었을까요. 형을 천치로 만들었던 그 '일체의 것'이
이광수를 비롯한 많은 문학자들을 또한 천치로 만들었던 것이 아닐까. 그
'일체의 것'을 알아보고자 제가 서투른 솜씨로 엮어 본 것이 이 저술입니다.
(…중략…) 그 과정에서 저도 필시 '천치'가 되어 있을 터입니다. 제가 살았
던 20세기가 가져온 '천치스러움'이 그것이겠지요. **저는 여기서 멈추어야 했습
니다.** 제가 여기서 멈추는 것은 21세기 또한 갖추고 있을 그 '천치스러움'에
대한 두려움 때문만은 아닙니다. 시도 버리고 이상 연구도 물리치게끔 한
형의 열정이 불러일으키는 경외로움이 제 붓을 더 이상 움직이지 못하게
했던 것입니다.[24]

최근의 친일문학 연구들이 대개 임종국의 『친일문학론』 비판을 출
발점으로 삼는 데 비해, 김윤식은 "『친일문학론』의 저자 임종국 형께"
라는 부제가 붙어있는 『일본어글쓰기론』의 「머리말」에서 임종국과의
개인적 인연을 내세운다. 60년대 초 두 사람이 도서관에서 우연히 만
나 우정을 나누던 기억, 『친일문학론』의 자료 모으기에 한창이던 임종

---

24 김윤식, 「머리말」, 『일제 말기 한국 작가의 일본어 글쓰기론』, 서울대 출판부, 2003.

국이 "책이 나오면 틀림없이 베스트셀러일 터. 네게 매일 소주를 사 줄 거야"라고 호언장담했으나 모 당국에서 일곱 부 사간 게 전부라 낙담했던 기억, 시 쓰기도 이상 연구도 제쳐 놓은 채 『친일문학론』의 후속 연구로 나갔던 임종국이 1989년 일찌감치 세상을 떠났을 때 그 영안실을 찾았던 기억 …… 그러나 지극히 개인적이고 일상적인 추억으로 채워져 있는 「머리말」에는 의외로 많은 사유의 결이 내포되어 있다. 그 사유의 결을 더듬어 김윤식의 이중어글쓰기론이 어디서, 왜 멈춰 설 수밖에 없었는지, 멈춤 이후의 발걸음은 또 어디로 향할 것인지에 대해 가늠해보자. 그가 말하기를 멈춘 지점에 대해 말하는 것이기에, 여기에는 다분히 필자의 주관적 해석이 곁들여졌을 수도 있다. 그럼에도 불구하고 말하자면, 김윤식은 임종국의 『친일문학론』을 통해 자신의 이중어글쓰기론, 그 토대라 할 수 있는 '사상의 상대성' 자체를 상대화한다.

우선, 사상의 상대성은 시차(時差)적 관점의 도입으로 다시 상대화된다. 임종국이 일제 말기 소년이던 자신을 '천치'로 만든 '일체의 것'을 고발하기 위해 『친일문학론』을 썼다면, 김윤식은 그 '일체의 것'이 이광수 등을 또한 '천치'로 만든 것이 아니겠는가라고 되묻는다. 그런 관점(사상의 상대성, 관계의 절대성)이 김윤식의 이중어글쓰기론을 떠받치고 있음은 앞에서 상술한 바다. 그러나 김윤식은 또 이렇게 말한다. 그 과정에서 자신 역시 '20세기'의 '천치스러움', 나아가 '21세기' 역시 가지고 있을 또 다른 '천치스러움'에 빠져들게 되지 않겠는가, 라고. 일제 말기 문학자들이 그 시대가 부여한 어떤 '관계의 절대성'에 의해 '친일'에 빠져든 것을 인정한다면, 1960년대의 임종국이 민족주의라는 사상을 '절대적' 잣대 삼아 『친일문학론』을 쓴 것 역시 '관계의 절대성'으로부터 비롯된 필연(20세기의 '천치스러움')일 것이다. 그로부터 다시 수십 년이

지나 '민족'이 절대가 아님이 입증된 지금 『친일문학론』과는 썩 다른 방식의 논의들이 나올 수 있게 된 것도 하나의 필연일 것이다. 그러나 김윤식은 자신이 서있는 그 지점, 21세기적 '천치스러움'에 시선을 돌린다. 현재는 과거가 볼 수 없었던 것을 볼 수 있지만 과거보다 더 현명한 것은 아니다. 매 시대는 자기 시대의 맹목을 통해서만 볼 수 '있을/없을' 뿐이다. 일제 말기 문학자들도, 임종국도, 김윤식 자신도 그 나름의 정당성(필연)과 한계(맹목)을 가질 뿐이다. 그렇다면 21세기적인 사상의 상대성도 20세기적인 사상의 절대성도 어찌 보면 그 시대의 필연이며 맹목이 아니겠는가.

둘째, 사상의 상대성은 글쓰기의 '형식'에 따라 다시 상대화된다. 사상의 상대성(관계의 절대성)론이 비극의 구조를 닮아있음은 앞에서 지적했던 바다. 그것은 비극을 닮아있기에 '문학적'이다. 김윤식 자신이 이 점을 민감하게 의식하고 있다. 반세기 동안이나 한국 근대문학연구에 몰두해온 그가 새삼 '문학하는 것'에 대해 묻고 있음이 그 증거다. 그때의 '문학'이란 반드시 제도적 영역으로서의 문학과 일치하는 것은 아니다. 문학 제도 안의 글쓰기에도 '역사형식', '민담형식', '문학형식'(문학)이 있을 수 있으며, 역으로 '문학(적인 것)'은 제도로서의 문학 바깥에서 발견되기도 한다.[25] '문학'이란 무엇인가. 문학, 그것은 비루하고 불투명한 '현실' 너머 아득한 본질을 찾아 헤매지만, '종교'처럼 절대적 본질

---

25 그러나 이 물음은 대학이나 문단을 통해 제도화된 '문학', 즉 '문학'의 사회적 조건을 묻는 것이라기보다 차라리 '문학적인 것'에 대한 물음이라 할 수 있다. 김윤식의 사유와 글쓰기는 일찌감치 '국문학'이라는 학제의 격벽을 넘어서 여러 학문 분야를 넘나들어 왔지만, 항상 '문학적인 것'에 대한 자의식을 팽팽하게 견지한다. 유비컨대, 오늘날의 페미니즘이 사회화된 성으로서의 '여성/남성'의 구분을 비판하면서도, '여성적인 것'이라는 개념을 폐기하지 않는 것과 마찬가지이다.

을 향해 훌쩍 비약하지 않는 영원한 헤맴이다. 보편적, 추상적 '이론'이 특수한 현실과 만나 구체화된 것이 '사상'이라면, '문학'은 그 사상마저 개개인의, 그 무엇으로도 환원되지 않는 고유한 삶과 맞부딪쳐 융해되는 자리에서 솟아오른다. '문학'은 '민담', '전설', '신화'와 같은 이야기 형식이되, 신이 숨어버린 시대, 사회 속의 개인으로만 존재하는 자들의 구체적 현존을 다룬다는 점에서 본질적으로 '근대문학'이다.

김윤식이 이처럼 '문학' 연구자로서의 자의식을 벼리는 것은 '문학'만이 최고임을 주장하기 위해서가 아니다. 그가 말하려는 바는 오히려 이런 것이다. '문학'을 통해서만 볼 수 있는 세계의 단면이 분명 존재한다, 그러나 그것은 세계 그 자체의 무수한 단면 중 단지 한 조각일 뿐이다. 임종국이 『친일문학론』과 그 후속 연구로 나가기 위해 시 쓰기도 이상 연구도 포기할 수밖에 없었음을 상기하며, 자신도 멈춰 설 수밖에 없었다는 김윤식의 말은 이런 뜻이리라. 임종국은 '문학' 그 너머로 나아가, '문학'을 통해 볼 수 있는 것과는 또 다른 세계의 단면을 드러내려 했던 것이 아닌가. '친일'의 내면풍경을 더듬으며 관계의 절대성 / 사상의 상대성 앞에 스러져간 이들의 비극적 운명을 애도하는 것이 '문학'의 몫이라면, 그 너머 다른 영역들의 몫 또한 존재하는 것이다. 시간의 더께와 역사의 망각 속에서 냉엄한 '사실'의 편린들을 들춰내는 '역사가'의 몫, 현실과 이론을 넘나들며 지금-여기서 '우리'가 나아갈 길을 묻는 '사상가'의 몫, 추상에 추상을 거듭하여 파편화된 조각들과 불투명한 깊이로 이뤄진 현실을 명료한 세계상으로 드러내 보이는 '이론가'의 몫 …… 사상의 상대성 앞에 '주저함'으로써만 말하는 것이 '문학형식'으로서의 글쓰기라면, 사상의 절대성을 신봉함으로써 나올 수 있는 글쓰기가 있으며, 세계는 분명 그런 글쓰기들을 필요로 하는 것이다.

셋째, 사상의 상대성은 현실 그 자체의 돌파구(실재)에 의해 상대화된다. 임종국은 『친일문학론』의 첫머리에서 일제 말 끝내 '붓을 꺾은 이들'을 상기한다. 『친일문학론』이 충격적으로 밝혀냈듯, 일제 말 '친일'하지 않은 문학자가 거의 없음에도 불구하고, 아주 적은 몇 명은 끝내 '붓을 꺾은' 채 친일에 동참하지 않았다는 것. 현실의 조건(정치적 리얼리즘)과 사상의 한계(맹목)와 또 실질적으로 감내했어야 할 수많은 고초에도 불구하고, 그 현실의 틈새(실재)가 존재했다는 것으로부터 모든 윤리적 판단이 재구성된다. 이와는 달리 김윤식은 윤리적 판단중지를 선언했다. 그럼에도 그가 『일본어 글쓰기론』의 마지막 장을 신상초, 장준하, 김준엽 등 학병탈출자들에 대한 탐색에 할애하고, 이를 다시 『일제 말기 한국인 학병세대의 체험적 글쓰기론』(2007)으로 확장시켜 감은 어째서인가. '사천삼백팔십오 명'의 조선인 학병과 30여 명의 학병탈출자의 존재에는, 일제 말기 현실의 중압이 가장 농축되어 있는 동시에 그 현실의 '틈새'가 가장 선명하게 아로새겨져 있다. 그렇다면 김윤식 역시 그 '틈새'를 통해 여전히 삶의 윤리를 묻고 있는 것이 아닐까.

'사상의 상대성'을 수긍하며 타인의 삶에 대한 어떤 윤리적 판단도 중지할 수밖에 없는 것이 '문학'의 속성이라면, 그 '사상의 상대성'에도 불구하고 여전히 자기 삶의 윤리를 물을 수밖에 없는 것 역시 '문학'의 속성이다. '문학'은 신을 통해 보장되는 초월적 윤리(진리)가 사라진 자리에서, '어떻게 살 것인가'라는 물음을 놓지 않으며, 그 정답 없는 물음을 통해 자기만의 고유한 답, '자기-윤리'를 모색한다. 문학을 통해 우리는 역사와 사회의 다양한 국면에 놓인 타인들의 삶과 자기를 상상적으로 동일시하고, 그 자리에서 '(나라면) 어떻게 살 것인가'를 질문하며, 그 질문과 해답을 다시 '지금-여기', 나의 삶의 자리로 당겨온다. 그렇기에 문학은 본래가 성찰적이며 윤리적이다. 문학이 모색하는 자기-윤리란 각각의 자기에게 고유한 것이어서, 어떤 외적인 잣대(이념이나 도덕률)로도 환원되지 않으며, 타인에게 일률적으로 적용될 수도 없다. 그러나 오로지 자기만은 자기-윤리에 기초한 삶에 절대적인 책임을 져야한다. '자기-윤리'라고 여겼던 것조차 '운명'이나 '구조'나 어떤 '관계의 절대성'에 농락당한 것일 뿐이라 해도, 그 책임을 오로지 '자기'가 지는 것. 사상의 상대성을 인식하는 것이 문학의 출발점이라면 자기윤리에 절대적 책임을 지는 것이 문학의 궁극점이다. 운명의 거대한 힘에 이끌려 '무지'의 '죄'를 범한 오이디푸스가, 스스로의 눈을 찌름으로써 그 '죄'의 책임을 떠안을 때 비로소 비극이 완성되었듯, 주어진 운명에 스스로 책임지는 것만이 운명을 넘어설 수 있는 유일한 길이기 때문이다.

따라서 일제 말기 이중어글쓰기들을 앞에 두고 오늘날의 문학 연구가 물어야 하는 것은 해석자 자신의 '윤리'이다.[26] 그때 그 자리에서, '나'는 어떤 자리에 섰을 것인가? 지금-여기에서 '내'가 서야할 자리는 어디인가? 이런 질문들은 물론, 일련의 사상적 과제들을 포함한다. 민족적 주체의 정립을 위해 탈식민화가 요청되었고, 탈식민화의 과제는 탈근대의 문제의식과 이어졌으며, 탈근대의 과제가 다시 탈민족을 수반한다는 인식에 이른 오늘날. 우리는 다시 아득한 물음 앞에 서있다. '민족'이란 한갓 '상상의 공동체'에 불과하다면. 윤리적 차원에서 하나

---

26 식민지 시대와 지금-여기를 부단히 오가는 권명아의 글쓰기는 이와 비슷한 문제의식에 바탕을 두고 있다. 비록 '윤리'보다는 '논리'의 재구성이라는 측면에 초점을 맞추고 있기는 하지만 식민지기 연구가 과거를 타자화하는 것이 아닌 현재를 비추는 것이어야 한다는 점에서 그러하다. "협력에 대해 사유하는 것이 근대적 권력관계를 통해 구성되는 주체성을 질문하는 일이라고 할 때, 이 질문을 던지는 행위는 현재의 해석자 자신의 주체성을 성찰하는 작업이기도 하다." 권명아, 『식민지 이후를 사유하다』, 책세상, 2009, 198쪽.

의 민족(조선민족)에서 또 다른 민족(일본민족)으로의 정체성 전환에 대해 어떤 윤리적 판단이 가능할 것인가. 정치적 차원에서 식민지 민족이 제국의 일원이 되기를 마다하고 독립을 요구할 수 있는 근거는 무엇인가.[27] 사상적 차원에서 탈식민주의와 탈민족주의는 식민지의 중층적 모순들을 어떻게 풀어갈 수 있을 것인가. 이러한 질문을 가장 첨예하게 던지는 것이 일제 말의 '일본인-되기'라는 사태이며, 한국문학연구에서 이 질문에 가장 전면적으로 응하고 있는 것이 김윤식의 이중어글쓰기론이다. 그는 자신의 사유의 궤적을 일컬어 '원점 맴돌기'라고 표현한 바 있는데, 확실히 그러하다. 해답은 없고 질문만이 반복하여 던져진다. 그러나 그 반복은 차이 있는 반복이며, 반복 속에서 질문은 더욱 여러 겹으로 깊어진다. 손쉬운 해답을 내놓기보다 질문을 가다듬는 것, 그것이 산적한 난제들 앞에서 우리에게 필요한 자세인지도 모른다.

---

27   거칠게 말해 두 가지 길이 있을 터이다. '민족'을 다시 사유하여 그 의미를 확장하거나 심화시키는 방식, '탈식민'의 함의를 풍부히 하여 '민족'과의 고리를 끊는 방식. 중심부에서 활동하는 제3세계 출신 학자들이 주도하는 탈식민주의론은 주로 후자의 길을, 제3세계 토착학자들은 주로 전자의 길을 따르고 있는 것으로 보인다. 역사적 형태로서의 식민지 지배가 분명 '민족'이라는 경계에 따라 작동되었으며, 오늘날의 정치적 현실 역시 '민족' 문제에 강하게 긴박되어 있다는 점에서, '민족'을 이론적으로 손쉽게 폐기해버리는 것은 진정한 대안이 될 수 없다는 것이 필자의 입장이다.

재일문학 60년의 변모와 계승

이소가이 지로

1. 서론

재일조선인의 일본어문학은 해방 후＝전후에 시작되어 60년을 넘어섰다. 일제 시대에도 조선인의 일본어 작품은 많이 쓰였지만, 약간의 예외를 제외하면 그것은 '식민지문학'이라고 불려야할 것이다. 식민지 지배의 배경 아래서 이른바 일본어로 강요된 문학이기 때문이다.

재인조선인문학은 60년을 거쳐 가며 크게 변화해 가고 있다. 문학이 '외부세계'와의 갈등관계에서 성립하는 이상, 재일조선인문학만이 변화를 겪어오지 않았을 리가 없다. 게다가 재일조선인 문학은 조국·민족과의 연계나 정치 상황, 사회, 생활, 세대교체 같은 변화를 무엇보다도 직접적으로 반영하고 있다고 생각된다. 이것은 재일조선인문학이 '외부세계'와의 긴장관계를 강요당하면서도, 꿈같이 덧없는 이야기를 허용하지 않는 '리얼리즘'을 문학적 배경으로 했다는 점에 기인한다.

재일조선인문학의 변천을 조감하는 데에는, 몇 가지로 시기를 구분해두는 편이 이해하기가 쉬울 것이다. 제1기는 해방 후=전후에서 1960년대 중반에 걸친, 식민지 체험 극복과 정치적인 계절의 시대, 제2기는 1960년대 중반부터 1980년대 후반에 걸친, '재일지향'을 배경으로 하는 민족주체 회복의 시대, 제3기는 1980년대 말기부터 현재에 이르는 새로운 인물들의 등장과 다양한 아이덴티티 탐구의 시대라고 할 수 있다.

각각의 시기는 제1문학세대, 제2문학세대, 제3문학세대의 활동과 대응된다. 단, 여기에서 말하는 문학세대는 출생에 따라 구분되는 재일 1세대, 2세대, 3세대와는 미묘하게 다르다. 또한 위에서 말한 문학상의 시대구분은 어디까지나 편의상 나눈 것이다. 제1기의 작가·시인 중에는 제2기, 3기에 활동한 사람도 있고, 제2기 작가·시인 중에는 지금도 활약하고 있는 사람이 적지 않다. 따라서 위의 구분은 재일조선인 문학의 흐름에서 나타나는 특징적인 변화 양상에 주목한 것에 지나지 않는다.

2. 식민지 체험의 극복과 정치의 계절 – 1945~1960년대 전반

해방 후=전후 재일조선인문학은, 1946년 3월에 창간된 잡지 『민주조선』에서 시작되었다. 여기에는 김달수, 허남기, 이은직, 장두식, 강순 등 재일조선인문학의 초창기를 짊어졌던 작가, 시인들이 얼굴을 나란히 하고 있다.

그들은 모두 1910년대에 태어나 일제시대에 소년기·청년기를 보내면서 인격을 형성한 사람들이다. 다들 종주국 일본의 언어를 익히는 과정에서 문학에 눈뜨고 마침내 창작을 시작하게 된 사람들인 것이다. 일본어가 충분히 숙달되고 나서 문학 활동을 시작한 사람들과는 느낌을 달리 하고 있다. 김달수는 일본어도 제대로 익히지 못한 채 10살에 일본으로 건너가서 넝마주이 등으로 일하며 모은『소년구락부』나『立川문고』로 문자를 배워, 독서에 눈을 떴다. 이은직도 어린 시절부터 잔 심부름꾼 같은 일을 하며 일본어를 습득하고 이야기의 세계에 매료되었다. 뒤늦게 대학에 들어가기는 했지만 제1문학세대의 작가·시인들은 이러한 경험을 바탕으로 터득한 일본어로써 문학 창조를 시작했던 것이다.

식민지체험의 극복과 정치의 계절이었던 제1기의 시대배경을 간략하게 돌이켜보면, 일본 패전 직후에 결성된 재일본조선인연맹(조련, 1945.10.15)에서 재일조선민주주의통일전선(민전, 1951.1.9)을 거쳐 재일본조선인총연합회(조총련, 1955.5.25)에 이르는 민족조직 변천의 시기이다. 그것은 단체등의 규정령(조선해산명령), 민족학교폐쇄령(한신교육탄압사건 등) 등에서 보이는 아메리카 점령군과 일본정부의 압제에 맞서 싸운, 민족운동의 고양기였다. 재일조선인사회는 생활 전제가 정치의 소용돌이 속에 놓여있었다.

그 기간에 포함되는, 1948년에는 남쪽에 대한민국, 북쪽에 조선민주주의인민공화국으로 분단국가가 세워지고, 50년 6월 25일에는 6·25(조선전쟁)가 발발한다. 그리고 59년 12월 14일부터 북조선(공화국)으로의 귀국사업이 시작되었으며, 1965년에는 한일조약이 체결되어 한국과 일본 사이에 국교가 맺어진다.

제1문학세대의 작가·시인들은 이와 같은 시대를 견디고 살아가며

문학작품을 썼다. 식민 치하의 백성으로서 인격 형성을 이룬 그들 개개인의 경험은 각각 다르다고 할지라도 그 개인적 체험을 바탕으로 조국과 민족이 짊어진 거대한 이야기를 그려내어, 일그러진 자신들의 모습을 올바르게 복원하고자 한 시도는 공통적이다. 그것이 이 시기 문학의 특징이라고 할 수 있다.

김달수의 『현해탄』(筑摩書房)이 『신일본문학』에 연재되었던 것은 1952년 1월호부터 53년 11월호까지이다. 작품이 어느 정도 완성된 상태로 연재가 시작된 것은 아니다. 매월 마감에 쫓기며 계속 써 나갔다. 즉 6・25전쟁이 한창일 때, 미군의 전투기가 일본 기지에서 부모와 조상의 땅을 폭격하기 위해 날아오른 깊은 밤, 머리 위에서 계속 들려오는 폭음을 들으며 써내려간 것이다.

그렇다고 해서 『현해탄』이 6・25전쟁을 소재로 하고 있는 것은 아니다. 일제시대 1943년경 서울을 무대로 식민지 통치 하를 살아가는 두 청년 주인공의 '인격형성'과 '자기변혁'의 과정을 더듬어간다. 국가, 민족, 정치라는 거대한 역사의 소용돌이에 말려든 인물들의 고뇌, 저항, 배신, 좌절, 투쟁, 사랑이 전체 소설 속에 그려져 있다. 실로 전쟁과 레지스탕스, 혁명과 반혁명이라는 20세기의 실존적인 역사극이 동아시아의 반도를 무대로 추구된 것이다.

해방 후=전후, 6・25전쟁이 한창일 때 식민지체험이 소설화되었던 사실을 가지고 재일조선인 문학의 출발이 선언되었다. 두 개의 시간대가 계속해서 이어져 있는 것이다.

6・25전쟁이 휴전된 후 5개월 뒤에 쓴 『현해탄』 후기에서 김달수는 다음과 같이 말하고 있다.

조선인의 이 같은 (일본 제국주의에 의해 단련된 – 필자) 에너지를 발산하는 곳은 어디인가. 그것은 결코 우연한 것이 아니라고 하는 역사적 뒷받침이 조금이라도 되었으면 하는 마음에 이것을 쓰기 시작했다. 깊은 밤에 머리 위를 날아가는 미군 항공기의 폭음을 들으며 끙끙 신음하는 듯한 기분으로 써 나갔다. (…중략…) 그리고 이것을 직접 받아들이는 일본인에게 민족의 독립을 잃은 제국주의 치하의 식민지라는 것이 어떤 것인가를 보여줄 생각이었다. (…중략…) 내가 지금까지 일본어로 이야기를 써온 것의 대부분은, 이 두 가지와 관계가 있다.

또 시인 허남기는 1952년 7월에 쓴 『화승총의 노래[火縄銃のうた]』 후기에서 창작 동기를 다음과 같이 서술하고 있다.

식민지의 백성, 망국 백성의 괴로운 시련을 일본보다 먼저 거쳐 온 조선 백성의 한사람으로서, 조국 조선이 일본 제국주의의 독아에 걸려 조국의 독립을 완전히 상실해가는 과정을 일본의 독자 여러분에게 알려야 할 의무에 가까운 기분을 느꼈다.

두 작가·시인의 말은 재일조선인의 문학이 일본어로 쓰여지기 시작한 경위를 보여주고 있다. 허남기나 강순 등은 조선어로도 시를 쓰고, 그것을 스스로 일본어로 번역하는 작업을 했다. 이들 외에는 조선어만으로 작품을 발표한 사람도 적지 않다. 지금은 일본어로 작품을 쓰는 것이 문제시 되는 일이 거의 없지만, 당시는 일본어로 작품을 쓰는 것은 '정통'이 아니라고 여겨져서 민족조직으로부터 강한 비판을 받았다. 일본에서의 생활은 '임시 생활'이며, 일본어로 창작하는 것은 문학적 아이덴티티를 손상시키는 것이다, 라는 견해가 있었기 때문이다. 그러므로 조선반도 태생인 사람들에 의한 일본어 문학이었다고 해도 '재일조선인문학'이라는 호칭은 거의 사용되지 않았던 듯싶다. 김달수 등이 출판 저널리즘 무대의 정면에 등장했지만 그것은 어디까지나 일본어로 쓴 '민족문학' 혹은 '조선문학'의 한 분야로서 인식되었다. 또한 한국에서는 최근까지도 일본어로 쓰였으니 '한국문학'이 아니라 '일본문학'이라는 정의가 일반적이었다.

재일조선인 문학자 쪽에서 일본어로 문학표현을 하는 것을 주체적으로 수용하기 시작한 것은 1960년대 후반 무렵부터일 것이다. 김달수나 허남기는 일본인에게 전달하기 위해서 작품을 일본어로 쓰는 것이라고 하는데 그렇다면 조선인의 주체는 어찌되는가, 라고 시인 오림준은 문제를 제기했다. 일본어를 강제로 사용해야 했던 일제시대와는 달리, 해방 후에도 계속 일본어를 사용해서 창작활동을 한 것은 그 자신이 주체적으로 일본어를 선택한 것이다, 라는 것이 오림준의 주장이었다.

일본어로 문학을 표현하는 것에 대한 문제는 또한 김석범, 김시종, 종추월, 원수일이라는 작가 · 시인에게도 이어져, 이들은 재일조선인문학에 고유한 일본어문체를 창조했다. 일찍이 지배자의 나랏말이었던 일본어로 쓴다는 것은, 재일조선인의 문학이 깊숙이 안고 있는 근원적인 모순이었다. 그 모순과의 싸움 속에서 독자적인 일본어 문체가 탄생했다.

일본어는 근대국민국가를 형성하는 과정에서 식민지에 대해, 더 나아가 아시아, 남태평양 전역을 향한 침략의 언어=제국언어로써의 기능을 했다. 일본어가 아닌 일본어라고 평가되는 재일조선인문학의 문체는 '아름다운 일본어'에 저항하고 제국언어에 순응하지 않는 언어의 세계를 체현한 것이었다.

제1문학 세대의 주요 작가, 시인들을 정리해둔다. 열거하는 작품 중 몇 편은 제2기, 제3기에 발표되었다.

가장 활발한 활동을 펼친 김달수의 대표작품은 『낙조』, 『후예의 거리』, 『현해탄』, 『태백산맥』의 연작을 들 수 있을 것이다. 또한 해방 후 아메리카 군정 하의 저항운동을 배경으로 혁명적 민중상을 형상화한 『박달의 재판』도 대표작에 포함해야 한다. 그는 『고국의 사람』, 『일본의 겨울』, 『밀항자』에 나타난 것처럼 장편에 능한 작가였지만 「후지가 보이는 마을에서」 등의 중단편도 왕성하게 썼다. 김달수의 문학 작품은 『김달수 소설전집』(筑摩書房) 전 7권과 『소설 재일조선인사』(創樹社) 상・하권에 『행기의 시대』(朝日新聞社), 『고국까지』(河出書房新社)를 합하면 대략의 전모를 알 수 있다.

이은직의 대표작은 해방 전후를 시대배경으로 청춘의 심리와 행동을 묘사한 장편 『탁류』(新興書房) 전 3권일 것이다. 97년에 자전소설의 집성이라 부를만한 『조선의 여명을 바라며[朝鮮の夜明けを求めて]』(明石書店) 전 5권을 간행했다. 그 외에 『어느 재일 조선인의 기록』(同成社), 『운명의 사람들』(同成社)의 장두식, 『살아있는포로』(新興書房)의 강위당, 『38도선(三十八度線)』(早川書房)의 윤자원, 『민족의노래』(東方社), 『고국조국』(創生社)의 정귀문 등이 있다. 일제시대에 『아귀도(餓鬼道)』를 발표하고 해방 후에도 『아 조선[嗚呼朝鮮]』(新潮社) 등을 계속 써나간 장혁주, 『아리랑 고개』(第二書房)의 김문집도 덧붙일 수 있을 것이다.

시 분야에서는 우선 가장 먼저 허남기를 거론하지 않을 수 없다. 장편시 『화승총의 노래』는 어머니가 아들에게 이야기하는 수법으로 조선민족의 수난과 저항의 역사를 상징하는 3개의 시대 — 갑오농민봉기

(1894)와 3·1독립운동(1919)과 6·25전쟁(1950)의 3대에 걸친 싸움을 서사적으로 노래했다. 그리고 앞서 말한 바와 같이 6·25전쟁 한창 중에 발표되었다. 허남기는 『조선의 겨울 이야기[朝鮮冬物語]』(朝日書房), 『일본시사시집(日本時事詩集)』(朝日書房), 『거제도』(理論社), 『조선해협』(國文社) 등 50년대에 많은 시집을 남겼다.

허남기와 나란히, 중요한 시인으로는 『되는대로[なるなり]』(思潮社), 『단장(斷章)』(書舍カリオン)의 강순, 『사로잡힌 거리[囚われの街]』(書肆ユリイカ)의 김태중 등이 있다.

제1문학세대의 작가, 시인으로는 1920년대 생의 김석범, 정승박, 오림준, 김시종, 김태생, 김하일 등도 있는데, 왕성한 창작활동을 펼쳐 저작물로 간행한 것은 1970년대 이후의 일이다.

3. 민족주체의 탐구에서 고양기로 — 1960년대 후반~1980년대

1965년의 한일조약체결 이후 조선민주주의인민공화국으로 귀국하는 사람들이 적어졌다. 일본사회의 고도경제성장, 대중사회화의 영향으로, 재일조선인사회의 생활실태와 가치관에 변화의 조짐이 나타났다. 일본인 사회와의 경제격차나 차별과 억압의 구조가 해소되지는 않았지만, 제2세대로의 세대교체와 더불어 재일의식이 변화했다. 정착화 지향의 시초이다. 60년대 말부터 시작된 '출입국관리법개악반대투쟁', '히타치취직차별철회투쟁', '재일한국인정치범(양심수)구원활동' 등 제2세대를 중심으로 대두된 인권투쟁은, 일본에 정착하는 것을 전제로

한 새로운 민족운동이었다. 그 의식과 가치관은 1980년대에 '지문강제
날인거부투쟁'을 통해 압도적으로 표현되었다.

그때 마침 등장한 사람이 1966년 문예상 「얼어붙는 입」의 김학영,
1969년 군상신인문학상 「다시 또 이 길을(またふたたびの道)」의 이회성이
다. 그 후, 『밤이 시대의 걸음을 어둡게 할 때』(筑摩書房)의 고사명 등을
포함하여 제2문학세대의 무대가 펼쳐진다. 제2문학세대는 1930년대에
태어나 전쟁 시기에 청춘을 보낸 사람들이다. 재일조선인의 역사와 현
재의 불우성에 입각하여, 민족과 자아의 갈등 속에서 주체의 탐구를 실
존적으로 주체화했다. 제1문학세대처럼 식민지체험이나 해방 후 조국
의 운명과 직접적으로 얽매이지 않았다고는 해도, 개인과 민족의 접점
이라 할 수 있는 '재일'이라는 난관과 격렬하게 분투했다.

제2문학세대의 등장과 연이어서 김석범, 김시종, 오림준, 김태생,
정승박 등 1920년대생의 작가, 시인이 왕성한 창작 활동을 펼친다.

재일조선인의 일본어문학이 일본어 문학권의 새로운 분파 혹은 조
직으로 여겨져서 '재일조선인문학'이라는 호칭으로 일반화되는 것은,
고양기가 시작되는 1960년대 말부터 70년대에 걸친 바로 이 시기였다
고 생각한다.

김석범이 1948년 제주도 4·3봉기를 필생의 사업으로 하여 헤아릴
수 없을 정도로 왕성한 창작활동을 계속해 온 것은 널리 알려진 바와
같다. 명작 『까마귀의 죽음』이나 「간수 박서방」을 발표한 것은 1957년
에 나온 『문예수도(文藝首都)』였지만 『만덕유령기담』(講談社)을 필두로
한 작가생활은 70년대부터 시작된다. 4·3봉기는 장편 『화산도』(문예
춘추) 전 7권으로 결실을 맺고, 그 뒤에서 『바다 속에서 땅 속에서(海の底
から地の底から)』(講談社), 『만월』(講談社), 『땅 속의 태양』(集英社) 등 집필

활동을 계속 하고 있다. 물론 김석범은 4·3봉기를 주제로 한 작품 외에도 많은 장편, 중편, 단편을 발표하여 전쟁 전후의 조선인 역사를 둘러싼 정치와 인간의 항쟁을 그렸다.

정승박은 대표작인『벌거벗은 포로』(文藝春秋)에서 댐 공사현장에서의 노동과 중국인 포로와의 교류, 수용소로부터의 탈주를 그려내, 72년 상반기 아쿠타가와상 후보에 올랐다. 그 외에도 단편을 중심으로 소년시절에 겪은 식민지체험과 일본에 건너온 후의 노동체험을 자유로운 필치로 현실감 있게 묘사했다.『정승박 저작집』(新幹社)은 전 6권으로 집성되어있다.

김태생도『문예수도』에「동화」를 발표한 것은 58년이지만 소설집『골편』(創樹社)으로 시작,『나의일본지도』(未來社),『나의 인간지도』(靑弓社),『나그네 전설』(紀錄社),『붉은 꽃』(埼玉文學學校出版部) 등 단행본을 간행한 것은 70년대 후반 이후였다. 단정한 일본어에 의한 밝고 맑은 관찰력으로 서민사회에서 살아가는 동포의 삶과 죽음을 증언해나갔다. 특히 재일조선인문학의 남성작가들이 여성에 대해서는 주로 모친상을 그려냈던 것에 비해, 김태생은 이름 없는 여성의 처지에 대해 많이 썼다.

김시종은 시인으로서 이미 50년대에『지평선』(ヂンダレ刊行會),『일본풍토기』(國文社)를 출간한 상태였지만, 60년대에는 민족조직과의 갈등을 거쳐, 70년대에 간행한 장편시집『니가타[新潟]』(構造社) 이후부터 거리낌 없이 시를 발표하기 시작했다. 그러한 성과는 이들 시집들에다가『이카이노 시집[猪飼野詩集]』(東京新聞),『광주시편』(福武書店)을 합하여 집대성한『황무지의 시[原野の詩]』(立風書房)으로 정리되었으며, 그 뒤에도『화석의 여름』(海風社) 등이 이어진다. 일본어를 부정적 매개로 하

여 만들어 낸 시들은 반일본적 서정의 시어와 리듬을 창조하여 응축된 표현의 가능성을 나타내고 있다. 평론활동도 활발하여, 본국의 생활 모습을 그대로 모방하여 사는 것이 아닌 '재일' 고유의 실존을 가장 먼저 주장하여 재일세대에게 영향을 주고 있다.

오림준의 시집은 『바다와 얼굴』(新興書房, 이후 평론집 『끊어지지 않는 가교』에 수록), 장편 서사시를 편집하여 만든 『해협』(風媒社) 두 권이지만, 난해한 문체를 사용하여 일본어 표현의 새로운 장을 개척했다. 『기록 없는 죄수』(三一書房), 『조선인 속의 일본인』(三省堂), 『조선인의 빛과 그림자』(슴同出版), 『조선인 속의 천황』(辺境社) 등, 73년에 세상을 뜨기 전 수년간의 집필 활동은 눈이 휘둥그레질 정도다.

지금까지 소개하지 않은 제2기에 활동한 제1문학세대의 작가, 시인을 열거해 둔다. 『산하애호(山河哀号)』(集英社)의 여라, 『어머니의 단지』(彩流社)의 성윤식, 『노란 게』(新幹社)의 최석의, 『계간 삼천리』에 계속 시를 실었던 이철, 『전화봉집』(経濟時報社)의 전화봉, 시집 『당나귀의 콧노래』(詩學社), 『고양이에 대한이야기』(花神社) 등의 최화국, 같은 『기억 속의 하늘』(昭森社)의 이기동, 시문집 『낭림기(狼林記)』(皓星社)의 신유인, 가집 『무궁화』(光風社), 『황토』, 『短歌新聞社』의 김하일 등이 있다. 제2문학세대는 김학영의 등장으로 시작된다. 그는 민족문제와 자의식 사이에서 흔들리는 내면의 불안을 줄곧 응시하며, 돌이킬 수 없는 운명의 갈림길에서 인간의 실존과 맞서 나갔다. 『향수는 끝나고, 그리고 우리들은』(新潮社)으로 인해 모처럼 문학이 정치적으로 흔들렸지만, 김학영이 애써 부딪쳤던 아이덴티티의 난제는, 이후 이어지는 재일세대의 공감을 불러일으켰다. 1985년에 자살한 이후의 작품은 『김학영작품집성』(作品社)에 정리되어 있다.

이윽고 이회성이 뒤이어 등장한다. 출생지 사할린에서의 체험에서 시작한 그의 문학은『우리들 청춘의 도상에서』(講談社)등의 청춘소설로 자아와의 갈등을 그려내면서 민족주체의 회복을 추구하며, 한국의 민주화운동을 배경으로『다 하지 못한 꿈(見果てぬ夢)』(講談社) 5부작,『죽은자와 살아있는 자의 시장』(文藝春秋)을 썼다. 그리고 해방 전후를 배경으로 한 가족과 그 주변 사람들의 사할린 탈출기를 쓴 것이 장편『백년 동안의 나그네』(新潮社)이다. 이 대표작은 역사 속을 살아가는 인간 실존의 근원으로 눈길을 돌려서 표현하고 있다. 또한 자전소설『지상생활자』(講談社) 1, 2부가 발표되었고, 현재도 제3부가『群像』에 연재되고 있다.

고사명은『밤이 시대의 걸음을 어둡게 할 때』(筑摩書房),『산다는 것의 의미』(筑摩書房) 등을 썼으며, 신란(新鸞)에게 지도받아 인간의 생사와 세계에 관한 이치를 터득한다. 소설과는 동떨어진 세상에 살면서도, 이미 발표했던 자전적 3부작을 20년에 걸쳐 완성시켰는데, 일본 공산당체험을 배경으로 전후를 살아가는 재일청년의 인격형성을 그린 최근작『어둠을 먹다』(角三書店) 2부작이 그것이다.

현재 가장 왕성하게 집필활동을 하면서도 재일조선인문학에서는 드물게 꾸준한 판매고를 올리고 있는 작가가 양석일이다. 그는 청년시절인 50년대부터 시를 쓰기 시작하여 80년에 간행한 시집『몽마의 저편으로(夢魔の彼方へ)』(梨花書房)로 출발했으며, 소설은 단편집『광조곡(狂躁曲)』(筑摩書房)으로 데뷔했다. 이후 이십여 년 간에 걸쳐 최근작인『뉴욕 지상 공화국』(講談社) 상하권을 비롯하여 화제작『피와 뼈』(幻冬舍)을 필두로 많은 소설과 에세이집을 내놓았다.

그 외 제2문학세대의 작가, 시인을 열거해둔다.

옛 일본군에 의한 성노예 문제를 둘러싼 순애소설『봉선화 노래』(河出書房新社), 주인공의 과거와 현재를 바탕으로 '재일'의 전후사를 그려낸『현해탄』(創樹社) 등의 김재남,『시마가의 사람들』(河出書房新社)의 박수남,『개의 감찰』(靑弓社),『미오기(澪木)』(靑弓社)의 박중화,『민주문학』등에 작품을 발표한 이춘목,『푸른 해협』(新風社)의 신영호,『나의 학교』(新風社)의 강일생, 재일문예『민도(民濤)』에 작품을 발표한 양순우, 조남두, 류광석, 동화문학 분야의 개척자적 존재인 한구용 등이 있다.

시에는『감상주파』(七月堂)의 정인,『구과(毬果)』(昭森社)의 최현석,『한』(土曜美術社出版販賣)의 한억수,『멈춰 서서』(書肆山田)의 이우환,『불과 물의 어업』(皓星社)의 김석만과 한글로 많은 시를 발표하고 한일문학자의 교류에 공헌한 김윤이 있다. 단가에는『양의 노래』(櫻桃書林)의 한무부, 단가 잡지『핵』에서 활약했던 리카, 키요시, 하이쿠에『신세타령』(石風社)의 강기동 등이 있다. 평론에는『김사량』(岩波書店) 등 뛰어난 번역활동을 한 안우식,『황야에서 부르는 소리』(柘植書房)의 김학현이 있다. 르포르타주에는『불의 통곡―재일조선인 광부의 생활사』(田畑書店) 등의 작품으로 '재일'의 기록문학을 개척한 김찬정이 있다.

4. 여성작가, 시인의 등장과 새로운 이야기

재일조선인문학은 남성작가, 시인들에 의해 출발하여 '남성중심문학'이 1960년대 말까지 이어졌다. 여성으로는 이른바 '고마쓰가와(小松川) 사건'의 사형수 이진우와의 교류로 주목을 받았으며, 편저『죄와 죽음과 사랑과』(三一書房),『이진우서간집』(三一書房)을 출간한 박수남이 기억되고 있는 정도이다. 박수남의 집필 작업은『조선, 히로시마, 반일본인』(三省堂),『또 하나의 히로시마』(舍廊房出版部)로 이어진다.

재일조선인사회의 밑바닥에 깔려있는 유교적 가치관과 풍습의 산물인 남존여비라는 제약이 여성들이 지적생활로 나아갈 수 있는 경로를 차단하고 있었다. 더불어 일본사회의 극심한 차별과 빈곤 속에서, 제1세대 여성들은 가족의 생활을 지탱하는 노동 담당자로서, '밥이 곧 하늘'이던 생활 속에서 생존하는 것 외에는 언어로 자기 표현을 할 수 있는 여지가 없었다. 자신들을 둘러싼 환경과 생계에 쫓기는 나날 속에서 여성은 교육의 기회나 지적관심, 문화, 예술 등에서 소외되어 왔다. 간략하게 말하자면 그것이 여성문학이 늦어진 이유일 것이다.

하지만 본질적으로 그녀들이야말로 재일조선인사회를 지탱하는 생활력과 민중의 지혜를 구현하고 있었다. 문화, 예술, 문학이 권위화되기 이전에, 민중문화의 기층을 체현하고 있었다고 할 수 있다.

제1세대의 노고와 삶에 대한 강인한 의지가 제2세대의 생존기반이 되어, 일본사회의 고도경제성장과 함께 점차 '재일'사회의 경제적 안정을 불러왔다. 이와 동시에 정착지향과 더불어, 민족의 뜻을 거스르지 않으면서 '재일'의 독자적인 아이덴티티를 모색하기 시작한다. 그것이 '재일' 사회 전체뿐만 아니라 여성의 생활스타일과 의식상태, 사고방식에도 변화를 불러왔다. 그리고 자아의 확인과 자립으로의 지향이 언어표현으로 화했다. 70년대의 여성작가, 시인의 등장은 이른바 제1세대 여성들의 전통을 거쳐 실현된 것이다.

70년대에 들어서서 시인인 종추월, 소설가인 성율자가 등장한다.

종추월의『종추월시집』(編集工房 ノア)은 71년에 출판되어 현대시가 빠져있던 폐쇄감에 충격을 주었다. 어머니의 신세타령과 아버지의 넋두리에 시인 자신의 성장 과정을 덧대어 표현하였다. 육체를 통해 표현되는 파롤(parole)[1]의 리듬이 삶 속의 활력과 유머를 발산시켜, 에크리튜르의 세계를 마음껏 변화시킨다. 이 제1시집에 새로운 시를 합하여 84년에 『이카이노, 여자, 사랑, 노래』(ブレーンセンター)를 출판한다. 여자의 자립을 향한 집착을 드높이고, 고국에 대한 친화감을 바탕으로 하여, 성차별의 속박에서 '자아'를 해방시키려 했다. 산문집『이카이노 타령』(思想の科學社), 『사랑해』(影書房)에서 그 궤적을 읽을 수 있다. 소설로는 『재일문예 민도』에 발표한 「이카이노의 느긋한 안경」이 있다.

성율자의 작품으로는 『이국의 청춘』(蟠龍社), 『이국으로의 여행』(創樹社), 『하얀 꽃 그림자』(創樹社)가 있는데, 유교적 가치관에 억압받은 여성의 불우함에 저항하면서, 이국에서의 사랑과 민족적 갈등, 각성을 묘사했다.

70년대 말에 등장한 시인으로 『어머니』(銀河書房, 이후 創映出版)의 이명숙, 『내 이름』(コリア評論社)의 최일해가 있다.

1980년대에 들어서, 이양지가 「나비타령」을 내놓으면서 재일조선인 여성작가로서는 최초로 일본 문단 저널리즘에 등장했다. 소설집 『해녀[かずきめ]』에서 가족의 불화를 배경으로 '재일'의 우울함을 그렸으며 마지막에는 조국의 얼을 갈구하여 정신의 순례를 떠난다.

또한 한국에서의 체험을 무대로 한 『각』, 『내의』, 『유희』를 통해 민족과의 거리와 삶, 성의 폐쇄감 사이에서 격렬히 싸우며 '나'를 계속 쫓는다. 92년에 37세로 급사했을 때 남긴 작품이 미완성 장편 『돌의 소

---

1   프랑스어. 특정한 개인에 의하여 특정한 장소에서 실제로 발음되는 언어의 측면. 스위스의 언어학자 소쉬르가 사용한 용어이다.

리』였다. 작가가 계속 추구했던 언어표현(소설)과 신체표현(무용)을 주제화하여, 방법적으로도 사고실험과 리얼리즘을 중층적으로 구축하려 한 작품이며, 완성되었다면 주제와 방법적인 면에 있어서 작가의 집대성이 될 만한 유작(遺作)이었다. 이양지의 작품은 『이양지 전집』(講談社)에 수록되어 있다.

김창생은 그녀의 청춘의 자화상이라고도 할 수 있는 『나의 아키이노』(風媒社)로 출발하였다. '일본인'으로서 살았던 그녀가 반쪽바리(반일본인)로서 고뇌에 부딪치고, 마침내 인생을 향한 과감한 도전을 통해 자신의 민족과 상봉해 간다는 그 자립의 과정이 선명하게 서술되어 있다. 소설은 『붉은 꽃』(行路社)에 정리되어 있으며, 최근작으로 『돼지 새끼』(『땅에 배를 저어라地に舟をこげ』 창간호)가 있다. 동포 여성에 대한 친화감이 작품의 근간을 이루고 있다. 그 외에 『이카이노발 코리안 가루타イカイノ發コリアン歌留多』(新幹社) 등이 있다.

빼어난 소년소녀문학으로는, 원정미의 『우리 학교의 치맛바람』(ほるぷ出版)을 꼽을 수 있다. 축구시합을 배경으로 조선초급학교 아이들과 일본소학교 아이들의 철없는 대립과 우정을 그려내고 있다. 아동문학 분야에서는 『할아버지의 담배통』(ブレーンセンター)의 고정자 등이 있다.

시 분야에서는 가야마 스에코(香山末子)의 등장이 우리들을 놀라게 했다. 한센병과 싸우며 꿋꿋이 살아나가 74세로 세상을 뜰 때까지 4권의 시집을 남겼다. 『구사쓰 아리랑』(梨花書房), 『꾀꼬리가 우는 지옥계곡』, 『파란 안경』, 『에프런의 노래』(모두 皓星社)이 바로 그것이다. 원초적인 언어를 통한 이야기 시법(詩法)이 때때로 유머와 함께 인간의 정겨움에 감응한다. 눈먼 시인의 언어 하나하나가 '시(詩)'란 마음의 눈으로 쓰는 것이다'라고 재차 당부해 온다.

유묘달의 시상과 언어는 대조적으로, 조선을 향한 동경과 '재일'의 처지를 '근대시'의 소양이 뒷받침된 세련된 시법으로 노래했다. 시집으로 『이조추초(李朝秋草)』(檸檬社), 『이조백자』(求龍堂), 『청춘윤무』(創風社)가 있다.

80년대에 단가 가인 이정자가 등장한 것도 주목할 수 있을 것이다. 일본적 서정의 대명사처럼 일컬어처럼 단가의 세계에서, 소녀시절의 차별 체험과 '재일'의 애환, 일본인 남성을 향한 사모와 갈등을 노래한 연애시, 조부모, 부모, 자식 등 혈연을 향한 마음, 그리고 조국을 향한 동경과 접근, 일본사회에 대한 지탄 등의 주제가 단가 특유의 서정과 조율을 거쳐 깊이 있는 표현이 되고 있다.

80년대에 등장한 사람들을 살펴보자. 시에서는 『수프』(紫陽社)의 박경미, 『고향이 둘』(ポエトリセンター)의 미쿠모 도시코(みくも年子), 『어린 친구』(鳥語社)의 하기 루이코(萩ルイ子), 논픽션 분야에서 『아빠, KOREA(父, KOREA)』(長征社)의 곽조묘, 『동포들의 풍경』(亞紀書房)의 성미자, 공저 『바다를 건넌 조선인 해녀』(新宿書房)의 김향도자(金香都子) 등이 있다.

여성작가, 시인, 논픽션작가들의 새로운 면을 간략히 말하자면, 민족적이든 정치적이든 간에 남성작가들이 짊어져왔던 이데올로기나 이념의 「큰 이야기」에 의거하지 않고 가족, 자신, 삶, 성을 둘러싼 이야기를 자아냄으로써 자립과 해방을 향한 방향을 추구하였다는 점이다. 80년대까지의 그것은 민족의 뜻과 함께 하며 만들어졌다. 지금까지 소개한 인물들 대부분은 지금도 창작활동을 계속하며 저작을 내고 있다.

5. 재일조선인문학으로부터 '재일'문학으로 – 1990년대 이후

1980년대 말 무렵부터 90년대 이후, 재일조선인사회의 가치관 다양화는 한층 더 현저해졌다. 제3세대의 대두가 있고, 85년에 일본의 국적법이 부계주의에서 부모양계주의로 개정되어 일본국적 취득자가 증가하였으며, 그에 따라 전세대를 포함한 생활, 의식상태의 변화가 더욱 빠르게 진행되었다. 그런 사회적 변화를 배경으로, 조국지향을 바라는 마음이 사그라지는 한편, 일본사회와의 동질화가 진행되어 '재일을 살아간다'는 의식도 자리 잡는다. '재일' 사회가 자리를 잡아가는 한편, 의식이나 가치관이 커다란 에너지를 품고 있는 카오스적 양상을 드러낸다. 그런 전형기를 맞아 활로를 찾으면서 다양한 아이덴티티의 모색이 시작된다. 민족의 뜻을 존재의 근거로 삼은 사람, 일본사회의 시민으로서 자기정립을 꾀하려는 사람, 새로운 존재로서의 대안을 찾는 사람 등이다. '민족을 뛰어 넘는다'라는 말이 등장하는 것도 이 시기이며, '상상의 공동체＝국민국가'를 거부하는 보더리스(borderless, 무국경)를 지향하거나 '개인의 자아'의 절대성에 활로를 찾아내려는 사고방식도 나타난다.

이와 같은 '재일' 사회의 변화가 반영되어 문학도 변모한다. 조선반도를 뿌리로 하는 작가나 시인이 쓴, 자신의 출신 내력과 '재일'을 주제로 한 문학에는 변함이 없지만, '재일조선인문학'이라는 호칭으로는 묶을 수 없는 다양한 양상이 나타났다. 나는 그것을 과도기의 별칭으로써 '【재일】문학'이라고 부르고 있다. 재일을 묶는 【 】 안에는 그 역사성과 존재성이 담겨 있기 때문이다.

이 제3기의 【재일】문학의 특징을 대략적으로 들어보자면, 여성작가,

시인이 라인업의 주요한 위치를 점유하고 있는 점, 일본 이름(일본국적 취득자)의 작가, 시인이 이 시기에 자신의 출신내력에 관한 작품을 쓰기 시작했다는 점, 전세대의 벽을 뛰어넘어 이른바 엔터테인먼트적인 성격을 띤 내용이나 한국체험 혹은 해외를 무대로 한 작품을 쓰기 시작한 점, 그리고 '새로운 인물'의 등장 등이 있을 것이다. 이 시기에 거론하는 작가, 시인이 반드시 출생의 문제로 제3세대와 일치하지는 않는다는 것을 미리 일러두겠다. 제3세대는 전(前) 세대의 인물도 포함하여 80년대 후반부터 90년대 이후의 작품을 발표한 사람들이다.

원수일은 『계간삼천리』80년 봄호에 단편을 발표하며 등장, 87년에 소설집 『이카이노 이야기』(草風館)에 정리하여 데뷔했다. 일본 속의 조선인으로 바위처럼 굳건히 자리 잡고 살아가는 1세대 아주머니들의 희로애락을 묘사하여 이목을 끌었다. 독특한 이카이노 언어 표현이 '일본어'를 변화시켜 '재일' 문학의 가능성을 생각하게 했다. 후에 장편 『AV, 오디세이(AV, オデッセイ)』(新幹社), 『올나이트 블루스』(新幹社)로 문학적 전략을 바꿨다. 미스테리 수법을 구사해서 6・25전쟁 등 '민족의 비극'이나 심각한 '재일' 이야기를 신랄하게 패러디하여, 재일조선인문학의 '전통'에서 새로운 경지를 개척하려 하고 있다.

이기승이 85년에 『제로항(ゼロはん)』(講談社)으로 데뷔한 것도 부각되었다. 재일세대의 자아탐색 이야기를 우울한 심상과 날카로운 의사로 직접적으로 묘사하여, 새로운 세대의 아이덴티티라는 난제를 추구하였다. 그 박진력은 『바람이 달리다』(講談社), 『상냥함은 바다』(群像 93년 11월호)까지 이어지지만, 그 이후에 발표되는 작품은 다소 정체되고 있다.

두 사람 외에, 83년에 젊은 세대에 의해 발행된 잡지 『나그네』에서 시작하여 『재일문예민도』, 『우리 생활』, 『호르몬 문화』 등에 소설을 발표하고 있는 정윤희, 영화 「윤의 거리」의 시나리오 작가이며 「불가사리」(在日文藝民涛 88년 봄호)를 쓴 김수길, 『기억의 화장記憶の火粧』(影書房)의 황영치, 『이쿠노 아리랑』(図書出版済州文化)의 김길호 등이 있다.

이 시기에 주목할 만한 것은 김중명, 현월, 가네시로 가즈키[金城一紀]라는 '새로운 인물'의 등장이다.

김중명은 90년에 『환상의 대국수』(新幹社)로 데뷔했다. 조선의 장기와 일본의 장기라는 독특한 제재를 취하여 일제시대 말기와 80년대 중반의 두 시대를 교차시키는 탄탄한 구성으로 역사와 현재를 묘사했다. 또한 『산학무예장(算学武芸帳)』(朝日新聞社), 『戊辰算学戦記』(朝日新聞社) 등 특이한 장편을 발표하여 재일조선인문학에 새로운 역사소설 분야를 개척한다. 대표작 『바다의 백성들[阜の民]』(講談社)에서는 해상왕으로 이름을 떨친 역사상의 인물인 장보고와 신라왕조의 항쟁을 배경으로 장대하고도 기개 넘치는 로망을 그려냈다. 이 작품으로 김중명은 '조선'이라는 범주에서 이탈하지 않고, 국경 없는 바다 위의 실크로드를 무대로 국민국가를 초월하는 법을 실험한다.

현월도 마찬가지로 가공의 재일코리안 공동체를 소설의 근간으로 삼아 줄곧 작품을 썼다. 장편 『이물(異物)』(講談社)에 이르러서는 일본에 정착한 '재일'과 뉴 커머(New Comer)의 갈등을 그려내, '재일' 사회의 새로운 난제에 도전하고 있다. 『GO』(講談社)의 가네시로 가즈키는 '코리안 재패니즈'를 중심점으로 하여, 김중명과는 완전히 다른 전략으로 보더리스(무국경)를 지향하고 있다. 『하드 로만티카(ハードロマンチカー)』(角川春樹事務所)의 구수연도 '재일' 문학의 새로운 엔터테인먼트 작가이다.

시인으로는 조남철이 『바람의 조선』, 『나무의 부락』(모두 れんが書房新社), 『따뜻한 물』(花神社) 등에서 민족을 향한 강한 의사를 표출함과

동시에 자연을 향한 온화한 시선을 보인다. 세계를 포착하는 비평성 속에 시적 메타포를 달성시키고 있다.

최용원은 『새는 노래했다』(花神社), 『유행(遊行)』(書肆青樹社)로 산천이나 토지에 민족의 마음을 이입하는 조선시의 전통을 이어, 자연과 생명의 융화를 시상으로 하고 있다. 조남철의 시와 함께 에콜로지의 시점을 시에 도입하기 시작한 것은 '재일'시의 혁신적인 부분일 것이다.

『서울』(新幹社)의 이용해는 '추상의 조국'을 향한 갈망과 어긋남이라는 복잡한 의식의 모습을 지니면서도 블랙 유머와 아이러니에 특이한 재능을 표출하고 있다.

시 분야에 '새로운 사람'의 정장이 있다. 정장은 『마음의 소리』(新幹社), 『활보하는 재일』(新幹社) 등의 시집에서 '재일사람'을 키워드로 재일세계의 새로운 존재의식을 노래하고 있다. 그 외에 제3기에 등장한 남성 시인들을 꼽아보자. 노진용은 『붉은 달』(學習研究社), 『コウベドリーム』(東方出版), 장편서사시 『소생기─아직 보지 못한 내 자식에게』(近代文芸社)로 한신[阪神], 아와지[淡路] 지방의 대지진을 선명하게 노래했다. 『버려진 백성[棄民]』(靑磁社)의 신종생, 『μの奇蹟』(新幹社)의 윤민철, 『브룩클린』(靑土社)로 나카하라 츄야[中原中也]상을 받은 송민호, 동인잡지에 작품을 발표하여 조국통일을 노래했으며 시의 리듬에 자질을 드러낸 김홍일도 있다.

제3기에도 여성의 문학은 활발하다. 특히 시 활동이 왕성하다. 소설에서는 우선 후카사와 가이[深澤夏衣]와 김 마스미[金眞須美]가 있다.

후카사와 가이는 제2세대 사람이지만, 92년에 신일본문학상 특별상을 수상한 『밤의 아이』(講談社)로 데뷔했다. 이 작품에서 작가는 '조국', '민족'이라는 '공적인 정의'와 '나' 혹은 '개인'과의 갈등을 그려, '일

본 국적자' 아이덴티티 정립을 예리하게 추구했다. 그런 의미에서 이는 훌륭한 현대적인 주체이며, 단정한 문체와 사리를 갖춘 내면의 탐구에는 소설의 힘이 엿보인다. 『밤의 아이』 다음으로 '미드나이트 콜'(『新日本文學』, 1993 봄), 「언니의 사랑」(『新日本文學』, 1997.9), 「팔자타령」(『群像』, 1998.9), 『戀歌』(『地に舟をこげ』 창간호)를 발표했다.

김 마스미는 95년에 문예상우수작 『메소드(メソッド)』(河出書房新社)로 데뷔했으며, 사고적, 구축적인 구성을 가진 소설을 발표하여 주목을 받았다. 햄릿 극단을 무대로 연극적인 구조를 살려, 누나의 재일판 '아빠 살해 이야기'와 동생이 현실을 향해 여행을 떠나는 '재일'의 해방을 메타포로 추구했다. 연기술의 메소드와 '재일'의 해방을 둘러싼 메소드를 다층화하여 소설화한 그 수법이 이지적이다. 김 마스미는 무대를 로스앤젤레스로 옮긴다. 「불타는 초가」(『新潮』, 1997.12), 「로스엔젤레스의 하늘」(『新潮』, 2001.3), 「로스앤젤레스 축제의 큰북」으로 '재일' 신세대의 아이덴티티를 모색하고 있다.

유미리는 처음으로 민족적 출신을 주제로 한 『돌에서 헤엄치는 물고기』(新潮社)가 작품 속 모델의 명예훼손 문제에 부딪혀 출판금지 재판 결과 개정판을 간행할 수 없게 되었다. 하지만 일제시대의 역사에 외할아버지를 모델로 한 일족의 역사를 오버랩시켜 그려낸 장편 『8월의 저편에』(新潮社)는 경탄할 만한 작품이었다.

그 외의 소설가로는 부락해방문학상을 받은 「소나기」를 발표하는 등 착실하게 창작활동을 하고 있는 김계자, 「언제나 바다는 펼쳐져 있다」(『群像』, 1995.8)의 박경미, 판타지의 김연화 등이 있다. 소설 이외에는, 『극히 보통의 재일한국인』(朝日文庫)의 강신자, 『목숨마저 잊어버리지 않으면』(岩波書店)의 박경남을 꼽을 수 있다.

시 분야에서는 77년에 일본에 와 시집 외에 장편소설, 번역서 등 다수의 출판물을 낸 왕수영, 『갈비집 번창기』(土曜美術社出版販賣)의 이미자, 『하얀 저고리[白いチョゴリ]』(國際印刷出版)의 이방세, 『프레파라트의 공동[プレパラートの鼓動]』(交野か原發行所)의 나츠야마 나오미[夏山直美], 『불의 냄새』(石の詩會)의 김리자, 『제주도 여자』(土曜美術社出版販賣)의 김수선, 『우리말』(紫陽社)의 전미혜, 『지나간 세월을 벗어버리고』(書肆靑樹社)의 이승순, 『풀의 집』(土曜美術社出版販賣)의 나카무라 준[中村純] 등을 들수 있다. 단가에는 『신세타령』(砂子屋書房)의 박정화, 『사랑해』(文學の森)의 김영자 등이 있다.

　여성작가, 시인의 대두를 배경으로 2006년 11월, 재일여성문학 『땅에 배를 저어라』(在日女性文芸協會發行, 社會評論社發賣)가 창간되었다.

　일본 이름의 작가, 시인들도 살펴보자.

　제1문학세대에서 『쓰루기가 사키[劍ヶ崎]』(新潮社), 『겨울의 추억거리[冬のかたみ]』(新潮社)의 다치하라 마사하키[立原正秋], 『가이몬산[開聞岳]』(集英社), 『서울의 위패』(集英社)의 이오 겐시[飯尾憲士], 제2문학세대에서 『호포기(虎砲記)』(新潮社)의 미야모토 도쿠조[宮本德藏], 『들장미 길[野薔薇の道]』(下野新聞社)의 마쓰모토 도미외[松本富生], 『자유의 땅은 어디에』(河出書房新社)의 기타 에이치[北影一] 등이 앞서 활동한다. 지금까지 출신 내력이나 '재일'을 둘러싼 내용을 주제로 삼지 않았던 작가들이, 그런 문제에 대하여 쓰기 시작한 것도 80년대 말부터 90년대 이후의 시대적 특징에 이유가 있기 때문이다.

　쓰카 코우헤이(つかこうへい)는 『딸에게 말하는 조국』(光文社) 이후 『히로시마에 원폭을 떨어뜨리는 날』(角川書店)을 출간하였고, 이슈인 시즈카[伊集院靜]는 『해협』, 『춘뢰(春雷)』, 『곶에[岬へ]』(모두 新潮社)의 삼부작에

서 성장과정에서부터 가족의 모습을 담았다. 사기사와 메구무[鷺澤萠]
는 서울에서 유학한 후『개나리도 꽃, 벚꽃도 꽃』(新潮社),『너는 이 나
라를 좋아하는가』(新潮社)를 썼고, 2002년에는『나의 이야기』(河出書房新
社)를 발표해서 차츰 그녀의 코리아 영역을 확장시켰으나 2004년에 자
살했다. 그 외에『도쿄 아열대』(福武書店)의 오쓰루 기탄[大鶴義丹], 평론
으로는 다케다 세이지[竹田靑嗣]가『'재일'이라고 하는 근거』(國文社)에서
김석범, 이회승, 김학영에 대해 논하여 반향을 불러일으켰다.

시 분야에서는『달의 다리』(紫陽社) 외에 한국어시집, 번역 등 많은
저술활동을 펼친 竹久昌夫(다케히사 마사오, 본명 강수중),『무사시노』(思潮
社)의 안토시아키[安俊暉],『화장(化粧)』의 아라이 도요키치[新井豊吉] 등이
있다.

이상, 해방 후＝전후 60년의 변천을 살펴보았다. 그 흐름을 한마디
로 말하자면, 재일조선인문학에서 '재일'문학으로 변해왔다고 표현할
수 있다. 물론 제1문학세대인 김석범, 제2문학세대인 이회성, 양석일
등이 현재도 왕성한 집필활동을 펼치고 있어, 다양한 색깔을 가진 작품
세계가 형성되고 있다. 더불어 재일조선인문학 혹은 '재일'문학이라고
불리는 장르가 성립하는가, 라는 의문이 제기되고 있으며, 그 범주 안
에 포함되는 것을 납득하지 않는 필자들도 늘어나고 있다.

나 역시 장르나 범주를 선험적으로 파악하지는 않는다. 하지만 문
학이 하나하나 각기 다른 행위에 의해 만들어지는 것이라는 것을 전제
로 한 상태에서 작품이 탄생하기 위해서는 동기가 부여된 토양이 있어
야 하고, 작품들은 그 '그늘' 혹은 '제약' 속에서부터 등장할 터이다.

재일조선인문학 혹은 '재일' 문학에 비추어 본다면, 출신 내력과 '재
일'이라는 존재성이 그 토양일 것이다. 예를 들어 유미리의『8월의 저

편』는 그 토양 없이는 태어나지 않았을 것이다. 이처럼 작품 하나하나, 작가 개개인이 독립성을 지키면서, 또 한편으로는 작품 전체로써 독자적인 문학 '세계'를 형성한다. 장르나 테두리가 앞서 존재하는 것이 아니라, 개개인 표현자의 행위와 작품의 주제가 공유된 영역이 형성되고 그러한 '세계'를 부각시킨다. 그 '세계'를 임시로 재일조선인문학 혹은 '재일' 문학이라고 부르는 것은 가능할 것이다. 문학을 낮게 평가하거나 작가, 시인의 독자성을 약탈할 수는 없을 것이다.

또 재일조선인문학 혹은 '재일' 문학을 '디아스포라 문학'이라고 규정하는 견해도 있지만, '재일'은 대를 거듭하여 '뿌리를 내린' 존재이기에 문학도 그와 무관하지 않다. '재일' 문학의 새로운 양상을 '해체개념'(탈구축)으로서 파악하는 견해도 있지만 이는 '변용개념'으로써 파악해야 할 것이다. 제3문학세대는 전세대 이상으로 아이덴티티 발견을 향해 격렬하게 싸우고 있다. '재일' 문학은 변화와 계승의 항쟁 속에서 사라지지 않는다고 나는 낙관적으로 관측하는 바이다.

초출일람

가케모토 츠요시, 「부흥과 불안-염상섭 「숙박기」(1928) 읽기」, 『국제어문』 65집, 국제어문학회,
    2015.

곽형덕, "Colonial Narratives in Japanese Literature of the Wartime Period : Literary
    Regulations, Prizes, and Periphery Booms", 컬럼비아대학교 동아시아학과 석사논문
    (일부), 2012.

권은, 「제국-식민지의 역학과 박태원의 '동경(東京) 텍스트'」, 『서강인문논총』 41호, 서강대 인문
    과학연구소, 2014.

김도경, 「관동대지진의 기억과 서사」, 『어문학』 제125집, 한국어문학회, 2014.

김재용, 『풍화와 기억』, 소명출판, 2016.

배상미, 「식민자와 피식민자의 연대 (불)가능성-나카노 시게하루의 「비내리는 시나가와역」과
    임화의 「우산받은 요꼬하마의 부두」」, 『민족문학사연구』 53권, 민족문학사학회, 2013.

아이카와 타쿠야, 「제국의 지도와 경성의 삶-이상 『12월 12일』론」, 『국제어문』 68, 국제어문학
    회, 2016.

윤영실, 「『소년』의 영웅서사와 동아시아적 맥락」, 『민족문화연구』 53호, 고려대 민족문화연구원,
    2010.

윤영실, 「일제말의 이중어 글쓰기와 탈식민 / 탈민족의 아포리아」, 『한국학연구』 20, 인하대 한국
    학연구소, 2009.

이상경, 波田野節子 譯, 「植民地主義と女性文學の二つの道─崔貞熙と池河連」, 『朝鮮學報』 Vol.202,
    2007.

이소가이 지로, 전북대학교 재일동포연구소, 『재일동포문학과 디아스포라』, 제이엔씨, 2008.

이정욱, 「조선과 일본 사이에서-무라야마 도모요시의 시나리오 〈춘향전〉을 중심으로[朝鮮と日
    本の狹間で─村山知義のシナリオ〈春香伝〉を中心に]」, 『일본학보』 제88집, 한국일본학
    회, 2011.